15 (6-2000)

Fic
Spanish

Jet

Biblioteca de

DANIELLE STEEL

PLAZA & JANES

Jet

DANIELLE STEEL

ÁLBUM
DE FAMILIA

**Traducción de
Mª Antonia Menini**

PLAZA & JANES EDITORES, S. A.

Título original: *Family Album*
Diseño e ilustración de la portada: Método, S. L.

Quinta edición: diciembre, 1998

© 1985, Benitreto Productions, Ltd.
© de la traducción, M.ª Antonia Menini
© 1997, Plaza & Janés Editores, S. A.
   Travessera de Gràcia, 47-49. 08021 Barcelona

Printed in Spain – Impreso en España

ISBN: 84-01-46245-2 (col. Jet)
ISBN: 84-01-46638-5 (vol. 245/8)
Depósito legal: B. 45.643 - 1998

Fotocomposición: Alfonso Lozano

Impreso en Litografía Rosés, S. A.
Progrés, 54-60. Gavà (Barcelona)

L 466385

Con todo mi amor
a Beatrix, Trevor, Todd,
Nicholas, Samantha, Victoria
y especialmente, muy especialmente,
con todo mi corazón, a John.

D. S.

ÍNDICE

«Dios pone al solitario en una familia», dicen las consoladoras palabras de la Sagrada Escritura, familia creada por lazos de sangre, por obligación, por necesidad, por deseo y, a veces, si uno tiene mucha suerte, por amor. La palabra familia implica fortaleza, sólidos cimientos, lugar al que poder regresar, en el que crecer y del que alejarse; un lugar que siempre se recuerda y al que uno permanece siempre aferrado y cuyos ecos nunca se borran del oído y del corazón de uno porque las memorias están como grabadas en el marfil de un solo colmillo y delicadamente pintadas en tonos brillantes y más suaves, a veces desteñidos y tan borrosos que apenas se pueden conjurar, pero que nunca se olvidan del todo ni se dejan atrás. Es el lugar en el que uno empieza y espera terminar, aquello que más se esfuerza uno en construir por sí mismo y cuyas piezas se van elevando hacia el cielo, unas encima de otras, como los bloques de construcción de un edificio. La familia…, cuántas imágenes evoca, cuántos recuerdos, cuántos sueños.

PRÓLOGO

1983

El sol brillaba con fuerza. Eran las once de la mañana y una leve brisa despeinaba el cabello de las mujeres. La hermosura del día era casi sobrecogedora y lo único que se podía percibir en el silencio eran los suaves gorjeos de los pájaros, los agudos silbidos repentinos y el embriagador perfume de las flores: muguetes, gardenias, y alhelíes enterrados en una alfombra de musgo. Sin embargo, Ward Thayer no vio ni oyó nada de todo eso. Tenía los ojos cerrados desde hacía un buen rato y, cuando los abrió, estaba pálido y aturdido como si fuera un ser de otro mundo y no se parecía en nada a la imagen que todos tenían de él desde hacía cuarenta años. Aquella mañana, Ward Thayer no estaba deslumbrante ni activo como de costumbre y ni siquiera parecía guapo. Permanecía de pie bajo el sol sin ver nada porque había vuelto a cerrar los ojos, comprimiendo fuertemente los párpados. Por un instante, pensó que ojalá no los abriera nunca, como ella jamás volvería a abrirlos.

Se oyó una voz apagada cuyo monótono murmullo sonaba casi como el zumbido de los insectos revoloteando alrededor de las flores. Pero Ward no sentía nada. Nada en absoluto. ¿Por qué? ¿Por qué no sentía nada?, se preguntó. ¿Acaso no sentía nada por ella? ¿Acaso había sido todo una mentira? El pánico se apoderó de él. No recordaba el rostro, ni el peinado, ni el color de los ojos de su mujer. Abrió bruscamente los ojos, haciendo un esfuerzo por separar los párpados como si de unas manos entrelazadas se tratara, como si en otros tiempos le hubieran hecho un injerto de piel. El sol le cegó al instante y sólo pudo ver un destello de luz y aspirar la fragancia de las flores mientras una avispa pasaba zumbando perezosamente por su lado y el pastor pronunciaba un nombre: Faye Price Thayer. Oyó un chasquido a su izquierda y el resplandor de una cámara le estalló en los ojos mientras la mujer que tenía al lado le oprimía un brazo.

La miró mientras sus ojos se acomodaban de nuevo a la luz y, de repente, lo recordó. Todo cuanto había olvidado se reflejaba en los ojos de su hija. La muchacha se parecía mucho a ella y, sin embargo, qué distintas eran ambas. Jamás habría otra mujer como Faye Thayer. Todos lo sabían, y él mejor que nadie. Contempló a la bonita rubia que tenía al lado y lo recordó todo, añorando en silencio la presencia de Faye.

Su hija estaba muy serena, y su aspecto era más vulgar que el de Faye. Llevaba el suave cabello rubio recogido en un moño y a su lado había un joven muy serio que a menudo le tocaba un brazo. Todos ellos se habían independizado, cada cual era un ser distinto y separado y, sin embargo, todos formaban parte de un todo, formaban parte de Faye… y también de él.

¿Se había ido de veras? Parecía imposible, pensó mientras las lágrimas rodaban solemnemente por sus mejillas y una docena de fotógrafos se adelantaba dando un salto para captar su dolor y exhibirlo en las primeras planas de los periódicos de todo el mundo. El desconsolado viudo de Faye Price Thayer. Ahora, en la muerte, era suyo tal como lo fue en vida. Todos eran suyos sin exclusión. Las hijas, el hijo, los colaboradores. Y todos estaban allí para honrar la memoria de la mujer que nunca más iba a volver.

La familia se encontraba de pie a su lado en primera

fila. Su hija Vanessa, acompañada de un joven con gafas y, al lado de éste, Valerie, la hermana gemela de Vanessa, con su llameante cabello rubio, el rostro dorado, un precioso vestido de seda negra moldeándole el cuerpo y, a su lado, un joven de aspecto no menos deslumbrante.

Hacían una pareja tan encantadora que no había más remedio que mirarles. Ward se alegró de ver lo mucho que Val se parecía a Faye. Jamás se había percatado de ello, pero, en aquel momento, lo vio. Y Lionel, también se le parecía, aunque tenía un aire más reposado. Alto y apuesto, rubio, sensual, elegante y delicado y, sin embargo, también orgulloso. Permanecía de pie con la mirada perdida en la distancia, recordando a otras personas a las que amó: Gregory y John, el hermano perdido y el amigo adorado. Ward pensó en lo bien que Faye conocía a Lionel, tal vez mejor que nadie. Mejor de lo que él mismo se conocía, y mucho mejor de lo que él conocía a Anne, de pie a su lado, más bonita y segura de sí misma que nunca y todavía tan joven en agudo contraste con el hombre de cabello canoso que le sostenía una mano.

Al final, acudieron todos para rendir homenaje a todo lo que Faye había sido: actriz, directora de cine, leyenda viva, esposa, madre y amiga. Algunos la envidiaban, precisamente aquellos a quienes había exigido demasiado. Su familia lo sabía mejor que nadie. Esperaba mucho de ellos, pero daba mucho a cambio, se entregaba en cuerpo y alma. Mientras los contemplaba a todos, Ward recordó su vida desde la primera vez que se encontraron en Guadalcanal. Y ahora se hallaban reunidos allí, recordándola cada uno de ellos tal como era en otros tiempos. Había un mar de rostros bajo el ardiente sol de Los Ángeles. Todo Hollywood estaba allí por ella. Un último saludo, una sonrisa final, una dulce lágrima mientras Ward se volvía para contemplar la familia que con ella había creado, todos seres fuertes y hermosos. Qué orgullosa se sentiría Faye de verlos en aquellos momentos, pensó Ward mientras las lágrimas volvían a quemarle los ojos, y qué orgullosos estaban todos de ella, al final. Había transcurrido mucho tiempo y Faye ya no estaba. Le parecía increíble, porque justo ayer estuvieron en París, en la Costa Azul, en Nueva York, en Guadalcanal...

GUADALCANAL

1943

1

El calor de la jungla era tan opresivo que el simple hecho de permanecer de pie en un sitio era como nadar a través de una atmósfera densa y pegajosa. La presencia de la mujer se podía sentir, oler y tocar y, sin embargo, los hombres se empujaban para acercarse, para ver algo más. Estaban sentados en el suelo, hombro a hombro, con las piernas cruzadas. En las primeras filas había sillas plegables, pero las sillas se habían terminado hacía unas horas. Los hombres llevaban sentados allí desde la puesta del sol, asándose de calor, sudando a mares, esperando. Era como si llevaran cien años aguardando en la densa jungla de Guadalcanal, pero les importaba un bledo. La hubieran esperado toda una vida, porque, en aquel momento, ella lo era todo para ellos: la madre, la hermana, la mujer, la amiga que habían dejado en casa. Las mujeres. La mujer. Al caer la noche, empezó a escucharse un murmullo. Permanecían sentados hablando y fumando mientras riachuelos de sudor les bajaban por el cuello y la espalda. Tenían el rostro brillante y el cabello empapado, el uniforme se les pegaba al cuerpo y eran todos muy jóvenes, casi unos niños, pero, al mismo tiempo, habían dejado de serlo. Eran hombres hechos y derechos.

En 1943 llevaban allí una eternidad y todos se preguntaban cuándo terminaría la guerra, si es que terminaba alguna vez. Sin embargo, aquella noche nadie pensaba en ella, en eso sólo pensaban los que estaban de servicio. Y casi todos los que la esperaban habían comprado su presencia allí, aquella noche, con toda clase de moneda, desde tabletas de chocolate a cigarrillos e incluso dinero contante y sonante; cualquier cosa, cualquier cosa con tal de verla... Hubieran hecho lo que fuera con tal de ver a Faye Price.

Cuando la orquesta empezó a tocar, la atmósfera ya no resultó densa sino voluptuosa, el calor ya no fue opresivo sino sensual y todos sintieron sus cuerpos vibrar como hacía mucho tiempo que no lo hacían. No era simplemente hambre lo que sentían por ella, sino algo mucho más hondo y más tierno, algo que les hubiera causado espanto de haberlo sentido mucho tiempo. Empezaron a experimentar los primeros estremecimientos durante la interminable espera, una especie de pulsaciones sincopadas mientras un clarinete empezaba a gemir. La música llegaba casi dolorosamente a las entrañas y todos los rostros estaban como petrificados mientras contenían la respiración en silencio. El escenario estaba vacío y en penumbras, pero, de golpe, la vieron vagamente o creyeron verla; era imposible estar completamente seguro, un diminuto foco la buscó en la oscuridad, localizó sus pies y hubo, de lejos, un destello de plata y una cascada de luz semejante a las estrellas fugaces de un cielo estival. El resplandor de su cuerpo les provocó una punzada de dolor en lo más hondo de su ser y, de repente, la tuvieron delante en toda su deslumbrante perfección, enfundada en un ajustado vestido de lamé de plata. Los hombres exhalaron un sonoro suspiro, mezcla de éxtasis, deseo y dolor. Su aterciopelada piel rosa pálido contrastaba con el brillo plateado del vestido y el largo cabello rubio casi del color de los melocotones maduros. Sus ojos brillaban y sus labios sonreían; tendía las manos hacia ellos mientras cantaba con una voz más profunda que la de cualquier otra mujer. Era más hermosa que cualquier mujer a la que jamás hubieran conocido. Al moverse, el vestido dejaba al descubierto la exquisita y sonrosada perfección de sus muslos.

–Dios mío… –murmuró un hombre sentado en las últimas filas, mientras cien jóvenes sonreían alrededor.

Era la expresión de los sentimientos que a todos les inspiraba. Cuando les dijeron que iba a actuar para ellos, apenas pudieron creerlo. Había recorrido medio mundo con su espectáculo. El Pacífico, Europa, Estados Unidos. Al cabo de un año del ataque a Pearl Harbor, Faye empezó a sentir remordimientos y decidió hacer una serie de actuaciones para las tropas. Acababa de terminar una película, pero ya había reanudado sus giras y aquella noche estaba allí con ellos.

Mientras cantaba, la voz de la mujer fue adquiriendo un matiz quejumbroso y los hombres sentados en primera fila pudieron ver los latidos del pulso en su cuello. Estaba viva, era de carne y hueso y, de haber extendido las manos hacia el improvisado escenario, la hubieran podido tocar y sentir, hubieran podido aspirar el perfume de su piel. Todos la contemplaban anhelantes; y Faye Price, como si les mirara uno a uno a los ojos durante su actuación, no les defraudó.

A los veintitrés años, Faye Price ya era una leyenda de Hollywood. Hizo su primera película a los diecinueve y, a partir de aquel momento, se vio lanzada a la fama. Era hermosa y llamativa y lo hacía todo muy bien. El timbre de su voz era una curiosa mezcla de lava fundida y oro derretido, su cabello brillaba como una dorada puesta de sol y en su rostro marfileño resplandecían unos impresionantes ojos verde esmeralda. Sin embargo, lo que subyugaba a la gente no eran sus facciones, ni su voz, ni la suave textura de su piel, ni su esbelta figura de redondeadas caderas y busto exuberante, sino el calor que irradiaba de ella, la luz que estallaba en sus ojos y su risa argentina. Era toda una mujer en el más puro sentido de la palabra.

Era una persona adorada por los hombres, admirada por las mujeres y querida por los niños. Estaba hecha de la tela de las princesas de los cuentos. Nació en una pequeña localidad de Pensilvania, se trasladó a Nueva York al finalizar sus estudios secundarios y empezó a trabajar como modelo. Al cabo de seis meses, era la chica mejor pagada de la ciudad. Los fotógrafos la apreciaban mucho, su fotografía aparecía en las portadas de las principales revistas del país, pero Jane reconocía en secreto ante sus amigas que ya estaba harta de todo esto. Decía que permanecer de pie era muy aburrido. Trataba de explicarlo, pero las otras chicas la miraban como si estuviera loca. Sin embargo, hubo dos hombres que se fijaron en ella. El que más tarde se convirtió en su agente, y el productor Sam Warman, que sabía cazar al vuelo las mejores oportunidades. Vio sus fotografías en las portadas de las revistas y pensó que era muy bonita, pero sólo se dio cuenta de lo fabulosa que era cuando la conoció en persona. Por su forma de moverse, de hablar y de mirarle a los ojos mientras hablaba, Sam comprendió en un santiamén que aquella chica no buscaba ningún plan, y sospechó, de forma instintiva, que no buscaba absolutamente nada fuera de sí misma. Todo cuanto su agente Abe decía de ella era cierto. Era una mujer fabulosa, única. Una auténtica estrella. Lo que Faye Price deseaba, lo deseaba dentro de sí misma. Quería un reto, trabajar con ahínco, probar suerte en cualquier cosa que le permitieran hacer, y Sam se lo permitió. Le dio la oportunidad que Faye andaba buscando. A Abe no le fue difícil convencer a Sam. Éste la llevó a Hollywood y le dio un papel en una película. Era un papelito muy poco complicado según el guión. Sin embargo, ella consiguió convencer al guionista; hubo veces en que éste confesó que Faye le sacaba de sus casillas, pero, al final, la joven consiguió que modificaran el papel y el resultado fue muy satisfactorio tanto para la película como para ella. En aquel pequeño pero enjundioso papel Faye Price pudo demostrar su valía y dejó a todo el mundo boquiabierto. Había en ella algo mágico, era medio niña, medio mujer, medio duende y medio sirena, capaz de expresar con sólo los rasgos de su rostro y la profunda mirada de sus increíbles ojos verdes toda la gama de las emociones humanas. Aquel papel la llevó a otros dos y su actuación en su cuarta película le hizo ganar el Oscar. A los cuatro años de interpretar su primer papel, ya había rodado siete películas y, en la quinta, Hollywood descubrió que sabía cantar. Es lo que estaba haciendo en aquellos momentos: cantar con toda su alma para los soldados esparcidos por medio mundo. Se entregaba en cuerpo y alma a aquellos hombres. Faye Price no era una persona que hiciera las cosas a medias y, a los veintitrés años ya no era una «chica» a los ojos de nadie, sino toda una mujer. Y aquellos hombres lo sabían. Ver a Faye Price moverse y cantar era comprender cuáles habían sido los designios de Dios al crear a las mujeres. Era el infinito, lo definitivo, y aquella noche todos los hombres ansiaban tocarla sólo por un instante, sentirse rodeados por sus brazos, besar sus labios, acariciar su sedoso cabello rubio, percibir su aliento y oírla gemir en voz baja. Uno de los muchachos soltó un grito repentino y sus compañeros le miraron sonriendo. Le importaba un bledo.

–Qué barbaridad… Es una pura maravilla.

Los ojos del joven se iluminaron como los de un chiquillo en Navidad. Durante un buen rato, los hombres la contemplaron en absoluto silencio; pero, al cabo de media hora, ya no pudieron resistir. Empezaron a gritar a más y mejor y, cuando finalizó la última canción, armaron tal alboroto que les tuvo que cantar otras seis canciones.

En el momento en que abandonaba el escenario, ellos no pudieron verlo, pero a Faye Price se le llenaron los ojos de lágrimas. Era tan poco lo que hacía por aquellos hombres; unas canciones, un vestido plateado, un atisbo de piernas, un asomo de feminidad compartida por mil hombres en una noche de la jungla a cinco mil kilómetros del hogar. Quién sabe cuántos de ellos vivirían para regresar. De sólo pensarlo se le partía el corazón. Por eso se había desplazado hasta allí y por eso actuaba. En el transcurso de sus giras, procuraba parecer más atractiva que nunca. En Los Ángeles, se hubiera muerto de vergüenza antes de ponerse un vestido abierto hasta casi la ingle, pero, si eso era lo que querían allí –y estaba claro que lo era–, eso les iba a dar. ¿Qué tenía de malo proporcionarles un poco de placer de mentirijillas desde la seguridad de un escenario?

–¿Señorita Price?

Se volvió rápidamente y vio a uno de los ayudantes del comandante cuando acababa de retirarse del escenario. Los gritos de los hombres apenas le permitían oírle.

–¿Sí?

Estaba alborozada y aturdida. Tenía el rostro y el pecho húmedos de sudor y a él le pareció la mujer más hermosa que jamás hubiera visto. No era sólo la perfección de sus rasgos, era el deseo que uno sentía de tocarla y abrazarla. Emanaba de ella una especie como de magia mezclada con un hechizo y una sensualidad que suscitaba en uno el deseo de besarla en el mismo instante de conocerla. Faye estaba a punto de dejarle y salir de nuevo para saludar a los hombres que reclamaban su presencia cuando él extendió instintivamente una mano y le rozó un brazo. Todos sus sentidos se estremecieron y en el acto se sintió un estúpido. Aquello era ridículo. Al fin y al cabo, ¿qué era ella? Una estrella cinematográfica de tantas, emperifollada y acicalada. El hecho de que resultara tan convincente se debía a que era más hábil que las demás. Todo era falso. Sin embargo, comprendió su error cuando sus ojos se cruzaron con los de Faye y ésta le miró sonriendo. No había ningún truco en aquella mujer. Era exactamente lo que parecía.

–Tengo que volver allí –le dijo ella, pronunciando cuidadosamente las palabras mientras señalaba con una mano hacia el ensordecedor griterío.

–El comandante desea invitarla a cenar –contestó él, levantando la voz mientras asentía con la cabeza.

–Gracias.

Faye apretó los ojos y volvió al escenario para dedicar otra media hora de actuación a los hombres. Esta vez interpretó canciones que les divirtieron, incluidas dos que ellos corearon y, al final, cantó una balada que hizo asomar las lágrimas a los ojos de muchos. Cuando se retiró, les dirigió una mirada que parecía envolverlos uno a uno, como si fuera un beso de buenas noches de sus madres, de sus esposas, de sus novias.

–Buenas noches, amigos. Que Dios les bendiga –les dijo con voz ronca de emoción.

De repente, el barullo se trocó en silencio y todos abandonaron sus puestos sin hablar y se acostaron en perfecto orden. Las palabras de Faye resonaron en sus cabezas durante mucho rato. Gritaron y la aplaudieron a rabiar, pero, al finalizar la actuación, ya estaban saturados y lo único que deseaban era regresar a sus catres y pensar en ella, evocar sus canciones, y recordar su rostro, sus brazos, sus piernas y la boca que parecía estar a punto de besarles para estallar después en una súbita carcajada y volver a ponerse seria. Todos recordaban la mirada de sus ojos al dejarles. Se acordarían de ella durante meses porque era lo único que tenían. Faye lo sabía muy bien y quiso hacerles aquel regalo.

–Menuda mujer.

Las palabras las pronunció un sargento de recio cuello y, aunque no parecían muy propias de él, nadie se sorprendió. Faye Price despertaba algo especial en cada uno de ellos. Su valor, sus corazones, sus esperanzas.

–Sí… –repitieron como un eco las voces de los hombres que la habían visto.

Los que no la vieron porque estaban de servicio trataron de simular que no habían sido estafados. Y, al final, no tuvieron por qué simular. La petición de Faye era insólita y el comandante se asombró mucho al oírla, pero accedió a ella de inmediato e incluso le cedió a su ayudante para que la acompañara. Faye pidió permiso para recorrer la base y saludar a los hombres que aquella noche estaban de servicio. Hacia medianoche, ya les había saludado a todos. Y los hombres que no vieron su actuación, pudieron verla cara a cara y contemplar sus preciosos ojos verdes mientras estrechaban su fría y fuerte mano y sonreían con timidez. Y, de este modo, todos acabaron sintiéndose un caso especial, tanto los que la oyeron cantar como los que recibieron su visita. Algunos llegaron a lamentar incluso no haber estado de servicio para que Faye Price acudiera a saludarles. Pero, en conjunto, todos quedaron satisfechos; y a las doce y media, cuando se volvió a mirar al joven que la había acompañado en su recorrido por la base, vio en sus ojos una cálida expresión de amistad. Al principio, el muchacho no la miraba de aquella forma, pero, poco a poco, Faye se fue ganando su favor, tal como solía hacer con todo el mundo. Él se pasó la noche reprimiendo el deseo de decirle algo. La señorita Faye Price de Hollywood le inspiraba mucho escepticismo. ¿Quién se habría creído que era, acudiendo allí para exhibirse ante los hombres de Guadalcanal? Éstos habían pasado por muchas penalidades y ya estaban de vuelta de todo. Sobrevivieron a los horrores de Midway y del mar del Coral y a todas las horribles batallas navales que les costó la toma y conservación de Guadalcanal. ¿Qué sabía ella de todo eso?, pensó Ward Thayer cuando la vio por vez primera. Sin embargo, tras pasar varias horas a su lado, empezó a comprender la diferencia. Faye Price se tomaba interés, verdadero interés. Lo leyó en sus ojos al verla mirar a los hombres totalmente ajena a sus propios encantos, comunicándoles algo que ellos jamás habían experimentado. Aquella mezcla de afecto y compasión contribuía a aumentar más si cabe su ya increíble atractivo sexual. El joven teniente hubiera deseado decirle mil cosas aquella noche, pero Faye sólo pareció fijarse en él al término de su recorrido. Le miró y le dirigió una sonrisa cansada y, por un instante, Ward experimentó el impulso de tocarle una mano para ver si era de verdad y sintió casi el deseo de consolarla. Fue una noche muy larga y muy dura. Aunque el año, mejor dicho, los dos años que ellos llevaban allí también habían sido muy largos y duros.

–¿Cree usted que su comandante me perdonará el que no haya cenado con él esta noche? –preguntó Faye sonriendo.

–Se le partirá el corazón de pena, pero se curará. –El teniente sabía, en realidad, que al comandante lo habían llamado hacía unas dos horas a una reunión con dos generales llegados en helicóptero para hablar en secreto con él aquella noche. Hubiera tenido que dejar a Faye de todos modos–. Creo que le estará muy agradecido por lo que usted ha hecho por los hombres.

–Eso significa mucho para mí –contestó Faye suavemente, sentándose sobre una roca blanca de gran tamaño mientras la tibia brisa nocturna le acariciaba el rostro al término de su recorrido por la base.

Tenía unos ojos impresionantes, pensó él, estremeciéndose. El simple hecho de mirarla le producía una sensación casi dolorosa y le obligaba a evocar unos sentimientos que había dejado a sus espaldas en Estados Unidos. Allí no había sitio ni tiempo para aquellas cosas, no tenía a nadie con quien compartir sus sentimientos. Allí no había más que matanzas, desgracias, pérdidas y, a veces, incluso rabia. Mientras apartaba el rostro en un intento de librarse de los dolorosos recuerdos, Faye contempló la nuca de aquel hombre. Era alto, rubio y apuesto, tenía anchas espaldas y profundos ojos azules; pero lo único que podía ver Faye en aquellos momentos eran los poderosos hombros y el cabello del color del trigo. Algo en él le hizo experimentar el deseo de tocarle. Había allí tanto dolor y estaban todos tan solos y tristes a pesar de que eran tan jóvenes.

Y, sin embargo, bastaba un poco de calor, un contacto, una mano en la suya, para que renacieran y se echaran a reír y a cantar. Eso era lo que más le gustaba de aquellas giras, a pesar de lo agotadoras que resultaban. Era como infundir nueva vida a todos aquellos hombres, incluso a aquel joven teniente tan alto y orgulloso que en aquellos momentos se volvió a mirarla como intentando defenderse contra todo lo que sentía, sin conseguirlo por completo.

–¿Sabe una cosa? –le dijo Faye sonriendo–. Me he pasado toda la noche a su lado y ni siquiera sé cómo se llama.

No les habían presentado y lo único que Faye conocía era la graduación del hombre.

–Thayer. Ward Thayer. –A Faye el nombre le sonaba, pero ignoraba por qué y, además, no le importaba. La miró sonriendo con cierto cinismo. Había visto demasiadas cosas durante aquel año y Faye se percató enseguida de ello.

–¿Tiene apetito, señorita Price? Debe de estar muerta de hambre.

Había actuado durante horas y después se pasó otras tres recorriendo la base y estrechando las manos de los soldados.

–Pues, sí –contestó ella, esbozando una tímida sonrisa–. ¿Qué le parece si llamamos a la puerta del comandante y le preguntamos si queda algo?

Esta idea les hizo reír a ambos.

–Creo que puedo conseguirle un poco de comida en otro sitio –dijo Ward, consultando el reloj mientras Faye le miraba. ¿Qué tenía aquel hombre? Algo en él la impulsaba a extender una mano y a preguntarle quién era en realidad. Había en él algo que no se podía adivinar y que, sin embargo, se intuía. Volvió a mirarla con una sonrisa y le pareció de nuevo un chiquillo–. ¿Se lo tomaría como una ofensa si fuéramos a ver qué hay en la cocina? Apuesto a que podría prepararle una buena cena, si no le importa.

–Un bocadillo me sentaría de maravilla –dijo Faye, haciendo un gracioso gesto con la mano.

–Veremos qué se puede hacer.

Se dirigieron de nuevo al jeep y, en un santiamén se plantaron en el cobertizo prefabricado en el que se preparaban las comidas de los hombres. Veinte minutos más tarde, Faye se sentó a una alargada mesa ante un plato caliente de estofado. No era lo que más le apetecía en aquella calurosa noche de la jungla, pero estaba tan hambrienta y la velada había sido tan larga que el humeante comistrajo le supo a gloria.

Ward Thayer también se tomó un plato.

–Igual que en el restaurante 21 de Nueva York, ¿eh? –dijo, mirándola con su cínica sonrisa habitual.

–Más o menos –contestó Faye, echándose a reír con picardía–. Sólo que no hay picadillo.

–Oh, cielos, no pronuncie esa palabra –exclamó Ward, haciendo una mueca–. Como la oiga el cocinero, se sentirá en la obligación de complacerla.

Se rieron de buena gana y Faye recordó súbitamente las cenas de medianoche que se celebraban al término de los bailes estudiantiles de su escuela y empezó a soltar sonoras carcajadas mientras él la miraba, arqueando las cejas.

–Me alegro de que se divierta –dijo Ward–. En el año largo que llevo aquí, este lugar jamás se me había antojado gracioso.

Sin embargo, en aquellos momentos parecía feliz. Se veía a la legua que disfrutaba con la compañía de Faye.

–Verá usted –le explicó la joven mientras saboreaba el estofado–, es como después de un baile estudiantil, cuando te vas a desayunar a un restaurante de mala muerte a las cinco de la madrugada. Eso es más o menos como aquello, ¿no cree? –añadió, contemplando la estancia despiadadamente iluminada mientras él buscaba de nuevo los ojos de Faye.

–¿Dónde creció usted? –le preguntó Ward.

Ya casi se habían hecho amigos. Llevaban juntos muchas horas y la proximidad física en zona de guerra tenía algo especial. Allí todo era distinto. Más rápido, más personal o intenso. Era lícito hacer preguntas que en otro lugar hubieran parecido impropias, y plantear cuestiones que uno no se hubiera atrevido a comentar en otro sitio.

—En Pensilvania —contestó Faye con aire pensativo.

—¿Le gustaba?

—No mucho. Éramos pobres como ratas. Lo único que yo quería era largarme en cuanto terminara mis estudios secundarios. Y es lo que hice.

Ward la miró sonriendo. Había que hacer un esfuerzo para imaginársela tan pobre como una rata y viviendo en un pueblo dejado de la mano de Dios.

—¿Y usted de dónde es, teniente?

—Ward. ¿O acaso ha olvidado mi nombre? —La joven se ruborizó como una colegiala—. Crecí en Los Ángeles.

No parecía tener mucho interés en añadir otros detalles y Faye no acertaba a comprender por qué.

—¿Volverá usted allí después de… cuando termine todo esto? —preguntó Faye.

Aborrecía la palabra «guerra» y él la aborrecía también. Le había costado muchas cosas, demasiadas, y había heridas que jamás cicatrizarían, aunque no se pudieran ver a simple vista. Sin embargo, Faye intuyó instintivamente que existían.

—Supongo que sí.

—¿Son sus padres de allí?

Faye sintió curiosidad por aquel cínico y apuesto joven que no quería revelar sus secretos mientras se comía el estofado bajo la estridente iluminación del comedor de la base de Guadalcanal. Parecía que no hubiera ventanas porque todas ellas aparecían completamente tapadas para respetar las normas de oscurecimiento total. Ambos estaban acostumbrados a ello.

—Mis padres murieron —contestó Ward, mirándola con expresión apagada.

Morir era una palabra que últimamente repetía con demasiada frecuencia.

—Lo lamento.

—De todos modos, no nos llevábamos muy bien. —Aún así... los ojos de Faye se clavaron una vez más en los de Ward mientras éste se levantaba—. ¿Más estofado o algo un poco más exótico para postre? Me han dicho que hay un pastel de manzana oculto en alguna parte.

—No, gracias. Cuando una va disfrazada de esta manera, no hay lugar para los pasteles de manzana.

Faye se miró el vestido de lamé de plata y, por primera vez en varias horas, Ward volvió a fijarse en su atuendo. Se estaba acostumbrando a verla ataviada de aquella forma.

Era tan distinta de Kathy; ésta iba siempre enfundada en un blanco uniforme almidonado y, a veces, llevaba un uniforme de faena.

Ward se retiró por un instante y volvió con una pequeña bandeja de fruta y un vaso de té helado, cosa que allí se apreciaba más que el vino ya que resultaba casi imposible fabricar hielo. En el vaso había varios cubitos y Faye llevaba el suficiente tiempo de gira como para saber lo valioso que era aquel regalo. Saboreó la bebida helada mientras los hombres entraban y salían, mirándola sin disimulo. No le importaba. Ya estaba acostumbrada a ello. Les dirigió una sonrisa distante y volvió a mirar a Ward, reprimiendo un bostezo mientras él la contemplaba con fingido reproche y sacudía la cabeza en un gesto burlón. Era muy guasón y resultaba divertido. Pero, al mismo tiempo, se le veía triste.

—Es curioso, a todo el mundo le ocurre lo mismo cuando habla conmigo. Los mato a todos de aburrimiento —dijo Ward.

—Si llevara levantado desde la cuatro de la madrugada, también bostezaría. Me imagino que ustedes, los oficiales, se levantan a las doce del mediodía.

Faye sabía que eso no era cierto, pero le gustaba tomarle el pelo para borrar un poco la tristeza de sus ojos y porque sabía que lo necesitaba.

–¿Qué le induce a hacer todo eso, Faye? –preguntó él, atreviéndose de repente a utilizar su nombre de pila sin saber por qué.

Sencillamente le apetecía hacerlo y pareció que a ella no le importaba. Por lo menos, no dijo nada.

–Una especie de necesidad, supongo, para compensar todas las cosas buenas que me han ocurrido. Nunca creí merecerlas. Y, en la vida, siempre hay que dar algo a cambio.

Era más o menos lo mismo que hubiera dicho Kathy, pensó Ward casi con lágrimas en los ojos. Él jamás había experimentado la necesidad de dar algo «a cambio», de agradecerle a alguien la suerte que había tenido. Sin embargo, en aquellos momentos ya no se consideraba afortunado. Desde que…

–¿Por qué las mujeres siempre piensan que hay que dar algo a cambio?

–Eso no es cierto. Algunos hombres lo piensan también. ¿No lo cree usted así? ¿No se siente obligado a hacer algo bueno por alguien cuando a usted le ocurre algo bueno?

–Hace mucho tiempo que no me ocurre nada bueno –contestó Ward, mirándola con dulzura–. Por lo menos, desde que estoy aquí.

–Pero está vivo, ¿no es cierto Ward?

Faye habló con dulzura, pero le miró como si quisiera taladrarle con sus ojos.

–A veces, eso no basta.

–En un lugar como éste, sí. Mire alrededor… Mire los chicos heridos, tullidos y mutilados. Los que nunca regresarán a casa.

Algo en el tono de voz de Faye penetró hasta lo más hondo del corazón de Ward, y le obligó a reprimir las lágrimas por primera vez en cuatro meses.

–Procuro no mirar estas cosas.

—Convendría que lo hiciera. Puede que entonces se alegrara de estar vivo.

Faye hubiera querido extender una mano y acariciarle el lugar que tanto le dolía. Se preguntó cuál debía ser mientras Ward se levantaba lentamente.

—Ya todo me importa un comino. Para mí y para los demás, importa lo mismo que viva o muera.

—Es tremendo decir eso —exclamó Faye, mirándole escandalizada y casi ofendida—. ¿Qué motivos tiene para pensar estas cosas?

Ward la contempló durante largo rato en silencio, esforzándose por no decir nada y deseando de repente que se fuera. Pero la joven no se movió y, al final, Ward llegó a la conclusión de que no importaba.

—Me casé hace seis meses con una enfermera del ejército y, dos meses más tarde, la mató una maldita bomba japonesa. Es un poco difícil sentirse a gusto en este lugar después de lo ocurrido, no sé si me entiende.

Faye permaneció inmóvil sin pronunciar palabra. Conque era eso. Ésta era la causa de su mirada perdida. Se preguntó si jamás reaccionaría o si conseguiría superar el trauma. Algún día. Tal vez.

—Lo siento, Ward.

Poco más se podía decir. Había muchas historias parecidas y otras todavía peores. Pero eso no era ningún consuelo para él.

—Lo siento —repitió el hombre con tristeza.

No hubiera tenido que contárselo. Ella no tenía la culpa. Y, además, era muy distinta de Kathy. Ésta era modesta y sencilla y él la quería con locura. Faye poseía en cambio una espectacular belleza y era mundana hasta los tuétanos. Lo siento, no hubiera tenido que decírselo. Aquí hay miles de historias iguales.

Faye lo sabía; le habían contado muchas de ellas, lo cual no significaba que se hubiera acostumbrado a oírlas. Ward le dio muchísima pena y, mientras le seguía lentamente para volver al jeep, se alegró de no haber cenado con el comandante y así se lo dijo al teniente. Éste la miró con aquella media sonrisa suya que tanto la atraía, mucho más que cualquier sonrisa que hubiera visto en Hollywood; por lo menos, en el transcurso de los últimos dos años.

—Es muy amable de su parte.

Faye hubiera deseado tocarle un brazo, pero no se atrevió a hacerlo. Porque, en aquellos momentos, no era tan sólo la actriz Faye Price, sino ella misma.

—Lo digo en serio, Ward.

—¿Por qué? No tiene usted que preocuparse por mí, Faye. Ya soy un hombre. Puedo cuidar solo de mí mismo. Lo hago desde hace tiempo. —Sin embargo, ella vio algo más. Vio lo que tenía Kathy y comprendió lo desesperado, solitario y angustiado que estaba Ward por la muerte de la pequeña enfermera, su mujer, a los dos meses exactos de la boda, aunque él no le contó a Faye este amargo detalle mientras la acompañaba a la tienda que le habían asignado—. Sigo pensando que ha sido usted muy amable viniendo a ver a los hombres.

—Gracias.

Ward detuvo el jeep y ambos permanecieron largo rato mirándose mutuamente en silencio. Hubieran querido decir más, pero no era el lugar apropiado para hacerlo. ¿Cómo y por dónde se podía empezar? Él había leído algo sobre las relaciones de Faye con Clark Gable y se preguntó si ya habrían terminado. Y ella, por su parte, se preguntó cuánto tiempo guardaría luto por la enfermera a la que tanto amaba.

—Gracias por la cena —dijo Faye sonriendo mientras el hombre abría la portezuela y soltaba una carcajada.

—Ya se lo dije… Igual que el restaurante 21.

—La próxima vez, probaré el picadillo.

Volvían a gastarse bromas porque parecía el único camino abierto que les quedaba. Sin embargo, cuando Ward la acompañó hasta la entrada de la tienda y separó los faldones para que pudiera pasar, Faye vio en sus ojos algo más: algo vivo y profundo que no estaba al principio.

–Siento haberle contado todo eso. No quería abrumarla con mis penas –dijo él, extendiendo una mano tímidamente para rozarle un brazo.

–¿Y por qué no, Ward? ¿Qué tiene eso de malo? ¿A qué otra persona se lo hubiera podido contar?

–Aquí no hablamos de estas cosas –contestó él, encogiéndose de hombros–. Además, todos lo saben.

De repente, las lágrimas volvieron a asomar a los ojos de Ward y ya no pudo reprimirlas. Hizo ademán de apartar la cabeza, pero Faye le asió un brazo y le obligó a mirarla.

–Ya basta, Ward, ya basta…

Sin apenas darse cuenta, Faye le abrazó con fuerza mientras se echaba a llorar; él, por la esposa muerta y ella, por una chica a la que no conocía y por miles de hombres que habían muerto y seguirían muriendo. Lloraron por toda la angustia, el dolor y la desolación inevitables hasta que, al final, Ward la miró y pasó una mano por su sedoso cabello. Era la mujer más hermosa que jamás hubiera conocido y le pareció extraño que no se sintiera culpable por el hecho de pensarlo. Tal vez Kathy lo comprendería…, tal vez ya ni tan siquiera importaba. Su esposa jamás regresaría. Él nunca volvería a abrazarla y acariciarla y, probablemente, ya nunca volvería a ver a Faye después de aquella noche. Lo sabía y pensó que ojalá pudiera acostarse con ella. Antes de que él o ella murieran, o antes de que el tiempo borrara la emoción que sentían con la misma seguridad con que lo haría una bomba.

Faye se sentó en la única silla que había en la tienda y miró a Ward mientras éste se acomodaba sobre el saco de dormir. Se tomaron las manos en silencio y fue como si transcurriera una eternidad de palabras no pronunciadas, pero profundamente sentidas mientras la jungla despertaba bulliciosamente a la vida a lo lejos.

–Nunca podré olvidarte. Supongo que ya lo sabes.

–Yo también me acordaré de ti. Pensaré que estás aquí y sabré que estás bien cada vez que piense en ti.

Ward la creyó porque era una muchacha sincera a pesar de su fama, de su esplendor y de su vestido de lamé de plata. Faye lo había calificado de «disfraz» porque así lo consideraba. Eso era lo bonito de ella.

–A lo mejor, te doy una sorpresa y me dejo caer por los estudios cuando vuelva a casa.

–Te ruego que lo hagas –dijo la joven con firmeza, mirándole con sus bellos ojos anegados en lágrimas.

–¿Mandarás que me echen a la calle? –le preguntó Ward en tono burlón.

–¡Pues claro que no! –exclamó Faye, indignada.

–Quizá te tome la palabra.

–Me parece muy bien.

Al contemplar su sonrisa, Ward se percató de cuán agotada estaba Faye. Aquella noche se había entregado por entero. A los demás y también a él. Y ya eran más de las cuatro de la madrugada. Se tendría que levantar al cabo de dos horas para reanudar la marcha y hacer otra actuación. Llevaba meses trabajando sin cesar; dos meses de gira y, con anterioridad a éstos, tres de rodaje, interpretando su mejor película hasta la fecha. Y, cuando regresara, la aguardaba otro filme. Era una gran estrella con una impresionante carrera por delante, pero allí nada de eso importaba. Tan sólo era una chica bonita con un corazón de oro y, si hubiera tenido un poco más de tiempo, Ward se hubiera enamorado de ella sin hacer el menor esfuerzo.

Se levantó casi a regañadientes, le tomó los dedos entre los suyos y se los acercó a los labios.

–Gracias, Faye… Si no volviera a verte, gracias por esta noche.

Ella clavó largo rato los ojos en los del hombre sin retirar las manos.

–Volveremos a vernos algún día.

Ward no estaba tan seguro de ello, pero quería creerla.

La emoción del momento le abrumó y, para disimular, decidió tomarse las cosas a broma.

–Apuesto a que eso se lo dices a todos.

Faye se echó a reír y se levantó mientras él se encaminaba lentamente hacia la puerta de la tienda.

–Eres imposible, Ward Thayer.

–Tú tampoco estás mal, señorita Price. –Ahora para él ya era simplemente Faye y le costaba trabajo recordar que era, además Faye Price, la actriz cinematográfica, la estrella, la cantante, el personaje importante. Para él sólo era Faye. Poco a poco, se puso muy serio–. ¿Volveremos a vernos antes de que te vayas?

Se percató de que eso era extraordinariamente importante para él; lo era asimismo para ella, más de lo que Ward hubiera podido suponer. Faye también deseaba verle antes de marcharse.

–Puede que mañana por la mañana podamos tomarnos un café juntos antes de que empiece el jaleo. –Sabía que los componentes de su compañía permanecerían levantados toda la noche, alborotando con los reclutas o las enfermeras, o con unos y otras a la vez, cantando y tocando sus instrumentos. Ocurría lo mismo en todas partes porque necesitaban desahogarse un poco y no les importaba pasarse toda la noche en vela. La paliza se producía al día siguiente cuando tenían que prepararse para la partida y trabajaban como locos durante dos horas antes de subir a bordo del avión con el fin de trasladarse a la siguiente base. Faye pasaba por aquella situación casi a diario, al final, todos se quedaban dormidos en el avión hasta el momento de aterrizar. Tendría muchas cosas que hacer antes de marcharse, ayudándoles a todos a hacer el equipaje, pero, a lo mejor, podría disponer de un momento para Ward–. Te buscaré.

–Estaré por ahí.

Sin embargo, cuando Faye se reunió con los demás a

las siete en punto de la mañana en el comedor, Ward no estaba. El comandante le necesitaba y ya eran casi las nueve cuando Ward la encontró aguardando junto con sus compañeros a que se calentaran los motores del aparato. Vio en sus ojos una leve expresión de pánico cuando la llamó a gritos desde el jeep y descendió de un salto para hablar con ella.

—Perdona, Faye, el comandante…

El ruido de las hélices ahogó sus palabras mientras el director de escena daba apresuradas órdenes al resto del grupo.

—No te preocupes —contestó Faye, dirigiéndole una radiante sonrisa. A Ward le pareció que estaba cansada. No habría dormido más allá de dos horas y él había dormido la mitad, pero ya estaba acostumbrado a ello. Iba vestida con un mono de color rojo y unas sandalias topolino que le arrancaron una sonrisa a Ward. La última moda de Guadalcanal. De repente, recordó el rostro de Kathy y volvió a experimentar el dolor de antaño. Miró a Faye a los ojos mientras alguien la llamaba desde lejos—. Tengo que irme.

—Lo sé. —Se hablaban a gritos sobre el trasfondo del ensordecedor ruido. Ward le tomó una mano un instante y la estrechó con fuerza. Hubiera deseado besarla en los labios, pero no se atrevió a hacerlo—. ¡Te veré en los estudios!

—¿Cómo?

Estaba un poco aturdida porque, a lo largo de sus giras entre los soldados, nadie la había conmovido tanto como aquel hombre.

—¡He dicho que te veré en los estudios!

—¡Cuídate mucho! —contestó Faye, preguntándose de repente si alguna vez volvería a verle.

—No te preocupes. —Allí no había garantías para nadie, ni siquiera para ella. Podían derribar su avión. Todos lo aceptaban y lo comprendían hasta que le tocaba la china a alguien a quien apreciaban: un compañero, un amigo, Kathy. Sacudió la cabeza para apartar el recuerdo de su mente–. Cuídate tú también. –¿Qué le podía decir a una mujer como aquélla?–. Buena suerte.

No la necesitaba porque ya la tenía. ¿O acaso sí? Ward se preguntó si habría algún hombre en su vida, pero ya era demasiado tarde para averiguarlo. Faye se alejó en compañía de los demás, se volvió a mirarle y le saludó agitando una mano. Apareció el comandante para expresarle, una vez más, su agradecimiento y Ward la vio estrechar su mano, subir la escalerilla y detenerse un instante junto a la portezuela. Volvió a saludarle con una mano. Después, el mono rojo desapareció de la vida de Ward, probablemente para siempre. Ward estaba preparado para no volver a verla. No era probable que volvieran a encontrarse, pensó, y Faye, por su parte, pensó lo mismo. Le miró, preguntándose por qué motivo aquel hombre le había llamado tanto la atención. Tal vez fuera hora de regresar a casa. A lo mejor estaba empezando a sentirse atraída por los hombres a los que conocía en el transcurso de sus giras y eso podía ser peligroso. Pero no se trataba de eso, sino de algo especial, de algo que ella jamás había sentido hasta aquel momento. Recordó que aquel hombre era un extraño y que ella tenía que vivir su vida. Una vida en la que no había lugar para él. Ward combatía en una guerra y ella tenía sus propias guerras particulares: las giras, Hollywood… Adiós, Ward Thayer, murmuró para sus adentros, buena suerte. Después se reclinó en el asiento y cerró los ojos mientras el aparato proseguía el vuelo. Sin embargo, el rostro de Ward, con sus profundos ojos azules, la persiguió durante muchas semanas. Tardó varios meses en borrarlo por completo de su mente. Pero, al final, lo consiguió.

HOLLYWOOD
1945

2

En el plató, todo el mundo guardaba absoluto silencio, y la tensión se podía percibir en el aire. Llevaban casi cuatro meses esperando aquel momento y ahora que había llegado, todos querían detenerlo y aplazarlo para otro día. Fue una de aquellas películas mágicas en las que casi todo se desarrolla como la seda, se hicieron amistades aparentemente duraderas, todo el mundo se entusiasmó con la protagonista y las mujeres se enamoriscaron del director. El protagonista masculino era Christopher Arnold, unánimemente considerado el primer astro de Hollywood. No había para menos porque era un profesional de pies a cabeza. En aquellos momentos, todos pudieron contemplarle mientras interpretaba su última escena: hablaba en voz baja y tenía los ojos llenos de lágrimas. Se hubiera podido oír el vuelo de una mosca, y Faye Price se retiró del plató llorando a mares. Arnold la vio alejarse destrozada por la pena: era la escena final. Todo había terminado.

–¡Listos! –gritó una voz y hubo un interminable momento de silencio, seguido de un grito de júbilo, e inmediatamente después, todos empezaron a hablar y a reírse, llorando y abrazándose unos a otros. Hubo champán para todo el equipo y se improvisó una ruidosa fiesta en la que todos hablaban a la vez, se expresaban sus mejores deseos y lamentaban tener que separarse. Christopher Arnold abrazó con fuerza a Faye y después se apartó un instante con ella, y la miró intensamente a los ojos.

–Ha sido un placer trabajar contigo, Faye.

–Lo mismo te digo.

Intercambiaron una prolongada sonrisa de complicidad. Hacía casi tres años habían tenido una relación amorosa, y Faye estuvo a punto de rechazar la película por este motivo. Sin embargo, todo había salido de maravilla. Christopher se comportó como un caballero y, exceptuando un destello de reconocimiento en sus ojos, el primer día, no hizo ninguna alusión a los antiguos amores y éstos no entorpecieron para nada su labor a lo largo de los tres meses de rodaje.

–Ahora volveré a echarte de menos –dijo Christopher, dirigiéndole una afectuosa sonrisa mientras apartaba los brazos–. Creía haberlo superado.

–Yo también te echaré de menos. –Faye miró al equipo de filmación y vio que el director besaba apasionadamente a la diseñadora que, casualmente, era su mujer. Se lo había pasado muy bien trabajando con ambos. La dirección de películas siempre la había fascinado–. ¿Y ahora qué vas a hacer, Chris?

–Me voy a Nueva York dentro de una semana y desde allí zarparé rumbo a Francia. Quiero pasar unos días en la Costa Azul antes de que termine el verano. Todos me dicen que es demasiado temprano para ir a Francia, pero, ¿qué pierdo con ir? Me han dicho que todo sigue igual, exceptuando un poco de racionamiento. –La miró un instante y le guiñó pícaramente un ojo. Le llevaba veinte años, pero parecía que sólo fueran diez. Era, probablemente, el hombre más apuesto de la ciudad, y él lo sabía–. ¿Te vienes conmigo?

A pesar de lo apuesto que era, ya no la atraía.

–No, gracias –contestó Faye, dirigiéndole una frívola sonrisa de fingido reproche–. No empieces otra vez. Te has portado muy bien durante la película, Chris.

–Claro, aquello era un trabajo. Eso es distinto.

–¿Ah, sí? –Estaba a punto de hacer un comentario jocoso cuando, de repente, el caos que les rodeaba se intensificó y un botones entró corriendo en el plató, gritando algo que Faye no pudo comprender. Por un instante, el pánico se dibujó en varios rostros. Después éste fue sustituido por el asombro mientras las lágrimas empezaban a resbalar por las mejillas de los presentes; sin embargo, Faye seguía sin enterarse de nada. Tiró de la manga de Chris Arnold, y le miró angustiada–. ¿Qué ha dicho? ¿Qué ha pasado?

Chris habló con alguien que tenía a su derecha y Faye trató de oír algo sobre el trasfondo del ensordecedor ruido.

–¡Dios mío! –exclamó Chris, volviéndose a mirarla con expresión aturdida. Sin detenerse a pensarlo, la abrazó con fuerza y habló con voz temblorosa–. Todo ha terminado, Faye. La guerra ha terminado. Los japoneses se han rendido.

En Europa había terminado hacía apenas unos meses y ahora había terminado en todas partes. Faye abrazó a su vez a Chris, tenía los ojos llenos de lágrimas.

En el plató se armó un alboroto tremendo y todos empezaron a llorar y reír mientras se descorchaban más botellas de champán. Todo el mundo gritaba a la vez.

–¡Ha terminado! ¡Ha terminado!

La guerra había terminado.

A Faye le pareció que había transcurrido una eternidad cuando abandonó los estudios para regresar a su casa de Beverly Hills. La tristeza de terminar la película quedó eclipsada de golpe por la alegría que le había producido el final de la guerra. Era asombroso. Faye tenía veintiún años cuando tuvo lugar el bombardeo de Pearl Harbor y ahora había cumplido los veinticinco y era una mujer en la cumbre de su carrera.

Eso debe de ser la cumbre, se decía cada año. No acertaba a imaginar que las cosas pudieran mejorar a partir de aquel momento. Y, sin embargo, mejoraban. Los papeles que le confiaban eran cada vez más destacados e importantes; los elogios se sucedían sin cesar, y sus ingresos aumentaban de año en año. El único dolor que experimentó fue la muerte de sus padres. La entristecía que no vivieran para disfrutar con ella. Ambos habían fallecido hacía un año. Su padre, de cáncer y su madre, de un accidente de tráfico en una helada carretera de Pensilvania, cerca de Youngstown. Faye trató de convencerla de que se trasladara a vivir con ella a California a la muerte de su padre, pero su madre no quiso dejar la casa. Por consiguiente, no tenía a nadie. La casita de Grove City, Pensilvania, se vendió enseguida. No tenía hermanos. Aparte el fiel matrimonio que trabajaba a su servicio en la preciosa casa de Beverly Hills, Faye Price estaba sola. Sin embargo, raras veces se sentía abrumada por la soledad porque siempre tenía a mucha gente a su alrededor. Disfrutaba con su trabajo y con sus amigos, pero le parecía raro no tener familia, no «pertenecer» a nadie. Estaba sorprendida de su éxito y de la riqueza que había acumulado en tan poco tiempo. Ya a los veintiún años, cuando estalló la guerra, su vida empezó a ser distinta. No obstante, a raíz de su última gira por las bases norteamericanas, hacía dos años de ello, las cosas se calmaron un poco. Compró la casa, hizo seis películas en dos años y, pese a su intención de reanudar las giras, ya no tuvo tiempo de hacerlo. La vida era un interminable carrusel de estrenos, películas publicitarias y conferencias de prensa; y, cuando no se dedicaba a estas cosas, tenía que levantarse a las cinco de la madrugada para trabajar en una película. Faltaban cinco semanas para el comienzo de su nuevo filme y cada noche, antes de acostarse, se pasaba horas leyendo el guión. El rodaje de su último filme acababa de terminar y, a partir de aquel momento, podría concentrarse mejor en su nuevo trabajo. Su representante le dijo que, con toda seguridad, el papel iba a reportarle un Oscar. Sin embargo, Faye siempre se reía cuando Abe le decía aquellas cosas. Era una idea ridícula: ya había ganado uno y había sido nominada en otras dos ocasiones. No obstante, Abe insistió en que aquella película iba a ser extraordinaria, y Faye le creyó. En cierto modo, era para ella como un padre.

Giró a la derecha para enfilar Summit Drive con su automóvil, pasó por delante de Pickfair, la residencia de Mary Pickford y Douglas Fairbanks y la casa donde vivían los Chaplin y al cabo de un momento, llegó a su hogar. Le salió al encuentro el portero, que se pasaba el día en la garita de la entrada, recibiendo recados y abriendo la verja para la propietaria o los amigos que acudían a visitarla.

—¿Ha tenido un buen día, señorita Price?

Era viejo y canoso y le estaba agradecido por aquel empleo en el que ya llevaba más de un año.

—Desde luego que sí, Bob. ¿Se ha enterado de la noticia? —Él se la quedó mirando sin comprender—. ¡La guerra ha terminado! —exclamó Faye emocionada.

El portero ya era demasiado viejo para combatir cuando estalló la Primera Guerra Mundial en la que perdió, sin embargo, a su único hijo. Aquella nueva guerra le recordaba a diario el dolor y la aflicción que él y su mujer sintieron entonces.

—¿Está segura de ello, señorita?

—Completamente. Ha terminado —contestó Faye, extendiendo un brazo para estrecharle la mano.

—Gracias a Dios —dijo el hombre con voz temblorosa; y apartó el rostro para enjugarse una lágrima—. Gracias a Dios —repitió, volviéndose a mirar de nuevo a Faye sin molestarse en pedirle disculpas.

Ella hubiera deseado besarle por todo cuanto ambos sentían, pero se limitó a sonreír mientras esperaba a que le abriera la enorme verja que relucía como el oro.

—Gracias, Bob.

—Buenas noches, señorita Price.

Más tarde el portero entraría en la casa para cenar en

la cocina en compañía del mayordomo y de la doncella, pero Faye no volvería a verle hasta el día siguiente, cuando saliera por la mañana. Si decidía quedarse en casa, tampoco le vería. Él sólo trabajaba de día; de noche, el mayordomo Arthur hacía de chófer y se encargaba de abrir la verja. En general, sin embargo, Faye prefería conducir ella misma el automóvil. Tenía un precioso Lincoln Continental descapotable de color azul oscuro y le encantaba recorrer con él las calles de Los Ángeles. Menos de noche, en que Arthur la llevaba en el Rolls. Al principio, le dio un poco de apuro comprarlo y hasta se avergonzaba de reconocer que era suyo, pero era un coche tan extraordinario que no pudo resistir la tentación. Aún se emocionaba cuando subía al lujoso vehículo y aspiraba el agradable olor del cuero, mientras pisaba la mullida alfombra gris que tapizaba el suelo. Los accesorios de madera eran impresionantes y, al final, decidió comprárselo. A los veinticinco años, ya no se avergonzaba tanto de su éxito como al principio. Más o menos, tenía derecho a todas aquellas cosas, se decía para sus adentros, y además, no perjudicaba a nadie. Ganaba muchísimo dinero y no tenía con quien gastarlo. No sabía qué hacer con él. Siguiendo el consejo de su representante hizo algunas inversiones, pero el resto no sabía ni cómo gastarlo porque no era tan extravagante como las demás estrellas de la pantalla. Cuando acudían a los estrenos, casi todas iban cubiertas de esmeraldas y brillantes y lucían diademas, abrigos de martas y estolas de armiño y chinchilla, Faye era mucho más comedida en su atuendo y en su forma de comportarse, aunque tenía vestidos muy bonitos y tres preciosos abrigos de pieles. Poseía un abrigo de zorro blanco que le encantaba porque, cuando se lo ponía en las frías noches de invierno, parecía una deliciosa esquimal rubia. Una noche, en Nueva York, oyó que la gente lanzaba una exclamación de asombro al verla pasar. Tenía asimismo un abrigo de martas color chocolate oscuro que se compró en Francia y un «sencillo» abriguito de visón. Mi abriguito de visón de diario, pensó sonriendo mientras detenía el Lincoln frente a la entrada de la casa. Cómo había cambiado la vida desde que era pequeña. Siempre había querido tener un par de zapatos de repuesto «para vestir», pero sus padres eran muy pobres y no podían permitirse semejante lujo. La Depresión los trató con mucha dureza y estuvieron sin trabajo mucho tiempo. Su padre acabó haciendo cualquier cosa que se le presentara y su madre encontró un empleo de secretaria. Pero a Faye le parecía todo muy sórdido. Por eso le gustaban tanto las películas. Eran su mejor evasión y se pasaba horas y horas en el cine. Ahorraba hasta el último céntimo, se sentaba en la sala a oscuras y contemplaba, boquiabierta, la pantalla. Quizá pensaba inconscientemente en todo aquello cuando se fue a Nueva York para buscarse un trabajo de modelo. Subió los tres peldaños de mármol rosa de su casa de Beverly Hills y un solemne mayordomo inglés le abrió la puerta, y la miró a los ojos con una expresión risueña que no pudo evitar. Estaba encantado con la «joven señorita», tal como la llamaba en privado, cuando hablaba con su mujer. Ambos decían que era la mejor ama que jamás hubieran tenido, y también la más joven. Por si fuera poco, no había adquirido lo que ellos llamaban las «costumbres de Hollywood». No se le habían subido los humos a la cabeza y siempre se mostraba amable, cortés y considerada con ellos. La casa era una delicia y daba muy poco trabajo. Faye raras veces organizaba fiestas y estaba casi siempre rodando una película. Por consiguiente, lo único que tenían que hacer era mantenerlo todo limpio y ordenado, cosa que tanto a Arthur como a Elizabeth les encantaba.

–Buenas tardes, Arthur.

–Excelente noticia, ¿no es cierto, señorita Price? –le dijo Arthur muy peripuesto.

Suponía que Faye se habría enterado del acontecimiento y comprendió que estaba en lo cierto al ver su radiante sonrisa.

–Desde luego.

Arthur y Elizabeth no tenían hijos por quienes padecer, pero sus familiares de Inglaterra habían sufrido los horrores de la guerra y Arthur andaba siempre muy preocupado por ellos. La RAF, era para él algo como Dios. Habían comentado algunas veces los incidentes que habían tenido lugar en el Pacífico, pero ahora ya no tendrían que volver a hablar de la guerra. Mientras Faye entraba en su estudio y se sentaba junto al escritorio de estilo inglés para abrir la correspondencia, se preguntó cuántos de los hombres ante quienes había actuado estarían vivos, y cuántas de las manos que había estrechado ya no existían. Contempló el cuidado jardín y la caseta de la piscina y se le llenaron los ojos de lágrimas al pensarlo. Qué difícil era imaginar el aniquilamiento de aquellos lugares, los países destruidos y los muertos. Se preguntó, como lo hacía a menudo, si Ward estaría entre ellos. No había sabido nada más de él, pero, a lo largo de los años, no consiguió olvidarle del todo. Siempre que pensaba en él, se sentía culpable por no haber reanudado las giras, aunque lo cierto era que ya nunca más dispuso de tiempo para ello. Últimamente, nunca tenía tiempo. Tras la muerte de sus padres, las exigencias de su carrera cinematográfica la tuvieron constantemente ocupada.

Contempló el montón de correspondencia de su representante y las facturas, y trató de apartar de su mente los rostros del pasado. Sin embargo, aparte el trabajo, no tenía nada más en que pensar. El año anterior, tuvo una relación muy seria con un director que le doblaba la edad; pero, se percató a tiempo de que no estaba enamorada de él, sino de su trabajo. Le encantaba oírle hablar de lo que hacía, pero, al cabo de cierto tiempo, la emoción se desvaneció y, al final, decidieron dejarlo. Desde entonces, no hubo nada que mereciera la pena en su vida. No era muy aficionada a las fugaces relaciones de Hollywood y nunca se entregaba a nadie a no ser que le importara de verdad. Vivía bastante apartada y evitaba la publicidad todo cuanto podía. Para ser una gran estrella, llevaba una vida muy retirada. Sin embargo, cuando su amigo y representante Abe la regañaba por «esconderse» tanto, Faye le decía que no podía trabajar si no se quedaba en casa para estudiar y preparar sus papeles, cosa que pensaba hacer en las cinco semanas que le quedaban, por mucho que insistiera Abe en que saliera, se dejara ver y se divirtiera en compañía de sus amigos.

En vez de ello, Faye decidió ir a pasar unos días a San Francisco para visitar a una amiga suya, una vieja actriz ya retirada con quien había entablado amistad en los comienzos de su carrera. Y a la vuelta, pasaría por Pebble Beach para ver a unos amigos. Después, tenía previsto trasladarse un fin de semana a la finca del conocido político y periodista Hearst donde había animales salvajes e incluso un zoo. Por fin, regresaría a casa para descansar, estudiar y leer. Lo que más le gustaba era tumbarse a tomar el sol al borde de la piscina, aspirar el perfume de las flores y escuchar el zumbido de las abejas. Cerró los ojos y no se percató de que Arthur acababa de entrar en la estancia. Le oyó carraspear y abrió los ojos. Para ser un hombre tan mayor y corpulento, se movía con gracia felina. Se encontraba a un metro del escritorio, enfundado en su frac, y su pantalón rayado, y llevaba cuello de pajarita, la camisa perfectamente almidonada y la corbata, sosteniendo una bandeja de plata con una sola taza de té. Faye había comprado aquel juego de porcelana en Limoges y le tenía un cariño especial. Era blanco con alguna que otra florecita azul aquí y allí puesta como al azar. Mientras Arthur depositaba la taza sobre el escritorio junto con una de las servilletas de hilo blanco que ella se había comprado en Nueva York, hechas en Italia antes de la guerra, vio que Elizabeth le había mandado unos pastelillos. Normalmente, no hubiera cedido a aquella tentación, pero faltaban cinco semanas para el comienzo de la película, por consiguiente, ¿por qué no comérselo? Miró a Arthur sonriendo y el mayordomo hizo una reverencia y se retiró en silencio. Faye miró a su alrededor, y contempló los objetos que tanto amaba: las estanterías llenas de libros viejos y nuevos, algunos incluso rotos, los jarrones de flores, las esculturas que coleccionaba desde hacía algunos años, la preciosa alfombra de Aubusson en apagados tonos rosas y azules con florecillas diseminadas, el mobiliario inglés tan cuidadosamente elegido, las piezas de plata que Arthur limpiaba con esmero hasta dejarlas brillantes; y, más allá de su estudio, la valiosa araña de cristal francés del pasillo, el comedor con la mesa inglesa y las sillas estilo Chippendale y otra araña de cristal que pendía del techo. Era una casa que todos los días la llenaba de placer no sólo por la belleza de sus tesoros, sino por lo mucho que contrastaba con la pobreza de su infancia. Todos los objetos le parecían valiosos, desde los candelabros de plata hasta las hermosas piezas antiguas, pasando por los manteles de encaje. Cada objeto era un símbolo de su éxito y de las recompensas que éste llevaba aparejadas.

Había también un soberbio salón con una chimenea de mármol rosa y delicados sillones franceses. Le gustaba mezclar lo inglés con lo francés, lo moderno con lo antiguo. Había colgados en la pared dos encantadores lienzos impresionantes, regalo de un amigo muy querido. Una pequeña, pero elegante escalera conducía al piso de arriba. Allí, su dormitorio estaba completamente decorado con espejos y sedas blancas como los de sus fantasías cinematográficas infantiles. Había un cubrecama de zorro blanco, cuatro cojines de piel en el sofá, un cobertor de piel blanca sobre la meridiana y una chimenea de mármol blanco exactamente igual que la del cuarto de vestir con las paredes llenas de espejos. El cuarto de baño era todo de mármol y azulejos blancos. Había otro saloncito que a menudo utilizaba por la noche cuando estudiaba un guión o escribía unas cartas. Y eso era todo. Una diminuta y perfecta joya. Tenía justo el tamaño adecuado para ella. Los aposentos de la servidumbre estaban detrás de la cocina en la planta baja, y había, además, un enorme garaje con un apartamento encima en el que vivía el portero Bob, un precioso jardín, una piscina de buen tamaño y una caseta con bar y vestuario para los amigos. Allí tenía todo su mundo, solía decir Faye a menudo. No le apetecía salir y casi se arrepentía de haber prometido ir a San Francisco la siguiente semana para visitar a su vieja amiga.

Sin embargo, una vez allí, se lo pasó muy bien con ella. Harriet Fielding era una veterana actriz de los teatros de Broadway y Faye le tenía mucho respeto porque había aprendido muchas cosas de ella. Le habló de su nuevo papel, que sin duda iba a ser muy difícil de interpretar. El principal protagonista tenía muy mal carácter y todos decían que era muy caprichoso. Faye jamás había trabajado con él y la idea de hacerlo no la atraía demasiado. Esperaba no haber cometido un error al aceptar el papel. Harriet la tranquilizó, diciéndole que eso iba a ser un reto y que requeriría mucha más habilidad que cualquier otro papel que hubiera interpretado hasta la fecha.

–¡Eso es precisamente lo que me da miedo! –exclamó Faye, contemplando la bahía–. ¿Qué ocurriría si me diera de narices?

Hablar con Harriet era como volver a tener una madre con quien poder confiar, aunque la vieja actriz era muy distinta de su madre. Más sofisticada, más mundana y con más conocimientos sobre el trabajo de Faye. En realidad, Margaret Price jamás entendió muy bien lo que hacía su hija ni el mundo en el que se movía, aunque, desde luego, estaba muy orgullosa de ella. Presumía ante todo el mundo y, siempre que volvía a casa, Faye se emocionaba al ver lo mucho que su madre se interesaba por sus cosas. Sin embargo, ya no tenía un hogar al que regresar y en su ciudad natal no quedaba nadie a quien ella apreciara. Pero le fue dada Harriet, que significaba mucho para ella.

—Hablo en serio, ¿y si lo hago mal?

—En primer lugar, eso no ocurrirá. Y, en segundo, si te dieras de narices, lo que a todos nos ocurre alguna vez, te levantarías, volverías a intentarlo y la próxima vez lo harías mejor. Probablemente, mucho mejor. ¿Qué te ocurre? Nunca has sido cobarde. —La anciana parecía enojada con Faye, pero ésta sabía que todo era una comedia—. Prepárate bien y lo harás de maravilla.

—Espero que no te equivoques.

La anciana soltó un gruñido a modo de respuesta y Faye sonrió. La compañía de Harriet era muy reconfortante para ella. Se pasaron cinco días paseando por las colinas de San Francisco y hablando de la vida, de la guerra, de sus carreras y de sus hombres. Harriet era una de las pocas personas con quienes Faye se sinceraba de verdad. Era inteligente, brillante y simpática, una mujer singular a la que Faye se alegraba mucho de haber conocido.

Cuando la conversación se centró en el tema de los hombres, Harriet le preguntó —y no era la primera vez que lo hacía— por qué razón no sentaba la cabeza y se casaba.

—Supongo que nunca encuentro al hombre adecuado.

—Alguno tiene que haber —dijo Harriet, mirando inquisitivamente a su joven amiga—. ¿Acaso tienes miedo?

—Tal vez. Pero creo de verdad que ninguno de los que he conocido era el adecuado. Me dan cuanto quiero, flores, champán, veladas exóticas, noches fabulosas, fiestas extraordinarias y, en algunos casos, costosos regalos, pero no es eso lo que yo quiero en realidad. Nada de todo esto me pareció jamás auténtico.

—Menos mal. —Éste era uno de los motivos por el que Harriet la apreciaba—. Porque no es auténtico. Tú siempre tuviste la lucidez suficiente para comprenderlo. Sin embargo, en Los Ángeles hay otros hombres, no todos son unos farsantes, unos cuentistas y unos playboys.

Ambas sabían, no obstante, que, por su belleza y su categoría de estrella, Faye atraía a auténticas hordas de lo que Harriet llamaba «golosos del resplandor».

–Puede que no haya tenido tiempo de conocer a los más adecuados.

Y lo más curioso era que no se imaginaba sentando la cabeza con alguno de ellos, ni siquiera con Clark Gable. Lo que ella buscaba era una versión algo más sofisticada de los hombres que hubiera conocido en su ciudad, en Grove City, la clase de hombre capaz de retirar la nieve a paletadas en una fría mañana de invierno y cortar un abeto de Navidad para los niños, salir a dar largos paseos con ella y sentarse después frente a la chimenea o pasear por la orilla del lago en verano; alguien de verdad, alguien con quien pudiera hablar, que pusiera a su mujer y a sus hijos por encima de todo, incluso de su trabajo, no un hombre que le prestara su automóvil a una estrella con la esperanza de conseguir a cambio un importante papel en una película. Al pensar en ello, se acordó de su nueva película y comentó con Harriet algunos matices del guión y las técnicas que se proponía utilizar en la interpretación. Le gustaban las innovaciones cuando actuaba. Ya que no había creado un hogar, lo menos que podía hacer era dedicar toda su energía creadora a su carrera, cosa que hasta entonces había logrado hacer con notable éxito, tal como todo el mundo reconocía. Sin embargo, Harriet lamentaba que aún no hubiera encontrado al hombre adecuado. Intuía que éste haría aflorar a la superficie una dimensión inédita de Faye, dimensión que mejoraría sus cualidades no sólo de mujer, sino también de actriz.

–¿Vendrás a verme al plató? –preguntó Faye, mirando a su amiga con suplicantes ojos de chiquilla.

Harriet se limitó a sonreír.

–Sabes que no me gusta ir a estos sitios, Faye.

–Pero me haces falta.

Por primera vez, Harriet vio una expresión de desamparo en los ojos de la joven.

—Yo también te necesito como amiga —le dijo, dándole unas tranquilizadoras palmadas en el brazo—, pero tú no necesitas mis consejos como actriz, Faye Price. Tienes muchísimo más talento que yo. Sé que lo vas a hacer muy bien. Mi presencia en el plató sólo serviría para distraerte.

Era la primera vez en mucho tiempo que Faye necesitaba apoyo moral en el plató y, cuando dejó a Harriet en San Francisco más tarde de lo previsto y tomó la carretera de la costa para dirigirse a lo que los Hearst llamaban modestamente su «casa», aún temblaba. Después, y durante todo el viaje, no hizo más que pensar en su amiga.

Por alguna razón que ni ella misma acertaba a comprender, se sentía más sola que nunca y echaba de menos a Harriet, la casa de Pensilvania y sus padres. Por primera vez en muchos años, a Faye le pareció que faltaba algo en su vida, pero no acertaba a descubrir qué podía ser. Pensó que debía de estar nerviosa a causa de su nuevo papel, pero se trataba de algo más. No había ningún hombre en su vida en aquellos momentos y Harriet tenía razón. Era una lástima que no sentara la cabeza, pero ¿con quién hubiera podido hacerlo? Nadie la atraía, no le apetecía ver a ningún hombre en particular y las fiestas de los Hearst le parecían más insulsas que nunca. Había docenas de invitados y, como siempre, mucha gente divertida entre ellos; pero, de repente, su vida y las personas que la rodeaban se le antojaron absurdas. Lo único que tenía sentido para ella era su trabajo y las dos personas que más apreciaba en el mundo: Harriet Fielding, que vivía a ochocientos kilómetros de distancia, y su representante Abe Abramson.

Al final, tras pasarse varios días conduciendo sin parar, fue un alivio regresar a Los Ángeles. Al llegar, entró utilizando su propia llave y subió al blanco esplendor de su dormitorio, sintiéndose más feliz que nunca. Era maravilloso estar en casa. Mucho más que todas las fiestas de la finca de los Hearst, pensó, mientras se tendía sobre el cubrecama de zorro blanco con una sonrisa de satisfacción en los labios y mientras se quitaba los zapatos, sacudiendo los pies y contemplaba la preciosa araña que colgaba del techo, recordando el nuevo papel que iba a interpretar. Se había vuelto a animar. ¿Qué importaba que no hubiera un hombre en su vida? Tenía su trabajo y eso la hacía inmensamente feliz.

Se pasó un mes estudiando día y noche y aprendiéndose no sólo su papel, sino los de todos los demás personajes. Probó distintos matices, se pasó días y días paseando por el jardín, hablando a solas, ensayando, convirtiéndose en la mujer cuyo papel iba a interpretar. En la película, el hombre con quien se había casado la volvería loca. Al final, él se llevaría a su hijo y ella intentaría matarse. Después intentaría matarle a él y, poco a poco, se percataría de lo que su marido le había hecho. Conseguiría demostrarlo, recuperaría a su hijo y, por fin, mataría al marido. Aquel acto final de violencia y de venganza era extraordinariamente importante para Faye. ¿Perdería por ello la simpatía del público? ¿La apreciarían más los espectadores? ¿Se mostrarían interesados? ¿Conseguiría conmoverles? Todo eso la mantenía muy preocupada. La mañana en que comenzó el rodaje, Faye se presentó muy puntual en los estudios con el guión en la cartera de cocodrilo que siempre llevaba consigo, un maletín de maquillaje a juego y una maleta que contenía las cosas que le gustaba tener consigo en el plató. Entró en su camerino con la serena profesionalidad que tanto admiraban algunos y que tanto enfurecía a los que no podían competir con ella. Faye Price era, por encima de todo, una profesional y una perfeccionista. Sin embargo, no exigía a los demás nada que primero no se hubiera exigido a sí misma.

En los estudios le asignaron una doncella para que la atendiera y cuidara de su vestuario y de su camerino. Algunos actores llevaban consigo a sus propios sirvientes, pero Faye no acertaba a imaginarse a Elizabeth allí, y siempre la dejaba en casa. Las doncellas que le proporcionaban los estudios siempre le iban muy bien. En aquella ocasión, le asignaron a una simpática negra, que se llamaba Pearl y que ya había trabajado otras veces con ella. Era extremadamente capacitada y a Faye le gustaban sus observaciones y sus comentarios. Hacía muchos años que la mujer trabajaba en los estudios y a veces le contaba a Faye historias que la hacían desternillarse de risa. Por consiguiente, aquella mañana ambas se alegraron de volverse a ver. Pearl colgó toda la ropa de Faye, sacó las cremas del maquillaje, y no tocó la cartera porque una vez cometió aquel error y recordaba que Faye no quería que nadie tocara su guión. Le sirvió el café con la cantidad exacta de leche. Y, cuando a las siete de la mañana, llegó el peluquero para peinar a Faye, le sirvió a ésta un huevo pasado por agua y una tostada. Pearl era famosa por los milagros que obraba en el plató y por la exquisita manera que tenía de cuidar a «sus estrellas»; pero Faye nunca se aprovechaba de ello y la negra se lo agradecía.

–Pearl, me mimas demasiado –le dijo Faye, mirándola afectuosamente mientras el peluquero iniciaba su tarea.

–De eso se trata precisamente, señorita Price –contestó la doncella.

Le gustaba trabajar con aquella actriz. Era una de las mejores y le encantaba hablar de ella con sus amistades. Faye poseía una dignidad difícil de describir, pero era, además, cordial e ingeniosa y, por si fuera poco, tenía unas piernas que quitaban el hipo, pensó la mujer, sonriendo para sus adentros.

En dos horas la peinaron exactamente tal y como exigía su papel. Después se puso el vestido azul oscuro que le habían asignado. Maquillada según las instrucciones que había dado el director, Faye aguardó entre bastidores. Se inició el revuelo habitual. Empujaron las cámaras de un lado a otro, las anotadoras se situaron en sus puestos, el director habló con los encargados de los focos y llegaron casi todos los actores, menos el protagonista masculino. «Como siempre», oyó Faye comentar a alguien, preguntándose si aquel hombre tendría por costumbre llegar siempre tarde. Exhaló un suspiro y se acomodó discretamente en una silla. En caso necesario, se podría empezar a filmar una escena que no requiriera la presencia del actor, pero llegar con retraso ya el primer día no presagiaba nada bueno para los siguientes meses. Se estaba mirando los severos zapatos azules que le había asignado la encargada del vestuario cuando, de repente, tuvo la extraña sensación de que alguien la observaba; y al levantar los ojos, vio el bronceado rostro de un apuesto hombre rubio de ojos intensamente azules. Pensó que debía ser uno de los restantes actores de la película que deseaba saludarla antes de empezar el trabajo. Le dirigió una sonrisa indiferente, pero el hombre no se la devolvió.

—No se acuerda de mí, ¿verdad, Faye? —Por un instante, Faye se vio en la embarazosa situación de encontrarse frente a un hombre que parecía conocerla muy bien aunque ella no se acordara de él en absoluto. ¿De veras conozco a este hombre? ¿He olvidado su cara? ¿Será posible que…? No podía haber sido nada serio. Él se la quedó mirando tan fijamente que casi la asustó. Faye tuvo un vago recuerdo, pero no lograba identificarle. ¿Habría trabajado con él alguna vez?—. Supongo que no hay ninguna razón para que se acuerde de mí. —Hablaba despacio y la miraba muy serio, como si estuviera decepcionado por el hecho de que ella no le hubiera reconocido enseguida. Faye se ponía nerviosa por momentos—. Nos conocimos en Guadalcanal, hace dos años. Hizo usted un espectáculo para nosotros y yo era el ayudante del comandante.

Oh, Dios mío. Faye abrió unos ojos como platos y lo recordó todo de golpe; aquel hermoso rostro, la larga conversación que habían sostenido, la enfermera con quien se había casado y que había muerto en un bombardeo. Se miraron en silencio. ¿Cómo era posible que le hubiera olvidado? El recuerdo de aquel hombre le persiguió durante meses. Sin embargo, no esperaba volver a verle. Ward le tendió la mano sonriendo. Por espacio de mucho tiempo se preguntó si Faye le recordaría.

—Bienvenido a casa, teniente.

Él se cuadró como cuando estaba en la base, hizo una leve reverencia y la miró con su burlona expresión habitual.

—Ahora comandante. Gracias.

—Perdón —dijo Faye, alegrándose de que estuviera vivo—. ¿Cómo está?

—Muy bien.

Ward contestó con tanta rapidez que Faye se preguntó si lo que decía sería verdad, pero ofrecía muy buen aspecto, mejor dicho, un aspecto impresionante. Faye recordó dónde estaba y el rodaje que se iba a iniciar de un momento a otro; eso, si llegaba su galán.

—¿Qué hace usted aquí?

—Vivo en Los Ángeles. ¿Ya no se acuerda? Se lo dije. —Ward la miró sonriendo—. Y también le dije que un día me dejaría caer por los estudios. Generalmente, suelo cumplir mis promesas, señorita Price.

No cabía duda de ello. Estaba más guapo que entonces y se le veía emocionado y, al mismo tiempo, cohibido. Como un soberbio caballo refrenado por las riendas. Tendría unos veintiocho años y había perdido su aire de chiquillo. Era un hombre de pies a cabeza. Sin embargo, Faye tenía otras cosas en qué pensar. Por ejemplo, en su oponente que aún no había llegado. Resultaba embarazoso ver allí de nuevo a Ward por primera vez.

—¿Cómo demonios has llegado hasta aquí, Ward? —le preguntó Faye sonriendo.

—He untado unas cuantas manos —contestó él, mirándola con picardía—. He dicho que era un viejo amigo

tuyo… La guerra… un corazón púrpura… las medallas…
Guadalcanal: ya sabes, lo de siempre.

Faye soltó una carcajada al pensar que había tenido
que echar mano de las propinas. Sin embargo, ¿a qué tanto empeño?

–Ya te dije que me gustaría volver a verte.

Pero no le dijo que pensó en ella muy a menudo durante los dos años transcurridos. Miles de veces quiso escribirle,
pero no tuvo valor para hacerlo. ¿Y si tenía la costumbre de
arrojar las cartas de los admiradores a la papelera? Y, además, ¿a qué dirección hubiera enviado la carta? ¿Faye
Price, Hollywood, Estados Unidos? Decidió esperar a
cuando regresara, si es que conseguía hacerlo, de lo que
dudaba algunas veces. Una vez allí, le pareció un sueño
poder contemplarla y escuchar de nuevo aquella voz tan
sensual y profunda que tanto recordaba.

–¿Cuándo regresaste?

Ward decidió ser sincero.

–Ayer –contestó sonriendo–. Quería venir enseguida,
pero tenía que resolver ciertos asuntos.

Los abogados, los papeles, la casa que le parecía demasiado grande para él solo. De momento, se alojaba en un
hotel.

–Lo comprendo perfectamente.

Faye se alegró de verle, de que estuviera vivo y hubiera
regresado. Era el ejemplo viviente de todos los hombres
con los que había alternado en el transcurso de giras. Parecía un sueño lejano, alguien a quien había conocido en
una jungla hacía dos años. Pero Ward estaba allí y la miraba sonriendo, vestido de paisano como todo el mundo,
sólo que con un algo especial que otros no tenían.

De repente, llegó el protagonista masculino y se armó
un alboroto en el plató. El director empezó a vociferar y
Faye no tuvo más remedio que disponerse a interpretar su
primera escena con el galán.

–Será mejor que te vayas, Ward. Tengo que trabajar.

Por primera vez en su vida, Faye se debatió entre el trabajo y un hombre.

—¿No puedo quedarme a mirar? —preguntó él, con cara de chiquillo decepcionado.

—Esta vez, no —contestó Faye, sacudiendo la cabeza—. El primer día es muy duro para todos. Dentro de unas semanas, cuando todos estemos más tranquilos...

A Ward le gustaron aquellas palabras. Y a ella también: «dentro de unas semanas», como si tuvieran toda la vida por delante y un futuro que compartir. ¿Quién era aquel hombre?, se preguntó de súbito Faye mientras la miraba con vehemencia. Al fin y al cabo, no era más que un extraño.

—¿Cenamos juntos esta noche? —le preguntó Ward en un susurro mientras se apagaban las luces del plató.

Faye estaba a punto de sacudir la cabeza para decirle que no cuando el director empezó a gritar de nuevo. Ward intentó decirle algo más, pero ella hizo un gesto con la mano. Lo miró a los ojos e intuyó toda la fuerza de aquel hombre que combatió en una guerra, perdió su primera mujer y regresó a casa para verla a ella. Tal vez no necesitara conocer más datos acerca de él. Por lo menos, de momento.

—De acuerdo —le contestó en voz baja.

Ward le preguntó dónde vivía y Faye le anotó apresuradamente la dirección, avergonzándose un poco de que él viera la casa donde vivía. Hubiera podido tener una mansión mucho más lujosa, pero estaba segura de que Ward se quedaría patidifuso. Sin embargo, no había tiempo para concertar la cita en otro lugar. Le entregó el trozo de papel, le saludó con la mano, y se encaminó hacia el plató. Cinco minutos más tarde, empezó a recibir las instrucciones pertinentes y le presentaron a su compañero de reparto. Era un hombre seductor, intrigante y muy apuesto. Pero Faye se dio cuenta mientras trabajaba a su lado de que le faltaba algo. Color, encanto. Más tarde, en la intimidad del camerino, trató de explicárselo a Pearl.

–Sí, ya sé lo que quiere usted decir, señorita Price. Le faltan dos cosas: corazón y cerebro.

Faye comprendió que la doncella estaba en lo cierto y estalló en una carcajada. No se trataba de un hombre inteligente y, encima, era muy presumido, lo cual acababa por cansar a cualquiera. Había un ejército de criados y secretarias para atender a todas sus necesidades en el plató, desde los cigarrillos a la ginebra. Al término de la jornada, Faye le sorprendió desnudándola con los ojos. Más tarde, él la invitó a cenar.

–Lo siento, Vance. Ya tengo otra cita para esta noche.

Los ojos se le encendieron de rabia al actor y Faye tuvo que hacer un esfuerzo para no soltar la carcajada. Aunque se pasara diez años sin tener una cita, por nada del mundo hubiera salido con él.

–¿Mañana entonces?

Faye negó con la cabeza y se alejó lentamente. No sería fácil trabajar con Vance Saint George, pero había momentos en que su actuación era francamente buena.

Sin embargo cuando, aquella tarde, regresó a toda prisa a su camerino, Faye no pensaba en Vance. Eran las seis y llevaba doce horas en el plató, aunque ya estaba acostumbrada a ello. Se cambió de ropa, se despidió de Pearl y se dirigió al lugar donde tenía aparcado el automóvil para volver rápidamente a Beverly Hills. Al llegar, Bob aún estaba en su garita y le abrió la verja. Faye entró como una exhalación, y dejó el automóvil frente a la entrada sin molestarse siquiera en subir la capota. Ward le había dicho que llegaría a las ocho y ya eran las siete menos cuarto.

Arthur le abrió la puerta y Faye subió corriendo a su dormitorio.

–¿Una copita de jerez, señorita? –le preguntó el mayordomo, y ella se detuvo un instante en mitad de la escalera, esbozando su encantadora sonrisa habitual.

Arthur estaba loco por ella, más de lo que Elizabeth hubiera podido imaginar.

—Espero a un hombre a las ocho.

—Muy bien, señorita. ¿Le mando a Elizabeth para que le prepare el baño? De paso, le podría subir una copita de jerez.

Arthur sabía lo mucho que Faye se agotaba a veces en los estudios, aunque aquella tarde ni siquiera se la veía cansada.

—No gracias, no hace falta.

—¿Desea recibir a su invitado en el salón, señorita?

Era una pregunta retórica, porque Arthur ya sabía que sí. No obstante, se llevó una sorpresa cuando ella le contestó:

—En mi estudio, por favor, Arthur.

Lamentó para sus adentros no haberse citado con Ward en algún sitio situado en el centro de la ciudad. Qué ridículo era interpretar ante el pobre muchacho el papel de rutilante estrella cinematográfica. Bueno, por lo menos había sobrevivido a la guerra y eso era lo más importante, se dijo Faye mientras corría al cuarto de baño de mármol blanco y abrió el grifo de la bañera. Eligió un sencillo vestido de seda blanca que le sentaba muy bien y que no era excesivamente llamativo. Llevaba como complemento una chaqueta de seda gris. Faye sacó del joyero unos pendientes de perlas grises y después eligió unos zapatos de raso del mismo color y un bolso de raso gris y blanco. En conjunto, tal vez resultaba un poco más vistoso de lo que Faye hubiera deseado, pero tampoco quería despreciarle presentándose vestida de cualquier manera. Al fin y al cabo, Ward sabía muy bien quién era ella. El problema era que ella no sabía absolutamente nada acerca de él. Por un instante permaneció inmóvil con la mirada perdida en el vacío, mientras cerraba el grifo de la bañera. La pregunta era interesante. ¿Quién era en realidad Ward Thayer?

3

A las ocho menos cinco en punto, Faye bajó al estudio para esperar a Ward. Llevaba el vestido de seda blanca y había dejado la chaqueta gris sobre el respaldo de un sillón. Empezó a pasear nerviosamente arriba y abajo, arrepintiéndose por enésima vez de no haberle citado en otro sitio. Su repentina aparición en el plató al cabo de dos años del breve encuentro que tuvieron en Guadalcanal la pilló por sorpresa. Qué extraña era la vida. Ward estaba de vuelta y aquella noche iban a cenar juntos. Se vio obligada a reconocer que estaba emocionada. Era un hombre muy atractivo y algo misterioso.

El timbre de la puerta interrumpió sus meditaciones. Mientras Arthur iba a abrir, Faye respiró hondo para tranquilizarse. Y, de repente, se encontró de nuevo ante aquellos ojos de zafiro y experimentó una alegría desconocida. El solo hecho de mirarle le producía una profunda conmoción. Trató de aparentar serenidad mientras le ofrecía una copa y observaba lo guapo que estaba Ward vestido de paisano. Llevaba un sencillo vestido gris a rayas, de corte impecable, y parecía más alto. A Faye se le antojaba un poco extraño estar allí con aquel soldado de una guerra recién terminada. Sin embargo, el gesto era bonito y, como no tenían nada en común, no estaba obligada a volver a verle. Le asombraba que se hubiera abierto camino hasta el plató a base de propinas sólo para verla y, por otra parte, no cabía la menor duda de que era un hombre encantador. Ya lo advirtió cuando le conoció en Guadalcanal.

—Siéntate, por favor.

Se produjo un silencio embarazoso. Pero, de pronto, Faye vio una sonrisa en los labios de Ward y le vio mirando a su alrededor con evidente placer mientras recorría con sus ojos todos los detalles del estudio, las pequeñas esculturas, la alfombra de Aubusson y los libros. Incluso se levantó para echar un vistazo a la colección de libros antiguos que ella había adquirido hacía tiempo en una subasta.

—¿Dónde los conseguiste, Faye?

—En una subasta, hace años. Es una colección de primeras ediciones de la que me siento muy orgullosa.

En realidad, se enorgullecía de casi todo lo que tenía. Porque todo se lo había ganado a pulso y ésa era la razón de que fuera tan importante para ella.

—¿Te importa que los saque? —le preguntó Ward, volviéndose a mirarla mientras Arthur entraba en la estancia llevando la bandeja de las bebidas. Una tónica con ginebra para Faye y un whisky con hielo para Ward, en el precioso servicio de cristal de la casa Tiffany de Nueva York.

—No faltaba más.

Faye le vio sacar cuidadosamente dos libros, posar uno de ellos en una mesita y abrir el otro por la guarda y examinar las últimas páginas de la vieja edición encuadernada en cuero; después la miró con expresión divertida.

—Lo que me suponía. Pertenecían a mi abuelo. Los reconocería en cualquier sitio. —Sonrió, mientras le entrega a Faye uno de los ejemplares al tiempo que le mostraba un logotipo grabado a mano en la última página—. Lo ponía en todos sus libros. Tengo varios.

Sus palabras le recordaban a Faye cuán poco sabía acerca de él. Mientras charlaban, trató de sonsacarle algo, pero Ward se mantenía distante, aunque habló del interés de su abuelo por los barcos y de los veranos que él solía pasar en Hawai, la tierra de su madre. Apenas habló de su padre y Faye no pudo averiguar nada más.

–Tú eres del Este, ¿verdad, Faye?

Procuraba siempre que la conversación se centrara en ella, como si los detalles de su propia vida carecieran de importancia. Parecía dispuesto a seguir siendo un misterio para ella. Era guapo y daba la impresión de ser extraordinariamente mundano. Faye se moría de ganas de saber algo más. Tendría que sonsacarle durante la cena. Vio que Ward la miraba en silencio, inquisitivamente.

–Soy de Pensilvania, pero parece que haya vivido aquí toda la vida.

–Es el efecto que suele producir Hollywood –dijo él, echándose a reír–. Resulta difícil imaginar otra vida. –Rehusó un segundo trago, se miró el reloj y se levantó, tomando la chaqueta de Faye–. Creo que será mejor que nos vayamos. He reservado mesa para las nueve.

Faye hubiera deseado preguntarle dónde, pero no quería atosigarle y dejó que la ayudara a ponerse la chaqueta mientras salían al pasillo.

–Tienes cosas muy bonitas, Faye –añadió él.

Parecía apreciar la belleza y la historia de todos los objetos y reconoció fácilmente una mesa de estilo inglés que había junto a la puerta. Lo que no podía saber era por qué aquella casa significaba tanto para ella.

–Gracias, los he reunido todos yo sola.

–Debe de ser divertido.

Había sido algo más que divertido. Hubo un tiempo en que aquellos objetos lo significaban todo para ella. Más adelante, y a medida que adquirió seguridad en sí misma, ya no le parecieron tan importantes.

Ward la miró a los ojos y abrió la puerta antes de que Arthur pudiera hacerlo. Le dirigió una sonrisa al mayordomo inglés y no se inmutó ante la expresión de reproche de éste. Arthur pensaba que no era correcto que el joven abriera él mismo la puerta, pero Ward parecía feliz y contento cuando salieron al jardín. Bajó con paso ligero los peldaños de mármol y se acercó al automóvil que había dejado estacionado frente a la entrada. Era un Ford descapotable de color rojo brillante, con alguna que otra abolladura, pero poseía cierto aire pecaminoso que a Faye le hizo mucha gracia.

–Qué automóvil tan estupendo, Ward.

–Gracias. Lo he pedido prestado para esta noche. El mío lo tengo todavía averiado. Espero que sabré ponerlo en marcha.

Faye no le preguntó qué automóvil tenía y subió al pequeño Ford mientras él mantenía abierta la portezuela. El vehículo se puso en marcha sin la menor dificultad y salió disparado hacia la verja de entrada que Arthur se había adelantado a abrir. Ward le saludó al salir con un simpático gesto de la mano.

–Qué mayordomo tan serio tiene usted, señora –le dijo a Faye sonriendo.

Arthur y Elizabeth eran unos sirvientes tan estupendos que Faye no se hubiera desprendido de ellos por nada del mundo.

–Me miman demasiado –contestó con cierta turbación.

–Eso no tiene nada de malo. Debes alegrarte.

–Y lo hago –contestó Faye mientras el viento alborotaba su rubio cabello y ambos se miraban, soltando una carcajada.

–¿Quieres que suba la capota? –preguntó Ward.

–No, no, estoy bien, así.

Y lo estaba. Se encontraba a gusto al lado de Ward a bordo del raudo automóvil. Lo que estaban haciendo tenía un aire deliciosamente anticuado. Era como tener una cita del sábado por la noche en Grove City. En aquellos instantes no se sentía una estrella cinematográfica, sino una chica cualquiera. Lo único que le preocupaba era tener que levantarse a las cinco de la madrugada y no poder trasnochar demasiado.

Ward detuvo el automóvil frente al Ciro's y saltó ágilmente del vehículo mientras el portero se acercaba presuroso. Era un apuesto negro de elevada estatura.

—¡Señor Thayer! —exclamó el negro sonriendo—. ¡Ya está de vuelta!

—¡Pues, sí, John, y no ha sido fácil! ¡Puede creerlo!

Se dieron un apretón de manos y se sonrieron con cordialidad. Después el portero miró horrorizado el automóvil.

—Señor Thayer, ¿qué le ha pasado a su automóvil?

—De momento está en el taller. Espero tenerlo arreglado la semana que viene.

—Menos mal, pensaba que lo había vendido a cambio de esta basura.

Faye se sorprendió de aquel desenfadado comentario y de que a Ward le conocieran tan bien en el Ciro's. Al entrar en el local, ocurrió lo mismo. El *maître* se emocionó visiblemente cuando estrechó la mano de Ward y después casi todos los camareros se acercaron a saludarle. Les dieron la mejor mesa de la casa y, tras pedir unas copas, Ward sacó a Faye a bailar.

—Eres la chica más guapa de aquí —le murmuró al oído, mientras la estrechaba entre los brazos.

—No hace falta que te pregunte si solías venir aquí muy a menudo.

Él se echó a reír y la guió hábilmente por la pista. Era un consumado bailarín y Faye estaba cada vez más intrigada. ¿Quién debía ser? ¿Un simple playboy de Los Ángeles? ¿Un personaje importante? ¿Un actor cuyo nombre jamás había oído mencionar antes de la guerra? En todo caso, era evidente que Ward Thayer era «alguien» y Faye se preguntó muy en serio quién sería. No porque quisiera algo de él, sino porque era un poco raro salir con un hombre de quien apenas sabía nada y a quien había conocido de una manera tan anónima en un apartado lugar del mundo.

—Algo me dice que usted me oculta algún secreto, señor Thayer —le dijo, mirándole a los ojos.

—Nada de eso —contestó Ward echándose a reír.

—Muy bien. Entonces ¿quién eres realmente?

—Lo sabes porque ya te lo dije. Soy Ward Thayer, de Los Ángeles.

Después añadió de carrerilla su graduación y su número de serie.

—Eso no me dice nada y tú no lo ignoras. ¿Y sabes otra cosa? —dijo Faye, apartándose un poco para mirarle—. Te lo estás pasando en grande, ¿verdad? Tomándome el pelo y dándotelas de hombre misterioso. Tengo la impresión de que todo el mundo te conoce menos yo, Ward Thayer.

—No, sólo los camareros, porque yo antes trabajaba de camarero.

Mientras hablaba, se produjo un revuelo en la entrada y apareció una mujer pelirroja enfundada en un ajustado vestido negro. Era Rita Hayworth, acompañada como siempre de su apuesto marido, Orson Welles. Éste la sacaba a bailar para exhibirla y era lógico que se sintiera orgulloso de ella. Faye pensó que era la mujer más hermosa que jamás hubiera visto. La había admirado un par de veces desde lejos y se quedó boquiabierta. Como si le hubiera adivinado los pensamientos, Rita volvió la cabeza en su dirección. Faye enrojeció hasta la raíz del pelo. De repente, pareció como si la deslumbrante estrella quisiera abrazarla, pero lo que efectivamente hizo fue arrancar a Ward de los brazos de Faye y abrazarlo con fuerza. Orson se la quedó mirando con interés desde cierta distancia.

—¡Dios mío, Ward, lo conseguiste! Eres un malvado. Tantos años y yo sin saber si estabas vivo o muerto. Todos me preguntaban y yo no sabía qué contestar… —Volvió a echarle los brazos alrededor del cuello, cerró los ojos y esbozó aquella sonrisa que enloquecía a los hombres mientras Faye la miraba sorprendida. Rita estaba tan contenta de ver a Ward que ni siquiera se había percatado de su presencia–. Bienvenido a casa, picarón. –Sonrió, miró a Faye, la reconoció y empezó a comprender–. Ya veo –dijo en tono burlón–. ¿Sabe alguien la noticia, señor Thayer?

–Vamos, Rita, por el amor de Dios, apenas hace dos días que he llegado.

–Trabajas con rapidez –dijo Rita, dirigiéndole a Faye una simpática sonrisa–. Me alegro de volver a verla. –Corteses palabras retóricas. Ambas mujeres no eran amigas–. Cuide bien a mi amigo.

Rita le dio a Ward una palmada en la mejilla y se reunió con Welles, el cual les dedicó una sonrisa a modo de saludo. Mientras Rita y su marido se dirigían a su mesa, situada en el otro extremo del restaurante, Faye miró a Ward; estaba a punto de estallar. Al regresar a la mesa, Ward tomó un sorbo de su bebida y ella le asió por el otro brazo.

–Muy bien, comandante. Se acabó lo que se daba. Quiero saber toda la verdad. –Le miró con fingido enojo mientras él se echaba a reír–. Antes de hacer el ridículo por completo, quiero que me digas qué demonios está pasando. ¿Quién eres? ¿Un actor? ¿Un director? ¿Un gángster… o acaso el antiguo propietario de este local?

A Ward, el juego le parecía mucho más divertido que a Faye.

–¿Qué te parecería un gigoló? ¿Te gusta la idea?

–Me repugna. Vamos, dímelo ya de una vez. Ante todo, ¿de qué conoces a Rita Hayworth?

–Jugaba al tenis con su marido. En realidad, les conocí aquí.

–Cuando trabajabas de camarero, ¿verdad? –El anónimo soldado de Guadalcanal cada vez era más interesante. Faye le miró a los ojos y procuró no reírse–. Ya basta. Yo que me avergonzaba de que me invitaras a cenar y vieras lo bonita que era mi casa, y ahora resulta que conoces a gente mucho más importante que yo.

–No es eso lo que yo tengo entendido, encanto.

–Ah, ¿no? –dijo Faye, ruborizándose.

–¿Qué me dices de Clark Gable?

–No te creas todo lo que cuentan los periódicos –contestó ella.

–Sólo algunas cosas. Eso me lo contaron unos buenos amigos míos.

–Hace años que no le veo. –Faye trató de aparentar indiferencia y Ward, que era un caballero, no insistió–. No me atosigues, por Dios –añadió, mirándole a los ojos–. ¿Quién eres?

–El vaquero solitario –le susurró Ward al oído.

Faye soltó una carcajada mientras el camarero se acercaba trayendo una enorme botella de champán y los menús.

–Bienvenido a casa, señor Thayer. Me alegro de que haya vuelto.

–Gracias. –Ward pidió los platos, brindó con Faye y se pasó toda la velada gastándole bromas hasta que, al final, la acompañó a casa en su Ford descapotable.

–En serio, Faye –le dijo, tomando una de sus manos–, sólo soy un soldado sin trabajo. No tengo empleo y no lo tenía cuando me fui a la guerra. Ya ni siquiera poseo un apartamento. Lo dejé cuando me llamaron a filas. Y en Ciro's me conocen porque solía ir mucho por allí antes de la guerra. No quiero dármelas de importante porque no lo soy. Tú eres una estrella y estoy loco por ti desde que nos conocimos, pero te mentiría si pretendiera ser lo que no soy. Tan sólo soy el que tú crees: Ward Thayer, un hombre sin hogar, sin trabajo y al que le han prestado un automóvil.

Faye le miró dulcemente. Si era cierto, le importaba un bledo. Llevaba muchos años sin pasar una velada agradable. Le encantaba estar con él. Era inteligente, guapo y simpático. Bailaba de maravilla y tenía algo especial que la emocionaba. Era experto en temas que ella jamás hubiera podido imaginar que existían y no se parecía en absoluto a los hombres con quienes se relacionaba. No era vacío y superficial como la gente de Hollywood, aunque parecía que todo el mundo le conocía.

–He pasado una velada maravillosa, quienquiera que seas.

Eran casi las dos de la madrugada y Faye prefería no pensar en el aspecto que tendría a la mañana siguiente. Apenas dormiría tres horas.

–¿Entonces, mañana por la noche…? –preguntó Ward, mirándola con esperanzada expresión de chiquillo.

–No puedo, Ward –contestó Faye, negando con un movimiento de cabeza–. Soy una mujer que trabaja y tengo que levantarme todos los días a las cinco menos cuarto de la mañana.

–¿Hasta cuándo?

–Hasta que terminemos la película.

Ward se quedó cabizbajo, temiendo que Faye no se lo hubiera pasado bien. Al cabo de dos años de soñar con ella, deseaba con toda el alma que se encontrara a gusto a su lado. Deseaba salir con Faye toda las noches, beber, llevarla a cenar y colmarla de atenciones. No quería esperar pacientemente a que terminara la película.

–Pero yo no quiero esperar tanto. ¿Qué te parece si mañana procuras dormir bien y después volvemos a vernos? –Ward consultó el reloj–. La próxima vez no te entretendré tanto. No me he dado cuenta de que era tan tarde. Me lo he pasado maravillosamente bien contigo, Faye –añadió, mirándola a los ojos. Estaba locamente enamorado de ella aunque apenas la conocía. Llevaba dos años soñando con volver a verla y se había prometido buscarla a su regreso. Por consiguiente, no quería soltarla hasta conseguir que ella se enamorara perdidamente de él. Lo que Faye ignoraba era que Ward Thayer solía conseguir lo que se proponía. Casi siempre.

–De acuerdo –contestó ella, sin poder resistir la fuerza de su mirada–. Pero me tienes que llevar a casa a medianoche si no quieres que me convierta en una calabaza. ¿Trato hecho?

–Te lo prometo, Cenicienta.

Hubiera deseado besarla, pero no se atrevió a hacerlo. Era demasiado pronto. No quería ser como los demás hombres con quienes ella había salido, que sólo la buscaban por ser quien era. Él aspiraba a mucho más. Descendió del vehículo, lo rodeó para abrir la portezuela del otro lado, y Faye bajó y le tomó una mano.

—Me lo he pasado muy bien, muchas gracias —le dijo mientras Ward la acompañaba por los peldaños de mármol. Estuvo tentada de invitarle a tomar un trago, pero, en tal caso, apenas podría dormir y le hacía falta descansar por lo menos unas horas antes de volver al plató. Ward se quedó de pie junto a la puerta, sintiéndose un poco cohibido. Después rozó con los labios el cabello de Faye y le levantó la barbilla con una mano para poder contemplar de nuevo sus preciosos ojos de color verde esmeralda.

—Te echaré de menos estos dos días.

—Yo también a ti, Ward —contestó Faye.

Como le echó de menos al principio, después de su encuentro en Guadalcanal. Jamás ningún hombre le había llegado tan hondo. Hubiera tenido que asustarse, pero se divertía demasiado para hacerlo. Sobre todo, tratándose de Ward Thayer.

4

Faye llegó muy puntual al plató a la mañana siguiente y Pearl le sirvió tres tazas de café cargado.

–Con tanto café, voy a tener los nervios de punta durante todo el día.

–Sí, pero si no bebe, a lo mejor se duerme en los brazos de ese monigote en el transcurso de una escena de amor.

–Es posible que me ocurra, de todos modos.

Ambas se echaron a reír porque ninguna de las dos tenía demasiado buen concepto del protagonista. Éste volvió a llegar con retraso y se comportó como un estúpido. Dijo que en su camerino hacía demasiado calor y, cuando le instalaron unos ventiladores, se quejó de la corriente de aire. No le gustaban ni el peluquero ni el maquillador, y aún seguía quejándose de la iluminación y del vestuario. Al final, el director, completamente exasperado, decretó que se hiciera una pausa para el almuerzo. Cuando Faye regresó al camerino, Pearl la aguardaba con el periódico abierto. La columna de Hedda Hopper le dijo todo cuanto ella deseaba saber de la víspera. Leyó las palabras con cuidado y después se quedó sentada un buen rato como para digerirlas, mientras Pearl la miraba con expresión inquisitiva.

«... El playboy Ward Cunningham Thayer IV, heredero de la fortuna de los armadores Thayer, ha regresado sano y salvo de la guerra y según nos dicen, ha vuelto a sus habituales andanzas. Anoche estuvo en Ciro's, donde recibió la cariñosa bienvenida de Rita Hayworth y de su marido. Al parecer, ha añadido una nueva pieza a su lista: la encantadora Faye Price, con un Oscar en su haber y multitud de apuestos pretendientes, entre ellos, uno de nuestros favoritos, tal como todos lo sabemos. Nos preguntábamos si el solitario viudo seguiría pidiendo guerra, pero parece que Thayer lleva ventaja. Trabaja rápido, Ward. ¡Y eso que lleva tan sólo tres días de vuelta! Por cierto, Faye trabaja en una nueva película con Vance Saint George, y el director Louis Bernstein las va a pasar moradas y no por culpa de Faye precisamente… ¡Buena suerte, Ward! Mejor dicho, buena suerte a los dos. ¿Sonarán campanas de boda en un futuro? El tiempo lo dirá.»

—Qué pronto se enteran de todo, ¿verdad?

Faye miró a Pearl sonriendo. «Playboy heredero de la fortuna Thayer.» Ahora se acordó del apellido, aunque, al principio, no le sonaba. Un playboy… La cosa no le gustaba demasiado. No quería dar la impresión de ir a la caza de una fortuna, y tampoco deseaba convertirse en un trofeo más de la colección de Ward. De repente, se le antojó menos atractivo y menos «real» que la víspera. No se parecía ni pizca a los hombres de Grove City. Estaba bastante molesta. Pearl captó el mensaje y no hizo más alusiones. El día fue bastante agitado. Vance Saint George se pasó el rato quejándose y, cuando, a las seis, abandonó el plató, Faye estaba exhausta. No se desmaquilló, se enfundó en unos pantalones beige y un jersey de lana de cachemira y, con el cabello rubio volando a impulsos del viento, puso en marcha el Lincoln Continental en el momento en que un insistente claxon empezaba a sonar a sus espaldas. Miró a través del espejo retrovisor y vio el conocido automóvil rojo. Lanzó un suspiro; no estaba de humor para hablar con nadie y menos aún con un playboy millonario. Era una mujer que trabajaba y la víspera sólo había dormido un par de horas. Quería que todo el mundo la dejara en paz, incluido Ward Thayer. Por muy guapo que fuera, ella tenía su propia vida. Y, por otra parte, se trataba sólo de un playboy.

Ward saltó del pequeño vehículo rojo, cerró la portezuela de golpe y se acercó corriendo a Faye trayendo un ramo de nardos blancos y gardenias y una botella de champán en los brazos. La actriz le miró sonriendo.

–¿No tiene usted nada que hacer, señor Thayer, aparte perseguir a las pobres actrices cuando salen del trabajo? –inquirió con ironía Faye.

–Mira, Cenicienta, no te pongas nerviosa. Ya sé que debes de estar agotada, pero pensé que esto te animaría durante el camino de regreso a casa… a no ser que pueda invitarte a tomar unas copas en el hotel Beverly Hills… ¿Hay alguna posibilidad?

–¿Quién es tu agente de prensa? –preguntó Faye, un poco molesta.

–Supongo que fue cosa de Rita. Lo lamento… ¿Te has disgustado mucho?

Para nadie era un secreto que Hedda Hopper le tenía inquina a Orson Welles mientras que apreciaba mucho a Rita. Lo mismo que a Ward, pero Faye lo ignoraba.

Sonrió porque no había forma de enfadarse con él. Era un hombre generoso y lleno de recursos y Faye reconocía que, aun sabiendo que era un playboy, le seguía pareciendo simpático. Ya en Guadalcanal, su poder de seducción se reveló extraordinario. Ahora, en su elemento, su atractivo se había multiplicado por mil y a Faye no le era, ni mucho menos, indiferente.

–Por lo menos, ahora sé quién eres.

–Todo eso no es exacto y carece de la menor importancia –contestó Ward, encogiéndose de hombros y sin hacer la menor alusión a los «pretendientes» de Faye–. ¿Seguimos la sugerencia, Faye? –preguntó. La miró y en sus ojos había una expresión que ella no supo descifrar porque no le conocía bastante.

—¿A qué te refieres?

Se sentía tan cansada que no podía concentrarse.

—A lo de las campanas de boda. Podríamos casarnos y darles una sorpresa a todos.

—Magnífica idea —exclamó Faye en tono burlón mientras consultaba el reloj—. Vamos a ver, son las seis y veinticinco. ¿Qué tal a las ocho? Así, podríamos salir mañana en los periódicos.

—Estupendo —contestó Ward, rodeando el automóvil y saltando al otro asiento antes de que ella pudiera protestar—. Bueno, pues, en marcha, nena.

Se reclinó contra el respaldo y la miró sonriendo. Faye se olvidó por un momento de lo cansada que estaba. En realidad, se alegraba mucho de estar con él, más de lo que hubiera deseado.

—¿Acaso esperas que conduzca *yo*? ¿Qué clase de matrimonio sería éste?

—Ya has leído los periódicos. Dicen que soy un playboy. Y los playboys no conducen, sino que los conducen.

—Eso les ocurre a los gigolós. *No* es lo mismo, Ward.

Se echaron a reír.

—¿Y por qué a un playboy no le pueden conducir? Estoy cansado. He tenido un día fatal. Almorcé con tres amigos y nos bebimos cuatro botellas de champán.

—Se me parte el corazón. ¡Yo estoy trabajando desde las seis de la mañana y tú te has pasado el día bebiendo champán!

Quería aparentar enojo, pero, al ver acercarse el enorme automóvil de Vance Saint George, soltó una carcajada.

—Eso es lo que te hace falta, Faye —le dijo Ward con la cara muy seria.

—¿Un automóvil como ése? No seas ridículo. Me gusta conducir yo misma.

—No es femenino —dijo él con tono relamido—. Y, además, no resulta apropiado para la víctima de un playboy.

—Conque soy tu víctima, ¿eh?

—Espero que lo seas. —Ward consultó el reloj y la miró—. ¿A qué hora nos casamos? Dijiste a las ocho. Será mejor que nos demos prisa… ¿O prefieres que nos vayamos a tomar unas copas?

Faye denegó con la cabeza con menos convicción que al principio.

—No, prefiero irme a casa, señor Thayer. Recuerda que trabajo y estoy muy cansada.

—No veo por qué razón. Probablemente, anoche te acostaste a las diez.

—Pues no, señor. —Faye cruzó los brazos y le miró sonriendo—. Tuve una cita con un playboy millonario.

Aunque la conversación fuera completamente absurda, ambos se lo pasaban muy bien y Faye se negaba a tomarse la cosa en serio.

—¡No me digas! —exclamó Ward con aire de fingido asombro—. ¿Quién era?

—No recuerdo el nombre.

—¿Era simpático?

—Más o menos. Pero un terrible embustero, claro, como todos.

—¿Guapo?

—Mucho —contestó Faye, mirándole directamente a los ojos.

—Ahora veo que te debió contagiar su afición a las mentiras. Anda, vamos, quiero presentarte a unos amigos. —La rodeó con un brazo y ella aspiró la áspera fragancia de loción para después del afeitado—. Vamos a tomarnos unas copas. Te prometo que esta noche te acompañaré a casa temprano.

—No puedo, Ward. Me caería dormida sobre la mesa.

—No te preocupes, te pellizcaré.

—¿Has dicho en serio lo de tus amigos?

Era lo que menos le apetecía en aquellos instantes.

Hubiera deseado regresar a casa. Tenía que aprenderse unas modificaciones que se habían introducido en el guión y, habida cuenta del pésimo trabajo de Saint George, se sentía obligada a dar lo mejor de sí misma para compensarlo. De lo contrario, la película se iría a pique.

—Lo de los amigos era una broma —contestó Ward—. Sólo tú y yo. Te llevaría a mi casa, si tú quisieras, pero no tengo ninguna. Eso lo complica todo.

—Y que lo digas.

—Hubiera podido ir a la casa de mis padres, pero está cerrada y me resulta demasiado grande. He alquilado un apartamento en el hotel Beverly Hills hasta que encuentre lo que me guste. Por consiguiente, me temo que sólo puedo ofrecerte el bar del hotel. —No hubiera sido correcto invitarla al apartamento. Aunque fuera una conocida estrella cinematográfica y tuviera muchos pretendientes, Faye era una chica seria. Parecía una señorita un poco chapada a la antigua y eso le gustaba a Ward. Los periódicos no se equivocaban demasiado en cuanto a sus intenciones—. Bueno, ¿qué dices? Estamos media hora y después te llevo a casa. ¿Qué te parece?

—De acuerdo, de acuerdo. Desde luego, eres un hueso duro de roer. Me alegro de no trabajar para ti.

—Ah, mi dulce angelito —dijo él, pellizcándole una mejilla—, también podríamos arreglar eso. Ahora, pasa a este lado y conduciré yo.

Ward saltó del vehículo y lo rodeó para sentarse al volante.

—¿No necesitarás tu coche?

—Tomaré un taxi y volveré por él cuando te haya acompañado a casa.

—¿No será mucha molestia para ti, Ward?

—Ninguna en absoluto, encanto —contestó él, mirándola con sorna—. ¿Por qué no apoyas la cabeza en el respaldo y descansas mientras vamos al hotel? Pareces fatigada.

—A Faye le gustó el tono de su voz, la mirada de sus ojos

y el contacto de su mano sobre la suya. Entornó los párpados y le observó mientras conducía–. ¿Cómo ha ido el trabajo?

–Vance Saint George es un pelmazo insoportable. No sé cómo ha llegado donde está.

Ward lo sabía, pero no lo quiso comentar. Vance se había acostado con cualquier ser humano, hombre o mujer, y se había ganado los favores de todo el mundo, pero algún día lo pagaría.

–¿Vale como actor?

–Podría valer si no se preocupara tanto de las corrientes de aire y el maquillaje, y estudiara un poco su papel para variar. Es difícil trabajar con él porque nunca está preparado y nos hace perder el tiempo a todos.

–Tengo entendido que es usted una verdadera profesional, señorita Price –le dijo Ward lleno de admiración.

Estaban muy cerca del hotel y Faye se incorporó en el asiento.

–¿Quién te lo ha dicho?

–Hoy he almorzado con el productor de cine Louis B. Mayer. Dice que eres la mejor actriz de Hollywood y estoy de acuerdo con él, como ya te puedes imaginar.

–Qué sabrás tú –contestó Faye–. Has estado cuatro años fuera. Y te has perdido mis mejores películas –añadió.

–Sí, pero no olvides que te vi en Guadalcanal. –Ward la miró con ternura y volvió a acariciarle las manos. Se sentía feliz a su lado–. ¿Cuántas personas podrían presumir de lo mismo? –Se rieron, pensando en los miles de soldados que asistían a sus espectáculos–. Bueno, no importa.

El automóvil se detuvo frente al hotel de paredes pintadas de color rosa y Ward saltó sin abrir la portezuela mientras el conserje se acercaba presuroso, murmurando su nombre. El propio Ward le abrió la portezuela a Faye.

–¿Puedo entrar así? –preguntó la joven, mirándose los pantalones deportivos.

—Se postrarían a tus pies aunque entraras en traje de baño, Faye Price —le contestó él sonriendo.

—¿Sabrían quién soy yo o sólo lo harían porque me acompaña Ward Thayer?

—¡Qué tonterías dices!

Sin embargo, el *maître* le asignó, como de costumbre, la mejor mesa. Y esta vez, tres personas se acercaron a Faye para pedirle un autógrafo. Cuando abandonaron el hotel, una hora más tarde, alguien había alertado a la prensa y el flash de un fotógrafo les estalló en la cara cuando se disponían a salir.

—Qué fastidio —exclamó Faye mientras corrían a refugiarse en el automóvil, seguidos por el fotógrafo—. ¿Por qué no nos dejan en paz? ¿Por qué arman tanto jaleo?

Faye era muy celosa de su intimidad y los fotógrafos no cesaban de asediarla. Esta vez, ni siquiera mantenía relaciones formales con Ward.

—Eres noticia, nena, no puedes evitarlo. —Ward se preguntó si no estaría molesta porque había otra persona en su vida. Hubiera sido normal. Mientras la acompañaba a casa, hizo una velada alusión al tema—. Eso no…, no te estropeará ningún otro plan, ¿verdad?

—No en el sentido que tú piensas —contestó Faye, sonriendo al ver la expresión de los ojos de Ward—. Pero no me gusta anunciar a los cuatro vientos cómo transcurre mi vida privada.

—En tal caso, tendremos que ser más discretos.

Faye asintió, pero ambos se olvidaron de su propósito a la noche siguiente, cuando él acudió a recogerla en su propio automóvil, un Duesenberg modelo especial comprado antes de la guerra. Era el vehículo al que se había referido el portero del Ciro's, y Faye comprendió por qué. Jamás había visto semejante automóvil.

Aquella noche, Ward la llevó al Mocambo donde Charlie Morrison, el canoso propietario, se acercó corriendo a él y le abrazó muy emocionado. Como todo el mundo, se alegraba mucho del regreso de Ward. Les enviaron a la mesa una gigantesca botella de champán y Faye miró a su alrededor, preguntándose quién habría allí aquella noche. No era la primera vez que visitaba aquel local, considerado el más lujoso de la ciudad. Había una pared ocupada por una pajarera en la que revoloteaban las aves más insólitas, las parejas bailaban en la pista y los astros cinematográficos entraban y salían sin cesar.

–No creo que nuestra presencia aquí, esta noche, pase desapercibida. Temo que el propio Charlie avise a la prensa –dijo Ward, preocupado–. ¿Te importa mucho, Faye?

Sospechaba que a la chica no le habría gustado la fotografía que había aparecido en el *Times* de Los Ángeles en la que se la veía saliendo, la víspera, del hotel Beverly Hills para dirigirse al automóvil.

–Tengo la impresión de que tú no puedes pasar desapercibido –contestó Faye. Ambos sabían que eso era cierto–. Por otra parte, no creo que importe demasiado. Ni tú ni yo tenemos nada que ocultar. Sería bonito conservar la intimidad, pero parece que no podrá ser.

Faye lo estuvo pensando mucho la víspera y, al final, llegó a la conclusión de que le daba lo mismo.

–Eso a mí nunca me molestó demasiado –dijo Ward, tomando un sorbo de dorado champán–. Lo bebía en grandes cantidades y era casi su signo distintivo–. La vida es así.

Cuando uno es el heredero de una gran fortuna y conduce un Duesenberg modelo especial, la cosa no tiene remedio, pensó Faye sonriendo.

–Qué poco podía yo imaginar, cuando conocí a aquel simpático teniente en Guadalcanal, que éste era un muchacho malcriado, asiduo frecuentador de locales de lujo y bebedor de ríos de champán… –dijo Faye en torno burlón sin que él se sintiera ofendido.

Todo era verdad y, sin embargo, había algo más. Hasta cierto punto, Ward sabía que la guerra le había sido beneficiosa. Fueron los cuatro años más duros de su vida, pero se demostró a sí mismo que podía sobrevivir a casi todo: a calamidades, a los peligros, a la congoja y las molestias. En el transcurso de aquellos cuatro años, jamás utilizó ni sus amistades ni su apellido, aunque algunos sabían quién era.

Después se casó. Al principio, pensó que nunca se podría recuperar de la muerte de su primera esposa. Jamás se había enfrentado con aquella experiencia y el dolor que experimentó fue casi insoportable. Sin embargo, después conoció a Faye, llena de belleza y encanto, sentido de la realidad y de talento. Se alegraba de que Faye no hubiera sabido al principio quién era. Quizá le hubiera considerado un frívolo, y algunas veces lo era. Sin embargo, también podía ser muy serio, tal como Faye pudo descubrir. Era un hombre que tenía muchas facetas y, juntos, formaban una curiosa combinación. Se gustaban por lo que eran, no por lo que tenían. Hacían buena pareja en muchos sentidos, como las famosas columnistas Hedda Hopper y Louella Parsons intuyeron enseguida.

–¿Cuáles son sus objetivos en la vida, señorita Price? –le preguntó Ward en tono de guasa cuando ya andaba por la cuarta copa de champán. No parecía que la bebida le afectara en absoluto. Faye sabía que tendría que andarse con cuidado, de lo contrario, acabaría emborrachándose, lo que no hacía jamás–. ¿Qué piensas hacer dentro de diez años?

La pregunta era interesante y Faye le miró frunciendo el ceño.

–¿Me lo pregunta en serio?

–Pues claro.

–No estoy muy segura de ello. Cuando pienso en estas cosas, siempre veo dos posibilidades, algo así como dos caminos que llevaran a lugares muy distintos, y nunca sé cuál de ellos tomaré.

–¿Y adónde conducen estos dos caminos?

Ward estaba cada vez más intrigado por ella.

–Un camino representa todo esto. –Faye miró a su alrededor–. Las mismas personas, lugares y cosas, mi carrera, más películas, más fama, lo mismo que ahora, supongo.

Su voz se perdió sin acabar la frase.

–¿Y el otro? –La espoleó Ward, tomándole una mano–. ¿Adónde conduce, Faye?

Se miraron a los ojos y entonces se desvaneció como por ensalmo el ambiente que les rodeaba. Faye deseaba ardientemente algo, pero aún ignoraba qué era.

–¿El otro camino? Conduce a un lugar muy distinto: un marido, unos hijos, una vida muy alejada de todo esto, más parecida a la que conocí en mi infancia. Ya casi no acierto a imaginármela, pero sé que existe esta posibilidad. Sin embargo, es muy difícil tomar una decisión.

–¿No podrías compaginar ambas cosas?

–Lo dudo mucho –contestó Faye, sacudiendo la cabeza–. No es una buena mezcla. Fíjate cómo trabajo. Me levanto a las cinco, salgo de casa a las seis, no regreso hasta las siete o las ocho. ¿Qué hombre podría resistirlo? Hace años que veo cómo se hacen y deshacen los matrimonios en Hollywood. Todos sabemos qué ocurre. Si me casara, no querría nada de todo eso.

–¿Y qué es lo que querrías… si te casaras, quiero decir?

Faye pensó que era un poco extraño mantener una conversación como aquélla en su tercera cita. Sin embargo, ya empezaba a conocer a Ward. Se vieron tres veces en tres días y allí, en Guadalcanal, les ocurrió algo muy curioso. Era como si entre ambos se hubiera establecido un vínculo y éste se hubiera ido consolidando a lo largo de los años. Recapacitó sobre la pregunta.

–Creo que querría estabilidad, un matrimonio que durara muchos años con un hombre al que amara y respetara. Y tener hijos, claro.

–¿Cuántos? –preguntó Ward, sonriendo.

–Por lo menos doce –contestó Faye en tono burlón.

–Son muchos. ¿Qué te parece cinco o seis?

–Tampoco estaría mal.

–Me parece un proyecto de vida interesante.

–Y a mí también, pero no acierto a imaginármelo –dijo Faye, exhalando un suspiro.

–¿Tan importante es tu carrera para ti?

–No estoy segura de ello. He trabajado con ahínco durante seis años. Sería difícil dejarlo…, o tal vez no. –Faye se echó a reír–. Si tuviera que hacer muchas películas como la que ahora estoy rodando, no me costaría nada abandonarlo todo.

–Me gustaría que lo dejaras algún día –le dijo Ward, tomándole una mano y mirándola muy en serio.

–¿Por qué?

–Porque estoy enamorado de ti y me gusta el segundo camino que has descrito. Es el más satisfactorio. El primero conduce a la soledad. Supongo que ya lo sabes.

Faye asintió con la cabeza y le miró a los ojos. ¿Se estaba declarando? No era posible. Retiró la mano muy despacio, sin saber qué decirle.

–Vuelve a casa, Ward. Ahora todo te parece distinto. Serás muy vulnerable durante algún tiempo…

Quería desalentarle. Ward actuaba a marchas forzadas. Apenas se conocían y, sin embargo, ambos temían perder la ocasión y se hallaban todavía bajo los efectos de la magia bélica. Pese a ello, todo era auténtico y muy especial.

Él tomó de nuevo su mano y le besó los dedos.

–Hablo en serio, Faye. Jamás sentí nada parecido en toda mi vida. Lo comprendí cuando nos conocimos en Guadalcanal. Allí, no supe qué decirte. Podía morir al día siguiente. Pero no me he muerto, estoy en casa y tú eres la mujer más increíble que jamás he conocido.

–¿Cómo puedes decir eso? –le preguntó ella. Ward hubiera deseado estrecharla en sus brazos, pero no se atrevió porque seguramente los fotógrafos les acechaban y todos estarían deseando captar la primicia–. Ni siquiera me conoces, Ward. Me viste actuar durante un par de horas en Guadalcanal. Después hablamos media hora, y ahora hemos salido juntos un par de veces. –Quería disuadirle antes de que fuera demasiado tarde, pero no sabía muy bien por qué razón. Todo le parecía excesivamente precipitado y, sin embargo, sentía por él algo especial y aquella misma tarde hubiera tomado su mano y se hubiera ido con él hacia la puesta de sol en la certeza de que vivirían felices toda la vida. Pero las cosas no ocurrían así. No era posible. O tal vez sí. Quizá había encontrado «lo definitivo» de que hablaba todo el mundo–. Es demasiado pronto, Ward.

–Demasiado pronto para qué –preguntó él–. ¿Demasiado pronto para decirte que estoy enamorado de ti? Quizá sea cierto, pero la verdad es que lo estoy. Llevo años enamorado de ti.

–Entonces es una ilusión.

–No. Eres exactamente como yo intuí. Inteligente, realista y tienes mucho sentido común. Eres sencilla, simpática y hermosa. No te importa lo que digan de ti los agentes de prensa. Te gusta lo que haces y trabajas con ahínco. Eres la mujer más honrada que jamás he conocido y lo haces todo muy bien, gracias precisamente a tus cualidades… Y, si no te saco de aquí y te beso antes de cinco minutos, me volveré loco, Faye. ¡Por favor, cállate ya, si no quieres que te bese aquí mismo!

Ella le miró alarmada, pero no pudo evitar sonreír.

–¿Y si dentro de seis meses descubres que me detestas?

–¿Y por qué iba a ocurrir eso?

–Probablemente, tengo costumbres que aborreces. Te lo digo en serio, Ward, no sabes quién soy. Y yo no te conozco a ti.

–Muy bien, pues, ya nos iremos conociendo. Me pegaré a ti como una lapa y te volveré loca hasta que me digas que sí. –La miró muy satisfecho, apuró la copa de champán y después le preguntó–: ¿Te parece bien?

–¿Serviría de algo contestar que no?

–De nada en absoluto.

Ward esbozó una de aquellas sonrisas que tanto le gustaban a Faye mientras en sus profundos ojos azules se encendía una chispa de picardía. Era irresistible y Faye no estaba muy segura de querer resistir. Sólo deseaba que ambos fueran más sensatos. Sus pasados idilios nunca fueron como ése. No quería ser una de aquellas mujeres de que siempre hablaban los periódicos, enamorándose de uno y comprometiéndose con otro, hasta que, al final, acababan convertidas en unas viejas prostitutas de Hollywood. Esas cosas todavía le importaban y a Ward le gustaba que así fuera. Le gustaba todo de ella y a Faye le gustaba todo de él; pero no quería ligarse al cabo de sólo tres días de conocerse.

–Eres imposible.

–Lo sé –dijo Ward muy complacido. Después se inclinó bruscamente hacia adelante–. ¿Te importa que no trabaje?

Tal vez a Faye la preocupaba la ética del trabajo, pensó.

–No, si es que puedes permitirte este lujo. Pero, ¿no te aburres?

Hubiera deseado saber en qué ocupaba Ward sus ratos libres. Ella trabajaba con ahínco desde hacía años y no acertaba a imaginar que uno pudiera pasarse los días jugando al tenis y yendo a almorzar. Para ella hubiera sido insoportable. Él, en cambio, parecía muy feliz.

–Faye –contestó Ward, reclinándose en el asiento–. Me encanta la vida que llevo. Desde que era niño lo he pasado siempre muy bien. Cuando murió mi padre, me prometí que jamás me mataría a trabajar tal como hacía él. Mi padre murió de un ataque al corazón apenas contaba cuarenta y seis años. Mi madre tenía cuarenta y tres y siempre andaba preocupada por él. Jamás dedicaron un minuto a pasárselo bien y ni siquiera tenían tiempo para mí. Me juré que, cuando tuviera hijos, e incluso mucho antes, no viviría de aquella manera. No hay ninguna razón para ello. Hablando con toda franqueza, no podría gastarme todo el dinero que tengo por mucho que lo intentara. –Faye comprendió que no pretendía presumir sino simplemente ser sincero, cosa que le agradeció–. Mi abuelo hizo lo mismo y se murió a los cincuenta y seis años por exceso de trabajo. ¿A quién le importa lo mucho que has trabajado cuando te mueres? Yo quiero disfrutar de la vida. Que digan lo que quieran y que me llamen lo que se les antoje. No pienso caerme muerto a los cuarenta y cinco años de un ataque al corazón, ni ser un extraño para mi mujer y mis hijos. Gozaré de la vida con ellos, los conoceré y ellos me conocerán a mí. En realidad, nunca supe quién era mi padre, Faye. Para mí, era un extraño. Como tú, veo que en la vida hay dos caminos. La existencia que llevaron mis padres y que yo no quiero llevar; y la que yo llevo ahora y es la que más me gusta. Espero con toda el alma que no te parezca mal. –La miró a los ojos y respiró hondo–. Claro que, si te empeñaras, podría buscarme un empleo.

Faye le miró sorprendida antes de contestar. Hablaba en serio. ¿Cómo era posible al cabo de tan sólo tres días?

–No tienes que buscarte un empleo por mí, Ward. ¿Con qué derecho podría pedirte que lo hicieras? –Si podía permitirse el lujo de no trabajar, ¿por qué iba a hacerlo? Con su forma de vivir, no perjudicaba a nadie–. No puedo creer que hables en serio.

Se miraron largo rato a los ojos en silencio. Después, él la sacó a bailar sin decir palabra. Cuando volvieron a la mesa, Ward se preguntó con inquietud si aquella explicación la habría molestado.

–¿Estás bien, Faye?

Se la veía muy ensimismada y él temió haberla asustado, revelándole sus pensamientos.

–Pues no lo sé –contestó Faye con sinceridad–. Me has dejado desconcertada.

—No importa —dijo Ward, rodeándola con un brazo mientras admiraba el precioso vestido de raso azul marino con la espalda al aire que llevaba ella. Faye sabía vestir con una sutil sensualidad que a él le encantaba. Hubiera deseado llenarla de vestidos, joyas y abrigos de pieles.

Se pasaron el resto de la velada hablando de temas intrascendentes y Faye trató de olvidar la declaración. Ward, por su parte, se alegraba de haberle confesado sus sentimientos. Al finalizar la cena, la acompañó a su casa y esta vez ella le invitó a tomar un coñac, sin dejar de preguntarse si no sería peligroso dejarle entrar. Mientras llenaba la copa, rió para sus adentros. Ni que fuera a violarla. Le ofreció la copa y Ward la miró inquisitivamente sin comprender la razón de su sonrisa.

—Eres encantadora, Faye... Más de lo que yo recordaba.

—Que Dios te conserve la vista. —Algunas veces sus elogios la turbaban. Era un hombre feliz y despreocupado, con muy pocas decepciones en su haber y sin ninguna inquietud, y se veía a las claras que estaba muy enamorado—. ¿Qué vas a hacer mañana? —le preguntó tan sólo por decir algo.

—Te diré lo que no voy a hacer —contestó Ward—. No voy a trabajar. —En cierto modo, no se avergonzaba de reconocerlo y, ya en el transcurso de la cena, le dijo a Faye cuanto pensaba al respecto. Sin embargo, casi parecía enorgullecerse de no tener la obligación de trabajar. No le importaba siquiera que le llamaran «el playboy millonario»—. Ojalá no estuvieras rodando esta película, Faye. Podríamos salir a divertirnos. —Faye imaginó la vida que hubieran llevado. Lánguidas tardes en la playa, días dedicados a costosas compras, tal vez uno o dos viajes. Tenía que reconocer que la perspectiva era halagüeña, pero, de momento, no quería ni pensar en ello—. Una de estas noches, me gustaría llevarte al casino de Avalon Bay, pero tendríamos que quedarnos a pasar la noche en la isla Catalina. Supongo que no tendrás ningún fin de semana libre, ¿verdad?

–No, hasta que termine la película –contestó Faye.

Le miró mientras tomaba un sorbo de coñac y aspiró el embriagador aroma de la loción, pensando en cuántas cosas divertidas podrían hacer.

–Hay muchos lugares donde quisiera llevarte. París, Venecia, Cannes… Ahora que la guerra ha terminado, podríamos ir a cualquier sitio.

Faye se echó a reír y sacudió la cabeza mientras posaba la copa.

–Estás muy mimado, amigo mío, ¿no es cierto? Por lo menos, uno de nosotros tiene que trabajar. Yo no me puedo ir sin más a dar la vuelta al mundo.

–¿Y por qué no?

–Los estudios no me lo permitirían. Cuando acabe esta película, mi agente me renovará el contrato y estoy segura de que me mantendrán ocupada durante muchísimo tiempo.

–¿Quieres decir que, después de esta película, termina tu contrato? –A Ward se le iluminaron los ojos de alegría. Faye asintió, sorprendiéndose de su reacción–. ¡Albricias, nena! ¿Por qué no te tomas un año de vacaciones?

–¿Estás loco? Eso sería el final para mí, Ward. No puedo hacerlo.

–¿Por qué no? Eres una de las mejores estrellas que tienen. ¿No podrías tomarte un año de vacaciones y reanudar después el trabajo?

–Lo dudo.

–Pues no lo dudes ni un segundo. Podrías largarte y volver cuando quisieras.

–Es un riesgo, Ward. Yo no quiero jugar con mi carrera.

Él la miró muy en serio. Los acontecimientos se desarrollaban con excesiva rapidez.

–Otra vez los dos caminos, ¿verdad, Faye? ¿Cuál quieres seguir de verdad? ¿El antiguo? ¿O el otro de que hemos hablado: el matrimonio y los hijos, la estabilidad, la verdadera vida?

Faye se volvió de espaldas y permaneció un rato contemplando el jardín sin decir nada. Cuando volvió a mirar a Ward, había lágrimas en sus ojos, pero no parecía enojada.

—No lo hagas más, Ward.

—Que no haga más, ¿qué? —preguntó él, sorprendido ante la reacción de Faye.

—Torturarme con estas tonterías. Apenas nos conocemos. Somos extraños el uno para el otro. Por lo que dicen, la semana que viene ya podrías estar cortejando a alguna estrellita, o a la propia Rita Hayworth. He trabajado mucho para llegar donde estoy, y aún no me siento dispuesta a dejarlo. Puede que nunca lo esté. De lo que sí estoy segura es de que no voy a hacerlo por un ex soldado medio loco recién llegado de la guerra, que cree estar enamorado de mí desde hace dos años porque habló una vez conmigo durante mi gira. No se echa a perder toda una vida por eso, Ward. Me importa un bledo que seas tan rico y que jamás hayas trabajado. Yo, en cambio, sí. Trabajo desde que tenía dieciocho años y no pienso dejarlo. Estoy aquí y pienso quedarme hasta que esté segura de que puedo dejarlo. —A Ward le llamó la atención la palabra «segura» y comprendió que tenía razón. Faye había trabajado mucho para llegar al estrellato y hubiera sido una insensatez arrojarlo todo por la borda. Sin embargo, él le enseñaría, con el tiempo, que sus palabras eran sinceras… siempre que le diera la oportunidad de hacerlo—. No quiero oírte hablar más de eso —añadió Faye mientras las lágrimas le rodaban por las mejillas—. Si quieres verme, me parece muy bien. Llévame a cenar, baila conmigo, diviérteme. Pero no me pidas que abandone mi carrera por un desconocido por mucho que éste me guste y me interese.

Un sollozo quebró sus palabras mientras se volvía de

nuevo de espaldas, enfundada en el precioso modelo de Trigère.

Ward se acercó inmediatamente a Faye, la rodeó con los brazos y comprimió el tórax contra la espalda de ella, mientras hundía el rostro en su sedoso cabello.

–Siempre estarás segura conmigo, nena, siempre…, te lo prometo. Pero te comprendo. No era mi intención asustarte. Me dejé llevar por la emoción sin poder evitarlo. –La obligó a mirarle y se le partió el corazón al ver sus lágrimas–. Oh, Faye…

La abrazó y la besó en los labios. En lugar de apartarse, ella le correspondió con vehemencia. Necesitaba el consuelo de la compañía de Ward, necesita algo que veía en él, le quería más de lo que jamás hubiera querido a ningún otro hombre.

Se siguieron besando mientras Ward le acariciaba la espalda. Después, él le besó el rostro, los ojos y las manos, y Faye le acarició la cara y le besó a su vez, sintiendo que, poco a poco, su temor y su enojo se desvanecían. Estaba loca por aquel hombre y aún ignoraba por qué. A lo mejor, creía en sus palabras y tenía la certeza de que a su lado estaría siempre segura. Ward le ofrecía la protección que ella jamás había conocido. Ni con sus padres durante la Depresión, ni sola, ni con otros hombres. No era sólo el dinero, sino también su forma de ser, su estilo de vida y aquella certeza que él tenía de vivir en un mundo perfecto. Por si fuera poco, la adoraba. Al cabo de una hora, tuvieron que separarse para evitar un incidente que ninguno de los dos deseaba todavía. Ward sabía que Faye aún no estaba preparada y siempre se arrepentiría de haberse entregado a él demasiado pronto. Tenía que dejarla para no perder el dominio sobre sí mismo. Hubiera deseado tomarla en el suelo del estudio, delante de la chimenea, o arriba, en el dormitorio de sedas blancas, o en la bañera, o en las escaleras. En cualquier parte. Todo su cuerpo la anhelaba, pero sabía que todavía era muy pronto. Cuando se vieron a la noche siguiente, la angustia fue todavía más dulce. Sus labios se juntaron en el acto y después se pasaron una hora en el interior del Duesenberg, frente a la verja de la casa de Faye, besándose como unos chiquillos. Más tarde, se fueron al Biltmore Bowl.

Allí se celebraba una gran fiesta y los fotógrafos se pusieron locos de contentos al verles. A Faye le daba lo mismo. En apenas cuatro días, comprendió que no había modo de huir de Ward Thayer. No sabía adónde la conduciría aquel idilio, pero ya no pensaba oponer resistencia. Lucía un abrigo de zorro blanco largo hasta los pies y un vestido de raso blanco y negro. Entró del brazo de Ward y ambos se miraron sonriendo en el momento en que se acercaban los fotógrafos, los cuales ya no les dejaron en paz en toda la noche. Sin embargo, Ward la llevó a casa temprano según lo acordado. Las salidas nocturnas empezaban a afectar a Faye por la mañana. De todos modos, Vance Saint George llegaba con tanto retraso cada día que, en general, Faye podía echar una cabezadita.

–¿Te lo has pasado bien? –le preguntó Ward mientras la acompañaba a casa–. No ha sido una fiesta aburrida.

La habían organizado para promocionar una nueva película y había multitud de caras conocidas.

–Yo también lo creo así –contestó Faye, apoyando la cabeza en el hombro de Ward. Empezaba a tomarle gusto a las fiestas–. Si no tuviera que hacer esta maldita película, aún podría pasarlo mejor.

–¿Lo ves? –le dijo él, tirando de uno de los dorados bucles–. Por eso te dije la otra noche que no renovaras el contrato. Todo eso es muy divertido, ¿no te parece?

Trató de mirarle con expresión de reproche, pero se echaron a reír.

–Sarna con gusto no pica. Pero puedes cambiar cuando quieras.

Ward la miró significativamente, pero Faye no contestó. Al llegar a la casa, él la besó en los labios y esta vez tuvo que hacer un esfuerzo enorme para no llevársela al dormitorio de arriba.

—Me voy —dijo con voz angustiada.

Faye le acompañó hasta la puerta y le besó una vez más. La deliciosa tortura se prolongó por espacio de varias semanas hasta que, por fin, la tarde de un domingo de octubre, cuando ya llevaban un mes saliendo juntos, ambos se encontraban en el jardín, hablando de la guerra y de otros temas. Faye no tenía rodaje y Arthur y Elizabeth se habían tomado un fin de semana libre. Experimentaban una gran sensación de paz. Faye recordó su infancia y a sus padres, la desesperación que sintió al marcharse de Pensilvania, la emoción inicial de su trabajo como modelo de Nueva York y, finalmente, el aburrimiento que éste le produjo. Después confesó que su nueva actividad la aburría también algunas veces.

—Tengo la sensación de que podría hacer algo más, empleando la cabeza y no sólo la cara o recitando las frases del guión. No quiero pasarme la vida aprendiéndome de memoria palabras escritas por otros.

Era una confesión interesante y Ward se sintió intrigado.

—¿Qué preferirías hacer, Faye? ¿Escribir? —La deseaba con todas sus fuerzas, pero no podía hacer nada. Por una vez, al menos estaban solos. Ella no iba ni venía del trabajo, Arthur no aparecería en la puerta con una bandeja en la mano y no tenían que ir a ninguna fiesta. Deseaban estar solos y Faye se había ofrecido a preparar la cena aquella noche. Pasaron una tarde muy agradable; tomaron el sol al borde de la piscina y pasearon después por el jardín—. ¿Te gustaría escribir guiones? —preguntó Ward, sonriendo al ver la expresión de la cara de Faye.

Ésta sacudió la cabeza, asustada.

—No creo poder hacerlo.

—¿Qué, entonces?

—Dirigir... algún día —contestó la joven casi susurrando.

Era una aspiración muy curiosa tratándose de una mujer. Ward no sabía de ninguna que dirigiera películas.

–¿Crees que alguien te lo iba a permitir?

–Lo dudo –contestó Faye, sacudiendo la cabeza–. Nadie cree que una mujer esté capacitada para eso. Pero yo sé que podría hacerlo. A veces, cuando veo a Saint George en el plató, me entran ganas de gritar y sé lo que tendría que hacer, cómo le dirigiría y qué instrucciones le daría. Es tan estúpido que hay que explicarle las cosas a un nivel accesible para él y te aseguro que ese nivel es muy bajo –añadió, poniendo los ojos en blanco.

Ward sonrió y arrancó una flor roja para prendérsela en el cabello a Faye.

–¿Te he dicho últimamente que me pareces asombrosa?

–Hace lo menos una hora que no me lo dices –contestó Faye–. Me mimas demasiado. Nadie me trató jamás como tú.

Se la veía muy feliz y Ward no pudo resistir la tentación de tomarle el pelo. Se había establecido una deliciosa familiaridad entre ambos.

–¿Ni siquiera Gable?

–Ya basta.

Faye le hizo una mueca y echó a correr. Ward la persiguió, le dio alcance y, de repente, empezaron a besarse en una glorieta, dominados por un irreprimible deseo. Ward no podía apartar las manos ni los labios de ella.

–No es fácil, ¿sabes? –dijo al final mientras regresaban lentamente a la casa.

Faye asintió en silencio. Tampoco lo era para ella, pero no quería cometer un error con Ward. Éste le dijo ya, desde un principio, cuáles eran sus intenciones y era peligroso jugar con aquellas cosas. Él lo quería todo de ella: su carrera, su cuerpo, sus hijos, su vida. Deseaba que lo dejara todo por él y, a veces, estaba tentada de hacerlo. Cuando le dijo a su agente que no se apresurara a firmar un nuevo contrato, él creyó que se había vuelto loca. Faye le explicó que necesitaba tiempo para pensarlo, pero teniendo a Ward a su lado, le resultaba muy difícil hacerlo.

–Tú también me vuelves loca –le susurró a Ward mientras subían los peldaños de mármol rosa y entraban en el estudio.

Sin embargo, el ambiente era allí demasiado opresivo y convencional.

Faye preparó el té y luego, sugirió subir al saloncito de arriba. Era pequeño y cómodo, y Ward encendió la chimenea aunque no hacía falta. Se sentaron el uno al lado del otro y contemplaron las llamas.

–Me han ofrecido un papel en una película preciosa –dijo la joven sin demasiado entusiasmo.

No estaba muy segura de querer hacerla y su agente se había puesto furioso.

–¿Quién trabajará en ella?

–Todavía no se sabe, pero tienen muy buenas perspectivas.

–¿Te apetece hacerla?

Ward no parecía disgustado, sólo preguntaba; pero Faye se quedó mirando el fuego de la chimenea y tardó un buen rato en contestar.

–La verdad es que no lo sé. –Le miró, dominada por una inmensa sensación de paz–. Tú me haces volver perezosa, Ward.

–¿Y eso qué tiene de malo? –dijo él, hundiendo el rostro en el cuello de Faye mientras con una mano le acariciaba suavemente el busto. La joven le tocó la mano con intención de apartarle los dedos, pero desistió de hacerlo. No quería rechazarle, nunca había querido y, sin embargo, le pareció prudente... Experimentó el contacto de aquellos deliciosos dedos, sus bocas se juntaron y una pasión incontrolable estalló entre ellos. La falda de Faye empezó a subir lentamente por encima de sus rodillas y la mano de Ward le recorrió los muslos. Todo su cuerpo se estremeció mientras la mano iba subiendo. De repente, él se apartó casi sin resuello y la miró angustiado, mientras le tomaba el rostro entre las manos–. Faye, no puedo... Tengo que irme...

Ya no podía resistirlo más, la quería demasiado y desde hacía muchísimo tiempo. La miró con los ojos llenos de lágrimas y volvió a besarla. En aquel instante, se decidió el futuro de ambos. La forma en que Faye le besó le dijo a Ward que ella no deseaba que se fuera. La joven se levantó en silencio y le acompañó cruzando el pasillo que llevaba al espectacular dormitorio blanco. Sin perder un momento, él la tendió sobre la cama cubierta con la piel de zorro blanco. Le quitó la ropa, se la comió a besos y le habló en susurros mientras los dedos de Faye le iban desnudando suavemente. Se quedaron desnudos el uno al lado del otro sobre la blanca piel de zorro y, de pronto, sus cuerpos se enlazaron y ninguno de ellos pensó más en la prudencia y en la sensatez. Faye lanzó un apasionado grito y Ward la penetró con una insistida vehemencia. Se agotaron en la más pura pasión que jamás hubieran conocido. Cuando, al final, Faye se quedó tendida en silencio en el círculo de los brazos de su amante sobre la blanca colcha de piel, él la miró con inmensa ternura.

–Faye, te quiero más que a mi propia vida.

–No digas eso...

Algunas veces, la pasión de Ward la asustaba. La quería tanto. ¿Y si un día todo terminaba? No hubiera podido soportarlo, lo sabía.

–¿Por qué no? Es la pura verdad.

–Yo también te quiero a ti.

Le miró con una sonrisa satisfecha y Ward empezó a besarla una vez más, asombrándose de que su cuerpo pudiera volver a desearla tan pronto mientras ella le abrazaba con avidez. Durante horas hicieron el amor como si quisieran compensar los años en que habían permanecido separados.

–¿Y ahora qué, amor mío? –preguntó Ward sentándose en el borde de la cama a medianoche, mientras ella se incorporaba lentamente, se desperezaba y contemplaba con una sonrisa al hombre al que tanto amaba.

–¿Qué tal un baño?

De repente, Faye se acordó de algo y se cubrió la boca con una mano y le miró horrorizada.

–Santo cielo, me olvidé de darte la cena.

–No, no es cierto –dijo Ward atrayéndola de nuevo hasta sí–. Eso me ha sentado mucho mejor. –Faye se ruborizó un poco y él le apartó del rostro el largo cabello rubio y la siguió después al blanco cuarto de baño de mármol. Llenaron la bañera con jabonosa agua templada y se introdujeron juntos. Mientras le cosquilleaba recónditos lugares con los pies, Ward añadió–: Hace un rato te hice una pregunta.

–¿Cuál? –replicó Faye, frunciendo el ceño sin recordarla.

–Te pregunté: «Y ahora, ¿qué?»

–Yo te respondí: «¿Qué tal un baño?»

–Eres muy graciosa, pero ya sabes a qué me refiero. No quiero tener simplemente una aventura contigo, Faye. –Estaba un poco nervioso, pero, al mismo tiempo, la velada le había complacido mucho–. Aunque debo reconocer que es una posibilidad tentadora. Sin embargo, creo que te mereces algo más. –Ella guardó silencio y se limitó a mirarle mientras se aceleraban los latidos del corazón–. ¿Quiere usted casarse conmigo, señorita Price?

–No –contestó Faye, levantándose de repente.

Ward se quedó confuso ante la rapidez de la negativa.

–¿Adónde vas?

Faye se volvió a mirarle desde el centro del blanco cuarto de baño en todo el esplendor de su soberbia belleza desnuda.

–No pienso decirles a mis hijos que su padre se me declaró en la bañera. ¿Cómo podría decirles semejante cosa? –añadió, echándose a reír mientras él la miraba con expresión divertida.

–Eso lo resuelvo yo en un santiamén –dijo Ward, saliendo de la bañera y tomándola en sus brazos para depositarla una vez más sobre el cubrecama de piel de zorro blanco. Después se arrodilló a su lado y la miró con arrobamiento–. ¿Quieres casarte conmigo, amor mío?

Faye esbozó una sonrisa de felicidad, no exenta de cierto temor. Pero no tenía otra opción. No sólo por el hecho de haberse acostado con él, sino porque efectivamente lo deseaba. Era «el otro camino»: la buena vida, el matrimonio y los hijos… Con él, tendría la valentía de seguirlo. Se veía obligada abandonarlo todo, pero no le importaba.

–Sí –contestó en un susurro.

Ward la besó y, cuando se separaron para respirar, se echaron a reír emocionados.

–¿Lo dices en serio, Faye?

Tenía que estar seguro de ello antes de volverse loco de contento y poner todo el mundo a los pies de aquella mujer.

–Lo digo en serio… ¡sí, sí, sí!

–Cuánto te quiero –exclamó él, estrechándola con fuerza. Faye no cabía en sí de gozo. De repente, él la miró sonriendo. Tenía el cabello rubio alborotado y sus ojos semejaban dos purísimos zafiros–. Dime una cosa, ¿será absolutamente necesario explicarles a tus hijos cómo ibas vestida cuando te me declaré? Porque, en tal caso, te verás en un apuro, señora Thayer.

–Oh cielos…, no pensé en eso –exclamó ella, soltando una carcajada mientras Ward la estrechaba de nuevo en sus brazos y se tendía otra vez a su lado. Tardaron una eternidad en volver a la bañera; y cuando lo hicieron, tuvieron que añadir más agua caliente. Eran casi las cuatro de la madrugada. Y Faye sabía que no podría dormir antes de salir para el trabajo. En su lugar, ambos permanecieron sentados en la bañera, hablando de sus planes, de su vida, de su secreto y de cuándo anunciaban su boda. Se rieron al pensar en la sorpresa que se llevaría todo el mundo, no por el hecho de que ella se casara, sino por el de que abandonara su carrera. Al comentarlo, Faye experimentó un temblor que no era de miedo sino de emoción. Comprendió que, en su fuero interno, era algo que anhelaba desde hacía mucho tiempo. Supo desde un principio lo que Ward deseaba de ella y lo que pretendía darle a cambio. No se arrepentía de nada y estaba segura de que nunca lo iba a lamentar. ¿Qué dejaba a sus espaldas? Una carrera que le gustaba, pero en la que ya había alcanzado la cima. Tenía un Oscar, era famosa y había rodado una docena de interesantes películas. Era el momento de irse. Tenía otra vida por delante. Una vida que le gustaba mucho más que protagonizar películas. Se tendió en la bañera, contemplando con una sonrisa a su futuro esposo, en la absoluta certeza de haber escogido el camino más adecuado.

—¿Estás segura de que no te vas a arrepentir? —le preguntó Ward con cierta inquietud.

Aquella misma tarde, quería empezar a buscar una casa con Faye pero ella le recordó que le quedaba todavía, por lo menos, un mes de trabajo.

—Jamás me arrepentiré —contestó Faye completamente convencida.

—¿Cuándo crees que vas a terminar esta película?

—Hacia primeros de diciembre, si Saint George no nos hace alguna trastada de las suyas.

—Entonces, nos casaremos el quince de diciembre. ¿Adónde iremos a pasar la luna de miel? ¿A México? ¿A las islas Hawai? ¿A Europa? ¿Adónde quieres ir? —le preguntó Ward, rebosante de felicidad mientras el corazón se le henchía de gozo.

—Qué suerte tuve de encontrarte —dijo Faye.

Nunca había sido tan feliz.

—La suerte la tuve yo —le respondió Ward.

Se besaron y abandonaron el cuarto de baño a regañadientes. Al cabo de unos minutos Faye bajó a la cocina para preparar el café y luego lo subió al dormitorio, tomando mentalmente nota de que tenía que dejar las tacitas en el salón antes de marcharse. Ward la acompañó a los estudios en el Duesenberg. Les esperaban dos meses muy difíciles, pero iban a estar muy atareados, planificando el futuro.

BEVERLY HILLS

1946-1952

5

La boda se celebró en la iglesia presbiteriana de Hollywood, en North Gower Street, a dos pasos de Hollywood Boulevard, y Faye entró en el templo luciendo un precioso vestido de raso de color marfil con incrustaciones de perlas en delicados diseños. Se movía con gracia exquisita, mantenía la cabeza erguida y llevaba el cabello sujeto por una diadema de raso con incrustaciones de perlas del que arrancaba un largo velo de tul; su dorado cabello se derramaba en cascada a ambos lados de la diadema, y alrededor de su cuello de cisne centelleaba una gargantilla de brillantes. Era el regalo de boda de Ward, una de las joyas preferida de su abuela materna.

Faye entró del brazo de su agente. A pesar de sus protestas, Harriet Fielding iba a ser la madrina de boda. Faye convenció a su vieja amiga y ésta pudo contemplar con lágrimas en los ojos cómo Abe le entrega a Faye a Ward al pie del altar. Los jóvenes contrayentes se miraron radiantes de felicidad. A la salida de la iglesia, había cientos de personas congregadas para verles. Los admiradores arrojaron montones de pétalos de rosas y arroz, las chicas le pedían autógrafos a Faye, las mujeres lloraban e incluso algunos hombres sonrieron con ternura a su paso. La pareja desapareció en el interior del nuevo Duesenberg que Ward había comprado a modo de regalo de boda para la novia y para sí mismo y se dirigieron inmediatamente a la recepción del Biltmore donde ya les aguardaban Abe, Harriet y cuatrocientos invitados. Fue el día más feliz de la vida de Faye y los fotógrafos se lo pasaron muy bien tomando instantáneas.

Hubo todavía más revuelo tres semanas más tarde, cuando regresaron de su luna de miel en Acapulco. Faye anunció entonces su retirada y hasta Abe se quedó de una pieza. Aquella noche, los titulares de los periódicos lo dijeron en muy pocas palabras: «Faye Price abandona su carrera a cambio de su marido millonario.» Era un poco exagerado, pero se ajustaba esencialmente a la verdad, no tanto por los «millones» de Ward, aunque eso eliminaba la necesidad de trabajar, sino por ser lo que ella deseaba de verdad. A partir de aquel momento, quería dedicarse por entero a su marido y a sus futuros hijos. Ward no lamentó esa decisión porque le entusiasmaba la idea de tenerla toda para él, poder permanecer en la cama con ella hasta el mediodía, hacer el amor cuando le apeteciera, desayunar e incluso almorzar en el dormitorio si así lo deseaban, e ir a bailar toda la noche al Ciro's o al Mocambo o a casa de algún amigo. Ward se divertía mucho con ella, y la acompañaba a comprar fabulosos vestidos. Los tres abrigos de pieles de Faye resultaban insignificantes en comparación con las maravillas que él le regaló: dos abrigos de marta largos hasta los pies de distinto color y estilo, un magnífico abrigo de zorro plateado, otro de zorro rojo, otro de mapache plateado, chaquetones de toda clase de pieles imaginables y una increíble cantidad de joyas. No pasaba prácticamente ningún día sin que Ward desapareciera un par de horas y regresara con una caja de una peletería, de una casa de modas o de una joyería. Era como una eterna Navidad y Faye se sentía abrumada por la generosidad y el amor que Ward le demostraba sin cesar.

–¡Tienes que dejar de hacer estas cosas, Ward! –exclamó envuelta en un nuevo abrigo de zorro rojo, con un collar de enormes perlas alrededor del cuello y sin nada encima del exquisito cuerpo que él tanto adoraba.

–¿Por qué? –preguntó Ward, mirándola y dirigiéndole una sonrisa mientras sorbía el champán de su copa.

Bebía constantemente, pero, puesto que nunca se emborrachaba, a Faye no le importaba.

–No tienes por qué hacerlo –le contestó ésta con ternura–. Te querría incluso en una choza y aunque tuviéramos que vestirnos con papeles de periódico.

–Qué idea tan repulsiva –dijo Ward, haciendo una mueca de desagrado mientras contemplaba las bien torneadas piernas de su esposa–. Por cierto, estarías preciosa vestida con las páginas deportivas y sin nada debajo.

–Tonto. –Faye corrió a besarle y él depositó la copa en una mesa y la sentó en sus rodillas–. ¿De veras puedes permitirte todo eso, Ward? No tendríamos que gastar tanto dinero, no olvides que no trabajamos.

Se sentía un poco culpable por haber dejado el trabajo, pero se encontraba tan a gusto al lado de Ward que no echaba de menos su carrera. Tal como declaró a la prensa cuando se retiró, había meditado mucho su decisión. Miró a Ward con inquietud. Se había gastado una auténtica fortuna con ella en los tres meses que llevaban casados.

–Cariño, podemos gastar diez veces más. –Era una idea generosa, aunque no coincidiera exactamente con la opinión de sus abogados. Sin embargo, él sabía lo tacaños que eran éstos. No tenían instinto, ni estilo, ni eran románticos. Le fastidiaba oír sus mezquinas advertencias. Ward sabía muy bien cuán inmensa era su fortuna y había margen suficiente para poder divertirse. Podía permitirse aquellos gastos por lo menos durante algún tiempo. Después, llevarían una vida más «sensata» y ninguno de los dos tendría que trabajar jamás. A los veintiocho años, no tenía la menor intención de empezar a hacerlo. Se divertía mucho, siempre lo había hecho y, en aquellos momentos, su vida con Faye era la perfección absoluta–. ¿Dónde te apetece ir a cenar esta noche?

–No lo sé... –Faye no se atrevía a confesarlo, pero le encantaba el vulgar decorado exótico del Coconaut Grove con sus palmeras y sus proyecciones de diapositivas de blancos barcos, que se cruzaban a lo lejos, y le producían siempre la impresión de encontrarse en alta mar. Las palmeras le recordaban vagamente Guadalcanal, donde conoció a Ward–. ¿Te gustaría que fuéramos otra vez al Grove o ya te has cansado de él?

Él se echó a reír y llamó al mayordomo para que reservara mesa. Había contratado a un ejército de criados para la nueva casa.

Al final, Ward había decidido no instalarse en la vieja mansión de sus padres y le compró a Faye una fabulosa finca que había pertenecido antaño a una reina del cine mudo. Los jardines eran casi tan grandes como un parque, había un lago con cisnes, fuentes encantadoras, largos senderos y una casa que parecía un castillo francés. Allí podrían vivir con toda la comunidad de los diez hijos que él amenazaba constantemente con tener. Trasladaron a la finca las valiosas antigüedades de la casa de Faye, vendida prácticamente el mismo día en que se puso a la venta, eligieron los objetos que más les gustaron de la residencia de los padres de Ward y compraron el resto en subastas y tiendas de antigüedades de Beverly Hills. La nueva casa ya estaba casi totalmente amueblada. Ward quería poner a la venta la mansión de sus padres. Era demasiado grande, oscura y anticuada para su gusto y no había ninguna razón que aconsejara conservarla. Sus abogados le decían siempre que no la vendiera por si algún día se casaba, mas ahora estaba claro que nunca vivirían allí; pero los abogados insistían en que la vendiera para poder reinvertir el dinero en algo que le reportara buenos beneficios, aunque eso no le preocupaba demasiado a Ward.

Aquella tarde, él y Faye salieron a dar un paseo por el

jardín y se sentaron a conversar un rato al borde del lago. Nunca se cansaban el uno del otro y solían hablar de muchas cosas, como, por ejemplo, la venta de la casa de los padres de Ward. Faye esbozó un sonrisa soñadora cuando apareció Arthur llevando dos copas de champán en una bandeja. Se alegraba de que Ward le hubiera permitido conservar a Elizabeth y Arthur. Éstos parecían felices con su nueva vida. Arthur aprobaba en general el comportamiento de Ward, aunque, en ocasiones no podía negarse que parecía un muchachuelo. Una vez le compró a su mujer un coche con cuatro caballos blancos para recorrer la finca, y en el garaje había seis relucientes automóviles nuevos que uno de los dos chóferes que tenían a su servicio se encargaba de limpiar. Era un estilo de vida que Faye jamás había conocido y algunas veces se sentía ligeramente culpable. Pero Ward lo transformaba todo en una delicia y nada de lo que hiciera parecía reprobable, sino tan sólo divertido y los días iban pasando con pasmosa rapidez.

–¿Por qué no te bebes el champán? –le preguntó Ward sonriendo.

Todavía estaba más guapa que cuando actuaba en el cine. Había engordado un poco, le resplandecían las mejillas y sus ojos verdes brillaban como nunca, sobre todo bajo el sol. A Ward le encantaba besarla en el jardín, en el dormitorio, en el interior del automóvil… Le gustaba besarla en cualquier sitio y a cualquier hora. La adoraba y Faye estaba loca por él.

–Prefiero tomarme una limonada –contestó ella, mirándole a los ojos llena de amor.

–¡Puf! –exclamó Ward haciendo una mueca.

Faye se rió y poco después regresaron a la casa tomados de la mano para hacer perezosamente el amor antes de meterse en la bañera y vestirse para la noche. Era una vida idílica, pero Faye sabía que no podía durar eternamente. Algún día tendrían hijos y no podrían pasarse la vida jugando sin parar. No obstante, de momento resultaba divertido y era como una prolongación de su luna de miel.

Aquella noche, en el Grove, Ward le ofreció un soberbio anillo con tres esmeraldas en forma de pera. Al verlo, Faye se quedó sin respiración.

—¡Santo cielo, Ward, pero...!

A Ward le encantaba sorprenderla con las cosas que le compraba.

—Es para celebrar nuestro tercer aniversario, tontita.

Hacía tres meses que se habían casado, los más felices de la vida de ambos. No había en su horizonte ni la menor nube de inquietud. Ward le deslizó el anillo en el dedo y bailó con ella sin cesar; pero, al volver a la mesa, observó que Faye parecía un poco fatigada. Llevaban varios meses trasnochando, pensó mientras sonreía, pero era la primera vez que la veía cansada.

—¿Te encuentras bien, cariño?

—Perfectamente —contestó Faye, pero comió muy poco, no bebió en absoluto y a las once empezó a bostezar, lo cual no solía ocurrirle con frecuencia.

—En fin, qué se le va a hacer. La luna de miel ha terminado —dijo Ward, simulando entristecerse—. Empiezo a aburrirte.

—No, qué tontería. Lo siento, cariño... Es que...

—Lo sé, no te preocupes. No hace falta que te justifiques.

Ward le tomó el pelo sin piedad mientras regresaban a casa y, cuando, tras desnudarse y cepillarse los dientes en el cuarto de baño, regresó al dormitorio, la encontró dormida como un tronco en la cama matrimonial, enfundada en un precioso camisón de seda rosa. Trató inútilmente de despertarla. A la mañana siguiente, comprendió que su esposa se hallaba indispuesta. Faye se despertó e, inmediatamente después de desayunar, se encontró muy mal. Era la primera vez que se ponía enferma y Ward se inquietó muchísimo e insistió en llamar al médico, a pesar de las protestas de su esposa.

–Por el amor de Dios... Será la gripe o algo por el estilo. No puedes pedirle a este pobre hombre que venga hasta aquí. Estoy bien –le dijo Faye.

Pero no era cierto.

–No lo estás. Se te ha puesto la cara de color verde. Ahora mismo vuelves a la cama y esperas a que venga el médico –ordenó Ward.

Sin embargo, cuando éste llegó, no vio ninguna razón para que la señora Thayer permaneciera en la cama, a menos que pretendiera pasarse ocho meses acostada. Según sus cálculos, el niño nacería en noviembre.

–¿Un niño? ¡Un niño! ¡Nuestro hijo! –exclamó Ward, emocionado, mientras Faye le miraba sonriendo.

En cuanto el médico se hubo marchado, Ward corrió junto a su mujer, y le suplicó que le dijera qué necesitaba o quería o qué podía hacer él para alegrarle la vida. Faye se emocionó mucho con la noticia y con la reacción de su marido. Los periódicos se enteraron enseguida y lo publicaron en grandes titulares: «La reina retirada de la pantalla espera su primer hijo.» Nada de su vida podía permanecer en secreto por mucho tiempo. En este caso, sin embargo, el propio Ward se encargaba de proclamarlo a los cuatro vientos y trataba a Faye como si fuera una delicada figura de cristal, inundándola de valiosos regalos. Faye ya no tenía suficientes cajones y joyeros donde guardar las chucherías que él le compraba.

–¡Ward, tienes que parar! Ya ni siquiera tengo sitio donde guardarlo.

Entonces, construiremos una casita sólo para tus joyas –contestó él, esbozando una traviesa sonrisa. Y de nada sirvieron las protestas de Faye. Cuando no le compraba joyas, adquiría cochecitos infantiles, carritos de caballos, gualdrapas de visón y ositos de felpa e incluso un tiovivo que mandó construir en la finca. En octubre, cuando Faye salió para verlo, le permitió dar unas vueltas en él.

Pasadas las náuseas de los primeros meses, Faye se

encontraba muy bien y sólo se quejaba de parecer un globo a punto de despegar.

—Si me colgaran una barquilla de los tacones, me podrían alquilar para hacer vuelos turísticos sobre Los Ángeles —le dijo un día a una amiga.

Ward se indignó porque la encontraba preciosa a pesar de su estado. Le había reservado habitación en el mejor hospital de la ciudad y quiso que la atendiera el más reputado especialista.

—Sólo quiero lo mejor para mi mujer y mi hijo —decía mientras intentaba convencerla de que tomara un sorbo de champán; pero a Faye ya no le apetecía y, algunas veces, pensaba que ojalá Ward le perdiera asimismo un poco el gusto.

No se emborrachaba nunca, pero se pasaba el día bebiendo champán y, cuando salían por las noches, cambiaba al whisky. Sin embargo, Faye no quería regañarle. Era tan bueno con ella que no podía reprenderle por algo sin importancia. Comprendió su buena intención cuando Ward envió por adelantado una caja de su marca preferida de champán para tenerlo a punto cuando llegara el gran momento.

—Espero que nos lo conserven helado —dijo él.

Le pidió a Wescott, su mayordomo, que llamara al hospital y les indicara la forma de enfriarlo.

—Sospecho que tendrán otras cosas en qué pensar, cariño —le dijo Faye, echándose a reír.

Aunque lo más probable era que en el hospital ya estuvieran acostumbrados a semejantes peticiones. Era el lugar donde solían dar a luz todas las grandes estrellas.

—No imagino que pueda haber algo más importante que enfriar el champán para mi amor.

—Pues a mí se me ocurren unas cuantas cosas —contestó Faye, diciéndole con la mirada todo cuanto él ansiaba saber.

Ward la estrechó en sus brazos y la besó con la misma pasión de siempre. La quería más que nunca, pero el médico les dijo que ya no podían hacer el amor. Faye estaba deseando que pasara aquel período. La espera se les antojaba interminable. Ward acariciaba su vientre noche tras noche, ansiándola con desesperación.

–Eso es casi peor que antes de que hiciéramos el amor por primera vez. –Se quejó una noche mientras se levantaba para tomarse una copa de champán. Faltaban tres días para el alumbramiento, pero el médico les advirtió que podría producirse un retraso de semanas. Los primogénitos siempre llegaban con retraso, por consiguiente, ya estaban prevenidos.

–Lo siento, cariño –le dijo Faye con aire cansado.

El menor movimiento la fatigaba. Aquella tarde, no quiso salir al jardín a pasear con Ward, ni siquiera cuando él la invitó a ver el caballito que acababa de comprar.

–Me canso demasiado –dijo.

Por la noche se sintió muy fatigada y no quiso cenar. Al día siguiente, se acostó a las cuatro de la tarde y, a las dos de la madrugada, aún seguía allí, como un gigantesco globo de seda color de rosa con plumas de marabú alrededor del cuello.

–¿Te apetece un poco de champán, cariño? Podría ayudarte a dormir –le dijo Ward.

Faye sacudió la cabeza. Le dolía la espalda y sentía náuseas desde hacía varias horas. Y, encima, temía haber pillado la gripe.

–Creo que ya nada me puede ayudar a dormir.

Había una cosa que tal vez sí, comentó con picardía al cabo de un instante, pero les estaba prohibida.

–Volverás a quedarte embarazada antes de salir del hospital. Cuando nazca el niño, creo que no podré mantener las manos apartadas de ti más de una hora.

–Bueno, por lo menos, hay algo interesante en perspectiva –dijo Faye sonriendo.

Por primera vez en nueve meses, Ward vio una sombra de tristeza en el rostro de su mujer mientras se inclinaba para besarla antes de apagar la luz. Justo en aquel momento, Faye lanzó un agudo grito. Ward se volvió sobresaltado y vio una mueca de dolor en el rostro de su mujer.

—¿Qué ha sido eso?

—No estoy segura.

Faye había leído un par de libros sobre el embarazo, pero no sabía a ciencia cierta, de qué forma se iniciaba el parto. Todo el mundo le decía que, en las últimas semanas, se producían muchas falsas alarmas; por consiguiente, ambos sabían que probablemente aún no había llegado la hora. Sin embargo, la punzada de dolor fue muy fuerte y Ward decidió dejar la luz encendida para ver si volvía a ocurrir. Cuando al cabo de veinte minutos se dispuso a apagar la luz, Faye profirió otro grito, pero esta vez se retorció en la cama y Ward observó que tenía el rostro bañado en sudor.

—Voy a llamar al médico.

El corazón le palpitaba y tenía las palmas de las manos pegajosas. Faye palideció de repente y empezó a asustarse.

—No seas tonto, cariño. Estoy bien. No podemos pasarnos un mes llamando a este pobre hombre todas las noches. Seguramente faltan aún varias semanas –dijo.

—Pero el alumbramiento tendría que ser dentro de tres días.

—Sí, pero el médico ha dicho que seguramente se retrasará. Procuremos calmarnos y esperemos a mañana.

—¿Apago la luz?

Faye afirmó con la cabeza y Ward se tendió cuidadosamente a su lado como si temiera que el más simple movimiento de la cama la hiciera estallar y tener el niño de golpe. Ella se rió en la oscuridad, pero Ward la oyó contener de repente la respiración al tiempo que tomaba una de sus manos y la oprimía con fuerza. Cuando pasó el dolor, Faye se incorporó en la cama sin resuello.

–Ward…

Éste permanecía tendido inmóvil en la cama sin saber qué hacer. El sonido de la voz de su esposa le conmovió hasta lo más hondo de su ser. Parecía tan vulnerable y asustada que instintivamente la estrechó en sus brazos.

–Vamos a llamar al médico, cariño.

–Me parece una tontería avisarlo a esta hora.

–Para eso está.

Sin embargo, Faye insistió en esperar al día siguiente, a ver qué ocurría. A las siete de la mañana, a Ward ya no le cupo la menor duda. Había llegado la hora y le importaba un bledo lo que dijeran sobre las falsas alarmas; los dolores se producían cada cinco minutos y Faye hacía un esfuerzo sobrehumano por no gritar. Ward salió del dormitorio y llamó al médico, el cual le sugirió que la ingresara de inmediato en el hospital.

–Seguramente todavía tardará un poco, señor Thayer. Pero es mejor tenerla ya instalada –le dijo.

–¿Puede recetarle algo para el dolor? –preguntó Ward, harto ya de ver sufrir a Faye tantas horas.

–Ya se me ocurrirá algo cuando la vea –contestó el médico en tono evasivo.

–¿Qué quiere decir? Ya no puede resistirlo, tiene que darle algo.

Esta vez Ward necesitaba beber algo mucho más fuerte que el champán.

–Haremos cuanto podamos, señor Thayer. Tranquilícese y llévela al hospital cuanto antes.

–Allí estará dentro de diez minutos, si puedo.

El médico no dijo nada, pero no pensaba trasladarse al hospital antes de una hora. Se tenía que duchar y afeitar, no había terminado de leer el periódico y conocía su especialidad lo bastante como para saber que Faye no daría a luz hasta al cabo de unas horas, incluso un día, por lo que no había razón para darse prisa por muy asustado que estuviera el joven padre. Le explicaría cuanto fuera necesario cuando llegara, y después ya se encargarían las enfermeras de mantenerlo a raya. La semana anterior, un hombre había entrado a la fuerza en la sala de partos, pero el personal de seguridad lo sacó y le amenazó con enviarle a la cárcel en caso de que no se reportara. No creía que Ward Thayer planteara ningún problema.

El médico estaba muy contento de asistir a Faye Price Thayer. Sería un nuevo triunfo en su carrera.

Al regresar al dormitorio, Ward encontró a Faye tendida en medio de un charco de agua en el suelo del blanco cuarto de baño de mármol, con una expresión de angustia y de dolor en el rostro.

—Acabo de romper aguas —le dijo ella con la voz más ronca que de costumbre.

—Oh, Dios mío, voy a pedir una ambulancia.

—Ni se te ocurra —contestó Faye, estoy bien. —A Ward le pareció que casi estaba tan asustada como él–. ¿Qué ha dicho el médico?

—Que te lleve enseguida al hospital.

—Muy bien. —Faye lo miró a los ojos–. Voy a decirte una cosa. No creo que sea una falsa alarma. –Él le rodeó los hombros con un brazo y la acompañó al cuarto de vestir–. ¿Qué me pongo? —preguntó un poco más tranquila mientras contemplaba los armarios abiertos.

—Por Dios bendito, Faye, cualquier cosa, pero date prisa. ¿Qué te parece una bata?

—No seas ridículo. ¿Y si hubiera fotógrafos?

—No te preocupes por eso. Vamos.

Ward sacó un vestido del armario, la ayudó a ponérselo y la sostuvo cuidadosamente mientras bajaba la escalera. Hubiera querido tomarla en brazos, pero ella se empeñó en caminar. Al cabo de diez minutos, ya estaba acomodada sobre unas toallas en el interior del Duesenberg con una manta de viaje de martas sobre las rodillas. Poco después, el chófer detuvo el vehículo frente a la entrada del hospital y Ward la ayudó a bajar. La sentaron en el acto en una silla de ruedas y se la llevaron. Ward se pasó seis horas aguardando en el pasillo. En vano pidió ver al médico cuando éste llegó. A las dos y media de la madrugada, le vio acercarse con el gorro y la bata azul todavía puestos; la máscara le colgaba alrededor del cuello.

–¡Enhorabuena, tiene usted un precioso hijo varón! –le comunicó el médico, tendiéndole una mano y sonriendo. Ward se quedó aturdido, como si no lo esperara después de pasarse tantas horas paseando como un loco por los pasillos. Comprendía muy bien que un hombre hubiera entrado en la sala de partos. Él no hubiera podido resistir la tensión ni media hora más–. Pesa cuatro kilos y medio y su esposa se encuentra perfectamente.

–¿Puedo verla?

A Ward se le relajó todo el cuerpo al pensar que la angustia había terminado, y que Faye y el niño estaban bien.

–Dentro de unas horas. Ahora duerme. Traer al mundo a estos niños supone un duro esfuerzo, ¿sabe?

No le contó a Ward las dificultades que había tenido Faye y tampoco le dijo que estuvieron a punto de practicarle la cesárea.

Esperaron a que el niño asomara la cabeza y naciera para anestesiarla y facilitar de este modo la tarea de la sutura.

–Gracias, señor –dijo Ward, estrechando con fuerza la mano del doctor.

Después salió casi corriendo del hospital. Tenía en casa un regalo para ella: un enorme broche de brillantes con pulsera y sortija a juego, todo en un estuche de terciopelo azul de Tiffany's. Quería ir por él, pero, sobre todo, necesitaba un trago. El chófer le llevó a casa a toda velocidad y él entró como una exhalación. Menudo día. Se bebió un whisky doble, se sentó, respiró hondo y comprendió por fin que tenía un hijo. Hubiera querido proclamarlo a los cuatro vientos, y deseaba ver a su esposa. Antes de subir a recoger el regalo, se bebió un segundo whisky. Sabía que Faye se iba a poner muy contenta; sin embargo, quien más contento estaba era él: ¡un varón! ¡Un hijo! ¡Su primogénito! Mientras se duchaba, se afeitaba y se vestía para volver al hospital, pensó en todas las cosas que iba a hacer con él algún día: en los viajes y las juergas que armarían juntos. Su padre jamás había hecho nada con él. Con su hijo, todo sería distinto. Jugarían al tenis y al polo, practicarían la pesca de altura en el sur del Pacífico, viajarían juntos y se lo pasarían de maravilla. Estaba radiante de felicidad cuando llegó al hospital a las cinco de la madrugada y le pidió a la enfermera que enviara una botella de champán a la habitación de Faye. Entró de puntillas y todavía la encontró adormilada. La vio abrir los ojos y mirarle como si no le reconociera al principio. El cabello rubio rojizo formaba como un halo alrededor de su pálido rostro.

–Hola... ¿Qué hemos tenido? –preguntó con un hilillo de voz mientras se le volvían a cerrar los ojos.

–Pero ¿es que aún no te lo ha dicho? –le preguntó Ward en voz baja, dándole un beso en una mejilla. Faye negó con la cabeza–. ¡Un niño! ¡Un niño precioso! –Ella sonrió levemente y rehusó el champán mientras la enfermera se retiraba discretamente. Casi no podía incorporarse y su rostro estaba un poco verdoso, pero las enfermeras le dijeron a Ward que todo iba bien y que estuviera tranquilo. Permaneció largo rato sentado, tomando una de sus manos–. ¿Fue muy... muy difícil, cariño? –preguntó con un leve balbuceo; y aunque ella sacudió valientemente la cabeza, algo en sus ojos le dijo que había sido terrible.

–¿Le has visto ya? ¿A quién se parece?

–No lo sé, aún no lo he visto. Espero que se parezca a ti.

Tras lo cual, Ward le mostró el espectacular regalo y Faye se quedó boquiabierta de asombro, pero aún estaba un poco aturdida y Ward sospechaba que todavía sentía dolores, aunque no lo dijera. Recorrió de puntillas el pasillo para ir a ver a su hijo. La enfermera se lo mostró a través del cristal. Era grande, regordete, precioso y tenía el cabello tan rubio como el de Faye. Ward abandonó el hospital rebosante de orgullo y subió al Duesenberg para irse al Ciro's. Allí se tropezó con todos sus amigos, empezó a repartir puros a diestro y siniestro, y se emborrachó con champán mientras, en su habitación de hospital, Faye dormía, tratando de olvidar la espantosa experiencia.

Salió del hospital antes de una semana y, cuando regresó a casa, ya estaba casi recuperada. Quería amamantar ella misma a su hijo, pero Ward consiguió convencerla de que no sería práctico porque necesitaba dormir. Contrataron a una niñera, que se encargó de todo mientras Faye recuperaba las fuerzas. Sin embargo, al cabo de unas dos semanas, se levantó más guapa que nunca y se pasaba el día llevando el niño en brazos.

Le pusieron por nombre Lionel y lo bautizaron el día de Navidad en la misma iglesia en que ellos se casaron.

–Es el mejor regalo de Navidad que podías hacerme –dijo Ward, contemplando al hijo que sostenía en sus brazos mientras regresaban a casa. Lionel tenía casi dos meses–. Es precioso, cariño, y se parece muchísimo a ti.

–No sé a quién se parece, pero es un encanto –contestó Faye, mirándolo amorosamente.

El niño apenas lloró durante la breve ceremonia y, una vez en casa, se despertó y no pareció molestarle que le pasaran de mano en mano. Todos querían verle. Habían invitado a los nombres más ilustres y famosos de Hollywood, los grandes astros, directores, a productores amigos de Faye y a las amistades de Ward. Era una impresionante lista de nombres y todos le preguntaban a Faye si se disponía a abandonar su carrera por «estas cosas».

–¿Piensas pasarte la vida teniendo hijos, Faye? –le preguntaron.

Ésta respondió que sí, mientras Ward la miraba satisfecho. Estaba muy orgulloso de Faye y de Lionel, y el champán corrió sin restricción durante todo el día. Por la noche, Ward y Faye se fueron a bailar al Biltmore Bowl. La joven madre había recuperado enseguida su antigua figura y se encontraba muy bien. A Ward le parecía más guapa que nunca y los fotógrafos estaban de acuerdo con él.

−¿Preparada para repetir? −le preguntó Ward en tono burlón. Faye no estaba muy segura de ello. Aunque no había olvidado los dolores, Lionel la llenaba de felicidad. Pensó que la segunda vez quizá no sería tan terrible, aunque, al principio, se hubiera puesto a gritar ante la sola idea−. ¿Qué tal una segunda luna de miel en México?

A Faye la propuesta le pareció de perlas. Se fueron poco después de Año Nuevo y pasaron tres maravillosas semanas en Acapulco. Encontraron a algunos amigos, pero estuvieron la mayor parte del tiempo solos e incluso alquilaron un yate para pescar durante un par de días. Fueron unas vacaciones perfectas; y hubieran podido serlo todavía más si Faye no se hubiera sentido indispuesta en el transcurso de la última semana. No imaginaba qué podía ser: tal vez el pescado, el sol o el calor. A la vuelta, Ward insistió en que el médico le echara un vistazo. Se quedó de una pieza. Faye volvía a estar embarazada.

Tanto ella como Ward se alegraron muchísimo de la noticia. Era exactamente lo que deseaban, pero esta vez todo el mundo se metió con ellos sin piedad.

−Pero ¿es que no puedes dejar en paz ni un momento a la pobre chica, Thayer?

−¿Qué te pasa? No le dejas tiempo ni para peinarse.

Estaban muy contentos e hicieron el amor casi hasta el final a pesar de las advertencias del médico. Ward dijo que, si Faye iba a pasarse nueve meses embarazada de cada diez, él no estaba dispuesto a prescindir de ella. El parto se produjo con cinco días de retraso y fue más fácil que el anterior. Una calurosa tarde de septiembre, Faye reconoció inequívocamente los síntomas. Llegó al hospital, apretando los dientes porque los dolores eran ya muy intensos, y el niño nació al cabo de unas dos horas. Por la noche, cuando Ward la visitó, no se angustió tanto como la primera vez al verla dormida. Le regaló unos preciosos pendientes de zafiros y una sortija de treinta quilates a juego. Nació otro niño a quien bautizaron con el nombre de Gregory. Faye se recuperó enseguida, pero esta vez hizo el propósito de tomar ciertas precauciones, por lo menos, «durante algún tiempo».

Cuando el niño cumplió los tres meses, Faye y Ward zarparon rumbo a Europa en el *Queen Elizabeth*. Se llevaron a la niñera y a sus dos hijos y ellos ocuparon un camarote aparte. En todas las ciudades que visitaron –Londres, París, Munich, Roma–, alquilaron grandes suites en lujosos hoteles. En marzo pasaron unos agradables días en Cannes y después volvieron a París para desde allí regresar a casa. Fue un viaje maravilloso y Faye estaba loca de contento con su marido y sus dos hijos. Alguna vez le pidieron autógrafos, pero eso ocurría cada vez con menor frecuencia. La gente raras veces la reconocía. Estaba muy guapa, pero distinta. Tal vez se la veía más señora y un poco menos llamativa, excepto cuando salía de noche con Ward. Sin embargo, a ella le encantaba ir a pasear con sus hijos vestida con pantalón y jersey y un pañuelo anudado alrededor de la cabeza. No hubiera podido imaginar una vida mejor.

Al regresar, lo encontraron todo bien, pero unos rumores preocupantes circulaban por Hollywood. Hacía unos meses que se había publicado la lista negra, y muchos actores, directores y guionistas y otros técnicos del cine no podían encontrar trabajo a causa de sus supuestas ideas comunistas. La palabra *rojo* corría de boca en boca y muchos dedos apuntaban en todas direcciones, incluso en la de los mejores amigos. Fueron instantes muy tristes para muchas personas y Faye se alegró, en cierto modo, de encontrarse al margen de los acontecimientos. Lo más lamentable fue que aquellos cuyos nombres figuraban en la mencionada lista se encontraron de repente sin amigos y sin trabajo. Nadie quería ser visto en su compañía.

En la Warner Bros pusieron un elocuente letrero en la entrada de los estudios: «Aquí se combinan las buenas películas con los buenos ciudadanos.»

El Comité de Investigación de Actividades Antinorteamericanas de la Cámara de Representantes llevaba diez años actuando, aunque nunca hasta entonces se había tomado las cosas tan en serio. En octubre de 1947, los llamados Diez de Hollywood fueron condenados a penas de prisión por negarse a declarar. Era como si toda la ciudad se hubiera vuelto loca y Faye se disgustaba al oír las historias que le contaban sobre sus viejos amigos. En 1948, muchos actores de talento se vieron obligados a abandonar Hollywood y a buscarse trabajo como fontaneros, carpinteros o cualquier otra ocupación que pudieran encontrar. Faye se entristecía cada vez que lo comentaba con Ward.

—Me alegro de no estar metida en este lío. Jamás pensé que las cosas pudieran terminar de semejante manera.

Ward la estudió detenidamente. Tenía que reconocer que Faye parecía feliz, aunque él a veces se preguntaba si no echaría de menos su antigua carrera cinematográfica.

—¿Estás segura de que no lo echas de menos, cariño?

—Ni por un instante, amor mío.

Últimamente, Ward la veía un poco inquieta, como si necesitara hacer algo más. Trabajaba como voluntaria en un hospital y dedicaba muchas horas a los hijos. Lionel tenía casi dos años y Gregory acababa de cumplir diez meses y era un precioso bebé de alegre sonrisa y cabello ensortijado. Poco antes del primer cumpleaños de Greg, Faye le anunció a Ward su tercer embarazo.

Esta vez fue un poco más difícil. Ya desde un principio se encontró mucho más cansada. No le apetecía salir y Ward observó que estaba bastante más gruesa que las veces anteriores. El vientre se le hinchó casi de golpe y, por

Navidad, el médico empezó a sospechar el motivo. La examinó con cuidado y después le anunció sonriendo:

—Creo que Pascua le va a traer una sorpresa. Eso, si las cosas no se adelantan.

—¿Qué ocurre? —preguntó Faye.

Le faltaban tres meses para el parto, pero apenas podía moverse.

—Tengo la sospecha de que serán gemelos.

Faye le miró asombrada porque semejante posibilidad jamás le había cruzado por la imaginación. Se sentía más cansada que otras veces, pero lo atribuía al hecho de estar más gruesa.

—¿Está seguro?

—No. Pero, de momento, no podemos hacer radiografías. Además, lo sabremos con toda certeza en el momento del parto.

Y así fue. Nacieron dos hermosas chiquillas con un intervalo de nueve minutos y Ward se volvió loco de contento al verlas. En esta ocasión, le regaló a su mujer dos pulseras de rubíes y brillantes, dos sortijas de rubíes y dos pares de pendientes de rubíes y brillantes, todo por partida doble. Hasta Greg y Lionel se quedaron sorprendidos al verles regresar a casa con dos bebés en lugar de uno.

—Una para cada uno —dijo Ward, colocando un diminuto fardo de color rosa en los brazos de cada uno de sus hijos.

No eran exactamente idénticas, pero se parecían mucho. A la mayor, increíblemente parecida a Faye, le pusieron por nombre Vanessa. Tenía los mismos ojos verdes, el mismo cabello rubio, las mismas facciones perfectas que su madre. Era la más reposada de las dos. La menor era la que primero sonreía y la que más berreaba cuando quería comer. Valerie tenía una carita perfecta y unos grandes ojos verdes, era pelirroja y poseía un temperamento endiablado.

—Dios mío, ¿de dónde habrá sacado este cabello? —exclamó Ward, asombrado.

Con el paso del tiempo, la niña se convirtió en una preciosidad y la gente se paraba a menudo a mirarla. A veces, Faye temía que Valerie eclipsara a la otra gemela. Vanessa era mucho más tranquila y no le importaba vivir a la sombra de su turbulenta hermana. En cierto modo, poseía una belleza más etérea. Era feliz mirando las ilustraciones de sus libros de cuentos y observando cómo Valerie atormentaba a sus hermanos mayores. Lionel la soportaba con paciencia, mientras que Greg solía tirarle de los pelos. Gracias a ellos, Valerie aprendió a muy temprana edad el arte de la autodefensa. En conjunto, sin embargo, los niños se lo pasaban bien y la gente opinaba que eran un encanto. Las niñas correteaban por el jardín o jugaban con el caballito que su padre había comprado hacía años; y los niños brincaban, se encaramaban a los árboles y se divertían dejando las faldas de seda de sus hermanas hechas jirones.

Subían al tiovivo, daban paseos a lomos del caballito y se entretenían con todas las cosas que sus padres les compraban. Ward jugaba con ellos a menudo. Apenas tenía treinta y dos años y parecía un chiquillo. Faye estaba muy satisfecha de su familia. Ambos consideraban que cuatro hijos eran suficiente. Faye no deseaba tener más y a Ward la idea le parecía bien aunque a veces le tomaba el pelo, diciéndole que quería diez. Faye estaba muy ocupada con ellos. Iban de vacaciones a lugares maravillosos y Ward había comprado una casa en Palm Springs en la que solían pasar parte del invierno. A Faye le encantaba acompañar a su esposo en sus visitas a Nueva York. Era un vida muy feliz y Faye había dejado definitivamente a su espalda la pobreza de sus primeros años y la soledad de su infancia.

Poco a poco, Ward le fue contando su vida. Le habló de su existencia de «pobre niño rico». Lo tenía todo desde el punto de vista material, pero le faltaba la presencia de sus padres. Su padre trabajaba como un loco y su madre estaba constantemente ocupada con los distintos comités de los que formaba parte; además, ambos solían emprender largos viajes en los que Ward nunca les acompañaba. Recordando su desdichada infancia, Ward se llevaba a su familia a todas partes: pasaba los fines de semana con Faye y sus cuatro hijos en Palm Springs y se llevaba a sus hijos incluso a México. Los niños disfrutaban cada cual a su manera, Lionel era tranquilo, serio y observador, y estaba más unido a Faye. Su seriedad sacaba a veces un poco de quicio a Ward, el cual se pasaba las horas jugando al fútbol y corriendo con Greg. Éste se parecía más a lo que él hubiera podido ser si los mayores le hubieran prestado más atención: jovial, atlético y despreocupado. Valerie era cada vez más bonita y era también la más exigente de los cuatro. En cambio, Vanessa parecía no exigir nada en absoluto. Valerie le quitaba las muñecas, los juguetes y los vestidos preferidos y ella ni siquiera lo advertía. No le importaba cedérselo todo a su hermana. A ella le interesaban otras cosas: la mirada de su madre, una palabra cariñosa de su padre, una visita al zoo, tomar la mano de Lionel y entregarse a sus sueños secretos mientras hojeaba libros de cuentos o contemplaba el cielo tendida bajo un árbol. Era la soñadora de la familia. Se pasaba las horas tumbada en la hierba, contemplando el cielo perdida en sus pensamientos o tarareando en voz baja una canción mientras su madre la miraba sonriendo.

–Yo era igual a su edad –dijo Faye a Ward mientras ambos contemplaban a la preciosa chiquilla rubia.

–¿Y en qué soñabas, amor mío? –le preguntó él, besándole el cuello mientras tomaba una de sus manos–. ¿En ser una estrella cinematográfica?

–Algunas veces. Pero entonces ya era mucho mayor.

La pequeña Vanessa no sabía siquiera lo que era una película.

–Y ahora ¿en qué sueñas?

Ward era inmensamente feliz al lado de Faye. Ésta

había borrado la soledad de su vida y, además, resultaba muy divertida. Eso era muy importante para él. Sus padres jamás se divirtieron. Su padre sólo sabía trabajar y su madre hacía prácticamente lo mismo con sus incesantes actividades benéficas. Ward se juró que jamás viviría de aquella manera. Él quería gozar de la vida. Sus padres murieron muy jóvenes sin haber disfrutado jamás de ella. En cambio, él y Faye se lo pasaban de maravilla. Su mujer era tan hermosa que casi parecía el modelo de un cuadro, pensó mientras ella reflexionaba acerca de su pregunta.

–Sueño contigo y con los niños. Tengo todo cuanto podría desear en este mundo y mucho más.

–Así debe ser siempre –dijo Ward con absoluta convicción.

A veces se pasaba un poco con el champán, pero esa afición era inofensiva y Faye le quería muchísimo a pesar de sus pequeños defectos: su excesiva afición a la bebida y su afán de divertirse. No había nada malo en ello.

Los abogados acudían a verle muy a menudo para hablarle de la herencia de sus padres y de lo que quedaba de ella, pero a Faye esas cosas no le interesaban. Al fin y al cabo, el dinero era de su esposo y bastante trabajo tenía ella con Lionel, Greg, Vanessa y Val. Cuando las gemelas estaban a punto de cumplir dos años, Ward empezó a beber más de lo acostumbrado y no sólo champán, sino sobre todo whisky.

–¿Te ocurre algo, cariño? –le preguntó Faye, preocupada.

–Claro que no –contestó él, aparentando indiferencia.

Sin embargo, en sus ojos había la sombra de un temor y ella se preguntó cuál sería el motivo. Ward insistía en que no pasaba nada, pero los abogados seguían visitándole y llamándole por teléfono. Faye estaba muy intrigada, pero, al final, dejó de pensar en ello. Una noche se olvidaron de su propósito inicial y, arrebatados por la pasión tras haber asistido a la ceremonia de entrega de premios de la Academia de Hollywood en abril de 1951, arrojaron por la borda toda las precauciones y, a finales de mayo, Faye supo con certeza que estaba embarazada.

—¿Otra vez? —le preguntó Ward, sorprendido, pero no disgustado.

Sin embargo, esta vez no estuvo tan contento como las anteriores. Aunque no se lo dijo a Faye, tenía otras muchas cosas en que pensar.

—¿Estás enojado conmigo? —le preguntó ella con inquietud.

—Sólo en caso de que no sea mío, tontuela —contestó Ward, estrechándola en sus brazos—. Pues claro que no estoy enojado. ¿Cómo podría estarlo?

—Supongo que cinco hijos son muchos —dijo Faye levemente preocupada. Su familia le parecía perfecta tal como estaba—. Y si volvieran a ser gemelos…

—¡Entonces, tendríamos seis! Me parecería muy bien. A lo mejor, cualquier día de ésos, cumplimos nuestro primer objetivo.

En aquel momento, entraron los cuatro hijos en la habitación, gritando, riendo y tirándose de los pelos.

—¡Dios nos libre! —exclamó Faye sobre el trasfondo de aquel barullo; y Ward la miró sonriendo.

El embarazo transcurrió sin dificultades y, en enero, nació Anne Ward Thayer, la más diminuta de los hijos de Faye. Era tan pequeña y tan frágil que casi daba miedo tomarla en brazos. Sin embargo, Ward se alegró muchísimo y le regaló a Faye un enorme dije de esmeraldas, aunque se le veía menos entusiasmado que otras veces. Faye se dijo que no podía festejar el nacimiento de su quinto retoño contratando una orquesta, pero aun así, se decepcionó un poco ante la apagada reacción de su marido.

A los pocos días, comprendió la razón de todo ello. Los abogados no trataron esta vez de hablar con Ward. Lo hicieron con Faye por considerar que ya era hora de que se enterara de la situación. Siete años después de finalizada la guerra, el negocio de Ward llevaba casi cuatro sin obtener beneficios. Los abogados le suplicaron que le prestara un poco más de atención, que redujera la escala de operaciones y se enfrentara con los hechos. Querían que fuera al despacho, tal como lo hacía su padre. Pero Ward se negó de plano, hizo caso omiso de sus advertencias y no sólo permitió que el negocio se fuera a pique, sino que, además, se gastó la herencia. Decía que no quería pasarse la vida trabajando día y noche. Quería estar al lado de su familia. Hacía casi dos años que ya no quedaba nada. Faye recordó la veces en que le vio preocupado y bebiendo más de la cuenta sin contarle nada de cuanto ocurría. Se había pasado dos años arruinado sin decirle nada. Ya no quedaba dinero, únicamente las descomunales deudas acumuladas por culpa de su extravagante tren de vida. Faye Price Thayer frunció el ceño y les escuchó en silencio profundamente preocupada. Una vez los abogados se hubieron retirado, Faye salió de la estancia casi tambaleándose. Y aquella tarde, cuando Ward regresó a casa, la encontró sentada en silencio en un sillón de la biblioteca.

–Hola, nena. ¿Qué haces aquí abajo tan pronto? ¿No tendrías que descansar? –dijo ¿*Descansar?* Se había quedado sin dinero y lo que hubieran tenido que hacer ellos era salir a buscarse un trabajo. Sólo tenían deudas. Cuando su esposa le miró, Ward comprendió que algo terrible había sucedido–. ¿Faye? Cariño, ¿qué ha pasado? –Ella empezó a sollozar mientras las lágrimas le resbalaban por las mejillas. ¿Cómo pudo Ward jugar de aquella manera, comprar joyas, la casa de Palm Springs, los caballitos… miles de cosas? Sólo Dios sabía lo cuantiosas que eran las deudas–. Pero ¿qué ocurre, amor mío?

Ward se arrodilló al lado de Faye hasta que, al final, ésta respiró hondo y le acarició el rostro. ¿Cómo hubiera podido odiar a aquel hombre? Nunca había querido reconocerlo, pero no era más que un chiquillo, un niño que fingía ser un hombre. A los treinta y cinco años, era me-

nos maduro que su hijo de seis. Lionel era un muchachi-
to prudente y dotado de enorme sentido común. En cambio, Ward… En los ojos de Faye apareció una expresión
de infinita tristeza. Trató de serenarse para poder contarle lo ocurrido.

–Bill Gentry y Lawson Burford estuvieron aquí esta
tarde, Ward.

La voz de Faye no denotaba amenaza, sino tan sólo
pesar, por él y por todos. Ward hizo una mueca de desagrado, se levantó y se dirigió al bar para prepararse un
trago. Acababan de estropearle la tarde. Se volvió a mirar
a su mujer, buscó sus ojos.

–No les hagas caso, Faye. Son un par de aguafiestas.
¿Qué querían?

–Supongo que hacerte entrar en razón.

–Y eso ¿qué significa? –preguntó Ward, sentándose
muy nervioso en un sillón–. ¿Qué te han dicho?

–Me lo han contado todo. –Ward se puso tan pálido
como Faye al enterarse de lo ocurrido–. Me han dicho que
no te queda ni un céntimo. Hay que cerrar los astilleros,
hay que vender esta casa para poder pagar tus deudas.
Todo deberá cambiar, Ward. Tendremos que ser más sensatos y dejar de pensar que vivimos en el país de las hadas
y no estamos sometidos a las mismas angustias que los
demás mortales. –La única diferencia era que él jamás había trabajado y tenía cinco hijos que mantener. De haberlo
sabido, Faye no hubiera tenido a su última hija. Lo pensó
sin el menor remordimiento, a pesar de lo encantadora que
era la niña. Las vidas de todos ellos estaban en peligro y
Faye sabía en su fuero interno que Ward no iba a hacer
absolutamente nada al respecto. No se hallaba en condiciones de hacerlo. Ella, en cambio, sí lo estaba. Si él no era
capaz de llevar el barco a buen puerto, lo haría ella–. Tenemos que hablar de todo eso Ward…

Éste se levantó de un salto y cruzó la estancia furioso.

–En otro momento, Faye. Ahora estoy cansado.

A pesar de lo débil que estaba, Faye también se levantó. Todas las comodidades ya estaban olvidadas. Eran un lujo del que también tendrían que prescindir.

—¡Me vas a escuchar ahora mismo! ¿Cuánto tiempo piensas seguir jugando? Según Lawson y Bill, no nos queda nada. O casi nada.

Los abogados habían sido brutalmente sinceros con Faye. Tendrían que vender todo cuanto tenían para pagar las deudas. Y después, ¿qué? Ésa era la pregunta que se hacía Faye.

—¿Qué sugieres que haga? —le preguntó Ward, mirándola a los ojos—. ¿Que empiece a vender los automóviles? ¿Que nos pongamos todos a trabajar?

Estaba horrorizado. Su mundo se venía abajo y él no estaba preparado para vivir de otra manera.

—Tenemos que enfrentarnos con la realidad por terrible que ésta sea. —Se acercó lentamente a él; había un extraño brillo en sus ojos. Sin embargo, no estaba enojada con él. Lo estuvo pensando toda la tarde y comprendió que Ward no podía cambiar, aunque tampoco era justo que siguiera fingiendo ante ella y ante sí mismo. Tenía que afrontar la nueva situación—. Tenemos que hacer algo, Ward.

—¿Como qué? —preguntó éste, dejándose caer lentamente en un sillón como un globo deshinchado.

Tal vez Ward se hubiera equivocado al no decírselo antes a su esposa, pero jamás tuvo el valor de hacerlo. En su lugar, prefería comprarle otra joya, a pesar de constarle que a ella no le interesaban esas cosas. Faye amaba a los niños y le amaba a él. Porque le amaba, ¿no?; nunca se lo quiso confesar por temor a que le abandonara. No hubiera podido soportarlo. Sin embargo, ella acababa de mirarle con un destello de esperanza en los ojos. Al comprender que no iba a dejarle, se le llenaron súbitamente los ojos de lágrimas y se inclinó hacia ella sollozando. Faye le acarició el cabello y le dirigió palabras de consuelo. No iba a abandonar a Ward, por lo menos, todavía no, pero tampoco permitiría que siguiera eludiendo sus responsabilidades.

–Ward, tenemos que vender la casa.

–Pero ¿adónde iremos? –preguntó él con cara de chiquillo asustado.

–Ya encontraremos otro sitio. Prescindiremos de la servidumbre. Venderemos la mayor parte de todos estos objetos tan caros que tenemos, los libros raros, mis abrigos de pieles y mis joyas. –Le dolía en el alma tener que hacerlo porque eran regalos que él le había hecho en ocasión de importantes acontecimientos de su vida y tenían un valor sentimental para ella. Sin embargo, sabía asimismo que valían mucho dinero y no podía conservarlos en aquellos instantes–. ¿A cuánto crees tú que ascienden las deudas?

–No lo sé –confesó Ward, con el rostro hundido en el regazo de su esposa.

–Tenemos que averiguarlo –le dijo ella, tomándole el rostro entre las manos–. Los dos juntos. En eso estamos juntos, cariño, y tenemos que salir del atolladero.

–¿Crees que podremos?

Era terrible tener que enfrentarse con aquella situación, aunque Faye estuviera a su lado.

–Estoy segura de que sí –respondió ésta aunque no estaba demasiado segura de nada.

Al escuchar esas palabras, Ward experimentó una profunda sensación del alivio. Más de una vez había acariciado, entre copa y copa de champán, la idea del suicidio. Era un ser muy débil y no estaba preparado para afrontar dificultades. Sin Faye, no hubiera podido hacerlo y, con ella, apenas si podía. Al día siguiente, Faye hizo que le acompañara a ver a los abogados. El médico le había aconsejado que todavía no saliera de casa, pero ella arrojó por la borda el consejo. Quería estar al lado de Ward en todo cuanto ocurriera, pero, al mismo tiempo, se mostraba inflexiblemente severa. Según los abogados, las deudas ascendían a tres millones y medio de dólares. Al oírlo, Faye estuvo a punto de desmayarse y Ward se quedó más blanco que la cera. Los abogados señalaron que tendrían que venderlo todo y que, con un poco de suerte, les quedaría algún dinero que podrían invertir en algo, aunque ya no les sería posible vivir con el lujo de antaño. Es más, añadió Bill Gentry mirando significativamente a Ward, tendrían que ponerse a trabajar; por lo menos, uno de ellos. Tal vez Faye podría reanudar su antigua carrera; pero habían transcurrido nueve años, nadie le pedía autógrafos y los periódicos ya no la mencionaban en sus titulares como en otros tiempos. Era agua pasada y, aunque pudiera volver al cine, ya no sería lo mismo. Por otra parte, ella tenía otros proyectos, pero todavía era prematuro pensar en ellos.

—¿Qué ocurrirá con los astilleros? —preguntó, yendo directamente al grano.

Ward no se hubiera atrevido a plantear la pregunta. Los abogados se mostraron inflexibles.

—Tendrán ustedes que declararse en quiebra.

—¿Y la casa? ¿Cuánto cree que nos darán por la casa?

—Medio millón, si encuentran a alguien que se enamore de ella. Pero, probablemente, será menos.

—Muy bien, ya es algo. Además tenemos la casa de Palm Springs.

Faye abrió el bolso y sacó un papel. La víspera, cuando Ward se fue a dormir, había hecho una lista completa de todas sus posesiones. Calculaba que, con un poco de suerte, conseguirían reunir cinco millones de dólares. O, por lo menos, cuatro.

—¿Y qué haremos después? —preguntó Ward con amargura—. ¿Vestiremos a los niños con andrajos y nos echaremos a la calle a pedir limosna? Necesitamos vivir en algún sitio, Faye. Necesitamos criados, ropas, automóviles.

—Automóvil, no *automóviles* —contestó ella.

Al ver la expresión de su marido, Faye se asustó un

poco; temía que no pudiera adaptarse al cambio. Sin embargo, no tendría más remedio que hacerlo y ella le ayudaría. Él era lo único de lo que no podía prescindir.

Al cabo de dos horas, los abogados se levantaron y les estrecharon la mano; pero Ward estaba cabizbajo. Parecía haber envejecido diez años en dos horas. Mientras regresaban a casa en el Duesenberg apenas dijo nada. Se le llenaron los ojos de lágrima al pensar que tal vez ya nunca más volverían a utilizar este automóvil.

Al llegar a casa, la niñera les estaba esperando. La pequeña Anne tenía fiebre. La niñera temía que Val le hubiera contagiado su resfriado. Con expresión de aturdimiento, Faye se acercó al teléfono y llamó al médico, pero no tomó a la niña en brazos. Cuando, más tarde, la niñera se la volvió a traer, Faye la mandó retirarse con una brusquedad impropia de ella.

–No tengo tiempo –le dijo.

Tenía otras cosas en que pensar. Y estas «otras cosas» eran, nada menos, que el abandono de su tren de vida habitual. Tenía por delante una tarea agotadora y la llevaría a cabo ella sola. Ward no podría hacer frente a los acontecimientos y exhaló un suspiro de alivio cuando, al día siguiente, Faye puso manos a la obra. Llamó a todos los corredores de fincas de la ciudad y les citó para mostrarles la casa. Volvió a llamar a los abogados, concertó citas con varios anticuarios y elaboró listas de lo que se iban a quedar y de lo que iban a vender. Ward se quedó estupefacto cuando la vio sentada con el entrecejo fruncido junto a su escritorio, resolviendo asuntos como si fuera una experta mujer de negocios.

–¿Qué vas a hacer hoy? –le preguntó Faye, levantando los ojos.

–Almorzaré en el club.

Ésta era otra de las cosas de las que tendrían que prescindir: de su pertenencia a los distintos clubes. Sin embargo, Faye, se limitó a asentir con la cabeza y, poco después,

Ward abandonó la estancia. No regresó hasta las seis de la tarde. Estaba muy contento porque le había ganado a un amigo novecientos dólares en el chaquete. ¿Y si hubieras perdido?, se preguntó Faye en silencio mientras subía al piso de arriba. No quería verle jugar con las gemelas porque sabía que estaba embriagado. Y, además, tenía muchas cosas que hacer. Al día siguiente, empezaría a despedir a la servidumbre. Aún no habían vendido los automóviles. Y luego aún quedaría la casa de Palm Springs. Se le nublaron los ojos al pensar en todo lo que se le venía encima. No podría evitarlo. Era como una pesadilla. Toda su vida se había derrumbado en veinticuatro horas. No quería ni pensarlo para no echarse a gritar. Era todo tan extraño. Apenas habían transcurrido unos días del nacimiento de su hija y del nuevo y espectacular regalo de Ward. Pensaban irse a pasar unas semanas a Palm Springs, pero, de pronto, todo se esfumó. Parecía increíble. Mientras subía con el corazón destrozado por la pena, la niñera volvió a abordarla. Pero Faye no disponía de tiempo para la niña en aquel momento. Estaba demasiado ocupada en otras cosas. La mujer de blanco se encontraba de pie en lo alto de la escalera, sosteniendo un biberón en una mano, mientras sujetaba con el otro brazo a la pequeña envuelta en una manta bordada de color rosa que Faye había comprado para las gemelas.

–¿Quiere darle ahora el biberón a la niña, señora Thayer?

La estirada niñera inglesa la miró con rabia –o eso por lo menos le pareció a Faye–, pensando en el sueldo que iba a perder. Se pasaba el día tratando de suscitar en ella sentimientos de culpabilidad.

–No puedo, señora McQueen. Lo siento –apartó el rostro–, estoy muy cansada… –Sin embargo, no era eso. Quería revisar las joyas antes de que Ward subiera al dormitorio. Tenía una cita con Frances Klein a la mañana siguiente y aún no había decidido lo que les iba a vender.

Sabía que le pagarían un precio justo. Ya no podía echarse atrás y carecía de tiempo para la pequeña Anne–. Mañana por la noche quizá –añadió en un susurro, evitando mirar a la niñera.

Hubiera preferido no tener que ver a la niña tan recientemente salida de sus entrañas. Apenas hacía un par de semanas. Aquella niña era su única preocupación. Pero ya no… Con lágrimas en los ojos, corrió a su habitación y cerró la puerta mientras la señora McQueen la miraba sacudiendo la cabeza y se dirigió de nuevo al cuarto de los niños situado en el segundo piso.

6

En febrero, los empleados de la casa Christie's se llevaron los muebles. Retiraron todas las piezas de valor, los siete juegos de porcelana china adquiridos a lo largo de siete años, las arañas de cristal y las alfombras persas. Se lo llevaron prácticamente todo, exceptuando lo más imprescindible. Faye dispuso que los niños se fueran a Palm Springs con la niñera y pidió a Ward que les acompañara.

–¿Quieres librarte de mí? –le preguntó él, mirándola tristemente con la sempiterna copa de champán en la mano. Últimamente las copas eran cada vez más frecuentes.

–Ya sabes que no. –Faye se sentó a su lado, lanzando un suspiro.

Se pasó el día etiquetando los muebles. Etiquetas rojas en todo lo que se tenían que llevar, etiquetas azules en el resto, que, por cierto, era muy poco. Vendió todo lo de valor y se quedó tan sólo con las cosas más sencillas. Era deprimente para todos, pero no había más remedio que hacerlo. Ahora que sabía la verdad no permitiría que Ward tratara de seguir esquivándola. Hacía cuanto podía, pero no estaba dispuesta a tolerar que su marido la engañara o se engañara a sí mismo. Ella era quien se ocupaba de todos los asuntos con los abogados; y, en su fuero interno, lo lamentaba, con ello castraba en cierto modo a Ward. Pero ¿qué otra cosa podía hacer? ¿Dejarle vivir en el engaño? ¿Acumular más deudas? Se estremeció al pensarlo. Prefería enfrentarse directamente con los hechos y empezar con una nueva vida. Ambos eran todavía muy jóvenes. Se tenían el uno al otro y tenían a sus hijos. De vez en cuando, se asustaba tanto como Ward. Era como subir por una empinada ladera; sin embargo, raras veces volvía la mirada hacia atrás. Era otro lujo que no podían permitirse. Tenían que seguir adelante.

—Ayer vendí el tiovivo. —Era casi su único tema de conversación: lo que se vendía y lo que no. La casa aún no tenía comprador y Faye estaba un poco preocupada—. Se lo quedó un hotel por un precio bastante razonable.

—Estupendo —dijo Ward, levantándose para volver a llenar la copa de champán—. Estoy seguro de que a los niños les encantará la noticia…

—Es inevitable… —Pero tú sí hubieras podido evitarlo, pensó ella tratando inmediatamente de olvidar aquellas palabras. Ella no era culpable de que lo hubieran perdido todo, pero tampoco quería reprocharle nada a Ward, que no sabía vivir de otro modo. Nadie le había enseñado a ser responsable. Y siempre se había portado muy bien con ella. A pesar de todo, Faye le seguía queriendo aunque a veces tenía que hacer un esfuerzo para no echarle la culpa de todo lo ocurrido. Si ella hubiera sabido lo que estaba pasando… Sorprendió a Ward mirándola fijamente. Por un instante, adivinó cómo sería de viejo. Siempre había parecido un muchacho apuesto, simpático y despreocupado. Sin embargo, en dos meses, el peso de los acontecimientos le había envejecido. Le salieron incluso algunas canas entremezcladas con su cabello rubio y había unas leves arrugas alrededor de sus ojos—. Ward…

No sabía qué decirle para mitigar su dolor y para que ambos pudieran soportar mejor la verdad. Las dudas y el miedo pasaban por sus mentes con la rapidez de un rayo. ¿Adónde iremos? ¿Qué haremos ahora para poder subsistir? ¿Qué ocurrirá cuando vendamos la casa?

–Lamento haberte arrastrado a todo esto –dijo él, muy compungido–. No tenía derecho a casarme contigo.

Sin embargo, después de la guerra y tras la muerte de su primera esposa a los dos meses de la boda, la necesitaba con desesperación. Faye era extraordinaria y lo seguía siendo. Por eso se arrepentía de lo que había hecho.

Ella se acercó despacio y se sentó en el brazo de su sillón. Estaba más delgada que antes del nacimiento de Anne debido a que trabajaba con ahínco; subía y bajaba, hacía embalajes, clasificaba montañas de cosas. Incluso se encargaba de parte de las tareas de la casa con la ayuda de las dos sirvientas que le quedaban: dos mujeres que guisaban y limpiaban, la niñera que estaba con ellos desde el nacimiento de Lionel, hacía seis años, y la niñera de Anne. Más adelante, Faye pensaba quedarse únicamente con dos criadas; pero, de momento, las necesitaba a todas para que la ayudaran a hacer los paquetes y cerrar la casa. Arthur y Elizabeth se marcharon con los ojos llenos de lágrimas, después de haber pasado tantos años al lado de Faye. También se fueron los dos chóferes, el otro mayordomo y media docena de criadas. Más adelante, si conseguían encontrar una casa no demasiado grande, quizá no necesitarían a nadie. Pero, ahora tenían que vender la casa. Ward lo dejaba todo en sus manos.

–¿Preferirías que nos divorciáramos? –le preguntó, apurando la copa.

–No –contestó Faye levantando con firmeza la voz en la habitación semivacía–. Si no recuerdo mal, nos dijeron algo así como «en la riqueza y en la pobreza». Si ahora pasamos un mal momento, muy bien, qué le vamos a hacer.

–¿Qué le vamos a hacer? Hemos vendido las alfombras y la casa que nos cobija, los abogados nos han prestado dinero para que podamos comprar comida y pagar a la servidumbre, y tú te encoges de hombros como si tal cosa. ¿De qué vamos a comer?

Ward volvió a llenar la copa y Faye tuvo que hacer un

esfuerzo para no contestarle. Sabía que, al final, se le pasaría. Que todo volvería a normalizarse. Tal vez algún día.

–Ya se nos ocurrirá algo. ¿Qué remedio nos queda?

–No lo sé. Supongo que piensas reanudar tu carrera cinematográfica, pero no te estarán esperando con los brazos abiertos, ¿sabes?

Él hablaba con voz pastosa y Faye no tomó en cuenta sus palabras porque comprendió que estaba bebido.

–Lo sé, Ward –le dijo muy serena. Llevaba semanas pensando en ello–. Ya encontraremos algo.

–¿Para quién? ¿Para mí? –Se acercó a su esposa en actitud amenazadora. No era propio de él, pero estaban sometidos a tantas tensiones que todo era posible en aquellos momentos–. No he trabajado en toda mi vida. ¿Qué piensas tú que puedo hacer? ¿Buscarme trabajo en una tienda y venderle zapatos a tus amigos?

–Ward, por favor...

Faye apartó el rostro para que él no pudiera ver sus lágrimas, pero Ward la asió de un brazo y la obligó a mirarle.

–Vamos, cuéntame tus planes, señorita Realista. Tú eres la que se ha encargado de todo. De no haber sido por ti, seguiríamos viviendo como antes.

Conque era eso, pensó Faye. Le echaba la culpa a ella y no a sí mismo, o tal vez pensaba que ojalá pudiera echársela. Le conocía muy bien y, sin embargo, eso no impidió que le replicara con aspereza.

–Si lo hubiéramos hecho, a estas horas deberíamos cinco millones de dólares en vez de cuatro.

–¡Maldita sea! Hablas igual que este par de vejestorios de Gentry y Burford. No tienen ni la menor idea de nada. ¿Qué importan las deudas? –gritó Ward, apartándose de ella–. Vivíamos bien, ¿no?

La miró con furia desde el otro extremo de la estancia, mas no estaba enojado con ella, sino consigo mismo.

–¡Pero todo era una cochina mentira! –gritó Faye a su

vez–. Al final, nos hubieran quitado la casa y los muebles.

–Qué graciosa –exclamó él, soltando una amarga carcajada–. ¿Y qué crees tú que está ocurriendo ahora?

–Somos nosotros quienes lo vendemos, Ward. Y, si tenemos suerte, nos quedará un poco de dinero y podremos invertirlo para mantenernos con ello durante algún tiempo. Además, lo único que importa de verdad es que todavía nos tenemos el uno al otro y tenemos a los niños.

Ward no quiso seguir escuchándola. Abandonó la estancia, dando un portazo que hizo temblar las paredes. Faye a su vez, se pasó media hora temblando mientras recogía las cosas. Tres semanas más tarde, vendieron la casa. Fue un día muy triste para todos, pero no había otra solución. Les dieron menos de lo que esperaban, porque los compradores conocían su apurada situación y la casa presentaba un aspecto un poco descuidado. Los jardineros se habían ido ya y la desaparición del tiovivo había dejado unas feas cicatrices en el suelo. Las habitaciones parecían desiertas sin los muebles más bonitos, las arañas de cristal y los cortinajes. Un célebre actor y una mujer compraron la casa por un cuarto de millón de dólares. El hombre no estuvo muy amable con Faye y ni siquiera se entrevistó con Ward. Se limitó a recorrer la casa, haciendo comentarios con el corredor de fincas como si Faye no estuviera. Hicieron la oferta al día siguiente y las negociaciones sobre el precio duraron una semana. Burford, Gentry y Faye le pidieron a Ward que diera su conformidad, insistiendo en que no había otra solución. Al final, Ward se dejó convencer, firmó él mismo los documentos y luego se encerró en su estudio con dos botellas de champán y una de ginebra. Contempló las fotografías de sus padres colgadas de la pared y se echó a llorar en silencio, pensando en la vida que había llevado su padre y en la que le esperaba a él. Faye no lo vio hasta que, a última hora de la noche, subió al piso de arriba. Cuando entró en el dormitorio, no se atrevió a decirle nada a su esposo. Al verle la cara, estuvo a punto de romper a llorar. Era el final de su vida y Faye temió que no pudiera soportar el cambio. Ella había conocido la pobreza, aunque no por mucho tiempo, y recordaba todavía aquella cruda realidad. Para Faye, la situación no era tan dramática como para Ward. Le parecía que llevaba muchos meses corriendo como una loca y se preguntaba si podría detenerse alguna vez y si ambos volverían a encontrarse mutuamente. Era la peor pesadilla de su vida; los idílicos momentos del pasado no volverían jamás. Sólo les quedaba el sobresalto de la realidad, la tragedia de lo que Ward había hecho y la amarga tristeza de su vida futura. Pero ella no quería darse por vencida y no iba a permitir que su marido se convirtiera en un borracho sin remedio.

Ward la miró angustiado como si leyera sus pensamientos.

—Siento haberme portado tan mal en todo este asunto, Faye —dijo, sentándose en un sillón.

—Ha sido un golpe muy duro para todos —contestó ella, pugnando por reprimir las lágrimas.

—Pero la culpa es sólo mía, eso es lo malo. No sé si hubiera podido modificar la situación, pero, por lo menos, la hubiera podido retrasar un poco.

—Nunca hubieras podido resucitar una empresa moribunda, por mucho que lo hubieras intentado. No te culpes de eso —le dijo Faye, sentándose en el borde de la cama—. En cuanto a lo demás —añadió, mirándole y sonriendo con tristeza—, fue divertido mientras duró…

—Pero ¿y si nos morimos de hambre? —preguntó él.

Parecía un chiquillo asustado. Era curioso que lo preguntara siendo un hombre acostumbrado a vivir a crédito desde hacía muchos años. Aquella noche se había enfrentado por fin con la realidad y comprendió que por muy enojado que estuviera, necesitaba desesperadamente a Faye. Y ésta no lo defraudó.

Procuró hacer acopio de todo su valor porque deseaba transmitirle algo que él no tenía: fe y confianza. Era lo mejor que podía hacer por su esposo en aquellos momentos. Para ella, ser su esposa significaba eso precisamente.

–No nos moriremos de hambre, Ward. Podremos superar esta situación. Jamás me morí de hambre, aunque anduve muy cerca de ello muchas veces.

Estaba cansada y le dolía todo el cuerpo de tanto hacer paquetes y empujar cosas de un lado para otro.

–Entonces no había siete personas.

–No –dijo ella, mirándole con ternura por primera vez en varias semanas–. Pero ahora me alegro de que seamos siete.

–¿De veras, Faye? –La desdicha le serenó. Aquella noche no pudo emborracharse y ahora se alegraba de ello–. ¿No te asusta tenernos a todos pegados a tus faldas? Sobre todo, a mí que estoy más asustado que los niños.

Faye se le acercó lentamente y le acarició el rubio cabello. Era curioso lo mucho que se parecía a Gregory. A veces, daba la impresión de ser menos maduro que su hijo.

–Todo irá bien, Ward, te lo prometo –le susurró, besándole el cabello.

Cuando él levantó los ojos para mirarla, se le escaparon las lágrimas y tuvo que tragar saliva para reprimir el sollozo.

–Yo te ayudaré, cariño. Te prometo que haré cuanto pueda.

Faye asintió y acercó el rostro al de su esposo. Por primera vez en mucho tiempo, Ward la besó en los labios y más tarde la acompañó a la cama; pero no ocurrió nada. No ocurría nada desde hacía una eternidad porque ambos tenían la mente ocupada en otras cosas. Pero, por lo menos, el amor seguía subsistiendo, aunque un poco maltrecho. Era lo único que les quedaba. Todo lo demás había desaparecido.

7

En mayo abandonaron la casa con lágrimas en los ojos. Sabían que dejaban a sus espaldas un mundo y una vida que jamás volverían. Lionel y Gregory también lloraron. Eran lo bastante mayorcitos como para comprender que dejaban para siempre el hogar de su infancia: un refugio hermoso, seguro y cómodo. Además, la cara de sus padres les asustaba. De repente, todo parecía distinto, aunque ellos no sabían por qué. Las menos afectadas fueron Vanessa y Val. Sólo tenían tres años y no estaban muy preocupadas, si bien percibían el nerviosismo de los demás. Les entusiasmaba volver a la casa de Palm Springs.

Ward les llevó en el único automóvil que les quedaba. Era la vieja camioneta Chrysler de los criados. Vendieron los Duesenberg, el Bentley de Faye, el Cadillac y todos los demás coches que tenían.

A Faye y Ward les pareció que dejaban atrás toda su juventud. La casa de Palm Springs la tendrían que desocupar en junio, pero, de momento, podrían tener a los niños allí. En aquellos momentos Faye estudiaba varias ofertas de casas en alquiler y, de momento, guardarían los muebles en un almacén. Se irían con toda la familia a Palm Springs y después regresaría sola a Los Ángeles para buscar una casa, mientras Ward supervisaba el traslado de los enseres domésticos de Palm Springs. Dijo que era lo menos que podía hacer, después de todo cuanto Faye había hecho en Los Ángeles. Esta vez, ella no tendría que mover ni un dedo. Bastaría con que se ocupara de encontrar una casa. La tarea no iba a ser fácil. Con la venta de los astilleros, la casa de Beverly Hills, el mobiliario, los objetos artísticos, las colecciones de libros raros, los automóviles y la casa amueblada de Palm Springs, pagarían a duras penas las deudas y les quedarían unos cincuenta y cinco mil dólares que, cuidadosamente invertidos, les permitirían ir tirando. Faye confiaba en poder alquilar una casa barata. En cuanto se instalaran en ella y los niños regresaran a la escuela en otoño, empezaría a buscarse una ocupación. Ya estaba acostumbrada a trabajar y, a los treinta y dos años, le quedaba mucha vida por delante. Ward hablaba también de buscarse algún trabajo, pero, como es lógico, Faye confiaba más en sus propias aptitudes y sabía que a ella le sería más fácil conseguirlo. Lionel empezaría a estudiar primer grado, Greg iría al jardín de infancia, las gemelas irían a una guardería y, de este modo, ella tendría mucho tiempo libre. Una niñera cuidaría de la más pequeña y se encargaría de cocinar y de hacer las tareas de la casa. La pequeña Anne contaba apenas cuatro meses y aún no daba mucha guerra. Era un momento perfecto para que Faye dejara el hogar. Mientras regresaba a Palm Springs, pensó en todo ello y sintió remordimiento por la niña. A los demás siempre les dedicó mucho tiempo. Sin embargo, la desgracia que se había abatido sobre ellos con tanta rapidez le impidió prestarle la debida atención. Ward la miró varias veces a lo largo del viaje, vio su ceño fruncido y le dio unas palmadas en la mano. Le prometió que dejaría de beber en cuanto llegaran a Palm Springs y Faye esperaba que cumpliera su palabra. Aquella casa era más pequeña y los niños se hubieran dado cuenta de que bebía demasiado. Además iba a estar muy ocupado y Faye esperaba que eso le distrajera.

Dos días más tarde Faye regresó a Los Ángeles en tren y, al llegar, se instaló en una pequeña habitación del hotel Hollywood Roosevelt. Las casas que vio eran deprimentes a más no poder. Estaban situadas en barriadas muy feas, los patios eran minúsculos y las habitaciones, pequeñísimas. Leyó los anuncios de los periódicos, visitó muchas agencias y, a comienzos de la segunda semana, encontró una casa algo menos fea que las demás y lo suficientemente grande como para albergarles a todos. Tenía cuatro dormitorios bastante espaciosos en una planta. Faye decidió instalar a los niños en una habitación y a las gemelas en otra. Anne y la niñera podrían compartir un dormitorio, y el cuarto sería para ella y Ward. En la planta baja había un salón un poco sombrío, una chimenea que llevaba años sin encenderse, un comedor que daba a un jardincito y una cocina anticuada y muy espaciosa en la que cabía perfectamente una mesa grande. Los niños estarían más cerca de ella que antes y eso sería bueno para ellos, se dijo Faye. Esperaba que Ward no le encontrara defectos y se negara a vivir allí y confiaba en que los niños no se echaran a llorar cuando vieran aquellas míseras habitaciones. Lo mejor de todo era el módico alquiler. El barrio estaba en la zona de Monterey Park, a años luz de su antigua residencia de Beverly Hills. Cuando regresó a Palm Springs no trató de engañar a nadie. Les dijo que todo sería «provisional» y que compartirían juntos una aventura en la que cada cual tendría alguna tarea que hacer. Plantarían flores en el jardín y lo dejarían precioso. Una vez a solas con ella, Ward la miró a los ojos y le hizo la inevitable pregunta:

–¿Es muy fea, Faye?

Ésta respiró hondo. No tenía más remedio que contarle la verdad. Pronto podría verlo con sus propios ojos. Hubiera sido inútil mentirle.

–¿En comparación con lo que teníamos? –Ward asintió con la cabeza–. Es desoladora. Pero si hacemos un esfuerzo y no la comparamos, no está del todo mal. Está razonablemente limpia y recién pintada. Podremos colocar en ella los pocos muebles que nos quedan. Y le daremos un aire más alegre, poniendo cortinas y muchas flores. Por lo menos, nos tenemos el uno al otro y todo irá bien.

—Siempre dices lo mismo —contestó él apartando el rostro.

Estaba enojado con su esposa como si ella fuera la culpable de todo. En su fuero interno, Faye se echaba un poco la culpa. Tal vez hubiera sido mejor seguir viviendo endeudados hasta que todo se fuera a pique. Sin embargo, tarde o temprano, se hubieran tenido que enfrentar con la situación. Ya no sabía qué pensar. Menos mal que Ward cumplió su palabra, embaló todos los enseres de Palm Springs y no bebió hasta que ella regresó. Entonces lo dejó todos en manos de Faye y empezó a relajarse un poco.

Un martes por la tarde, cuando cerraron la casa y regresaron a Los Ángeles hacía un calor insoportable Faye arregló un poco la casa de Monterey Park antes de reunirse con ellos en Palm Springs. Sacó cuanto pudo de los embalajes, colgó cuadros en todas las habitaciones, puso jarrones de flores e hizo la camas con sábanas limpias. Procuró conferir a la casa la apariencia de un hogar confortable y, al llegar, los niños lo examinaron todo muy intrigados y se alegraron de encontrar sus juguetes en las habitaciones. Cuando entró en el oscuro salón con las paredes revestidas de madera, Ward no dijo nada, pero Faye vio en la expresión de su rostro hacer un esfuerzo para reprimir las lágrimas. Ward echó un vistazo al jardín, vio en el comedor una mesa procedente de un estudio de su antigua casa e instintivamente levantó los ojos, esperando ver en el techo una araña de cristal vendida hacía varios meses. Sacudió la cabeza en un gesto de incredulidad. Jamás había visto semejante pobreza.

—Espero que, por lo menos, sea barata —dijo, arrepintiéndose inmediatamente de lo que había dicho al pensar en el daño que les había causado a todos.

–No será para siempre, Ward –contestó Faye, mirándole con dulzura.

Era lo que siempre se decía cuando soñaba con escapar de la pobreza del hogar de sus padres. Sin embargo, aquello era mucho peor. Estaba segura de que la situación en que se encontraban sería provisional hasta cierto punto. Conseguirían salir a flote.

–No sé si podré resistirlo –dijo él, mirando tristemente alrededor.

–¡Ward! –contestó Faye, enfureciéndose con él por primera vez en muchos meses–, ¡todo el mundo en esta familia está haciendo de tripas corazón y más te vale hacerlo a ti también! Yo no puedo detener el reloj. No podemos hacernos la ilusión de que ésta es nuestra vieja casa de siempre. Pero es *nuestro* hogar, el mío, el de los niños y también el tuyo.

Tembló de rabia mientras él la miraba a los ojos. Quería sacar el mejor partido de la situación y, aunque Ward respetaba su valentía, no estaba seguro de poder soportarlo. Aquella noche, cuando se fue a la cama, tuvo la absoluta certeza de que no podría. La habitación olía a moho, lo mismo que toda la casa, y las cortinas que Faye había colocado en las ventanas pertenecían a las habitaciones de la servidumbre de su antigua casa y no ajustaban bien. Era como si se hubieran convertido en criados en su propio hogar, era como una pesadilla surrealista. Ward se volvió a mirar a Faye para disculparse por su mal comportamiento, pero la vio dormida como una chiquilla asustada. Se preguntó si también su esposa tendría miedo. Estaba aterrorizado y ya ni siquiera la bebida le producía alivio. ¿Tendrían que pasarse toda la vida en aquella guarida? No podían permitirse ningún lujo y dudaba que pudieran levantar cabeza alguna vez. Faye decía que todo era provisional, que algún día se mudarían a otro sitio, pero, ¿cuándo, cómo y adónde? En sus más descabellados sueños, tendido en la cama de aquel mohoso dormitorio de paredes pintadas de verde, Ward no acertaba tan siquiera a imaginarlo.

OTRA VEZ HOLLYWOOD...

1952-1957

8

A Faye le tembló la mano mientras marcaba el número de su antiguo representante. Habían transcurrido seis años y quizá se hubiera retirado o no dispusiera de tiempo para hablar con ella. La había llamado cuando nació Lionel y trató de convencerla de que reanudara su carrera antes de que fuera demasiado tarde. No cabía duda de que seis años eran muchos años. No hacía falta que Abe se lo dijera, pero Faye necesitaba su consejo. Esperó hasta septiembre. Los niños iban a la escuela según lo previsto, exceptuando a la pequeña Anne. Ward se reunía con sus viejos amigos y decía que buscaba trabajo, pero, en realidad, se limitaba a ir a almorzar a sus restaurantes y clubes preferidos, para «establecer contactos». Tal vez fuera cierto, pero los resultados no se veían por ninguna parte. Lo mismo ocurriría con aquella llamada en caso de que su representante se negara a ponerse al teléfono. Faye rezó en silencio para que se pusiera mientras facilitaba su nombre a la secretaria. Hubo una pausa interminable, le pidieron que esperara y, por fin, volvió a escuchar la voz de antaño.

–Dios bendito, pero ¿de dónde sales? –tronó Abe mientras ella soltaba una carcajada nerviosa–. ¿Eres tú de verdad, Faye?

Ésta se arrepintió de no haber cultivado su amistad a

lo largo de los años, pero Ward y los niños ocupaban todo su tiempo y Hollywood quedaba muy lejos.

—La misma que viste y calza, Faye Price Thayer, con alguna que otra cana.

—Eso se podría arreglar, aunque no creo que me hayas llamado por este motivo. ¿A qué debo el honor de esta sorpresa? ¿Tienes ya los diez hijos que deseabas?

Abe estaba tan amable como siempre y a Faye la conmovió que aún quisiera hablar con ella. Habían sido muy amigos en otros tiempos. El hombre que había sido su agente durante toda su carrera estelar desapareció de su vida, pero Faye llamaba ahora de nuevo a su puerta.

—Nada de diez hijos, Abe, sólo cinco —contestó sonriendo—. Voy por la mitad.

—Estáis locos. Supe por la expresión de tus ojos que lo decías en serio, por eso me di por vencido. Eras estupenda, Faye, y te hubieras podido mantener mucho tiempo en la cumbre.

Faye no estaba muy segura de ello, pero le agradeció esas palabras. Algún día se hubiera iniciado la decadencia. Le ocurría a todo el mundo, pero Ward la libró de ello. Tenía que sacar fuerzas de flaqueza para decirle a Abe lo que necesitaba, aunque lo más probable era que él lo hubiera sospechado al oír su nombre. Conocía sus apuros económicos a través de la prensa: la venta de la casa, la subasta de los bienes, el cierre de los astilleros. Fue un derrumbamiento total, como el de algunos actores a los que Abe representaba. Sin embargo, éste seguía apreciando a la gente cualquiera que fuera su situación y ahora se compadecía de Faye, que carecía de dinero, y que tenía un marido que nunca había trabajado y cinco hijos a su cargo.

—¿Echas de menos los viejos tiempos, Faye?

—Jamás los eché de menos —contestó ésta con toda sinceridad.

Por lo menos hasta aquel momento, aunque en realidad se le había metido otra cosa en la cabeza.

–No creo que te quede mucho tiempo libre con cinco hijos. –Abe sabía, sin embargo, que no tenía más remedio que ponerse a trabajar y decidió ir al grano para ahorrarle la humillación–. ¿A qué debo el honor y el placer de esta llamada, señora Thayer?

Ya lo imaginaba: un papel en una obra de teatro, algún papelito en una película. La conocía muy bien y le constaba que no le pediría la luna.

–Quiero pedirte un favor, Abe.

–Pide por esta boca.

Siempre se había mostrado sincero con Faye y estaba dispuesto a ayudarla en la medida de lo posible.

–¿Podría venir a verte? –preguntó tímidamente Faye.

–Pues claro que sí –contestó él–. Cuando quieras.

–¿Mañana?

Abe se sorprendió de la urgencia. Debían de estar en las últimas.

–Muy bien. Almorzaremos en el Brown Derby.

–Estupendo.

Por un instante, Faye recordó con nostalgia los viejos tiempos. Llevaba años sin pensar en ellos. Colgó el teléfono y descendió a la planta baja con una enigmática sonrisa en los labios. Confiaba en que Abe no le dijera que había perdido el juicio. Al día siguiente, cuando se reunió con él, Abe la escuchó en silencio y se aterró al conocer los detalles de su desgracia. Los tiempos de esplendor habían quedado atrás, pero Faye era una muchacha muy valiente y estaba perfectamente capacitada para hacer cualquier cosa que se propusiera. No obstante, Abe dudaba de que alguien le concediera una oportunidad.

–Leí en alguna parte que Ida Lupino dirigió una película para la Warner Brothers, Abe.

–Lo sé. Pero no todo el mundo te va a dar esta oportunidad, Faye –contestó él con toda sinceridad–. Y, además, ¿qué opina tu marido de todo eso?

Faye respiró hondo y miró a los ojos de su antiguo

representante. Los años le habían cambiado muy poco. Seguía siendo el mismo de siempre, fornido, canoso, agudo, y exigente, pero amable y honrado a carta cabal. Faye intuyó enseguida que seguía siendo su amigo y que intentaría ayudarla por todos los medios.

–Aún no sabe nada, Abe. Primero quería hablar contigo.

–¿Crees que Ward se opondrá a tu vuelta a Hollywood?

–En este plan, no lo creo. Si volviera a actuar, tal vez. Pero la verdad es que ya soy mayor y llevo demasiado tiempo fuera de los estudios.

–No digas tonterías, sólo tienes treinta y dos años. Lo que ocurre es que no es fácil regresar al cabo de tanto tiempo. La gente se olvida. Y la juventud ya tiene sus ídolos. ¿Sabes una cosa? –añadió Abe, reclinándose con aire pensativo en su asiento y sosteniendo un puro en la mano–. Tu idea es mucho mejor. Su pudiéramos vendérsela a algunos estudios, sería magnífico.

–¿Lo intentarás?

–¿Me pides que vuelva a ser tu agente, Faye? –preguntó Abe, apuntándola con su cigarro.

–Sí –contestó ella, y le miró a los ojos.

–En tal caso, acepto. Husmearé un poco por ahí, a ver qué encuentro.

Faye sabía que iba a hacer mucho más que eso. Removería cielo y tierra hasta que encontrara algo para ella y, si no hallaba nada, significaría que no había nada. Al cabo de seis semanas, Abe la llamó, y le rogó que fuera a verle. Faye no se atrevió a hacerle preguntas por teléfono. Tomó el autobús que la llevaría de Monterey Park a Hollywood y, al llegar allí, subió corriendo los peldaños del despacho de Abe. Éste observó en el acto que Faye estaba muy guapa. Lucía un llamativo vestido de seda roja y un abrigo de entretiempo de lana negra. Al inclinarse sobre la mesa de su despacho para estrecharle la mano, vio que estaba muy nerviosa.

–¿Y bien?

–Tranquilízate. No es nada del otro jueves, pero no está mal para empezar. Siempre y cuando a ti te parezca bien. Es un puesto de ayudante de dirección en la Metro Goldwyn Mayer y pagan muy poco, pero a mi amigo Dore Schary le gusta la idea. Quiere ver qué puedes hacer. Ya sabe lo que hace la Lupino en la Warner Brothers y le interesa tener a una mujer en su equipo.

Schary tenía fama de ser uno de los jefes de estudio más innovadores y era, además, el más joven de todos ellos.

–¿Cómo podrá averiguar lo que sé hacer yo si trabajo a las órdenes de otra persona? –preguntó Faye, muy preocupada.

Sin embargo, sabía muy bien que nadie le permitiría dirigir una película de buenas a primeras.

–El director tiene firmado un contrato y Dore sabe que es un inútil. Si la película sale medio bien, la responsabilidad será tuya. El tipo es un borracho holgazán y la mitad de las veces ni siquiera estará en el plató. Tendrás mano libre para hacer lo que quieras, pero no ganarás dinero ni fama. Eso vendrá más tarde, si esta vez haces un buen trabajo.

–¿Es buena la película? –preguntó Faye.

–Puede serlo. –Abe fue completamente sincero con ella, le esbozó el guión y le dijo quiénes iban a ser los intérpretes–. Faye, es la oportunidad que andaba buscando. Si te interesa seguir este camino, creo que debes probarlo. ¿Qué pierdes con ello?

–Nada, supongo. –Faye miró a su representante con aire pensativo–. ¿Cuándo empezaré?

Necesitaba tiempo para estudiar el guión. Abe tragó saliva. Sabía lo mucho que a ella le gustaba trabajar y cuán seria y responsable era.

–La semana que viene –contestó, esbozando una sonrisa.

–Dios mío –exclamó Faye, poniendo los ojos en blanco. No dispondría de mucho tiempo para convencer a Ward, pero era lo que más deseaba en aquellos instantes y, aunque no tenía la menor experiencia, quería intentarlo. Llevaba muchos meses soñando con ello. Miró a Abe Abramson y asintió con la cabeza–. Acepto.

–No te he dicho cuánto cobrarás por ello.

–Acepto de todos modos.

El sueldo era ridículo, pero lo importante era tener una oportunidad.

–Tendrás que estar en el plató a las seis de la mañana todos los días e incluso más temprano si quieres. No sé cómo te las vas a arreglar con los niños. Puede que Ward te eche una mano.

Abe no confiaba demasiado en ello. Ward era un hombre acostumbrado a tener un ejército de criados a su servicio.

–Aún tengo una criada que me ayuda.

–Estupendo –dijo Abe, levantándose.

Era casi como en los viejos tiempos, pensó Faye sonriendo.

–Gracias, Abe.

–No hay por qué darlas –contestó éste. Sus ojos le dijeron que la compadecía, pero la respetaba. Ya conseguiría salir del atolladero. Era una muchacha muy valerosa–. Si puedes vuelve mañana a firmar el contrato.

Tendría que efectuar otro largo recorrido en autobús, pero eso no sería nada comparado con la paliza que se tendría que pegar todos los días. Cruzar toda la ciudad de este a oeste para dirigirse a los estudios de la Metro Goldwyn Mayer en Culver City. Sin embargo, hubiera sido capaz de cualquier cosa con tal de conseguir aquel empleo o de complacer a Abe. Éste cobraría un diez por ciento de sus menguados ingresos, pero eso no le importaba.

¡Tenía un empleo!, pensó Faye, emocionada. Hubiera querido gritarlo a los cuatro vientos mientras bajaba los peldaños del estudio Abe. Tomó el autobús y, al llegar a casa, entró corriendo como una chiquilla. Encontró a Ward en el salón, bajo los visibles efectos de un almuerzo con champán en compañía de algún amigo.

–¿Sabes una cosa? –le dijo, sentándose sobre sus rodillas y echándole los brazos al cuello.

–Como me digas que te has vuelto a quedar embarazada, me suicido… ¡pero antes te mato a ti! –dijo Ward, soltando una carcajada mientras ella negaba con la cabeza y le miraba con expresión relamida.

–No. A ver si lo adivinas.

–Me rindo.

Ward tenía los ojos inyectados de sangre y hablaba con voz pastosa, pero a Faye no le importó.

–¡He conseguido un empleo! –exclamó mientras él la miraba boquiabierto–. Como ayudante de dirección en una película que se empieza a rodar la semana que viene en la Metro.

Ward se levantó tan de repente que poco faltó para que Faye diera con sus narices en el suelo.

–Pero ¿te has vuelto loca? ¿Por qué lo hiciste? ¿Para eso salías? ¿Para buscarte un empleo? –Faye se preguntó cómo pensaba Ward que podrían mantenerse. Los cincuenta y cinco mil dólares invertidos en bonos difícilmente alcanzarían para cubrir las necesidades de los adultos, cinco niños y una criada–. ¿Por qué demonios lo hiciste? –le gritó enfurecido.

Los niños contemplaban la escena desde la escalera.

–Uno de los dos tenía que hacerlo, Ward.

–Ya te lo dije, procuro establecer contactos todos los días.

–Me parece muy bien. Eso significa que pronto encontrarás alguna cosa. Pero, entretanto, yo quiero hacer eso. Puede ser una experiencia maravillosa.

–¿Por qué? ¿Es eso lo que tú quieres? ¿Otra vez Hollywood?

—Pero en otro plan, no como en los viejos tiempos —contestó Faye, procurando conservar la calma. Quería que los niños se fueran arriba; pero, cuando les hizo señas de que se retiraran, ellos no se movieron. Ward no les prestó la menor atención—. Creo que tendríamos que hablar de ese asunto a solas.

—Hablaremos ahora mismo. —Cuando se enfadaba, Ward se ponía muy desagradable—. ¿Por qué no me consultaste antes de tomar una decisión?

—Me lo ofrecieron inesperadamente.

—¿Cuándo? —preguntó Ward, arrojándole las palabras como si fueran piedras.

—Hoy.

—Muy bien. Pues diles que has cambiado de idea y que no te interesa.

—¿Por qué tendría que hacerlo? —replicó ella, enfureciéndose de repente—. Ward, yo quiero este empleo. Me da igual que paguen poco y no me importa lo que pienses. Es lo que yo quiero hacer y algún día te alegrarás de que lo haya aceptado. Alguien tiene que sacarnos de la situación en que nos encontramos —añadió, lamentando demasiado tarde sus palabras.

—Y vas a ser tú, claro.

—Tal vez —contestó Faye, pensando que el daño ya estaba hecho.

—Estupendo —dijo él, mirándola con furia mientras tomaba la chaqueta colgada en el respaldo de un sillón—. Entonces, ya no me necesitas para nada, ¿verdad?

—Pues claro que sí.

Antes de que Faye terminara la frase, Ward salió dando un portazo. Las gemelas se echaron a llorar y Gregory miró muy afligido a su madre desde la escalera.

—¿Volverá? —preguntó.

—Desde luego que sí, no te preocupes —contestó Faye, acercándose a sus hijos.

Se sentía muy cansada. ¿Por qué ponía Ward tantas dificultades? ¿Por qué se lo tomaba todo como una ofensa personal? Seguramente porque bebía demasiado, pensó lanzando un suspiro mientras besaba a Lionel y alborotaba el cabello de Greg. Después se inclinó para tomar a las gemelas en brazos. Era lo bastante fuerte para levantarlas a las dos, lo bastante fuerte para llevarlas a las dos, lo bastante fuerte para hacer muchas cosas. Tal vez ése era el motivo del resentimiento de Ward. No podía hacerse a la idea. Hubiera deseado preguntarle por qué se comportaba de aquel modo, pero ya conocía la respuesta. Ward no podía soportar lo ocurrido y no le quedaba más remedio que echarle la culpa a ella o echársela a sí mismo. En cualquiera de ambos casos, Faye pagaría las consecuencias. Aquella noche permaneció despierta en la cama hasta las cuatro de la madrugada, rezando para que Ward no se hubiera estrellado con el automóvil. Le oyó regresar a casa a las cuatro y cuarto; olía a ginebra y apenas acertaba a meterse en la cama en la habitación a oscuras. Faye prefirió no decirle ni una palabra. Esperaría a la mañana siguiente para exponerle su plan. Pero, entonces, él tampoco la quiso escuchar.

—Por el amor de Dios, Ward, escúchame.

Tenía una resaca tan espantosa que apenas podía tenerse en pie. Aquella mañana, Faye acudiría al despacho de Abe, en Hollywood, para firmar el contrato y recoger el guión.

—No quiero oír ni una palabra de todo ese asunto. Estás tan loca como lo estaba yo. Castillos en el aire. Eso es lo que son. Estás chiflada. Sabes tanto de dirigir películas como yo, y yo no tengo ni la menor idea.

—Yo tampoco. Pero aprenderé. Por eso quiero aceptar el empleo, porque más adelante… Quizá cuando haya intervenido en diez películas, habré aprendido algo. Lo que digo no es descabellado.

—Tonterías.

—Escúchame, Ward, los productores son gente con muchos contactos, conocen a personas que, a su vez, conocen a otras personas adineradas. No hace falta siquiera que ellos tengan dinero ni que les guste la película, aunque no está de más que lo disimulen. Son unos intermediarios. Son los que conciertan el trato. ¿Qué mejor trabajo para ti? Fíjate en las personas que conoces, en los contactos que tienes. A algunos de tus amigos les encantaría invertir dinero en películas y formar parte del ambiente de Hollywood. Y algún día, si sabemos organizarnos, tú y yo podríamos formar un equipo. Tú produces y yo dirijo.

Ward la miró atónito, sorprendido, como si Faye hubiera perdido el juicio.

–¿Por qué no montamos un número de circo? Estás completamente chiflada y vas a hacer el ridículo.

Por fin, Faye se dio por vencida. Ward aún no estaba dispuesto a confiar en ella. Ni siquiera era capaz de ver las posibilidades del proyecto. Ella, en cambio, lo veía todo muy claro. Recogió el abrigo y el bolso y le miró.

–Ríete de mí si quieres, Ward, pero algún día reconocerás que tenía razón. Y, si alguna vez vuelves a comportarte como un hombre, puede que pongas en práctica mi idea. Te darás cuenta de que no es tan absurda. Piénsalo un poco si tienes tiempo, entre trago y trago.

Dicho esto, salió a la calle y cerró la puerta.

Se pasó dos meses sin apenas ver a Ward, que dormía a pierna suelta cuando ella salía de casa todas las mañanas para trasladarse a Hollywood. Tenía que salir a las cuatro de la madrugada porque el autobús tardaba una eternidad en cubrir el largo trayecto. Cuando regresaba a casa pasadas las diez, los niños estaban ya acostados y Ward había salido. Faye nunca le preguntó adónde iba por las noches. Caía rendida en la cama tras tomarse un baño caliente y un piscolabis y echar un rápido vistazo al guión. Al día siguiente, volvía a empezar con lo mismo. Era una actividad agotadora, pero Faye no se daba por vencida. El director le encontraba defecto a todo y le hacía pasar muy malos ratos cuando estaba en el plató, aunque, afortunadamente, eso no ocurría muy a menudo. A Faye le importaba un bledo lo que dijera, porque estableció una relación mágica con los actores y consiguió extraer de ellos lo mejor que llevaban dentro. Eso se notó en las primeras copias de lo que filmaba a diario y más, todavía, en las que finalmente le mostraron a Dore Schary. A finales de enero, una semana después del término del rodaje de la película, Abe llamó a Faye a su casa, Ward llevaba varios días ausente. Le dijo a la criada que se iba a México «a ver a unos amigos» y Faye no recibió noticias suyas. Cuando la criada se lo dijo, sintió un estremecimiento, pero procuró convencerse de que todo iría bien y se concentró en los niños a los que apenas veía desde el comienzo del rodaje de la película. Una mañana, mientras estaba jugando con Anne, le interrumpió una llamada de Abe.

—¿Faye? —tronó la conocida voz.

—Sí, Abe.

—Tengo una buena noticia para ti. —Faye contuvo el aliento, pidiéndole a Dios que su trabajo hubiera sido satisfactorio. Se moría de ganas por saber el resultado—. Schary dice que eres fabulosa.

—Oh, Dios mío —exclamó ella mientras los ojos se la llenaban de lágrimas.

—Quiere concederte otra oportunidad.

—¿Trabajando yo sola?

—No. Otra vez como ayudante de dirección, pero con un sueldo más elevado. Y esta vez quiere que trabajes con alguien de valía. Cree que aprenderás mucho con él. —Al oír el nombre, Faye se alegró mucho. Había trabajado a sus órdenes antaño y sabía que Dore Schary tenía razón. Aprendería muchas cosas con él. Sin embargo, lo que ella quería era dirigir una película. Recordó que tenía de mostrarse paciente mientras Abe le explicaba los detalles del contrato—. ¿Qué te parece?

—La respuesta es que sí —contestó. Les hacía mucha falta el dinero y cualquiera sabía dónde estaba Ward. Lo del viaje a México ya era demasiado, y así pensaba decírselo en cuanto volviera. Quería hablarle de eso y de otras muchas cosas. Quería hablarle de su nuevo trabajo. Sería maravilloso y no tenía a nadie más a quien contárselo. Se sentía muy sola sin él-. ¿Cuándo empiezo?

-Dentro de seis semanas.

-Estupendo. Así podré dedicar más tiempo a los niños.

Abe observó que no mencionaba a Ward y no se sorprendió lo más mínimo. No creía que aquel matrimonio pudiera durar. Al parecer, Ward no se adaptaba a las circunstancias y, tarde o temprano, Faye le dejaría. Se veía venir, pensó Abe, que no comprendía hasta qué punto ella se sentía unida a Ward de quien dependía completamente, porque carecía de familia y de amigos íntimos. Había abandonado su carrera de actriz para poder estar con él y sus hijos. Le necesitaba tanto como Ward a ella. Cuando le vio a su regreso de México, Faye se llevó una sorpresa. Estaba muy bronceado y se le veía muy contento, enfundado en un traje de hilo blanco y con un puro habano en la boca y una maleta de cocodrilo en la mano. Cualquiera hubiera dicho que tenía un Duesenberg aguardando en la puerta. No esperaba encontrarla despierta a aquella hora. Era más de medianoche, pero Faye estaba estudiando el guión.

-¿Tuviste un buen viaje? -preguntó con indiferencia.

Quería disimular el dolor de su corazón. Era demasiado orgullosa para dárselo a entender.

-Sí. Perdona que no te escribiera.

-Supongo que no tuviste tiempo. -Algo en la expresión del rostro de su esposo le provocó un súbito acceso de cólera. Comprendió que no lamentaba en absoluto haberse ido e intuyó inmediatamente el motivo-. ¿Con quién estuviste?

-Con unos amigos -contestó Ward, depositando las maletas en el suelo y sentándose frente a ella, en el sofá.

La situación se estaba poniendo más fea de lo previsto.

–Qué interesante. Es curioso que no lo mencionaras antes de irte.

–Todo ocurrió de repente. Y, además, tú estabas ocupada con la película –añadió, mirándola con intención.

Conque era eso. Una venganza por el hecho de que ella hubiera encontrado un empleo y él no. Qué actitud tan injusta, pensó Faye con amargura.

–Claro, ya entiendo. Pero la próxima vez que te vayas a pasar fuera tres semanas, podrías llamarme a los estudios antes de salir. Te sorprenderías de cuán fácil resulta localizarme por teléfono.

–No lo sabía –dijo Ward, palideciendo bajo el bronceado.

–Me lo imagino.

Faye le miró directamente a los ojos y adivinó la verdad. Lo malo era que no sabía cómo plantear la cuestión. Los periódicos de la mañana le facilitaron la tarea. Allí estaba todo. Le bastó con arrojarle el periódico a la cama.

–Tu agente de prensa es muy bueno y tu agente de viajes también lo debe de ser. Pero el caso es que a mí no me interesan tus actividades de mujeriego ni la opinión que te merecen las personas que te acompañan en tus viajes.

Faye estaba herida de muerte, pero no quería que él lo supiera. Sabía que era su forma de enfrentarse con la desgracia y de simular que aún formaba parte de aquel mundo irremisiblemente perdido. Sin embargo, por mucho que tratara de engañarse, todo había terminado. A no ser que volviera a casarse con aquel mundo.

Ward se quedó de una pieza al leer los titulares: «El millonario arruinado Ward Thayer IV y Maisie Abernathie regresarán de México en fecha próxima. Ambos pasaron tres semanas descansando a bordo del yate de la señorita Abernathie en aguas de San Diego y bajaron posteriormente a México para reunirse con unos amigos y pescar. Se les ve muy felices y todo el mundo se pregunta qué ha hecho Ward con su ex reina de la pantalla...»

Por primera vez en su vida, Faye le miró con odio.

—Puedes decirles que os dejo la vía libre. Eso ya no saltará a los titulares, pero, por lo menos, te facilitará las cosas con la señorita Abernathie, hijo de perra. ¿Así pretendes resolver lo que nos ha ocurrido? ¿Correteando por ahí con gente de su ralea? Me dais asco.

Maisie Abernathie era una rica heredera que se acostaba con cualquier hombre que se le pusiera a tiro. «Menos conmigo», solía decir Ward en tono burlón. Ahora, también él figuraba en la lista de aquella mujerzuela.

Faye salió del dormitorio dando un portazo. Y, al bajar, Ward descubrió que se había ido a acompañar a los niños mayores a la escuela. Pasaba mucho rato con ellos para compensarles de sus ausencias por culpa del trabajo. En los estudios, les echaba extraordinariamente de menos. Sin embargo, no era en ellos en quien pensaba cuando regresó a casa y encontró a Ward esperándola en la planta baja enfundado en una bata de seda azul comprada en París hacía mucho tiempo.

—Tengo que hablar contigo —dijo levantándose, mientras ella pasaba por su lado para subir al piso de arriba.

Decidió que se iría a leer el guión a la biblioteca pública.

—No tenemos nada de que hablar. Eres libre de ir donde te apetezca. Me buscaré a un abogado y éste llamará a Burford.

Estaba pensando que lo de Maisie Abernathie no sólo iba en serio, sino que, además, iba a ser definitivo.

—¿Tan fácil te parece todo? —preguntó Ward, agarrándola de un brazo. La expresión que se reflejaba en el rostro de su mujer le partió el corazón—. Faye, escúchame, fue un estúpido error. Tenía que irme de aquí, los niños no paraban de importunarme, tú no estabas, la casa era deprimente, no podía soportarlo.

–Muy bien. Pues ahora ya estás fuera permanentemente. Puedes volver a Beverly Hills con Maisie. Estará encantada de recibirte.

–¿Como qué? –preguntó Ward, mirándola amargamente–. ¿Como chófer? Maldita sea, ni siquiera tengo trabajo y tú te pasas todo el día fuera de casa. ¿Cómo puedes saber lo que siento? No soporto esta vida. No me educaron para eso. No sé lo que me ocurre… –Soltó el brazo de Faye y ésta le miró con desprecio. Las cosas habían ido demasiado lejos. La bebida, las quejas constantes, la incapacidad de trabajar, los embustes, el dinero que malgastaba a espaldas suyas… Ella lo toleraba todo, pero aquello era demasiado. La miró con tristeza–. No puedo evitarlo. Tú eres más fuerte que yo. Tienes dentro algo que a mí me falta. No sé qué será.

–Se llama agallas. Y tú también las tienes, si te tomaras la molestia de buscarlas y no bebieras tanto.

–A lo mejor es que no puedo. ¿Se te ha ocurrido pensarlo? A mí, sí. En realidad, lo pienso cada día. Quizá convendría que lo hiciera.

–¿Qué? –preguntó Faye, notando que se estremecía de terror.

–Largarme de tu vida –contestó Ward, mirándola mucho más tranquilo, como si hubiera comprendido de repente lo que tenía que hacer.

–¿Ahora? Es una mala jugada. –No quería perder a aquel hombre porque aún le amaba. Él y los niños eran lo único que le importaba–. ¿Cómo puedes hacernos eso? –preguntó con los ojos llenos de lágrimas mientras Ward apartaba la mirada. Sentía remordimientos. Su esposo era el culpable de todo, pero no podía remediarlo. No podía ofrecerle nada y parecía que ella se las arreglaba muy bien sola. Por lo menos, eso es lo que pensaba él. Si la hubiera mirado a los ojos, hubiese comprendido su angustia–. Ward, ¿qué nos pasa?

Él exhaló un profundo suspiro y cruzó la estancia para

contemplar, a través de la ventana, el sombrío paisaje que ofrecía la despintada casa de al lado y el patio lleno de basura.

–Creo que ha llegado el momento de que me vaya, me busque un trabajo y tú te olvides de que nos conocimos.

–¿Con cinco hijos? –De no haber experimentado deseos de llorar, Faye se hubiera echado a reír–. ¿Pretendes olvidarte también de ellos?

Le miró vuelto de espaldas a ella y pensó que era imposible. Todo parecía una pesadilla o un pésimo guión cinematográfico.

–Te enviaré cuanto pueda –dijo Ward, volviéndose a mirarla.

–¿Es por Maisie? ¿Tan importante es para ti?

Parecía increíble. Tal vez echaba terriblemente de menos aquella vida de la que Maisie formaba parte.

–No es por eso –contestó él, negando con la cabeza–. Creo, simplemente, que necesito marcharme de aquí durante cierto tiempo. Tengo la impresión de que debo dejarte construir una nueva vida por ti misma. Probablemente acabarás casándote con algún famoso actor cinematográfico.

–De haberlo querido, hubiera podido hacerlo hace años. Pero no quise. Me enamoré de ti.

–Y ahora, ¿qué?

Ward sintió, por primera vez en muchos años, un arrebato de valentía. Ya todo había terminado. Desde el abismo en que se encontraba, sólo podía subir. No tenía nada que perder en caso de que, efectivamente, hubiera perdido a Faye.

–Ya no sé quién eres, Ward –dijo ella, muy triste–. No entiendo cómo pudiste irte a México con ella. Sería mejor que volvieras a su lado.

Era una falsa baladronada, pero él picó el anzuelo.

–Puede que lo haga –contestó Ward, subiendo como una furia al piso de arriba.

Momentos después, Faye le oyó revolver el dormitorio mientras recogía sus cosas. Se sentó en la cocina, y contempló, con aire ausente, una taza de café vacía. Pensó en los últimos siete años y lloró amargamente hasta que llegó la hora de ir a recoger a los niños a la escuela.

Cuando volvió a casa con sus hijos, Ward ya se había ido. Los niños ignoraban su regreso y no tuvo que darles ninguna explicación. Aquella noche les preparó la cena: unas chuletas de cordero quemadas, patatas asadas que parecían piedras y unas espinacas demasiado hervidas. No hacía más que pensar en Ward, y preguntarse dónde estaría –indudablemente con Maisie Abernathie– y lamentaba haberle hecho una escena. Ya en la cama, recordó el encuentro en Guadalcanal, los felices momentos compartidos, la ternura, los sueños… Estuvo llorando mucho rato y, por fin, se durmió echándole de menos.

9

La segunda película en que trabajó Faye fue más difícil que la primera. El director estaba constantemente en el plató, exigiéndole cosas, dándole órdenes, criticando todo cuanto hacía. A veces, la actriz sentía deseos de estrangularle, pero, en conjunto, la experiencia fue provechosa porque él le enseñó todos los trucos del oficio que tanto necesitaba aprender, le exigió el máximo y obtuvo mucho más y en algunas ocasiones dejó las riendas en sus manos y después la corrigió. Con aquella película, Faye adquirió una experiencia muy superior a la que hubiera podido adquirir en diez años. Después, y antes de abandonar el plató por última vez, el director le hizo un cumplido que la llenó de gozo.

–¿Qué te dijo? –le preguntó en voz baja un tramoyista.

–Que le gustaría volver a trabajar conmigo, pero no podrá ser, porque la próxima vez, dirigiré ya una película. –Lanzó un profundo suspiro mientras los actores se besaban y abrazaban para celebrar el término del trabajo–. Espero que no se equivoque.

Y no se equivocó. Al cabo de dos meses, Abe le ofreció el primer trabajo de directora, de nuevo en la Metro Goldwyn Mayer sin tener que depender de nadie. Dore Schary le dio su gran oportunidad y ella supo estar a la altura de las circunstancias.

—Enhorabuena, Faye.

—Gracias, Abe.

—Te lo has ganado a pulso.

La nueva película comenzaría a rodarse en otoño. Era un reto tremendo y Faye estaba entusiasmada. Los niños ya habrían vuelto a la escuela para entonces. Lionel empezaría el segundo grado, Greg iría a primero y las gemelas estarían en el parvulario. La pequeña Anne, que aún no había cumplido dos años, correteaba tras sus hermanos, pero siempre se quedaba rezagada a pesar de sus esfuerzos. Faye quería prestarle más atención, pero nunca disponía de tiempo. Los demás la reclamaban sin cesar, tenía que leer y estudiar el guión y luego estaría ocupada con la película. No podía dejarlo todo para atender a una niñita. Anne era distinta de sus hermanos, no sólo por la edad sino por sus dificultades de comunicación. Era mejor dejarla con la niñera, que la quería mucho. Además, Lionel estaba especialmente encariñado con ella.

Faye estaba muy emocionada con la nueva película, pero seguía pensando en Ward. Desde el día en que se fue de casa, no había vuelto a saber de él. Louella Parsons habló de él en su columna, pero sin decir nada en concreto. Por lo menos, no mencionaba a Maisie Abernathie.

La película fue una distracción para Faye. Le pidió a Abe que le recomendara a un abogado, pero, por una u otra razón, no acababa de llamarlo, aunque tenía previsto hacerlo. Cualquier cosa que ocurriera le traía a la memoria infinidad de recuerdos.

Un día de julio, Ward se presentó de súbito ante la puerta de la casa de Faye. Los niños jugaban en el patio de atrás, embellecido por las flores que ellos habían plantado y por el columpio que había construido la niñera. Ward apareció como por arte de magia, enfundado en un traje blanco de hilo y una camisa azul. Faye tuvo que reprimir el impulso de abrazarle, recordando que la había abandonado y cualquiera sabía con quién andaría liado en aquellos instantes. Bajó tímidamente los ojos y después volvió a mirarle.

–¿Qué quieres?

–¿Puedo entrar?

–¿Por qué? –Le miró muy nerviosa y comprendió que no se iría hasta no haber hablado con ella–. Los niños se inquietarán si vuelven a verte.

Preguntaban siempre por su padre y Faye suponía que él tenía la intención de volver a marcharse.

–Llevo casi cuatro meses sin ver a mis hijos. ¿No podría, por lo menos, saludarles? –Faye observó que estaba más delgado y que ello le confería una apariencia todavía más juvenil. No tuvo más remedio que reconocer en su fuero interno cuán guapo estaba. Sin embargo, hubiera sido absurdo volver a enamorarse de él–. ¿Y bien? –Al ver que su esposo no pensaba marcharse, ella se apartó a un lado para que entrara. La casa se le antojó en aquel momento más fea que de costumbre porque volvió a verla con los ojos de su marido.

–Observo que nada ha cambiado –dijo él al entrar.

Faye se puso furiosa.

–Supongo que estarás viviendo en Beverly Hill, ¿no? –dijo con tono desafiante.

Ward le había causado un daño terrible al marcharse y Faye temía que hubiera vuelto para seguir atormentándola.

–No vivo en Beverly Hills –contestó él–. ¿Crees de veras que os iba a dejar en un sitio semejante estando yo en Beverly Hills?

Era justo lo que Faye creía.

–No sé lo que serías capaz de hacer.

Aunque Ward no le envió ningún cheque, se las pudieron arreglar con los intereses de la pequeña inversión y el sueldo que ella ganaba. Ignoraba de qué habría vivido su marido en el transcurso de aquellos meses, pero no quería preguntárselo.

En aquel momento, entraron los niños corriendo y Lionel se detuvo en seco en el umbral de la puerta que daba al jardín, y le miró sorprendido. Después se acercó lentamente a su padre. Greg, en cambio, corrió enseguida a echarse en sus brazos. Las gemelas imitaron su ejemplo y la pequeña Anne se lo quedó mirando sin saber quién era. Extendió las manos hacia Faye para que ésta la tomara en brazos, mientras los demás se reían y gritaban abrazando a Ward. Lionel se mostraba más cauteloso que sus hermanos y, de vez en cuando, miraba a Faye como tratando de averiguar lo que pensaba.

–Sí, Lionel –le dijo ella suavemente–, puedes jugar con papá.

Sin embargo, el niño se mantuvo un poco al margen del jolgorio. Al final, Ward les convenció de que se fueran a lavar, y les prometió llevárselos a comer una hamburguesa y un cucurucho de helado.

–¿Te importa? –le preguntó a su mujer cuando los niños subieron al piso de arriba.

–No –contestó ella, mirándole con recelo–. No me importa.

Se la veía tan nerviosa como a él. Cuatro meses era mucho tiempo. Se habían convertido casi en unos extraños el uno para el otro.

–Tengo un trabajo, Faye.

Lo dijo con tanto entusiasmo que ella no tuvo más remedio que esbozar un sonrisa.

–Ah, ¿sí?

–En un banco… No se puede decir que sea un empleo muy importante. Lo conseguí por mediación de un amigo de mi padre. Permanezco sentado ante un escritorio todo el día y cobro un cheque al final de la semana.

Parecía sorprendido. Debía suponer que el trabajo era una experiencia tan dolorosa como una intervención quirúrgica.

–¿De veras?

–Pero ¿es que no vas a decir nada? –exclamó Ward enfureciéndose de nuevo con Faye. Le costaba Dios y ayuda complacerla. Quizá el trabajo la hubiera cambiado. Sabía que Faye no se pasaba el día sentada ante un escritorio, esperando la paga de los viernes por la tarde. Respiró hondo y volvió a intentarlo–. ¿Trabajas en este momento?

Sabía que no, ya que, de lo contrario, no estaría en casa jugando con los niños.

–Aún tardaré un mes en empezar. Esta vez dirigiré yo sola la película. –Faye se arrepintió en el acto de haber hablado demasiado. A él no tenía por qué importarle lo que ella hiciera. Aun así, se alegró de habérselo dicho.

–Estupendo –dijo Ward, mirándola sin saber qué más añadir–. ¿Trabajan en ella actores importantes?

–Unos cuantos.

–Aún no hemos tenido noticias de tu abogado –dijo él, mientras encendía un cigarrillo, a pesar de que jamás había fumado.

–No he tenido tiempo de ocuparme de este asunto.

No era cierto, porque llevaba unos meses sin trabajar, pero él lo ignoraba.

–Ya lo tendrás.

–Seguramente.

En aquel instante, los niños bajaron corriendo por la escalera. Ward se iría a almorzar con los cuatro mayores, llevándoles en su último automóvil, un Ford de 1949. Parecía nuevo; sin embargo él miró a Faye como si quisiera disculparse.

–No es un Duesenberg, pero me lleva al trabajo. –Faye resistió la tentación de decirle que ella seguía tomando el autobús. La camioneta se averió sin posibilidad de arreglo y les había dejado sin medio de transporte–. ¿Quieres venir a almorzar con nosotros?

Se disponía a decir que no, pero los niños se lo pidieron con tanta insistencia que cedió. Por otra parte, sentía cierta curiosidad por saber dónde había estado Ward, qué hacía y dónde vivía en aquellos momentos. Se preguntó si seguiría viéndose con Maisie Abernathie, pero llegó a la conclusión de que ya no le importaba. Pero cuando vio cómo le miraba la camarera, se ruborizó hasta la raíz del pelo. Era todavía un joven muy guapo y las mujeres lo miraban mucho, más que los hombres a ella. Claro que ella aún llevaba puesta la alianza matrimonial y siempre iba a todas partes con sus cinco hijos.

–Son maravillosos –dijo Ward al volver a casa, mientras los cuatro chiquillos se empujaban en el asiento trasero del Ford azul oscuro–. Hiciste un buen trabajo con ellos.

–Por el amor de Dios, Ward, ni que llevaras diez años ausente.

–A veces, tengo esta impresión –dijo, y permaneció un rato en silencio. Aprovechando que se había detenido frente a un semáforo en rojo, se volvió a mirarla y le dijo–: Os echo mucho de menos a todos.

Nosotros también te echamos de menos a ti, hubiera querido contestarle Faye, pero reprimió el impulso. Cuando él apoyó una mano sobre la de ella, se sintió sorprendida.

–Nunca he dejado de arrepentirme de lo que hice –dijo Ward en voz baja para que los niños no lo oyeran. Éstos armaban tal alboroto que, de todos modos, no hubieran podido oírle–. Y jamás volví a hacerlo. No he vuelto a salir con ninguna mujer desde que me fui de nuestra casa. –«Nuestra casa», qué extrañas palabras viniendo de él, pensó Faye mirándole con los ojos llenos de lágrimas–. Te quiero, Faye. –Eran las palabras que ella anhelaba escuchar desde hacía cuatro meses. Instintivamente, extendió los brazos hacia él. Habían llegado a la casa y los niños descendieron del vehículo atropelladamente. Ward les dijo que entraran, que él iría enseguida–. Te quiero más de lo que te imaginas, cariño.

–Yo también te quiero a ti –contestó ella, rompiendo repentinamente a llorar. Después añadió, mirándole con ojos enrojecidos–: Ha sido espantoso vivir sin ti, Ward.

–Lo mismo me ha ocurrido a mí. Creí que me moría sin ti y sin los niños. Comprendí, de golpe, el tesoro que teníamos, a pesar de no vivir en una gran mansión como antes...

–Todo eso no nos hace maldita la falta –dijo Faye–. En cambio, te necesitamos a ti.

–No tanto como yo a ti, Faye Thayer. –La miró con expresión dubitativa–. ¿O vuelves a llamarte Faye Price?

–¡Qué va! –exclamó ella echándose a reír.

Comprobó en aquel momento que Ward seguía llevando la alianza matrimonial. Greg llamó a su padre desde la casa.

–¡Ya voy, hijo! Un momento –le contestó él.

Quedaban muchas cosas por decir, pero Faye descendió lentamente del automóvil.

–Entra. Ellos también te han echado de menos.

–Ni la mitad de lo que yo a ellos. –Ward extendió una mano y asió a su mujer, por un brazo, mirándola angustiado–. Por favor... ¿no podríamos volver a intentarlo? Haría lo que tú quisieras. Dejé de beber en cuanto me fui. Comprendí cuán estúpido había sido. Tengo un empleo miserable, pero, por lo menos, ya es algo, Faye. –Se le llenaron los ojos de lágrimas sin que pudiera evitarlo. Inclinó la cabeza y se echó a llorar. Luego la miró muy serio y le confesó–: No sabía qué hacer cuando te fuiste a trabajar. Tenía la impresión de que ya no era un hombre, de que nunca lo había sido, pero no quiero perderte, Faye, por favor, cariño, por favor...

La estrechó en sus brazos y, en aquel instante, Faye vio colmadas todas las ansias de su corazón.

Jamás se había dado por vencida. Nunca había estado segura de poder hacerlo. Apoyó la cabeza sobre el hombro de Ward y empezó a llorar.

–Te aborrecí con toda mi alma durante cierto tiempo... O por lo menos quería aborrecerte.

–Yo también quería aborrecerte, pero sabía que yo era el culpable.

–Puede que también yo lo fuera. Tal vez mi vuelta al trabajo no fue muy acertada, pero no sabía qué hacer.

–Hiciste bien –dijo Ward, sacudiendo la cabeza–. Tú y tus descabelladas ideas de convertirme en productor...

Miró a Faye con inmensa ternura, y pensó que era una mujer extraordinaria.

–No era una idea descabellada –dijo su esposa–. Es posible, Ward. Yo te podría enseñar todo cuanto necesitas saber. Podrías venir al plató cuando empecemos la próxima película –añadió, mirándole esperanzada.

–No puedo –contestó Ward–, ahora trabajo. De nueve a cinco.

–Bueno –dijo ella, riendo–, pero algún día podrías convertirte en productor si de veras lo quisieras.

–Todo eso me suena a castillos en el aire, amiga mía –replicó él, exhalando un suspiro mientras le rodeaba los hombros con uno de sus brazos.

–Puede que no.

Faye le miró, preguntándose qué le depararía el futuro. De momento, le había devuelto a su marido.

Éste permaneció de pie a la entrada de la mísera casa de Monterey Park, mirando a su mujer.

–¿Lo intentamos de nuevo? O mejor dicho, ¿quieres concederme otra oportunidad, Faye?

Ésta le miró durante largo rato y, poco a poco, una sonrisa se dibujó en sus labios. Era una sonrisa nacida de la prudencia, la decepción y el dolor. La vida ya no era la misma de antaño. Todo su mundo se había derrumbado, pero ella había conseguido sobrevivir. Aquel hombre le pedía que volviera a caminar a su lado. Le había hecho daño, la abandonó, la engañó y la traicionó. Y, sin embargo, en lo más hondo de su ser, Faye sabía que era su amigo, que la amaba y que siempre la amaría. No tenía sus mismos instintos y no estaba tan bien preparado como ella para sobrevivir. Pero quizá el uno al lado del otro, tomados de la mano... quizá... estaba segura de que podrían. Y, sobre todo, estaba segura de él.

—Te quiero, Ward.

Le miró sonriendo y volvió a sentirse una chiquilla. Los meses le habían parecido interminables sin él. No quería volver a pasar por aquel trance. Podía soportarlo todo menos aquello, incluso la pobreza.

Ward la besó mientras los niños contemplaban la escena. De repente, Greg les señaló con el dedo y todos empezaron a reírse, incluidos Ward y Faye. La vida volvía a ser tan dulce como antes, todavía mejor. Ambos acababan de regresar de un infierno muy parecido, en cierto modo, al de Guadalcanal. Pero, al final, habían ganado la guerra y la vida volvería a empezar para todos ellos.

10

Ward dejó su habitación amueblada de West Hollywood y se instaló de nuevo en la miserable casa de Monterey Park, sin apenas darse cuenta de lo deprimente que era. Mientras subía las maletas a su dormitorio, le pareció maravillosa.

Pasaron tres idílicas semanas antes del comienzo de la nueva película y la vuelta de los niños a la escuela. Ward insistió en que Faye utilizara su automóvil para ir y venir de los estudios y él se iba al trabajo en autobús. Ella le agradeció aquella delicadeza que le evitaba tener que pasarse una eternidad en la carretera a las cuatro o las cinco de la madrugada. Ward estaba más amable que nunca. No le regalaba pendientes de esmeraldas ni broches de rubíes, pero preparaba la cena para que ella la encontrara a punto al volver a casa y, cuando cobraba la paga, le hacía pequeños obsequios como, por ejemplo, un libro, un aparato de radio o un grueso jersey para que se lo pusiera en el plató… Le daba masaje cuando estaba cansada y le preparaba el baño con perfumados aceites comprados para ella. Se portaba tan bien que, a veces, Faye sentía deseos de echarse a llorar. Le demostró un mes tras otro que la amaba y ella le demostró lo mismo a él. De este modo, de las cenizas de su antigua vida emergió una relación mucho más sólida que antes y los meses de angustia empezaron a desvanecerse. Raras veces evocaban los viejos tiempos. Era demasiado doloroso para ellos.

A ella le encantaba su nueva vida. Su primer trabajo como directora le reportó un gran triunfo y, en 1954, dirigió otras tres películas, todas ellas protagonizadas por grandes astros de la pantalla. Volvía a ser famosa en Hollywood, no por su cara bonita o sus dotes de actriz, sino por su inteligencia y sensibilidad y por su asombrosa capacidad de conectar con los actores. Abe Abramson decía que era capaz de hacer hablar a las piedras y Dore Schary se mostraba de acuerdo con él. Ambos estaban muy orgullosos de Faye. Cuando en 1955 le hicieron la primera oferta del año, Faye exigió lo que llevaba años soñando. Sabía que Ward ya estaba preparado. Cuando le expuso las condiciones a su representante, poco faltó para que éste se cayera de su asiento.

–¿Y quieres que yo le diga eso a Dore? –le preguntó Abe. Ward no tenía la más remota idea de lo que era el cine y Faye estaba completamente chiflada. Cuando volvió a acogerle en su casa, Abe pensó que era una insensata, aunque nunca se lo dijo. Ahora, en cambio, decidió hacerlo–. ¡Estás loca! Jamás lo aceptarán. No tiene la menor preparación. A sus treinta y ocho años Ward tiene tan poca idea de lo que es un productor como la que pueda tener mi perro.

–Lamento que digas eso y me importa un bledo lo que pienses. En dos años, Ward ha aprendido mucho de finanzas, es muy listo y tiene un montón de amigos influyentes.

Pero, sobre todo, Ward había madurado y Faye estaba enormemente orgullosa de él.

–Faye, no puedo vender este paquete –le dijo Abe muy convencido.

–En tal caso, tampoco me podrás vender a mí. Ésas son mis condiciones.

Abe sentía deseos de estrangularla.

–Cometes un grave error –le dijo–. Lo vas a estropear todo y, como eso ocurra, nadie querrá saber más de ti. No ignoras cuán difícil fue venderte como directora. Todos están esperando que te estrelles. Nadie volverá a concederte la oportunidad que te dio Dore.

Se le acababan los argumentos. Faye levantó la mano en la que lucía la alianza de matrimonio. Las joyas que Ward le había regalado las tuvieron que vender, pero no las echaba de menos. Formaban parte de otra vida y de otro tiempo.

–Ya lo sé, Abe. Y tú sabes lo que quiero. –Faye se levantó y miró a su representante–. Si lo intentas, lo conseguirás. De ti depende. Ya conoces mis condiciones.

Cuando ella abandonó el despacho de Abe, éste experimentó el impulso de arrojarle algo a la cabeza.

Se quedó de piedra cuando la Metro Goldwyn Mayer aceptó las condiciones.

–¿Han aceptado? –preguntó por teléfono.

–Empezaréis el mes que viene. O, mejor dicho, empezará Ward. Tú entrarás en escena cuando la película ya esté en marcha. Productor y directora con despachos propios en la Metro Goldwyn Mayer. –Abe no salía de su asombro–. Buena suerte, pues –dijo, sacudiendo la cabeza–. Oye, será mejor que os paséis inmediatamente por aquí para firmar los contratos antes de que los de la Metro recuperen el juicio y cambien de idea.

–Iremos esta misma tarde.

–Me parece muy bien –masculló Abe.

Cuando Ward y Faye entraron en el despacho, ella no cabía en sí de orgullo.

Aunque pareciera imposible, las dificultades fueron beneficiosas para Ward porque le agudizaron la inteligencia y le hicieron madurar. Abe empezó a pensar que podría conseguirlo. Le constaba que Faye haría todo cuanto fuera posible por ayudarle. Al final, les estrechó las manos, besó a Faye en una mejilla y les deseó suerte. Cuando se fueron, sacudió la cabeza, pensando que uno nunca sabía lo que podía ocurrir.

La película alcanzó un gran éxito de taquilla y, a partir de entonces, la carrera de ambos despegó como un cohete, y les permitió producir y dirigir de dos a tres películas al año. En 1956, pudieron abandonar la casa que tanto aborrecía Ward y alquilaron otra por un período de dos años. En 1957 regresaron a Beverly Hills, cinco años después de haberse marchado. La casa no era una mansión como la de antaño, pero era muy bonita y tenía un cuidado jardín, cinco dormitorios, una habitación que podían utilizar como despacho e incluso una modesta piscina. Los niños estaban encantados y Abe Abramson se alegraba mucho por ellos. Aunque no tanto como Ward y Faye. Era como si hubieran regresado del infierno y ambos se aferraban a su trabajo como fieras, agradeciendo los felices instantes que éste les deparaba.

REGRESO A BEVERLY HILLS

1964-1983

11

Su despacho en la MGM no daba a ninguna vista en particular y Ward miró sin demasiado interés a través de la ventana mientras dictaba una carta. Al entrar, Faye contempló el perfil de su marido y sonrió para sus adentros. A los cuarenta y siete años, era tan guapo como a los veintisiete, o tal vez más. Tenía el cabello gris y los mismos ojos intensamente azules. Aunque en su rostro se observaban algunas arrugas, su cuerpo era joven y vigoroso. Sostenía un lápiz en la mano mientras dictaba una carta sobre una película, cuya producción debería iniciarse tres semanas más tarde, esta vez con el tiempo muy justo. En eso, Ward era tremendo. Ward Thayer Productions empezaba puntual y tenía que terminar también con puntualidad. Y desgraciados de quienes no colaboraran con él. Jamás volvería a solicitar sus servicios. Ward aprendió muchas cosas en diez años y Faye no se equivocó. Era un genio produciendo películas, más de lo que la gente se hubiera podido imaginar. Aprendió a presupuestarlo todo muy bien y sacaba dinero de unas fuentes que dejaban a todo el mundo turulato. Primero, echó mano de sus amigos, pero, más tarde, aprendió a establecer contacto con empresas y consorcios que necesitaban diversificar sus inversiones. Era capaz de «convencer a los pájaros de que saltaran de los árboles al suelo», decía Abe Abramson, y así lo hacía una y otra vez. Al principio, él y Faye se pasaron meses trabajando juntos hasta altas horas de la noche. Pero, al cabo de media docena de películas, Ward ya estuvo en condiciones de alzar el vuelo por su cuenta. Faye se limitaba a dirigir. Él lo preparaba todo antes de que se iniciara el rodaje y juntos cosechaban un éxito tras otro. A menudo les llamaban el Tándem Dorado de Hollywood. A veces, tenían fracasos, pero eran tan pocos que apenas les perjudicaban.

Desde hacía mucho tiempo Faye estaba muy orgullosa de Ward. Ya no bebía y no hubo más mujeres en su vida desde aquel lejano interludio que les separó en 1953. Trabajó con ahínco y bien, y ella era muy feliz a su lado. Los años pasados casi no le parecían reales y Ward ya casi nunca los mencionaba. Faye sabía que su esposo echaba de menos la vida fácil, los viajes, la gran mansión, las docenas de criados y los Duesenberg; pero la vida que ambos llevaban en aquel momento era sumamente satisfactoria. No podían quejarse. El trabajo les gustaba y los chicos ya estaban muy crecidos.

Faye miró a Ward y consultó el reloj. Tendría que interrumpirle. Como si hubiera intuido su presencia, él se volvió sonriendo y la miró a los ojos con aquella expresión que tanto les envidiaba la gente a pesar del tiempo transcurrido. El amor que unía a Ward y Faye Thayer era la envidia de sus amigos. La vida les había deparado momentos amargos, pero también muchas satisfacciones.

–Gracias, Ángela, terminaremos esta tarde –dijo Ward, mientras se levantaba y rodeaba el escritorio para besar a su esposa. ¿Ya es hora de irnos?

Seguía utilizando la misma loción para después del afeitado, que era siempre como un anuncio de su presencia en una habitación. Si cerraba los ojos, Faye podía evocar las románticas escenas de antaño, pero no había tiempo para eso aquel día. Lionel se iba a graduar en la Escuela Superior de Beverly Hills. Faltaba media hora para la ceremonia y sus otros hijos aguardaban en casa a que fueran a recogerlos.

Faye consultó el precioso reloj Piaget de oro y zafiros que Ward le había regalado el año anterior.

—Creo que debemos irnos, cariño. Los niños estarán histéricos.

—No —dijo Ward, recogiendo la chaqueta y saliendo con ella al pasillo—. Lo estará únicamente Valerie.

Se echaron a reír. Conocían muy bien a sus hijos, o creían conocerlos. Valerie era la más temperamental, excitable y exigente, tan fogosa como su cabellera rubio rojiza, en abierto contraste con la serenidad de su hermana gemela. Greg rebosaba energía por todos los poros, pero la utilizaba de manera distinta. Sólo pensaba en el deporte y, últimamente, en las chicas. Anne era la «niña invisible», en palabras de Faye. Se pasaba el rato encerrada en su habitación, leyendo o escribiendo poemas. Siempre se mantenía apartada del resto. Sólo reía y bromeaba con Lionel; sin embargo, cuando los demás se metían demasiado con ella, volvía a retraerse. Era difícil conocer a la niña y Faye casi nunca sabía lo que hacía, lo cual no dejaba de ser extraño, tratándose de su propia hija.

Ward y Faye aguardaron la llegada del ascensor en el edificio de la Metro. Disponían de un conjunto de despachos propios, decorado en tonos blancos y azules y con mobiliario cromado. Faye dirigió las reformas cuando Thayer Productions Inc. estableció oficinas permanentes en los estudios de la Metro. Al principio, les asignaron unos despachos provisionales. Posteriormente, montaron despachos en diversos puntos de la ciudad y, como consecuencia de ello, se pasaban la vida desplazándose en automóvil de un lado para otro para tomar parte en las reuniones del equipo de la Metro.

Ahora, en cambio, eran independientes, pero estaban ligados a la productora por medio de contratos bienales, lo cual les permitía trabajar en sus propios proyectos y en los que les encargaban los estudios. Era una situación ideal y Ward se mostraba encantado, aunque, en su fuero interno, sabía que la artífice de todo era Faye. Una vez incluso lo reconoció ante su esposa, pero Faye lo negó, indicando que Ward era incapaz de reconocer sus propios méritos, lo cual era cierto. Ella fue siempre una estrella y sabía dominar mejor todas las claves. Llevaba años en aquel mundo y todos la apreciaban. Pero apreciaban asimismo a Ward, tanto si él quería reconocerlo como si no. Era difícil convencerle de cuán importante era. Jamás se hallaba seguro de nada. En cierto modo, sin embargo, eso formaba parte de su encanto, y le permitía conservar la ingenuidad infantil y la dulzura propia de la juventud.

El Cadillac negro descapotable que habían comprado hacía dos años les aguardaba en el aparcamiento. En casa tenían una enorme «rubia» para cuando salían con los chicos, y Faye disponía, además, de un pequeño Jaguar verde botella en el que le entusiasmaba desplazarse. Pero, aun así, a veces no disponían de suficientes vehículos. Lionel y Greg tenían permiso de conducir y se pasaban la vida peleándose por la «rubia», desagradable situación que aquella tarde iba a terminar, aunque Lionel todavía no lo supiera. Como regalo de graduación y de cumpleaños, sus padres le habían comprado un pequeño Mustang, el último modelo recién lanzado al mercado. Era un descapotable rojo con laterales blancos y tapicería de color rojo. La víspera, Faye se entusiasmó casi tanto como Ward cuando lo compraron, y lo ocultaron en el garaje de unos vecinos. Se morían de ganas de entregárselo al chico, aquella tarde, tras haber almorzado en el Polo Lounge. Por la noche, tenían prevista una fiesta en casa para celebrar el acontecimiento.

–Parece increíble, ¿verdad? –dijo Faye mientras se dirigían a casa. Ward esbozó una sonrisa nostálgica–. Va a cumplir dieciocho años y está a punto de graduarse. Parece que fue ayer cuando no era más que un chiquillo que daba sus primeros pasos.

Sus palabras evocaron las imágenes de unos tiempos definitivamente perdidos. A veces, Ward se entristecía al recordarlos, aunque apenas le parecían reales.

–Tú no has cambiado nada desde entonces, ¿sabes? –dijo.

Todavía era preciosa y conservaba el mismo cabello de color rubio melocotón. Tenía cuarenta y cuatro años y una figura espléndida, la piel suave y lisa y los ojos verdes brillantes como esmeraldas. Él, en cambio, parecía algo mayor, debido tal vez a las canas que contrastaban marcadamente con los juveniles rasgos de su rostro. A Faye le gustaba porque ello le confería una apariencia más reposada. Se inclinó hacia él para besarle el cuello mientras conducía.

–Eres un maravilloso embustero, amor mío, y no te creo. Tú, en cambio, sigues siendo guapísimo.

Ward se rió un poco turbado y atrajo a su esposa hacia sí.

–Seguirás siendo preciosa dentro de treinta años, ¿sabes? Nos besuquearemos en el coche... Puede que incluso cometamos alguna diablura en el asiento de atrás.

Faye soltó una carcajada al pensarlo y Ward contempló su hermoso cuello. Pensaba a menudo que hubiera tenido que reanudar su carrera de actriz. Era muy guapa y conocía todas las facetas del arte cinematográfico. Bastaba con verla dirigir. Faye Thayer lo hacía todo muy bien. Al principio, Ward estaba un poco resentido, pero ahora se enorgullecía mucho de ella. Su esposa era una persona polifacética, y los más curioso era que él no le iba a la zaga, aunque lo negara muchas veces. Tan sólo le faltaba aquella fuerza y seguridad que permitía a Faye lanzarse a hacer cualquier cosa, en la absoluta certeza de que conseguiría el triunfo.

Faye volvió a consultar el Piaget.

–¿Llevamos retraso? –preguntó Ward, frunciendo el ceño.

No quería defraudar a Lionel. No se sentía tan unido a él como con Greg, pero, al fin y al cabo era su hijo mayor y aquél iba a ser un gran día para él. Y cuando viera el automóvil... Ward se sonrió.

–No. Pero ¿por qué sonríes? –le preguntó Faye, intrigada.

–Estoy tratando de imaginar la cara que pondrá Li cuando vea el coche.

–¡Se morirá de alegría! –exclamó ella, mientras Ward la miraba con cariño.

Estaba encantada con el muchacho, tal vez demasiado, pensaba él, y le protegía en exceso. Nunca le dejaba correr los riesgos físicos que corría Greg. Decía que Lionel no poseía la misma fuerza que su hermano y no estaba preparando para encajar los golpes, pero Ward no estaba muy seguro de que eso fuera cierto. Pensaba que el chico hubiera podido ser más fuerte si Faye le hubiera dado la oportunidad de desenvolverse solo. Por lo demás, se parecía mucho a ella; era obstinado y se hallaba dispuesto a conseguir siempre, a toda costa, lo que se propusiera. Incluso se parecía físicamente a su madre y, bien mirado, eran dos almas gemelas. A decir verdad, Ward se sentía a veces celoso del chico. Él y Faye estaban muy unidos, se lo contaban todo y dejaban fuera a los demás, sobre todo a Ward, el cual muchas veces se ofendía. Lionel era siempre amable y considerado con su padre, pero nunca se tomaba la molestia de acudir a él o de acompañarle a algún sitio. En cambio, Greg salía corriendo al encuentro de su padre en cuanto éste llegaba a casa. A veces, Ward le encontraba dormido en su enorme cama de matrimonio cuando regresaba a casa por las noches: el chico tenía una urgente aventura que contarle y quería despertarse en cuanto su padre llegara a casa. Le adoraba y Ward reconocía la irresistible fuerza de aquel amor incondicional en cuya comparación el tímido retraimiento de Lionel aún parecía más impenetrable. No hacía el menor esfuerzo por ganarse la amistad de Lionel porque Gregory le compensaba con creces. Sin embargo, él sabía que estaba en deuda con su hijo mayor, aunque ignoraba en qué sentido.

Lo de comprarle el automóvil había sido idea de Faye. En otoño le facilitaría el desplazamiento a la Universidad de California, y le sería útil para su trabajo en verano. Se buscó un empleo en la joyería Van Cleef & Arpels, de Rodeo Drive y hacía toda clase de recados. No era el tipo de trabajo que Ward hubiera querido para él y Greg lo hubiera aborrecido, pero Lionel se lo buscó él solo, acudió a la entrevista con el cabello recién cortado y con su mejor traje y causó muy buena impresión a pesar de su edad, aunque también era posible que le hubieran dado el empleo porque sabían quiénes eran sus padres. Aquella noche, comunicó la noticia a su familia. Fue una de las pocas veces en que se le vio casi tan entusiasmado como un chiquillo. Greg se quedó perplejo y las gemelas no mostraron el menor interés. En cambio, Faye se alegró mucho por él porque sabía lo mucho que lo deseaba. Instó a Ward a que le felicitara y éste lo hizo a regañadientes.

–¿Estás seguro de que no preferirías irte a Montana con Greg, en agosto?

Greg pasaría seis semanas trabajando en un rancho de aquella localidad, pero antes se iría a un campamento de Yellowstone Park en compañía de un grupo de profesores y compañeros de la escuela. Sin embargo, eso era precisamente lo que menos le gustaba a Lionel.

–Estaré más a gusto aquí, papá. En serio.

Sus ojos eran tan grandes y verdes como los de Faye. El muchacho temió por un instante que no le permitieran realizar el trabajo que tanto deseaba. Al ver la expresión de su rostro, Ward se batió rápidamente en retirada.

–Sólo era una pregunta.

–Gracias, papá.

Después, Lionel se encerró en la soledad de su estudio. Ward mandó construir la casa hacía tiempo y ya no quedaban habitaciones para los invitados. La criada dormía en un pequeño apartamento construido sobre el garaje. Y todos los hijos disponían de su propia habitación en la casa: incluso las gemelas, que se alegraron de poder dormir separadas, aunque al principio no quisieran reconocerlo.

Ward y Faye enfilaron la calzada cochera de Roxbury Drive y vieron que las gemelas les aguardaban en el jardín. Vanessa lucía un vestido de hilo blanco y una cinta azul le sujetaba el largo cabello rubio. Calzaba sandalias nuevas y llevaba un bolso de paja blanco. Sus padres pensaron en el acto que estaba muy bonita. Val resultaba mucho más llamativa. Vestía un modelo verde tan corto que casi enseñaba el trasero. El vestido era muy escotado por detrás y le perfilaba muy bien la figura. A diferencia de su hermana, Val no parecía una niña de quince años. Se maquillaba, se pintaba las uñas y calzaba unos zapatos verdes con tacón. Faye lanzó un suspiro y miró a Ward mientras éste detenía el vehículo.

–Ya estamos otra vez… Nuestra pequeña vampiresa de vía estrecha…

Ward esbozó una sonrisa condescendiente y le dio a su esposa unas palmadas en la mano.

–Déjalo, nena. No discutas con ella en un día como éste.

—Me gustaría que, antes de salir, se quitara un poco la pintura que lleva en la cara.

—Dile a la gente que es tu sobrina —contestó Ward, echándose a reír—. Algún día será preciosa.

—Seré demasiado vieja para darme cuenta.

—Déjala en paz.

Ward decía siempre lo mismo. Era su respuesta a todo, menos en el caso de Lionel en que a menudo le tenían que decir que no fuera tan duro con él. Ward lo esperaba todo de él. Siempre demasiado, en opinión de Faye. Ward nunca había comprendido peculiaridades del chico, su sensibilidad y sus especiales necesidades. Val, en cambio, era otra cosa: testaruda, exigente, beligerante. Era, no cabía la menor duda de ello, la más difícil de todos ellos. ¿O acaso lo era Anne, siempre tan retraída? A veces, su madre no sabía qué era peor. Mientras Faye descendía del vehículo, Vanessa se le acercó corriendo con su dulce sonrisa y Faye pensó que no tenía motivo de qué quejarse. Así era más fácil. Le dijo a la niña que estaba muy guapa, la rodeó con un brazo y la besó en una mejilla.

—Tu hermano va a estar muy orgulloso de ti.

—¿Te refieres a la señorita Alicia en el País de las Maravillas? —preguntó Val, acercándose despacio y reconcomiéndose de envidia. Vio cómo su madre besaba a Vanessa en una mejilla y la rodeaba con un brazo—. ¿No te parece que es un poco mayorcita para vestirse de esta manera?

Al lado de Valerie, Vanessa era la inocencia personificada. Al ver que Val se había pintado un grueso trazo negro sobre el párpado superior, Faye no pudo reprimir una mueca.

—Cariño, ¿por qué no te quitas un poco de maquillaje antes de salir? ¿No crees que es un poco temprano para ir tan pintada?

Era preferible echarle la culpa a la hora que a la

edad. Quince años eran demasiado pocos para pintarse los ojos a lo Cleopatra, pensó Faye. Pero Valerie tenía gustos muy especiales y opiniones muy raras que sólo Dios sabía de dónde las habría sacado. Era una típica adolescente como las que protagonizaban ciertas películas de Hollywood, pero con unos rasgos tan exagerados que, a veces, rozaban la caricatura y provocaban en Faye un deseo casi irreprimible de echarse a gritar. Ésta intentó no perder los estribos mientras Val le plantaba cara.

–He tardado mucho rato en maquillarme, mamá, y no pienso quitármelo.

–Sé razonable, cariño. Resulta un poco exagerado.

–¿Quién lo dice?

–Venga ya, presumida, quítate esta mierda –le dijo Greg, vestido con unos pantalones color caqui, una camisa azul y una corbata ligeramente torcida. Parecía que se hubiera pasado la noche durmiendo debajo de la cama. Llevaba unos viejos mocasines y no había conseguido alisarse el cabello. Sin embargo, y a pesar del evidente contraste entre su manera de vestir y la de su padre, era el vivo retrato de Ward–. Es una auténtica idiotez –añadió, encogiéndose de hombros.

–Métete en tus asuntos –le contestó Val, hecha una furia–. No eres más que un imbécil.

–Pues te diré una cosa. Yo jamás saldría con una chica que llevara tanta pintura en la cara. Además, el vestido es demasiado ajustado y te hace subir las tetas. –Val se ruborizó un poco. Era lo que ella pretendía, pero no quería que su insoportable hermano se lo dijera–. Pareces una pelandusca.

Lo dijo como el que no quiere la cosa, pero Val le miró con rabia; y se disponía a abalanzarse contra él cuando Ward salió de la casa y les reprendió a gritos.

–¡Eh, vosotros dos! ¡Comportaos bien! Es el día de la graduación de vuestro hermano.

–¡Me ha llamado pelandusca! –contestó Valerie, mientras Vanessa la miraba con cara de hastío.

Ambos hermanos se peleaban sin cesar y, en su fuero interno, Vanessa estaba de acuerdo con Greg. Sin embargo, Valerie era testaruda y decidida y siempre se salía con la suya.

–Es lo que parece, ¿no crees, papá? –dijo Greg, defendiéndose del feroz ataque.

De repente, Faye oyó el desgarrón de la camisa azul.

–¡Ya basta! –gritó.

Todo fue inútil. Las peleas de sus hijos la sacaban de quicio. Solían hacerlo precisamente cuando más cansada estaba, tras una dura jornada de rodaje en el plató. Atrás quedaron los días en que les leía cuentos por las noches al amor de la lumbre. También era cierto que ella casi nunca estaba en casa últimamente. Las criadas habían ocupado su lugar y a veces Faye se preguntaba si éste era el precio que tenía que pagar por su triunfo. En algunas ocasiones, los chicos perdían completamente el control, tal como acababa de ocurrir en aquel instante. Ward se acercó, asió a Val de un brazo y le dijo en tono perentorio:

–Valerie, ve a lavarte la cara. –La niña vaciló un instante mientras su padre consultaba su reloj–. Nos vamos dentro de cinco minutos, contigo o sin ti, pero yo creo que deberías venir. –Ward se volvió y miró a Faye–. ¿Dónde está Anne? No la encuentro en el piso de arriba.

Ella no tenía la menor idea de dónde se encontraba su hija.

–Estaba en casa cuando llamé. Van, ¿sabes dónde está?

Vanessa se encogió de hombros. Era imposible seguir la pista de aquella niña, entraba y salía, no hablaba con nadie y la mayoría de las veces se quedaba leyendo en su habitación.

–Creí que estaba arriba.

—Me parece que la he visto cruzar la calle —terció Greg.

—¿Adónde fue? —preguntó Ward. Empezaba a perder la paciencia. Recordó las insoportables vacaciones familiares de antaño en lugares como Yosemite hasta que, por fin, pudieron permitirse el lujo de enviar a los chicos a los campamentos y disfrutar de un poco de paz. Se encontraba a gusto con su familia, pero, a veces, los chicos le sacaban de sus casillas—. ¿Sabes adónde fue? —Observó en silencio que Val había entrado en la casa y abrigó la secreta esperanza de que se quitara el maquillaje y, a ser posible, se cambiara de vestido, aunque eso hubiera sido mucho esperar. La muchacha salió cuando aún no habían localizado a Anne. Se había quitado parcialmente el trazo negro, pero todavía quedaba más de la mitad. El vestido seguía siendo tan ajustado como antes—. Valerie, ¿sabes adónde fue Anne?

Ward la miró exasperado; experimentaba deseos de asesinarlos a todos.

—Sí. Fue a casa de los Clark.

Sencillísimo. Aquella niña siempre desaparecía. Ward recordó la vez en que se pasó tres horas buscándola como un loco en el Macy's de Nueva York hasta que, por fin, la encontró durmiendo a pierna suelta en el asiento trasero del automóvil de alquiler.

—¿Te importaría ir por ella, por favor? —La reina de la belleza supermoderna se dispuso a protestar. Bastó, sin embargo, una simple mirada de su padre para que no se atreviera a hacerlo. La muchacha asintió con la cabeza y cruzó corriendo la calle con la minifalda pegada al trasero—. La podrían detener con esta pinta.

—Voy a poner en marcha el coche —contestó Faye sonriendo.

Vio con el rabillo del ojo que Valerie cruzaba la calle en compañía de su hija pequeña. Ésta lucía un precioso vestido color de rosa, perfectamente planchado y de longitud adecuada. Llevaba el cabello resplandecientemente limpio y los zapatos rojos perfectamente lustrados. Era una pura delicia, en agudo contraste con su llamativa hermana mayor. Anne se acomodó en la última fila de la «rubia», no porque estuviera enfadada, sino porque era el sitio donde más le gustaba sentarse.

–¿Qué hacías allí? –le preguntó Greg, sentándose en medio de las gemelas. Anne no tenía a nadie a su lado, aunque solía sentarse con Lionel o Vanessa. No se llevaba bien con Val y no tenía nada en común con Greg. En cambio, adoraba a Lionel, y Vanessa era la que cuidaba de ella en ausencia de sus padres. «Vanessa, encárgate de Anne», solía decirle Faye.

–Quería ver una cosa.

No dijo nada más, pero la había visto: el regalo de graduación, el precioso Mustang rojo. Se alegró mucho por Lionel, pero no le dijo nada a nadie. Quería que fuera una sorpresa. Al llegar a la escuela, Faye se preguntó si la pequeña sabría algo. Pero la niña se limitó a seguir a los demás, entró en el salón de actos y se sentó, como siempre, al final de la fila. Fue uno de los días más felices y también más tristes de su vida. Se alegraba por él, pero se entristecía por sí misma. Sabía que, en otoño, Lionel se iría a vivir a un apartamento con unos compañeros suyos, en el campus de la Universidad de California, Los Ángeles. Su madre pensaba que era demasiado joven para eso, pero su padre dijo que le sería provechoso. Anne no podía imaginar vivir sin él y sabía por qué razón había dicho eso su padre. Tenía celos de que Li estuviera tan encariñado con mamá. Era la única persona con quien Anne podía hablar. Li cuidaba siempre de ella e incluso le preparaba el almuerzo para la escuela, eligiendo las cosas que más le gustaban a la niña, no restos de salchichón o queso medio rancio que era lo que Vanessa o Valerie le hubieran hecho. En cambio, Lionel le preparaba bocadillos de ensalada con huevo, rosbif, pollo o pavo. Le regalaba libros de los que a ella le gustaban, conversaba con ella hasta altas horas de la noche e incluso le explicaba cómo tenía que resolver los problemas de matemáticas. Era su mejor amigo. Siempre lo había sido. Por las noches la arropaba en la cama cuando papá y mamá trabajaban. Fue para ella como un padre y una madre. Más que los verdaderos. De repente, al verle en el escenario con la toga blanca y la muceta blanca, le entraron ganas de llorar. Era como si Lionel se casara, o una cosa todavía peor. Se iba a casar con una nueva vida. Y un día no lejano la dejaría.

Greg le contempló lleno de envidia, pensando que ojalá fuera él quien se graduara aquel año, si es que alguna vez lo conseguía. Sus notas no eran muy buenas, pero le había prometido a su padre que en el siguiente curso las mejoraría. Qué suerte tenía Lionel de ir a la universidad, aunque la elección no le parecía acertada. Pensaba que la Universidad de California en Los Ángeles era un centro muy poco apropiado. Él quería estudiar en un sitio como la Escuela Técnica de Georgia, donde pudiera convertirse en un gran astro del fútbol americano, aunque su padre prefería Yale en caso de que le admitieran. Allí también podría jugar al fútbol. Casi se le caía la baba al pensar en ello… ¡y qué chicas habría!

Valerie se hallaba mirando a un chico sentado en la tercera fila. Hacía unas semanas que Lionel lo había llevado a casa y era el muchacho más guapo que jamás hubiera visto. Era alto y delgado, y tenía el cabello muy negro, los ojos oscuros y bailaba de maravilla. Salía con una estúpida de último curso. Val sabía que ella era mucho más guapa que aquella chica y podría conquistarle sólo con que hablara con él un par de veces, pero Li no quería colaborar. Nunca le arreglaba ninguna cita con nadie. También estaba John Wells, el mejor amigo de Greg. Era muy atractivo pero extraordinariamente tímido. Se ruborizaba cada vez que hablaba con ella. Pensaba asimismo matricularse en la Universidad de California. Sería estupendo poder salir con un universitario, pero, de momento, sólo tenía éxito con tres empalagosos chicos de su curso, que sólo querían sobarla. ¡Ella quería reservarse para un universitario! Para un chico como el de la tercera fila, por ejemplo.

Vanessa miró a Val y adivinó sus pensamientos. La conocía muy bien. Sabía incluso qué muchachos le gustaban. Los chicos la traían de cabeza. Empezaron a gustarle ya en séptimo grado. A Vanessa también le gustaban, pero con más moderación; ella prefería escribir poemas y leer libros. Los chicos le parecían bien, pero aún no había conocido a ninguno que le llamara especialmente la atención. Se preguntó si Val habría llegado hasta el fondo con alguno de ellos. Esperaba que no, ya que, de otro modo, se hubiera podido hundir la vida. Claro que, con la píldora… Pero se tenían que haber cumplido los dieciocho años para que se la vendieran, o tener novio. Conocía a una chica que la había conseguido, alegando tener veintiún años, pero eso a Vanessa jamás se le hubiera pasado por la imaginación.

Faye hubiera exhalado un suspiro de alivio de haberlo sabido. También ella se hallaba preocupada por esas cosas. Sin embargo, en aquellos momentos no pensaba ni en Greg, ni en Anne, ni en las gemelas, sino tan sólo en su hijo mayor, tan alto, guapo e inocente, cantando el himno de la escuela con el diploma en la mano mientras el sol penetraba a raudales en la sala. Le miró, consciente de que era un momento irrepetible, que nunca volvería a ser tan joven y tan puro. Tenía toda la vida por delante y Faye le deseaba lo mejor, pensó mientras le resbalaban las lágrimas por las mejillas y Ward le pasaba en silencio su pañuelo. Se volvió a mirarle; tenía una sonrisa entre dulce y amarga en los labios. Qué lejos habían llegado y cuánto les quería a todos, sobre todo a Ward y a aquel muchacho al que tanto deseaba proteger de los males de la vida, de todas las decepciones y tristezas. Instintivamente, Ward la rodeó con un brazo y la atrajo hacia sí. Estaba orgulloso del chico, pero quería otras cosas para él.

–Parece un encanto –le murmuró Faye al oído.

Para ella seguía siendo un chiquillo.

–Parece un hombre –le susurró Ward a su vez.

O, por lo menos, esperaba que lo pareciera algún día. De momento, seguía conservando el aire ligeramente afeminado de la juventud y Ward se preguntaba a veces si lo conservaría toda la vida. Se parecía mucho a Faye. Mientras se hacía estas reflexiones, vio que Lionel buscaba con la mirada a su madre hasta encontrar sus ojos, excluyendo a todos los demás. Ward hubiera querido sacudir el brazo de su esposa por su propio bien y por el del chico, pero madre e hijo estaban completamente perdidos el uno sin el otro. Siempre compartían algo en lo que nadie podía participar.

–Es un chico maravilloso –comentó Faye.

Ward se alegraba mucho de que Li se fuera en otoño. Convenía que se apartara un poco de las faldas de su madre. Se reafirmó en su opinión al ver que Lionel corría a abrazar a Faye al término de la ceremonia. Los demás muchachos iban de un lado para otro, estrechando las manos de sus vergonzosas compañeras.

–¡Ya soy libre, mamá! ¡Ya he dejado de ser colegial!

Sólo tenía ojos para ella.

–Enhorabuena, cariño –dijo Faye, besándole en una mejilla.

–Felicidades, hijo –dijo Ward, estrechándole la mano.

Permanecieron un rato en la escuela y después se fueron a almorzar al Polo Lounge, del hotel Beverly Hills. Tal como Anne esperaba, Lionel se sentó a su lado en el asiento de atrás de la «rubia». A nadie le pareció extraño porque era lo que siempre solía hacer. Faye y Ward se sentaban delante y Greg y las gemelas en los asientos de en medio.

En el Polo Lounge pudieron ver a la habitual fauna humana de todos los mediodías: gentes vestidas de seda y minifaldas, llevando cadenas de oro, directores, guionistas y astros de la pantalla, admiradores que pedían autógrafos y teléfonos que iban de mesa en mesa y que algunos utilizaban para simular llamadas importantes. En determinado momento Faye salió fuera, y llamó a Lionel para felicitarle a solas. Todos se echaron a reír menos Ward. A veces se comportaban como si fueran amantes, y eso le molestaba un poco. Pero en conjunto se lo pasaron muy bien. Después del almuerzo, se fueron a nadar en la piscina de casa. Más tarde, llegaron unos amigos de los chicos y Ward y Faye cruzaron disimuladamente la calle para ir a casa de los Clark. Ward detuvo el coche casi al borde de la piscina y empezó a tocar el claxon mientras Faye se reía, sentada en traje de baño sobre una toalla en el asiento delantero. Los chicos les miraban sin comprender, al principio creyeron que sus padres se habían vuelto locos. Luego, Ward descendió del vehículo, se acercó a Lionel y le entregó las llaves. El muchacho le echó los brazos al cuello, llorando y riendo al unísono.

—¿Quieres decir que es mío?

—Feliz graduación, hijo —dijo Ward con lágrimas en los ojos.

La alegría de su hijo le conmovió profundamente. Lionel volvió a abrazarle mientras Anne le miraba desde lejos, rebosante de felicidad.

Lionel invitó a todo el mundo a subir, y Faye y Ward se apartaron a un lado mientras los chicos se amontonaban en los asientos traseros.

—Cuidado, Li —dijo Faye mientras Ward la tomaba de una mano y retrocedía unos pasos.

—Déjale, amor mío. No pasa nada.

Por un instante, antes de poner en marcha el vehículo, Lionel miró a su padre a los ojos, y le dirigió una sonrisa de complicidad. Ward se sintió compensado con creces y pensó que por fin había conseguido establecer contacto con su hijo.

12

Aquella noche se organizó una barbacoa para celebrar la graduación de Lionel. Asistieron unas cien personas, en su mayoría adolescentes. Ward y Faye contrataron un conjunto de rock para que animara la velada. Fue una fiesta impresionante y la familia no cabía en sí de gozo. Greg vestía una arrugada camiseta a rayas y unos vaqueros e iba descalzo y desgreñado. Faye estuvo a punto de mandarle arriba, pero al comentárselo a Ward, éste le dijo lo de siempre:

—Déjale, nena, no te preocupes.

—Para ser un hombre que se cambiaba de camisa tres veces al día y vestía trajes de hilo blanco, no eres muy exigente con tu hijo —le dijo ella, dirigiéndole una mirada de reproche.

—Puede que ésta sea la razón. Eso ocurrió hace veinte años. La gente ya no viste así, y eso ya resultaba anticuado entonces. Éramos prácticamente unos dinosaurios, aunque reconozco que lo pasábamos bien. Greg tiene otras cosas más importantes en qué pensar.

—¿Como qué? ¿El fútbol? ¿Las chicas? ¿La playa?

Faye esperaba algo más de Greg, más o menos el tipo de cosas que hacía Lionel, pero Ward parecía más satisfecho de él que de las aficiones intelectuales de su hijo mayor. Faye no acertaba a comprenderlo y consideraba injusto que Ward esperara mucho menos de Greg y no atribuyera demasiada importancia a las evidentes cualidades de Lionel; sin embargo, no era una cuestión que pudiera resolverse en el transcurso de una noche. Discutían a menudo a este respecto, pero aquél era un día especial y Faye no quería estropearlo. Era curioso, pero raras veces se peleaban como no fuera a propósito de los hijos. Entonces intercambiaban palabras muy duras, sobre todo, cuando discutían sobre Lionel. Aquella noche, ella no quería que eso ocurriera y decidió no meterse con Greg.

–Bueno, pues, que haga lo que quiera.

–Deja que se divierta esta noche. Que se vista como guste.

–Espero que opines lo mismo de Val.

Tuvieron que hacer un esfuerzo sobrehumano para no decir nada. La muchacha vestía un ajustado vestido corto de cuero blanco con falda de flecos y unas botas a juego que debía de haberle prestado alguna amiga.

Ward se inclinó hacia Faye y, mientras le preparaba un trago en el bar, le preguntó en voz baja:

–¿En qué esquina trabaja su amiga? ¿Te lo dijo?

Faye sacudió la cabeza y se echó a reír. Estaba tan acostumbrada a tratar con los adolescentes que ya nada la sorprendía. Era un buen entrenamiento para tratar con los actores de la Metro. Ninguno de ellos hubiera podido ser más imprevisible, malhumorado y discutidor que un adolescente, aunque muchos lo intentaban.

–Creo que la pobre Vanessa intenta contrarrestar el efecto que produce Val –dijo Ward.

La niña lucía un vestido de fiesta blanco y rosa, más propio de una chiquilla de diez años, zapatillas rosas de ballet y una cinta en el pelo como Alicia en el País de las Maravillas. Era todo lo contrario de su hermana y Faye tenía la sospecha de que no se trataba de una simple casualidad. Mientras les contemplaba a todos –Lionel, con traje veraniego claro, camisa azul a rayas y una corbata de su padre, tratando de dárselas de hombrecito con su nuevo automóvil bien a la vista en el jardín; Greg, con las ropas arrugadas, Valerie, con el vestido de cuero blanco; y Vanessa, con su atuendo infantil, cada cual con su estilo propio–, Faye reparó de súbito en algo y le preguntó a Ward mientras éste le ofrecía una copa:

–¿Has visto a Anne?

–Hace un rato estaba junto a la piscina en compañía de unos amigos. No te preocupes por ella, Lionel la vigilará.

Era lo que siempre hacía, pero aquella noche era muy importante para él, y Ward se hizo incluso el distraído cuando le vio llenarse un vaso de vino blanco. Convenía que el chico se expansionara un poco y, si se emborrachaba como una cuba la noche de su graduación, ¿qué mal podía haber en ello? Para evitar que Faye siguiera vigilándole, la sacó a bailar. Valerie los miró horrorizada, Vanessa sonrió y, al final, el propio Lionel se acercó a su madre para pedirle un baile, mientras Ward se quedaba charlando con unos amigos y echaba de vez en cuando un vistazo a los chicos. Algunos estaban bastante bebidos, pero eran todos de la edad de Lionel y aquélla era también la noche de su graduación. Ward pensó que tenían derecho a cometer alguna locura siempre y cuando ninguno de ellos se pusiera al volante de un automóvil para regresar a casa. Dio severas órdenes en este sentido a los vigilantes del aparcamiento. No deberían entregar las llaves de ningún vehículo a nadie que estuviera bebido, y la norma debería aplicarse tanto a los adultos como a los chicos.

Vio a Anne conversando al borde de la piscina con John Wells, el mejor amigo de Greg. Era un muchacho encantador que adoraba a Greg, y Ward tenía la fundada sospecha de que la chiquilla estaba enamorada de él, aunque no era probable que John correspondiera a sus sentimientos habida cuenta de que apenas había cumplido doce años. Tenía que crecer mucho todavía, pero Lionel la trataba como si fuera una persona mayor. A veces, parecía mucho más madura que las gemelas e incluso que el propio Greg. Ward se preguntó qué le estaría contando a John, pero era una chiquilla tan tímida y asustadiza que no se atrevió a acercarse. Parecía muy contenta. Poco después, Lionel se reunió con ellos y John le miró tan embobado como Anne. Era como un ídolo para ellos, pensó Ward, sonriendo mientras buscaba a Faye, para sacarla nuevamente a bailar. Pensó que era mucho más bonita que cualquiera de las chicas que allí había. La admiración se le notaba en los ojos cuando deslizaba un brazo alrededor de su cintura.

—¿Me concede este baile? —preguntó, mientras le rozaba suavemente el hombro con una mano.

—No faltaba más —contestó Faye, riéndose al ver quién era.

El conjunto de rock era muy bueno y los chicos se divertían mucho. Anne pasó un rato en compañía de Lionel y John porque ambos la trataban como una adulta, lo que no hacían los demás chicos. Era muy alta para su edad y tenía el cabello del mismo color rubio melocotón que Faye. Con el tiempo sería una muchacha muy bonita, pero ella no lo creía así. Pensaba que no era tan guapa como Faye, ni tan espectacular como Val, y Vanessa le parecía muy elegante y refinada. Sin embargo, Lionel siempre le decía que era la más guapa de todas y la niña le contestaba que no estaba en su sano juicio porque tenía unas rodillas huesudas y «cuatro pelos desgreñados» que le enmarcaban el rostro como un suave plumón. Se le empezaba a desarrollar el busto y eso la tenía un poco avergonzada. Era tímida en todo momento, menos cuando estaba con Lionel. Él siempre la hacía sentirse a gusto.

–¿Te gusta tu nuevo coche? –le preguntó John, mirando al hermano mayor de su amigo mientras envidiaba en secreto lo bien que éste sabía anudarse la corbata.

Le encantaba la forma de vestir de Lionel, pero jamás se hubiera atrevido a decírselo.

–Vaya una pregunta –contestó Lionel, esbozando una sonrisa infantil–. Me chifla. Estoy deseando salir mañana a dar una vuelta con él. –Miró con simpatía al amigo de Greg. John era un asiduo visitante de la casa desde hacía mucho tiempo y Lionel le tenía simpatía. Era más interesante que todos los demás amigos de Greg, aunque él lo descubriera por casualidad un día en que ambos tuvieron ocasión de charlar a solas en ausencia de Greg. John simulaba casi siempre ser como los demás, pero Lionel descubrió que aquello no era más que un camuflaje y que a John le gustaban otras cosas aparte el fútbol, el atletismo en pista y todas las demás historias–. Empiezo a trabajar la semana que viene y el coche me vendrá muy bien.

–¿Dónde vas a trabajar? –preguntó John con sincero interés mientras Anne los observaba sin decir nada.

Escuchaba a su hermano y miraba a John. Siempre pensó que éste tenía unos ojos muy bonitos.

–En Van Cleef & Arpels. Es una joyería de Beverly Hills.

Lionel sintió la necesidad de darle esa explicación. Ninguno de los amigos de Greg tenía la menor idea de lo que era aquello.

–La conozco –dijo John soltando una carcajada mientras Anne le miraba sonriendo–. Mi madre va a menudo por allí. Tienen cosas muy bonitas. –John no pareció asombrarse de que Lionel trabajara en aquel lugar–. Debe de ser interesante.

–Lo es. Estoy deseando empezar. Sobre todo, ahora –añadió, contemplando con orgullo su automóvil.

–Y, en otoño, a la Universidad de California. Qué

suerte tienes, Li. Yo estoy hasta las narices de la escuela superior.

–No te falta mucho para terminar. Sólo un año.

–Pero a mí me parece una eternidad –replicó John, soltando un gruñido.

–Y después, ¿qué?

–Todavía no lo sé.

No era nada extraño. La mayoría de sus amigos tampoco lo tenían decidido.

–Yo haré cinematografía.

–Será estupendo.

Lionel se encogió de hombros modestamente. Era muy aficionado a la fotografía y, desde hacía un par de años, se dedicaba a las filmaciones. Estaba preparado para todo lo que la Universidad de California pudiera ofrecerle y su entusiasmo contrastaba con la opinión de su padre. Ward quería enviarle a un prestigioso centro del Este. Sus calificaciones le hubieran facilitado el ingreso. Pero a él no le interesaba. Eso se lo dejaba a Greg.

–Ven a verme algún día a la universidad –le dijo a John–. Podrás echar un vistazo por allí mientras te decides.

–Me encantará –contestó John, mirando por un instante a Lionel a los ojos.

Después apartó el rostro y, al ver a Greg, corrió presuroso a su encuentro. Lionel invitó a Anne a bailar, pero ella enrojeció como un tomate; sin embargo, al final, cedió ante la insistencia de su hermano y salió con él a la pista.

–¿Y eso qué es? –El muchacho entró en la casa con Val y la siguió al estudio, dispuesto a meterle la mano por debajo de la falda, lo que, en verdad, no le parecía demasiado difícil. Sin embargo, un codiciado objeto exhibido en un estanque junto al bar llamó inmediatamente su atención–. ¿Es lo que yo me figuro?

Era la primera casa de Los Ángeles en que lo veía, aunque, desde luego, se oía hablar mucho de él en la ciudad.

–Sí, ¿y eso qué tiene de raro?

–Bastante. –El muchacho contempló el objeto con expresión reverente y extendió una mano para tocarlo y poder contárselo después a su padre cuando fuera a recogerlo–. ¿De quién es? ¿De tu madre o de tu padre?

–De mi madre –contestó Val como si le costara un esfuerzo reconocerlo–. ¿Quieres una cerveza, Joey?

Al chico por poco le dio un ataque. ¡Había dos!

–¡Qué bárbaro! ¡Tiene dos! ¿Por qué?

–No seas pesado, no me acuerdo. ¿Quieres o no la cerveza?

–Sí, claro. –Pero le interesaba más saber por qué había ganado los Oscars la madre de Val. Sin embargo, ésta no parecía demasiado interesada en hablar del tema–. Era actriz, ¿verdad?

Sabía, como todo el mundo que, en aquellos momentos, Faye era directora de cine. Y que el padre de Val era un importante productor de la Metro Goldwyn Mayer. Pero Valerie nunca hablaba de aquellas cosas. Le interesaban mucho más la bebida y los chicos. Por lo menos, tenía esta fama. Cuando se sentó, la falda de cuero blanco dejó al descubierto un buen pedazo de muslo.

–¿Has fumado droga alguna vez? –preguntó Valerie.

Joey no lo había hecho, pero se avergonzaba de reconocerlo. Tenía unos quince años y había conocido a Val en la escuela durante aquel curso, aunque nunca le había pedido una cita. No se atrevía, porque le parecía muy guapa y extraordinariamente madura para su edad.

–Sí, una vez. –No pudo resistir la tentación y volvió a la carga–: Hablemos de tu madre.

Val perdió la paciencia, se levantó de un brinco y miró al muchacho con furia.

–¡No, señor, no hablaremos de nada!

–No seas antipática. Era simple curiosidad.

Val le miró con desdén, dirigiéndose hacia la puerta. Antes de salir, le dijo:

–Pues entonces se lo preguntas a ella, tonto.

Tras lo cual, desapareció agitando la pelirroja melena y Joey se quedó mirando fijamente la puerta mientras murmuraba en voz baja:

–Mierda.

–Ah, eres tú.

Greg asomó la cabeza para ver quién estaba allí.

–Perdón –dijo Joey ruborizándose–, quería descansar un poco… Salgo ahora mismo.

–No te preocupes. Yo también lo suelo hacer muy a menudo.

Esbozando una sonrisa, Greg se alejó en pos de una morena y Joey salió de nuevo al jardín. Al final, se reunieron todos alrededor de la piscina, vestidos de etiqueta, en traje de baño o de calle, con zapatos, zapatillas o descalzos. Se lo pasaron muy bien y la fiesta se prolongó hasta las tres de la madrugada. Luego, Lionel se fue con sus padres al piso de arriba. Todos estaban muertos de sueño.

–Menuda juerga nos hemos pegado –dijo Faye y rió–. Pero la fiesta ha estado muy bien, ¿verdad?

–Ha sido la mejor –contestó Lionel, dándole a su madre un beso de buenas noches.

Una vez en su dormitorio, el joven se sentó en la cama, envuelto en el albornoz que llevaba sobre el bañador, y permaneció un rato con la mirada fija en la pared, repasando aquel memorable día: el diploma, la toga blanca, el automóvil, los amigos, la música. Sin saber por qué, empezó a pensar en John y en lo simpático que era. Le gustaba más que algunos de sus propios amigos.

13

El día amaneció para Faye y Ward como una jornada laborable cualquiera. Los chicos podrían dormir hasta el mediodía, pero ellos tenían que hallarse en los estudios a las nueve. Estaba a punto de iniciarse el rodaje de una nueva película y tenían muchas cosas que hacer. El trabajo les exigía una severa disciplina, sobre todo, cuando Faye dirigía y se presentaba en los estudios a las seis, muchas veces antes que los actores. Necesitaba empaparse de la atmósfera de la película. A veces, durante el rodaje, se resistía a volver a casa y en muchas ocasiones se quedaba en los estudios y dormía en su camerino, pensando en el guión mientras comía y mientras descansaba, para compenetrarse con él e identificarse con los personajes. Por eso, a pesar de lo exigente que era con los actores, éstos la apreciaban y respetaban. Su talento era un auténtico don y Faye se sentía mucho más colmada que en su época de actriz. Ward se alegraba de verla tan satisfecha, aunque a veces sentía celos porque a él le gustaba su trabajo, pero no con el ardor que su esposa parecía sentir. Faye ponía el alma en su cometido. Ward pensó que volvería a perderla en cuanto empezara la nueva película, considerada por ambos como la mejor de cuantas hubieron rodado hasta la fecha. Estaban muy ilusionados y Faye lamentaba a menudo que Abe Abramson no estuviera vivo para verlo. La película le hubiera encantado. Abe fue testigo de sus éxitos y la vio ganar el segundo Oscar de su vida, esta vez como directora, pero murió poco tiempo después y Faye le echaba de menos. Se reclinó en el asiento y miró a Ward, pensando en la víspera.

—Me alegro de que los chicos se divirtieran.

—Yo también —contestó él sonriendo. Tenía una resaca espantosa, lo cual no solía ocurrirle últimamente. Se preguntó cómo era posible que bebiera tanto en otros tiempos. Ahora no podía beber ni una copa de más sin pagarlo muy caro. La juventud, pensó; cuántas cosas cambiaban con los años. Otras, por el contrario, no cambiaban. A pesar de la resaca, aquella mañana hizo el amor con Faye al salir de la ducha. Eso siempre le permitía empezar el día con buen pie—. Me vuelves loco, ¿sabes?

Faye se ruborizó levemente. Estaba enamorada de él desde hacía diecinueve años, y más todavía si contaba a partir de Guadalcanal en el cuarenta y tres: exactamente veintiuno.

—El sentimiento es mutuo.

—Me parece perfecto —dijo Ward, mientras entraban en el aparcamiento de la Metro. El vigilante sonrió y les saludó agitando una mano. Qué puntuales eran, pensó. Preciosa pareja, y qué hijos tan simpáticos tenían, ésos sí que trabajan de firme—. Convendría que instaláramos una puerta de comunicación entre nuestros despachos y un candado en la del mío.

—No estaría nada mal —le susurró Faye al oído, mordisqueándole el cuello antes de descender del vehículo—. ¿Qué tienes que hacer hoy, cariño?

—No gran cosa. Creo que lo tengo casi todo resuelto. ¿Y tú?

—Me reuniré con tres de los actores —contestó ella—. Necesito hablar mucho con ellos antes de empezar para que todos sepan bien su cometido.

Era la película más difícil que Faye había dirigido hasta la fecha. El argumento giraba en torno al comportamiento de cuatro soldados durante la Segunda Guerra Mundial y, en este sentido, era cruel y despiadado, lo cual hubiera inducido a la mayoría de jefes de estudio a encomendarle la tarea a un director varón. Sin embargo, Dore Schary seguía confiando en Faye y ésta no quería defraudarle. Ni Ward tampoco. No le fue fácil conseguir el dinero para la película. A pesar de su prestigio, los inversores temían que la gente no querría ver una película deprimente. Tras el asesinato de John Kennedy, perpetrado el año anterior, todo el mundo buscaba películas de evasión, y huía de las tragedias. Sin embargo, una vez leído el guión, Ward y Faye accedieron a asumir el riesgo. El guión era tan estupendo como la novela en que se inspiraba y Faye quería hacer una película brillante. Ward estaba seguro de que lo iba a conseguir, pero comprendía su nerviosismo.

–Todo saldrá bien, ya lo verás –le dijo a la puerta de su despacho.

Ambos sabían que sí, pero Faye necesitaba que le dieran ánimos.

–Estoy muerta de miedo.

–Ya lo sé. Tranquilízate y procura divertirte.

Faye no se calmó hasta que empezó el rodaje. Entonces se entregó a su trabajo con más vehemencia que de costumbre. Regresaba a medianoche, salía a las cinco de la madrugada y muchas veces ni siquiera volvía a casa. Ward sabía que la situación duraría varios meses y prometió vigilar a los hijos. Faye seguía siempre el mismo ritmo: cuando dirigía, se entregaba por entero a la película; y cuando terminaba, se pasaba la vida acortando faldas, lavando ropa y acompañando a los hijos a la escuela. Se enorgullecía de hacer todas estas cosas, pero en aquel momento, los hijos quedaban muy lejos.

Ward acudió una noche a recogerla a los estudios, porque no le gustaba que condujera estando tan cansada. Temía que se estrellara contra un árbol. Faye se dejó caer en el asiento delantero como una muñeca de trapo y Ward se inclinó para besarla.

–Me parece que de ésta no salgo con vida... –dijo Faye, entreabriendo un ojo.

Tenía la voz áspera y ronca porque se había pasado todo el día bebiendo café, hablando sin cesar, dando órdenes y pidiendo a los actores que se esforzaran al máximo. Y éstos no la defraudaron.

–Va a ser estupenda, cariño –le dijo Ward, dirigiéndole una sonrisa–. Me he pasado toda la semana viendo las primeras copias.

–¿Y qué te parecen? –Faye no las había visionado y siempre veía lo malo y nunca lo bueno, aunque desde hacía un par de días un rayo de esperanza brillaba en su corazón. Los actores trabajaban con tanto ahínco como ella–. ¿Crees que podrá emprender el vuelo? –preguntó, mirando aterrada a su marido. Respetaba mucho su opinión y confiaba ciegamente en él.

–Emprenderá el vuelo y no se detendrá hasta llegar a la luna –contestó su esposo–. Y el Oscar volará de nuevo a tus manos.

–Eso no me importa. Me basta con que sea una buena película. Quiero que todos estemos orgullosos de ella.

–Lo estaremos.

Ward estaba convencido de ello y se enorgullecía tanto de su mujer como Faye de él. Había llegado muy lejos para ser un hombre que no había trabajado en su vida hasta que cumplió los treinta y cinco años. Era un auténtico milagro y Faye no lo olvidaba jamás.

–¿Cómo están los chicos? –preguntó, volviendo a apoyar la cabeza en el respaldo del asiento.

–Muy bien. –Ward no quería agobiarla, contándole los pequeños contratiempos. La mujer de la limpieza amenazaba con marcharse, Anne y Val habían tenido una pelea tremenda y Greg hizo una abolladura al automóvil, pero eran problemas sin importancia. Aun así, Ward lanzaba un suspiro de alivio siempre que Faye terminaba el trabajo y volvía a hacerse cargo del manejo de la casa. A menudo se preguntaba cómo era posible que su mujer pudiera soportar semejante jaleo. Él, en cambio, perdía enseguida la paciencia, pero se guardaba mucho de decírselo a su esposa—. Todos están muy ocupados. Las gemelas se dedican a cuidar niños todo el día y Greg se irá al rancho la semana que viene. —No añadió «a Dios gracias». Por lo menos, la casa quedaría un poco más tranquila sin tantas llamadas telefónicas, portazos incesantes y amigos de Greg jugando a la pelota en el salón—. A Lionel casi no le vemos el pelo ahora que ya trabaja.

—¿Le gusta? —preguntó Faye, abriendo los ojos con expresión interrogativa.

Se lo hubiera preguntado ella misma, pero llevaba semanas sin verle.

—Creo que sí. Por lo menos, no se queja.

—Eso no significa nada. Li nunca se queja —dijo Faye. Entonces recordó otra cosa—. Hubiera tenido que buscarle algo a Anne. No pensé que empezáramos tan pronto. —Sin embargo, el dinero llegó enseguida y el plató estaba libre, por lo que, en lugar de empezar a finales de septiembre, lo hicieron en junio. Eso no era frecuente, pero Faye no quiso plantear dificultades, diciendo que no estaba preparada para empezar, aunque ello significara tener que desentenderse de los hijos durante el verano. Anne se negó a ir al campamento—. ¿Qué hace durante todo el día?

—Se porta bien. La señora Johnson se queda con ella en casa hasta que yo vuelvo. Vienen sus amiguitos y se divierten en la piscina. Les dije que la semana que viene les llevaría a Disneylandia.

—Eres un santo —dijo Faye, bostezando mientras le tomaba de un brazo para entrar en la casa.

Las niñas aún estaban despiertas. Val llevaba unos rulos enormes en el pelo y lucía un biquini por el que su madre le hubiera armado un escándalo de haber tenido ánimo para ello. Faye tomó mentalmente nota y se propuso decirle algo al día siguiente, en caso de que la viera y dispusiera de tiempo. Las niñas escuchaban música en el estudio y Vanessa, vestida con un camisón, hablaba por teléfono con una amiga, ajena a todo el alboroto que le rodeaba.

—¿Dónde está Anne? —le preguntó Faye a Val.

Ésta se encogió de hombros sin dejar de cantar la letra de la canción. Hubo que repetirle la pregunta para que se dignara contestar.

—Arriba, supongo.

—¿Está durmiendo?

—Seguramente.

Sin embargo, Vanessa, sacudió la cabeza. Tenía el don de prestar atención a varias conversaciones a la vez. Faye subió para darle a su hija menor un beso de buenas noches. Ya sabía que Greg estaba en compañía de unos amigos y que Lionel cenaba con unos compañeros de trabajo, según decía una nota que había encontrado en la cocina. A Faye le gustaba saber dónde estaban todos sus hijos. Ward les dejaba un poco más de libertad, aunque a ella le hubiera gustado que los tuviera más sujetos. Pero si encima hubiera tenido que hacer eso, se hubiera vuelto loco.

Mientras subía la escalera, Faye creyó ver un poco de luz, pero, al abrir la puerta, encontró la habitación a oscuras y vio a Anne acurrucada en la cama, de espaldas a la puerta. Permaneció inmóvil un instante y después se acercó despacio y acarició suavemente su cabello.

—Buenas noches, chiquitina —murmuró, inclinándose para besarle la mejilla.

Volvió a cerrar la puerta y se dirigió a su dormitorio acompañada de Ward. Antes de acostarse, se tomó un baño caliente. Al cabo de unos minutos, las gemelas subieron al piso de arriba, aporrearon la puerta de su dormitorio para desearle buenas noches y Vanessa se encaminó hacia la habitación de su hermana menor. Había luz y Anne estaba leyendo *Lo que el viento se llevó*.

–¿Viste a mamá? –le preguntó Vanessa, observando en sus ojos una extraña y distante expresión que sólo desaparecía en presencia de Li. Anne sacudió la cabeza–. ¿Y eso? –No quería confesar que había apagado la luz y había fingido estar dormida, pero Vanessa lo adivinó–. Jugaste al escondite, ¿verdad? –La niña vaciló y volvió a encogerse de hombros–. ¿Por qué lo hiciste?

–Estaba cansada.

–Bobadas –dijo Vanessa, enojándose con su hermana. Era un comportamiento muy propio de ella–. No es bonito que hagas eso. Mamá ha preguntado por ti apenas llegar. –Anne miró a su hermana con expresión impenetrable–. Creo que hiciste muy mal.

Vanessa se dio la vuelta y, en el momento en que se disponía a salir, oyó la voz de Anne:

–No tengo nada que decirle.

Vanessa la miró y se fue sin comprender la verdad que tan bien comprendía Lionel. Anne temía que su madre no tuviera nada que decirle. Nunca lo tuvo. Jamás estuvo a su lado cuando era pequeña. Siempre había niñeras o alguno de sus hermanos cuidando de ella cuando su madre trabajaba o salía. Su madre siempre estaba «cansada» o «tenía una cosa en la cabeza» o «tenía que leer un guión» o «hablar con papá». ¿Qué otra cosa quedaba por decir? ¿Quién eres tú? ¿Quién soy yo? Era más fácil hablar con Lionel y desentenderse de su madre tal como su madre se había desentendido siempre de ella. Ahora, Faye tendría que pagar las consecuencias de su comportamiento.

14

Faye aún no había terminado de rodar la película cuando Lionel se mudó a un apartamento con cuatro amigos y empezó las clases en la Universidad de California. A la semana siguiente, Lionel se trasladó a los estudios para verla y esperó pacientemente hasta que hicieron una pausa. Siempre le encantaba ver trabajar a su madre. Por fin, al cabo de una hora en que hubo de repetir tres veces la toma de una impresionante escena, Faye les mandó a todos a almorzar y fue entonces cuando vio a su hijo. Se hallaba tan enfrascada en su trabajo que no se percató de la presencia de su hijo.

–¿Cómo va todo, cariño? –preguntó acercándose a besar a Lionel con el rostro radiante de felicidad–. ¿Qué tal el apartamento y los estudios? –Parecía que llevara muchos años sin verle; de repente, les echó de menos a todos, especialmente a Lionel. Estaba acostumbrada a tenerle al lado y a charlar constantemente con él. Sin embargo, el trabajo aún no le había permitido percibir el impacto de su ausencia–. ¿Te gusta el sitio?

–Es muy bonito –contestó Lionel muy entusiasmado–. Y los chicos son muy simpáticos. Menos mal que no hay nadie que se parezca a Greg.

Faye sonrió, recordando el caos de la habitación de su segundo hijo. Nada había cambiado.

—¿Has vuelto por casa desde que te mudaste?

—Sólo una o dos veces para recoger algunas cosas. Vi a papá y me dijo que estabas bien.

—Es cierto.

—Parece que será estupendo —dijo Lionel, haciendo un gesto con la cabeza en dirección al plató. Al igual que su padre, tenía muy buen ojo para calibrar el éxito de las películas. Faye estaba demasiado atareada con los detalles y no podía ver el conjunto—. Menuda escena.

—Llevamos una semana trabajando en ella —dijo Faye.

En aquel momento, se acercó el protagonista de la película. Era tan perfeccionista como Faye, que estaba encantada de trabajar con él. Era la segunda película que hacían juntos. Paul Steele, uno de los astros ascendentes de Hollywood, se sentó a su lado.

—¿Qué te parece?

—Creo que lo conseguimos.

—Yo también. —Paul se alegró de que Faye opinara lo mismo—. Ayer estaba un poco preocupado. Pensaba que nunca conseguiría interpretar bien esta escena y anoche estuve levantado hasta muy tarde, trabajando en ella.

—Se nota. Gracias, Paul —dijo Faye, muy complacida—. Esta entrega es la que de verdad permite obtener buenos resultados.

Sin embargo, pocos actores estaban dispuestos a trabajar con semejante entusiasmo.

Paul se levantó y miró a Lionel; tenía una sonrisa en los labios.

—Tú debes de ser el hijo de Faye.

Lionel y su madre se echaron a reír porque todo el mundo solía adivinarlo a la primera mirada.

—¿Cómo lo sabe?

—Pues verás —contestó Steele, mirándole atentamente–, el cabello, la nariz, los ojos… Mira, muchacho, si te peinaras y vistieras como ella, pareceríais hermanas gemelas.

–No estoy segura de que eso me gustara –terció Faye, soltando una carcajada–. Aún diré más; afirmo ya desde ahora que no.

–Bueno, pues dejémoslo así –dijo Paul.

–Me ha gustado mucho su última escena, señor Steele.

Lionel le hablaba en tono muy respetuoso y Steele se sentía halagado.

–Gracias. –Faye los presentó y Paul estrechó la mano de Lionel–. Tu madre es una directora muy exigente, pero es tan estupenda que merece la pena derramar sangre, sudor y lágrimas.

–Vaya, menudo cumplido –exclamó Faye, consultando el reloj mientras los tres se echaban a reír–. Disponemos de aproximadamente una hora, caballeros. ¿Puedo invitarles a almorzar en el economato?

–Dios bendito, más torturas –exclamó Paul, haciendo una mueca–. ¿No podríamos hacer algo mejor? Tengo el coche aparcado ahí fuera. –Sin embargo, los tres sabían que no había gran cosa fuera de los estudios y, además, disponían de poco tiempo–. Bueno, me rindo. Indigestión a la vista.

–No hay para tanto –dijo Faye, tratando de defender su propuesta. Paul y Lionel protestaron enérgicamente, pero la acompañaron al economato. Paul le preguntó al chico qué estudiaba y éste le contestó que acababa de empezar cinematografía en la Universidad de California.

–Allí estuve yo. ¿Ya has podido comprobar si te gusta o no?

–Me parece que será estupendo –contestó Lionel, muy contento.

Paul le miró con simpatía. Era todavía muy joven,

pero, mientras charlaba con él durante el almuerzo, Paul se dio cuenta de que era muy inteligente y sensible. Conversaron un buen rato hasta que Faye les anunció que tenían que volver. Lionel hubiera deseado quedarse un poco más para captar mejor la atmósfera del lugar. Paul le invitó a su camerino mientras se maquillaba y el peluquero le cambiaba el peinado. En la siguiente escena, sería un prisionero de guerra. Lionel hubiera deseado quedarse, pero tenía que volver a clase.

–Qué lástima. Me ha encantado hablar contigo –dijo Paul, mirándole con auténtica simpatía.

Lamentaba que se fuera. El muchacho le gustaba tal vez demasiado, pero no quiso darlo a entender por respeto a Faye y a la edad del chico. No quería ser un corruptor de menores y los vírgenes no eran lo suyo. Sin embargo, para su gran asombro, Lionel le manifestó el deseo de volver a verle.

–Me gustaría asistir al rodaje de otra escena. Este fin de semana tengo una tarde libre. –Lionel miró esperanzado a Paul Steele, como un chiquillo que esperara la llegada de Papá Noel, y Paul no supo muy bien si lo que le interesaba era la película o alguna otra cosa. Convenía, por tanto, andarse con pies de plomo–. A lo mejor podré volver entonces.

Lionel le miró a los ojos y Paul ya no supo ni si era un chico o un hombre.

–Eso depende de tu madre. Ella es la que manda aquí. Es mi jefe, también.

Se echaron a reír.

–Le preguntaré qué le parece –dijo Lionel. Paul temió por un instante que ella le acusara de intento de seducción; sus aficiones no eran un secreto para nadie–. Espero verle el viernes –añadió el muchacho, mirándole con ansia.

Paul apartó el rostro. No quería hacer nada incorrecto. Era cosa del chico, pero no estaba bien. Y, además, era el hijo de Faye Thayer. Jesús, qué complicada era a veces la vida.

Cuando el chico se fue, Paul se fumó un cigarrillo de hierba para calmarse, pero no lo consiguió; en su lugar, advirtió que deseaba al muchacho con más vehemencia.

Al regresar al plató, las ansias y la soledad que sentía quedaron claramente reflejadas en la película. Filmaron la escena en una sola toma, lo cual fue una victoria casi inaudita. Faye le felicitó, pero Paul se mostró más bien frío con ella. Faye no comprendió por qué. Conocía a Paul lo suficiente como para saber que no tenía nada que temer de él. Era un hombre honrado y, con independencia de lo que hiciera en su tiempo libre, ella sabía que jamás se aprovecharía de su hijo. Estaba segura de ello y no se inquietó cuando Lionel volvió a aparecer por los estudios el viernes por la tarde. Cuando era pequeño, su hijo acudía a menudo a verla trabajar. Más tarde, ya no tuvo tiempo para ello, pero era bien sabido que le encantaba todo lo relacionado con el cine. Faye se alegró de verle y Paul Steele también, aunque al principio, procuró disimularlo.

–Hola, Paul –dijo Lionel con tono vacilante, y enseguida se preguntó si no hubiera sido más correcto llamarle señor Steele.

Paul tenía apenas veintiocho años, pero ya era un actor muy respetado. Lionel contaba dieciocho y, a su lado, se sentía un crío.

–Hola –contestó Paul con fingida indiferencia mientras pasaba por su lado para dirigirse al camerino de alguien; rezó para que sus caminos no volvieran a cruzarse.

Sin embargo, más tarde Faye le ofreció un vaso de vino en el transcurso de una pausa y, al ver que Lionel le miraba extasiado, Paul no pudo resistir la tentación de sonreírle.

–Me alegro de volver a verte, Lionel. ¿Qué tal las clases? –Quizá sería más fácil tratarle como a un chiquillo. Pero nada le parecía fácil cuando contemplaba aquellos ojos irresistibles. Eran como los de Faye, pero más hondos, tristes y sabios; era como si el muchacho escondiera algún terrible secreto y Paul comprendió instintivamente cuál era ese secreto. A su edad, él también lo guardaba. Y uno se sentía muy solo hasta que alguien le tendía la mano. Hasta aquel momento, no era más que un ser extraño en un infierno de soledad, asustado de los propios deseos y de lo que pensarían los demás si los conocieran–. ¿Qué te pareció la toma de hoy?

Era inútil tratarle como a un chiquillo. Era un hombre. Ambos lo sabían. Paul le miró a los ojos.

–Estupenda.

–¿Quieres ver las primeras copias conmigo? –A Paul le gustaba verlas siempre que podía, porque, de ese modo, le resultaba más fácil corregir sus errores. Eran importantes para su trabajo y Lionel se sintió halagado de que el actor le invitara a compartir aquel mundo tan especial. Le miró con expresión reverente, y Paul y Faye se echaron a reír–. Pero si pones esta cara, no te dejo verlas. Tienes que comprender que buena parte de lo que se ve no es más que basura. Una basura un poco molesta, pero así es como se aprende.

–Me encantará verlas contigo.

Fueron a verlas hacia las seis de la tarde y, cuando se sentaron en la sala a oscuras, Paul notó que una pierna de Lionel le rozaba una rodilla sin querer y sintió un irresistible estremecimiento. Sin embargo, apartó tímidamente su pierna y trató de concentrarse en la pantalla. Después, cuando se encendieron las luces, Lionel comentó con Paul las copias y, qué curioso resultó que opinaban lo mismo acerca de las mismas escenas. El chico poseía mucha sensibilidad cinematográfica y sabía captar instintivamente el estilo y las técnicas. Paul estaba asombrado y se moría de ganas de seguir hablando con él. Faye tenía que marcharse temprano aquel día. Para ella, las siete y media era temprano. Les miró complacida mientras charlaban.

—¿Te has traído el coche, cariño? —le preguntó Faye a su hijo.

Parecía cansada. La semana había sido agotadora y, al día siguiente, tenían que rodar una escena al amanecer y, habría que levantarse antes de las tres de la madrugada.

—Sí, mamá.

—Muy bien, pues. Os dejo que sigáis hablando. Esta ancianita se va a casa antes de que se derrumbe de cansancio. Buenas noches, caballeros.

Besó a Lionel en la mejilla, saludó a Paul agitando una mano y salió apresuradamente. Ward se fue antes a casa para cenar con los chicos. Cuando, al cabo de un rato, Paul consultó el reloj, se quedó de piedra. Eran casi las nueve y ya no quedaba nadie en el plató. No había comido desde la hora del almuerzo y sabía que Lionel tampoco. ¿Qué tenía de malo que fueran a tomarse un bocado?

—¿Te apetece una hamburguesa, Lionel? Debes de estar muerto de hambre.

—Me encantaría, siempre y cuando tú no tengas nada que hacer.

Era tan joven y humilde que Paul se conmovió y le rodeó con un brazo mientras se dirigían al aparcamiento. No había nadie a la vista y, por consiguiente, no habría posibilidad de que esto diera lugar a malas interpretaciones.

—Puedes creerme, hablar contigo es uno de los mayores placeres que he tenido desde hace semanas e incluso meses...

—Es muy amable de tu parte —contestó Lionel sonriendo.

Al llegar al aparcamiento donde le aguardaba su Porsche plateado, Paul vio el Mustang rojo de Lionel.

–¡Menudo automóvil! –exclamó, asombrado.

–Me lo regalaron para mi graduación, en junio.

–¡Es un regalo fantástico!

A la edad de Lionel, él se había comprado un cacharro de setenta y cinco dólares, pero sus padres no eran Ward y Faye Thayer y él no vivía en Beverly Hills. Llegó a California procedente de Buffalo a los veintidós años y su vida cambió desde entonces; sobre todo, en los últimos tres años. Su carrera se disparó como un cohete, gracias a un idilio con un importante productor de Hollywood. Sin embargo, los éxitos que alcanzó después los debió a su propia capacidad. Eso nadie lo negaba. Paul Steele era un gran actor y quienes trabajaban con él solían decir que era honrado y correcto y que no se metía con nadie. Entre película y película, observaba a veces una conducta un poco irregular, fumaba mucha droga, consumía cocaína y corrían ciertos rumores sobre las orgías que organizaba en su casa y sus aficiones sexuales, pero no se aprovechaba de nadie ni perjudicaba a nadie. Trabajaba con ahínco y de algún modo tenía que desahogarse. Al fin y al cabo, era muy joven.

Se llevó a Lionel al Hamburger Hamlet del Sunset, conduciendo con cuidado por las calles para que el muchacho pudiera seguirle con su automóvil. Por alguna extraña razón, se preocupaba por el muchacho. No quería que sufriera ningún daño, ni físico ni moral. Hacía mucho tiempo que nadie le gustaba tanto. Lástima que sólo tuviera dieciocho años. Era tan joven y hermoso. Mientras comían, no pudo quitarle los ojos de encima. Al salir, Lionel no supo cómo agradecerle el honor de aquella invitación y Paul le miró; tenía ganas de invitarle a su casa, pero no se atrevía a hacerlo. Aún no estaba seguro de lo que Lionel sabía con respecto a sí mismo. Si el chico advirtiera lo que le ocurría, tal vez sería distinto, pero, ni siquiera lo sospechaba... Con sólo mirarle, Paul lo supo con toda certeza, pero ¿lo sabría Lionel? En un momento dado, Paul llegó a la conclusión de que tenía que agarrar el toro por los cuernos. Se hizo el propósito de averiguarlo más adelante. Tal vez estuviera en un error. Quizá podrían ser amigos. En cualquier caso, no podía asaltarle todavía. Era demasiado pronto.

—Sé que te parecerá una tontería, pero ¿te gustaría venir a tomar unas copas a mi casa?

Los ojos de Lionel se iluminaron de golpe.

—Me encantaría.

Quizá lo supiera. Paul se estaba volviendo loco, pero no había forma de adivinarlo.

—Vivo en Malibú. ¿Quieres seguirme o dejar el coche aquí? Puedo acompañarte después.

—¿No te causaré mucha molestia?

Malibú estaba a una hora de camino.

—En absoluto. Nunca me acuesto muy temprano. Y puede que esta noche ni siquiera lo haga. Mañana empezamos a rodar a las cuatro de la madrugada y, en estos casos, yo trabajo mejor sin irme a dormir.

—¿Estará seguro mi automóvil? —preguntó Lionel.

Miraron alrededor y pensaron que sí. La hamburguesería estaba abierta toda la noche, la gente entraba y salía sin parar y nadie se atrevería a tocar el vehículo. Lionel se sentó en el Porsche al lado de Paul y tuvo inmediatamente la sensación de encontrarse en el paraíso. Fue como penetrar en otro mundo; los asientos estaban tapizados en suave cuero negro y el salpicadero parecía el panel de mandos de un avión. Paul puso en marcha el vehículo, encendió la radio y en el acto se oyeron las notas de *El rey de la carretera* de Roger Miller. El trayecto hasta Malibú fue casi una experiencia sensual. Paul deseaba fumarse un porro, pero no se atrevía a hacerlo delante del chico; además, temía perder el control de sus actos. Se dedicaron, por tanto, a charlar sobre el fondo de la música y, cuando llegaron a la casa de la playa, Lionel ya estaba completamente relajado.

Paul introdujo la llave en la cerradura y, una vez dentro, Lionel se vio rodeado por la misma atmósfera de antes. Había un ventanal que daba al océano, una iluminación matizada, un salón a dos niveles lleno de sofás y suaves cojines, enormes plantas de interior y luces indirectas que hacían resaltar algunos objetos artísticos. El bar era muy bonito y había una pared recubierta por estanterías de libros y un estéreo que parecía llenarlo todo con su música. Lionel se sentó y miró a su alrededor mientras Paul se quitaba la chaqueta de cuero y la dejaba sobre el sofá para llenar dos vasos de vino blanco.

—Bueno, ¿te gusta? —preguntó Paul, sentándose a su lado y sonriendo.

Se veía obligado a reconocer que se sentía orgulloso de su casa. Para ser un pobre muchacho de Buffalo, había recorrido un largo trecho y se sentía inmensamente feliz.

—Todo es precioso.

—Sí, ¿verdad?

Paul estaba completamente de acuerdo con él. Podían contemplar la playa y el mar. El mundo se extendía a sus pies. Cuando apuraron el vino, Paul le sugirió a Lionel dar un paseo por la playa. A él le encantaba hacerlo y sólo eran las once de la noche. Se quitaron los zapatos y salieron a pasear por la playa de fina arena blanca. Lionel se sentía más feliz que nunca. Cada vez que miraba a aquel hombre, experimentaba una sensación desconocida. Al cabo de un rato, se sumió en el silencio y, cuando ya regresaban a la casa, Paul se detuvo y se sentó en la arena. Las palabras se le escaparon sin poderlo remediar.

—Estás confuso, ¿verdad, Li?

Sabía que Faye le llamaba con aquel diminutivo y se preguntó si al muchacho le molestaría que se tomara aquella familiaridad. Sin embargo, Lionel no pareció ofenderse y sacudió la cabeza casi aliviado de poder confesarle a aquel hombre lo que sentía. Deseaba ser sincero con él porque, a lo mejor, entonces podría comprender lo que le ocurría. Se sentía muy viejo y muy joven a la vez.

—Sí, lo estoy.

—Yo también sentía lo mismo, antes de venir aquí. —Paul exhaló un profundo suspiro—. En Buffalo lo pasé muy mal.

—Debe de ser un sitio muy distinto —dijo Lionel sonriendo.

De golpe y sin saber por qué, se echaron a reír. Luego, Paul miró al muchacho a los ojos y le dijo:

—Quiero ser sincero contigo. Soy marica. —De repente se asustó de sus palabras. ¿Y si Lionel se enfadaba? ¿Y si se levantaba de un salto y huía corriendo? Era la primera vez en muchos años que temía ser rechazado. Hubiera sido un retroceso tremendo. Como volver a Buffalo y estar enamorado del señor Hooliban, el del equipo de béisbol, y no poder decirle nada. Sólo verle en la ducha y desear desesperadamente tocarle la cara, el brazo, la pierna, cualquier sitio… Tocarle allí. Se volvió hacia Lionel con expresión aterrada—. ¿Sabes lo que eso significa?

—Sí, claro.

—No es que sólo sea homosexual. Supongo que ya comprendes lo que quiero decir. ¿Conoces esta soledad especial que puede llegar a sentir un hombre? —Paul vació su alma en los ojos de aquel muchacho y Lionel asintió sin quitarle la vista de encima—. Creo que la conoces, Lionel… Creo que sientes lo mismo que yo, ¿no es cierto?

El joven asintió con la cabeza y las lágrimas empezaron a rodarle lentamente por las mejillas. De repente, no pudo resistir por más tiempo la mirada de aquellos ojos y, cubriéndose el rostro con las manos, empezó a sollozar. Mil años de soledad estallaron de golpe en su alma, mientras Paul le estrechaba en sus brazos para calmarle. Después, le levantó la barbilla y volvió a contemplarle los ojos.

—Me estoy enamorando de ti y no sé qué hacer. —Jamás se había sentido más libre. Se alegró de poder reconocerlo sin rubor. Por su parte, Lionel sintió como si una llamarada le recorriera todo el cuerpo. Comprendió ciertas cosas acerca de sí mismo que jamás había comprendido, cosas que nunca quiso saber o en las que temió pensar. Mientras miraba los ojos de aquel hombre, las comprendió por entero—. Eres virgen, ¿verdad?

—Sí —contestó Lionel con voz ronca.

Él también empezaba a enamorarse de aquel hombre, pero no sabía cómo expresar sus sentimientos. Pensó que, a su debido tiempo, aprendería a hacerlo, y Paul no le rechazaría, que siempre le permitiría estar a su lado…

—¿Te has acostado alguna vez con una chica? —Lionel negó con la cabeza. Por eso lo había sabido. Jamás le apeteció acostarse con una chica. No sentía nada por ellas—. Yo tampoco. —Paul lanzó un suspiro, se tendió en la arena, y tomó una mano de Lionel y besó la palma una y otra vez—. Así es más fácil. Otros hicieron la opción por nosotros hace mucho tiempo. Siempre lo pensé. Y sé que nosotros no tenemos nada que ver con esta opción. Ya estaba ahí incluso cuando era un chiquillo. Creo que entonces yo lo sabía, pero temía reconocerlo.

—A mí me ocurría lo mismo —dijo Lionel, armándose de valor—. Temía que alguien lo averiguara, que leyera mis pensamientos. Mi hermano es muy machote y mi padre quería que yo fuera igual. Pero yo no podía…, no podía…

Las lágrimas volvieron a asomarle a los ojos mientras Paul le apretaba la mano con fuerza.

–¿Lo sospecha alguien de tu familia?

–Ni siquiera lo quise admitir ante yo mismo hasta esta noche.

Pero ahora lo sabía. Y con toda certeza. Y quería que así fuera. Con Paul y con nadie más. Le había estado esperando durante toda la vida y no tenía la menor intención de perderle.

–¿Estás seguro de que quieres reconocerlo? –le preguntó Paul mirándolo fijamente–. Después ya no se puede retroceder. No se puede cambiar de forma de pensar. Supongo que algunos lo consiguen, pero yo siempre me pregunto hasta qué punto están convencidos... Francamente, no lo sé. –Miró a Lionel, tendido a su lado en la arena. Se incorporó, apoyándose en un codo, y miró a Lionel. La playa estaba desierta y las casas iluminadas del fondo parecían joyeles; eran como miles de anillos de compromiso que él le estuviera ofreciendo... Como una corona–. No quisiera hacer nada para lo que tú no estuvieras preparado.

–Lo estoy. Lo sé con toda seguridad. Me he sentido muy solo hasta ahora. No me dejes perdido ahí afuera.

Paul le estrechó fuertemente en los brazos y ya no pudo resistirlo por más tiempo. Hizo lo correcto: le ofreció la oportunidad de elegir. Jamás se había aprovechado de nadie y no pensaba hacerlo con aquel muchacho.

–Ven, vamos a casa –dijo, levantándose y tendiéndole una mano. Lionel se levantó con agilidad y sonrió dulcemente mientras se encaminaba hacia la casa, charlando como si se conocieran de toda la vida.

Lionel tuvo la sensación de haberse quitado de encima un gran peso. Sabía quién era y lo que era, sabía adónde iba y le pareció que estaba bien. Ya no tenía miedo. Llegaron a la casa y entraron, tonificados por la brisa nocturna. Paul volvió a llenar dos vasos de vino, tomó un sorbo, encendió la chimenea y se fue a otra habitación, dejando a Lionel solo con sus pensamientos y su vaso de vino. Al poco rato, apareció desnudo y se plantó en el centro del salón, iluminado por las luces indirectas y el fuego de la chimenea, y le hizo señas de que se acercara. No pronunció ni una sola palabra y Lionel no tuvo ni un momento de vacilación. Se levantó y le siguió.

15

Paul acompañó a Lionel hasta el aparcamiento de la hamburguesería a las cuatro de la madrugada. Permanecieron de pie un instante, mirándose mutuamente. Les pareció raro volver a encontrarse allí. Habían ocurrido muchas cosas en pocas horas. Era extraordinario. Lionel se sentía ligero como una pluma. Había sido la noche más hermosa de su vida y experimentaba un alivio desconocido. Al final, sabía lo que era y Paul le hizo ver que estaba bien... Más aún, le hizo ver que era hermoso. Lionel no sabía ni cómo darle las gracias.

—No sé qué decir... cómo agradecértelo... —dijo, dirigiendo una sonrisa tímida a su amigo mientras desplazaba el peso del cuerpo de uno a otro pie.

—No te preocupes por eso. ¿Te apetece verme esta noche?

—Me encantaría —contestó Lionel, emocionado.

Jamás creyó que pudiera ser algo tan increíble, pero con Paul lo había sido. Paul entornó los párpados, mientras pensaba dónde podrían citarse.

—¿Te parece bien que nos reunamos aquí a las ocho? Espérame en tu coche y sígueme después. Si no estoy hecho polvo, podremos preparar la cena en casa o tomar algo por el camino. ¿De acuerdo?

No era lo que solía hacer con sus hombres, pero, en

aquellos instantes, la película le ocupaba muchas horas.

—Me parece muy bien —contestó Lionel.

Bostezó con cara de sueño y Paul se rió, y le alborotó el cabello.

—Vete a dormir a casa, tú que puedes. Yo voy a pasar todo el día trabajando como un condenado.

—Saluda a mi madre —dijo Lionel, mirándolo con cariño. Inmediatamente se asustó de lo que había dicho.

—Será mejor que, de momento, no lo haga —replicó Paul, riéndose. Tal vez no podría hacerlo nunca. No sabía cómo se tomaría Faye la noticia de que su hijo mayor era homosexual—. Si pregunta, me limitaré a decirle que nos tomamos una hamburguesa juntos y que después te fuiste a casa. ¿De acuerdo?

Lionel asintió con la cabeza. Pero, ¿y si se le escapa algo? ¿Y si algún día le dijera algo a alguien? Era una idea aterradora. Por fin la gente se iba a enterar. No quería vivir escondiéndose toda la vida. Por otra parte, aún no quería decírselo a nadie… Todavía no. Quería que fuera un secreto entre él y Paul.

—Que tengas un buen día.

Hubiera querido besarle allí mismo, en el aparcamiento, pero no se atrevió. Paul le acarició suavemente la mejilla y le miró con dulzura.

—Cuídate bien… Y descansa un poco, mi amor.

Lionel percibió en aquellas palabras toda la fuerza de su amor. Saludó con una mano mientras el Porsche plateado se alejaba y subió a su coche, perdido en sus pensamientos. Hubiera deseado que ya fuera la noche. A las ocho, llegó al aparcamiento y esperó en el interior del automóvil, enfundado en un jersey y una camisa limpia y unos impecables pantalones de ante, con el cabello pulcramente peinado y la cara perfumada con una nueva marca de loción para después del afeitado, que había adquirido aquella misma tarde. Al descender del automóvil, Paul se percató de aquellos preparativos y se conmovió. Él no había tenido tiempo de darse una ducha antes de abandonar el plató porque no quería llegar tarde a la cita. Abrazó a Lionel y comprendió que el muchacho se alegraba sinceramente de verle.

–¿Qué día has tenido, Paul? –preguntó Li, muy excitado.

–Estupendo. Gracias a ti –contestó Paul–. Recordé todas las frases y me puse en órbita nada más empezar. Pero esta tarde hemos trabajado como negros. –Se miró el atuendo. Aún llevaba puesto el uniforme de soldado–. Vamos a casa para que pueda ducharme y cambiarme de ropa.

Le hubiera gustado llevar al joven a cenar o, por lo menos, a tomar unas copas a un bar de homosexuales, pero aún no se hallaba preparado para introducirle en aquel mundo. Comprendía instintivamente que Lionel tampoco lo estaba. Quería que aquellas relaciones fueran un secreto entre ambos, y él le seguiría la corriente y dejaría de ver a sus habituales amigos durante cierto tiempo. Lionel decidió ir con él en el Porsche y, por el camino, se detuvieron a comprar algo en un supermercado. Compraron seis botellines de cerveza, un poco de vino, ingredientes para hacer una ensalada, una bolsa de fruta del tiempo y dos bistecs. Iba a ser una cena muy sana y Lionel aseguró que sabía cocinar.

Resultó que era cierto. Cuando Paul salió de la ducha con una toalla envuelta alrededor de la cintura, Lionel le ofreció un vaso de vino blanco y le dijo muy sonriente:

–La cena estará lista dentro de cinco minutos.

–Estupendo, estoy muerto de hambre –contestó Paul. Después depositó el vaso de vino en una mesita y se inclinó hacia Lionel para darle un beso–. Te eché mucho de menos durante todo el día –añadió mirándolo a los ojos.

–Yo también a ti.

La toalla se deslizó lentamente de la cintura de Paul hasta el suelo y éste empezó a buscar torpemente el cinturón del muchacho mientras le preguntaba en un susurro:

—¿Se quemarán los bistecs si tardamos un poco?

No es que, en realidad, le preocupara demasiado el asunto. En aquellos instantes, lo único que le importaba era aquella carne tan joven. Lionel era uno de los mejores amantes que había tenido en mucho tiempo. Era cariñoso en extremo, tenía una piel suave y perfumada y un cuerpo joven y elástico. Bajó los pantalones de ante hasta encontrar lo que buscaba y, al percibir el contacto de su boca, Lionel lanzó un gemido. Momentos después, ambos cayeron abrazados sobre el suelo mojado, olvidaron la cena y entrelazaron sus cuerpos, devorados por una incontenible pasión.

16

Esas relaciones se prolongaron a lo largo de todo el otoño. Lionel se sentía inmensamente feliz y sacaba muy buenas notas en clase. Paul seguía trabajando en la película de los Thayer. De vez en cuando, Lionel acudía a los estudios, pero le costaba un esfuerzo excesivo disimular en presencia de Paul. Tenía que vigilar constantemente su comportamiento por temor a que su madre lo advirtiera.

–Ella no puede saberlo todo, ¿comprendes? –le dijo una vez Paul–. Aunque sea tu madre. Pero creo podría encajarlo si lo supiera.

–Yo también lo creo –contestó Lionel, lanzando un suspiro. Después añadió, pensando en Ward–: Pero mi padre, no. Jamás lo comprendería.

–En eso tienes razón –asintió Paul–. A los padres les cuesta más aceptarlo.

–¿Se han enterado tus padres de lo tuyo?

–Aún no. Y, como soy joven, no les sorprende que no me haya casado. Pero, dentro de diez años, empezarán a darme la lata.

–Quizá entonces te hayas casado y tengas cinco hijos.

Se echaron a reír ante lo absurdo de aquella posibilidad. A Paul no le atraía la idea en absoluto. Las mujeres jamás le habían atraído. Se pasaban las noches haciendo el amor en la enorme cama o en el sofá, frente al fuego de la chimenea, en el suelo o en la playa. Era una relación completamente erótica y sensual y ambos se excitaban con cualquier cosa. Lionel tenía la llave de la casa de Malibú y a veces se trasladaba directamente allí al salir de clase. En otras ocasiones, regresaba a su apartamento y luego se reunía con Paul en Malibú cuando éste terminaba su trabajo. Llevaba meses sin pasar una sola noche en el apartamento y sus compañeros le tomaban el pelo sin cesar.

–Bueno, Thayer, dinos de una vez quién es esa mujer. ¿Cómo se llama? ¿Cuándo vamos a tener el honor de echarle la vista encima? ¿O acaso es una de esas señoras respetables, pero ligeras de cascos, que uno oculta a sus amigos aunque se pase el día acostándose con ella?

–Muy gracioso –contestaba Lionel, procurando llevarles la corriente y aguantar sus bromas, su admiración y su envidia.

Se preguntaba qué dirían si conocieran la verdad. Pero ya sabía la respuesta. Le llamarían cochino maricón de mierda y probablemente le echarían del apartamento.

–¿Lo has comentado con alguno de tus amigos? –le preguntó Paul, una noche, mientras yacían desnudos frente al fuego de la chimenea tras hacer el amor.

–No –le contestó Lionel.

Pensó en los chicos de su apartamento, típicos estudiantes de primer curso o jóvenes intelectuales, que se morían de ganas de acostarse con alguna mujer y que se esforzaban constantemente en conseguirlo. Sus vidas sexuales eran mucho menos activas que la suya, y seguían unos derroteros muy distintos. Si le hubieran visto en aquel instante, se hubieran horrorizado. Sin embargo, él era extraordinariamente feliz. Paul clavó sus ojos en él como si quisiera adivinar sus pensamientos.

–¿Vas a esconderte toda la vida, Li? Es un infierno. Yo lo hice durante mucho tiempo.

–Aún no estoy preparado para confesar la verdad.

Ambos lo sabían y Paul no quería apremiarle. No lo llevaba a ningún sitio. Lionel era guapísimo y sus amigos se hubieran muerto de envidia si le hubieran visto, pero no deseaba que se corriera la voz. Si hubiera salido de ahí con él, la gente se hubiera enterado enseguida. El hijo de Faye Thayer… La noticia se esparciría por doquier. Paul quería que ambos se ahorraran las consecuencias del escándalo. A los dos les parecía lo más prudente. Sobre todo, a Paul, cuya carrera sufriría un serio revés en caso de que Faye o Ward se pusieran hechos una furia, cosa más que probable. Al fin y al cabo, el muchacho apenas tenía dieciocho años y Paul acababa de cumplir los veintinueve. Se armaría un revuelo fenomenal y Paul lo pagaría muy caro. Su agente de relaciones públicas procuraba, siempre que podía, asociar su nombre con el de alguna actriz. A la gente le interesaban estas cosas. A nadie le hubiera gustado que su ídolo fuera homosexual.

Lionel pasó el día de Acción de Gracias en compañía de su familia, pero se sentía extraño, distinto y lejano de todos ellos. Descubrió que no tenía nada que decirles. Greg se le antojaba infantil y las niñas parecían seres de otro mundo. No podía hablar con sus padres y sólo soportaba un poco a Anne. Exhaló un suspiro de alivio cuando, por fin, se pudo marchar y regresar al lado de Paul. Les dijo a sus padres que se iría al lago Tahoe con unos amigos, aunque, en realidad, iba a pasar el fin de semana con Paul. Todavía quedaban unas semanas de rodaje y ambos estaban muy relajados.

Llegaron las Navidades sin que apenas lo advirtieran. Lionel compró los regalos en cuanto empezaron las vacaciones, y una tarde se presentó en los estudios mientras Paul estaba en el camerino.

Como no vio a sus padres por ninguna parte, entró en el pequeño cuarto que tan bien conocía y se dejó caer en una silla. Paul estaba fumando un porro y se lo ofreció, pero Lionel nunca le encontraba ningún aliciente. Dio una rápida chupada y se lo devolvió a su amigo sonriendo.

–Si no estuviéramos aquí –dijo Paul, acariciando el muslo de Lionel–, se me ocurriría una idea.

Ambos soltaron una carcajada. Estaban tan familiarizados el uno con el otro que a veces se olvidaban de su secreto. Paul se inclinó hacia adelante y besó a su amigo.

Ninguno de ellos oyó la puerta ni la pisada, pero a Lionel le pareció oír un jadeo y se apartó en el acto. Faye los miraba y tenía los ojos llenos de lágrimas. Lionel se puso en pie de un salto y Paul se levantó muy despacio.

–Mamá, por favor… –dijo Lionel, extendiendo una mano al ver las lágrimas en los ojos de su madre.

Experimentó la sensación de haberle asestado una puñalada en el corazón, pero no se movió y ella tampoco lo hizo, se quedó mirándoles y, después, se sentó en una silla. Temía que se le doblaran las piernas.

–No sé qué decir. ¿Desde cuándo dura todo eso? –preguntó, mirando ya a Lionel y a Paul.

Éste no quería agravar la situación, y fue Lionel quien habló, adelantándose a su amigo.

–Desde hace un par de meses. Lo siento, mamá.

Luego se echó a llorar, y Paul le miró conmovido y se acercó a él para respaldarle aun a sabiendas del riesgo que corría. Faye podía destruir su carrera. Había cometido una locura al mezclarse con su hijo y ahora lo lamentaba, pero ya era demasiado tarde. El daño ya estaba hecho.

–Faye, nadie ha sufrido ningún daño y nadie lo sabe. No hemos ido a ninguna parte.

Sabía que eso la consolaría.

–¿Fue idea tuya, Paul?

Hubiera querido matarle, pero sabía que la culpa no era enteramente suya. Contempló con tristeza el rostro lloroso de su hijo.

–Lionel, ¿eso ya había ocurrido otras veces?

Ni siquiera sabía qué preguntar y no estaba muy segura de tener derecho a hacerlo. Lionel ya era un hombre; y si Paul hubiera sido una chica, ¿hubiera pedido explicaciones? Aquella relación le daba miedo. Sabía muy poco acerca de la homosexualidad y aún quería saber menos. Había muchos homosexuales en Hollywood, pero Faye nunca tuvo el menor interés en averiguar quién hacía qué con quién; sin embargo, acababa de ver a su hijo besando a un hombre. Se enjugó las lágrimas y Lionel se sentó en una silla, lanzando un suspiro.

–Mamá, fue la primera vez… Me refiero a Paul. Y él no tuvo la culpa. Yo siempre he sido así. Creo que, en el fondo, lo sabía desde hace años. No sabía qué hacer y él… –vaciló, mirando a Paul casi con gratitud– …él me inició en todo eso con tanta delicadeza que… no pude evitarlo. Soy homosexual. Seguramente no es lo que tú querrías y a lo mejor nunca podrás volver a quererme. –Tragó saliva y reprimió un sollozo–, pero yo espero que sí. –Se acercó a su madre, la rodeó con los brazos, y hundió el rostro en su pecho mientras Paul contemplaba la escena perplejo. Nunca se había visto metido en semejante situación, ni siquiera con su familia–. Te quiero, mamá –dijo mirando a Faye–. Siempre te quise y siempre te querré. Pero también quiero a Paul.

Fue el momento más adulto de su vida. Necesitaba proclamar quién era y lo que era por mucho dolor que causara a su madre. Ésta le abrazó con fuerza y le besó el cabello. Después le tomó el rostro entre las manos y le miró fijamente a los ojos. Era el mismo chiquillo que siempre había sido durante dieciocho años y ella le quería como siempre.

—Te quiero tal como eres, Lionel, y siempre te querré. No lo olvides nunca. Te ocurra lo que te ocurra y hagas lo que hagas, siempre estaré a tu lado. —Miró a Paul y Lionel sonrió entre sollozos—. Lo único que deseo es que seas feliz. Y, si ésa es tu vida, yo la acepto. Pero quiero que tengas cuidado con lo que haces y con las personas que veas. Has elegido una vida muy difícil, no te engañes.

Lionel ya lo sabía; pero con Paul era menos difícil, mucho menos que ocultarse a sí mismo el secreto en el transcurso de tantos años. Faye se levantó y miró a Paul; tenía los ojos llenos de lágrimas.

—Sólo te pido una cosa —le dijo—. No se lo digas a nadie. Algún día podría cambiar de idea, concédele esa oportunidad. —Paul asintió en silencio y Faye añadió, dirigiéndose a su hijo—: No le digas nada de todo eso a tu padre. No lo entendería.

—Ya lo sé —contestó Lionel, tragando saliva—. Me parece imposible que seas tan extraordinaria, mamá.

Se enjugó las lágrimas de las mejillas y Faye, también con lágrimas, esbozó una sonrisa.

—Ya sabes que te quiero muchísimo. Y tu padre te quiere también. —Exhaló un triste suspiro y contempló a los dos hombres. No era fácil comprenderlo. Ambos eran apuestos, jóvenes y viriles. Era una lástima, por muchas cosas que se dijeran por ahí, y Faye nunca pensó que Paul y Lionel gozaran de una vida feliz. Desde luego no iba a serlo para su hijo—. Tu padre nunca lo entenderá, a pesar de lo mucho que te quiere. Se le partirá el corazón —añadió, descargando en aquel momento el golpe más duro.

—Lo sé —dijo Lionel; y se atragantó de nuevo con las lágrimas.

17

El rodaje terminó cinco días después de Año Nuevo y la fiesta de despedida fue la mejor que jamás hubiera visto Paul. Se prolongó hasta altas horas de la madrugada y, al final, todos se marcharon con los besos, abrazos y lágrimas de rigor. Para él, fue un alivio. A pesar de la comprensión que le demostró Faye, resultó muy difícil trabajar con ella las últimas semanas y él sabía que la tensión se reflejaba en la calidad de su trabajo, aunque, por suerte, las escenas más importantes ya estaban filmadas.

No sabía si Faye lo habría notado y se preguntó con inquietud si alguna vez volvería a ofrecerle otro papel. Le encantaba trabajar con ella, pero tenía la sensación de haberla traicionado. Tal vez fuera cierto. Quizá hubiera sido mejor apartarse del muchacho, pero era tan joven y hermoso que creía haberse enamorado de él. Después comprendió que no era así. Lionel era un muchacho encantador, pero demasiado joven para él. Más adelante, sería fabuloso, pero, de momento, era excesivamente sencillo e ingenuo para un hombre de la edad de Paul. Muchas veces, éste se sentía un poco paternal y echaba de menos a sus antiguos amigos, el ambiente homosexual y las fiestas y orgías en las que solía participar de vez en cuando. Le parecía aburridísimo quedarse en casa noche tras noche contemplando el fuego de la chimenea. Las relaciones sexuales eran satisfactorias, sobre todo últimamente, gracias al nitrito de amilo. Sin embargo, sabía que no durarían mucho tiempo. A Paul las cosas nunca le duraban demasiado. Y después viviría acosado por el remordimiento. La vida era a veces excesivamente complicada, pensó mientras regresaba en automóvil a casa. Sin embargo, cuando vio a Lionel acurrucado en su cama como un dios dormido, se desdijo de su anterior propósito. Se desnudó en silencio y sentándose en el borde de la cama, recorrió con un dedo la pierna de Lionel. Éste se agitó y, por fin, abrió un ojo.

–Pareces un príncipe durmiente –murmuró Paul en el silencio de la habitación iluminada por la luz de la luna.

Lionel sonrió y le tendió los brazos. Era mucho más de lo que un hombre hubiera podido desear, pensó Paul mientras se abandonaba a los placeres de la carne. Al día siguiente, se levantaron muy tarde y salieron a dar un largo paseo por la playa. Después hablaron sobre la vida. Fue entonces cuando Paul volvió a percatarse de cuán joven era Lionel. Al ver su sonrisa condescendiente, el muchacho se ofendió.

–Crees que soy un chiquillo, ¿verdad?

–No, de ninguna manera.

Pero mentía.

–Pues no lo soy. Y tengo mucha experiencia.

Paul soltó una carcajada que dio lugar a una pelea y aquella noche Lionel se fue a su casa. Mientras se acostaba en su cama por primera vez en varias semanas, se preguntó si la situación iba a ser muy distinta ahora que Paul no trabajaba y estaría libre todo el día. Él, en cambio, tenía que ir a clase. A pesar de sus relaciones con Paul, no descuidaba los estudios.

Al cabo de unas semanas, las relaciones empezaron a

complicarse. Paul se pasaba el tiempo leyendo guiones y tratando de decidir lo que iba a hacer. Aún estaba inquieto por lo de Faye y se había hartado de su joven amante. Le sabía a poco. Los seis meses ya eran demasiado para él y Lionel lo percibió antes de que Paul le dijera nada. Fue un momento muy doloroso para ambos, pero, al final, Lionel le planteó claramente la cuestión.

–Ya todo ha terminado, ¿verdad, Paul?

Ya no parecía tan joven, pero lo era, pensó éste. No había cumplido siquiera los diecinueve años. Él le llevaba nada menos que once y acababa de conocer a un hombre de cuarenta y dos que le volvía loco. Jamás había tenido un amante de aquella edad y estaba deseoso de pasar algunos ratos con él, pero, como tenía a Lionel pegado todo el día como una lapa, le era imposible hacerlo. Contempló al muchacho y no se arrepintió de nada de cuanto había hecho. Se preguntó si Lionel lo lamentaba, pero nunca descubrió el menor indicio de que así fuera… el joven parecía haber encontrado su lugar en la vida, parecía feliz, sacaba muy buenas notas. Tal vez había merecido la pena. Paul sonrió con tristeza y pensó que había llegado la hora de ser sincero.

–Creo que sí, Lionel. La vida a veces es así. Pero lo hemos pasado muy bien juntos, ¿no lo crees?

El muchacho asintió con aire abatido. No quería dejar a Paul aunque últimamente la situación había empeorado bastante, excepto en la cama. Allí todo iba bien porque ambos eran jóvenes y rebosaban de salud. Sin embargo, Lionel deseaba conocer toda la verdad.

–¿Hay otro hombre?

–Todavía no. –Paul quería ser completamente sincero con Lionel.

–Pero, ¿lo habrá muy pronto?

–Lo ignoro y, además no se trata de eso –contestó Paul, mientras se levantaba–. Sólo sé que quiero sentirme libre durante cierto tiempo. Aquí no ocurre lo mismo que en el mundo, Li. La gente no se enamora y se casa y vive feliz y tiene trece hijos. Para nosotros, todo es mucho más difícil. No es frecuente que las relaciones duren mucho. Eso también ocurre, claro, pero, en general, lo que más abunda son las aventuras de una noche o de un par de días o incluso de una semana. Con un poco de suerte, las relaciones pueden durar hasta seis meses, como en nuestro caso, pero después, ya no tienes adónde ir.

—No es suficiente —dijo Lionel, disgustado—. Yo quiero algo más que eso.

—Pues que tengas suerte. —Paul le miró con sonrisa de entendido—. Es posible que lo encuentres, pero la mayoría de las veces no podrás.

—¿Por qué no?

—Puede que no sea nuestro estilo —contestó Paul, encogiéndose de hombros—. Nos interesan demasiado las caras bonitas, los cuerpos hermosos, un delicioso trasero y una figura tan joven como la tuya. Y todos sabemos que, algún día, dejaremos de ser jóvenes.

Paul ya estaba empezando a sentir algo de eso. A veces, envidiaba a Lionel y le trataba con aspereza. Su otro amigo le hacía sentirse joven y hermoso, tal como lo era Lionel para él.

—¿Qué vas a hacer ahora? —le preguntó éste a Paul.

—No lo sé. Viajar un poco, quizá.

—¿Podré verte alguna vez? —preguntó Lionel.

—Claro que sí. Para mí ha sido maravilloso, Lionel, quiero que lo sepas.

—Yo nunca te olvidaré, Paul —dijo Lionel, mirándole con vehemencia—. Nunca... Siempre te recordaré.

Después, se acercó a su amigo y ambos se besaron. Aquella noche, Lionel se quedó en la casa, pero, al día siguiente, Paul le acompañó al apartamento, y sin necesidad de que le dijera nada, Lionel comprendió que ya no volvería a verle. Por lo menos, durante una larga temporada.

18

En junio de 1965, la familia Thayer volvió a sentarse en la misma fila del salón de actos de la Escuela Superior de Beverly Hills que el año anterior. Esta vez se graduaba Greg, pero la ceremonia no tuvo la misma solemnidad que la de Lionel. Y Faye no lloró, aunque tanto ella como Ward estaban profundamente conmovidos. Enfundado en su elegante traje nuevo, Lionel parecía mayor. Se disponía a empezar el segundo curso de la Universidad de California y estaba muy contento. Las gemelas se veían mucho más crecidas que cuando tenían quince años. Vanessa ya no parecía una chiquilla. Lucía una minifalda roja y unos zapatos de tacón de Louis, una blusa estampada en rojo y blanco que Faye le compró en Nueva York y un bolso de charol rojo. Sólo Valerie hizo un comentario despectivo, señalando que no estaba mal, siempre y cuando a una no le importara parecer una cursi. Ella prefirió ponerse algo más discreto y llevaba una minifalda negra y un jersey ajustado. Su exuberante figura producía una asombrosa sensación de madurez. El maquillaje era más ligero y la melena pelirroja lo eclipsaba todo menos el vestido. En realidad, estaba muy bonita, pero el atuendo hubiera sido más apropiado para asistir a un cóctel en Beverly Hills que para el salón de actos de una escuela superior a las nueve de la mañana. Sin embargo, todos estaban acostumbrados a sus excentricidades. Faye se alegró de que, por lo menos, no hubiera decidido ponerse una blusa de escote vertiginoso. La minifalda era, dentro de lo que cabía, una de las más modestas de su vestuario.

—Gracias sean dadas a Dios —murmuró Faye a Ward mientras descendían del vehículo.

Menuda pandilla estaban hechos. Anne también había crecido. A sus trece años, se le había desarrollado el busto y tenía unas redondeadas caderas. El regalo de graduación de Greg no fue una sorpresa. Lo pidió con tanta insistencia que Ward acabó comprándoselo cuando todavía faltaba una semana para la ceremonia. Era un Corvette Stingray descapotable de color amarillo y el chico se puso más contento que unas pascuas. En realidad, el vehículo era mucho más llamativo que el pequeño Mustang rojo de Lionel, el cual fue, en realidad, una idea de Ward. Greg empezó a subir y bajar a toda velocidad por la calle y, después, recogió a todos los amigos y se fue a dar una vuelta con ellos. Ward temió que se estrellara o le detuvieran antes de una hora, pero, afortunadamente, todos consiguieron sobrevivir. Y al final, el automóvil enfiló la calzada cochera, se detuvo frente a la casa y Greg saltó con nueve de sus mejores amigos y se encaminó con ellos a la piscina. Ward se preguntó si no habría cometido un terrible error. Desde luego, Greg no era tan reposado como Lionel. Pero esperaba que fuera un poco más juicioso cuando se matriculara en la Universidad de Alabama. Había ganado una beca como jugador de fútbol americano y estaba que no cabía en sí de gozo. Sin embargo, antes regresaría a Montana para trabajar otro mes en el rancho. En agosto se trasladaría a la universidad para iniciar los entrenamientos de fútbol con el equipo y su famoso entrenador Bear. Ward deseaba verle jugar su primer partido. Faye tendría mucho trabajo aquel año, pero no le importaba. Prometió ir a ver a su hijo siempre que pudiera, a pesar del nuevo rodaje previsto para otoño y de la película que tenían en programa hacia primeros del año próximo.

Greg recibió el diploma y sonrió con timidez. Saludó con una mano a la familia y a los amigos y volvió a sentarse, desplazando casi de sus asientos, con sus anchos hombros, a los compañeros que estaban sentados a su lado. La beca de fútbol le había convertido en el héroe de la escuela y Ward estaba muy orgulloso de él. Se lo dijo a todo el mundo y miró a Lionel casi con expresión de reproche cuando éste le comunicó que estaba rodando una película experimental sobre el tema del ballet. A veces, se preguntaba qué le ocurría al muchacho. Era muy distinto de su hermano, aunque, afortunadamente, los estudios se le daban bien. Faye solía almorzar a menudo con él. Ward no disponía de tiempo porque estaba ocupado en la preparación de otra película. Menos mal que ninguno de sus hijos se había dejado arrastrar por aquella idiotez de los «hijos de las flores» del movimiento hippie y por la tentación de la droga. No obstante, él aconsejaba a Faye que vigilara a Val. La muchacha era muy atractiva y salía con chicos mayores. En mayo apareció con un tipo que dijo tener veinticuatro años, pero Ward cortó el idilio por lo sano. Val era la oveja negra de la familia; sin embargo, a pesar de sus extravagantes atuendos y del maquillaje, no había rebasado, por el momento, los límites del decoro.

La fiesta que ofreció Greg aquella noche fue muy distinta de la que se organizó el año anterior para festejar a Lionel. A medianoche, casi todos estaban bebidos y se habían desnudado junto a la piscina. Faye quería echarles a todos a la calle, pero Ward la convenció de que no lo hiciera, insistiendo, no obstante, en que Anne y las gemelas fueran a la cama. Faye le dijo que eso era imposible: o les echaba a todos o dejaba que las cosas siguieran su curso. Poco después de las dos de la madrugada apareció la policía, y les exigió que quitaran la música y moderaran su entusiasmo. Todos los vecinos de la calle y, particularmente el matrimonio de al lado, se quejaron cuando un coro de doce fornidos jóvenes se plantó en el césped y les dedicó una serenata antes de zambullirse en la piscina. A Ward, eso le hizo mucha gracia porque todo cuanto hacía Greg le parecía divertido. Faye, en cambio, estaba un poco molesta; recordaba que la fiesta de Lionel no había provocado ninguna queja. Cuando llegó la policía, Greg se encontraba tendido en una tumbona con una toalla alrededor de la cintura, y dormía la mona abrazado a su pareja. Y ambos seguían durmiendo a pierna suelta cuando se fueron los invitados, comentando lo mucho que se habían divertido. Faye se alegró de que ninguno de ellos hubiera entrado en la casa. Sólo vio a una pareja de adolescentes entrando de puntillas en la habitación de Greg, e inmediatamente les ordenó que salieran. Varios invitados se marcharon temprano para manosearse un poco antes de regresar a casa. En general, sin embargo, todos estaban más interesados en arrojarse mutuamente a la piscina y consumir la mayor cantidad posible de cerveza antes de que finalizara la fiesta.

Cuando se fue el último invitado, Lionel y John Wells todavía se encontraban sentados en un columpio doble a cierta distancia de la piscina; hablaban de la universidad, de las clases y de sus proyectos. John había podido realizar el sueño de toda su vida y había conseguido matricularse, también, en la Universidad de California.

El columpio oscilaba suavemente.

–Yo pensaba matricularme en bellas artes –dijo John.

Seguía siendo oficialmente el mejor amigo de Greg,

aunque, desde hacía un año, las relaciones entre ambos se habían enfriado un poco. John aún jugaba en el equipo de fútbol, pero el deporte no le interesaba tanto como a Greg. No quería volver a jugar al fútbol, a pesar de las innegables dotes que poseía. Greg le dijo a John que estaba chiflado. Le ofrecieron una beca de fútbol en la Escuela Tecnológica de Georgia y no la quiso. Greg no acertaba a comprender que pudiera rechazar semejante oportunidad. Miraba a su amigo de la infancia con aire de incredulidad y, cada vez que le veía, John sentía la necesidad de justificarse ante él como si hubiera cometido un pecado imperdonable. A Lionel, en cambio, le daba igual.

–Tienen un departamento de bellas artes muy bueno. Y el de arte dramático es estupendo –dijo, a sabiendas de que John aún no habían elegido una especialidad.

–No creo que eso sea lo mío –contestó John, mirándole tímidamente.

–¿Piensas vivir en el campus el año que viene?

–Aún no lo he decidido. Mi madre dice que es mejor que viva en la residencia de estudiantes, pero a mí esa idea no me gusta demasiado. Prefiero vivir en casa.

–Creo que uno de mis compañeros del apartamento se va a mudar –dijo Lionel, mirando inquisitivamente a John. Éste era todavía muy joven y parecía un buen chico. No fumaba, ni·bebía, no armaba alboroto y, desde luego, no se parecía en nada a Greg. Era más bien como sus propios compañeros del apartamento, que, de vez en cuando, organizaban un poco de jarana los sábados por la noche, pero nunca se desmadraban demasiado y, a diferencia de la mayoría de estudiantes de primero y segundo curso, no vivían como cerdos. Mantenían el apartamento razonablemente limpio y dos de ellos tenían amigas que pasaban la noche allí muy a menudo, pero no molestaban a nadie y Lionel entraba y salía con entera libertad. Ya nadie se metía con él.

A veces, se preguntaba si sabrían algo, pero no le decían ni le preguntaban nada. Era un buen grupo y John Wells podría encajar muy bien en él–. ¿Te interesaría, John? El alquiler es muy barato. ¿Les importaría a tus padres que vivieras fuera del campus en el transcurso del primer año? En realidad, está en la acera de enfrente, pero no es vivir en la residencia de estudiantes. –Sonrió con la misma expresión de Faye. Se había convertido en un joven muy apuesto. Con su alta figura, sus ojos verdes y su cabello rubio, la gente se volvía a mirarle a menudo por la calle. Hubiera podido ser actor, pero eso jamás le había interesado. Miró a John y éste sintió que se le estremecían las entrañas–. ¿Qué te parece?

–Me encantaría encontrar un sitio como ése –contestó el muchacho entusiasmado–. Mañana mismo lo preguntaré.

–No hay prisa –dijo Lionel sonriendo–. Yo les diré a los demás que conozco a cierta persona que podría estar interesada. No creo que estén preocupados por eso.

–¿A cuánto asciende el alquiler? En casa querrán saberlo.

Los padres de John disfrutaban de una desahogada posición, pero no querían malgastar el dinero. Él era el mayor de cinco hermanos y cuatro de ellos irían a la universidad en los próximos años, lo mismo que les ocurría a los Thayer, aunque el padre de Lionel tenía menos motivos de preocupación que el de John. Ward producía cada año dos o tres películas de éxito, mientras que el padre de John practicaba la cirugía estética en Beverly Hills y su madre se dedicaba a la decoración en sus ratos perdidos. Era una mujer muy guapa y se había hecho una operación de cirugía estética hacía varios años. En traje de baño estaba preciosa. Las hermanas de John también eran muy bonitas. Greg salió una temporada con una de ellas y había otra que llevaba mucho tiempo enamorada de Lionel. Sin embargo, éste nunca le hizo el menor caso y John se preguntaba por qué.

—Dividido entre cinco, el alquiler sale a sesenta y seis dólares mensuales, John. Es una casa de cinco dormitorios en Westwood y la patrona no se mete para nada con nosotros. No tenemos piscina y sólo hay espacio para dos automóviles en el garaje. Tendrías un bonito dormitorio en la parte de delante y compartirías un cuarto de baño con otros dos chicos. En la habitación hay una cama y un escritorio. Todo lo demás te lo tendrías que traer tú, a no ser que Thompson quiera venderte sus trastos. Se va al Este, a estudiar dos años en Yale.

—¡Qué suerte! —exclamó John—. ¡Verás cuando se lo cuente a mi padre!

—¿Quieres venir mañana a echar un vistazo? —le preguntó Lionel—. Este verano, quedaremos sólo dos y el alquiler nos va a salir carísimo. Pero es demasiada molestia mudarme otra vez aquí y, además, no sé… todo es más fácil viviendo fuera. Me costaría mucho adaptarme de nuevo a vivir en casa.

Aparte las preguntas que le iban a hacer.

Le gustaba la libertad. Y, con un solo compañero en el apartamento, sería como vivir en su casa. Deseaba que llegara el verano.

—Sí, lo sé. ¿Podría venir a verlo mañana?

Era sábado y Lionel no tenía ningún plan. Dormiría hasta muy tarde y lavaría un poco la ropa. Por la noche, acudiría a una fiesta, pero tenía el día completamente libre.

—Pues claro.

—¿Te parece bien a las nueve?

John parecía un chiquillo de cinco años que aguardara la llegada de Papá Noel.

—¿Te importaría que fuera al mediodía? —le preguntó John con una sonrisa.

–Estupendo.

Descendieron del columpio y Lionel acompañó a John a casa en su automóvil. Tras dejarle en la mansión de estilo francés Bel-Air, con un Cadillac y un Mercedes aparcados a la vista de todo el mundo, Lionel regresó a casa, sin poder quitárselo del pensamiento. No cabía duda de que sentía algo por John, pero ignoraba si sería apropiado en aquel caso. Suponía que no y no tenía la menor intención de aprovecharse del muchacho. El ofrecimiento de la habitación había sido sincero. No quería tenderle ninguna trampa a John, aunque reconocía que el hecho de tenerle tan cerca podía dificultar las cosas o… Mientras estacionaba el coche frente a la casa que compartía con los otros cuatro chicos, se preguntó si Paul debió de pensar lo mismo con respecto a él. Hacerle una insinuación a un muchacho como John era contraer una responsabilidad; sobre todo, si era la primera vez, tal como él suponía. Pero ¿en qué estaba pensando? ¿Y si John no tuviera aquellas inclinaciones? Sería una locura hacerle una insinuación. Se lo pensó varias veces mientras se cepillaba los dientes antes de acostarse. Mientras yacía tendido en la oscuridad, se dijo que estaba loco y procuró borrar la idea de su imaginación. Pero el inocente y joven rostro de John volvía una y otra vez… Aquellas fuertes piernas, aquellos anchos hombros y aquellas estrechas caderas…

–¡No! –gritó, dándose la vuelta en la cama mientras empezaba instintivamente a acariciarse y procuraba no pensar en John.

Pero le fue imposible conseguirlo. Se le estremeció todo el cuerpo de deseo al recordar al muchacho zambulléndose en la piscina. Aquella noche, soñó que ambos corrían por la playa, que nadaban en un mar tropical intensamente azul, y que se tendían juntos y se besaban.

Despertó con dolor de cabeza, tomó la bicicleta y

salió a dar un largo paseo antes de que se levantaran los demás. Esperaba anhelosamente que llegara el mediodía, y se hizo el firme propósito de decirle a John que la habitación ya se la había quedado otro chico. Era la única solución. Hubiera podido telefonear a John, pero no quiso hacerlo. Se lo diría sin falta cuando le viera al mediodía. Era lo mejor que podía hacer: decírselo cara a cara.

19

Cuando despertó a la mañana siguiente de la juerga de su graduación, Greg tenía la resaca más espantosa de su vida, y eso que ya había tenido algunas. Le martilleaba la cabeza y tenía el estómago hecho polvo. Se despertó y vomitó dos veces en el transcurso de la noche, una de ellas en el suelo del cuarto de baño; y cuando trató de ponerse en pie, a las once de la mañana, creyó que iba a morir. Su padre le vio bajar a trompicones la escalera y le ofreció una taza de café cargado, una tostada y un vaso de zumo de tomate con una yema de huevo dentro. A Greg sólo ver la comida le daba náuseas, pero su padre insistió en que la tomara.

–Haz un esfuerzo, hijo, te sentará bien.

Hablaba por experiencia. Greg decidió confiar en él y notó enseguida que empezaba a encontrarse mejor. Ward le dio dos aspirinas para el dolor de cabeza y, hacia el mediodía, cuando se tendió a tomar el sol junto a la piscina, ya se encontraba mejor. Miró a Val, enfundada en un biquini que Faye no quería que se pusiera en presencia de forasteros. Apenas era una franja de tela, pero Greg se vio obligado a reconocer que estaba preciosa.

–Estupenda fiesta, ¿verdad, hermanita?

–Sí –contestó Val, abriendo un ojo para mirarle–. Tú pillaste una trompa de aúpa.

–¿Se enfadaron mucho papá y mamá? –preguntó Greg con indiferencia.

–Creo que mamá se hubiera enfadado, pero papá le dijo que era la noche de tu graduación.

Val sonrió recordando que ella también se había tomado unas cuantas cervezas y lo pasó muy bien bailando sin parar hasta caer rendida.

–Ya verás cuando te toque el turno. Te vas a volver loca.

–El próximo será el mío.

Lo malo era que tendría que compartirlo con Van. Era un fastidio que los gemelos tuvieran que compartirlo todo. Faye nunca había comprendido los deseos de independencia de Val, de hacer las cosas por sí misma y tener sus propios amigos. Siempre las trataba como si fueran una sola persona y Val se pasaba la vida luchando contra semejante situación, tratando de hacerle ver lo distintas que ambas eran en realidad. Pero nadie lo comprendía y eso era un asco. Menos mal que ya faltaba poco para que se emancipara. Otros dos años en casa y luego se iría a vivir por su cuenta. Vanessa quería estudiar en el Este; ya sabía lo que iba a hacer. Se matricularía en la escuela de arte dramático, no la de la universidad sino la auténtica, aquella a la que iban los actores en el tiempo que les quedaba libre entre sus compromisos teatrales, y empezaría a buscar trabajo enseguida. Tendría su apartamento y no perdería el tiempo yendo a la universidad. Maldita la falta que eso le hacía. Quería ser una actriz mucho mejor que su madre. Se había fijado este objetivo hacía muchos años y jamás había cambiado de idea.

–¿Por qué pones esta cara tan seria? –le preguntó Greg, al ver el ceño fruncido de Val.

Era la cara que ésta solía poner cuando tramaba algo contra algún pobre incauto del que se hubiera encaprichado. Val se limitó a encogerse de hombros y agitó la pelirroja melena. Aún no le había dicho a nadie lo que pensaba hacer. Se armaría un escándalo. Greg trataría de convencerla de que estudiara para fisioterapeuta o acróbata o de que procurara ganar alguna beca deportiva en alguna parte, Vanessa intentaría que se fuera al Este a estudiar con ella, a Lionel se le ocurriría alguna peregrina idea de las suyas, como, por ejemplo, que estudiara en la Universidad de California, tal como lo hacía él. Mamá le hablaría de la importancia de la educación, papá le diría que el maquillaje estropeaba mucho la piel y Anne la miraría como si fuera un bicho raro. Al cabo de dieciséis años de vivir con ellos, les conocía muy bien a todos.

—Estaba pensando en la fiesta de anoche —mintió, tumbándose de nuevo al sol.

—Sí, fue estupenda.

En aquel momento, Greg se acordó de su pareja y preguntó qué fue de ella.

—Papá la acompañó a su casa —contestó Val—. Por poco le vomita en el coche.

—Pues no me ha dicho ni una palabra —dijo Greg, echándose a reír.

—Si eso nos ocurre a nosotros, le da un ataque.

Se echaron a reír mientras Anne pasaba por su lado con un libro bajo el brazo.

—¿Adónde vas, presumida? —le preguntó Greg, observando lo bonita que estaba en traje de baño. Hubiera podido rodearle la cintura con las manos y tenía el busto casi tan desarrollado como Val. Su hermanita estaba creciendo a ojos vistas, pero no se le podían hacer comentarios al respecto. Era una niña muy retraída y no parecía que les tuviera demasiada simpatía a ninguno, exceptuando a Lionel, claro. Greg pensó que apenas le habían oído hablar desde la marcha de su hermano mayor—. ¿Adónde vas, pequeña? —le repitió.

Anne nunca había tenido muchas cosas de que hablarle a Greg. El deporte no le gustaba y las amigas de su hermano le parecían estúpidas. Solía tener unas trifulcas tremendas con Val que, en aquellos instantes, la miraba con siniestra expresión. Tenía la vaga sospecha de que el traje de baño de Anne se parecía curiosamente a uno de los suyos, pero no estaba segura de ello.

—A ninguna parte —contestó Anne, pasando de largo mientras Greg le comentaba a Val en voz baja:

—Es un poco rarita, ¿no te parece, Val?

—Más bien sí.

A Val le importaba un bledo cómo fuera su hermanita. Acababa de llegar a la conclusión de que el traje de baño no era suyo. Porque el suyo no tenía una franja amarilla a los lados.

—Ha crecido mucho. ¿Has visto el pecho? Es casi tan grande como el tuyo —dijo Greg, soltando una carcajada.

—Bueno, ¿y qué? —replicó Val, hundiendo el estómago mientras se levantaba—. De todos modos, tiene las piernas cortas —y no se parecía a ninguno de ellos. Su aspecto había sido siempre más apagado que el de sus hermanos. Val se miró las piernas para ver si había tomado suficiente sol. Aunque no era tan delicada como la mayoría de los pelirrojos, si tomaba demasiado, se quemaba. Vio que Greg empezaba a achicharrarse—. Será mejor que vigiles, querido hermano. Te estás poniendo como una gamba.

—Entraré dentro de un rato. John dijo que pasaría por aquí y, después, quiero ir al centro a comprar unas esteras para el suelo de mi coche.

—¿Qué me dices de Joan?

Era la rubita que Ward acompañó a casa la víspera. Tenía el busto más desarrollado que jamás se hubiera visto. Resultaba incluso ordinario y todo el mundo en la escuela decía que era una fresca. A Greg le debía ir de perilla.

—La veré esta noche.

Desde que le habían concedido la beca de fútbol para la Universidad de Alabama, llevaba dos meses acostándose con ella.

—¿La compartes con John?

Val sabía que éste no salía con ninguna chica y abrigaba en su fuero interno la esperanza de que algún día la invitara; pero Greg jamás había dicho nada al respecto, ni tampoco John.

—No. Dijo que tenía otros planes. —Greg la miró—. ¿Por qué? ¿Estás enamorada de él, hermanita?

Era un pelmazo insufrible y Val tenía con él unas peleas terribles. Greg disfrutaba pinchándola y ella siempre picaba el anzuelo.

—Qué va. Simple curiosidad. Ya salgo con otro chico —dijo, mintiendo descaradamente.

—¿Con quién? —preguntó Greg, sin tragarse el embuste.

—No es asunto de tu incumbencia.

—Me lo suponía. —Greg volvió a tenderse sonriendo y Val sintió deseos de estrangularle mientras Anne contemplaba la escena en silencio desde el viejo columpio—. No sales con nadie, estúpida.

—¿Que no? Salgo con Jack Barnes.

—Mentira. Éste ya sale con Linda Hall.

—Bueno —replicó Val, enrojeciendo como un tomate y no precisamente a causa del sol. Anne comprendió que todo era un embuste; les conocía muy bien a todos, más que ellos a ella—. A lo mejor, la engaña.

Greg se incorporó y miró detenidamente a su hermana.

—No creo, a menos que te acuestes con él como hace ella, hermanita. Lo cual me recuerda una pregunta que tenía intención de hacerte: ¿Te acuestas con alguien?

—Vete al infierno —contestó Val, ruborizándose hasta la raíz del cabello.

Después dio media vuelta y entró hecha una furia en la casa. Greg soltó una carcajada y volvió a tenderse al sol. Menuda era su hermanita, se lo contaron unos amigos cuyos hermanos habían salido con ella. Al parecer, lo hacía todo menos lo definitivo. Greg sabía que aún era virgen, por lo menos, lo imaginaba, y sabía, asimismo, que lo de Jack Barnes era una trola. Sospechaba, además, que estaba enamorada de John Wells, aunque éste jamás le había hecho el menor caso, de lo cual él, Greg, se alegraba muchísimo. Val no era el tipo de John. A él le gustaban las chicas más discretas y reposadas. Era muy tímido y Greg estaba casi completamente seguro de que aún no había tenido su primera experiencia sexual. Pobrecilla. Más le valía darse prisa. Seguramente era el único de la clase que todavía no se había metido en las bragas de alguien; por lo menos, eso era lo que todos comentaban. A Greg le fastidiaba tener un amigo así. Los demás acabarían pensando que John era marica y, como les vieran muy a menudo juntos, le colgarían el mismo sambenito a él. Aunque, teniendo en cuenta sus fogosas relaciones con Joan, no había peligro de que eso ocurriera, pensó, sonriendo para sus adentros.

–Chico, qué sitio tan estupendo –dijo John, mirando extasiado como si la casa de Westwood fuera Versalles o un lujoso decorado de Hollywood en lugar de una destartalada vivienda de estudiantes situada a dos pasos de la universidad–. Mi padre dice que el alquiler es muy barato. A mi madre no le hace mucha gracia que no viva en la residencia estudiantil, pero mi padre está muy tranquilo, porque dice que, estando tú aquí, me podrás vigilar. –Se ruborizó, sintiéndose estúpido–. Bueno, es que…
–No te preocupes. –Lionel trató de reprimir el recuerdo de su sueño de la víspera y experimentó la ex-

traña sensación de revivir una película ya vista, sólo que esta vez él interpretaba el papel de Paul. Empezó a mostrarle a John las dependencias de la casa. Su habitación estaría al otro lado del pasillo de la de John, pero tenía la absoluta certeza de que, si le cediera a otro la única habitación con ducha que había en la casa, podría conseguir el dormitorio contiguo al de John. A los demás les encantaría el cambio y, si él pudiera... Apartó aquellos pensamientos de su imaginación y trató de concentrarse en la tarea de mostrarle la casa a John–. En el garaje, hay una lavadora. Nos pasamos semanas sin utilizarla, de repente, a todos nos da por usarla una misma noche.

–Mi madre dice que puedo llevar la ropa sucia a casa. –Lionel no pudo evitar pensar en lo distinto que era de Greg; parecía muy raro que fueran amigos. Claro que, habiendo ido juntos a la escuela durante trece años, aquella amistad debía de ser más costumbre que otra cosa. En los últimos dos años y, sobre todo, en los últimos meses, ambos se distanciaron un poco. Estaban en desacuerdo acerca de casi todo, desde la beca del fútbol hasta la puta de la clase con la que Greg se acostaba. John la aborrecía con toda su alma y, por esta razón, cada vez se veía menos con Greg. Pasaba mucho tiempo solo y le pareció un alivio hablar con Lionel, que era un muchacho sensato y estudiaba en el mismo sitio donde él iba a hacerlo–. Me encanta la casa, Li. Es magnífica.

Se hubiera enamorado de ella aunque hubiera sido una pocilga.

Le parecía que llevaría una vida propia de una persona adulta y seria y, además, contaría con el apoyo de Lionel. Su nueva etapa estudiantil le tenía un poco preocupado y no le agradaba la idea de vivir en la residencia estudiantil tras haber convivido dieciocho años con cuatro hermanas. Todo le iba a parecer muy distinto, pero, la presencia de Lionel le daría mayor seguridad.

–¿Querrás vivir aquí en verano, John? ¿O prefieres mudarte en otoño antes del comienzo de curso? –preguntó Lionel.

Notó que el corazón le palpitaba con furia en el pecho y se sintió asqueado. ¿Qué más le daba a él una cosa que otra? Deja en paz al chico, hubiera querido gritar. Se arrepentía de haberle hecho la sugerencia al principio. Iba a ser una complicación innecesaria. Fue una idea estúpida haberlo hecho, pero ya no podía retroceder. Además, se lo había dicho a dos de sus compañeros, aquella mañana, y éstos se alegraron de que hubiera encontrado a alguien. Se ahorrarían la molestia de poner un anuncio en el periódico o llamar a los amigos.

–¿Podría mudarme la semana que viene?

–¿Tan pronto? –preguntó Lionel, desconcertado.

–Bueno, no –dijo John, ruborizándose–. No quiero que eso te suponga una molestia. Pensé que el martes era primero de mes y, de esta forma, sería más fácil para el pago del alquiler. Además, tengo un empleo en Robinson's para este verano. Podría vivir aquí mientras trabajo.

Robinson's eran unos grandes almacenes. Lionel recordó fugazmente su trabajo del verano anterior en Van Cleef & Arpels. Le gustó mucho y lamentaba no poder repetir la experiencia aquel año, ya que tenía pensado dedicarse a las filmaciones. Le parecía lo más lógico y, además, podría contar con una subvención de la universidad en caso de que el proyecto saliera bien.

–No; tienes razón, John. No se me había ocurrido pensarlo. La habitación ya está libre. Creí que lo querías pensar un poco más.

Ya era demasiado tarde, le había ofrecido la habitación a John y éste la quería. Tendría que soportar las consecuencias de su error, por mucho esfuerzo que ello le costara.

–No hace falta que lo piense, Li. La habitación me parece estupenda.

Lionel miró al muchacho moreno cuyo cuerpo exquisito le había estado atormentando la víspera, y no supo qué decir; estaba perplejo.

–Muy bien, pues. Se lo comunicaré a los demás chicos. Estarán muy contentos porque eso les ahorrará muchos quebraderos de cabeza. –En un intento de salir lo más airoso posible de la situación, preguntó–: ¿Quieres que te ayude a hacer el traslado?

–No te molestes. Pensaba pedirle prestado el coche a mi padre y empezar mañana mismo a traer algunas cosas.

–Yo vendré a recogerte.

–Te lo agradezco mucho, Li –dijo John, sonriendo como un chiquillo–. Pero ¿de veras no será mucha molestia para ti?

–En absoluto.

–Mamá dice que tiene una colcha, unas lámparas y unas cuantas cosas más.

–Estupendo.

Mientras John le miraba arrobado, Lionel se preguntó en qué lío se había metido.

–¿Puedo invitarte a cenar esta noche, Li, para agradecerte tu ayuda?

–No te preocupes, John –contestó Lionel, turbado y conmovido por la sinceridad del muchacho–, no tienes por qué agradecérmelo. Sinceramente, me alegro de que todo se haya podido arreglar.

No era cierto. Estaba asustado. ¿Y si perdía el control? ¿Y si cometiera alguna estupidez? ¿Y si John averiguara que era homosexual? Al sentir la mano de John apoyada en uno de sus brazos, notó que un estremecimiento le corría la columna vertebral. Quería pedirle a John que volviera a tocarle, pero éste hubiera pensado que estaba loco.

–Nunca te lo podré agradecer, Li. Es como empezar una vida enteramente nueva. –John deseaba perder de vista a los muchachos de la Escuela Superior de Beverly Hills. Se consideraba distinto de todos ellos y hacía muchos años que lo ocultaba. Ahora, podría empezar una nueva vida en otro lugar. No tendría que disimular, ni aguantar bromas o huir de las chicas o simular que se emborrachaba los sábados por la noche. Hasta los vestuarios eran una pesadilla para él. Todos aquellos chicos desnudos, especialmente Greg. Sabía que era distinto de los demás. En cambio, con Lionel se sentía muy a gusto. Era reposado y comprensivo. Aunque no le viera muy a menudo en la nueva casa, le reconfortaría saber que estaba allí, que los caminos de ambos se podían cruzar y que alguna vez tendría la oportunidad de hablar con él. Le miró a los ojos casi con ganas de echarse a llorar de alivio–. Me sentía muy mal en la escuela, Li. Sólo deseo largarme.

–Yo creía que te gustaba –dijo Li, sorprendido–. Eres un gran astro del fútbol.

Entraron en la cocina y Lionel ofreció una cocacola a John que éste aceptó agradecido. Se alegró de que no fuera una cerveza como la que solía ofrecerle Greg.

–Estoy hasta la coronilla de toda esta mierda. –Tomó un sorbo de coca-cola y exhaló un suspiro.

Iba ser una nueva vida. Estaba harto de aquel maldito equipo de fútbol.

–¿Por qué?

–Pues no lo sé. El deporte me importa un bledo. Supongo que jugaba bien, pero no sentía el menor interés por ello. ¿Sabes que mis compañeros hasta lloraban en los vestuarios cuando perdíamos un partido? A veces, lloraba incluso el entrenador. Como si se tratara de una cuestión de vida o muerte. Sin embargo, no son más que unos pobres tipos, que se arrean mamporros en un campo de juego. A mí, nunca me entusiasmó.

–¿Por qué jugabas entonces?

–Era muy importante para mi padre. Él era jugador antes de empezar los estudios de medicina y me solía decir en broma que, si me partían la cara, él me la arreglaría de balde. –John hizo una mueca de desagrado–. Como comprenderás, la perspectiva no me seducía demasiado. Vivir aquí será como un sueño.

–Me alegro de que te guste la habitación –dijo Lionel, sonriendo–. Será agradable verte por aquí, aunque yo no suelo parar mucho en casa. De todos modos, si en algo te puedo ser útil…

–Ya has hecho suficiente, Li.

Cumpliendo su palabra, Lionel fue a recogerle al día siguiente, bajó la capota de su pequeño Mustang rojo e hizo tres viajes para trasladar las cosas. John tenía montañas de trastos, pero hizo milagros; y el sábado por la noche Lionel apenas reconoció la habitación.

–Santo cielo, pero ¿qué has hecho? –exclamó, asombrado. John había revestido de tela una pared, colocado macetas de plantas y adornado las ventanas con sencillas cortinas. Sobre la cama colgaba un precioso cuadro, dos lámparas proporcionaban una luz matizada y se podían ver unos bonitos pósters en la otra pared. Parecía el apartamento de una revista de decoración y hasta había en el suelo una alfombrita blanca–. Eso lo habrá hecho tu madre, ¿no?

Lionel sabía que era decoradora y no acertaba a imaginar que John lo hubiera podido hacer todo en cuestión de horas. Incluso había unos cestos de naranjas revestidos con la misma tela, soportes para revistas y cojines adosados a la ventana, que formaban como un sofá. Era un delicioso refugio.

–Lo hice yo mismo –contestó John, muy satisfecho. Todo el mundo decía que tenía talento innato para la decoración y era capaz de modificar el aspecto de una habitación en unas horas, utilizando los elementos que tuviera a mano. Incluso su madre reconocía que la aventajaba—. Me encanta hacer estas cosas.

—A lo mejor, uno de estos días tocarás con tu varita mágica mi habitación. Sigue pareciendo la celda de una cárcel y eso que ya llevo un año viviendo en ella.

—Cuando quieras —contestó John, al tiempo que miraba a su alrededor muy complacido—. En realidad, me sobran un par de plantas e iba a preguntarte si las querías.

—Desde luego que sí. Pero lo más probable es que se me mueran de sed en cuanto entre en la habitación. No se puede decir que tenga muy buena mano con las plantas.

—Yo te las cuidaré. Las regaré cuando riegue las mías.

Ambos jóvenes se sonrieron. Lionel consultó el reloj y vio que eran las siete.

—¿Te apetece comer una hamburguesa? —preguntó.

Las palabras volvieron a sonarles familiares y recordó de nuevo a Paul.

John aceptó la invitación y Lionel le sugirió que fueran al mismo local al que había ido en compañía de Paul la primera vez. Lionel se pasó un buen rato sin pronunciar palabra, pensando en la primera noche en que había ido a Malibú con Paul. Llevaba meses sin verle y una vez se cruzó con él en Rodeo Drive, iba sentado en un Rolls de color beige y marrón al lado de un apuesto hombre de más edad que conducía el vehículo. Paul reía y hablaba animadamente con su acompañante. Y ahora, él se hallaba allí en compañía de John, el mejor amigo de su hermano menor. Le pareció extraño, sobre todo, cuando ambos regresaron juntos a la casa que compartían. En aquel momento, los otros dos muchachos que vivían allí, pasarían la noche en casa de sus amigas y los demás se habían ido al finalizar el curso.

—Gracias por la cena —dijo John mientras se sentaban en el salón y Lionel ponía un disco. Dos de las bombillas de la lámpara del techo se habían fundido y había poca luz. John colocó una vela encendida sobre la mesita y miró a su alrededor–. A este salón no le vendría mal una pequeña reforma.

–Vas a cambiar esta casa de arriba abajo en un santiamén, pero creo que los otros chicos te enfriarán un poco el entusiasmo. Cuando están aquí, esto parece una leonera –dijo Lionel, soltando una carcajada.

–Mis hermanas hacen lo mismo –contestó John sonriendo–. Jamás he convivido con hombres, exceptuando a mi padre, claro. Estoy tan acostumbrado a tener constantemente chicas a mi alrededor que, al principio, eso me parecerá un poco raro. Pensarás que es una estupidez.

–De ninguna manera. Yo tengo tres hermanas.

–Pero estabas con Greg. Yo, en cambio, sólo he tenido a mi madre y a las chicas. Las echaré de menos.

–Será un buen entretenimiento para cuando te cases –dijo Lionel, preguntándose si John le estaría sometiendo a prueba.

Se dijo que no era justo. John tan sólo era un chiquillo. Sin embargo, tenía la misma edad que él cuando conoció a Paul. Éste era mucho más experto. Aunque no se pudiera comparar con la de Paul, la experiencia de Lionel era superior a la de aquel muchacho. Pero ¿por dónde podía empezar? ¿Cómo se le podía pedir a alguien semejante cosa? Trató de recordar lo que le había dicho Paul, pero no pudo. Recordaba que dieron un largo paseo por la playa y que Paul le habló de su confusión. Pero allí no había playa y John no estaba confuso. Era ligeramente tímido y algo menos alborotado que Greg, pero, por lo demás, parecía un muchacho alegre y feliz. No obstante, Lionel no recordaba haberle visto jamás con una chica.

Pasaron un rato charlando y, al final, Lionel se levantó y dijo que se iba a tomar una ducha. John contestó que a él también le apetecía hacerlo. Diez minutos más tarde, John llamó a la puerta del cuarto de baño y se disculpó, mirando hacia la ducha en la que Lionel trataba de no pensar en él mientras los riachuelos de agua caliente le purificaban el cerebro y la carne.

–Perdona, Li, ¿no tendrías un poco de champú? Olvidé el mío.

–¿Cómo? –preguntó Lionel, apartando la cortina para oírle mejor.

Al ver a John desnudo y con sólo una toalla alrededor de la cintura, notó que se le estremecía todo el cuerpo y volvió a correr la cortina para que John no le viera.

–Te he preguntado si tienes un poco de champú.

–Pues claro. –Lionel ya lo había usado y tenía el cabello húmedo y limpio–. Aquí lo tienes.

Le entregó el frasco a John y éste desapareció, no sin dirigirle antes una sonrisa de agradecimiento. Regresó al cabo de un rato, otra vez con la toalla alrededor de la cintura, pero con el oscuro cabello mojado y todo el cuerpo estallando de músculos forjados por el fútbol.

Lionel se hallaba desnudo en su habitación, guardando cosas. Tenía la radio puesta y tarareaba para sus adentros, siguiendo la melodía de *Yesterday* de Lennon y McCartney.

–Gracias –dijo John, deteniéndose en la puerta. Lionel se volvió, de espaldas, pensando que ojalá se fuera. No quería iniciar ninguna relación y no deseaba lastimar a nadie. Su vida sólo era suya y no tenía la menor intención de arrastrar a nadie. De repente, notó que una mano se posaba en su espalda y se le electrizó todo el cuerpo. Sería una espantosa experiencia tener al chico tan cerca y verse obligado a ocultar su secreto. Todavía de espaldas, descolgó un albornoz que colgaba de una percha de la pared, se lo puso y se volvió a mirar a su amigo. Jamás vio un rostro más hermoso. Los ojos de John reflejaban tristeza, dolor, angustia–. Tengo que confesarte una cosa, Li –añadió John, inclinándose hacia él–. Hubiera tenido que decírtelo antes.

–¿Ocurre algo? –preguntó Lionel, perplejo.

El muchacho asintió con la cabeza y se sentó lentamente en el borde de la cama.

–Sé que hubiera debido decírtelo antes de venir, pero temía que no pudieras... que te enfadaras. –Aunque estaba asustado, John decidió ir directamente al grano–. Creo que debes saber que soy homosexual.

Fue como si acabara de confesar que había asesinado a su mejor amigo. Lionel se lo quedó mirando boquiabierto. Qué sencillo era todo. Qué valor había demostrado tener John al hablar sin saber lo que haría o diría él. Se sentó en la cama, al lado del muchacho, y soltó una carcajada. Se rió hasta que las lágrimas le asomaron a los ojos y John empezó a mirarle muy nervioso sin saber si su risa era histérica o bien era fruto de la repugnancia y el desprecio. Lanzó un suspiro de alivio cuando Lionel dejó de reírse y le pasó un brazo alrededor de los hombros.

–Si supieras la de cosas que me he estado diciendo desde que viniste. Ha sido un tormento. –John le miró sin comprender–. Yo también lo soy.

–¿También tú eres homosexual? –preguntó John, aterrado, mientras Lionel soltaba otra carcajada–. *¿De veras?* Nunca pensé que...

Sin embargo, lo que decía no era cierto. Hacía un año que fluía entre ambos una vacilante corriente aunque ninguno de ellos quiso aceptar la posibilidad de que el otro lo comprendiera. Se pasaron dos horas hablando de ello, tendidos en la cama de Lionel. Éste habló de Paul, y John se refirió a dos fugaces y terribles experiencias. No hubo amor en ninguna de ellas, sino tan sólo un angustiado y torturado desahogo sexual; una vez, con un profesor de la escuela que amenazó con matarle en caso de que se fuera de la lengua; y otra, con un desconocido que le recogió en la calle. Ambas relaciones sirvieron para demostrarle lo que era de verdad. Lo sospechaba desde hacía mucho tiempo, pero siempre creyó que era lo peor que podía ocurrirle. Las personas como Greg Thayer jamás hubieran vuelto a dirigirle la palabra. Lionel, en cambio, era muy distinto y lo comprendía todo. En ese momento le miraba con simpatía desde la altura de sus diecinueve años.

–¿Lo sabe Greg? –preguntó John.

–Sólo lo sabe mi madre –contestó Lionel–. Se enteró el año pasado. –Recordó el dolor que había experimentado Faye y pensó que cuán maravillosa había sido con él desde entonces, mostrándose comprensiva y afectuosa y aceptándole tal como era. Ojalá todo el mundo tuviera una madre como ella.

–No creo que mi madre pudiera aceptarlo… ni mi padre tampoco –dijo John haciendo una mueca al pensarlo–. Siempre ha deseado que yo fuera un deportista. Jugaba al fútbol con él y pensaba: Me voy a romper los dientes haciendo eso, y no quiero. –Miró a Lionel con lágrimas en los ojos–. Lo hacía por él.

–Yo no era tan bueno como tú, pero mi padre ya tenía a Greg que le compensaba con creces. Siempre le dejé esas cosas a él. En cierto modo fue un alivio, pero tuve que pagar un precio. Mi padre nunca aprobó las cosas que yo hacía. Y si ahora lo supiera… se moriría de vergüenza. –Ambos se sintieron culpables durante muchos años por lo que no eran y lo que nunca podrían ser y, en el transcurso del último año, por lo que habían hecho. A veces, la tensión resultaba insoportable. Lionel pensó en todo mientras miraba a John–. ¿Tú sabías lo mío?

–No creo –contestó John, negando con la cabeza–. Aunque muchas veces deseaba que tú fueras como yo.

John miró sinceramente a su amigo y ambos esbozaron una sonrisa de complicidad, mientras Lionel le alborotaba el mojado cabello oscuro al muchacho.

–Serás sinvergüenza. ¿Y por qué no me dijiste nada?

–¿Para que me rompieras los dientes de un guantazo, llamaras a la policía o, peor aún, se lo dijeras a Greg? –John se estremeció al pensarlo y luego se le ocurrió otra cosa–. ¿Son maricas todos los que viven en esta casa?

–Ninguno, estoy completamente seguro de ello. Es algo que se nota enseguida cuando se convive con la gente. Todos tienen chicas que vienen aquí muy a menudo.

–¿Saben lo tuyo?

–Procuro que no lo sospechen –contestó Lionel–, y te aconsejo que hagas lo mismo si no quieres que nos echen a los dos.

–Tendré cuidado, te lo juro.

Lionel empezó a pensar en el cambio de habitaciones, pero, al mirar a John tendido a su lado en la cama, se olvidó de todo y sintió que el deseo se apoderaba de él y le hacía evocar los sueños de la víspera. Extendió una mano para tocar a John, que esperaba inmóvil sus besos y sus caricias, con su joven carne vibrando de excitación. La boca de Lionel se posó sobre la piel de John y su lengua recorrió los muslos, arrancándole gemidos de placer. El amor que Lionel le prodigó durante unas horas hasta que ambos quedaron rendidos y se durmieron el uno en brazos del otro no tuvo nada de clandestino ni de aterrador. Ambos acababan de encontrar lo que habían buscado durante tanto tiempo sin saberlo siquiera.

20

Las clases se iniciaron en otoño con absoluta normalidad. Lionel y John eran extraordinariamente felices y nadie en la casa sospechaba nada. Lionel cambió de habitación antes de que regresaran los demás y todo salió a pedir de boca. Él y John cerraban por la noche las puertas de sus respectivas habitaciones separadas por un cuarto de baño en común, y nadie tenía ni idea de quién pasaba la noche en la cama de quién porque se movían de puntillas, hablaban en voz baja y procuraban amortiguar los gemidos del placer. Sólo las noches en que los demás se iban a casa de sus amigas o se largaban a esquiar durante el fin de semana, se permitían un poco más de libertad. No obstante, cuidaban de que nadie lo supiera y, por una vez, Lionel no le dijo nada ni siquiera a Faye. Se limitó a comentar que las clases iban muy bien. No le comunicó ninguna noticia sobre su idilio y ella no quiso hacer averiguaciones aunque sospechaba que había alguien en la vida de su hijo a juzgar por la expresión de felicidad de sus ojos. Esperaba tan sólo que fuera una persona honrada y que no le hiciera sufrir. Por cuanto ella sabía, el mundo homosexual estaba plagado de gente desdichada, de promiscuidades o infidelidades. No quería que su hijo mayor se viera condenado a semejante vida, pero le constaba que no había otra alternativa y lo aceptaba. En noviembre, Faye invitó a Lionel al estreno de su más reciente película y no le sorprendió verle aparecer en compañía de John Wells, ya que éste vivía en la misma casa que su hijo y estudiaba asimismo en la Universidad de California en Los Ángeles (UCLA). No obstante, al término de la velada, cuando se fueron a cenar al Chasen en compañía de las gemelas y varios amigos y socios, Faye creyó ver algo especial en la mirada que los dos jóvenes se intercambiaron. No estuvo muy segura de ello, pero percibió algo y John le pareció más maduro que en junio, como si hubiera crecido mucho en pocos meses. Sospechaba algo, pero, como es lógico, no se lo comunicó a nadie y se llevó una sorpresa cuando Ward le hizo una pregunta aquella noche mientras se desnudaban para acostarse. Hablaban animadamente de la película, de la reacción del público y de las favorables críticas que esperaban conseguir cuando, de repente, él la miró con el ceño fruncido y le preguntó:

—¿Crees que John Wells es marica?

—¿John? —replicó Faye, simulando sorprenderse aunque en su fuero interno ya supiera la verdad—. Dios mío, Ward, qué cosas dices. Pues claro que no. ¿Por qué me lo preguntas?

—No lo sé. Lo he visto distinto. ¿No has notado algo raro esta noche?

—No —mintió Faye.

—No sé… —Ward se acercó al armario para colgar la chaqueta; aún tenía el ceño fruncido—. Me produce una sensación un poco extraña. —Faye se estremeció de angustia, temiendo que Ward sospechara lo mismo de su hijo. No estaba muy segura de que pudiera sobrevivir a la verdad, aunque algún día tendría que saberlo. Entretanto, ella prefería ocultársela—. Tendré que advertir a Lionel… Creerá que estoy chiflado, pero, si no me equivoco, puede que algún día me lo agradezca. A Greg le pareció un poco raro que rechazara la beca de la Escuela Tecnológica de Georgia. A lo mejor, no anda muy desencaminado.

Era el criterio definitivo, pensó tristemente Faye, experimentando una súbita sensación de hastío.

–El hecho de que no quiera jugar al fútbol no significa que sea marica. Quizá le interesen otras cosas.

–Nunca se le ve en compañía de chicas.

A Lionel tampoco, pensó Faye, pero no lo dijo. Ward suponía que su hijo era muy reservado al respecto. Aunque no lo viera con muchachas, no pensaba que se relacionara con hombres. Pero Faye tampoco se lo quiso recordar.

–Creo que eres injusto. Eso parece una caza de brujas.

–Lo que no quiero es que Lionel viva, sin advertirle, con un cochino marica.

–Es lo bastante mayor como para darse cuenta por sí mismo, en caso de que hubiera algo raro.

–Tal vez no. Está tan entusiasmado con sus películas que, a veces, ni se entera de lo que ocurre a su alrededor.

Menos mal que Ward había reparado en ese detalle, se dijo Faye.

–Es un muchacho extraordinariamente creativo –comentó, tratando de cambiar de tema. Aquella noche le vio distinto, pero sentía la necesidad de protegerle. Sospechaba que mantenía relaciones con John, sólo que él no parecía lo que era, mientras que a John ya se le empezaba a notar. Tal vez convendría que le dijera algo a Lionel–. ¿Has visto la última película de Li, cariño? Es preciosa.

Ward exhaló un suspiro y se sentó en la cama, vestido tan sólo con los calzoncillos. A los cuarenta y ocho años, seguía siendo un hombre muy apuesto y tenía una figura tan perfecta como la de sus hijos.

—Entre nosotros, Faye, te diré que no me interesan demasiado.

—Es la nueva ola, cariño.

—Aun así, no la entiendo.

Faye le miró, sonriendo. Era estupendo en su actividad, pero raras veces se abría a las nuevas ideas. Organizaba la financiación de las películas, pero no le atraían las nuevas tendencias cinematográficas. El festival de Cannes de aquel año no le gustó. En cambio, le encantaban los Oscars y sufrió una decepción cuando la película de Faye no obtuvo ninguno. Le regaló a su mujer una preciosa sortija de esmeraldas para compensarlo y Faye recordó los viejos tiempos anteriores a 1952 en que todo cambió para ellos.

—Tienes que dar una oportunidad a las películas de Li, amor mío. Uno de estos días te va a dar una sorpresa, y ganará un premio con una de sus peliculitas raras.

Faye estaba convencida de ello, pero Ward no mostraba el menor entusiasmo.

—Mejor para él. ¿Has sabido algo de Greg? Dijo que llamaría para concretar qué fin de semana iremos a verle.

—No ha llamado, pero no creo que yo pueda ir. Tengo que reunirme diariamente durante tres semanas con el nuevo guionista.

—¿Seguro?

—Más o menos. ¿Por qué no les pides a Lionel que te acompañe?

A Ward no le convencía demasiado la idea, pero, al final decidió hacerlo y ello le dio la oportunidad de hablarle de John, a quien también había extendido la invitación.

—No será maricón, ¿verdad, Li?

Éste trató de aparentar indiferencia. Aborrecía aquella palabra y tuvo que hacer un gran esfuerzo para lanzarse en defensa de su amigo.

—Por el amor de Dios, ¿cómo puedes decir eso?

—Te pareces a tu madre cuando hablas así —dijo Ward sonriendo.

Después añadió, poniéndose más serio:

—No sé. Lo veo distinto y habla constantemente de temas de decoración.

—Eso es ridículo. No tiene por qué ser marica.

—No, pero si persiguiera a los hombres, lo sería. Tú vigila y, si vieras algo raro, échale de casa. No le debes nada.

Por primera vez en su vida, Lionel tuvo que reprimir el impulso de propinarle un puñetazo a Ward, pero consiguió conservar la calma hasta que abandonó la casa de sus padres. Hizo el camino de regreso, conduciendo a ciento veinte por hora y rebosante de una furia asesina dirigida principalmente contra su padre. Al llegar a la casa, entró dando un portazo y después se encerró bajo llave en su habitación. Fue una de las pocas veces en que sus compañeros de apartamento le vieron fuera de sí. Al cabo de unos momentos, John entró en su dormitorio, cerró también la puerta bajo llave y cruzó rápidamente el cuarto de baño.

—¿Qué ocurre, amor mío?

Lionel le miró con ojos llameantes y no tuvo más remedio que reconocer que su amante empezaba a parecer un marica. A pesar de su musculoso cuerpo, su rostro poseía una delicadeza femenina, se peinaba de una manera un poco rara y vestía con excesivo atildamiento; pero él le amaba, apreciaba su talento, su simpatía y generosidad, su cuerpo y su alma; le gustaba todo de él y, de haber sido una chica, se hubieran comprometido en matrimonio y a nadie le hubiera extrañado. Pero no lo era, y por eso todo el mundo le llamaba maricón. John se sentó en silencio y esperó a que Lionel se desahogara.

—Nada. No quiero hablar de ello.

John miró al techo y luego volvió a mirar a su amigo.

–Tu comportamiento es un poco tonto. ¿Por qué no me cuentas qué ha pasado? –De repente, John temió ser el causante de la situación–. ¿Te he disgustado con algo, Li?

Al verle tan preocupado y afligido, Lionel se acercó a él y le acarició suavemente una mejilla.

–No, no tiene nada que ver contigo. –Pero lo tenía, y Lionel no sabía cómo explicárselo–. No es nada. Me enfadé con mi padre.

–¿Dijo algo sobre nosotros? –preguntó John. En la fiesta de la otra noche, pudo ver la extraña expresión de los ojos de Ward–. ¿Sospecha algo?

Lionel quería salirse por la tangente, pero John le acosaba.

–Tal vez. Anda un poco a tientas.

–¿Qué le has dicho? –preguntó John, con inquietud. ¿Y si hablara con los Wells? Tenían muchas cosas que ocultar. ¿Y si le detuvieran o le expulsaran o…? Sería tremendo. Lionel le besó el cuello a John y trató de tranquilizarle. Sabía lo nervioso que se ponía.

–Cálmate. Habla un poco al tuntún. No sabe nada. Sólo fue una hipótesis.

–¿Quieres que me vaya? –preguntó John con los ojos llenos de lágrimas.

–¡No! –contestó Lionel, casi gritando–. A menos que yo también me vaya. Pero no tenemos por qué hacerlo.

–¿Crees que tu padre le va a decir algo al mío?

–No te pongas nervioso. Sólo hizo unos comentarios y me sacó de quicio, eso es todo. No pasa nada.

Sin embargo, para tranquilizar a Ward, Lionel le acompañó a Alabama a ver jugar a Greg y fue el fin de semana más aburrido de toda su vida.

Odiaba el fútbol casi tanto como John y no tenía nada que decirle a Greg. Lo peor fueron los interminables y dolorosos silencios con su padre, el cual se puso loco de contento cuando se lesionó uno de los jugadores del equipo y el entrenador llamó a Greg para que le sustituyera, permitiéndole, en los dos últimos segundos de partido, apuntarse un tanto que significó la victoria para su equipo. Lionel trató de aparentar la misma excitación que sentía Ward, pero no lo consiguió. Durante el vuelo de regreso, experimentó un inmenso alivio y habló de sus películas, tratando de explicarle a su padre los trabajos que estaba haciendo. Mientras le describía su última película de vanguardia a su padre, éste le miró con la misma cara que él ponía cuando veía jugar a Greg en el campo.

–¿Crees de verdad que algún día podrás ganar dinero con eso?

Lionel miró a su padre estupefacto, porque semejante objetivo no le había pasado jamás por la imaginación. Lo que él pretendía era poner en práctica unas nuevas técnicas y extender al máximo el lenguaje cinematográfico. El dinero le importaba un comino. Lo que él pretendía era mucho más importante. Padre e hijo se miraron perplejos, convencido cada uno de ellos de que el otro era un necio, pero simularon respetar sus respectivos puntos de vista. Ambos lanzaron un suspiro de alivio al ver que Faye les aguardaba en la terminal del aeropuerto. Ward hablaba incesantemente del extraordinario remate de Greg y lamentaba que Faye no lo hubiera visto por la televisión; y Lionel ponía cara de circunstancias, como si ya no pudiera resistirlo un minuto más. Faye se rió para sus adentros porque los conocía muy bien a los dos y sabía cuán distintos eran. Aun así, les quería muchísimo, lo mismo que a su otro hijo y a las niñas. Todos eran muy diferentes y necesitaban de ella cosas distintas.

Faye acompañó primero a Ward a casa y después dijo que acompañaría a Lionel y regresaría para tomar una copa en compañía de su marido. Así podría hablar un poco con su hijo mayor y compadecerle por el aburrido fin de semana que acababa de pasar.

–¿Fue terrible, cariño?

Miró sonriendo a su hijo y éste apoyó la cabeza en el respaldo del asiento, tras haber dejado a Ward en casa. Estaba agotadísimo.

–Peor. Fue como ir a otro planeta y pasar todo el fin de semana tratando inútilmente de hablar el lenguaje de sus habitantes.

Faye se preguntó si el cansancio de Lionel se debería al aburrimiento o bien a la tensión de tener que disimular todo el rato, pero no dijo nada.

–Pobrecillo. ¿Qué tal estaba Greg?

–Como siempre.

No hacía falta decir más. Faye sabía que sus dos hijos apenas tenían nada en común. A veces, parecía increíble que ambos fueran hijos suyos. Después hizo una pregunta sobre el tema que la había tenido preocupada en el transcurso de todo el fin de semana.

–¿Te dijo algo tu padre sobre John?

Lionel contrajo los músculos del rostro y se incorporó en el asiento.

–No, ¿por qué? ¿Es que te dijo algo a ti?

Miró a su madre a los ojos; sabía que ésta lo había adivinado todo sin necesidad de que él se lo contara. Faye temía el peligro que corría su hijo y, en cierto modo, sus temores eran fundados.

–Ten cuidado, Li.

–Lo tengo, mamá.

Era tan joven, pensó Faye conmovida.

–¿Estás enamorado de él?

Era la primera vez que se lo preguntaba.

–Sí –contestó Lionel, asintiendo muy serio.

–Entonces, ten cuidado, por el bien de los dos. ¿Saben los Wells lo de John?

Lionel negó con la cabeza y Faye se estremeció durante el camino de regreso a casa. Un día se descubriría todo y alguien tendría que sufrir, y quizá sufrirían muchas personas: John, Lionel, los Wells, Ward... John y su familia no la preocupaban demasiado, aunque les tenía aprecio. En cambio, se aterraba al pensar en Ward y Lionel. Su hijo podría capear el temporal. Se iba preparando poco a poco para confesarle la verdad no sólo a su padre, sino a todo el mundo. Lionel no era de los que se pasaban toda la vida escondiéndose. En cambio, Faye no sabía cómo encajaría su esposo el golpe y temía que una parte de su vida quedara destruida para siempre. Sin embargo, ella no podía hacer nada. Lionel le prometió ser discreto. Precisamente en aquel instante, su hijo acababa de cerrar la puerta del dormitorio y estaba besando a John. Después, lanzó un suspiro y le contó a su amante lo solo que se había sentido durante el fin de semana.

21

En Navidad, Lionel se reunió con la familia para celebrar las tradicionales fiestas. Greg permanecería en casa unos días, pero tenía que regresar muy pronto para jugar otro partido; Ward lo acompañaría. Después ambos se trasladarían al Super Bowl. Ward quería que Lionel les acompañara, pero éste dijo que tenía otros planes. Ward se lo tomó un poco a mal; afortunadamente, Faye los alegró a todos con un pavo enorme y ríos de champán. Valerie bebió más de la cuenta y todo el mundo se metió con Van. Estaba preciosa con su nuevo peinado y su nuevo vestido. Se había enamorado por primera vez de un chico de la escuela de danza, convirtiéndose de repente en una chica mayor. Anne también estaba muy cambiada. En pocos meses, había crecido casi tanto como las gemelas y, aunque no era todavía totalmente independiente iba camino de serlo. Lionel les recordó a todos, mientras brindaba por ella, que cumpliría catorce años en cuestión de semanas. Después de la cena, Lionel y Anne se sentaron a charlar junto a la chimenea. Lionel veía a su hermana con menos frecuencia de lo que hubiera deseado, no por el hecho de vivir fuera de casa, sino por su trabajo en la película. Sin embargo, ambos se adoraban. En determinado momento, Anne le desconcertó, preguntándole por John con una extraña expresión en los ojos. Parecía que estuviera enamorada de él y Lionel se asombró. Sin embargo, su hermana era tan misteriosa y retraída que no tenía nada de extraño que él no se hubiera dado cuenta de ello.

–Está bien. Creo que sus estudios marchan bien, aunque no le veo demasiado.

–Pero vive en tu casa, ¿no? Hace unos días vi a Sally Wells y me dijo que su hermano estaba encantado de vivir allí.

Sally tenía la misma edad de Anne, pero era mucho más madura. Lionel rezó en silencio para que Sally no se hubiera percatado de la situación y le hubiera hecho algún comentario a Anne, pero parecía que no. En los ojos de Anne se advertía una luz de inocencia y esperanza.

–Sí, aún está allí.

–Hace tiempo que no le veo –dijo Anne con expresión nostálgica.

Lionel pensó que estaba encantadora, pero no hizo ningún comentario.

–Le saludaré de tu parte.

Anne asintió en silencio y, en aquel momento, aparecieron los demás. Ward encendió el fuego. Al ver lo satisfechos que estaban todos con sus regalos, Faye y Ward se miraron sonrientes. En conjunto, había sido un buen año.

Lionel fue el primero en marcharse, y lo mismo hizo John en casa de los Wells. Los otros chicos habían vuelto a sus casas. Tenían todo el apartamento para ellos solos y no había necesidad de ocultarse y cerrar las puertas de los dormitorios. Les parecía maravilloso poder relajarse con entera libertad. El hecho de tener que reprimirse constantemente, suponía un esfuerzo terrible para ellos, sobre todo para John, cuyo aspecto afeminado se iba acentuando a ojos vistas. Ahora podía llenar la casa de flores y pasar largas horas en la cama con Lionel todas las tardes. Ambos salían a dar largos paseos, hablaban sobre muchas cosas y, al regresar al apartamento, preparaban la comida y bebían ponche caliente o vino blanco frente a la chimenea.

Era casi como ser adultos, comentó John. Vivían tan confiados que ni siquiera se molestaban en cerrar con llave la puerta principal y no oyeron entrar al padre de Lionel al día siguiente de Navidad. Ward quería intentar convencer a su hijo de que le acompañara al sur a ver jugar a Greg, antes de que se fueran los tres juntos al Super Bowl. Sin embargo, todas aquellas ideas se borraron de golpe de su cabeza y cuando entró en la casa tras no recibir respuesta a su llamada y encontró a ambos muchachos tendidos frente a la chimenea, completamente vestidos, pero John tenía la cabeza apoyada en las rodillas de Lionel, y éste inclinado hacia él le susurraba ternezas. Ward se detuvo en seco y emitió un aullido casi animal mientras los chicos se levantaban de golpe y le miraban aterrados. Lionel estaba pálido. Ward se adelantó hacia John y le propinó un puñetazo que le hizo sangrar la nariz. Luego se volvió hacia Lionel, pero éste le agarró el brazo y esquivó el golpe antes de que el puño de su padre se estrellara en su rostro. Lionel no pudo reprimir las lágrimas al ver a su padre llorando de rabia y soltando imprecaciones contra ambos.

–¡Cochino hijo de perra! ¡Maldito asqueroso!

Las palabras iban dirigidas a John, pero también a su hijo. No quería dar crédito a lo que acababa de ver. Quería que ambos le dijeran que no era cierto, pero lo era, no le cabía la menor duda. Lionel se sintió físicamente enfermo mientras rehuía el puñetazo de su padre. John se echó a llorar. En aquel ambiente de pesadilla, Lionel trataba de conservar la calma. Se sentía obligado a darle una explicación a su padre. Tal vez entonces éste lo entendería. Tenía que decirle que siempre había sido distinto de Greg, de todos ellos. Tenía que decirle lo que sentía. No se percató de que las lágrimas le resbalaban por las mejillas y no sintió el impacto del golpe cuando su padre consiguió liberarse de la presa y propinarle un puñetazo en pleno rostro.

—Papá, por favor, quiero hablar contigo. Yo...

—¡No quiero oír una palabra! —Ward temblaba y, por un instante, Lionel temió que fuera a darle un ataque—. ¡No quiero volver a verte! ¡Mariconas de mierda! ¡Basura! —gritó, mirándolos a los dos. Después añadió, dirigiéndose a Lionel—: Ya no eres mi hijo. No quiero volver a verte en mi casa nunca más. Ya no voy a pagar ni un céntimo más para tu manutención. A partir de ahora estás fuera de mi vida, ¿entendido? ¡Y procura alejarte de mi familia! —Ward gritó y lloró mientras avanzaba de nuevo con actitud amenazadora hacia John. Todos sus sueños se habían roto de golpe. Su hijo mayor era homosexual. No podía soportarlo, era peor que la pérdida de su fortuna años antes y que el peligro de perder a su esposa poco después... Para él, la homosexualidad era peor que la muerte. Era una pérdida de la que nunca se resarciría. Sin embargo, la estaba provocando él mismo sin advertirlo—. Todo ha terminado, ¿lo has comprendido?

Lionel asintió con expresión aturdida y Ward se dirigió con paso tambaleante hacia la puerta por la que había entrado hacía apenas unos minutos y estuvo a punto de caer por la escalera al salir.

Había sido un golpe terrible. Entró en el primer bar que encontró y se tomó cuatro whiskys seguidos. A las ocho, Faye llamó a Lionel muy preocupada. No quería molestarle, pero la ausencia de su esposo le parecía un poco rara. Esperaban unos invitados a las seis, pero Ward no había aparecido por casa. En los estudios, le dijeron que se había ido temprano aquella tarde y Faye no acertaba a imaginar dónde podría estar.

—¿Te llamó tu padre esta tarde, cariño?

Lionel estaba turbado. John se pasó mucho rato llorando, sentado en el sofá, aterrado por las palabras de Ward, por el resultado de la escena y por la posibilidad de que sus padres se enteraran de todo. Lionel intentó calmarle y le obligó a ponerse una bolsa de hielo en la mejilla y la nariz hinchadas. La angustia que experimentaba su corazón era indescriptible. Aún le temblaba la voz cuando se puso al teléfono. Al principio, ni siquiera pudo hablar.

Sintiendo un estremecimiento de pánico, Faye comprendió que había sucedido algo.

—Li, cariño, ¿qué te pasa?

—Yo... es que... —Lionel pronunció unas palabras ininteligibles y se echó a llorar. John se incorporó, asombrado. Estaba sereno y reposado y, de repente, se había venido abajo—. Mamá, yo no puedo...

—Oh, Dios mío... —Debía de haberle ocurrido algo espantoso. A lo mejor, Ward había sufrido un accidente y habían avisado a Lionel. El terror le atenazó la garganta—. Cálmate y dime qué ha ocurrido...

—Vino papá y... —Lionel se atragantó con los sollozos—. Él... yo...

Faye imaginó lo peor: que les había sorprendido en la cama. Se sintió morir. Por muy tolerante que fuera con su hijo, a ella tampoco le hubiera hecho gracia la escena. Lionel no estaba en condiciones de tranquilizarla al respecto. Sólo pudo articular una palabra antes de desplomarse sobre el teléfono:

—Sí... —Tardó unos instantes en poder seguir hablando—. Dijo que no quería volver a verme... Que no soy hijo suyo... Que me alejara de todos...

—Oh, Dios mío, tranquilízate, cariño. Sabes muy bien que todo eso no es cierto y que, al final, recapacitará.

Se pasó más de una hora hablando con su hijo por teléfono. Los invitados se habían marchado tras tomarse unas copas. Faye se ofreció a ir a hablar con ellos, pero Lionel quería estar a solas con John, de lo cual ella se alegró. Prefería estar en casa cuando Ward regresara.

Éste volvió en un estado lamentable. Había entrado en varios bares, estaba borracho como una cuba y caminaba haciendo eses, pero recordaba perfectamente haber visto a Lionel y John y lo que sabía de ellos. Miró a Faye con odio y desesperación. Estaba asimismo en contra suya.

—Tú lo sabías, ¿verdad?

Faye no quería mentirle, así que Ward la consideraba cómplice de una conspiración del silencio.

—Sospechaba lo de John.

—Que se vaya a la mierda este hijo de puta… —Ward se volvió a mirarla y Faye le vio la camisa manchada de sangre. Se cayó y se hizo un corte en la mano al salir del último bar, pero no quería que su esposa se acercara—. Me refiero a nuestro hijo… ¿O acaso ahora le tengo que llamar nuestra hija? —Apestaba a alcohol y Faye se echó hacia atrás mientras la agarraba por el brazo—. Eso es lo que es, ¿no? ¿Lo sabías tú?

—Ward, haga lo que haga, sigue siendo nuestro hijo. Es un ser humano honrado, y un buen chico… Él no tiene la culpa de ser así.

—Y entonces, ¿quién la tiene? ¿Yo?

Eso era lo que le preocupaba en verdad. Ward se había estado torturando mientras iba de bar en bar, y no le gustó ninguna de las respuestas que acudieron a su mente. Había permitido que Faye influyera demasiado en Lionel. Y él no le había dedicado el tiempo suficiente. Le infundía demasiado respeto. No le había querido lo bastante. Siempre había preferido a Greg. Los reproches que se hacía eran numerosos, pero todos se reducían a una misma cosa: su hijo era un maricón. ¿Desde cuándo? ¿Cómo había ocurrido? ¿Cómo era posible que semejante desgracia se hubiera abatido sobre él? Era una afrenta personal a su virilidad: su hijo era un mariquita. Esas palabras le ardieron en la mente como si fueran de fuego. Miró a su esposa con los ojos llenos de lágrimas.

—No te reproches nada, Ward —dijo Faye, rodeándole con sus brazos y acompañándole al dormitorio donde ambos se sentaron el uno al lado del otro.

—Yo no tengo la culpa —dijo Ward, gimiendo como un chiquillo asustado. Faye le compadeció. Eran las mismas preguntas que se había hecho ella al enterarse de la situación, pero quizá fuera más duro para él. Su esposo no era tan fuerte y no estaba tan seguro de sí mismo y de lo que les había dado a sus hijos.

—Nadie tiene la culpa: ni tú, ni yo, ni él, ni siquiera John. Lionel es así. Lo tenemos que aceptar.

Al oír esas palabras, Ward se levantó tambaleándose y la agarró por un brazo hasta hacerle daño.

—Estás completamente equivocada. Yo nunca lo aceptaré. ¡*Nunca*! ¿Me has comprendido? Ya se lo he dicho a él. Ya no le considero hijo mío.

—¡Pues lo es! —contestó Faye, furiosa, dando un tirón para que su esposo le soltara el brazo—. Es *nuestro* hijo tanto si es cojo como si es manco, inválido, sordo, mudo, enfermo mental, asesino… Sea lo que sea. Podemos dar gracias a Dios de que sólo sea homosexual. Es mi hijo hasta que yo me muera o se muera él y también lo será tuyo hasta entonces, tanto si te gusta como si no, tanto si apruebas su conducta como si la censuras. —Ward se quedó asombrado ante la vehemencia de su esposa—. No puedes desterrarle de tu vida o la mía. Lionel no irá a ninguna parte. Es nuestro hijo y más te vale aceptarle. De lo contrario, puedes irte al infierno. No permitiré que le causes a este chico más angustias de las que ya sufre. Bastante pena tiene siendo lo que es.

—Es así porque tú le has protegido durante toda la vida —dijo Ward con rabia—. Se lo disculpas todo, dejas que se esconda en tus faldas. –Se desplomó en un silla y se echó nuevamente a llorar, mirando a su mujer–. Y ahora se ha puesto tus faldas. Menos mal que no anda por la calle disfrazado. –Aquellas palabras eran tan crueles que Faye le abofeteó. Ward no se movió, pero la fría mirada de sus ojos la llenó de espanto–. No quiero volver a verle en esta casa. Si viene, yo mismo lo echaré a la calle. Se lo he dicho a él, te lo digo a ti y se lo diré a todos los demás. Y si alguien no está de acuerdo conmigo, por la puerta se va a la calle. Lionel ya no existe. ¿Está claro?

Faye se quedó muda de cólera. Sentía deseos de asesinar a Ward con sus propias manos. Por primera vez en su vida, a pesar de todo lo ocurrido hasta entonces, lamentó haberse casado con él y así se lo dijo antes de abandonar el dormitorio dando un portazo.

Aquella noche, durmió en la habitación de Lionel y, a la mañana siguiente a la hora del desayuno, Ward volvió a partirle el corazón. Envejeció diez años en una noche y Faye recordó los comentarios que antes le hiciera a Lionel. Temía que la verdad matara a Ward y, en aquellos momentos, le pareció que eso era efectivamente lo que iba a ocurrir. Ward se bebió el café en silencio, miró el periódico sin tomarlo y después se dirigió a todos, y habló en tono monótono y apagado. Hecho curioso, era una de las pocas veces en que desayunaban juntos desde hacía varios meses. Greg aún no había regresado a la universidad para jugar su gran partido, las gemelas estaban levantadas –lo cual era un milagro– y Anne bajó al cabo de unos momentos. Ward les comunicó a todos que a partir de entonces, Lionel no existía para él porque era homosexual y mantenía relaciones con John Wells. Las niñas le miraron horrorizadas y Vanessa se echó a llorar. Pareció que Greg iba a vomitar. Se levantó de un salto y empezó a proferir gritos contra su padre mientras Faye se agarraba a la silla.

–¡Eso es mentira! –gritó Greg, más en defensa de su viejo amigo que de su hermano, el cual era, en cierto modo, un extraño para él–. No es verdad.

Su padre le miró; tenía ganas de propinarle un puñetazo y le señaló la silla.

–Siéntate y cierra la boca. Es verdad. Los sorprendí ayer mismo. –El rostro de Anne adquirió un tinte ceniciento y Faye pensó que su vida y su familia habían quedado destruidas para siempre. Sintió odio hacia Ward por el daño que les estaba haciendo a todos y, especialmente, a su primogénito–. Lionel ya no es bien recibido en esta casa. Por lo que a mí respecta, no existe. ¿Está claro? Os prohíbo que volváis a verle y, como yo me entere de que alguien le ha visto, tiene orden de marcharse. No le mantendré, no le veré, no volveré jamás a hablar con él. ¿Lo ha comprendido todo el mundo?

Todos asintieron en silencio, con los ojos llenos de lágrimas. Acto seguido, Ward salió de la casa, tomó el automóvil y se dirigió a casa de Bob y Mary Wells, mientras Faye y sus hijos permanecían sentados alrededor de la mesa del desayuno, mirándose en silencio. Greg reprimió las lágrimas y pensó en lo que iban a decir sus amigos cuando se enteraran del asunto. Era lo peor que podía ocurrir y se moría de angustia sólo de pensarlo. Sentía deseos de matar a John Wells el muy cerdo... Ya hubiera tenido que suponerlo todo cuando no aceptó la beca de la Escuela de Tecnología de Georgia. Maldito maricón. Cerró las manos en puño y les miró a todos con expresión desvalida, mientras Vanessa buscaba los ojos de su madre.

–¿Tú también piensas eso, mamá? –preguntó la muchacha.

Era absurdo preguntar si era cierto, aunque parecía increíble. Su padre les había sorprendido y ninguno de ellos podía imaginar nada peor. Lo consideraban algo espantoso y, en lugar de la pacífica estampa de dos muchachos frente a la chimenea, el uno con la cabeza apoyada sobre las rodillas del otro, cruzaban por su mente toda clase de lascivas escenas. Sin embargo, el asunto estaba claro y no admitía excusas.

Faye les miró a todos y habló en tono sereno y mesurado. Su dolor era inmenso. Ward acababa de destruir la labor de casi veinte años. ¿Qué sería de aquellos chicos? ¿Qué pensarían de Lionel y de sí mismos? ¿De su padre, por haber desterrado a su hermano mayor de sus vidas, y de su madre, por haberlo permitido? Tenía que decir algo y ahora era la ocasión. Al diablo con Ward.

—No, yo no pienso eso. Quiero a Lionel tal y como siempre le he querido y, si ésos son sus sentimientos, yo estaré siempre a su lado cualesquiera que sean sus preferencias sexuales. Quiero que todos lo sepáis. Cualquier cosa que hagáis, dondequiera que vayáis, cualesquiera que sean vuestros errores y cualquier cosa que seáis, buena o mala, y tanto si yo la apruebo como si no, siempre seré vuestra madre y vuestra amiga. Siempre podréis venir a mí. Siempre habrá un lugar para vosotros en mi corazón, en mi vida y en mi casa.

Después se levantó y los besó uno a uno, mientras los cuatro lloraban por el hermano perdido, por la decepción que sentían y por el impacto del secreto revelado. No acababan de comprenderlo, pero el mensaje de su madre era muy claro.

—¿Crees que papá cambiará de idea? —preguntó Val en voz baja.

Anne se había escabullido momentos antes sin que nadie se diera cuenta de ello.

—No lo sé. Hablaré con él. Supongo que, con el tiempo, recapacitará, pero ahora no puede entenderlo.

—Ni yo tampoco —dijo Greg, levantándose y descargando un puñetazo sobre la mesa—. Es lo más asqueroso que he oído en mi vida.

–Lo que tú pienses al respecto es cosa tuya, Greg. A mí, no me importa lo que hagan. Si son así y no hacen daño a nadie, yo lo acepto.

Faye miró a su hijo y leyó en sus ojos la distancia que le separaba de él. Se parecía demasiado a Ward. Tenía la mente y el corazón cerrados. Greg subió corriendo al piso de arriba, entró en su habitación y cerró de un portazo; y fue entonces cuando Faye se percató de la ausencia de Anne. Comprendió el terrible golpe que habría sufrido y decidió subir a hablar con ella; pero la puerta del dormitorio estaba cerrada y la niña no le quiso abrir. Las gemelas se fueron asimismo a sus habitaciones y todos se comportaron como si acabara de morir alguien. Más tarde, Faye llamó a Lionel. Él y John ya sabían que Ward había ido a casa de los Wells.

Bob y Mary Wells se pusieron histéricos y los llamaron por teléfono. Se derramaron abundantes lágrimas, y tras hablar con sus padres, John fue al cuarto de baño y vomitó. Sin embargo, a pesar de los gritos y los reproches, sus padres le dijeron que le seguían considerando su hijo y no compartían las opiniones de Ward Thayer, que le seguían queriendo y aceptaban también a Lionel. Faye se echó a llorar al enterarse y se alegró en secreto cuando Lionel le comunicó que Bob Wells había echado a Ward de su casa.

Aquella tarde, Faye fue a ver a los muchachos. Quería repetirle a Lionel que estaba de su parte. Madre e hijo se fundieron en un apretado abrazo y luego ella abrazó también a John. No era fácil la situación y ella hubiera querido cualquier cosa, pero así era él. Faye quería decirle que siempre sería bien recibido en su casa, que seguía formando parte de la familia a pesar de lo que dijera su padre y que, a partir de aquel instante, ella correría con los gastos de sus estudios y de su manutención. Si Ward quería cortar todos los lazos, allá él; ella, en cambio, siempre estaría a su lado. Lionel se echó a llorar al escuchar las palabras de su madre y prometió buscarse un empleo para contribuir a los gastos. John prometió lo mismo. Sus padres le dijeron que seguirían manteniéndole mientras estudiara y que nada cambiaría en sus vidas.

Aquella noche, cuando regresó a casa, Ward no había cambiado de parecer. Se había pasado todo el día fuera y Faye adivinó por su aspecto que había bebido. A la hora de cenar, volvió a recordarles a todos que Lionel ya no era bien recibido en la casa y que para él era como si hubiera muerto. Fue entonces cuando Anne se levantó y le miró con odio reconcentrado.

—¡Siéntate!

Era la primera vez que Ward le hablaba con aspereza. Para asombro de todos, la muchacha le plantó cara. Fue un momento que nadie olvidaría jamás.

—No quiero. Me das asco.

Ward se levantó, rodeó la mesa y la agarró del brazo, obligándola a sentarse, pero Anne no tocó la comida y, al término de la cena, se levantó y miró a su padre enfurecida.

—Él es mejor que tú.

—Pues entonces lárgate de mi casa.

—¡Lo haré!

Anne arrojó la servilleta sobre el plato que no había tocado y se fue a su habitación. Al cabo de un rato, oyeron el ronroneo del motor del automóvil de Greg. El muchacho ya no podía soportar la tensión. Vanessa y Valerie se miraron angustiadas, temiendo lo que pudiera ocurrirle a Anne.

Aquella noche, ésta abandonó subrepticiamente la casa y se fue al apartamento de Lionel haciendo autostop. Vio la luz arriba y llamó al timbre; después, lo hizo con los nudillos, pero no le abrieron. Entonces se fue a la cabina telefónica de la esquina y llamó; pero nadie se puso al teléfono. Los muchachos estaban tranquilamente sentados en el salón. Habían sido veinticuatro horas de pesadilla y ya no podían aguantar más escenas. John quería ir a abrir, pero Lionel se lo quitó de la cabeza.

—Si fuera uno de los chicos, tendría la llave. Seguramente es mi padre, borracho otra vez.

Ambos estaban destrozados. Ni siquiera se asomaron a la ventana para ver quién era. Abajo, Anne se sacó un lápiz del bolsillo de la chaqueta, arrancó un trozo de periódico del cubo de la basura y garabateó una nota para Lionel: «Te quiero, Li. Siempre te querré, A.» Las lágrimas le nublaron los ojos. Quería decírselo antes de marcharse, pero quizá ya no importaba... Introdujo el papel en el buzón. Era lo único que él necesitaba saber. No quería que creyera que ella también le había vuelto la espalda. Tenía que saber que siempre estaría a su lado. Pero ya no podía resistir la situación por más tiempo. Desde que Lionel no estaba en casa, la vida le resultaba insoportable y, a partir de aquel momento, sería mucho peor. Jamás volvería a ver a su hermano. No le quedaba más que una opción y se sorprendió del alivio que experimentaba.

A la noche siguiente mientras todos dormían, hizo una pequeña maleta y se deslizó por la ventana de su dormitorio tal como lo hizo la víspera cuando fue a ver a Li. Había muchos sitios donde poder apoyar los pies y Anne los había utilizado infinidad de veces. Llevaba el cabello recogido en una larga trenza rubia y vestía vaqueros, un chaquetón con capucha y zapatillas de lona. Sabía que allí arriba haría frío. En la pequeña maleta, llevaba todo lo necesario. Ni siquiera volvió la vista hacia atrás cuando abandonó la casa. Le importaban todos un bledo, lo mismo que ella a ellos. Echó a andar por la carretera hasta llegar a Los Ángeles y allí hizo autostop, para trasladarse a la autopista del norte. Le sorprendió comprobar cuán fácil era. Al primer automovilista le dijo que regresaba a Berkeley después de las vacaciones de Navidad. Él no preguntó nada y la dejó en Bakersfield.

Para entonces, Faye había encontrado la nota. Anne había dejado la puerta del dormitorio abierta y la nota encima de la cama.

«Ahora ya te has librado de dos de nosotros, papá. Adiós, Anne.» Ni una palabra para los demás. Ni siquiera para Faye que, al encontrar la nota de su hija sobre la cama, creyó morir de dolor. En el acto, dio aviso a la policía y llamó a Lionel, el cual ya había encontrado asimismo el trozo de periódico. Para Faye fue el peor momento de su vida y mientras aguardaba la llegada de la policía, se preguntó si podría resistirlo. Ward permanecía sentado en un sillón del estudio, sosteniendo la nota en la mano.

—No puede haber ido muy lejos. Estará en casa de alguna amiga.

—No tiene amigas —terció Valerie, rompiendo la última esperanza.

Aunque les entristeciera reconocerlo, todos sabían que eso era verdad. Su único amigo era Lionel y su padre lo había desterrado. Faye miró a su marido con rabia y, en aquel momento, llamaron al timbre. Era la policía. Faye rezó para que encontraran a Anne antes de que le ocurriera algo. Nadie sabía adónde podía haber ido, y hacía ya unas horas que se había marchado de casa.

22

En Bakersfield, Anne tardó horas en encontrar otro automovilista dispuesto a llevarla, pero, al final uno la llevó hasta Fremont y, desde allí no le fue difícil cubrir el último tramo del trayecto. Tardó, en total, unas diecinueve horas en llegar a San Francisco, pero en conjunto, la experiencia fue agradable y todo el mundo fue muy simpático con ella. Dos automovilistas le dijeron que creían que era una estudiante, una «hija de las flores». Nadie hubiera adivinado que le faltaban unas semanas para cumplir los catorce años. Al llegar a San Francisco, bajó por Haight Street, sintiéndose la reina del mundo. Había jóvenes por doquier enfundados en vistosas prendas de confección casera. Había Hare Krishnas con túnicas anaranjadas y cabezas rapadas, chicos con el cabello largo hasta la cintura y chicas con flores trenzadas en el pelo. Todo el mundo parecía feliz y contento. La gente compartía la comida por la calle y alguien le ofreció una pastilla de ácido, pero Anne la rechazó, esbozando una tímida sonrisa.

–¿Cómo te llamas? –le preguntó uno.

–Anne –contestó en voz baja.

Ése era el lugar donde ansiaba vivir desde hacía años, lejos de aquellos extraños con quienes había convivido y a los que tanto odiaba. En cierto modo, se alegraba del giro que habían tomado los acontecimientos. Lionel tenía a John y tal vez pronto ella tendría asimismo a alguien. Lionel ya sabría que ella le quería, a pesar de todo. En cuanto a los demás… la traían sin cuidado. Esperaba no volver a verles jamás. Mientras se dirigía al norte, pensó en la posibilidad de cambiar de nombre, pero, al llegar a las calles de Haight-Ashbury, comprendió que a nadie le importaría. Había otros chicos que todavía parecían más jóvenes que ella, y nadie sospecharía que era forastera. No habló con nadie. Una chica llamada Anne era tan anónima como cualquier otra persona. Su aspecto era anodino y su cabello rubio, de lo más corriente, a diferencia del oro pálido de Vanessa y del rubio fuego de Valerie. Las gemelas no hubieran podido pasar desapercibidas. Pero ella sí. Podía perderse entre la muchedumbre. Durante muchos años lo había hecho en su casa. Ni sus padres ni sus hermanos sabían si estaba o no estaba, si llegaba o si se marchaba, y estaba tan acostumbrada a oír preguntar «¿Dónde está Anne?» que tenía el absoluto convencimiento de que allí podría hacer fácilmente lo mismo.

–¿Tienes apetito, hermana? –Una chica con frágil figura envuelta en una especie de sábana blanca y un sucio chaquetón púrpura le ofreció un trozo de tarta de zanahorias. Anne temía que llevara mezclado ácido o alguna otra droga. La chica intuyó el motivo de su vacilación–. Está limpia. Me parece que no eres de aquí.

–Pues lo soy.

La chica tenía dieciséis años y llevaba allí siete meses, desde que, en mayo, se había ido de Filadelfia. Sus padres aún no la habían localizado, aunque ella vio los anuncios que habían insertados en los periódicos. No experimentaba el menor deseo de contestarles. Había un sacerdote que rondaba por las calles, daba consejos y se ofrecía para establecer contacto con los padres de los muchachos en caso de que éstos lo desearan. Pero pocos aceptaban el ofrecimiento y Daphne no era desde luego uno de ellos.

–Me llamo Daff. ¿Tienes sitio donde dormir esta noche?

–Todavía no –contestó Anne, denegando con la cabeza.

–Hay un sitio en Waller. Puedes quedarte todo el tiempo que quieras. Lo único que hay que hacer es ayudar en la limpieza y en la preparación de la comida los días que te corresponda.

En los últimos tiempos, había habido allí dos brotes de hepatitis, pero Daphne no se lo dijo a Anne. Por fuera, todo era bonito y agradable. Las ratas, los piojos, los chicos muertos por sobredosis no eran tema apropiados para comentarlos con los neófitos. Y, además, ¿no eran cosas que ocurrían por doquier? Era un momento especial de la historia de la humanidad. Un momento de paz, de amor y de felicidad. Una oleada de amor para contrarrestar las inútiles muertes de Vietnam. El tiempo se había detenido para todos ellos y lo único que importaba era el aquí y el ahora, el amor, la paz y los amigos. Daphne la besó suavemente en las mejillas y la tomó de una mano para acompañarla a la casa de Waller Street.

Allí vivían entre treinta o cuarenta personas; la mayoría de ellas iban enfundadas en atuendos indios de abigarrados colores, aunque algunos llevaban vaqueros remendados y trajes con plumas y lentejuelas. Con sus vulgares vaqueros y su jersey marrón de cuello cisne, Anne se sentía como un pajarillo; pero la chica que la recibió en la puerta le prestó un descolorido vestido de seda rosa procedente de una tienda de baratillo de Divisadero Street. Anne se calzó unas sandalias, se soltó el cabello y lo adornó con dos flores y, por la tarde, ya parecía uno de ellos. Comieron un plato indio y pan cocido en casa y alguien le ofreció un canuto. Luego,

Anne se tendió en un saco de dormir y contempló muy contenta a sus nuevos amigos; se sentía rodeada por un calor y una aceptación que jamás había conocido. Completamente distinto del que reinaba en su casa de Beverly Hills, de los enfurecidos decretos de su padre contra Lionel, de las perfidias de la gente que conocía, de la estupidez de Gregory, del egoísmo de las gemelas, de la mujer que decía ser su madre y a la que nunca había comprendido. Aquél era el lugar que le correspondía: Waller Street, en compañía de sus nuevos amigos.

Cuando, tres días más tarde, la iniciaron en el mundo de la droga, le pareció adecuado, correcto y bonito. Fue un supremo acto de amor que tuvo lugar en una estancia llena de incienso y con la chimenea encendida. Las alucinaciones la llevaron del cielo al infierno y otra vez al cielo. Sabía que, cuando despertara, sería una persona distinta. Se lo dijeron antes de que se comiera las setas e ingiriera una pequeña cápsula de LSD, mezclada con un terrón de azúcar. La droga tardó un rato en hacerle efecto, pero después vio espíritus amistosos por doquier y una habitación llena de personas conocidas. Más tarde, vio arañas, murciélagos y cosas terribles, pero ellos la tomaron de la mano mientras chillaba; y cuando empezó a sentir punzadas de dolor por todo el cuerpo, le cantaron canciones y la acunaron como jamás había hecho su madre. Ni siquiera Lionel había hecho nunca nada parecido. Cruzó un desierto caminando a gatas y, al final, llegó a un bosque encantado lleno de duendes que la acariciaron con sus manos mientras los espíritus cantaban. Después, los rostros que la velaron toda la noche en espera de que se librara del mal de su vida pasada, se acercaron de nuevo a ella. Se sentía purificada y sabía que ya era uno de ellos. Los malos espíritus habían muerto, la habían abandonado y ya era pura. Ahora ya podían completar el ritual. La desnudaron muy despacio y la untaron con aceites mientras todos le acariciaban suavemente la aterciopelada piel. Aquella noche, Anne llegó muy lejos y algunas zonas del cuerpo le escocían, pero las mujeres le aplicaron masaje para prepararla y la obligaron a tenderse a pesar de sus gritos. Al principio la chica se resistió, pero cedió enseguida, ablandada por los murmullos y por la música. Le dieron a beber algo caliente, volvieron a untarle con aceite, dos guardianes le aplicaron aceite en la parte más íntima de su cuerpo. Anne se estremeció de angustia y de placer. A continuación se acercaron sus nuevos hermanos, los espíritus que sustituirían a los que había dejado a sus espaldas, se arrodillaron a su lado mientras las hermanas canturreaban, y uno a uno, la penetraron. Se escuchó una música más fuerte, volaron pájaros por encima de la cabeza de Anne y ésta sintió punzadas de dolor y oleadas de éxtasis mientras ellos iban entrando y saliendo hasta que, al final, volvieron las hermanas, la cubrieron de besos y se introdujeron en su interior hasta hacerle perder el sentido. Cesó la música y la estancia quedó a oscuras. Su vida pasada se esfumó. Anne se agitó, preguntándose si todo habría sido un sueño; pero, cuando se incorporó y miró a su alrededor, vio que todos la esperaban. Se sorprendió de que fueran tantos, pero los reconoció uno por uno y extendió los brazos, llorando. Ellos se acercaron y la abrazaron. Ya era una mujer, la fraternidad se había consolidado. Le dieron otra tableta de ácido a modo de recompensa y esta vez se elevó como si fuera uno de ellos, vestida con una túnica blanca. Cuando los hermanos y las hermanas volvieron, Anne les correspondió: les besó y acarició a las hermanas. Le comunicaron que ahora ya tenía derecho a hacerlo, que era una expresión de amor que se tenían mutuamente. A lo largo de las semanas sucesivas, Anne participó muy a menudo en el ritual. Cuando llegaba alguna cara nueva a la casa de Waller Street, era Girasol quien la recibía, con su dulce sonrisa y su rubio cabello adornado con flores. Girasol, antes llamada Anne. Se drogaba sobre todo con LSD y jamás se había sentido tan feliz. Al cabo de tres meses uno de los hermanos se adueñó de ella. Se llamaba Luna y era alto, delgado y hermoso, tenía el cabello plateado y los ojos azules. Se la llevaba a la cama todas las noches y la acunaba en sus brazos. Hasta cierto punto, le recordaba un poco a Lionel. Anne iba a todas partes con él y, a menudo, él se volvía a mirarla con su mística sonrisa.

—Girasol, ven a mí…

Anne conocía la magia de lo que a él le gustaba, sabía cómo calentarle las pócimas de hierbas, cuándo había de traerle droga y cuándo debía acariciarle la carne. Siempre que llegaba alguien y se llevaba a cabo el ritual, era Girasol la que primero atendía a las hermanas: las untaba con suave aceite, les daba la bienvenida a la tribu y las preparaba con sus ágiles dedos para sus hermanos. Luna estaba muy orgulloso de Anne y siempre le premiaba su comportamiento dándole pastillas de ácido. Le parecía extraño que la vida pudiera ser tan distinta, llena de brillantes colores y de personas a las que amaba y que, a su vez, la amaban a ella. Atrás había quedado la soledad de su vida anterior. Se había olvidado de todos. Cuando, en primavera, Luna le palpó el vientre y le dijo que estaba embarazada y ya no podría participar en el ritual, se echó a llorar.

—No llores, amorcito, tienes que prepararte para celebrar un ritual mucho más importante. Estaremos a tu lado cuando este diminuto rayo de luna atraviese los cielos y venga a ti, pero entretanto…

Le redujo la dosis de ácido, pero le permitió fumar toda la marihuana que quisiera, soltando una carcajada al ver que ello le aumentaba el apetito. Se le empezaba a notar la tripa cuando, un día, bajó por Haight Street y vio un rostro del pasado, sin estar muy segura de quién era. Regresó a la casa de Waller Street y le dijo a Luna con aire pensativo:

—He visto a un conocido.

Luna no se preocupó demasiado. Todos ellos veían a personas conocidas en sus mentes y en sus corazones, y, a veces, éstas se les aparecían de una forma más concreta. Su mujer y su hijo habían fallecido en un accidente de navegación poco antes de que él abandonara su casa de Boston para trasladarse a San Francisco, pero él solía verlos con frecuencia, sobre todo, durante el ritual. No le sorprendió que Girasol viera a un conocido. Se alegraba porque era señal que se había elevado a un estado superior. El niño, que en parte era suyo, la conduciría todavía más arriba antes de su llegada.

—¿Quién era, nena?

—No estoy segura. No recuerdo cómo se llama.

La víspera, Luna le dio excepcionalmente una pastilla de ácido y ahora el nombre de Jesús acudía incesantemente a sus pensamientos, pero Anne estaba segura de que no era él.

Luna la miró sonriendo. Más tarde volvería a darle setas y ácido, pero, por el momento, tenía que conservarse pura para la llegada del niño y sólo podía tomar lo justo para mantenerse en un estado de iluminación. No podía subir demasiado alto, ya que, en tal caso, el niño se hubiera asustado. Al fin y al cabo, la criatura les pertenecía a todos y todos tenían su parte en él, tanto los hermanos como las hermanas. Luna tenía la completa seguridad de que lo habrían concebido en el transcurso de la primera noche en que Anne había sido el centro del ritual. El niño sería una bendición, le dijo él, y precisamente en ese momento Anne recordó con toda claridad el nombre y la cara de John.

23

—¿Estás seguro? —le preguntó Lionel, incrédulo.

John ya le había hecho la faena un par de veces.

Para desesperación de todo el mundo, hacía tres meses que habían abandonado los estudios y se habían trasladado a San Francisco en busca de Anne. Ward no quiso saber nada del asunto cuando Faye se lo contó, y Bob Wells temió que fuera una excusa para dejar la universidad e irse a San Francisco a reunirse con los homosexuales que tanto abundaban por allí.

Lionel insistía en que Anne debía estar por aquella zona. Era el paraíso de los chicos que huían de sus casas y, aunque no se lo dijo a sus padres, estaba seguro de que los fugitivos podían vivir allí muchos años sin ser reconocidos por nadie ni entregados a la policía. Los había a miles, hacinados en pequeños apartamentos, viviendo como hormigas en las casas multicolores de Haight-Ashbury, con flores, alfombras, incienso, drogas y sacos para dormir por doquier. Eran una época y un lugar irrepetibles, y Lionel intuía que Anne debía de ocultarse allí. Lo presintió nada más llegar. Sólo había que localizarla, en caso de que pudieran hacerlo. Lionel y John se pasaron meses y meses recorriendo infructuosamente las calles, y ya no disponían de mucho tiempo. Habían prometido reanudar sus estudios en junio, incorporándose a las tandas de verano para compensar el tiempo perdido.

—Si no la encontráis en tres meses —dijo Bob Wells—, tendréis que dejarlo. No podéis buscarla eternamente. Podría estar en Nueva York, las Hawai o en Canadá.

Pero Lionel sabía que se equivocaba. Anne se habría trasladado allí en busca del amor que nunca había recibido en su casa. John estaba de acuerdo con él y ahora tenía la certeza de haberla visto vagando aturdida por Ashbury, envuelta en una sábana de color púrpura, llevando una corona de flores en la cabeza y los ojos tan nublados que lo más probable era que ni siquiera le hubiera visto. Por un instante, John experimentó la sensación de que Anne le había reconocido, pero, después, la muchacha pasó de largo. La siguió hasta una destartalada casa en la que, al parecer, se albergaba una colonia de drogadictos y de fugitivos. El olor del incienso llegaba hasta la calle y, en la escalera de entrada, había como unos veinte individuos, que entonaban canciones indias tomados de la mano. Canturreaban, se reían y saludaban a los amigos con la mano. Cuando Anne llegó se separaron como las aguas del mar Rojo y la ayudaron a subir hasta la puerta donde aguardaba un hombre de cabello gris que la acompañó al interior de la casa. John trató de explicarle a Lionel los detalles de aquel extraño espectáculo y le repitió la descripción de la chica.

—Me veo obligado a reconocer que podría ser Anne.

Sin embargo, otras muchachas que John localizó también lo parecían. Todos los días, John y Lionel se separaban y recorrían las calles de Haight-Ashbury. En caso de que Anne estuviera allí, era un milagro que aún no la hubieran encontrado. Por la noche, regresaban a la habitación del hotel que habían alquilado con el dinero que Faye le prestó a Lionel. Solían comerse tranquilamente una hamburguesa en algún sitio y nunca visitaban los bares de homosexuales. A la mañana siguiente, reanudaban la operación de búsqueda. Era un esfuerzo agotador. Faye se trasladó varias veces a San Francisco para unirse a la búsqueda, pero, al final, Lionel le comunicó que le dificultaba la tarea. Faye llamaba demasiado la atención en el ambiente de los «hijos de las flores»: sus blusas eran impecables, las escasas joyas que llevaba eran excesivas y los vaqueros estaban demasiado limpios. Parecía exactamente lo que era: la madre de un fugitivo de Beverly Hills en busca de su retoño. Los chicos huían como ratas al verla.

—Vete a casa, mamá —le pidió Lionel—. Ya te llamaremos si la vemos. Te lo prometo.

Faye regresó para trabajar en una nueva película e instó a su marido a que buscara, por una vez, un coproductor. Ward bebía mucho y las relaciones entre ambos iban de mal en peor. Seguía negándose a hablar con Lionel. Si éste llamaba para comunicarle a Faye lo que había visto en Haight-Ashbury, Ward le colgaba el teléfono en cuanto oía su voz. Lionel no podía comunicarse con su madre y Faye estaba furiosa. Por fin mandó instalar otro teléfono para que Lionel pudiera llamarla, pero notó que sus demás hijos también le evitaban por temor a su padre. Las gemelas nunca se ponían al teléfono por el que llamaba. Cumplían las órdenes de su padre a rajatabla. Lionel había sido abandonado por todos menos por Faye, que le quería aún más por compasión, porque se sentía sola y porque le agradecía lo que hacía por Anne. Faye hablaba a menudo con Mary Wells y le expresaba su gratitud por la ayuda que le prestaba John. Los Wells se adaptaron a la situación. Amaban a su hijo y aceptaban asimismo a Lionel. Ward, en cambio, no había vuelto a hablar con los Wells desde el día en que Bob le echó de su casa.

Las relaciones entre Ward y Faye empeoraban sin remedio. A pesar de la fuga de Anne, Ward se fue al

Super Bowl en compañía de Greg, asegurando que la policía la iba a encontrar, y que cuando la trajeran a casa la castigaría y la mantendría diez años bajo vigilancia para hacerla entrar en razón. Pero, en realidad, no sabía cómo afrontar los acontecimientos. Se fue con Greg al Super Bowl y se lo pasó muy bien. Al volver, se sorprendió de que la policía aún no hubiera encontrado a Anne; y en el transcurso de las semanas sucesivas, se pasó las noches en vela, y se abalanzaba sobre el teléfono en cuanto éste empezaba a sonar. Al fin, comprendió que la situación era grave. La policía les dijo sin disimulos que su hija podía estar muerta o que, aunque estuviera viva, tal vez nunca más la encontrarían. Fue como si se le hubiesen muertos dos hijos de golpe y Faye comprendió que ya nunca podrían recuperarse de aquella pérdida. Se enfrascó en el trabajo para aliviar las penas, pero todo fue en vano. Pasaba todo el rato que podía con las gemelas, mas éstas ya no eran las mismas. Vanessa estaba más silenciosa que nunca y su gran idilio se había truncado nada más empezar. Valerie apenas se maquillaba y evitaba salir. Sus minifaldas eran menos provocativas y su vestuario se había reducido al mínimo. Era como si todos esperaran una noticia, espantosa. A cada día que pasaba, aumentaban los temores de que Anne hubiera muerto.

Faye empezó a ir a la iglesia, cosa que llevaba muchos años sin hacer, y no le hacía el menor reproche a Ward cuando éste no regresaba a casa por las noches. Al principio, Ward volvía a casa entre la una o las dos de la madrugada, hora de cierre de los bares, y era fácil adivinar de dónde venía; pero, después, ya ni siquiera se molestó en volver. La primer vez que ocurrió, Faye tuvo la certeza de que se había matado. Cuando regresó a las seis de la madrugada, y entró de puntillas con un periódico bajo el brazo, Faye se asustó. No estaba borracho, no tenía resaca y no dio explicaciones. Su mujer recordó entonces el nombre de Maisie Aberna-thie y la vez que se fue con ella a pasar cinco días a México. Faye supuso que no debía ser la misma mujer, pero vio en el rostro de Ward la misma expresión y la misma forma de evitar sus ojos, y decidió apartarse por completo de él. Se hallaba tan afligida por la tragedia que apenas se percataba de nada y temía perder la razón. Sus días estaban llenos de trabajo y sus noches llenas de remordimientos. Procuraba hacer cuanto podía por las gemelas, pero la familia estaba totalmente destrozada.

Al final, llegaron a oídos de Faye los rumores que circulaban por la Metro. Ward tenía una aventura con la estrella de un importante espectáculo de la televisión y, al parecer, la cosa iba en serio. Faye rezó para que la prensa no se enterara y ella tuviera que dar explicaciones a sus hijas. Una noche, cuando ya estaba a punto de venirse abajo, Lionel la llamó. Aquella tarde, él y John siguieron a la chica que éste había creído era Anne y estaban seguros de que era ella. Parecía drogada y completamente aturdida, había engordado y vestía una especie de sari de color púrpura, pero ambos tenían la certeza de haberla encontrado.

—¿Estás seguro? —preguntó Faye con lágrimas en los ojos.

Lionel le contestó que tenían la casi absoluta seguridad de que era Anne. Estaba muy rara vestida de aquella manera y rodeada por los miembros de la secta y no era fácil acercarse para mirarla con mayor detenimiento. No hubieran podido gritar «Anne» y conseguir que regresara sin más. Por otra parte, Lionel no quería que su madre concibiera falsas esperanzas y sufriera luego una decepción.

—No estamos completamente seguros, pero queríamos saber qué quieres que hagamos.

—La policía nos dijo que la avisáramos.

–¿Y si fuera otra chica?

–Al parecer, es algo que ocurre a menudo. Probablemente será otra fugitiva a la que están buscando. Dijeron que no dudáramos en llamar en caso de que supiéramos dónde estaba. Hay aquí arriba un tal padre Brown que conoce a todos los chicos y les ayuda constantemente a salir de esta situación. –Los muchachos sabían quién era y se comprometieron a ponerse en contacto con él y con la policía–. ¿Qué te parece si vengo esta noche?

Faye no tenía nada que hacer por las noches una vez terminado el trabajo en los estudios. A Ward ni le veía el pelo, y él ya ni siquiera regresaba a casa por las noches, y casi producía la impresión de querer provocar un enfrentamiento con su esposa, pero Faye no tenía ánimos para eso. Se preguntó si sería verdad que la cosa iba en serio. Le parecía increíble divorciarse al cabo de tantos años. Si encontraran a Anne y Lionel pudiera reanudar sus estudios, entonces podía abordar la cuestión de Ward y del posible divorcio. A medianoche sonó el teléfono de su línea privada y comprendió que sólo podía ser Lionel. Ward casi nunca llamaba para avisar que no iría a casa y, cuando lo hacía, utilizaba la línea normal.

–¿Li? –dijo Faye, tomando el teléfono angustiada.

–La policía cree asimismo que es Anne. Hoy les hemos dicho dónde estaba. Tienen a media docena de agentes de paisano que actúan en la zona en operaciones de búsqueda de fugitivos y represión del tráfico de droga. Han hablado con el padre Brown. Sabe quién es y parece que la llaman Girasol, pero no cree que sea tan joven como Anne. –Ésta ya había cumplido catorce años, pero todos sabían que aparentaba tener más edad. Lionel no quiso contarle a Faye el resto de las revelaciones que el padre Brown le había hecho sobre aquella secta entregada a extrañas prácticas eróticas de sexualidad en grupo. Les habían arrestado varias veces, pero nunca consiguieron demostrar que fueran menores de edad o que observaran conductas aberrantes. Todos afirmaban ser mayores de dieciocho años y era imposible demostrar lo contrario. El sacerdote les dijo también que los miembros de la secta consumían LSD, «setas mágicas» y mescalina. Y lo peor de todo era que la chica a la que seguían estaba embarazada, pero eso Lionel tampoco se atrevió a decírselo a Faye. En caso de que fuera otra chica, no había razón para que se inquietara–. Mamá, ¿quieres que la arresten o sólo que la interroguen?

Era la primera vez que se acercaban tanto a la solución del problema y a Faye se le partió el corazón al pensar en su hija. Llevaban cinco meses sin ver a Anne y sólo Dios sabía qué le habría ocurrido durante aquel tiempo. Procuró concentrarse en la pregunta de Lionel para no pensar en ello.

–¿No podrían limitarse a llevársela de allí para que tú pudieras verla bien?

Lionel exhaló un suspiro porque eso era precisamente lo que había intentado conseguir de ellos.

–Podrían, siempre y cuando se trate de Anne. Si no lo fuera y la chica no se hubiera fugado de su casa y fuera mayor de edad, podría demandarles por arresto indebido. La mayoría de estos hippies no suele hacerlo, pero la policía camina con pies de plomo porque ya se ha pillado los dedos un par de veces.

Se le notaba tan cansado que Faye se compadeció de él. Quería recuperar a Anne a toda costa.

–Diles que cumplan con su deber, cariño. Hay que averiguar si es ella.

–Mañana por la mañana, a las diez, me reuniré con los agentes de paisano. Vigilarán la casa y volverán a seguir a la chica. Si conseguimos hablar con ella, lo haremos. Si no, la arrestarán so pretexto de que se encuentra sometida a influencias perniciosas o algo por el estilo.

–¿Acaso toma drogas?

Lionel vaciló mientras miraba a John. Ambos estaban hartos de Haight-Ashbury, de la suciedad, de la basura, de las drogas, de los hippies. Estaban a punto de dejarlo, pero ahora…, si fuera ella…

–Sí, mamá, eso parece. En caso de que sea Anne. No tiene muy buena cara.

–¿Ha sufrido algún daño?

La voz de Faye denotaba tanta angustia que Lionel se conmovió.

–No. Está como aturdida y vive en un sitio muy raro, con una especie de secta oriental.

–Oh, Dios mío…

A lo mejor, se había rapado la cabeza. Faye no podía ni imaginarlo. La vez que todo aquel ambiente le pareció incomprensible se trasladó a San Francisco para reunirse con Lionel y John, e incluso lanzó un suspiro de alivio cuando los muchachos le dijeron que se fuera. Pero ahora quería regresar. Intuyó que la chica podía ser Anne y quería estar allí. Recordaba cómo era cuando nació y le parecía imposible que hubiera transcurrido tanto tiempo.

–Te llamaremos mañana, mamá. En cuanto sepamos algo.

–Estaré en el despacho todo el día –dijo Faye. Luego preguntó–: ¿Te parece que reserve plaza en un vuelo de la tarde, por si acaso?

–Cálmate –contestó Lionel, sonriendo–. Te llamaré tanto si es Anne como si no.

–Gracias, cariño.

Era el mejor hijo que una madre pudiera desear. ¿Qué importaba que fuera homosexual? Le deparaba más satisfacciones que Greg, aunque ella los quería a los dos por igual. Su segundo hijo no era tan sensible. Jamás hubiera abandonado los estudios durante tres meses para buscar a Anne. Más aún, cuando estuvo en casa por Pascua, comentó que, a su juicio, Lionel estaba chiflado. Ward le miró con furia asesina al oír mencionar el nombre prohibido y Faye tuvo que hacer un esfuerzo por no abofetearle en presencia de Greg. Estaba hasta la coronilla de todo y puede que el divorcio fuera una buena solución. Pero, en aquellos momentos, sólo podía pensar en Anne.

Tras hablar con Lionel, permaneció mucho rato despierta, recordando cómo era Anne de pequeña, las cosas que hacía y decía, su manía de esconderse y el cariño que sentía por su hermano mayor. Faye comprendió que la chiquilla había nacido en un mal momento, aunque nadie tenía la culpa de eso. La desgracia se abatió sobre ellos a las pocas semanas de su nacimiento y Faye tuvo que ocuparse de la venta de la casa, de las antigüedades y de las joyas, de la mudanza a la horrible casita de Monterey Park. Después vino el abandono de Ward y ella tuvo que encargarse de la manutención de la familia. La pobre Anne se quedó como perdida en medio de todo aquel desconcierto. Los otros eran ya mayorcitos y no la necesitaban tanto; y además, ella les había dedicado anteriormente mucho tiempo. A Anne, en cambio, nunca le prestó suficiente atención porque estaba entregada en cuerpo y alma a su trabajo. Recordó las veces en que, a los pocos meses de haber nacido Anne, la niñera le preguntaba si quería sostenerla en brazos o darle el biberón, y ella le contestaba: «Ahora no dispongo de tiempo.» La apartó de su lado una y otra vez y Anne pagó las consecuencias. ¿Cómo se le podía decir a una niña como aquélla que *sí* la quería y siempre la quiso aunque no le hubiera prestado demasiada atención? ¿Con qué derecho podía una tener un hijo si después no le dedicaba el tiempo necesario? Y sin embargo, cuando la concibió, su vida era muy fácil y disponía de todo el tiempo del mundo. Mal momento, mala suerte…, mala madre, se repetía una y otra vez tendida en el lecho matrimonial vacío, pensando en Anne y preguntándose si sería ya demasiado tarde y si su hija la odiaría para el resto de su vida. Era muy posible. Ciertas cosas nunca se podían arreglar; por ejemplo, sus relaciones con Ward, con Anne y con Lionel. En pocos meses, las relaciones familiares se habían roto de forma irreparable y ello pesaba encima como una losa cuando, aquella mañana, se levantó a las seis sin haber pegado ojo en toda la noche, preguntándose si la chica que había visto Lionel sería Anne.

Se levantó, se duchó y se vistió, esperó a que las gemelas se fueran a la escuela y se dirigió después a su despacho en la Metro. Estaba asombrada de que Ward ni siquiera intentara disimular. Ni llamaba ni le explicaba dónde pasaba las noches. De vez en cuando, se dejaba caer por casa, pero Faye no le hacía preguntas y se iba a dormir a la habitación de Greg sin decirle nada.

Le vio fugazmente desde el pasillo, pero aún no le quiso decir nada sobre Anne porque aún no estaba segura de que la hubieran encontrado. Poco después del mediodía le dio un vuelco el corazón cuando la secretaria le anunció que Lionel estaba al teléfono.

—¿Li?

—Tranquilízate, mamá —dijo el muchacho.

Temblaba de pies a cabeza, pero no quería que su madre lo supiera. Fue terrible sacarla de allí, pero la policía se encargó de todo y nadie sufrió ningún daño, ni siquiera Anne. Sólo estaba un poco aturdida y no parecía que le importaba demasiado dejar la casa, pese al enojo de su compañero, el cual les amenazó blandiendo un bastón, y les dijo que los dioses les castigarían por llevarse a su hijo. Anne miró sonriendo a su hermano como si le reconociera, pero, como estaba muy drogada, era posible que, al pasarle el efecto, se pusiera hecha una furia. La policía ya lo tenía previsto y había mandado llamar a un médico.

Faye contuvo la respiración y después preguntó, cerrando los ojos:

—¿Es Anne?

—Sí, mamá. Y está bien. Más o menos. —Lo importante era haberla encontrado. Lionel miró a John y comprendió que el vínculo que se había establecido entre ambos en el transcurso de aquellos meses duraría toda la vida. Era como si estuvieran casados—. Está bien, mamá. Nos encontramos en Bryant Street con la policía y la dejarán bajo mi custodia si tú das la autorización. La llevaré a casa dentro de un par de días, en cuanto se haya readaptado un poco.

—Readaptado, ¿a qué?

Lionel tenía muchas cosas que contarle a su madre, pero no podía hacerlo por teléfono. Primero, tenía que prepararla un poco.

—Lleva mucho tiempo lejos de nosotros, mamá. Necesitará de cierto tiempo para acostumbrarse de nuevo al mundo real. Su vida ha sido muy diferente durante estos últimos meses, ha adquirido otras costumbres.

Lionel buscaba una manera diplomática de explicarle la situación a Faye, pero esperaba que ella nunca se enterara de lo que la policía les contó. Conocían muy bien la secta y sus rituales. Su madre se moriría de pena si lo supiera, aunque Anne parecía más feliz que nunca debido, probablemente, a las drogas que tomaba. La policía comentó la posibilidad de cursar una denuncia, pero, tratándose de una niña de catorce años sometida sin duda a coacción, prefirió dejarlo correr. Querían saber si los Thayer deseaban denunciar a los miembros de la secta por secuestro o seducción.

Faye aún no había comprendido del todo las palabras de su hijo.

—¿Toma droga?

—Creo que sí —contestó Lionel, tras una breve vacilación.

–¿Droga dura como la heroína…? –preguntó Faye, palideciendo.

En tal caso, todo estaría perdido porque la gente que tomaba heroína ya nunca se recuperaba.

–No, no –contestó Lionel, apresurándose a tranquilizarla–. Más bien marihuana y probablemente un poco de ácido lisérgico y otros alucinógenos.

Lionel se había convertido en un experto en drogas, pensó Faye, exhalando un suspiro.

–¿La tiene la policía?

–No, me la llevaré al hotel para que se bañe y se relaje un poco. Y para que se le pase el efecto.

–Tomaré el próximo vuelo.

Lionel apretó los dientes. Quería adecentar un poco a Anne antes de la llegada de Faye, y el «próximo vuelo» no le iba a dejar mucho tiempo. Además, su madre tenía que saber otra cosa.

–Mamá, hay algo que debes saber. –Faye intuyó enseguida que había algo más. Anne habría sufrido algún tipo de daño–. ¿Mamá?

–¿De qué se trata, Li?

–Anne está embarazada, mamá.

–Oh, Dios mío –exclamó Faye, rompiendo a llorar–. Sólo tiene catorce años.

–Ya lo sé, mamá. Lo siento.

–¿Han detenido al chico?

Lionel no tuvo el valor de decirle que el niño habría sido concebido, probablemente, no por un «chico», sino por los treinta y tantos miembros varones de la secta. Le contestó con evasivas, y le dijo que eso debía decírselo Anne.

Tras escuchar la tremenda noticia, Faye no consiguió recuperar la calma. En su bloc de notas hizo una apresurada anotación: «Llamar al doctor Smythe.» Él se encargaría de arreglar todo lo relativo al aborto. Lo había hecho por la protagonista de una de las películas que Faye había rodado el año anterior; y, además, en caso de que el médico no quisiera responsabilizarse de una niña de la edad de Anne, ella se la llevaría a Londres o Tokio. Su hija no tenía que pasar por todo aquello. Probablemente, la habrían violado. En cierto modo, la idea del embarazo de Anne le parecía lo más horrible de toda aquella espantosa historia. Se consoló pensando que, por lo menos, habían encontrado a la niña. Siguió llorando tras colgar el teléfono y se cubrió el rostro con las manos un instante, antes de sonarse, enderezar los hombros e ir a ver a Ward. Tenía que saberlo. Anne también era hija suya, aunque tuviera muy pocas cosas en común con él. Se preguntó cómo resolverían la división de su vida profesional. De momento, todo seguía igual que siempre, pero la situación no podría prolongarse. Ahora que había encontrado a Anne, Lionel tendría que volver a casa. Ya no tenía ningún pretexto para retrasar el enfrentamiento con Ward. Entró agitada en la antesala del despacho y la secretaria se levantó muy nerviosa.

—¿Está el señor Thayer?

Sabía que sí porque acababa de verle hacía un momento.

La secretaria la miró con inquietud y dejó caer un lápiz al suelo, tratando de evitar la mirada de Faye.

—No, no está…

—Eso es mentira. —Faye no estaba de humor para aguantar estupideces—. Sé que está.

Era una baladronada, pero dio resultado.

—Bueno, está… pero ha pedido que no le molesten.

—¿Tonteando otra vez en el sofá del despacho? —preguntó Faye, mirando enfurecida a la secretaria. Sabía lo que ocurría en aquel despacho. La desfachatez de Ward era increíble—. No pensaba que se utilizara tanto este sofá. —Avanzó hacia la puerta del despacho y la secretaria la miró asustada—. No se preocupe —le dijo Faye, volviéndose a mirarla—. Me echaré yo la culpa.

Tras lo cual, abrió la puerta y entró. La escena que contemplaron sus ojos era razonablemente discreta. Ward y Carol Robbins, la estrella de la serie de televisión «Sigue mi vida», se encontraban completamente vestidos, y hablaban, el uno frente al otro, a ambos lados del escritorio; pero Ward sostenía una de las manos de Carol entre las suyas, y todo parecía sugerir la existencia de un apasionado idilio. La actriz era una bonita rubia de largas piernas y busto exuberante. Interpretaba en la serie el papel de una enfermera y a los hombres les encantaba verla. Faye miró a su esposo y éste soltó, algo nervioso, la mano de su amiga.

—Han encontrado a Anne —le comunicó Faye, haciendo caso omiso de la presencia de la otra—. Pensé que te interesaría saberlo.

Ward abrió mucho los ojos, demostrando con ello que en efecto, le interesaba. Se olvidó por completo de su amante y sólo miró a su mujer.

—¿Está bien?

—Sí.

Faye no le habló ni de las drogas ni del embarazo. No quería que la actriz se enterara de todo ello. A la hora del almuerzo, ya lo hubiera sabido todo Hollywood.

—¿Quién la encontró? ¿La policía?

—Lionel —contestó Faye, mirando a su marido con una expresión de triunfo en los ojos—. Parto hacia allá dentro de dos horas. Si puedo, la traeré a casa esta noche. Podrás pasar a verla mañana, cuando haya descansado un poco.

—¿Hay alguna razón para que no pueda venir esta noche? —preguntó Ward sorprendido.

Faye esbozó una amarga sonrisa y, al fin, posó los ojos en la opulenta actriz sentada al otro lado del escritorio.

—Eso depende de ti. Mañana me parecería mejor.

Ward enrojeció y, al mirarle, Faye percibió cuánto

había envejecido en seis meses. Iba a cumplir cincuenta años, pero nadie lo hubiera dicho. Se había liado con aquella mujer y se emborrachaba a diario desde hacía seis meses. Los dos terribles golpes sufridos se habían cobrado también su tributo, pero Faye no le compadecía porque estaba muy cansada y no había recibido la menor ayuda de él. Ward la había abandonado y buscado consuelo en los brazos de otra mujer. Faye lamentó no haberle pagado con la misma moneda. No le hubiera venido mal una aventura. Tiempo habría para ello; a los cuarenta y seis años, estaba en la plenitud de la vida–. Le diré a Anne que te llame cuando volvamos. Si es que quiere hablar contigo –añadió, mirándole con absoluto desprecio.

Al oír el tono de voz y ver la expresión de los ojos de su mujer, Ward se horrorizó y miró muy nervioso a la rubia mientras Faye salía del despacho y cerraba la puerta.

Fuera, la secretaria rompía en trocitos un Kleenex a la espera de la inevitable bronca. Faye la saludó con la cabeza y salió rápidamente al pasillo. Al cabo de una hora, tenía que estar en el aeropuerto. En el momento en que guardaba un cepillo de dientes en la bolsa de mano, Ward irrumpió hecho una furia en el despacho.

–¿Qué significa toda esta mierda? –preguntó; tenía el rostro congestionado por la rabia.

Acababa de decirle a Carol que se fuera a casa. La actriz se marchó llorando y le acusó de abandonarla, cosa que Ward estaba considerando hacer. Seguía casado con Faye, aunque ésta pareciera haberlo olvidado. Aquella aventura, iniciada para «pasar el rato», se le había ido un poco de la mano en los últimos tiempos.

Faye le miró con indiferencia. Esa actitud era en parte fingida y en parte auténtica.

–No tengo tiempo para hablar contigo. El avión sale a las tres.

—Muy bien, hablaremos durante el vuelo. Voy contigo.

—No necesito tu ayuda —dijo Faye, mirándole con frialdad.

—Nunca la necesitaste —replicó él tristemente—. Pero Anne también es mi hija.

Estas palabras dejaron a Faye sin habla. Al fin, no pudo resistir la tentación de herirle, para vengarse del daño que Ward le había causado hacía poco.

—¿Piensas llevar a tu amiga?

—Ya hablaremos de eso dentro de unos días —contestó Ward.

Faye asintió, creyendo que se refería al divorcio.

—Quería arreglar primero lo de Lionel y Anne antes de abordar este asunto. Pero creo que, dentro de unas semanas, todo volverá a una relativa normalidad y entonces tendré tiempo para hablar con un abogado.

—¿Ya lo tienes decidido? —le preguntó Ward, desalentado. No había hecho nada por evitarlo y, probablemente, ya era demasiado tarde para intentarlo. Se sintió derrotado para el resto de su vida. Su matrimonio ya había terminado, uno de sus hijos era homosexual y una de sus hijas se había ido de casa y sólo Dios sabía lo que le habría ocurrido durante aquel tiempo. Todo era terrible, pero Faye parecía dominar muy bien la situación. Era extraordinaria. Siempre permanecía a flote y seguía nadando hasta alcanzar de nuevo la orilla. Ward se alegró por ella—. Siento que todo tenga que terminar así.

—Yo también —contestó Faye, mientras se levantaba para salir—. Supongo que eres tú quien lo ha decidido. Ya ni siquiera llamas para darme explicaciones y no apareces nunca por aquí. Me sorprende que aún no te hayas llevado la ropa. Cada noche, cuando vuelvo a casa, pienso que ya habrás ido por tus cosas.

—Aún no hemos llegado a este extremo, Faye.

–No comprendo cómo puedes decir eso. Te fuiste sin más, sin dar ninguna excusa.

A Faye le pareció impropio discutir en el preciso instante en que acababan de encontrar a Anne. Hubieran tenido que llorar de alivio, pero había amargura entre ambos y hacía mucho tiempo que se evitaban.

–No sabía qué decirte, Faye.

–Ya lo veo. Te fuiste sin más de nuestras vidas.

Ward sabía que así era por segunda vez en su matrimonio, pero no poseía la misma fuerza que Faye. Carol se había cruzado en su camino y le hizo sentirse otra vez un hombre, suavizando el golpe que para él había supuesto la homosexualidad de Lionel. Quiso demostrarse a sí mismo que él no tenía nada que ver con el asunto y que era todo un hombre, pero, entretanto, había abandonado a su mujer. Hubiera querido explicárselo a Faye pero no podía. Su esposa se encaminó hacia la puerta.

–Te llamaré en cuanto volvamos.

–He reservado pasaje en el vuelo de las tres –le comunicó Ward, mirándola tímidamente–. Supuse que era el tuyo.

No le apetecía que Ward la acompañara. Bastantes cosas tenía en la cabeza como para tener que aguantar encima las disculpas de su esposo por lo mal que se había portado con ella. Anne se había habituado al consumo de drogas y habría que resolver cuanto antes el problema del embarazo. No quería oír a Ward. No era el momento adecuado para ello. Le miró exasperada mientras él le dirigía una muda súplica a sus ojos.

–Llevo cinco meses sin verla, Faye.

–¿No puedes esperar un día más? –Al ver que no se movía, Faye lanzó un suspiro de resignación. Pensó que le iba a dificultar las cosas–. Muy bien, un automóvil de los estudios me espera abajo.

Dio media vuelta y salió, seguida de Ward. Éste no

dijo ni una sola palabra mientras se dirigían al aeropuerto, y Faye no experimentaba el menor deseo de hablar con su esposo. Sus asientos no estaban juntos en el avión y, cuando el hombre del mostrador se ofreció a hacer un cambio con el asiento de otro pasajero, Faye rechazó el favor. Mientras subían a bordo por separado, Ward tuvo la certeza de que su matrimonio estaba acabado. Y lo más lamentable era que Carol no significaba nada para él. Sólo había sido un medio de confirmar su propia virilidad y suavizar su dolor; pero ya era demasiado tarde para explicárselo a Faye. Ésta accedió a compartir un taxi con él para dirigirse al hotel en el que se hospedaba Lionel, pero antes le miró a los ojos y quiso ponerle los puntos sobre las íes.

–Quiero que quede bien clara una cosa, Ward. Estos dos muchachos han dedicado cinco meses de sus vidas a encontrar a Anne. Han perdido un semestre de estudio y se han pasado todo el tiempo buscándola. A no ser por ellos, la policía no la hubiera localizado. Por consiguiente, como les digas algo desagradable, no pienso volver a verte. Y además en la demanda de divorcio te sacaré hasta el último céntimo. Si quieres un divorcio amistoso, procura portarte bien con tu hijo y con John Wells. ¿Entendido?

Le miró con dureza y observó que Ward tenía el aspecto de un hombre vencido.

–¿Y si yo no acepto un divorcio amistoso?

–En tal caso, es mejor que ni siquiera me acompañes. –Faye levantó la mano para detener un taxi y su esposo se humilló más de lo que ella hubiera deseado.

–No me refería a eso. ¿Por qué estás tan segura de que quiero el divorcio? Yo no estoy de acuerdo y no he dicho nada al respecto.

–No seas ridículo –replicó Faye, soltando una amarga carcajada frente a la terminal de las líneas aéreas–. Llevo cuatro meses prácticamente sin verte, no apareces por casa ninguna noche, ¿y esperas que yo siga casada contigo? Debes tomarme por más tonta de lo que soy.

Por si fuera poco, le había causado un daño que ella consideraba irreparable.

–El tonto soy yo, Faye.

–Estoy completamente de acuerdo contigo. Pero éste no es momento ni lugar para discutirlo –contestó Faye, mirándole irritada–. La verdad es que no comprendo para qué demonios has venido.

–Para ver a Anne y hablar contigo. Hace tanto tiempo que no te veo, Faye...

–De eso no tengo yo la culpa.

–Lo sé. La tengo yo.

Ward parecía completamente dispuesto a asumir toda la responsabilidad de sus actos como si, por fin, hubiera recuperado el juicio. Pero ya era demasiado tarde para ambos.

Faye le miró con escepticismo.

–¿Qué ha pasado? ¿Te ha abandonado la estrella del serial cuando esta mañana he entrado en tu despacho?

–No, en realidad, he sido yo quien la ha abandonado a ella.

Más o menos. Carol se marchó enfurecida al decirle Ward que se iba a San Francisco con Faye y que ya hablaría con ella a la vuelta. Sin embargo, tenía la intención de decirle que todo había terminado entre ambos, tanto si Faye quería seguir casada con él como si no. La aventura le parecía ridícula e insensata y sabía que a quien de veras necesitaba era a Faye; pero ésta se hallaba tan encerrada en su propio dolor que la menor comunicación ya era imposible entre ambos. Llevaban mucho tiempo sin darse nada el uno al otro, pero Ward quería que su esposa le concediera otra oportunidad, siempre y cuando ella quisiera escucharle, lo que, en aquellos momentos, no tenía intención de hacer.

Se detuvo un taxi, y Faye abrió la portezuela y preguntó:

—¿Vienes, Ward?

—¿No has oído lo que te he dicho? Que todo terminó con aquella chica.

—Me importa un bledo.

—Muy bien. Lo digo para que sepas cuál es la situación.

—Y para que tú sepas cuál es por mi parte, te digo que todo ha terminado entre nosotros. ¿Está claro?

Faye le indicó la dirección al taxista y se arrellanó en el asiento.

—Lo malo es que no estoy de acuerdo contigo.

Faye estaba tan furiosa que hubiera querido propinarle un puñetazo, pero tuvo que reprimirse y bajar la voz para que el taxista no la oyera.

—Tienes una desfachatez increíble. Nos abandonas durante medio año, me humillas y haces el ridículo con una mujer mucho más joven que tú y ahora decides magnánimamente volver. Bueno, pues, vete a la mierda, Ward. Yo quiero el divorcio.

Vio que el taxista la miraba por el espejo retrovisor. Ward, en cambio, no lo advirtió.

—Quiero seguir casado contigo.

—Eres un cerdo.

—Lo sé. Pero llevamos veintiún años casados y ahora no quiero destrozar nuestro matrimonio.

—¿Por qué no? No tuviste la menor dificultad en hacerlo hace cinco meses.

Sin embargo, ambos sabían por qué lo había hecho. Lo de Lionel había sido superior a sus fuerzas. Faye lo sabía y; en aquellos instantes, experimentó un asomo de compasión por su marido.

—Tú ya sabes por qué lo hice.

—No era razón bastante para que me abandonaras.

—No tenía otro medio de demostrarme mi virilidad.

–Es una excusa absurda.

–Pero cierta. Nunca podrás comprender lo que eso significó para mí.

–Y ahora, ¿qué? ¿Volverás a castigarle?

–Le agradezco que haya encontrado a Anne –contestó Ward en un tono de voz que no permitía abrigar ninguna esperanza.

–Pero nunca le perdonarás, ¿verdad?

–No puedo olvidar lo que es.

–Es tu hijo, Ward. Y el mío.

–Para ti es distinto.

–Quizá. Pero yo le quiero de todos modos. Es un muchacho extraordinario.

–Lo sé –dio Ward, exhalando un suspiro–. Ya ni sé lo que siento. He sufrido tanto que no es fácil analizar los hechos con claridad. Y por si fuera poco, lo de Anne...

Faye se preguntó con inquietud si no sería mejor advertirle de antemano para que el golpe no fuera tan brutal.

–Lionel cree que toma droga –dijo, hablándole con dulzura por primera vez en muchos meses.

–¿De qué clase? –preguntó alarmado Ward, frunciendo el ceño.

–Aún no lo sabe muy bien. Marihuana, ácido lisérgico...

–Me parece que todavía hay peores.

–Sí –dijo Faye, apresurándose a añadir–: y además está embarazada.

Ward cerró los ojos, y los volvió a abrir, y clavó la mirada en la de su mujer.

–¿Qué nos ha ocurrido a todos en el transcurso de estos seis meses? Toda nuestra vida se ha desmoronado.

Faye le miró sonriendo. Era cierto. Pero, con el tiempo, la podrían recomponer y saldrían de aquel túnel como ya lo habían hecho otras veces.

–Hemos vivido un infierno –dijo Ward, tomando una de sus manos.

Faye no la retiró y pensó que era verdad. Se necesitaban mucho el uno al otro, siquiera por unas horas. De repente se alegró de que Ward la hubiera acompañado. Aunque después no volvieran a verse nunca más.

El taxi se aproximó a la ciudad y ambos permanecieron sentados en silencio, pensando en su hija.

24

Llegaron al San Marco poco después de las cinco. Era un hotelito de Divisadero Street en el que John y Lionel tenían establecido su cuartel desde hacía cuatro meses. Faye contempló la fachada un instante y entró, seguida de Ward. Sabía que la habitación estaba en el tercer piso y se encaminó a toda prisa hacia la escalera, antes de que el recepcionista pudiera decirle algo. No quería hablar con nadie, sólo quería ver a Anne. Se olvidó incluso de la presencia de Ward cuando llamó suavemente con los nudillos. Al cabo de unos momentos, apareció Lionel. Miró a través de la rendija, dudó un poco y luego abrió la puerta de par en par. Desde el pasillo, Faye vio la forma inmóvil, tendida de espaldas a ella. Llevaba puesta una bata de Lionel, iba descalza y tenía el cabello muy largo. Faye creyó que estaba durmiendo, pero después vio que volvía la cabeza y pudo contemplar el rostro de Anne surcado por las lágrimas, los grandes ojos rodeados de negras ojeras y las mejillas hundidas. Se quedó de una pieza, pero procuró disimularlo. En cinco meses, Anne había cambiado por completo. Estaba más delgada, parecía más madura y su cara era tan distinta que ella no hubiera podido reconocerla. Pensó que, a través de una fotografía, le hubiera sido imposible y le agradeció en silencio a Lionel su enorme esfuerzo.

—Hola, cariño —dijo, acercándose poco a poco a la cama, casi temerosa de que su hija huyera como un pajarillo herido.

Anne emitió un leve gemido, se acurrucó todavía más y se volvió nuevamente de espaldas. Se le estaba pasando el efecto de los alucinógenos y Lionel y John le daban zumo de naranjas y caramelos para ayudarla a recuperar las fuerzas. Poco antes, la habían obligado a comer una hamburguesa. La vomitó en el acto, pero ahora ya tenía mejor aspecto, por lo menos, eso les parecía a John y Lionel. La vieron cuando la policía la sacó de aquel antro y Li se estremeció de angustia al pensar en lo que hubiera sentido su madre si la hubiese visto. Lionel miró a sus padres y se conmovió. No se atrevía a mirar directamente a Ward. Era la primera vez que le veía desde que éste le había sorprendido en compañía de John. Menos mal que había venido, aunque sólo fuera por Anne.

—No se encuentra muy bien, mamá —dijo en voz baja.

Con mano temblorosa Anne tomó otra barrita de caramelo que le daba John. Estaba hambrienta y no se sentía a gusto allí. Quería regresar al Haight con sus amigos, a los rituales, junto a Luna. Era el lugar que le correspondía. Sollozó mientras mordía un trozo de caramelo, se reclinó en la almohada y cerró los ojos.

—¿Está enferma?

Hablaban como si ella no estuviera presente y a Lionel le molestaba tener que darles explicaciones.

—Se está pasando el efecto de las drogas que tomaba. Dentro de unos días ya se encontrará mejor.

—¿Nos la podemos llevar a casa esta noche?

Faye quería que la examinara enseguida el médico de cabecera y que el doctor Smythe se encargara del aborto antes de que fuera demasiado tarde. Aún no había visto a Anne de frente e ignoraba de cuántos meses estaba embarazada, pero suponía que aún había tiempo. No había ninguna razón para suponer lo contrario.

—No creo que esté en condiciones de viajar, mamá –contestó Lionel, sacudiendo la cabeza apesadumbrado–. Dale un par de días para que pueda adaptarse.

–¿A qué? –preguntó Faye, asustada–. ¿A nosotros?

Ward avanzó un paso y se dirigió a su hijo, evitando mirarle.

–¿La ha visto algún médico? –Lionel negó con la cabeza–. Pues tendría que verla. –A continuación rodeó la cama y contempló a su hija menor. Estaba sucia y sus grandes ojos se destacaban en el demacrado rostro surcado por las lágrimas. Ward se sentó y empezó a acariciarle suavemente el cabello. ¿Cómo habría llegado la chiquilla a aquel extremo? ¿Cómo era posible que hubiera huido de casa?–. Me alegro mucho de volver a verte, Anne. –Ésta no apartó la cabeza, pero le miró como un animal asustado. Los ojos de Ward le recorrieron poco a poco el cuerpo y, al llegar a medio camino, se detuvieron. Ya era demasiado tarde para hacer algo, pensó, procurando disimular su angustia. Miró a Faye, se levantó y se dirigió de nuevo a Lionel–: ¿Conoces a algún médico en la ciudad?

—La policía nos ha indicado uno. Consideran necesario que la examinen. Y quieren hablar contigo y con mamá.

Ward asintió con la cabeza. Por lo menos, podía hablar con el chico. A John, en cambio, no conseguía mirarle. La única cama de la habitación en la que Anne yacía en aquellos momentos –una cama de matrimonio más bien estrecha– hablaba por sí sola. Prefirió no pensar en ello. Ya tenía bastante con el drama de Anne. Sacó la pluma y anotó los nombres de los agentes que habían colaborado en la búsqueda y, sobre todo, de los dos que la habían sacado de allí. Lionel le comunicó que ellos conocían todos los detalles y Ward se estremeció ante la perspectiva de verse obligado a conocerlos. Sin embargo, le constaba que eso era inevitable. Faye se acercó y se sentó en la cama, al lado de Anne, tal como antes lo había hecho Ward; pero esta vez la niña se echó hacia atrás. Era como si visitaran en el hospital a una hija gravemente enferma. Faye clavó los ojos en el rostro de Anne y ésta se echó a llorar con gran desconsuelo.

—Vete... No quiero estar aquí.

—Ya lo sé, cariño, pero pronto volveremos todos juntos a casa, a tu casa, a tu cama.

—Yo quiero volver al lado de Luna y de mis amigos —dijo Anne, sollozando.

Era una niña de catorce años, pero parecía una chiquilla de cinco. Faye no le preguntó quién era Luna. Suponía que era el padre de la criatura. En aquel instante, miró el vientre de Anne, suponiendo que aún estaría liso, y se horrorizó al ver el volumen que había adquirido. Por propia experiencia, comprendió que Anne debía estar de cuatro o cinco meses. En contra de los deseos de Ward decidió hacerle inmediatamente la pregunta. Lionel tenía razón, era mejor no atosigarla. Necesitaba unos días para volver a adaptarse a todos ellos. Llevaba mucho tiempo lejos de casa.

—¿De cuántos meses estás, Anne?

Faye quería que su voz sonara amable, pero percibió en el acto que no lo había conseguido. Era una voz dura, nerviosa y áspera. Lionel los miró angustiado.

—No sé de cuántos meses estoy —contestó la niña con los ojos cerrados.

No quería ni ver a su madre. La odiaba. Siempre la había odiado y ahora todavía más. Ella era la culpable de que se la hubieran llevado de allí, ella era la culpable de que no la dejaran volver. Siempre les fastidió a todos, imponiéndoles su voluntad y haciéndolo todo a su manera. Pero esta vez no lo conseguiría. Dondequiera que la llevara, se volvería a escapar. Ahora ya sabía cuán fácil era.

–¿No te ha reconocido ningún médico? –le preguntó Faye, preocupada.

Anne negó con los ojos cerrados. Después volvió a abrirlos muy despacio.

–Mis amigos me han cuidado.

–¿Desde cuándo has dejado de tener la regla?

Era como un interrogatorio de la policía, sólo que peor, pensó Anne. Por lo menos, ellos no le hacían aquel tipo de preguntas. Sabía que no tenía por qué contestarle, pero siempre acababa haciéndolo. Faye tenía el don especial de conseguir que todo el mundo hiciera lo que ella quería, y es lo que ocurría en aquellos momentos.

–Desde que me fui de casa.

Faye sabía muy bien que habían transcurrido cinco meses y se estremeció al pensarlo. Debió de suceder casi enseguida.

–¿Sabes quién es el padre?

Era una imprudencia preguntarlo tan pronto, pensó Lionel mirando a Ward. Anne aún no estaba en condiciones de soportar aquel acoso y podía volver a escaparse antes de que la llevaran a casa. Quizá la segunda vez no la encontraran. Sin embargo, Anne se limitó a sonreír al evocar los recuerdos.

–Sí.

–¿Es Luna?

Anne se encogió de hombros. Faye no estaba preparada para lo que vino a continuación.

–Sí. Todos juntos.

Faye se quedó helada. No podía ser. Tenía que haber algún error.

–¿Todos juntos? –preguntó sin entenderlo mirando a la niña que ya había dejado de serlo. Era una mujer retorcida y rota y estaba esperando un hijo. De repente, Faye lo comprendió y se asustó–. ¿Pretendes decirme que toda la comuna ha engendrado a este niño?

–Sí –contestó Anne, mirándola con dulzura e incorporándose por primera vez en la cama.

Al hacerlo, la habitación empezó a darle vueltas y ella miró a Lionel en busca de ayuda. Éste se acercó presuroso mientras John le ofrecía un vaso de zumo de naranja. Por lo que la policía les había contado, ambos sospechaban algo parecido. Pero, para Faye y Ward fue un golpe terrible. Al verla sentada, se percataron de que el embarazo estaba más avanzado de lo que pensaban.

Al comprender lo que habían hecho con su inocente chiquilla, Ward tomó la iniciativa y dijo, mirando fijamente a Lionel:

–Voy a llamar a estos inspectores ahora mismo.

Quería que metieran a todos aquellos hijos de perra en la cárcel. Faye salió con él de la habitación llorando muy quedo. Al llegar abajo, se agarró fuertemente a sus brazos sin importarle que la miraran.

–Dios mío, Ward, jamás volverá a ser la misma.

Él estaba tan asustado como su esposa, pero no quería reconocerlo. Quería ayudar a Faye en aquellas circunstancias tal como ella le ayudó a él al principio, iniciándole en una profesión que él nunca hubiera podido ejercer por sí solo y enseñándole cuanto sabía hasta que ya estuvo en condiciones de alzar el vuelo. Haría todo lo que pudiera y, si Faye seguía insistiendo después en divorciarse, aceptaría de buen grado su decisión. Su esposa estaba en su perfecto derecho.

Por otra parte, el hecho de ver a John y Lionel juntos le había trastornado, pero no quería atormentarse pensando en ello en aquel instante. Era necesario que los dos dejaran de echarse la culpa: él, por la homosexualidad de Lionel y Faye por la desgracia de Anne. El remordimiento que ambos experimentaban no beneficiaba en absoluto a ninguno de sus hijos.

—Se repondrá, Faye —dijo, pensando que ojalá pudiera creer en sus propias palabras.

Sin embargo, lo que más deseaba era tranquilizar a Faye.

—Tiene que librarse de este hijo. Quién sabe lo que podría hacer teniendo en cuenta las drogas que tomaba. Sería un ser inútil.

—Probablemente. ¿Crees que es demasiado tarde para practicar un aborto? —preguntó Ward, esperanzado.

—Pero ¿acaso no la viste, Ward? —replicó, soltando una amarga carcajada—. Está embarazada por lo menos de cinco meses.

A Faye se le ocurrió pensar que, a lo mejor, ya lo estaba cuando se había ido de casa. No lo creía, pero, tratándose de Anne, todo era posible. Se trasladaron inmediatamente a la comisaría de Bryant Street y subieron para hablar con los responsables de la sección de jóvenes. Al parecer, los casos se contaban por cientos. Chicos procedentes de todos los lugares de Estados Unidos afluían al Haight-Ashbury y a algunos de ellos les ocurrían cosas peores que perder la virginidad, puesto que, en ocasiones, perdían incluso la vida. Había niños de once años muertos por sobredosis de heroína o por haberse arrojado desde una ventana bajo los efectos del ácido lisérgico. Niñas de trece, catorce y quince años daban a luz en oscuras callejuelas, rodeadas por los cantos de sus amigos. Una niña se había muerto desangrada sin que nadie pidiera una ambulancia. Mientras escuchaba las palabras de los inspectores, Faye agradeció profundamente que hubieran encontrado a su hija y se armó de valor para poder soportar todo lo que le contaron sobre la horrible secta. Al finalizar el relato, sintió deseos de matarles a todos y Ward aseguró que les iba a meter en la cárcel, pero los inspectores le disuadieron de intentarlo, indicando que sería muy difícil denunciarles y no se podría acusar a toda una tribu de la violación de una menor. Y, además, ¿era eso lo que ellos querían para Anne? ¿No sería mejor llevarla a casa, ir a ver a un buen psiquiatra y procurar que olvidara todo aquel asunto en lugar de someterla a la pesadilla de un prolongado juicio que tardaría uno o dos años en celebrarse o tal vez más y que, probablemente, no ganarían? Para entonces los chicos ya se habrían esfumado y muchos de ellos habrían salido bajo fianza pagada por sus acaudalados e influyentes progenitores. Sería absurdo. Al cabo de dos años, todo parecería un sueño lejano, una pesadilla que la niña no tardaría en olvidar.

–¿Y el embarazo? ¿Y Luna? –preguntó Faye.

Le contestaron que no se le podía acusar de nada en concreto. No retenía a nadie contra su voluntad, y ningún miembro de la secta declararía jamás contra él. Dudaban de que la propia Anne quisiera hacerlo. Más tarde, Ward y Faye pudieron comprobar que la policía se hallaba en lo cierto. Anne amaba a aquel hombre y no quería hablar de él con nadie, ni siquiera con Lionel. Por fin, Ward y Faye comprendieron que todos los esfuerzos serían vanos. Era mejor llevar a Anne a casa, encomendarla a los cuidados de un psiquiatra, librarla de aquel hijo monstruoso y procurar que lo olvidara todo, siempre y cuando ella se prestara a colaborar. Lionel lo creía posible y John guardaba silencio. Aún no le había perdido el miedo al señor Thayer y temía que éste perdiera el control y volviera a pegarle, aunque Lionel le había jurado que no permitiría que ello ocurriera. Ward sólo perdía los estribos cuando hablaba de Luna o de algún miembro de la secta. Para alivio de John, la cólera de Ward se concentraba exclusivamente en ellos.

Por la noche, todos se turnaron para velar a Anne;

y a la mañana siguiente, los tres Thayer discutieron el viaje de vuelta a casa mientras John le hacía compañía a Anne. Faye quería regresar cuanto antes y, a ser posible, ingresar a su hija incluso en un hospital, pero Lionel creía conveniente esperar unos días. Anne tenía la cabeza bastante despejada, mas aún sufría accesos de paranoia. Necesitaba unos días para acostumbrarse a su nueva existencia. Ward estaba de acuerdo con Faye, pero le parecía muy difícil embarcar a la niña en un avión comercial en el estado de desorientación y desaliño en que se encontraba. Al fin, llegaron a una solución de compromiso. Ward llamó a la Metro y fletó el avión de los estudios, que los recogería en San Francisco a las seis de la tarde y los llevaría a Los Ángeles. Antes, Ward quiso hablar de nuevo con la policía y con su abogado, los cuales se mostraron básicamente conformes. No se formuló ninguna denuncia y, a las cuatro y media, envolvieron a Anne en una bata que Faye le había comprado en Union Street y tomaron un taxi para trasladarse al aeropuerto. Anne se pasó todo el trayecto llorando. El joven taxista les miró a todos enfurecido. Se sentían como secuestradores y apenas hablaron. Anne no podía andar y Ward tuvo que llevarla en brazos al avión. Una vez a bordo, bebió un trago por primera vez en dos días y Faye y los dos muchachos se tomaron sendos vasos de vino. Fue un viaje muy difícil para todos, durante el cual John y Lionel se sintieron muy cohibidos en presencia de Ward, que casi nunca les hablaba directamente. Siempre que le era posible, se dirigía a Faye para que ésta transmitiera el mensaje. Era casi como si temiera contagiarse. Cuando el coche de la Metro los dejó en la puerta de su casa antes de seguir hasta la residencia de los Thayer, John exhaló un suspiro de alivio.

–No sé de qué hablarle –dijo, aspirando una bocanada de aire fresco y mirando a Lionel con expresión de disculpa.

–No te preocupes –le contestó su amigo–. Yo tampoco. Ten en cuenta que él también se encuentra incómodo cuando está con nosotros.

La tregua era inestable y Lionel tenía la seguridad de que su padre no había cambiado de idea y no levantaría la orden de destierro. Se sentía tan incómodo en su hogar familiar como hacía tres o cuatro meses.

–Se comporta como si ser homosexual fuera una enfermedad contagiosa y temiera que se la pegáramos.

Lionel esbozó una sonrisa. Se alegraba de estar de vuelta. Faye había seguido pagando el alquiler de la casa durante aquellos meses y no habían visto a sus compañeros desde el mes de enero. Sin embargo, no podían ir a casa de los padres de Lionel ni a la de los Wells. A éstos la historia de Anne les hubiera escandalizado. Subieron los peldaños, deseosos de deshacer el equipaje e instalarse cuanto antes.

Faltaban unas semanas para el inicio de los cursos estivales. Volverían a la vida real, pero ambos habían olvidado lo que significaba tener que esconderse y disimular. De repente, al entrar en una habitación llena de estudiantes de primero y segundo, recordaron su antigua angustia tras pasarse cinco meses viviendo en un hotel. Mientras deshacían las maletas, pensaron con tristeza que tendrían que volver a esconderse. Lionel entró en la habitación de John y ambos se miraron. Se preguntaron, de repente, si los demás sabrían algo. Pensaban que la cosa se veía a la legua y Lionel ya no estaba muy seguro de que le importara demasiado. Sí, era homosexual y estaba enamorado de John. Adoptó un aire casi beligerante al entrar en la cocina para tomarse una cerveza, pero nadie le dijo nada. Los que conocían el caso, se alegraron de que hubiera encontrado a Anne. Uno de los chicos tenía una hermana de doce años a la que todavía no habían encontrado. Sus padres temían que hubiera muerto, pero él estaba seguro de que se encontraba en San Francisco. Hablaron durante un rato y a Lionel le pareció observar una extraña mirada en los ojos del chico, era como si éste quisiera hacerle una pregunta, pero no se atreviera a formularla.

En casa de los Thayer todos estaban anonadados. Las gemelas se llevaron un susto al ver entrar a Ward con Anne en brazos. No pensaban que estuviera tan enferma. Cuando su hermana se puso en pie sobre las temblorosas piernas y le vieron el abultado vientre, Vanessa ahogó un grito de asombro y Valerie se quedó atónita.

—¿Qué va a hacer? —le preguntaron a su madre aquella noche.

Faye estaba cansadísima e ignoraba la respuesta.

Al día siguiente, llevaron a Anne al médico y lanzaron un suspiro de alivio cuando éste les dijo que no se observaban huellas de violencia. Todo lo había hecho por propia voluntad y no había el menor rastro de señales o cicatrices. Calculó que el niño nacería hacia el 12 de octubre y aconsejó que, después del parto (siempre y cuando no se produjera retraso), Anne descansara unas seis semanas y volviera a la escuela pasadas las vacaciones de Navidad. Habría perdido un año y, después del alumbramiento, podría terminar octavo grado y pasar al año siguiente a la escuela superior. Todo parecía muy fácil, pensó Faye, trayendo de nuevo a colación el tema que previamente había discutido con el médico. Ya era demasiado tarde para efectuar un aborto, que hubiera sido la solución más fácil, siempre y cuando Anne hubiera estado de acuerdo. Era imposible saber cuántas drogas habría tomado después de la concepción o establecer los posibles efectos. Sin embargo, aunque el niño naciera con alguna anomalía, habría muchos matrimonios sin hijos dispuestos a adoptarlo. La cultura del Haight-Ashbury era para aquéllos una auténtica bendición. Había docenas de niños disponibles, nacidos de muchachas que en otros tiempos jamás hubieran quedado embarazadas. Sobre todo, eran jóvenes de la clase media que se acostaban con chicos de la misma procedencia y vivían en las comunas que proliferaban por la zona. Cuando nacían los hijos, no sentían el menor interés por ellos. Las había también que sí, pero eran las menos. Querían ser libres y disfrutar de los días de paz y amor sin tener la menor responsabilidad. El médico les dijo que tendría mucho gusto en ayudarles. Precisamente conocía en Los Ángeles a cuatro matrimonios que deseaban adoptar un hijo. Todos ofrecían un buen hogar al niño y eso, para Anne, sería una auténtica solución. Podría reanudar la vida de una niña de catorce años y olvidarse de lo ocurrido. Faye y el médico esbozaron una sonrisa mientras Anne les miraba horrorizada, procurando reprimir el impulso de echarse a gritar.

–¿Queréis dar a mi niño? –preguntó. Luego se echó a llorar y Faye trató de rodearla con un brazo, pero la niña se apartó–. ¡Yo nunca haré eso! ¡Nunca! ¿Me habéis oído?

A Faye no le cabía la menor duda al respecto. La obligarían a cederlo. Su hija no tenía por qué arrastrar durante el resto de su vida a un pequeño mongólico, fruto de una pesadilla que todos querían olvidar. No, de ninguna manera. Faye y el médico se intercambiaron una significativa mirada. Tenían cuatro meses y medio para convencer a Anne.

–Más adelante, lo comprenderás mejor, Anne, y te alegrarás de haberlo cedido. De todos modos, puede que no sea normal.

Faye trató de aparentar seguridad, pero se moría de miedo. ¿Y si Anne volviera a huir? ¿Y si insistiera en quedarse con el niño? Era una pesadilla interminable y, durante el camino de vuelta a casa, Anne se acurrucó en un rincón del automóvil, mirando a través de la ventanilla con los ojos llenos de lágrimas. Cuando detuvo el automóvil frente a la casa, Faye extendió una mano hacia Anne, pero ésta se apartó y se negó a mirarla.

—No puedes quedarte con este hijo, cariño. Te destrozaría la vida.

Faye estaba segura de ello y sabía que Ward opinaba lo mismo.

—¿Qué vida destrozaría, la tuya o la de papá? —preguntó Anne, mirando con rabia a su madre—. Te avergüenzas de que me hayan jodido, eso es todo. Y quieres destruir las pruebas. Bueno, entonces, ¿qué vas a hacer conmigo durante estos cuatro meses? ¿Esconderme en el garaje? A mí puedes hacerme lo que gustes, pero no podrás quitarme a mi hijo.

La niña descendió corriendo del automóvil y Faye perdió el control y se puso a gritar. Aquellos últimos días, o, mejor dicho, meses, habían sido demasiado para ella.

—¡Sí, podemos! ¡Podemos hacer lo que nos dé la gana! ¡Aún no has cumplido los quince años!

Se arrepintió inmediatamente de sus palabras; aquella tarde, Anne se volvió a marchar. Pero esta vez sólo fue a casa de Lionel y les contó a éste y a John, entre sollozos, cuanto había ocurrido.

—No permitiré que me lo quiten. ¡No lo permitiré!

Se comportaba como una chiquilla y parecía increíble que estuviera embarazada. Aunque en el Haight había madurado mucho, era todavía muy joven. Lionel no sabía qué decirle, pero estaba de acuerdo con su madre. Lo mismo que John. Ambos lo habían estado comentando la víspera en la cama, tendidos el uno al lado del otro y hablando en voz baja para que los demás no los oyeran. La vida era mucho más fácil en el hotel, pero ahora tenían que enfrentarse de nuevo con la realidad, tal como le ocurría a Anne.

—Nena —dijo Lionel, mirándola compasivamente mientras tomaba una de sus manos. La niña se parecía mucho a Faye, pero Anne se negaba a reconocerlo, ya que, en tal caso, le hubiera querido menos. El hecho de que se pareciera a su madre era lo único que le acercaba un poco a Ward, aunque ahora ya no tanto–. Quizá tenga razón. Sería una responsabilidad terrible, ¿sabes? No sería justo imponérsela a mamá y papá.

Anne ni siquiera había pensado en ello.

–Entonces, me buscaré un trabajo y lo mantendré yo sola.

–¿Y quién cuidará de él mientras tú trabajes? ¿Comprendes lo que quiero decir? Ni siquiera tienes quince años.

–Hablas igual que ellos –dijo Anne, echándose a llorar. Miró a su hermano, angustiada. No podía soportar que le dijera aquellas cosas–. Li, es mi hijo... No puedo darlo.

–Ya tendrás otros más adelante.

–¿Y qué? –replicó la niña, asombrada–. Imagínate que te hubieran dado a ti porque algún día me iban a tener a mí.

Lionel sonrió ante el símil y miró a su hermana con ternura.

–Creo que debes pensarlo. No hace falta que lo decidas ahora mismo.

Anne consideró razonable la propuesta, pero, al volver a casa, se enzarzó en una violenta pelea con Val, la cual le exigía que no saliera al jardín cuando vinieran sus amigos.

–Seré el hazmerreír de la escuela como se enteren de lo que ha pasado. Y, además, tú irás allí dentro de un año y no te gustará que sepan lo ocurrido.

Aquella noche, Faye regañó a Val por su crueldad, pero ya era demasiado tarde. Después de la cena, Anne se fue a su habitación, hizo las maletas y, a las diez, ya estaba de nuevo en casa de Lionel.

–No puedo vivir con ellos.

Les explicó el porqué y Lionel lanzó un suspiro. Sabía cuán difícil era la situación para ella, pero no podían ayudarla. Aquella noche le cedió su cama y le dijo que ya buscarían una solución al día siguiente. Luego, llamó a su madre para comunicarle dónde estaba Anne. Faye ya había llamado a Ward, y Lionel experimentó la impresión de que su padre iba a pasar la noche en casa, pero no lo preguntó. A sus compañeros, les dijo que dormiría en el suelo, pero, como es lógico, durmió con John y le dijo a Anne que tuviera cuidado con lo que decía porque sus compañeros ignoraban que John y él eran homosexuales. Al día siguiente, cuando los tres salieron a dar un paseo, Lionel se turbó ante la pregunta que le hizo su hermana, pero trató de contestarle con toda sinceridad.

—¿Es cierto que tú y John dormís juntos todas las noches?

Lionel iba a decir otra cosa, pero luego cambió de idea.

—Sí, es cierto.

—¿Como marido y mujer?

—Más o menos —contestó Lionel, viendo por el rabillo del ojo que John se ruborizaba.

—Qué raro —dijo Anne sin la menor intención de ofender.

—Lo supongo, pero así son las cosas.

—No sé por qué la gente arma tanto alboroto por eso. Me refiero a papá. Si os queréis, ¿qué más da que seáis hombre y mujer, dos chicas o dos chicos?

Lionel se preguntó qué habría visto Anne en la comuna y recordó lo que le había contado la policía. Seguramente habría tenido numerosas experiencias homosexuales inducidas por la droga y en grupo, teniendo en cuenta las costumbres de la secta. No le quiso hacer ninguna pregunta a su hermana, porque, a lo mejor, ni siquiera se acordaba de ello. Aquello era muy distinto de sus relaciones amorosas con John. Resultaba curioso ver cómo Anne fluctuaba entre ser una niña y ser una mujer.

—No todo el mundo lo ve de esta manera, Anne.

—¿Por qué?

—Porque se aparta de la norma.

—¿Como mi embarazo a los catorce años? —preguntó Anne, exhalando un suspiro.

—Tal vez.

La situación era muy delicada y Lionel volvió a recordar lo que tenían pensado hacer con Anne. Se pasó buena parte de las noches hablando de ello con John y, al fin, a ambos se les ocurrió una idea. Lionel se la había expuesto a su madre y, en cierto modo, le parecía lo más fácil tanto para ella como para su padre.

Lionel siempre había sido muy intuitivo y esta vez tampoco se equivocó. Ward había pasado la noche en casa y contestó al teléfono cuando él llamó, pero no intercambió con él ni una palabra. Tras haber recuperado a Anne, consideraba que ya podía volver a olvidarle. Le pasó el teléfono a Faye y ésta le explicó después que había pensado en su hijo.

—Lionel pregunta si nos parece bien que alquilen un apartamento cerca de la universidad y que Anne se aloje con ellos hasta que nazca el niño. Después, Anne volvería aquí y ellos buscarían a alguien y le alquilarían la habitación. ¿Qué opinas? —preguntó Faye, mirando detenidamente a su esposo mientras tomaban café.

Se alegraba de tenerle de nuevo en casa aunque fuera durante un par de noches. Era un apoyo en aquellos momentos tan difíciles.

—¿Te imaginas lo que tendrá que ver si vive con esta pareja? —pregunta Ward, frunciendo el ceño.

La idea le aterraba, pero Faye se irritó en el acto.

—¿Y tú te imaginas lo que ella hizo en su repugnante comuna, Ward? Seamos sinceros.

–Bueno, bueno. No nos metamos ahora en todo esto. –Ward no quería imaginarse a su niñita haciendo según qué cosas y tampoco le gustaba que viviera en el nido de maricones de Lionel y John. Pero era evidente que Anne no quería regresar a casa y quizá aquella solución fuera un alivio para él y para Faye. En casa sólo vivían las gemelas, mas siempre andaban por ahí con sus amigos, sobre todo, Val–. Déjame que lo piense –añadió, mirando a Faye.

La idea seguía sin gustarle demasiado, pero, cuanto más pensaba en ella, tanto más se convencía de su bondad. Los muchachos lanzaron un suspiro de alivio cuando Faye se lo dijo. No podían vivir con los demás chicos en el apartamento y ya estaban hartos de fingir. A sus veinte años, Lionel estaba dispuesto a reconocer que era homosexual y lo mismo le ocurría a John.

Faye les ayudó a encontrar un pequeño, pero bonito apartamento, en Westwood, no muy lejos del anterior, y se ofreció a decorárselo, pero John obró milagros en cuestión de unos días con lo poco que tenía a mano. Faye tuvo que reconocer que le había quedado precioso. John compró unos metros de franela gris y de seda rosa y transformó el piso; revistió las paredes, tapizó dos sofás adquiridos en un mercadillo por cincuenta dólares, compró grabados de segunda mano y reavivó unas plantas de interior aparentemente moribundas. Parecía un sofisticado apartamento decorado por un profesional y John se sintió muy halagado por los elogios de Faye. Su madre estaba también muy orgullosa de él y les regaló un precioso espejo para que lo colgaran sobre la chimenea. Lamentaba mucho lo de Anne y se alegraba de que aquella desgracia no le hubiera ocurrido a una de sus hijas.

Anne era más feliz que nunca y se encargaba de limpiar el apartamento. Una noche, les dijo incluso que aquello era mejor que la comuna. John le enseñó a cocinar el pato asado. Era un excelente cocinero y todas las noches preparaba la cena. Lionel ya había reanudado los estudios en los cursos estivales para recuperar el tiempo perdido y, en otoño, ya se habría puesto nuevamente al corriente. Por su parte, John dio un paso muy importante.

Como no le apetecía seguir estudiando en la universidad decidió irse a trabajar con un conocido decorador de Beverly Hills. Pero el hombre se enamoró de él y era una lata tener que rechazar diariamente sus insinuaciones; sin embargo, a su lado, John adquirió mucha experiencia. Hacía todo el trabajo y nadie le reconocía el mérito, pero a él le encantaba decorar casas. Empezó a trabajar en julio y, a finales de agosto, el hombre se dio por enterado de que John no quería saber nada de él y le dejó en paz. John le habló de Lionel y le dijo que la cosa iba en serio, pero el hombre se echó a reír; sabía que era una simple cuestión de tiempo.

–Chiquillos –dijo, soltando una carcajada.

Sin embargo, estaba muy satisfecho del trabajo de John y prefirió no insistir.

Faye les visitaba de vez en cuando. Ward vivía de nuevo con ella y ambos pretendían recomponer su matrimonio. Se lo comentaba a Lionel cuando Anne no estaba delante y le preguntaba si había logrado convencerla de que cediera el niño. Faltaban menos de dos meses y la niña estaba enorme. El calor la agobiaba porque en el apartamento no había aire acondicionado, pero John compró ventiladores para todos e insistió en pagar la mitad del alquiler, afirmando que para eso tenía un empleo. Faye se conmovió al pensar en lo mucho que trabajaba y lo bien que les cuidaba a todos.

–Eres feliz, ¿verdad, Li? –preguntó un día mirando tiernamente a su hijo.

Le importaba mucho saberlo y, además, estimaba a John. Últimamente, todavía más por haberles ayudado a encontrar a Anne.

–Sí, mamá.

Estaba muy guapo, aunque no fuera lo que ella y Ward esperaban de él. Quizá no importaba demasiado. Algunas veces, se hacía un montón de preguntas al respecto, pero aún no podía discutir el asunto con Ward.

–Me alegro. Bueno, ¿qué me dices de Anne? ¿Querrá ceder al niño?

El médico conocía a un matrimonio que estaba muy interesado en adoptar a un niño. Ella tenía treinta y seis años y él, cuarenta y dos, ambos eran estériles. Ella era judía y él, católico, por cuyo motivo no les quedaba otros recurso que aquél. Ni siquiera les importaba el posible efecto que las drogas pudieran tener sobre el niño. Decían que de todos modos le iban a querer. En septiembre, Faye insistió en que Anne les conociera, por lo menos. Estaban muy nerviosos y eran muy simpáticos. Le pidieron insistentemente que les cediera el niño. Le prometieron que podría visitarlo de vez en cuando, aunque el médico y el abogado no lo aconsejaban. Algunas veces se habían producido desagradables situaciones tras la firma de los papeles; y en cierta ocasión una madre, hasta había hecho un secuestro. Era mejor que la ruptura fuera total, aunque los padres adoptivos hubieran aceptado cualquier condición. Ella tenía el cabello negro, los ojos castaños, una bonita figura y una mente despierta. Ejercía de abogado, era natural de Nueva York. Su marido era oftalmólogo y sus facciones eran muy parecidas a las de Anne. En caso de que se pareciera a ésta y no al resto de la comuna, el chiquillo podría pasar perfectamente por hijo del matrimonio, pensó Faye. Eran encantadores y Anne se compadeció de ellos.

–¿Cómo es posible que no puedan tener hijos? –le preguntó a su madre mientras ésta la acompañaba de nuevo a casa de Lionel.

–No se lo pregunté. Sólo sé que no pueden tenerlos.

Faye confiaba en que Anne fuera razonable. Hubiera deseado que Ward hablara con ella, pero su marido no estaba. Éste le había suplicado a Faye que le acompañara, alegando que ambos necesitaban una segunda «luna de miel» para celebrar la reconciliación. Faye se conmovió, pero no quiso dejar a Anne hasta que hubiera nacido el niño. Si algo le ocurriera, si se adelantara el parto, lo que a las adolescentes les solía ocurrir, quería estar a su lado. El médico dijo que las muchachas tan jóvenes lo pasaban muy mal, muchísimo peor que las mujeres adultas de la edad de Faye. Ésta tenía cuarenta y seis años y por nada del mundo hubiera querido tener otro hijo. Temía que Anne tuviera dificultades y no quiso acompañar a Ward.

Ambos disponían de un poco de tiempo entre película y película, pero ella se lo quería dedicar todo a Anne. Ward se fue a Europa con Greg y Faye pensó que el viaje les sentaría bien.

El niño estaba a punto de nacer y Anne aún no había decidido nada. Estaba tan gruesa que parecía que fuera a tener gemelos. Lionel la compadecía mucho porque sabía que estaba asustada y que tenía dolores constantes. Desde luego, no era para menos. Esperaba hallarse en casa cuando llegara el momento. En caso de que no fuera así, John le prometió que dejaría el trabajo y tomaría un taxi para volver a casa y llevarla al hospital. A Anne le sería más fácil ponerse en contacto con él que con Lionel. Al principio, la muchacha dijo que deseaba dar a luz en casa, como lo hacían en la comuna, pero ellos le quitaron la idea de la cabeza y Faye les hizo jurar que la avisarían en el acto. Lionel se lo prometió, pero Anne le suplicó que no lo hiciera.

—Me va a robar el niño, Li —le dijo, mirándole con ojos suplicantes.

Se asustaba constantemente y por cualquier cosa.

—No hará nada de todo eso. Sólo quiere estar a tu

lado. Y nadie te va a robar el niño. Eres tú quien tiene que decidir lo que piensas hacer.

Sin embargo, Lionel seguía intentando convencerla. Pensaba que su madre tenía razón. A los catorce años, un hijo hubiera sido una carga excesiva. Todavía era una chiquilla. Lo que se puso de manifiesto con toda claridad la noche en que Anne empezó a sentir los dolores del parto. Se asustó y se encerró en su habitación llorando como una histérica, mientras Lionel y John amenazaban con derribar la puerta. Al final, mientras su hermano trataba de convencerla, John subió al tejado, se deslizó por la ventana, y abrió la puerta para que pudiera entrar Lionel.

Encontraron a Anne llorando y retorciéndose de dolor en la cama, y vieron que había un líquido en el suelo. Había roto aguas hacía una hora y los dolores eran muy fuertes.

–Oh, Li, tengo miedo, tengo mucho miedo –decía Anne abrazando a su hermano a cada contracción.

No le habían dicho que le iba a doler tanto. Mientras se dirigían al hospital en taxi, gimió y clavó las uñas en la mano de Lionel y, al llegar, no quiso irse con la enfermera y le pidió a su hermano que se quedara con ella. Después, vino el médico y le dijo que fuera buena chica mientas dos enfermeras se la llevaban en una silla de ruedas y Anne arreciaba en sus gritos.

Lionel estaba muy afectado y John tenía la cara más blanca que la cera.

–¿No le podrían administrar un sedante? –preguntó Lionel al médico.

–Me temo que no, porque retrasaría el parto. Su hermana es joven y después se olvidará de todo. –Les parecía increíble, pero el médico les miró sonriendo y añadió–: Para las niñas de su edad parir es difícil, porque no están preparadas ni física ni mentalmente para el parto. Pero le ayudaremos a superar el trance de la mejor manera posible y no le ocurrirá nada. –Lionel no estaba muy seguro de ello y aún le parecía oír los gritos de Anne mientras se la llevaban por el pasillo–. ¿Ya ha avisado a su madre? –preguntó el médico.

Lionel negó con la cabeza; estaba nervioso. Eran las once de la noche y temió que en casa estuvieran durmiendo. Sin embargo, sabía que su madre se enojaría muchísimo si no la llamaba, por lo que marcó el antiguo número con manos temblorosas. Contestó Ward y Lionel le dijo rápidamente:

–Estoy en el hospital con Anne.

Ward no perdió el tiempo en pasarle el teléfono a Faye. Por una vez habló él mismo con su hijo.

–Iremos enseguida.

Y así fue. En diez minutos llegaron al Centro Médico de la UCLA, un poco desgreñados, pero completamente despiertos. El médico hizo una excepción a la regla y permitió que Faye entrara por lo menos mientras Anne estuviera en la sala de preparación al parto. Nadie sabía lo que éste iba a durar. Ni siquiera el médico, a pesar de su buen ojo, porque, en las adolescentes, nada era seguro; igual podía producirse de golpe que tardar tres días. La dilatación era buena, pero, cada fase duraba horas, en cuyo transcurso Anne suplicaba que le dieran algo para aliviarla, asía fuertemente la mano de su madre e intentaba, infructuosamente, levantarse en medio de terribles dolores, mientras pedía a las enfermeras que la dejaran en paz. Fue lo peor que Faye había visto jamás. No podía hacer nada para ayudar a su hija y sólo salió una vez para decirle una cosa a Ward. Quería que llamara al abogado por la mañana a primera hora para el caso de que Anne decidiera ceder el niño. Le haría firmar los papeles inmediatamente. Los tendrían que revisar al cabo de seis meses para que fueran firmes, pero entonces el niño ya estaría lejos y Anne habría reanudado su vida normal. Ward dijo que se encargaría de ello y Faye le aconsejó que se fuera a casa. Aquella situación podía prolongarse durante horas. Ward acompañó a Lionel y John a su apartamento sin apenas decirles nada por el camino. Eran ya las cuatro de la madrugada y Lionel no consiguió pegar ojo. Se levantó subrepticiamente de la cama varias veces y llamó al hospital, pero no se había producido ninguna novedad. Anne se encontraba todavía en la sala de preparación. Todavía estaba allí a la tarde siguiente cuando John regresó a casa al llegar del trabajo. Eran ya las seis y le sorprendió encontrar a Lionel sentado al lado del teléfono.

–Dios mío, ¿aún no ha tenido el niño? –Le parecía imposible que pudiera tardar tanto. Los dolores se habían iniciado alrededor de las ocho de la tarde del día anterior y ya sufría horribles espasmos cuando la llevaron al hospital–. ¿Cómo se encuentra Anne?

Lionel estaba muy pálido. Llamó muchas veces al hospital e incluso estuvo allí unas cuantas horas; pero su madre ni siquiera quiso salir a hablar con él. No quería dejar a Anne ni un momento. Vio a una pareja muy nerviosa a la que acompañaba el abogado de los Thayer, en la sala de espera.

Aguardaban el nacimiento del niño más angustiados todavía que los Thayer. El médico decía que aún faltaban unas horas. Se veía asomar un poco la cabeza del niño y Anne ya podía empujar, pero aún no era el momento. Si sobre las nueve de la noche no había algún progreso, le practicarían la cesárea.

–Menos mal –dijo John.

Estaban los dos tan preocupados que no quisieron cenar. A las siete, Lionel pidió un taxi. Quería regresar al hospital.

–Quiero estar allí.

–Voy contigo –dijo John.

Se habían pasado cinco meses buscándola y otros

cinco viviendo con ella. John la consideraba un poco su hermanita y la casa no parecía la misma sin su ropa, sus libros y sus discos diseminados por doquier. Una vez la amenazó con castigarla si no recogía sus cosas, y Anne se rió y le dijo que le contaría a todo el barrio que era marica. John sentía muchísimo que la muchacha tuviera que sufrir tanto. Cuando, poco después de las nueve, vio el rostro de Faye Thayer, imaginó cuáles debían ser los padecimientos de la chica.

–No consiguen sacarlo –le dijo Faye a Ward, que ya se encontraba de nuevo en el hospital–. Y el médico no quiere practicar una cesárea a una niña de su edad a menos que no haya más remedio.

Anne sufría mucho y suplicaba a gritos que la ayudaran, pero nadie podía hacer nada por ella. La pesadilla aún se prolongó dos horas, mientras Anne pedía que la mataran, que mataran al niño o que hicieran cualquier cosa. Al final, emergió la cabecita; y, cuando apareció poco a poco el resto del cuerpo, destrozando a su madre y causándole inmensos dolores, todos pudieron comprender la razón de los sufrimientos de Anne. El recién nacido era un niño enorme que pesaba cinco kilos. Faye no hubiera podido imaginar peor castigo para la grácil figura de su hija. Era como si todos los hombres que la habían poseído hubieran participado en la concepción del niño y éste fuera una mezcla de todos ellos. Faye le contempló con lágrimas en los ojos, pensando en los padecimientos que le había causado a Anne y en su vida recién estrenada que ya nunca volverían a ver.

Horas antes, Anne había accedido a dejar al niño. En aquellos momentos, hubiera estado dispuesta a todo. El médico le colocó inmediatamente una mascarilla de oxígeno. Anne no vio al niño y no pudo ver lo grande que era. Faye abandonó en silencio la sala de partos, afligida por su hija, por lo que había sufrido, por aquella experiencia que probablemente jamás podría olvidar, y por el niño al que nunca conocería, tan distinto de los suyos a los que nunca se arrepintió de haber traído al mundo a pesar de las penas que a veces le habían causado. Ahora el niño sería entregado en adopción y Anne jamás volvería a verle. Lo colocaron en un cesto de polietileno y se lo llevaron a la sala de recién nacidos para lavarlo y entregarlo a sus nuevos padres.

Media hora más tarde, mientras abandonaba el hospital en compañía de Ward, Faye vio a la mujer morena que tenía el niño en sus brazos. Le resbalaban las lágrimas por las mejillas y miraba al pequeño con ternura infinita. Llevaban catorce años esperándole y no sabían quién era el padre ni si las drogas le habrían causado algún daño. Lo aceptaban con un amor incondicional. Faye oprimió con fuerza la mano de Ward y aspiró una gran bocanada de aire nocturno. El médico comunicó que Anne pasaría varias horas durmiendo porque le habían administrado unos sedantes muy fuertes. Aquella noche, en la cama, Faye lloró en brazos de Ward.

—Fue horrible… Si hubieras oído cómo gritaba…

Siguió sollozando sin poderse contener mientras evocaba aquellos atroces momentos. Ahora todo había terminado para ellos. En cambio, para la pareja que había adoptado el niño de Anne, todo acababa de empezar.

25

Tuvieron a Anne una semana en el hospital en un intento de que sanaran sus heridas tanto físicas como mentales. El médico le explicó a Faye que todo se arreglaría con el tiempo. Para aliviar sus dolores, le administraban fuertes sedantes. La cabeza del niño le había producido grandes desgarros. Sin embargo, lo peor eran las cicatrices emocionales que le iban a quedar. Un psiquiatra iba a verla todos los días, pero Anne no quería hablar con él. Se limitaba a permanecer tendida en la cama mirando al techo o a la pared. Tampoco hablaba con Faye y Ward, ni con las gemelas, y ni siquiera con Lionel cuando éste la visitaba acompañado de John, procurando que sus visitas no coincidieran con las de sus padres. Lionel regaló a Anne un enorme oso de felpa, confiando en que éste no le recordara al hijo perdido. El niño abandonó el hospital tres días después. Sus padres se lo llevaron vestido con unas prendas blancas y azules firmadas por Dior y envuelto en dos mantas hechas por su abuela adoptiva. Enviaron a Anne una preciosa canastilla de flores, pero ella mandó que la retiraran. No quería ningún recuerdo del niño. Se odiaba a sí misma por lo que había hecho, aunque durante las primeras horas que transcurrieron después del parto, se encontró tan mal que por nada del mundo hubiera querido verle. Sin embargo, ahora que ya no estaba, experimentaba el deseo de verle la cara, aunque sólo fuera una vez para poder recordarle. Se le llenaron los ojos de lágrimas al pensarlo. Todos le decían que su decisión era acertada, pero Anne les odiaba y se odiaba a sí misma, tal como le dijo a Lionel mientras John contenía las lágrimas. Si fuera su hermana, se moriría de pena, pensó, mientras trataba de animarla contándole chistes de mal gusto. Sentía una inmensa compasión por Anne.

—Si quieres, podemos cambiar la decoración de tu dormitorio. Tengo en el taller un poco de pana negra. Podríamos poner unas cortinas de tul negro en las ventanas y alguna que otra arañita aquí y allí.

La miró de soslayo y Anne se echó a reír por primera vez en una semana. Sin embargo, cuando llegó el instante de marcharse, quienes acudieron a recogerla fueron Faye y Ward. Faye habló con Lionel por la mañana y le anunció que se iban a llevar a Anne a casa, por lo que ellos ya podían alquilar la habitación a un amigo o hacer con ella lo que quisieran. El objetivo ya estaba cumplido y Anne tenía que regresar a casa y reanudar su vida.

La muchacha se disgustó mucho al enterarse, pero no tenía fuerzas para discutir en aquel momento. Se pasó semanas sentada en su habitación, negándose a comer y mandando a las gemelas al infierno cada vez que entraban a saludarla, cosa que, en realidad, no solían hacer muy a menudo, aunque Vanessa lo intentaba más de una vez. Querían consolar a Anne y le regalaban discos, libros y ramos de flores, pero ella no se ablandaba y seguía manteniendo su corazón cerrado a cal y canto. El día de Acción de Gracias se reunió a almorzar con ellos por primera vez. Lionel no estaba y tampoco Greg, el cual tenía que disputar un importante partido. Anne regresó cuanto antes a su habitación. No tenía nada que decirles, ni siquiera a Vanessa que tantos esfuerzos hacía por ganarse su amistad, y tampoco a Faye cuyos ojos reflejaban una inmensa amargura. Les odiaba a todos y sólo pensaba en el niño que había dejado. Habían transcurrido exactamente cinco semanas del nacimiento y se preguntó si se iba a pasar toda la vida recordando siempre la edad que tenía. Ya casi podía sentarse, lo cual era un buen progreso, según le comunicó Lionel cuando acudió a visitarla. Solía hacerlo cuando su padre no estaba. Ward lo sabía, pero no decía nada con tal de que no tuviera que verle. Su actitud no había cambiado. Por Navidad, Faye le suplicó que le permitiera invitar a Lionel, pero él se negó en redondo.

—He adoptado una postura y no pienso variarla. No apruebo la vida de Lionel y quiero que el resto de la familia lo sepa.

Era imposible discutir con él. Faye se pasaba día y noche tratando de convencerle. Nunca había sido un santo y la había traicionado más de una vez, le decía; pero a Ward le indignaba que pretendiera comparar sus aventurillas heterosexuales con la homosexualidad de Lionel.

—Lo que quiero decir es que tú también tienes debilidades humanas.

—¡Pero él es marica, maldita sea! —Sentía deseos de llorar cuando pensaba en ello.

—Es homosexual —le corrigió Faye.

—Está enfermo y no le quiero en mi casa. ¿Está claro de una vez por todas?

Era inútil seguir discutiendo. A veces, Faye lamentaba que hubiera vuelto a casa. Su matrimonio ya no era como antes y el problema de Lionel contribuía a agravar las cosas y era una fuente constante de roces entre marido y mujer. Por suerte, acababan de empezar otra película y Faye se pasaba casi todo el día fuera de casa. Se alegraba de las visitas que Lionel le hacía a Anne. Alguien tenía que hablar con la chica. Había pasado por un suplicio espantoso y se llevaba muy bien con su hermanita. Faye miraba con rabia a su marido por negarse a aceptar a Lionel. Y, sin embargo, en el fondo, le seguía queriendo. Ward Thayer era su mundo y su vida, y, tanto si era un santo como si no lo era, no hubiera podido vivir sin él.

El día de Navidad, Lionel no acudió a casa de sus padres; y en cuanto la familia se levantó de la mesa, Anne se fue a verle a su apartamento. Los Wells dieron una excusa para no invitar a Lionel, aunque hubieran acogido gustosamente a su hijo. Invitar al amante de John les parecía una muestra de tolerancia excesiva. Por todo ello, John y Lionel decidieron celebrar las Navidades solos. Más tarde, se reunieron con ellos Anne, unos compañeros de trabajo de John y un amigo de estudios de Li que también eran homosexuales.

Rodeada por una docena de jóvenes homosexuales, Anne no se sentía cohibida en absoluto. Se encontraba más a gusto con ellos que con su familia y ya empezaba a ser un poco la de antes. Había perdido los kilos que le sobraban, su mirada era un poco más viva. Se la veía muy madura y no aparentaba en absoluto la edad que tenía. Iba a cumplir quince años y estaba a punto de regresar a la escuela para terminar octavo grado. La perspectiva la aterrorizaba porque tendría un año y medio más que sus compañeros. Lionel le aconsejó que hiciera un esfuerzo y Anne estaba dispuesta a hacer el sacrificio sólo por él.

Le permitieron beber media copa de champán y permaneció con ellos hasta pasadas las nueve de la noche. Con un poco de dinero que tenía ahorrado, Anne le compró a Li una bufanda de cachemira y a John, una preciosa pluma de plata de Tiffany's. Eran sus mejores amigos y la única familia que tenía. Aquella noche, John la acompañó a casa en su Volkswagen de segunda mano, mientras Lionel se quedaba con sus amigos. Anne sabía que la fiesta se prolongaría durante horas, pero Lionel insistió en que regresara a casa. No le parecía correcto que participara en veladas como aquellas, porque, a veces, se hacían comentarios muy libres y algunos de sus amigos no eran tan discretos como él y John. Anne se despidió de su hermano con una abrazo y besó a John en una mejilla antes de bajar del coche.

–Feliz Navidad, cariño –le dijo John sonriendo.

–Lo mismo te digo –contestó Anne, dándole un abrazo y bajando rápidamente del vehículo.

Deseaba subir a su habitación para probarse las prendas que le habían regalado: un precioso jersey de angora rosa pálido con bufanda a juego, obsequio de Li, y unos bonitos pendientes de perlas, obsequio de John. Se lo puso todo muy contenta y se miró al espejo, esbozando una sonrisa. Era tan feliz con sus regalos que ni siquiera oyó entrar a su hermana. Val se hallaba de pésimo humor. Greg había prometido llevársela con sus amigos y, en el último momento, se había echado atrás. Vanessa tenía una cita con un pretendiente formal. Por su parte, Ward y Faye se habían ido a tomar unas copas a casa de unos amigos. Por consiguiente, Anne y Valerie se encontraban solas en casa.

–¿De dónde has sacado este jersey y esta bufanda?

Hubiera querido probárselos, pero sabía que Anne nunca se los prestaría. Valerie le quitaba siempre la ropa a Vanessa, pero Anne siempre mantenía cerrada la puerta de su habitación y nunca les ofrecía ni les pedía nada a sus hermanas. Su actitud era más reservada que nunca.

–Me los ha regalado Li.

–Haciendo diferencias, como de costumbre.

A Anne le dolieron esas palabras, pero procuró disimularlo, tal como siempre lo hacía. En eso era muy hábil.

–Tú y Lionel nunca habéis sido buenos amigos.

Era un comentario de persona adulta y Valerie se quedó desconcertada.

–¿Y eso qué tiene que ver? Es mi hermano, ¿no?

–Pues haz algo por él de vez en cuando.

–No siente el menor interés por mí. Anda siempre liado con sus maricas.

–¡Sal de mi habitación! –le gritó Anne mientras Val retrocedía.

Algunas veces, la intensidad de los ojos de Anne le daba miedo.

–Bueno, bueno, no te pongas así.

–¡Sal de mi habitación, puta!

Fueron unas palabras imprudentes. Val se quedó helada y miró enfurecida a su hermana.

–Yo de ti vigilaría el vocabulario. No fui yo la que tuvo que vender a su hijo.

Al oírla, Anne perdió los estribos y quiso golpearla, pero Valerie le asió el brazo y aporreó la puerta con él. Se escuchó un fuerte crujido y ambas muchachas se asustaron. Anne consiguió liberar el brazo y esta vez no falló y propinó a su hermana un fuerte puñetazo en pleno rostro al tiempo que le decía:

–La próxima vez que te metas conmigo, te asesino ¿me has entendido, puerca asquerosa?

Val le había tocado la fibra más sensible y Anne era muy capaz de cumplir su amenaza. En aquel instante, entraron Faye y Ward. Vieron la cara de Val y el brazo de Anne y adivinaron lo que había ocurrido. Las regañaron y Ward preparó unas bolsas de hielo para las dos, pero Faye insistió en llevar a Anne al hospital para que le hicieran una radiografía. Tenía un desgarro muscular, pero no se había roto el brazo, por cuyo motivo los médicos se limitaron a aplicarle un buen vendaje. Regresaron a casa a medianoche y, a los pocos minutos, sonó el teléfono. Era Mary Wells, y gritaba como una histérica. Al principio, Faye no comprendió lo que le decía: le hablaba de un incendio… del árbol de Navidad… Un estremecimiento le recorrió la columna vertebral: ¿Dónde, preguntó, en su casa o en la de John? Por fin, se puso

Bob al teléfono. Lloraba desconsoladamente. Ward tomó en aquellos momentos el supletorio y pudo escuchar sus palabras al mismo tiempo que Faye.

—El árbol de Navidad de los chicos se ha quemado. Lo dejaron encendido cuando se fueron a dormir. John está... —apenas podía hablar y, sobre el trasfondo de sus palabras, se oían los sollozos de su mujer y unos lejanos villancicos navideños. Se hallaban en compañía de unos amigos cuando recibieron la noticia y a nadie se le ocurrió quitar la música— John ha muerto.

—¡Oh, no, Dios mío! ¿Y Li? —preguntó Faye con un hilo de voz mientras Ward cerraba los ojos.

—Está gravemente quemado, pero vivo. Pensamos que debíais saberlo. Nos avisaron... La policía dijo...

Faye ya no pudo seguir escuchando y se desplomó en un sillón mientras Anne la miraba aterrada. Se habían olvidado de su presencia.

—¿Qué ha pasado?

—Ha habido un accidente. Li ha sufrido unas quemaduras.

Faye aún no había asimilado la noticia y apenas podía respirar. Era algo que jamás le había ocurrido. Por un instante, creyó que le iban a anunciar la noticia de la muerte de Li. Pero era John... John... Pobre hijo.

—¿Qué ha *pasado*? —chilló Anne y, en aquel momento, aparecieron las gemelas en lo alto de la escalera.

Faye las miró con el rostro demudado. No era posible. Apenas hacía una hora había hablado con él.

—No sé... —respondió—. Se quemó el árbol de Navidad de Li y John... John ha muerto. Lionel está en el hospital.

Se puso en pie de un brinco y las muchachas rompieron a llorar mientras Vanessa estrechaba a Anne en sus brazos. Faye se volvió y vio a Ward llorando muy quedo mientras tomaba de nuevo las llaves del automóvil. Salieron como una exhalación y Anne se tendió sollozando en el sofá mientras Vanessa le acariciaba el cabello con una mano y asía con la otra la de Val.

En el hospital, Faye y Ward averiguaron que su hijo había sufrido graves quemaduras en los brazos y en las piernas. Lionel trató de explicarle a Faye lo ocurrido sin poder contener las lágrimas.

–Lo intenté, mamá… Lo intenté… Oh, Dios mío, mamá… Pero el humo era denso… No podía respirar… –Mientras Faye lloraba, le habló de la humareda y le explicó que trató de practicarle a John la respiración boca a boca tras haber conseguido arrastrarle fuera, pero ya era demasiado tarde y él se asfixiaba. Se desmayó en el momento en que llegaban los bomberos y despertó en el hospital, donde una enfermera le dijo sin querer que John había muerto a causa de las emanaciones tóxicas–. Nunca me lo perdonaré, mamá, yo tengo la culpa… olvidé apagar las luces del árbol.

Faye se sentó llorando al lado de su hijo y trató de tranquilizarle lo mejor que pudo, abrazándole a través de las vendas y los emplastos; pero Lionel ni siquiera la escuchaba. Estaba tan desesperado por la muerte de John que no sentía el dolor de las quemaduras. Ward permanecía de pie a unos pasos, mirando, impotente, a su mujer y a su hijo. Por primera vez en muchos meses, experimentó un asomo de compasión por Lionel y le miró con cariño, recordando cómo era de pequeño, cuando correteaba por el césped y jugaba con el caballito en su antigua mansión antes de que todo cambiara. Era el mismo chiquillo que en aquellos instantes contemplaban sus ojos, sólo que se había convertido en un hombre y no se comprendían. Sin embargo, viéndole llorar y agitar los brazos vendados, Ward se olvidó de todo y, al final, lo estrechó con fuerza mientras las lágrimas le rodaban por las mejillas. Faye le contempló con el corazón transido de dolor y sintió remordimientos por alegrarse de que la víctima no hubiera sido su hijo.

26

El funeral fue lo más doloroso que Faye hubiera visto jamás. Mary Wells estaba histérica y Bob lloraba con más desconsuelo que su mujer. Las cuatro hermanas de John estaban anonadadas y, cuando se llevaron el féretro, Mary quiso arrojarse sobre el mismo y tuvieron que sujetarla. Lionel estaba tan pálido enfundado en un traje oscuro que Faye temió que fuera a desmayarse. Después se percató por primera vez de que llevaba una alianza matrimonial de oro en el dedo. No sabía si Ward se habría fijado, pero, al ver la cara de su hijo, Faye comprendió lo mucho que John significaba para él. Era la mayor pérdida que había sufrido en el transcurso de su vida y, probablemente, una de las peores que jamás tendría que soportar.

Anne procuraba estar lo más cerca posible de él; se enjugaba las lágrimas con un pañuelo y le miraba de vez en cuando para cerciorarse de que estaba bien. Ya tenían decidido lo que iban a hacer. Ward y Faye lo discutieron la víspera: Lionel regresaría a casa durante algún tiempo. Después del funeral, Ward salió a dar un paseo con él. Greg se escapó apenas llegaron a casa. Aunque John era su mejor amigo, en aquellos momentos no se le veía muy afectado.

—¿Qué quieres que te diga? —le contestó a Valerie,

encogiéndose de hombros después del funeral–. Era un maricón de mierda.

Sin embargo, también era su amigo y Valerie recordó cuánto tiempo había estado inútilmente enamorada de él. Ahora todos sabían por qué...

Faye vigilaba discretamente a Anne. Había sufrido mucho durante los últimos meses, pero parecía que ya se había recuperado. Lionel, en cambio, caminaba como un fantasma al lado de su padre, pensando en su lucha contra las llamas y en su incapacidad para salvar a John. Hacía tres días que sólo pensaba en eso. No lo olvidaría jamás... Él había tenido la culpa... Olvidó apagar las luces del árbol cuando se fueron a la cama... Estaban un poco bebidos... Y aquellas malditas luces intermitentes... ¿Por qué no se acordó de ellas? Él tenía la culpa, era como si le hubiera asesinado con sus propias manos.

Se lo dijo a su padre. Ya nada tenía en común con Ward, pero necesitaba decírselo a alguien. Se preguntó si los padres de John le echarían la culpa.

–Estarían en su derecho, ¿sabes? –dijo, mirando a su padre con ojos llorosos.

Ward se conmovió al contemplar a aquel muchacho al que tanto se esforzaba por odiar. Ahora uno de ellos había muerto y la relación terminaría.

Faye tenía razón. Podían dar gracias de que no hubiera sido Lionel. Poder disfrutar de su compañía era un regalo del cielo.

–Os reprochamos un sinfín de cosas durante un año y nos equivocamos –dijo Ward, exhalando un suspiro mientras contemplaba los árboles. Le resultaba más fácil que mirar a su hijo, cosa que no hacía desde hacía casi un año, ni siquiera cuando él y John rescataron a Anne–. No entendía por qué eras así. Pensaba que yo tenía la culpa y la tomé contigo, pero hice mal. –Miró a Lionel y vio que estaba llorando–. Hice mal en echarme la culpa y ahora tú también haces mal en culparte. No hubieras podido hacer nada, Li. –Se detuvo y tomó las manos del muchacho en las suyas–. Sé lo mucho que debiste esforzarte –añadió con voz quebrada por la emoción–. Sé cuánto querías a John.

Prefería ignorarlo, pero lo sabía. Obedeciendo a un impulso, abrazó a su hijo y le rozó las mejillas con las suyas mientras los corazones de ambos latían al unísono y sus lágrimas se mezclaban.

–Lo intenté, papá –dijo Lionel, mirándole como un chiquillo–. De veras que lo intenté.

Los sollozos interrumpieron sus palabras y Ward volvió a abrazarle como si quisiera protegerle del mal.

–Lo sé, hijo, lo sé…

De nada hubiera servido decirle que todo se arreglaría. Para John, ya nunca más se volvería a arreglar y Lionel estaba seguro de que jamás se recuperaría de aquella pérdida. Acababa de recibir una dura lección.

Cuando regresaron a casa, los demás ya les aguardaban. Por la noche, cenaron en silencio y luego todos se retiraron a sus habitaciones. Lionel había perdido casi la totalidad de sus pertenencias en el incendio, exceptuando algunas cosas que había dejado en casa de sus padres: algunas joyas ennegrecidas por el humo, pero no perdidas, y el automóvil que, en aquellos momentos, tenía aparcado fuera. Dormía en su antigua habitación. Faye le hacía las compras y le traía las cosas que necesitaba. Ward le prestó algunas de las suyas y procuraba pasar con Lionel todo el tiempo que podía.

Greg regresó a la universidad y Anne, a la escuela el día de su cumpleaños casi al cabo de un año de dejarla. Le resultó doloroso y difícil, pero tenía que hacerlo. Cualquier cosa la distraía. Al cabo de unas semanas, le quitaron los vendajes a Lionel. Las cicatrices eran muy visibles, a diferencia de las que llevaba en el alma. Nadie comentó el hecho de que no hubiera reanudado los estudios porque aún no estaba preparado para ello.

Un día dio a todos una sorpresa al invitar a su padre a almorzar con él. Fueron al Polo Lounge y, sentado frente a su hijo, al otro lado de la mesa, Ward pensó que aparentaba más edad de la que tenía. No comprendía su vida y seguía lamentando aquella opción, pero ahora le respetaba. Le gustaba su escala de valores, sus puntos de vista y sus razonamientos, y sufrió una decepción cuando Lionel le comunicó que no quería regresar a la universidad.

—Lo he pensado mucho, papá, y quería que tú fueras el primero en saberlo.

—Pero ¿por qué? Sólo te queda un año y medio para terminar tus estudios. Es muy poco. Aún estás muy trastornado.

Por lo menos, eso se decía él.

—No puedo volver, papá —contestó Lionel, sacudiendo la cabeza—. Ya no me siento a gusto allí. Me han ofrecido trabajar en una película y pienso aceptar.

—Y después ¿que harás? El rodaje durará tres meses y volverás a quedarte sin trabajo.

Ward conocía muy bien el paño.

—Como tú, ¿eh, papá? —le dijo Lionel en tono burlón. Ward sonrió, pero estaba disgustado con la noticia aunque le agradecía que se lo hubiese querido explicar en una conversación de hombre a hombre—. Ya estoy harto de estudiar. Quiero empezar a hacer algo.

—Sólo tienes veinte años. ¿A qué tanta prisa? —Ambos sabían, sin embargo, que había vivido mucho a pesar de su juventud, en parte, debido a sus relaciones con John. Había sufrido y perdido a un ser al que amaba con toda su alma. No podía volver a ser un chiquillo, por mucho que Ward lo pretendiera. La muerte de John había hecho cambiar a todos y a él le ayudó a restablecer los nexos con su hijo. Aun así, Lionel jamás volvería a ser tan joven y despreocupado como antes. Tal vez hacía bien en dejar los estudios, pero de todos modos, Ward lo lamentaba–. Siento mucho que lo hagas, hijo.

–Ya lo sé, papá.

–¿Quién te ofrece el empleo?

–La Fox –contestó Lionel, sonriendo.

La competencia, claro. Ward soltó una carcajada y se acercó una mano al pecho como si le hubieran pegado un tiro.

–Menudo golpe. Preferiría verte fuera de este maldito negocio.

Lo decía en serio, pero Lionel se encogió de hombros.

–Pues a ti y mamá parece que os gusta mucho.

–A veces, estamos hasta la coronilla –hacía tiempo que Ward lo pensaba y quería convencer a Faye de que hiciera un viaje con él. Acababa de terminar una película y disponía de un poco de tiempo. No tendría ninguna excusa. Miró a Lionel y se le ocurrió una idea–. No pensarás irte enseguida, ¿verdad?

–Quería empezar a organizarme y buscarme un sitio cualquier día de éstos. No quiero causaros ninguna molestia.

–De eso ni hablar –dijo Ward, sonriendo como si quisiera disculparse por su dureza de antaño–. ¿Querrías quedarte en casa otro mes para vigilar a las niñas?

–No faltaba más –contestó Lionel, sorprendido–. Pero ¿por qué me propones eso?

–Quiero llevarme a tu madre. Ambos necesitamos un descanso.

No habían podido disfrutar de un minuto a solas desde que Lionel regresó a casa, hacía unos nueve meses. Ya era hora de que hicieran un viaje juntos. Lionel le miró sonriendo.

–Estaré encantado de hacerlo, papá. Os sentará muy bien a los dos.

Al salir del restaurante, Ward se alegró de haberse

reconciliado con su hijo. Eran más amigos que nunca, existía entre ellos una amistad viril aunque pareciera un poco raro. Aquella noche, Ward le expuso sus planes a Faye.

—Y no quiero oírte protestar. Nada de excusas. No me hables del trabajo, ni de los chicos, ni de los actores con quienes tienes que estudiar el guión. Nos vamos dentro de dos semanas.

Aquella tarde había reservado los pasajes. Irían a París, Roma y Suiza.

En lugar de protestar, Faye le miró emocionada.

—¿Lo dices en serio? —preguntó, mirándole con picardía mientras le echaba los brazos al cuello.

—Completamente en serio. Y, como no quieras hacerlo por tu propia voluntad, te secuestro. Estaremos fuera tres semanas, cuatro quizá.

Por la tarde, Ward estudió en secreto el programa de Faye y sabía que podía ausentarse durante todo aquel tiempo.

Aquella noche Faye le acompañó muy contenta al dormitorio y se puso el camisón mientras su esposo le hablaba con entusiasmo de París y de Roma.

—Hace mucho tiempo que no nos tomamos unas vacaciones, Faye.

—Lo sé.

Ella se sentó en la cama y le miró con dulzura. Un par de veces, habían estado a punto de perderse el uno al otro, habían estado a punto de perder una hija y un hijo, habían entregado un nieto en adopción y el amante de su hijo había muerto. Habían sido tiempos muy difíciles para todos ellos y, si alguien le hubiera preguntado hacía un año si su matrimonio se iba a salvar, Faye hubiera contestado que no. Sin embargo, mirándole en aquellos momentos, comprendió que aún seguía amando a aquel hombre a pesar de sus defectos, sus aventuras, las veces en que le había fallado y los tormentos que le había causado a su propio hijo. Amaba a Ward Thayer desde hacía muchos años y, probablemente, le amaría siempre. Al cabo de veintidós años, se hacía muy pocas ilusiones con respecto a él, pero le quería tal como era. Y por la noche, cuando se acostaron, hicieron el amor como antaño.

27

París estaba precioso en primavera y ellos pasearon sin prisa por las orillas del Sena, fueron a Les Halles a tomarse una sopa de cebolla y bajaron por los Campos Elíseos, visitaron a Dior, almorzaron después en el Fouquet's y cenaron en Maxim's y en la Brasserie Lipp. Se tomaron unas copas en el Café Flore y en Deux Magots y se rieron, besaron y abrazaron. Luego tomaron vino y queso. Tal como quería Ward fue una segunda luna de miel, un lugar donde olvidar las penas de los últimos dos años, los hijos, las películas y las responsabilidades. Cuando llegaron a Lausana, Faye contempló el lago Leman y miró sonriendo a su marido.

—¿Sabes una cosa? Me alegro de haberme casado contigo —dijo mientras se tomaba un café con un cruasán.

—Me encanta oírtelo decir —contestó Ward, soltando una carcajada—. ¿Cómo has llegado a semejante conclusión?

—Verás, tú eres un buen hombre. A veces, armas un alboroto tremendo, pero eres lo bastante inteligente y honrado como para hacer marcha atrás y rectificar.

Dijo estas palabras pensando en Lionel. Estaba muy contenta de que su esposo y su hijo hubieran hecho las paces. Pensaba asimismo en las aventuras amorosas de Ward.

—Lo intento. Pero a veces no soy tan inteligente como tú, Faye.

—Bobadas.

—Hablas como Val —dijo él, mirándola con expresión de reproche.

—Bueno, no soy más inteligente que tú. Quizá más obstinada en ocasiones.

—No siempre tengo el valor de resistir como tú. A veces, siento deseos de escapar.

Lo había hecho un par de veces, pero Faye siempre había vuelto a recibirlo y su esposo se lo agradeció. Ward se asombró un poco de lo que su mujer le dijo a continuación.

—A veces, yo también querría escapar, ¿sabes? Pero luego pienso en lo que ocurriría si lo hiciera: quién vigilaría a Val, quién cuidaría a Anne, a Vanessa, a Greg y a Li. —Miró a su marido, le dirigió una sonrisa y añadió—: Tú, naturalmente, pero soy tan egocéntrica que me figuro que todo andaría mal si yo desapareciera, lo cual no es cierto, pero me ayuda a seguir en la brecha. Al cabo de tantos años.

—Me alegro —dijo Ward, tomando una de sus manos. Seguían estando profundamente enamorados el uno del otro—. Porque tienes razón. Todo andaría manga por hombro si te fueras y te doy las gracias por no haberlo hecho jamás.

—Quizá lo haga algún día. Me escaparé y tendré una loca aventura con un guapo actor —comentó Faye riéndose.

—A veces me preocupa esta posibilidad —dijo Ward, con la cara muy seria—. No me hace mucha gracia que trabajes con ciertos actores que yo me sé.

Era la primera vez que reconocía sus celos y Faye se conmovió.

—Siempre me porto bien.

—Ya lo sé. Por eso procuro no perderte nunca de vista.

—¿De veras?

Faye le dio un pellizco en la oreja mientras él la besaba. Después, entraron de nuevo en la habitación y se olvidaron del lago Leman y de los Alpes, de sus hijos y de sus profesiones. Durante todo el resto del viaje sólo pensaron en sí mismos; y cuando llegó la hora del regreso, se entristecieron un poco.

—Han sido unas bonitas vacaciones, ¿verdad, amor mío?

—Desde luego —contestó Ward mientras ella le tomaba del brazo.

—Me gustaría pasarme toda la vida contigo haciendo lo mismo.

—No lo creo, acabarías volviéndote loca. Dentro de una semana, ya estarás metida de lleno en tu nueva película y me dirás que todo el mundo es una calamidad, que los trajes no les sientan bien a los actores, que los decorados son un asco y que los exteriores son feos y nadie se sabe el papel, y empezarás a tirarte de este precioso cabello rubio que tienes. Sin todo eso, no podrías soportar el aburrimiento. ¿A que no?

Faye se echó a reír al oír aquella fiel descripción de su vida profesional.

—Bueno, es que aún no tengo la edad del retiro. Pero algún día...

—Ya me dirás cuándo.

—Lo haré —contestó ella, mirando a su marido con determinación.

Sin embargo, Ward tenía razón. Dos semanas más tarde, su vida fue exactamente tal y como él se la había descrito. Faye se volvía loca porque el protagonista le planteaba dificultades, otros dos se drogaban, un tercero se emborrachaba en el plató y se presentaba bebido todas las tardes después del almuerzo. Se les incendió un decorado y los sindicatos amenazaban con largarse. Todo regresó a la normalidad, pero marido y mujer se sentían vivificados por el viaje. A la vuelta, comprobaron si Lionel había vigilado bien a las niñas. Anne iba a la escuela, las gemelas se portaban bastante bien y las noticias que tenían de Greg eran buenas. Al cabo de un mes, Lionel se mudó a un apartamento y, aunque Faye sabía que se iba a sentir muy solo sin John, pensó que el cambio le sentaría bien. Su hijo trabajaba en la película de la Fox y decía que todo iba bien. El único problema fue Anne, que deseaba irse a vivir con él. Lionel intentó disuadirla, diciéndole que ambos tenían que vivir sus propias vidas, estudiar en la escuela, hacer nuevas amistades o reanudar las antiguas. Le dijo que tenía que vivir con Ward y con Faye.

Se fue un sábado por la tarde y Anne le despidió con lágrimas en los ojos. Después se pasó el resto del día encerrada en su habitación. Sin embargo, al día siguiente se fue al cine con una amiga y Faye pensó que aún había esperanzas de recuperación. Hacía tiempo que no hablaba de su embarazo ni se refería al niño, y Faye rezaba para que consiguiera olvidarlo todo.

Por su parte, ella también procuraba olvidarlo, entregándose por entero a su película. Sólo hizo un alto en su trabajo para asistir a la ceremonia de entrega de premios de la Academia en el Auditorio Cívico de Santa Mónica; invitó a Lionel y a las gemelas a que la acompañaran. Pensó que Anne era demasiado joven y ésta se quedó sola en casa, como siempre, negándose incluso a ver la retransmisión de la ceremonia por televisión.

Faye no creía que fuera a ganar ningún premio en su filme y, mientras se vestía por la noche, le dijo a Ward que era ridículo que se pusieran tan nerviosos. Los premios ya no significaban nada para ella. Ya no sentía la misma emoción que experimentó al principio cuando era actriz o cuando ganó por primera vez el premio a la mejor dirección.

—Al fin y al cabo —dijo, mirando a su marido mientras se ponía un collar de perlas alrededor del cuello–, ya he ganado dos.

—Fanfarrona –le dijo su marido con tono burlón.

—No lo digo por eso –contestó Faye, ruborizándose.

Estaba preciosa con el vestido de terciopelo negro que le marcaba los firmes y redondos pechos. Ward le hizo una caricia, pero ella le apartó. Quería ofrecer un aspecto impecable. Todos iban a estar muy guapos aquella noche y ella tenía cuarenta y siete años. ¿Cómo había pasado la vida con tanta rapidez? Le pareció que era ayer cuando tenía veinticinco años y estaba locamente enamorada de Ward Thayer y ambos se iban todas las noches a bailar al Mocambo. Miró a Ward recordando el pasado y él la besó suavemente en el cuello.

—Estás preciosa, amor mío. Y creo que vas a ganar.

—¡No digas eso! –exclamó Faye.

No quería ni pensarlo. Las relaciones entre ambos eran maravillosas desde la vuelta del viaje. A veces, se alejaban incluso un poco de los demás, pero a Faye no le importaba. Le gustaba estar a solas con su marido, a pesar de lo mucho que amaba a sus hijos. Se necesitaban mucho. Por la noche, mientras salían de casa en compañía de las gemelas, ambas vestidas con traje largo y luciendo sendos collares de perlas de su madre, Faye vio a Anne de pie en su habitación y entró para darle un beso de buenas noches. Parecía una chiquilla perdida y Faye lamentó no haberla invitado también, pero era tan joven, sólo tenía quince años. Además, era lunes, le dijo a Ward. Al día siguiente, tenía clase. Aún así, se arrepintió de no llevársela consigo.

—Buenas noches, cariño –dijo besándola nerviosamente en una mejilla mientras su hija la miraba con su habitual expresión de perplejidad.

Faye pensó que, tras acompañar a su hija durante el parto, ambas serían amigas, pero no fue así. En su fuero interno, Anne la consideraba culpable de la cesión de su hijo y, al regresar a casa del hospital, volvió a cerrarle la puerta. Nadie podía aproximarse a ella. Excepto Lionel, claro está. Para Anne, él era madre y padre a la vez.

–Buena suerte, mamá –le dijo la niña con indiferencia mientras se iba a comer algo a la cocina.

Por el camino, recogieron a Lionel que estaba muy guapo con uno de los esmoquins de Ward. Lionel se sentó con las gemelas en el asiento trasero del Jaguar de Faye y se pasó todo el rato charlando animadamente con ellas, mientras Ward se quejaba de que el vehículo no funcionaba demasiado bien y le decía a Faye que no sabía qué demonios hacía con él. Era una de aquellas noches de nerviosismo en que uno trata de simular que no piensa en lo que efectivamente está pensando. Los personajes más significativos se hallaban presentes en la entrega de los premios: Richard Burton y Liz, ambos nominados por *¿Quién teme a Virginia Woolf?*; ella lucía un enorme brillante; las hermanas Redgrave, también nominadas, Audrey Hepburn, Leslie Caron y Mel Ferrer. Faye competía con Antoine Lebouch, Mike Nichols y otros varios por el premio a la mejor dirección. Anouk Aimée, Ida Kaminska, las Redgrave y Liz Taylor se disputaban el premio a la mejor actriz. Paul Scofield, Burton, Michael Caine y Steve McQueen, el de la mejor interpretación masculina. Bob Hope hizo las delicias de todos actuando como maestro de ceremonias. Al cabo de un rato, pareció que se pronunciaba el nombre de Faye: y en efecto acababa de ser galardonada de nuevo con el premio a la mejor dirección. Se acercó al escenario con los ojos llenos de lágrimas, sintiendo todavía en sus labios el beso de Ward, y recibió, una vez más, la dorada estatuilla que ya le habían dado por primera vez en 1942, recompensa a su labor como actriz. Habían transcurrido veinticinco años, pero experimentaba la misma emoción.

–Gracias, gracias a todos, a mi marido, a mis hijos, a mis amigos y colaboradores. Gracias a todo el mundo.

Abandonó el escenario con una radiante sonrisa y se pasó el resto de la noche como flotando entre nubes.

Regresaron a casa a las dos de la madrugada. Era un poco tarde para las gemelas, pero la noche lo merecía. Llamaron a Anne desde el Moulin Rouge, pero la niña no se puso al teléfono. Val comentó que, a lo mejor estaba dormida, pero Lionel sabía que no. Era su manera de vengarse por no haberla incluido en el grupo. Como su madre, Lionel comprendió demasiado tarde que se habían equivocado no llevándola consigo.

Después acompañaron a Lionel a casa, éste volvió a felicitar a Faye y la besó en una mejilla. Las gemelas observaron un extraño mutismo durante el resto del trayecto. Vanessa estaba medio dormida y Val apenas habló con su madre en el transcurso de la noche. Estaba furiosa por el premio que le habían otorgado. Lionel y Vanessa lo sabían, pero Faye no parecía darse cuenta de sus celos.

–¿Os lo pasasteis bien, chicas? –preguntó, volviéndose a mirar a sus hijas mientras pensaba en el Oscar ganado.

Se lo habían llevado para grabarle la inscripción, pero Faye sentía su presencia como si todavía lo sostuviera en las manos. Le parecía increíble que hubieran vuelto a premiarla. Ahora ya tenía tres Oscars. Miró sonriendo a Val y se sorprendió al ver en los ojos de ésta una frialdad desconocida. Esta vez no se trataba tan sólo de enojo, sino auténticos celos.

–No estuvo mal. Supongo que estarás muy satisfecha.

No eran palabras demasiado amables, pero nadie las interpretó como Faye. Iban dirigidas contra su corazón y dieron en el blanco.

–Es algo muy emocionante, desde luego.

–A mí me han dicho que a veces los dan como un premio honorífico –dijo Val, encogiéndose de hombros.

El comentario era tan ofensivo que Faye se echó a reír.

–Pues yo creo que aún no voy de capa caída. Pero vete a saber. –A veces, así era en efecto. En ocasiones, se saltaban a alguien y después le daban el premio al año siguiente para compensarle. En la Academia lo negaban, pero todo el mundo sabía que eso era verdad–. ¿Crees que me lo han dado por eso, Val? ¿Como una compensación?

–¿Quién sabe? –contestó Valerie, encogiéndose de hombros mientras miraba por la ventanilla.

Estaba furiosa por el hecho de que Faye hubiera ganado y no lo ocultaba. Fue la primera en salir del coche y se fue enseguida a su habitación, cerrando la puerta de golpe. Al día siguiente, no volvió a hacer el menor comentario sobre el premio ni siquiera a Anne. Tampoco lo comentó con sus amigos de la escuela cuando éstos la felicitaron. Era extraño, porque Val no tenía nada que ver con el asunto y, además, le importaba un bledo.

–Bueno, ¿y qué? Vaya una cosa –se limitó a contestar.

Luego cambió de tema y empezó a hablar de asuntos más interesantes como, por ejemplo, el conjunto musical las Supremes. Estaba harta de oír hablar de Faye Thayer. No había para tanto. Un día les dejaría a todos con un palmo de narices y les demostraría que era mucho mejor actriz que Faye Price Thayer. Apenas le faltaban unos meses para irse y se consumía de impaciencia. Ya verían de lo que era capaz. Que se fuera al diablo su madre... ¿Que había ganado tres Oscars? Bueno, ¿y qué?

28

Las gemelas se graduaron en la escuela superior a los dos meses de haber ganado Faye el premio de la Academia, y Greg regresó a casa para pasar las vacaciones de verano a tiempo para asistir a la ceremonia en su vieja escuela.

Aquel año, nadie lloró. Ward se inclinó hacia Faye durante el transcurso del acto y le susurró al oído:

—Creo que a estas alturas tendrían que darnos un diploma de reconocimiento.

Faye soltó una risita y puso los ojos en blanco. Su marido tenía razón. Dentro de cuatro años, se verían obligados a hacer lo mismo con Anne. Parecía que esta ceremonia no iba a terminar nunca. Faltaban dos años para que Greg se graduara en la Universidad de Alabama. Se pasaban la vida viendo desfilar a los chicos con toga y birrete. Sin embargo, se emocionaron cuando les tocó el turno a las gemelas, a pesar de las numerosas veces que habían presenciado este acto. Bajo la toga, iban vestidas de blanco. El vestido de Vanessa tenía el cuello de cisne y los bajos bordados, mientras que el de Val era organdí y se complementaba con unos zapatos llamativos de tacón alto. Sin embargo, no eran éstos el mayor motivo de disensión de Faye. Valerie les dijo que no deseaba estudiar en ninguna universidad ni del Este ni del Oeste. Quería ser modelo y actriz y, en sus ratos libres, iría a la escuela de interpretación, y no al departamento de arte dramático de la UCLA, sino a la escuela a la que acudían los «verdaderos actores» entre compromiso y compromiso para perfeccionar sus dotes interpretativas. Estaba segura de que coincidiría allí con Dustin Hoffman y Robert Redford y de que se iba a comer el mundo, a pesar de lo que Ward y Faye le habían dicho.

Llevaban varios meses discutiendo, pero Val era más porfiada que sus padres. Al fin, Ward le dijo que, si no estudiaba, no le daría ni un céntimo; y ella contestó que le parecía muy bien. Alguien le había hablado de una residencia para actrices jóvenes en West Hollywood: por sólo ciento dieciocho dólares mensuales, podría tener cama y compartir una habitación. Dos actrices trabajaban en seriales de la televisión; una hacía películas pornográficas, aunque eso Val no se lo dijo a sus padres; otra había interpretado una película de terror el año anterior y otras cuatro trabajaban como modelos. A Faye le parecía una casa de putas y así se lo dijo a Val, pero las gemelas ya habían cumplido los dieciocho y Valerie se lo recordaba a cada momento. Era una causa perdida. Al cabo de una semana, Valerie les comunicó su intención de mudarse a la residencia. En cuanto a Vanessa se atuvo exactamente a lo que se había trazado. Envió instancias a varios centros del Este, la aceptaron en todos y, en otoño iba a matricularse en el Barnard. Se quedaría en casa hasta finales de junio y luego se iría a trabajar dos meses a Nueva York, antes de que empezaran las clases. Consiguió un empleo de recepcionista en una agencia de publicidad y estaba muy emocionada por ello. Por su parte, Greg iría a Europa en compañía de unos amigos. Aquel año sólo Anne se quedaría en casa. Trataron de convencerla para que se fuera a un campamento, pero la muchacha les objetó que ya no tenía edad para eso y que prefería irse a acampar una o dos semanas con Lionel, pero éste se disponía a empezar una nueva película en la Fox y no tenía tiempo. Ward y Faye tenían asimismo en proyecto una gran producción. Desde que Faye había obtenido el premio de la Academia, las ofertas le llovieron sin cesar. Tenía grandes producciones para el año siguiente y no podría tomarse ningún descanso. Ward le dijo que menos mal que ya habían hecho el viaje a Europa.

La fiesta de graduación de las gemelas fue la más bulliciosa de cuantas se habían celebrado en la casa.

—Me parece que ya somos demasiado mayores para estas cosas —dijo Faye mirando a Ward con expresión de cansancio cuando, a las cuatro de la madrugada, se fue el último invitado.

—No hables en plural. Personalmente, creo que las chicas de diecisiete años son mucho más atractivas que antes.

—Cuidado con lo que haces —le amonestó ella, agitando un dedo mientras se tendía un poco en la cama antes de salir hacia los estudios a las cinco de la mañana.

Tenía que preparar una gran escena y Ward pasaría el día con Lionel y Anne. Val tenía una cita amorosa y Vanessa tenía cosas que hacer. Cualquiera sabía dónde y con quién andaría Greg, aunque nadie dudaba de que sus andanzas tendrían que ver con el deporte, la cerveza o las chicas, cosas todas en las que sabía desenvolverse muy bien. Faye se fue al trabajo muy contenta, mientras Ward se quedaba durmiendo. El verano pasó volando. Valerie se fue a vivir a la residencia que tanto le gustaba. Cuando llegó allí, había nueve chicas. Vivían en una casa muy grande y en la mitad de las camas ni siquiera había sábanas. En la cocina había seis botellas de vodka, dos limones y tres botellas de gaseosa, pero en la nevera no había comida y a las demás chicas casi no les vio el pelo. Todas tenían sus propias vidas y sus novios y algunas incluso disponían de teléfono propio. Poco antes de que Vanessa se marchara, Val le dijo que era muy feliz.

—Es lo que siempre quise hacer.

—¿Qué tal la escuela de interpretación? —preguntó Vanessa, asombrándose de que ambas hubieran compartido el mismo vientre, la misma vida y la misma casa. No hubiera podido encontrarse a dos personas más distintas.

—Aún no he tenido tiempo de matricularme —contestó Val, encogiéndose de hombros—. Estuve muy ocupada con las entrevistas.

Pero, en agosto, se le ofreció la primera oportunidad. Vanessa llevaba ya mucho tiempo fuera y se alojaba en la residencia Barbizon de Nueva York, aunque estaba buscando un apartamento junto con una compañera de trabajo. En realidad, el empleo de Parker Publishing resultaba bastante aburrido porque consistía simplemente en responder al teléfono. Deseaba que empezaran las clases en el Barnard. Una noche Valerie la llamó para comunicarle que le habían ofrecido un papelito en una película de terror.

—¿No te parece estupendo?

Eso ocurría a las tres de la madrugada y Vanessa se moría de sueño, pero no quería desilusionar a su hermana. Se alegraba de su llamada.

—¿Y qué piensas hacer?

—Cruzaré el plató con la cara, la nariz y los ojos ensangrentados.

—Qué maravilla —exclamó Vanessa, reprimiendo un gruñido—. ¿Cuándo empiezas?

—La semana que viene.

—Me parece estupendo. ¿Se lo has comunicado a mamá?

—No he tenido tiempo. La llamaré uno de estos días.

—Sin embargo, ambas sospechaban que Faye no se alegraría demasiado. No comprendía nada de cuanto Val hacía o sentía, y nunca estaba satisfecha del comportamiento de su hija. Seguramente aquella noticia tampoco le gustaría. Ella también había empezado desde abajo. Incluso se pasó un año anunciando una marca de jabón en Nueva York antes de que la descubrieran. En cambio, ella empezaría directamente en el cine, le dijo Valerie a su hermana, la cual no quiso recordarle que su madre nunca tuvo que cruzar un plató cinematográfico con la cara ensangrentada–. ¿Cómo va tu trabajo, Van? –preguntó.

Era un gesto de magnanimidad, ya que, por regla general, los demás solían importarle un comino, tal como Vanessa sabía muy bien.

–Bien –contestó ésta, bostezando–. En realidad, es bastante aburrido, pero he conocido a una chica muy simpática de Connecticut y procuramos buscar un apartamento cerca de la Universidad de Columbia. Ella también se matriculará allí.

–Ya –dijo Val con indiferencia, experimentando súbitamente el deseo de colgar–. Ya te diré qué tal van las cosas.

–Gracias. Cuídate mucho.

Estaban extrañamente compenetradas y, sin embargo, apenas tenían nada en común. Era un vínculo que Vanessa sentía, pero que jamás había comprendido del todo. Envidiaba a otras hermanas más unidas. Ella no lo estaba con las suyas y le hubiera gustado tener a alguien con quien poder hablar y en quien confiar, tal como le ocurría con aquella simpática chica de Connecticut.

En California, Anne hizo el mismo descubrimiento. Un día se tropezó en Rodeo Drive con una muchacha que comía un helado y llevaba un bolso de color rosa. Parecía el anuncio de una revista y miró a Anne sonriendo amablemente. Anne pensó que era muy bonita y la volvió a encontrar una hora más tarde, almorzando sola en el Daisy donde ella había entrado para tomarse una hamburguesa. Su madre le había dado dinero para que se comprara dos pares de zapatos y Anne anduvo por Rodeo Drive, viendo cómo la gente paseaba bajo el sol. Era un día muy caluroso, pero soplaba una agradable brisa y, sin saber cómo, Anne se encontró sentada en la mesa contigua a la de la chica del bolso rosa. Ambas se volvieron a mirar sonriendo y la chica le dirigió la palabra sin ningún preámbulo. Tenía un sedoso cabello castaño largo hasta la cintura y unos grandes ojos oscuros. Anne pensó que debía tener unos dieciocho años, pero se llevó una sorpresa al averiguar que tenía casi exactamente su misma edad.

–Hola, me llamo Gail.

–Y yo, Anne.

La conversación hubiera podido terminar allí, pero Gail tenía muchas cosas de que hablar. Le comunicó que en Giorgio's tenían una preciosa falda de cuero blanco y unas botas fantásticas. Anne se admiró de que comprara en unas tiendas tan elegantes y le habló de los zapatos que había visto en un establecimiento situado en aquella misma calle. Luego hablaron de los Beatles, de Elvis, de jazz y, por fin, de los estudios.

–Yo iré a Westlake el año próximo –dijo la chica.

–¿De veras? ¡Yo también! –exclamó Anne.

Era otra feliz coincidencia, aparte la de la edad. Gail le confesó a Anne con toda sinceridad que había enfermado de mononucleosis y que después había tenido un ataque de anorexia por lo que, en conjunto, había perdido todo un curso. Tenía quince años y llevaba un año de retraso, dijo, encogiéndose de hombros. Anne pensó que, por primera vez en su vida, había tenido suerte y también quiso sincerarse con ella hasta cierto punto. Había cosas que jamás le contaría a nadie, como, por ejemplo, lo del niño que había entregado en adopción; otras cosas, en cambio, las podía contar.

–Yo dejé la escuela el año pasado y también llevo un año de retraso.

–Qué coincidencia –exclamó Gail, emocionada. Anne sonrió, mientras pensaba que nadie había reaccionado nunca con ella de aquel modo. Comprendió inmediatamente que la chica le gustaba. Ansiaba tener una amiga y se aburría sola todo el día en la piscina de los Thayer. A lo mejor, Gail querría visitarla alguna vez–. ¿Qué hiciste cuando te marchaste? –preguntó Gail, fascinada por el temerario comportamiento de su amiga.

–Estuve algún tiempo en el Haight-Ashbury –contestó Anne, adoptando un aire de fingida indiferencia.

–¿De veras? –dijo Gail, asombrada–. ¿Y tomaste drogas?

Anne vaciló durante unos segundos.

–Todo eso no es tan interesante como se dice –respondió.

Bien sabía ella que no era cierto, pero sabía asimismo que aquella muchacha era completamente ajena a aquel mundo. Se la veía pulcra, bonita, bien vestida y un poco mimada. Era lo que algunas personas describían como una princesa judía norteamericana y excitaba la curiosidad de Anne. Las chicas de su escuela eran muy aburridas y ninguna de ellas le dirigió prácticamente la palabra cuando regresó del Haight; en cambio, aquella muchacha era distinta. Tenía estilo, belleza y una gran personalidad y Anne se sintió inmediatamente atraída por ella. Después del almuerzo, pasaron un rato conversando animadamente mientras el camarero les dirigía miradas asesinas por ocupar dos mesas de la terraza. Por fin, Gail le sugirió a su amiga dar otro paseo por Rodeo Drive.

–Si quieres, te enseñaré las botas de Giorgio's.

Anne se quedó de una pieza al ver que Gail tenía una tarjeta de compra en aquel establecimiento y que todos los dependientes se desvivían por atenderla. En general, cuando algún muchacho entraba en establecimientos de aquella categoría, los dependientes procura-

ban librarse de él cuanto antes. En cambio, a Gail, la
trataban con muchos miramientos. Todos la llamaban
por su nombre y hasta hubo alguien que les ofreció una
coca-cola. Se lo pasaron muy bien, pero, al fin, Gail llegó a la conclusión de que las botas no le gustaban demasiado y ambas salieron de la tienda riéndose.

–Te enseñaré los zapatos que he visto en la otra
tienda –dijo Anne. Hacía años que no se divertía tanto.
Ambas congeniaban muy bien y pasaron una tarde
maravillosa, sin nada que hacer en particular–. Tu madre debe de comprar muchas cosas en Giorgio's para
que los empleados sean tan amables contigo.

Gail permaneció en silencio un instante y después
miró a Anne.

–Mi madre murió de cáncer hace dos años. Sólo
tenía treinta y ocho años.

Eran unas palabras tan espantosas que Anne no
supo qué decirle. Era lo peor que hubiera oído jamás;
en cierto modo, peor que lo que a ella le había pasado.
Aunque ella y Faye no se entendían demasiado bien,
hubiera sido terrible verla morir de aquella manera. En
los ojos de Gail aún se reflejaba el dolor de la pérdida.

–¿Tienes hermanos?

–No, sólo a mi padre –contestó Gail, mirando a su
nueva amiga–. Por eso me mima un poco, supongo.
Sólo le quedo yo. Procuro no aprovecharme demasiado de la situación, pero, a veces, me resulta un poco
difícil. –Sonrió, y Anne observó que tenía las mejillas
llenas de pecas–. Me gusta salirme siempre con la mía,
y mi padre se disgusta mucho cuando me ve llorar.

–Pobrecillo –dijo Anne, echándose a reír.

–¿Cómo son tus padres?

A Anne no le gustaba demasiado hablar de ellos,
pero tras las confidencias de Gail, le parecía injusto no
ser sincera.

–Bastante aceptables.

–¿Te llevas bien con ellos?

Anne se encogió de hombros. Nunca se había llevado bien con ellos.

–A veces. No les hizo demasiada gracia que me fuera.

–Y ahora, ¿confían en ti?

–Creo que sí.

–¿Volverías a hacerlo? –le preguntó Gail.

–No –contestó Anne.

–¿Tienes hermanos?

Ya habían llegado a la zapatería y Anne asintió con la cabeza mientras entraban.

–Dos hermanos y dos hermanas.

–¡Vaya! –exclamó Gail, esbozando una radiante sonrisa. Hubiera podido ser una actriz infantil, pero seguramente a su padre no le hubiera gustado la idea–. ¡Qué suerte!

–¡De eso, nada! –exclamó Anne, poniendo lo ojos en blanco.

–¿Cómo son?

–Lionel, mi hermano mayor, es muy simpático. Va a cumplir veintiún años. –Anne omitió, sin embargo, el detalle de su homosexualidad–. Él también dejó los estudios y hace películas en la Fox. –Gail la miró boquiabierta–. Mi otro hermano es deportista y estudia en la Universidad de Alabama con una beca de fútbol. Este año hará penúltimo. Y mis hermanas son gemelas. Una se fue al Este para estudiar en el Barnard y la otra quiere abrirse camino como actriz.

–¡Qué bonito!

–Lionel es…, bueno, siempre hemos estado muy unidos. Los otros, son… no sé cómo decirte, un poco raros a veces.

Eso era lo que sus hermanos decían también de ella, pero ahora ya le daba igual lo que dijeran porque tenía una amiga.

Gail se compró dos pares de zapatos del mismo modelo, pero en distintos colores. Después consultó el reloj.

–Papá me recogerá a las cuatro frente al hotel Beverly Wilshire –dijo–. ¿Quieres que te acompañe a algún sitio?

Anne dudó unos instantes. A la ida, fue en taxi, pero sería bonito ir con Gail.

–¿De veras no le importará?

–Pues claro que no. Le encanta hacer estas cosas.

¿Acompañar a desconocidos?, pensó Anne sonriendo. Gail era algo ingenua, pero a Anne le gustaba aquel rasgo de su carácter. Cruzaron el Wilshire Boulevard y esperaron la llegada del automóvil frente al lujoso hotel. Al ver el vehículo, Anne se quedó de piedra. Era un Rolls en dos tonos de gris. Cuando, al principio, Gail empezó a agitar las manos, Anne pensó que lo hacía en broma, pero enseguida vio que el hombre que conducía se inclinaba para abrir la portezuela. Gail subió y la invitó a hacer lo mismo mientras le decía al conductor:

–Hola, papá, te presento a mi nueva amiga. El año que viene irá a la misma escuela que yo.

El hombre estrechó cordialmente la mano de Anne y no pareció que le molestaba acompañarla. No era guapo, pero tenía un rostro simpático, pensó Anne. Se llamaba Bill Stein y la muchacha dedujo que era un abogado con clientela dentro del mundo del espectáculo. Estaba segura de que debía conocer a sus padres, pero no le dijo su apellido. Se llamaba, sencillamente, Anne.

Él las invitó a tomar un helado en el Will Wright's de Sunset Boulevard. Aquella noche tenía una sorpresa para Gail. Irían a cenar al Trader Vic's y, después, al cine en compañía de unos amigos. Por casualidad, se trataba de una película producida por Ward y Faye, pero Anne se limitó a decir que la había visto y le gus-

tó mucho, y cambió en el acto de tema. El padre de Gail
no le quitaba los ojos de encima, como si quisiera averiguar quién era o tal vez provocarla. Sin embargo,
Anne se sentía insólitamente a gusto en su compañía.
Cuando la dejaron en la puerta de su casa, contempló el
Rolls gris con un asomo de nostalgia. Por el camino, le
dio su número de teléfono a Gail y ésta prometió llamarla al día siguiente e ir a su casa para nadar un rato
en la piscina. Se preguntó si la acompañaría el señor
Stein. Cuando entró, se sorprendió al ver a su padre ya
en casa; pero después miró el reloj y vio que eran casi
las seis.

–Hola, cariño –le dijo Ward con una copa de vino
en la mano.

Faye no había vuelto y aún tardarían un par de horas en cenar. Ward quería relajarse, ver el noticiario de
la televisión, nadar un poco en la piscina y disfrutar de
su copa de vino. Apenas bebía últimamente. Le asombró ver a Anne tan contenta. La mayoría de las veces,
la muchacha solía encerrarse en su habitación.

–¿Qué has hecho hoy?

Anne le miró largo rato y luego se encogió de hombros.

–Nada de particular –contestó.

Tras lo cual, subió al piso de arriba, como de costumbre, y cerró la puerta de su dormitorio; y pensó en
su nueva amiga sonriendo.

29

La residencia femenina Barbizon constituyó un agradable hogar para Vanessa desde su llegada a Nueva York. Se encontraba situada en un bonito barrio, en la confluencia entre la calle Sesenta y tres y Lexington Avenue, y disponía de piscina y cafetería en la planta baja. Le resultaba muy cómodo aunque, en realidad, paraba muy poco tiempo en casa. Allí fue donde conoció a Louise Matthison. Ambas pasaban los fines de semana en Long Island, donde Louise tenía unos amigos. Al cabo de cierto tiempo, consiguieron encontrar un apartamento en la calle Ciento quince de West Side. Vanessa pensó que sus padres se morirían del susto si vieran el barrio, pero éste se hallaba a dos pasos de la Universidad de Columbia y casi todos los estudiantes vivían en la zona. El apartamento no le gustaba tanto como la residencia Barbizon, pero disfrutaba de mayor libertad de movimientos. Se mudaron cuando faltaba un mes para el comienzo del curso y se turnaban en la compra de la comida y las tareas de la casa.

Un día, Vanessa subía las escaleras llevando una bolsa de comida en cada mano. Había un viejo ascensor que casi nunca funcionaba y en el que la joven temía quedar atrapada. Era más fácil subir a pie hasta el tercer piso. Aquella calurosa tarde del mes de agosto, vio que alguien la miraba desde arriba. Era un joven alto y de cabello cobrizo, con una cara muy simpática. Vestía camiseta y calzón corto y llevaba un montón de papeles en una mano.

–¿Necesita ayuda? –le preguntó el joven.

Vanessa estuvo a punto de rechazar el ofrecimiento, pero le gustaba el aspecto del muchacho. Pensó que debía de ser inteligente y juicioso. Era la clase de hombre que esperaba conocer en la agencia Parker cuando aceptó el empleo. Sin embargo, allí no había conocido a nadie que la atrajera. Aquel joven, en cambio, le parecía interesante. No sabía por qué motivo, tal vez por el montón de papeles que llevaba en la mano. Pensó que sería un manuscrito y no andaba muy desencaminada. Y eso era exactamente, le explicó él mientras dejaba las dos bolsas delante de la puerta de Vanessa.

–¿Se ha mudado aquí hace poco? –le preguntó.

Vivía allí desde hacía muchos años y era la primera vez que veía a la joven. Se había instalado en uno de los apartamentos del edificio al iniciar sus estudios en la Escuela de Graduados y obtuvo el título el año anterior, pero le daba pereza mudarse a otro sitio porque tenía muchos papeles esparcidos por toda la casa. Estaba preparando su tesis de filosofía y quería escribir una pieza teatral, pero se olvidó de todo al ver a aquella esbelta muchacha de largo cabello rubio. Vanessa introdujo la llave en la cerradura y contestó:

–Me mudé con una amiga hace un par de semanas.

–¿Va a empezar los estudios de graduación el mes que viene?

Conocía el paño. Llevaba muchos años saliendo con esa clase de chicas. Asistía a clase en la Universidad de Columbia desde 1962, y cinco años eran mucho tiempo; bueno, en realidad, eran casi seis. Vanessa le miró sonriendo. Últimamente, aparentaba más edad de la que tenía y se alegraba de ello. Se había pasado muchos años pareciendo más joven o menos sofisticada que su hermana gemela.

–No, sólo de subgraduación. Pero gracias por el cumplido.

–No hay de qué –contestó el joven, sonriendo. Tenía una bonita dentadura y una sonrisa agradable–. Bueno, ya nos iremos viendo.

–Gracias por echarme una mano.

El joven bajó rápidamente con el manuscrito en la mano y Vanessa oyó cerrarse una puerta en el segundo piso. Aquella noche, le habló del encuentro a Louise que se estaba poniendo unos rulos en el cabello.

–Parece simpático. ¿Cuántos años crees que tiene?

–No lo sé, pero debe de ser mayor. Dijo que trabajaba en una tesis y llevaba un manuscrito en la mano.

–A lo mejor, te tomó el pelo.

–No lo creo. No andará muy lejos de los veinticinco.

Louise perdió en el acto cualquier interés por él. Acababa de cumplir los dieciocho y, para ella, el tope eran los diecinueve. Los hombres de veinticinco años no le hacían la menor gracia. Querían acostarse enseguida con una y Louise aún no se hallaba preparada para eso.

Vanessa acertó. El joven tenía veinticuatro años, y se lo volvió a encontrar un domingo por la noche en que regresaba de pasar el fin de semana en Quogue con Louise. Salían del taxi que les había llevado hasta la parte de la ciudad desde la estación de Pensilvania e iban cargadas con las maletas, las raquetas de tenis, un enorme sombrero de Louise y la cámara de Van. El joven las contempló desde su viejo MG, aparcado al otro lado de la calle, pensando que los calzones y las sandalias realzaban mucho las piernas de Vanessa. Se parecía mucho a la famosa estrella Yvette Mimieux, incluso tenía su misma nariz respingona. Además, el día que tropezó con ella en la escalera, vio que tenía unos ojos verdes preciosos. Se acercó a la muchacha. Vestía camiseta, y calzones y calzaba zapatillas y no llevaba calcetines.

–Hola. –Ellas no se presentaron y él no conocía sus nombres, pero volvió a ofrecerles su ayuda. Tomó las raquetas, una maleta en cada mano y su cartera mientras Vanessa trataba infructuosamente de ayudarle. Por fin, lo dejó todo frente a la puerta del apartamento de Vanessa y dijo–: Pues, no vais poco cargadas ni nada. –Mientras Louise entraba en el piso, añadió en voz baja–: ¿Te apetece bajar a tomar una copa de vino? –Vanessa estuvo tentada de aceptar, pero temió que los acontecimientos se precipitaran. No tenía por costumbre acudir a apartamentos de hombres y, en realidad, no sabía quién era el joven. Hubiera podido ser el Estrangulador de Boston–. No te voy a violar, te lo juro –añadió él, leyéndole el pensamiento–. A menos que tú estés de acuerdo.

La estudió con atención mientras Vanessa se ruborizaba, y se preguntó cuántos años tendría exactamente. Aparentaba veintiuno, pero aún no se había graduado. Veinte, o quizá diecinueve. Se la veía muy tranquila y reposada y su belleza rubia le llamaba enormemente la atención. Hubiera deseado charlar un rato con ella.

En lugar de bajar a su casa, Vanessa le invitó a tomar una cerveza en compañía de Louise. No era lo que él deseaba, pero, puesto que no había más remedio, aceptó: dejó todas las cosas en el recibidor, cerró la puerta y miró a su alrededor. Las paredes estaban pintadas de amarillo claro, había plantas y revistas por doquier, muchos muebles de mimbre, unos grabados indios y la fotografía de una familia numerosa en la pared: un grupo compacto, de pie al borde de una piscina. Le parecía una estampa muy californiana. Preguntó quiénes eran y, de repente, reconoció a Van, situada entre Valerie y Lionel.

–Es mi familia –contestó ella con sencillez, y él no

quiso averiguar más detalles. En aquel momento, apareció Louise llevando una lata de cerveza en la mano y preguntó sonriendo:

—¿No vas a preguntarle quién es su madre?

Vanessa se ruborizó hasta la raíz del pelo y tuvo ganas de matar a su amiga. No le gustaba hablar de aquello, pero Louise estaba muy impresionada desde que sabía que la madre de su amiga era Faye Thayer. Conocía todas sus películas, incluso aquellas en las que había actuado como protagonista.

—Muy bien, pues —dijo el joven del cabello cobrizo—. ¿Quién es tu madre?

—Drácula. ¿Y la tuya?

—Muy graciosa.

—¿Te apetece tomar otra cerveza?

—Sí, por favor —le gustaban los ojos y la sonrisa de Vanessa. Mientras contemplaba la fotografía, sintió curiosidad por conocer más detalles. Los rostros se le antojaban vagamente conocidos, pero no le recordaban nada en particular—. ¿Me lo vas a decir o tendré que adivinarlo?

—Vaya cosa. Mi madre es Faye Thayer.

Era mejor terminar de una vez y no andar jugando al escondite. No pensaba que eso fuera nada del otro jueves y no se jactaba de ello desde que era pequeña. Procuraba, por el contrario, mantener la boca cerrada. No era fácil ser la hija de un personaje famoso, y menos de una mujer que ya había ganado tres premios de la Academia. La gente siempre esperaba mucho más y criticaba con más facilidad. A Vanessa le gustaba ir tranquilamente por la vida.

—Vaya, es muy interesante —dijo el chico, mirándola con los ojos entornados—. Me gustan sus películas. Por lo menos, algunas.

—A mí también —contestó Vanessa sonriendo. Le agradó que el joven no se quedara patidifuso como le solía ocurrir a la mayoría de la gente. Louise aún no se había recuperado de la emoción–. ¿Cómo has dicho que te llamas?

En realidad, él aún no se lo había dicho a pesar del aire de camaradería con que le había subido el equipaje al apartamento.

–Jason Stuart –contestó él. Desde luego, no era ni pizca engreída, pensó. Volvió a mirar la fotografía–. ¿Y quiénes son los demás chicos?

–Mis hermanos y hermanas.

–Eso es todo un regimiento –comentó el joven.

Él era hijo único y las familias numerosas no le gustaban. Prefería su propia vida. Sus padres eran mayores y se habían ido a vivir a New Hampshire y, algún día, todo sería para él, aunque tampoco es que fuera demasiado. Su padre ejercía de abogado en el medio rural, pero quería retirarse y se tomaba las cosas con mucha calma. Al principio, Jason quería estudiar Derecho, pero después pensó que el oficio de escritor le atraía mucho más. Cuando terminara su tesis, quería escribir una obra teatral, le dijo a Vanessa cuando ya iba por la tercera cerveza.

No solía beber mucho en general, pero, en aquellos momentos, se achicharraba de calor. El edificio parecía un horno y, cuando Louise se fue a la cama, ambos salieron a tomar un poco el aire. Pasearon un rato por Riverside Drive y hablaron, él de Nueva Inglaterra y ella, de Beverly Hills.

–Son mundos completamente distintos, ¿verdad? –dijo Jason, mirándola con simpatía.

Parecía muy madura y reposada para su edad. Más tarde, Vanessa le habló de su hermana.

–Nosotras también somos muy distintas –dijo–. Ella sólo aspira a convertirse en una gran estrella cinematográfica. Le acaban de ofrecer un papel en una película de terror donde aparecerá con toda la cara ensangrentada. –Jason hizo una mueca y ambos se echaron a reír–. A mí me gustaría escribir un guión cinematográfico, pero por nada del mundo quisiera ser actriz. –Sin ninguna razón aparente, se acordó de Lionel y pensó que aquel chico le gustaría y que él le sería también muy simpático a Jason. Ambos eran sencillos, honrados e inteligentes–. Mi hermano también se dedica al cine.

–Sois una familia muy interesante.

–Imagino que sí, pero yo ya estoy acostumbrada. Ahora, cada cual va por su camino. En casa sólo queda una hermana.

Pobre Anne, con su experiencia de fugitiva en el Haight y el niño al que se vio obligada a renunciar. A veces, la compadecía, aunque seguía sin comprenderla. Todos sus familiares le parecían muy lejanos; era como si perteneciera a otro mundo. Se preguntó si alguna vez volverían a reunirse. No parecía muy probable, aunque ella había prometido hacer cuanto fuera posible por regresar a casa por Navidad. Sin embargo, cualquiera sabía lo que podía ocurrir o si Lionel, Val o Greg podrían ir a casa.

–¿Te gusta tu familia?

–Sólo algunos de sus miembros –contestó Vanessa. Por alguna razón especial, quería ser sincera con él, aunque tampoco tenía ningún motivo para no serlo, siempre y cuando no le contara demasiados detalles, como, por ejemplo, lo de Lionel o Anne, cosa que no tenía la menor intención de hacer–. Me siento más unida a unos que a otros. Mi hermano mayor es un chico estupendo.

Le respetaba mucho por su valor y sabía por cuántas dificultades había pasado.

–¿Cuántos años tiene?

–Veintiuno, y se llama Lionel. Greg, mi otro hermano, tiene veinte, mi hermana gemela, tiene dieciocho, como es natural, y Anne quince.

–Desde luego, tus padres no perdieron el tiempo –dijo Jason, mirándola y sonriéndole mientras ambos regresaban lentamente a casa, bordeando la orilla del río. Al llegar a la puerta del apartamento de Vanessa, Jason le preguntó a la chica–: ¿Te apetecería almorzar mañana conmigo?

–No puedo. Tengo trabajo.

–Yo podría bajar al centro.

La idea no le seducía demasiado. Prefería quedarse en su barrio de la parte alta escribiendo, pero la chica le gustaba una barbaridad.

–¿De veras no sería demasiada molestia para ti?

–Pues, sí –respondió Jason con toda franqueza–. Pero me gustas mucho. Podré disponer de un par de horas.

–Gracias –dijo Vanessa.

Jason la recogió al día siguiente en el mostrador de recepción de Parker, dieron un largo paseo y, al final, se fueron a comer unos bocadillos de aguacate en un restaurante naturista que él conocía. Era muy interesante hablar con el joven porque se lo tomaba todo muy en serio y le decía a Vanessa que ella también tenía que hacerlo. Le parecía que los guiones cinematográficos eran una estupidez y le aconsejó que probara a escribir una obra de teatro.

–¿Por qué? ¿Porque eso es lo que quieres hacer tú? Las películas no siempre son una estupidez, ¿sabes? –contestó Vanessa. A Jason le gustaba porque tenía sus propios criterios. La invitó a cenar aquella noche, pero Vanessa rechazó la invitación–. Cenaré con Louise y con unos amigos.

Jason se moría de deseos de acompañarla, pero procuró disimularlo. Se preguntó si habría otro hombre en la vida de la joven y lo había, en efecto, pero era el novio de Louise. Vanessa no quería precipitarse, aunque Jason le gustaba tanto como ella a él. Se pasó la noche pensando en él mientras comía espaguetis con almejas en Houston Street. Tardaron una eternidad en regresar a casa. Al llegar, vio que Jason aún tenía la luz encendida y se preguntó si estaría escribiendo o simplemente haraganeando. Subió la escalera metiendo el mayor ruido posible y cerró la puerta con estrépito con la esperanza de que él la llamara; sin embargo, Jason se pasó dos días sin hacerlo. Al final, la llamó, pero Vanessa se había ido a pasar el fin de semana fuera. No volvieron a verse hasta mediados de la otra semana cuando la joven regresaba del trabajo, cansada y acalorada, tras un interminable recorrido en un autobús repleto de gente sudorosa.

—¿Cómo estás? —le preguntó Jason sonriendo.

Vanessa temía que el joven la hubiera olvidado y se alegró de verle.

—Muy bien. ¿Qué tal va la obra de teatro?

—No hice nada. He estado trabajando toda la semana en la maldita tesis.

En otoño, pensaba dar clase en un colegio masculino para redondear un poco los ingresos. La perspectiva no le gustaba demasiado, pero le dejaría mucho tiempo libre para escribir y eso era lo que de verdad le importaba. A Vanessa le asombraba la gravedad del joven. Era muy serio en muchas cosas y estaba seriamente interesado por ella.

Esta vez, cuando Jason la invitó a salir, Vanessa aceptó. Fueron a un pequeño restaurante italiano situado en la parte alta de la ciudad, bebieron mucho vino tinto y estuvieron charlando hasta casi la una. Después, regresaron a casa dando un largo paseo durante el cual Vanessa volvió varias veces la cabeza, temiendo que les atracaran. Aún no estaba acostumbrada a Nueva York y aquel barrio no era muy tranquilo. Intuyendo su inquietud, Jason le rodeó los hombros con uno de sus poderosos brazos y ella volvió a sentirse segura. Subieron despacio la escalera y, al llegar al segundo piso, Jason se detuvo y le rozó suavemente un brazo, pero ella hizo ademán de subir a su apartamento.

—¿Entras a tomar una copa?

Vanessa había bebido bastante y se maliciaba lo que Jason pretendía. Eran casi las dos de la madrugada y, como entrara en aquel apartamento, se lo habría buscado. No estaba preparada para comprometerse de aquella manera con nadie, ni siquiera con Jason, a pesar de lo mucho que le gustaba.

—No, gracias, esta noche, no.

Jason la miró decepcionado y la acompañó hasta la puerta de su apartamento. Al entrar, Vanessa también se sintió decepcionada. Por primera vez en su vida, amaba de verdad a un hombre. Siempre le había gustado coquetear un poco con los chicos, aunque no era como Val. Vanessa no necesitaba conquistarlos ni solía enamorarse a cada paso. Algunos chicos le gustaban, pero sin exagerar. La desconocida desazón que experimentaba en aquel instante le hizo comprender que deseaba acostarse con el joven.

Trató de distraerse durante unos días y salió con Louise y sus amigos. Almorzó incluso con su jefe de la Parker que estaba enamorado de ella, pero no pudo soportar siquiera que le rozara el brazo. No hacía más que pensar en el chico alto del cabello cobrizo que vivía en el segundo. Exhaló casi un suspiro de alivio cuando se lo encontró aquel fin de semana. Iba a la lavandería con ropa sucia. Louise se había ido a Quogue y ella estaba sola, para variar; pero no se lo dijo a Jason porque no quería animarle.

—¿Cómo te va, chiquilla? —preguntó Jason, tratándola como a una niña para que se avergonzara de no acostarse con él.

Y la verdad fue que Vanessa se avergonzaba, pero procuró disimularlo.

—Muy bien. ¿Qué tal la obra?

—Tirando. Hace demasiado calor para trabajar.

Estaba moreno. Probablemente se había ido a la azotea a tomar el sol. Sus padres querían que fuera a pasar unos días con ellos en New Hampshire, pero Jason prefería quedarse en Nueva York. New Hampshire era muy aburrido y, además, la ciudad tenía nuevos atractivos para él. El solo hecho de vivir en el mismo edificio que Vanessa le llenaba de emoción. Hacía tiempo que no se enamoraba de aquella manera y casi le daba rabia.

—Hasta luego, nena —le dijo bruscamente.

Vio adónde iba y calculó lo que tardaría en volver. Cuando una hora más tarde oyó sus pisadas por la escalera abrió rápidamente la puerta. Vanessa llevaba una bolsa de ropa limpia y, al oír el rumor de la puerta, se volvió a mirar.

—Hola, ¿quieres almorzar conmigo?

Vanessa le miró a los ojos, preguntándose si era sólo eso lo que Jason deseaba.

—Yo… Bueno… sí —contestó, temerosa de que no volviera a invitarla en caso de que esta vez le rechazara.

No era fácil ser joven y encontrarse sola en Nueva York por primera vez, sobre todo, si una era virgen y el hombre tenía veinticuatro años. Entró en el apartamento del joven y dejó la bolsa al lado de la puerta; se alegraba de haber colocado la ropa interior en el fondo donde él no podría verla.

Jason preparó bocadillos de atún y limonada fría que a Vanessa le encantaba. Después se sentaron a charlar, mientras comían patatas fritas directamente de la bolsa.

—¿Te gusta Nueva York? —le preguntó él, clavando los ojos en los de la muchacha.

Vanessa tuvo que hacer un esfuerzo por concentrarse. Sentía algo muy especial, pero no estaba asustada en absoluto. Era como si flotara entre las nubes y el aire de abajo fuera tibio, suave y sensual. El tiempo amenazaba tormenta y hacía un bochorno espantoso, pero el único mundo que a ellos les importaba era el de la habitación donde se encontraban.

–Nueva York me gusta muchísimo.

–¿Por qué?

–Pues todavía no lo sé –contestó Vanessa, mirándole a los ojos–. Pero me alegro de estar aquí.

–Yo también.

Su voz era suave y sensual y Vanessa se sintió físicamente atraída hacia él, sin percatarse de que las manos de Jason le acariciaban los muslos y le sobaban la carne. De repente, sintió los labios del joven sobre los suyos y sus manos sobre su pecho. El deseo estalló entre sus piernas en cuanto los dedos de Jason empezaron a acariciarla. Pero, una vez tendida en el sofá, le suplicó súbitamente que se detuviera. Jason se incorporó y la miró sorprendido.

–No, por favor, no lo hagas… –El joven nunca había violado a ninguna mujer y no tenía intención de hacerlo en aquel instante. Casi se sentía ofendido y no comprendía la razón de aquella actitud. Vanessa le miró con los ojos empañados en lágrimas–. Es que… yo nunca…

Sin embargo, quería a Jason con toda su alma. El joven comprendió de repente la situación y la abrazó con fuerza mientras Vanessa percibía el calor del cuerpo del hombre y aspiraba el dulce aroma de su carne. Olía a limón, mas Vanessa no sabía si ello era debido al jabón o al agua de colonia; pero fuera lo que fuese, le gustaba.

–Yo no sabía… –dijo Jason, mirándola con ardor. Se apartó un poco para que pudiera respirar y pensar. No quería acosarla, siendo, como era, la primera vez–. ¿Prefieres esperar?

Avergonzándose un poco de su propia sinceridad,

Vanessa denegó lentamente con la cabeza. No quería esperar ni un minuto más. En el acto, Jason se la llevó a la cama como si fuera una muñequita de trapo y la depositó delicadamente sobre la misma; después le quitó la poca ropa que llevaba: los calzones cortos, la blusa sin mangas, el sujetador y las bragas. Cuando él se acostó a su lado tras desnudarse de espaldas a ella para no asustarla, Vanessa se sintió una chiquilla en sus brazos. Jason fue muy considerado y, en medio del éxtasis de sus caricias, Vanessa no supo si los truenos y relámpagos eran auténticos o bien formaban parte de lo que él le hacía sentir. Más tarde, oyó el rumor de la lluvia golpeando contra los cristales de la ventana y le miró sonriendo. Había sangre en las sábanas, pero a Jason no pareció importarle. La acarició una y otra vez, repitiendo su nombre y besándola por todas partes hasta hacerla gritar. Luego volvió a penetrarla y esta vez, la tormenta no vino del cielo, sino que nació en la cabeza de la joven mientras pronunciaba el nombre de Jason y se sentía arrebatada en sus poderosos brazos.

30

–¡Acción! –gritó el director por enésima vez.

Valerie volvió a cruzar el plató con la cara pintada de rojo. Cada vez que repetía la escena, se la tenía que lavar. Era lo más aburrido que jamás había hecho. Menos mal que, con el tiempo sería una gran estrella. Estaba convencida de ello, alguien la descubriría y entonces trabajaría con Richard Burton, Gregory Peck o Robert Redford. Dustin Hoffman tampoco estaría del todo mal… El director volvió a gritar «acción» y ella volvió a repetir la escena. La pintura se le escurría hacia el cabello y ella le decía al maquillador que no era lo suficientemente espesa. Cuando el director ordenó «corten», Faye abandonó el plató de puntillas. Valerie ignoraba que estuviera allí y Faye se avergonzó por ella. Aquella tarde le dijo a Ward que el papelito era patético, más aún, vergonzoso.

–Preferiría que hiciera algo de provecho como, por ejemplo, estudiar.

–Puede que consiga abrirse camino. Tú lo conseguiste.

–Pero, hombre, de eso hace casi treinta años. Los tiempos cambian. No sabe actuar.

–¿Cómo puedes decirlo con un papel como éste?

Ward quería ser justo y pensaba que su mujer era excesivamente dura con la chica.

—Mira, ni siquiera sabe moverse en escena.

—¿Y qué harías tú si te cubrieran toda la cara de pintura? Yo creo que Valerie es muy valiente.

—Pues a mí me parece que es una insensata y que nunca llegará a ser una buena actriz.

Sin embargo, en cuanto terminó la primera película, Valerie recibió otra oferta para interpretar un papel parecido. Faye se inquietó y le preguntó con mucha diplomacia si le gustaba aquel tipo de trabajo, pero Valerie se tomó sus palabras como una ofensa y le contestó, mirándola con rabia:

—Tú empezaste anunciando jabón y copos de cereales y yo empiezo con sangre, pero básicamente es lo mismo. Y un día, si quiero, estaré donde tú estás ahora.

El objetivo era ambicioso, pensó Ward, contemplando tristemente a ambas mujeres. Val quería rivalizar tanto con su madre que, a veces, se olvidaba de ser ella misma. Anne, en cambio, parecía últimamente más reposada y madura y le encantaba ir a la escuela. Tenía una nueva amiga huérfana de madre desde hacía algún tiempo, e iba con ella a todas partes. El padre mimaba mucho a la chica y las acompañaba a las dos, en su automóvil, a toda clase de espectáculos y acontecimientos deportivos. Para Ward y Faye, eso era un alivio. Tras la obtención del último premio de la Academia, no tenían ni un minuto libre y le agradecían a Bill Stein que cuidara tan bien de Anne. Ward le conocía vagamente y se había cruzado con él alguna vez. Parecía un hombre de bien y era comprensible que mimara a su hija, siendo viudo y no teniendo a nadie más que a ella.

Siempre le hacía regalos a Anne: un jersey cuando le compraba alguno a Gail, un bolso rojo de Gucci, un paraguas amarillo de Giorgio's un día que llovía a cántaros, y muchas cosas más. Nunca quería nada a cambio. Intuía lo sola que se sentía la muchacha y sabía que Ward y Faye no podían dedicarle mucho tiempo. Se alegraba de poder hacerle pequeños obsequios, tal como hacía con Gail.

—Eres demasiado bueno conmigo, Bill —le decía con afecto Anne.

El señor Stein le permitía llamarle así; es más, insistió varias veces en que lo hiciera hasta que, al final la muchacha se atrevió a hacerlo, aunque le daba un poco de vergüenza.

—¿Y por qué no ibas a hacerlo? Eres una buena chica, Anne, y nos agrada tu compañía.

—Os quiero mucho a los dos —le contestó ella.

Esas palabras brotaron como un torrente de su corazón sediento de afecto mientras él la miraba con cariño. Adivinaba en sus ojos una tristeza escondida, aunque ignoraba cuál pudiera ser la causa. Sabía que había estado en el Haight y pensaba que debía ser algo relacionado con su fuga. Una vez se lo preguntó a Gail, pero ésta no sabía nada.

—Nunca habla de eso, papá. No sé… No creo que sus padres la traten demasiado bien.

—Es lo que me figuro —dijo Bill, que siempre era muy sincero con su hija.

—No es que le hagan ninguna trastada ni nada de todo eso. Pero nunca están en casa. Allí no hay nunca nadie. Sus hermanos son mayores y viven fuera, y Anne está siempre sola con la criada.

La mayoría de las noches Anne cenaba sola, pero ya estaba acostumbrada a ello.

—Bueno, pues ahora ya no lo estará.

Los Stein la acogieron bajo su protección y Anne se sintió rodeada de amor. Era como un capullo en flor y a Bill le encantaba verla jugar con su hija. A veces, hacían los deberes juntas, se sentaban a charlar o nadaban en la piscina. Se reían a menudo. Bill disfrutaba comprándoles cosas bonitas y viéndolas sonreír. La vida era corta —lo comprendió al morir su mujer—, y un cálido día de otoño se acordó súbitamente de ella mientras permanecía sentado en el borde de la piscina en compañía de Anne. Gail había entrado en la casa para preparar unos refrescos.

—A veces te veo muy seria, Anne —le dijo Bill a la muchacha. Ésta se sentía a gusto con él, aunque temía que le hiciera alguna pregunta sobre ciertas cosas que no quería contar a nadie—. ¿En qué piensas?

—En muchas cosas...

El amigo muerto de su hermano, el hijo al que renunció. A los quince años, la atormentaban los fantasmas de su mente, pero no se lo quería decir a Bill.

—¿En tus tiempos del Haight?

Anne le miró sin asustarse y Bill vio en sus ojos algo que le partió el corazón. Era como un dolor que nadie pudiera mitigar, aunque él esperaba poder hacerlo algún día. La consideraba como una hija y se asombraba de lo mucho que él y Gail la apreciaban. Ella, por su parte, correspondía con creces a aquel afecto. Aparte Lionel y John, ellos eran las únicas personas que se preocupaban por ella.

—Más o menos... —contestó Anne. Después, sin saber cómo, empezó a contarle más cosas de las que hubiera deseado—. Una vez renuncié a algo que estimaba muchísimo. A veces, pienso en ello, pero no sirve de nada hacerlo —añadió con los ojos empañados de lágrimas.

—Yo no renuncié a nada, pero perdí a alguien a quien quería mucho —dijo Bill, tomándole una mano, conmovido—. Creo que ambas cosas se parecen un poco. Son pérdidas irremediables. Quizá el hecho de renunciar voluntariamente a algo sea todavía peor...

Bill pensó que Anne se refería a alguien a quien amaba y se sorprendió de que una mujer tan joven hubiera sido capaz de querer a alguien con semejante fuerza. Nunca hubiera podido imaginar que se trataba de un hijo. Anne y Gail le parecían unas chiquillas inocentes y le gustaba que así fuera. Sin embargo, la muchacha le miraba con una expresión de madurez impropia de sus años.

–Debió de ser terrible para ti cuando murió.

–Lo fue –dijo Bill, sorprendiéndose de poder hablar con tanta sinceridad de sus sentimientos–. Es lo peor que jamás me ha sucedido.

–Yo pienso lo mismo sobre lo que a mí me ocurrió.

De súbito, Anne experimentó el impulso de hablarle de su hijo, pero temió que Bill nunca le permitiera volver a acercarse a Gail. Era mejor no contar algunas cosas.

–¿Fue terrible, cariño?

–Mucho peor que eso.

Cada día, Anne se preguntaba dónde estaría el niño y si hizo bien en renunciar a él. A lo mejor estaba enfermo, o había muerto, o las drogas que ella tomaba le habían afectado, aunque al nacer dijeron que no había ningún indicio de ello.

–Lo siento mucho, Anne –dijo Bill, mirándola con infinita tristeza.

Después, le oprimió una mano con fuerza y la muchacha se sintió protegida y segura. Al cabo de un rato, apareció Gail y anunció que la comida estaba hecha. Le pareció que Anne estaba un poco seria, pero ya estaba acostumbrada a verla así algunas veces.

No vio nada de particular en los ojos de su padre. Anne observó que, a partir de aquel momento, Bill la miraba con más curiosidad; y un día en que ambos estaba solos aguardando que Gail regresara de casa de unos amigos, tuvo oportunidad de volver a hablar con él. Llegó un poco antes de lo previsto y sorprendió a Bill saliendo de la ducha, envuelto en un albornoz. Bill le dijo que se pusiera cómoda y ella se tendió en el sofá y empezó a hojear una revista. Sin embargo, al ver que Bill la miraba, dejó la revista y dio rienda suelta a sus sentimientos. Sin pronunciar una palabra, se levantó y se acercó a él. Bill la estrechó en sus brazos y la besó apasionadamente. Después se apartó y le dijo:

–Lo siento, Anne, no sé lo que...

Se quedó sorprendido al ver que ella le acallaba con un beso y comprendió instintivamente que no era una novata. Cuando las manos de la muchacha se deslizaron por debajo de su albornoz, supo que Anne ocultaba un secreto que nadie conocía. Tomó sus manos y le besó los dedos. Su cuerpo la anhelaba y sus caricias le volvían loco, pero, aun así, no quería causarle ningún daño. Era una niña, pensó, sabiendo que eso no era cierto. Tenía casi dieciséis años, pero...

–Tenemos que hablar de eso –dijo, sentándose a su lado–. No sé qué me ha ocurrido.

–Yo, sí –le dijo Anne con dulzura–. Estoy enamorada de ti, Bill.

Era tan cierto como que él lo estaba de ella, pero no podía ser. Él tenía cuarenta y nueve años y ella sólo quince. No era correcto. Volvió a mirarla y no pudo resistir el impulso. La besó de nuevo, torturado por unas violentas llamaradas de pasión, y después le tomó una mano.

–Yo también te quiero, pero no permitiré que ocurra nada de todo eso.

Vio que Anne le miraba con los ojos llenos de lágrimas. Temía que Bill la rechazara, tal vez para siempre, y no hubiera podido resistirlo. Ya había perdido demasiadas cosas en la vida.

–¿Por qué no? ¿Qué tiene de malo? Le ocurre a todo el mundo.

–Pero no a tu edad y a la mía.

Les separaban más de treinta años, ella ni siquiera era mayor de edad. Si Anne hubiera tenido veintidós años y él cincuenta y cinco, y no hubiera sido el padre de su mejor amiga... Anne le miró, sacudiendo enérgicamente la cabeza. Se negaba a perderlo. Había perdido demasiadas cosas en su corta existencia y no quería prescindir de Bill.

—Eso no es verdad. Les ocurre también a personas como nosotros.

Bill la miró sonriendo, pensando en lo mucho que la quería.

—Me daría igual aunque tuvieras cien años. Te amo. Y no quiero dejarte.

Bill la besó de nuevo en los labios y la acarició la aterciopelada piel. La situación era peligrosa. Incluso con el consentimiento de la muchacha, hubiera sido una violación de menor y él no lo ignoraba.

—¿Has hecho el amor alguna vez, Anne? En serio, si es así, no me enfadaré contigo.

Sus modales eran tan delicados que a Anne no le costaba ningún esfuerzo ser sincera con él.

Sabía más o menos a qué se refería y ambos se alegraron de que Gail se hubiera retrasado.

—No de esta manera. Cuando estaba... en el Haight, yo...

Iba a ser muy difícil explicárselo, pero quería intentarlo. Lanzó un suspiro y él lamentó haberle hecho la pregunta.

—No tienes por qué contarme nada si no quieres, Anne.

—Quiero que lo sepas. —Trató de describirlo con brevedad, pero a pesar de todo, le parecía espantoso—. Vivía en una comuna y tomaba ácido lisérgico. También tomaba otras cosas, un poco de mescalina... mucha droga, pero, sobre todo, ácido. Y el grupo en el que vivía tenía unos ritos muy extraños.

—¿Te violaron? —preguntó Bill horrorizado.

Anne sacudió la cabeza y le miró a los ojos. Quería ser completamente sincera con él.

—Lo hice porque quise... Creo que hice el amor con

todos. Ya casi no me acuerdo. Debía de estar hipnotizada y no sé lo que es sueño y lo que es realidad, pero estaba embarazada de cinco meses cuando mis padres me llevaron de nuevo a casa. Hace trece meses tuve un hijo.

—Recordaría la fecha toda su vida. Hubiera podido decirle a Bill el tiempo exacto: trece meses y cinco días—. Mis padres me obligaron a cederle en adopción. Era un niño, pero yo ni siquiera le vi. Fue el peor instante de mi vida y creo que cometí un error al renunciar a él. Nunca me lo podré perdonar. Cada día me pregunto dónde estará y si se encontrará bien.

—Te hubiera destrozado la vida, cariño —le dijo Bill, acariciándole el rostro con suavidad.

Lamentaba mucho los sufrimientos de Anne. Era muy distinta de Gail. Había vivido mucho. Demasiado para su edad.

—Eso dijeron mis padres —dijo Anne, exhalando un suspiro. Pero creo que se equivocaron.

—¿Qué harías ahora con un hijo?

—Cuidarle, tal como debe de hacer su madre adoptiva… —Se le llenaron los ojos de lágrimas mientras que Bill la abrazaba.

Hubiera querido decirle que él le daría otro hijo algún día, pero le pareció un disparate hacerlo. En aquel momento, oyeron que la llave de Gail se introducía en la cerradura. Bill se apartó apresuradamente de ella, dirigiéndole una última mirada anhelante, y, al cabo de un instante, acogieron a Gail sonriendo.

En el transcurso de dos meses, Anne le vio siempre que podía, hablaba y salía a pasear con él y le hacía partícipe de sus sentimientos. Gail lo ignoraba todo y Anne esperaba que jamás se enterara de ello. Era un fruto prohibido, pero no podían resistir la tentación porque se necesitaban mucho el uno al otro. Bill le tenía mucha confianza. De momento, las relaciones eran castas, pero ambos sabían que no podrían seguir así por mucho tiempo. Urdieron un plan cuando la abuela de Gail invitó a su nieta a pasar las vacaciones navideñas con ella. Anne pediría permiso a sus padres para pasar las fiestas en casa de su amiga. Y desde el día de Navidad hasta el regreso de Gail, viviría con Bill. Lo prepararon todo de antemano casi como si fuera una luna de miel.

31

Louise ya había adivinado desde hacía tiempo lo que ocurría entre su compañera de apartamento y el chico del segundo. No desaprobaba aquellas relaciones, pero le parecía que él era demasiado mayor para Van. Seis años de diferencia eran muchos. Lamentaba, asimismo, no ver a Vanessa tan a menudo como antes, aunque ella tenía sus amigos y los estudios en el Barnard las tenían muy ocupadas con deberes, proyectos y exámenes. Los meses pasaron volando y pronto quedaron atrás las vacaciones de Navidad. Hacía mucho frío y, poco después del día de Acción de Gracias, cayó la primera nevada.

Vanessa estaba encantada y se fue con Jason al Riverside Park, a lanzarse bolas de nieve. Andaban siempre muy ocupados con toda clase de actividades culturales: el Metropolitan, el museo Guggenheim, el de Arte Moderno, la ópera, el ballet, los conciertos en el Carnegie Hall y la irresistible atracción que ejercían en Jason los espectáculos teatrales que se representaban en los alrededores de Broadway. Vanessa no había visto ninguna película con él desde su llegada a la ciudad, exceptuando unas un poco antiguas durante el festival organizado por el Museo de Arte Moderno. A Jason no le gustaba aquella afición suya y seguía trabajando en sus tesis mientras ella preparaba los exámenes. Vanessa, por su parte, apreciaba su seriedad y su purismo filosófico, considerando que ello no le convertía en un ser intransigente sino más bien encantador.

–Te echaré mucho de menos durante las vacaciones –le dijo, tendida en el sofá con un libro en la mano.

–Te entusiasmará volver al país del plástico –le dijo Jason, mirándola muy serio por encima de las gafas. Siempre que se refería a Los Ángeles empleaba aquel calificativo–. Podrás ir al cine diariamente con tus amigos y comer tacos y patatas fritas –eran las cosas que aborrecía– antes de regresar otra vez aquí.

Vanessa se rió de la imagen que Jason tenía de Los Ángeles. Según él, la gente de allí andaba constantemente por la calle comiendo hamburguesas, tacos y pizzas, llevaba rizadores en el pelo, bailaba rock e iba a ver películas de ínfima categoría. Sonrió al pensar qué opinaría de Val. Le habían ofrecido otro papel en una nueva película de terror en la que tendría que aparecer cubierta por una sustancia viscosa de color verde, lo cual no coincidía precisamente con la idea que el joven tenía de lo que era una buena película. A veces, Vanessa pensaba que Jason se tomaba la vida demasiado en serio, pero le quería y sus palabras eran sinceras. Le echaría mucho de menos durante las vacaciones.

–¿Qué vas a hacer tú?

Jason aún no lo tenía decidido. Vanessa le aconsejó que se fuera a su casa, pero la idea no parecía atraer demasiado a Jason. La muchacha había observado que sus padres no le llamaban nunca y que él raras veces los mencionaba. Ella tampoco llamaba demasiado a menudo a su casa, pero se sentía muy unida a la familia. Al levantar los ojos, vio que Jason la miraba sonriendo. Su ternura le encantaba. Extendió una mano y él se la besó con dulzura.

–Yo también te echaré de menos, ¿sabes? Y seguramente tardaré varias semanas en volver a ponerte a tono.

–Uno de estos días tendrás que ir conmigo a California –le dijo Vanessa. Sin embargo, ninguno de ellos estaba preparado para afrontar semejante perspectiva. A Jason le asustaba su familia y Vanessa temía llevarle a casa porque ello hubiera significado que sus relaciones iban en serio, y eso no era cierto. Sólo eran unas encantadoras relaciones. La muchacha no esperaba otra cosa o, por lo menos, eso creía–. Te llamaré, Jase.

El 23 de diciembre le repitió las mismas palabras en el aeropuerto. Él decidió no ir a casa y quedarse a trabajar en la tesis. A Vanessa le parecía una manera muy solitaria de pasar las vacaciones y prometió llamarle todos los días. Antes de que ella embarcara en el enorme pájaro plateado, Jason la besó con pasión. Después se metió las manos en los bolsillos, se envolvió la bufanda alrededor del cuello y salió de nuevo a la fría atmósfera del exterior. Estaba nevando. Se asustó al pensar en lo mucho que se había enamorado de Vanessa. Quería que fueran unas relaciones intrascendentes y le gustaba la comodidad de tenerla en el mismo edificio; y la chica le gustaba. Era seria, inteligente, hermosa y simpática y una amante sensacional. Al entrar en su apartamento, éste se le antojó una tumba. Pensó que más le hubiera valido irse a su casa. Sin embargo, allí era todo muy deprimente, la vida en la pequeña ciudad resultaba muy limitada, sus padres se pasaban el rato regañándose y él ya no podía soportarlo. Los quería mucho, pero deseaba ser libre. Además, su padre bebía en exceso y su madre había envejecido muchísimo y eso le deprimía. Se sentía más a gusto en Nueva York. No podía explicarle aquellas cosas a Vanessa porque su familia era muy distinta. Ella se alegraba de volver a casa. Jason lo adivinó a través de su voz cuando la muchacha le llamó aquella noche nada más bajar del avión.

—Bueno, ¿qué tal va todo en el país de plástico? —le preguntó procurando disimular su melancolía.

—Como siempre —contestó Vanessa—. Lo único que tiene de malo es que tú no estás aquí. —Le encantaba Los Ángeles, pero había empezado a tomarle cariño a Nueva York. Por causa de Jason—. La próxima vez, tienes que venir.

El joven se estremeció al pensarlo. No hubiera podido enfrentarse con una familia tan famosa como aquélla, inmersa en el mundo cinematográfico. Se imaginaba a Faye preparando el desayuno envuelta en un vestido de lamé de oro calzada con zapatos de tacón alto.

—¿Cómo está tu gemela? —le preguntó.

—Aún no la he visto. Pienso ir a verla esta noche. Aquí apenas son las ocho —le respondió Vanessa.

—Eso es porque ni siquiera saben medir el tiempo —le dijo Jason en tono de chanza. La echaba mucho de menos y aquellas dos semanas iban a ser insoportables—. Dale recuerdos de mi parte —añadió.

Jason había hablado varias veces con ella por teléfono y le parecía simpática, aunque completamente distinta de Van.

—Lo haré.

—Ya me dirás si se le ha puesto la piel verde.

Vanessa le había contado que su hermana tomaba parte en una película de terror y él se burló sin piedad, diciéndole que todo aquello era típico de Hollywood, de donde no podía esperarse nada bueno. Vanessa se ofendió porque su madre había dirigido algunas películas muy buenas que algún día figurarían asimismo en los archivos del Museo de Arte Moderno. Valerie apenas tenía dieciocho años y ella estaba muy unida a su familia. A partir de aquel día, Jason procuró ser más prudente en sus comentarios. Sin embargo, se hubiera muerto del susto si hubiera podido ver en qué sitio vivía Val, pensó Vanessa.

Le pidió prestado el automóvil a su padre y se fue a la casa que su hermana compartía con otras chicas. En su vida había visto semejante desorden y suciedad. Había sobras de comida en el salón cualquiera sabía de cuándo, camas deshechas en todas las habitaciones, algunas incluso sin sábanas, una botella de tequila en el suelo, medias de todos los colores y tamaños tendidas en los cuartos de baño y un extraño olor procedente de la mezcla de perfumes distintos. Se encontró a Val sentada en medio de todo aquello, pintándose las uñas mientras le explicaba su papel en la película.

–Y entonces salgo del pantano, extiendo los brazos así –lo hizo y casi derribó una lámpara al suelo– y pego un grito…

Hizo también una demostración y Vanessa tuvo que taparse los oídos.

Ambas hermanas se pasaron varias horas charlando de muchas cosas. Van miró sonriendo a Val y se alegró de verla, aunque fuera en aquella casa.

–Se te dan muy bien los gritos –le dijo.

–Practico mucho todos los días –contestó Val. Y se echó a reír.

–¿Cómo puedes soportar vivir en un sitio como éste? –le preguntó Vanessa, mirando alrededor.

Entre el mal olor, la suciedad, el desorden y las chicas, Vanessa hubiera enloquecido en un par de días. En cambio, Valerie parecía muy contenta, mucho más que cuando estaba en casa.

–Aquí puedo hacer lo que quiero –contestó.

–¿A qué te refieres? –Vanessa sentía curiosidad por las actividades de su hermana durante los tres últimos meses. Val se hallaba al corriente de sus relaciones con Jason, aunque ella nunca entró en detalles y tampoco pensaba hacerlo en aquel instante–. ¿Algún flechazo durante mi ausencia?

Valerie se encogió de hombros. Había varios hombres en su vida, uno a quien quería mucho y tres con los que se acostaba, pero no respondió nada porque le constaba que su hermana se escandalizaría. Tampoco es que fuera gran cosa: un poco de droga, un poco de alcohol y un poco de sexo en el apartamento o en la habitación de algún chico. Con la juerga que se pegaba todo el mundo en Hollywood, no era de extrañar que Valerie quisiera participar un poco en ella. En la casa, las chicas se pasaban unas a otras las píldoras como si fueran chocolatinas. Siempre había una caja abierta en algún lugar del apartamento y alguien le había aconsejado que no mezclara las marcas, aunque parecía que la píldora daba resultado de todos modos. Además, si ocurriera algún percance, ya procuraría resolverlo. No iba a ser tan tonta como Anne.

—Y tú, ¿qué me cuentas? —preguntó Valerie mientras abordaba las uñas de la otra mano—. ¿Cómo es este tipo que siempre está contigo?

—¿Jason? —preguntó Vanessa, simulando inocencia.

—No. King Kong, si te parece —contestó Val, echándose a reír—. ¿Es interesante?

—Para mí, sí. Aunque probablemente no lo sería para ti.

—Eso quiere decir que tiene un labio leporino y un pie deforme, pero es simpático y tú crees que va en serio.

—Más o menos. Está preparando la tesis de doctorado —dijo Vanessa muy orgullosa.

Valerie la miró asombrada. La perspectiva le parecía espantosa. Los intelectuales le daban grima. A ella lo que le gustaba eran los tipos de Hollywood; sobre todo, los de cabello largo y camisa abierta, los donjuanes playeros, en una palabra.

—¿Cuántos años tiene ese tipo? —preguntó, mirando recelosamente a Vanessa.

—Veinticuatro.

–¿Y crees que quiere casarse contigo?

La idea le causaba espanto, pero se tranquilizó al ver que su hermana negaba con la cabeza.

–No son ésas sus intenciones y tampoco las mías. Yo quiero terminar los estudios y después volver aquí para escribir guiones cinematográficos –a menudo discutía con Jason por este motivo. Él pensaba que tenía demasiado talento para escribir «basura» y Vanessa le contestaba que algunas películas eran muy buenas–. De momento, resulta agradable.

–Bueno, pero procura no quedarte embarazada. ¿Tomas la píldora? –Vanessa se turbó ante la franqueza de su hermana. Ni siquiera le había dicho que se acostaba con él, pero Val la conocía mejor que nadie–. ¿No la tomas? –repitió Valerie, aterrada ante la ingenuidad de su hermana.

–Jason ya se encarga de eso –contestó ruborizándose mientras una chica con un liguero de raso escarlata cruzaba la estancia. Luego miró de nuevo a su alrededor y le preguntó a Val–: ¿Ha visto mamá este sitio?

No lo creía posible ya que, en tal caso, Faye hubiera sacado a Valerie de allí en un par de horas, o tal vez menos.

–Sólo una vez. Y lo arreglamos todo muy bien antes de que viniera. Aquel día yo estaba sola.

–Menos mal. De lo contrario te hubieras llevado una buena reprimenda.

Sin embargo, ello hubiera podido aplicarse a cualquiera de las cosas que hacía Val, desde el consumo de cocaína y hachís hasta los papeles que interpretaba en las películas de terror, pasando por los hombres con quienes se acostaba.

–Nunca quiere que me divierta como a mí me gusta –dijo Val amargamente.

Alguien le ofreció un papel en una película pornográfica, pero ella lo rechazó por temor a que su madre se enterara. Mientras regresaba a casa, Vanessa tuvo la impresión de que su hermana iba por muy mal camino. Se había desmandado por completo y apenas tenía dieciocho años. Iba rodando cuesta abajo y cualquiera sabía dónde iría a parar. Vanessa confiaba en que no sufriera un daño irreparable.

—¿Cómo está Val? —preguntó su padre al verla entrar.

Acababa de leer en sus ojos algo que Vanessa no quería decirle.

—Bien.

—Cuéntame qué desordenada está aquella casa.

Era imposible que sus padres lo supieran, pensó Vanessa, pero se preguntó si sabrían alguna cosa. Hollywood era muy pequeño y lo más probable era que alguien les hubiera hablado de las andanzas de su hija.

—No está del todo mal. Val vive con unas chicas que arman mucho alboroto y dejan los platos sucios por el suelo —eso era lo de menos, pero también lo único que podía contarle a su padre. Para proteger a Valerie, procuró quitarle importancia al asunto—. Una versión corregida y aumentada de nuestros dormitorios —añadió.

—¿Tan mal está entonces? —dijo Ward, soltando una carcajada.

Después le comunicó que Greg llegaría al día siguiente. Al cabo de un rato, entró Anne con un brillo desconocido en los ojos.

—Hola, nena —dijo Vanessa levantándose para besar a su hermana. Le pareció que el cabello le olía a loción masculina para después del afeitado, pero no hubiera podido jurarlo. Anne crecía a ojos vista. Cumpliría dieciséis años pasadas las vacaciones y se estaba convirtiendo en una chica muy guapa. La falda corta realzaba sus largas y bien torneadas piernas, calzaba unos preciosos zapatos rojos y lucía una cinta en el cabello. Vanessa sonrió ante aquel cambio tan espectacular que había tenido lugar en sólo tres meses. Su hermanita parecía de su misma edad–. ¿Desde cuándo estás tan crecida? –le preguntó.

Ward contempló asimismo con admiración a su hija. Desde hacía algún tiempo estaba muy calmada y tenía muchos amigos en la nueva escuela; sobre todo, Gail Stein, que parecía una buena chica juiciosa y formal; además, su padre la tenía muy vigilada. Era un cambio agradable después de las angustias del Haight, y tanto él como Faye se alegraban muchísimo.

Anne no perdió demasiado tiempo con ellos y se fue enseguida a su habitación. Lo mismo hizo el día de Navidad después del almuerzo, pero a nadie le importó porque todos ya estaban acostumbrados. Llevaba años ocultándose en su habitación; sin embargo, aquella noche tenía que hacer el equipaje. Al día siguiente se iría a pasar las vacaciones a casa de Bill.

32

Anne le comunicó a su madre con mucha antelación que Gail la había invitado a pasar diez días en su casa hasta que empezaran de nuevo las clases. Al principio, Faye se mostró contraria a la idea, pero ella supo utilizar hábilmente sus sentimientos maternos, recordándole que la muchacha era hija única y que no tenía siquiera una madre que le hiciera compañía. Desde la muerte de su madre, las vacaciones eran un suplicio para Gail. Al fin, Faye se dejó convencer.

—Pero si sólo vive a unos pocos kilómetros, Anne. ¿Por qué no podéis quedaros las dos aquí? ¿Por qué tienes que irte a dormir a su casa?

—Aquí hay demasiado barullo y, además, tú y papá siempre estáis fuera. ¿Qué más da?

Ward vio en los ojos de Anne una expresión de angustia y temió que volviera a enojarse con ellos. Bastantes problemas habían tenido ya con ella, pensó. Más valía ceder un poco en pequeñas cosas sin importancia.

—Déjala ir, nena —le dijo a Faye—. No hay nada de malo en ello. El padre de Gail vigila a su hija como una gallina clueca a sus huevos. No ocurrirá nada. Y Anne puede volver a casa cuando tú quieras.

—¿Habrá alguien más en la casa?

Cuando se trataba de sus hijos, Faye nunca se

fiaba de nadie y esta vez, sus temores eran fundados.

—Sólo la mujer de la limpieza y la cocinera.

Había también un jardinero, pero Anne sabía que ése no contaba. En realidad, nadie contaba. Las dos mujeres se irían de vacaciones en cuanto Gail tomara el avión para irse a Nueva York, a casa de su abuela, pero Faye no podía saberlo. Anne abandonó la casa llevando una pequeña maleta llena de preciosos vestidos y sugerentes camisones, incluidos dos nuevos comprados especialmente para aquella ocasión. Tomó un taxi cuando todos se fueron; antes, había dejado esa nota: «Nos veremos el día 3. Estoy en casa de Gail.» Diez minutos más tarde, el taxi enfiló Charing Cross Road, de Bel-Air. Anne entró en la casa muy emocionada y encontró a Bill aguardándola en el salón. Gail se había ido hacía unas horas y las criadas habían salido. Llevaban meses organizando ese encuentro, pero, de repente, se asustaron de su decisión. Bill se había pasado toda la mañana dudando de su cordura. Sería prácticamente la violación de una niña de quince años. Al final, decidió devolverla a casa en cuanto llegara.

Trató de explicárselo a Anne mientras permanecían sentados tranquilamente en el estudio. Había una piel de tigre en el suelo y varias fotografías de Gail en las paredes. Gail en primer grado, Gail con un divertido sombrero, Gail saboreando un cucurucho de helado a los cuatro años… Sin embargo, en aquellos instantes, Bill sólo tenía ojos para Anne y ésta le miraba con adoración, tratando de evitar que la enviara de nuevo a su casa.

—¿Por qué tengo que irme? ¿*Por qué?* Lo habíamos organizado todo.

—Pero no está bien, Anne. Yo soy un hombre mayor. Tú, en cambio, eres una niña de quince años.

Bill se había pasado despierto toda la noche, pensando en ello y, al final recuperó el juicio y decidió no permitir que Anne le hiciera cambiar de opinión.

—Estoy a punto de cumplir los dieciséis —replicó la muchacha, con los ojos anegados de lágrimas. Bill sonrió y le acarició el cabello. Aquel leve contacto fue suficiente para electrizarle. Era el más dulce de los frutos prohibidos y no permitiría que se quedara ni una hora. De lo contrario, no podría responder di sí mismo. Se conocía demasiado y jamás había sentido lo mismo por ninguna mujer. El hecho de que la chica tuviera tan sólo quince años era una de las más crueles burlas de la vida—. Ni siquiera soy virgen, Bill.

Lo dijo con tristeza. Quería a aquel hombre y era lo único que le importaba en la vida. Constituiría la compensación de toda la soledad y el dolor que había pasado.

—Eso no tiene nada que ver, cariño. Tus anteriores experiencias no cuentan. Fueron sueños alucinantes provocados por la droga. No tienes por qué recordarlas. Eso ya quedó atrás. No es lo mismo que tener unas relaciones serias con un hombre. Se nos escaparían de las manos al poco tiempo. Alguien podría sufrir y yo no querría por nada del mundo que ese alguien fueras tú.

Evitó decirle que él podía acabar en la cárcel por acostarse con ella, caso de que sus padres se enteraran, lo cual era muy posible que ocurriera a pesar de todas las precauciones. Anne le había dicho a Gail que no la llamara a su casa porque, con todo el barullo que armaban sus hermanas y sus hermanos, no podrían hablar, y como medida adicional, se propuso llamarla ella todos los días para que, de este modo, su amiga no tuviera ninguna razón para telefonearla. Pero tras haber pensado en todo, Bill la rechazaba. A Anne no le importaba sufrir y ni siquiera morir, siempre y cuando pudiera estar con él.

—Si me mandas a casa, me volveré a escapar —le comunicó, mirándole a los ojos—. Tú eres la única razón de mi vida, Bill.

A éste se le partió el corazón al oír esas palabras. Anne había sufrido mucho a pesar de su juventud y, hasta cierto punto, tenía razón: era más madura que las chicas de su edad, muchísimo más que Gail, por descontado; tal vez porque había tenido muchas experiencias: el Haight-Ashbury, la comuna, el alumbramiento de un hijo, las dificultades con sus padres. No era justo lastimarla de nuevo. Sin embargo, lo hacía por su bien, pensó mientras se levantaba, tomando una mano de la muchacha en la suya. La acompañaría a casa en su automóvil. Anne se lo quedó mirando sin levantarse.

–Nena, por favor, no puedes quedarte…

–¿Por qué no?

Bill volvió a sentarse al lado de Anne en el sofá. Su capacidad de resistencia se estaba agotando. Como la muchacha no se fuera enseguida, no respondería de sus actos. No era de piedra.

–Porque te quiero demasiado –contestó, abrazándola y besándola dulcemente en los labios con la intención de llevarla después a casa. Sin embargo, su férrea decisión empezó a derretirse como lava caliente en cuanto sintió la lengua de la muchacha en su boca. Instintivamente, empezó a acariciarla–. Te quiero demasiado, pequeña –le musitó al oído–, pero no podemos… Por favor…

–Sí podemos –le susurró ella.

Tendida en el sofá, Anne empezó a atraerle y él se olvidó de todos sus argumentos. Sólo una vez, pensó, después ya no volverían a hacerlo nunca más… De repente, recuperó el juicio y se apartó de Anne. Le temblaban las piernas, pero consiguió detenerse a tiempo.

–No –dijo, sacudiendo la cabeza–, no voy a hacer eso contigo, Anne.

–Te quiero con todo mi corazón –le contestó la joven, reprimiendo un sollozo.

Parecía una chiquilla apaleada.

–Y yo también a ti. Te esperaré dos años si es preciso. Y luego me casaré contigo, pero no quiero destrozar tu vida.

–Te quiero mucho –dijo Anne, echándose súbitamente a reír mientras la besaba en una mejilla–. ¿De veras te casarías conmigo?

Estaba asombrada, encantada y se sentía más feliz y satisfecha que nunca.

–Sí –respondió Bill. Acababan de vivir una hora muy difícil, sobre todo él que no había pegado ojo en toda la noche. Sin embargo, era cierto. Pensaba a menudo en esa boda, y creía incluso que Gail la aprobaría. Otros hombres se habían casado con mujeres a las que doblaban la edad. No era lo peor que podía ocurrir–. Siempre y cuando tú estuvieras lo bastante chiflada como para casarte conmigo. Dentro de dos años, tú tendrás dieciocho y yo, cincuenta y uno.

–Me parece estupendo –dijo Anne sonriendo.

–¿Te lo seguirá pareciendo cuando tú tengas treinta y yo sesenta y tres?

Quería ver cómo reaccionaba. Hablaba en serio y era lo que más deseaba en la vida, pero no había ninguna razón para que su felicidad no pudiera coexistir con la de Anne. Ansiaba cuidarla y protegerla de cualquier angustia durante el resto de su vida. Intuía que sus padres nunca le habían prestado la debida atención, a diferencia de lo que él hacía con Gail. Sin embargo, Gail era hija única mientras que Anne era la última de cinco hermanos y, por lo que él había oído decir, había nacido en un mal momento, lo cual no era, sin embargo, ninguna excusa. Él se pasaría la vida compensándola de sus dolores. De todos. Incluso del hijo al que había renunciado.

–No me importará en absoluto –dijo Anne, respondiendo a su segunda pregunta sobre la diferencia de edad–. Yo también sé contar y, cuando yo tenga sesenta años, tú tendrás noventa y tres. ¿Qué te parece? ¿Seguro que no querrás a otra más joven? –le preguntó en tono burlón.

Se echaron a reír, un poco más relajados.

La mañana había sido una pesadilla insufrible, llena de terrores y sentimientos de culpabilidad, pero, en aquellos momentos, estaban tan tranquilos como otras veces.

–¿Asunto arreglado entonces? ¿Estamos prometidos?

–Estamos prometidos y te quiero con todo mi corazón –contestó Anne, al tiempo que se inclinaba para besarle.

Se besaron con tanta ternura que sus cuerpos parecieron fundirse el uno en el del otro. Por fin, Bill se apartó aunque, en realidad, ya no quería hacerlo. Si algún día iba a casarse con ella, ¿qué tenía de malo que hicieran el amor sólo por una vez para sellar el pacto por así decirlo? Se repantigó en el sofá y la miró a los ojos, consciente de que la resistencia le empezaba a fallar.

–Me vuelves loco.

–Me alegro. –Anne le miró con expresión de mujer adulta y preguntó–: ¿Puedo quedarme un ratito?

No había nada de malo en ello. Lo habían hecho otras veces, cuando Gail estaba ocupada en otras cosas y las criadas tenían el fin de semana libre. La única diferencia era que entonces sabían que alguien iba a regresar, mientras que, en aquellos momentos, estaban completamente solos. Bill propuso calentar el agua de la piscina para poder nadar y a Anne le pareció muy bien. La muchacha tomó la molestia de ponerse el bañador y se lanzó al agua desde el trampolín mientras Bill admiraba la tersura de su aterciopelada piel. Era una muchacha muy hermosa, aunque nadie en su familia se hubiera percatado de ello. Allí era tan sólo la «pequeña Anne» la que siempre se escondía en su habitación. Bill se desnudó y se lanzó al agua. Nadaban como delfines bajo el agua y después emergían a la superficie, y se asían por la cintura. Poco a poco, Bill la atrajo hacía sí. Ya no podía resistir más. La quería demasiado. Los cuerpos de ambos se juntaron mientras él le acariciaba el cuello y la espalda y la besaba con dulzura. La acompañó fuera de la piscina, la envolvió en una toalla y la llevó al interior de la casa. Ya no quedaba más por decir. Ya no podía seguir luchando, pensó, dirigiendo una sonrisa a la delicada princesa tendida en la cama. Contempló su propio cuerpo todavía firme, sus duros músculos y sus fuertes piernas y pensó que, un día, podrían tener unos hijos hermosos. Sin embargo, en aquel momento, no le interesaban los hijos sino Anne. La besó y la acarició con ternura y ella creyó recordar una especie de amor jamás conocido en realidad, mientras le acariciaba dulcemente hasta que él ya no pudo resistir y los cuerpos de ambos se fundieron en uno solo. Al contacto con el suyo, todo el cuerpo de Anne se arqueó de placer y ambos parecieron danzar durante mucho rato, elevándose hacia el cielo hasta estallar, por fin, como un sol de radiante fulgor.

33

Aquellos días fueron los más idílicos que Bill y Anne hubieran conocido jamás. Esta vez no hubo drogas, ni alucinógenos, ni rituales, ni engaños, tan sólo Bill y la ternura y belleza que él aportaba a su vida a cambio de la alegría que ella le proporcionaba. Durante diez días consiguieron olvidar lo difíciles que iban a ser para ellos los dos años que se avecinaban. No salieron de los confines de la casa y del jardín, pero corrían, jugaban y escuchaban música: en la que él denominó su noche de bodas. Bill le ofreció una copa de champán. Permanecían largo rato en la bañera y por la noche él le peinaba el cabello frente a la chimenea y la amaba como nunca la habían amado. Era el mismo amor paternal que sentía por Gail, combinado con el que le inspiraba su mujer, pero que no había podido compartir con nadie desde que ella murió. Se entregó por entero a Anne y ésta le correspondió de igual modo. La última noche, lloró de tristeza. Llamó diariamente a Gail, que se lo estaba pasando muy bien en Nueva York. Sin embargo, Anne no llamó a su casa ni una sola vez. Sus padres ya sabían dónde estaba, aunque no tenían ni idea de lo que hacía su hija. Era un secreto que ambos deberían guardar durante dos años.

–¿Y si Gail se entera? –preguntó Anne, acostada al

lado de Bill, en la cama. Se había pasado aquellos diez días prácticamente desnuda, haciendo el amor a todas horas. Bill hizo más el amor en diez días que en los diez años pasados.

–No sé –contestó Bill, lanzando un suspiro–. Al principio, creo que se escandalizaría, pero, con el tiempo, lo aceptará. Es mejor que tarde por lo menos un año en enterarse; entonces será más madura y podrá aceptar mejor lo que sentimos. –Anne asintió. Estaba de acuerdo con él en casi todo–. Lo más importante es que comprenda que también podemos compartir nuestro amor con ella y que no pensamos excluirla de nuestras vidas. La quiero como siempre, pero ahora también te quiero a ti. Al fin y al cabo, tengo derecho a volver a casarme algún día… Puede que se sorprenda un poco al saber que la novia es una de sus amigas.

Anne se imaginó vestida de blanco, teniendo a Gail como dama de honor. Era un sueño maravilloso, pero todavía muy lejano. Podían ocurrir muchas cosas en dos años.

Ella lo sabía mejor que nadie. Le contó a Bill lo de Lionel y John y le dijo que ambos eran homosexuales y la tuvieron en su casa hasta que nació el niño. Le habló de lo buenos que habían sido con ella, de la muerte de John en el incendio y del terrible dolor que había experimentado Lionel. A pesar del año transcurrido, éste aún no se había recuperado de la muerte de su amante. Vivía solo y, aparte para ir al trabajo, casi nunca salía. Llevaba a Anne a almorzar de vez en cuando, pero estaba tan deprimido que, a veces, la muchacha se asustaba. Bill lo comprendía muy bien porque a él le había ocurrido lo mismo al morir su esposa; sin embargo, él tenía el consuelo de Gail. Creía saberlo todo de Anne, sus secretos, sus temores, sus relaciones con Faye, y estaba convencido de que sus padres nunca la amaron, lo cual le entristecía muchísimo.

–Vamos a tener que ser muy prudentes, nena. No sólo con Gail, sino con todo el mundo.

–Lo sé. Ya estoy acostumbrada a guardar secretos –contestó Anne, mirándole con aire de misterio.

–Supongo que ninguno como éste –dijo Bill, dándole otro beso.

–No –contestó Anne sonriendo–. Nuestro amor es el mejor secreto que he tenido que guardar.

Después hicieron nuevamente el amor. Bill ya ni siquiera se sentía culpable. Las cosas eran así y no quería perderla. Jamás renunciaría a ella. Estaría a su lado durante el resto de su vida y así se lo prometió a Anne cuando, por la tarde, la acompañó a su casa. Se sentían cansados tras una noche de amor. Antes de dos horas, Bill tenía que ir al aeropuerto a recibir a Gail y las criadas regresarían aquella misma noche. La luna de miel digna de un cuento de hadas había tocado a su fin. A partir de aquel momento y durante dos años, tendrían que andarse con mucho cuidado. Sin embargo, podrían disfrutar de algún rato de intimidad de vez en cuando. Períodos de vacaciones, alguna noche robada de aquí o de allí, algún que otro fin de semana. Él se lo prometió solemnemente y Anne entró en la casa, con la maleta en la mano y una extraña mirada. Se detuvo para escuchar el rumor que hacía el Rolls-Royce al alejarse.

–Pareces muy cansada –dijo su madre, mirándola al entrar. No había ido a los estudios porque era sábado. Pero Anne parecía muy contenta–. ¿Lo pasaste bien, cariño?

–No estuvo mal.

–Os habréis pasado los diez días en pijama –dijo Ward sonriendo–. Ignoro qué les pasa a las chicas de vuestra edad que nunca quieren vestirse.

Anne le miró y se fue a su habitación sin pronunciar palabra; sin embargo, Vanessa vio en ella algo más que sus padres, aunque no supo exactamente qué. Se inquietó un poco por su hermana y se hizo el firme propósito de hablar con ella antes de marcharse; pero no tuvo tiempo de hacerlo. Anne reanudó las clases al día siguiente y Vanessa aún tenía que ver a unos amigos. A la noche siguiente, hizo las maletas y se fue sin poder averiguar por qué los ojos de Anne brillaban de aquella manera.

34

Cada cual regresó a su vida. Val, a sus películas de terror, a las drogas y a un nuevo hombre en su cama en cuanto podía; y Vanessa, a sus clases de Nueva York. Greg encontraba ciertas dificultades en los estudios, pero prometió a sus padres que haría un esfuerzo. Anne no le causaba ningún quebradero de cabeza a nadie. Se pasaba casi todo el día en casa de su amiga y apenas la veían. Cuando cumplió los dieciséis años, casi no tuvo tiempo de celebrarlo una noche en compañía de su familia. Gail y su padre se la llevaron al Bistro para festejarla, pero Faye no vio nada malo en ello. Pensaba que eran extraordinariamente amables con su hija y, de vez en cuando, le decía a Anne que le hiciera a Gail algún regalo de su parte para demostrarle de este modo su agradecimiento.

En febrero, Lionel llamó a Faye a los estudios y le preguntó si podía almorzar con ella y con Ward. Era una petición un poco insólita y Faye confiaba en que quisiera darles alguna buena noticia, como, por ejemplo, que tenía trabajo en una nueva película, un cambio de orientación en sus actividades o quizá que había tomado la decisión de reanudar los estudios. Sin embargo, sus padres no estaban preparados para lo que él les anunció.

Al principio, Lionel vaciló un poco, como si temiera causarles dolor. Ward se asustó. A lo mejor, les iba a decir que estaba enamorado de otro hombre, y él prefería ignorarlo. Por fin, Lionel decidió ir directamente al grano.

—Me han llamado a filas —les dijo.

Ambos se quedaron anonadados. La guerra de Vietnam estaba en pleno apogeo y no se hablaba de otra cosa. Ward se horrorizó. Amaba a su país, pero no quería sacrificar a ninguno de sus hijos en una guerra asquerosa que tenía lugar en un sitio que le importaba un bledo. Faye se quedó boquiabierta de asombro al oír la respuesta de su esposo:

—Diles que eres homosexual.

Era la primera vez que utilizaba aquella palabra.

—No puedo, papá —contestó Lionel, sacudiendo la cabeza; tenía una sonrisa en los labios.

—No te dé vergüenza, hombre. Puede salvarte la vida. —Era exactamente lo mismo que le había dicho a Greg para que recapacitara y procurara estudiar un poco más. Como le expulsaran de la universidad le mandarían a Vietnam. Lionel, en cambio, tenía una excusa perfecta. De ahí que nunca se hubiera preocupado por él—. Sé razonable, muchacho —le dijo ahora—. O eso o el Canadá.

—Yo no quiero huir, papá. No estaría bien.

—Pero ¿por qué no, maldita sea? —gritó Ward, descargando un puñetazo sobre la mesa del restaurante de los estudios sin que nadie se volviera a mirarle. Había allí tanto barullo que nadie se fijaba en nadie. Aunque uno se hubiera paseado desnudo, gritando a grito pelado, todos se hubieran imaginado que ensayaba un papel. Sin embargo, Ward hablaba completamente en serio—. Tienes que salir de ello, Li. No quiero que vayas a la guerra.

—Yo tampoco, cariño —terció Faye con lágrimas en los ojos.

–Lo sé, mamá –dijo Lionel, rozándole suavemente una mano–. No me hace ninguna gracia ir, pero no me queda otra alternativa. Hablé con ellos ayer y creo que saben lo que soy; conocen mis antecedentes cinematográficos ya que me insinuaron la posibilidad de hacer algo relacionado con el cine.

Faye y Ward exhalaron un suspiro de alivio.

–¿Sabes dónde te mandarán?

–Probablemente a Vietnam durante un año, y puede que después, pase otro año en Europa.

–Oh, Dios mío –exclamó Ward, palideciendo mientras Faye rompía a llorar.

Fueron dos semanas terribles en el transcurso de las cuales Lionel arregló todos los asuntos pendientes de su vida, dejó el pequeño apartamento y su trabajo y se fue a pasar unos días con sus padres antes de irse al campamento de adiestramiento. Ward y Faye se alegraron de tenerle en casa por unos días y procuraban regresar muy temprano todas las tardes. La última noche fue dramática. Todos brindaron por él con los ojos anegados en lágrimas. A las seis de la mañana le despidieron en la puerta de la casa, saludándole con la mano mientras él se alejaba en un taxi. Después, Faye se derrumbó llorando en brazos de su esposo. Temía no volver a verle jamás. Su esposo la estrechó sin poder reprimir las lágrimas. Un día mientras paseaba con Bill, Anne expresó con palabras lo que sus padres no se atrevían a decir, comentando que Lionel no se había recuperado de la muerte de John y quería ir a Vietnam para que le mataran.

–Estoy seguro de que eso no es cierto, cariño. Se limita a hacer lo que considera su deber. Yo también estuve en la guerra, ¿sabes? Y no todo el mundo se muere. Además, si se dedica a tareas cinematográficas, estará más seguro.

Sin embargo, esto no era completamente cierto. Bill

sabía que aquellos muchachos eran alcanzados a menudo cuando volaban en helicóptero en vuelo rasante para conseguir los mejores encuadres. Confiaba en que el hermano de Anne fuera sensato y no se cumplieran aquellas siniestras previsiones. Sin embargo, Ward y Faye temían en su fuero interno que ocurriera una desgracia.

La única que no se preocupaba era Val. Estaba tan enfrascada en sus asuntos que apenas disponía de tiempo para pensar en otras cosas. La acababan de contratar para una película de monstruos que se rodaría en las afueras de Roma. Era una coproducción en la que intervenían actores de distintas nacionalidades, por cuyo motivo se tendrían que doblar todas las escenas, aunque ella no tenía que pronunciar ni una sola palabra. Participarían en el filme viejas glorias del cine alejadas de los platós desde hacía mucho tiempo.

—¿No te parece estupendo? —le preguntó Valerie a su hermana cuando la llamó para comunicarle que pasaría por Nueva York.

Sólo estaría una noche, pero sería divertido. Vanessa la invitó a alojarse en su apartamento para, de paso, poder presentarle a su «amigo».

Valerie descendió del avión enfundada en una falda de cuero rojo, unos leotardos púrpura, un abrigo de pieles del mismo color y unas botas de ante que parecían letreros luminosos. Lucía un jersey con un escote casi hasta la cintura y llevaba el cabello suelto en una melena enmarañada. Vanessa miró a Jason, vestido en tonos verde musgo y gris marengo, y carraspeó, temiendo haber cometido una equivocación.

—¡Dios! ¿Eso es verdad? —exclamó Jason en voz baja.

Sin embargo, no podía negarse que Valerie era muy guapa, a pesar de su ridícula manera de vestir.

—Es una genuina muestra del país del plástico.

Valerie se arrojó en brazos de su hermana y besó a Jason con una efusión un tanto exagerada para ser la primera vez. Llevaba un perfume demasiado fuerte y, cuando la abrazó, Vanessa percibió el olor de la marihuana en su cabello. Por la noche, los tres se fueron al Greenwich Village para escuchar un poco de jazz y después estuvieron charlando en el apartamento de Jason hasta las cuatro de la madrugada. Se bebieron toda la tequila que había y, al final Valerie sacó su cajetilla de canutos.

–Servíos –dijo, encendiendo uno para sí misma mientras Jason la miraba e imitaba su ejemplo. Vanessa dudaba. Lo había probado una vez y no le había gustado–. Anda, hermanita, no seas tímida.

Vanessa acabó aceptando para no ser la tercera en discordia; al cabo de un rato dijo que no le había producido ningún efecto, aunque, al final, los tres empezaron a buscar en las páginas amarillas una pizzería que permaneciera abierta toda la noche. Tuvieron que conformarse con vaciar el frigorífico de Louise y Van. Jason no paraba de mirar a Val, le sorprendía que ésta fuera tan distinta de Vanessa. No dejó de mirarla en el transcurso del día siguiente cuando la acompañaron al aeropuerto. Esta vez, Valerie lucía un vestido verde limón que sus padres no le conocían. Muchos de los vestidos que llevaba para el viaje se los había pedido prestados a sus compañeras de apartamento, tal como tenía por costumbre hacerlo. En aquella casa, ya nadie sabía de quién era la ropa. Solamente estaría ausente durante unas semanas, a no ser que, una vez en Roma, le ofrecieran otro papel.

–Bueno, chicos, que os cuidéis mucho –les dijo. Después añadió en voz baja, guiñándole el ojo a su hermana–: Este chico está muy bien.

–Gracias.

Ambas jóvenes se besaron y Jason la saludó con una

mano. Era como si, durante dos días, un ciclón se hubiera abatido sobre ellos.

–¿Cómo es posible que haya acabado de esta manera siendo tú como eres? –preguntó Jason, extrañado.

–No lo sé –contestó Van, soltando una carcajada al ver la cara de asombro del joven–. Somos muy distintas aunque pertenezcamos a la misma familia.

–Eso parece.

–¿Quieres cambiarme por Val?

Era uno de sus constantes temores. Valerie resultaba mucho más espectacular que ella, con sus canutos de droga, su ligereza de cascos y su impresionante melena pelirroja. Tuvo la impresión de que con mucho gusto se hubiera acostado con Jason de no haber estado ella presente. Conociendo a su hermana, procuró evitar semejante posibilidad. Bastantes novios le había birlado a lo largo de los años como para que ella le tuviera la menor confianza; pero no le guardaba rencor. Val era así y a ella le daba igual.

–Todavía no –contestó Jason, alegrándose de haberse tropezado con la gemela más apacible de las dos.

Sin embargo, la sugerencia que le hizo Vanessa unos meses más tarde le llenó de pánico. Las relaciones entre ambos seguían siendo satisfactorias. Al final, ella se había ido a vivir con Jason al piso de abajo y Louise encontró enseguida a otra compañera. Hicieron un trato por el cual, en caso de que los padres de Vanessa llamaran, las muchachas les dirían que esperaran, bajarían al piso de Jason y llamarían a la puerta para que Vanessa subiera corriendo a hablar con ellos. Sin embargo, sus padres raras veces la telefoneaban y, en caso de que por algún motivo se hubieran trasladado a Nueva York, Vanessa se hubiera ido a vivir al piso de arriba por unos días. No obstante, nunca lo hicieron. Estaban demasiado ocupados con su última película. Lionel todavía se encontraba en Vietnam y, de momento, todo iba bien;

Valerie, por su parte, aún no había regresado de Roma; le habían dado otro papel, esta vez en una película de vaqueros, y posó unas cuantas veces como modelo en Milán, según le dijo a su madre por teléfono. No le especificó, sin embargo, que lo hizo desnuda.

La familia estaba esparcida por todos los rincones del mundo y en Los Ángeles sólo quedaba Anne. Ward deseaba alquilar una casa en la zona del lago Tahoe para dos semanas, pero primero quería saber si Van podría reunirse con ellos. Lionel estaría de permiso, Greg ya habría terminado su trabajo de verano, Val ya habría regresado de Roma y Anne dijo que iría siempre y cuando le permitieran llevar a Gail. Sin embargo, faltaba la confirmación de Vanessa, la cual quería llevar a Jason.

—¿Al país del plástico durante dos semanas? —le preguntó el joven, horrorizado.

—Pero, hombre, para entonces ya habrás terminado la tesis y el lago Tahoe es un sitio muy bonito. Además, quiero que conozcas a mi familia. —Eso era precisamente lo que Jason más temía. Se imaginaba que eran todos como Val y pensaba que el enemigo le iba a devorar. Era un muchacho de pueblo y no tenía defensas contra ellos—. Ya conoces a Val y, por consiguiente, no te serán totalmente extraños.

—Santo cielo —exclamó Jason.

Se pasó varias semanas tratando de disuadirla, pero fue inútil. Durante el verano, Van trabajaba en una librería del centro y, todos los días al regresar a casa, volvía a la carga.

—¿No podríamos hablar de alguna otra cosa? Han matado a Robert Kennedy, la política de este país es un asco, tu hermano está en Vietnam. ¿Hace falta que hablemos ahora de las vacaciones?

—Sí —contestó Vanessa. Sabía que Jason estaba asustado, pero no comprendía por qué motivo. Su familia era inofensiva, o eso por lo menos le parecía a ella—.

Hablaremos de eso hasta que te decidas a ir conmigo.

–¡Mierda! ¡Muy bien, pues iré! –le contestó Jason a gritos, cediendo al final porque la amaba.

–¡Vaya, menos mal! –dijo la joven.

Llevaban dos meses discutiendo. Cuando Vanessa llamó a sus padres, éstos quedaron asombrados. Aparte la amiguita que llevaría Anne, Vanessa era la primera que les pedía permiso para llevar a «alguien».

–¿Quién es, cariño? –preguntó Faye, procurando aparentar indiferencia mientras fruncía el entrecejo, sentada junto a su escritorio de la Metro. De súbito temió que no fuera una persona adecuada para Vanessa o que pudiera causarle algún daño. ¿Cómo podía saber ella si el chico era honrado o no? Su hija todavía era demasiado ingenua en muchas cosas. La semana anterior se había tropezado casualmente por la calle con Valerie; le acompañaba un tipo que parecía un peluquero y estaba tan borracho que Val prácticamente tenía que llevarle a rastras. Se veía obligada a hablar muy en serio con la chica. Desde su viaje a Roma, se había desmandado por completo y habían llegado hasta los oídos de Faye ciertos rumores relativos a la gente con quien se relacionaba Val. Sin embargo, sabía muy bien que sería imposible controlarla. Ahora se centró de nuevo en Vanessa y en aquel misterioso muchacho al que pretendía llevar a casa. Le constaba que sus gustos masculinos eran mucho más sosegados que los de Val. Pese a todo, no sabía lo que iba a decir Ward aunque la casa era muy grande. Había doce dormitorios y estaba en la orilla del lago. En realidad, la idea le parecía muy bien y, además, seria maravilloso estar todos juntos otra vez–. ¿Quién me has dicho que era este chico? ¿Estudia también en la Universidad de Columbia?

No quería ser pesada, pero sabía que a su hija se lo iba a parecer.

–Ya no. Está preparando el doctorado.

–¿Cuántos años tiene? –preguntó Faye, un poco inquieta.

–Sesenta y cinco –le contestó Vanessa sin poder resistir el impulso de tomarle el pelo, aunque su madre no estaba para bromas–. Vamos, mamá, tranquilízate. Sólo tiene veinticinco años. ¿Por qué me lo preguntas?

–¿No es un poco mayor para ti? –inquirió Faye, procurando sin éxito conservar la calma.

–Que yo sepa, no. Aún nada bastante bien, baila, monta en bicicleta…

–No te hagas la graciosa ¿Va en serio? ¿Por qué quieres traerle a casa? ¿Qué relaciones tienes con este hombre?

Las preguntas eran tan rápidas que Vanessa apenas podía contestarlas. Se alegró de que Jason no estuviera en casa en aquellos instantes.

–No, no va en serio. Sólo es un buen amigo… –«Vivo con él, mamá» hubiera querido decirle–. ¿Por qué no le haces esta clase de preguntas a Val y me dejas en paz?

Siempre se metían con ella. A sus hermanos les dejaban hacer lo que querían, a Val no la podían controlar, y Anne se negaba a dirigirles la palabra, aunque Vanessa sospechaba que todos sus hermanos ocultaban grandes secretos, Greg llevaba tres años acostándose con cualquier cosa que llevara faldas, nadie podría saber en qué lío andaría metida Val, Anne tenía una mirada muy enigmática y, sin embargo, sus padres no les decían nada; sólo se metían con ella porque era sincera. No resultaba justo. Aun así, se conmovió ante la dulzura con que su madre le formuló la siguiente pregunta.

–¿Estás enamorada de él, cariño?

–No lo sé –contestó Vanessa, tras dudar un poco–. Pero me gusta mucho y pensé que haría buenas migas con vosotros.

–¿Es algo así como tu novio?

–Más o menos, supongo –contestó Vanessa sonriendo.

–Bueno, pues ya hablaré con tu padre, a ver qué dice.

No obstante, tras hacer unas cuantas preguntas –muchas menos que Faye–, Ward dijo que sí y le aconsejó a su mujer que se tranquilizara, lo cual para él era muy fácil. Faye, en cambio, tenía cinco niños en quienes pensar, porque eso seguían siendo sus hijos para ella.

35

Todos llegaron al lago Tahoe por separado. Ward quería pasar unos días a solas con Faye. La casa todavía era mejor de lo que esperaban. Había un torreón en cada extremo, un salón muy espacioso en la planta baja, una mesa para dieciocho comensales y un comedor enorme, con paredes revestidas de madera, y una chimenea preciosa. Arriba había doce dormitorios, cantidad más que suficiente para ellos. La decoración era rústica y confortable; había edredones, astas de ciervo y platos de peltre por todas partes. Había cestos indios y pieles de oso por el suelo y la atmósfera era exactamente la que a Ward le gustaba. Él y Faye ocuparon la suite principal, con cuarto de baño y cuarto de vestir anejos. Al día siguiente, contemplaron el lago tomados de la mano y recordaron las vacaciones que habían pasado hacía un año, en Suiza.

–Algún día, me gustaría retirarme a un lugar como éste –dijo Faye con aire nostálgico.

–¿Tú? ¡Qué barbaridad! –No podía imaginarse a su bella, elegante y mundana esposa, ganadora de tres premios de la Academia, una de las más destacadas directoras cinematográficas del mundo y creadora de nuevos estilos, abandonándolo todo para irse a vivir a la orilla de un lago en el transcurso de los siguientes cuarenta años. Al fin y al cabo, Faye aún no había cumplido los cincuenta—. Te volverías loca de remate en tres días, por no decir dos.

—No es verdad, cariño. Uno de estos días te daré una sorpresa: lo dejaré todo.

Pocas cosas le quedaban ya por hacer y, a menudo, pensaba en esta posibilidad. Llevaba quince años dirigiendo películas y le parecía tiempo más que suficiente.

—Eres demasiado joven para dejarlo, cariño —le dijo Ward—. ¿A que te dedicarías?

—Quedarme en la cama contigo todo el día —contestó Faye, besándole en el cuello.

—En tal caso, me parece muy bien y te aconsejo que lo hagas. —Ward sonrió, pensando en las dos semanas que tenían por delante—. ¿Crees que podrás soportar dos semanas con nuestra prole?

Ardía en deseos de verles a todos y, sobre todo a Greg y a Lionel. Llevaba años sin salir al campo con sus hijos y se alegraba de que a Lionel no le hubiera ocurrido nada en Vietnam. Se le llenaron los ojos de lágrimas cuando, dos días más tarde, le vio descender del automóvil alquilado. Lionel fue el primero en llegar.

—Dios mío, qué alto y moreno estás, muchacho —le dijo, estrechándole entre sus brazos.

El joven tenía un aspecto estupendo y hasta parecía haber crecido de la noche a la mañana. Estaba a punto de cumplir veintidós años, pero aparentaba cinco o seis más. Por si fuera poco, apenas se notaba que era homosexual. Ward pensó que, a lo mejor, su hijo había cambiado de idea, aunque eso hubiera sido pedir demasiado. Cuando, por la noche, se lo insinuó, Lionel se echó a reír. Era la primera vez que hablaban como amigos desde hacía muchos años. Ward le respetaba mucho por sus filmaciones en Vietnam y los constantes peligros que había corrido.

—No, papá —contestó Lionel, mirándole con afecto—,

no he cambiado de idea. –Ward se turbó un poco–. Las cosas no funcionan de este modo. Pero no ha habido nadie desde John, si es a eso a lo que te refieres.

Al recordar a su amante, se puso muy serio. A pesar de año y medio transcurrido, le echaba extraordinariamente de menos. En cierto modo, el hecho de estar en Vietnam era un alivio porque le mantenía apartado de los lugares conocidos. Aquél era un mundo totalmente distinto.

Pasaron dos días muy agradables antes de la llegada de los demás. Primero, llegaron Jason y Vanessa, procedentes de Nueva York. Habían tomado un avión hasta Reno, al llegar allí alquilaron un automóvil y se presentaron en la casa a última hora de la tarde. Vanessa descendió del vehículo y se desperezó. Jason miró a su alrededor, asombrado ante la belleza del lugar. Cuando Lionel cruzó el césped para recibirlos, Jason comprendió inmediatamente lo que era y se preguntó por qué Van no le habría comunicado que tenía un hermano homosexual.

–Hola –dijo el muchacho en cuyo rostro se advertía un vago parecido con Vanessa–, soy Lionel Thayer.

–Y yo soy Jason Stuart –le contestó el joven.

Ambos se estrecharon la mano, mientras comentaban lo bonito que era aquel sitio, con su espectacular panorama del lago. Poco después aparecieron Ward y Faye en traje de baño. Venían de refrescarse en el lago y él llevaba una caña de pescar en la mano, pero no habían conseguido ningún resultado. Faye lucía un traje de baño negro que realzaba su hermosa figura. Jason vio en aquellos momentos dónde estaba el auténtico parecido. Lionel era el vivo retrato de Faye. Aunque nunca se lo hubiera confesado a Van, el hecho de conocer a su madre le causó una enorme impresión. Era una mujer bellísima e inteligente y en su cerebro bullían muchas ideas. Hacía reír a todo el mundo y tenía una voz extraordinariamente sugestiva. Jason pensó que era una de las mujeres más interesantes que jamás había conocido. Por la noche, ella le preguntó sobre su tesis, sus planes y sus ideas, y Jason comprendió cuán difícil habría resultado crecer a su lado. Era tan guapa e inteligente que hubiera sido imposible competir con ella. Era lógico que Vanessa fuera tan apocada y que su hermana gemela se hubiera desmandado por completo. La primera, no quería competir, sino llevar una existencia tranquila, mientras que la otra aún seguía empeñada en superar a su madre, pero utilizando unos métodos que la conducían al fracaso. Quería ser más guapa que su madre y espectacular y derrotarla en su propio terreno, lo que jamás conseguiría. Lionel también trabajaba en el cine, pero en una faceta completamente distinta. Jason sentía curiosidad por conocer a los hermanos que faltaban. Greg llegó al día siguiente y se pasó el rato hablando de fútbol, de cervezas y de chicas. Resultaba casi agotador estar a su lado; sin embargo, Jason observó que a Ward le brillaban los ojos cada vez que hablaba con él. Era su hijo adorado, su héroe. Se imaginó qué angustias de muerte le habría hecho pasar a Lionel. Jason trató de hablar un poco con Greg, pero éste tenía muy pocos temas de conversación y siempre estaba como distraído.

Al fin, llegó Valerie en compañía de Anne. Se había quedado en la ciudad todo el tiempo que pudo y accedió a llevar a su hermana consigo aunque no le apetecía marcharse en aquellos momentos. Estaban preparando el reparto de una nueva película de terror y no quería que la excluyeran de él. Sin embargo, no podía abarcarlo todo y sabía que, dos semanas más tarde, se disponían a preparar otra película del mismo género. Eran prácticamente su especialidad y no le importaba que los amigos se burlaran de ella. Trabajaba casi sin interrupción y ganaba dinero con regularidad.

–Vamos –le dijo alguien un día en que todos estaban

reunidos mientras Lionel apagaba las luces del salón–, oigamos el famoso grito de Valerie Thayer.

Lo había hecho docenas de veces y, ante la insistencia de todos, sonrió y, de pie en la oscuridad, junto a la chimenea encendida, Valerie se agarró la garganta, hizo una mueca espantosa y emitió un largo y penetrante grito. Fue tan convincente que todos la miraron horrorizados, temiendo que le hubiera ocurrido algo de verdad. El grito pareció interminable y, al finalizar su actuación, Valerie se desplomó de repente al suelo como una muñeca de trapo. El público la aplaudió y vitoreó con entusiasmo, Jason más que nadie. Aquella tarde fue a dar un paseo en barca por el lago con ella y con Van, y le pareció una chica simpatiquísima. Se estaba convirtiendo rápidamente en uno de sus más rendidos admiradores. Para demostrarle que la simpatía era mutua, Valerie le dio una rana mientras regresaban a casa. Jason pegó un brinco, Van se puso a gritar y ella les acusó de ser unos estúpidos.

–En la película que hice en Roma trabajé con doscientas ranas a la vez –les explicó.

Los tres se echaron a reír y empezaron a perseguirse como chiquillos. Aquel día, Lionel, Ward y Greg se fueron a pescar y regresaron llevando varias truchas, y tratando de convencer a Faye de que las guisara; pero ella les dijo que eso no era de su incumbencia. Faye, por su parte, se pasó la tarde tendida a la orilla del lago en compañía de Anne que no había querido ir a pasear en barca con Jason y las gemelas, ni ir a pescar con sus hermanos. Faye no estaba muy segura de que le apeteciera demasiado, pero, puesto que no tenía nada mejor que hacer, decidió quedarse allí, leyendo un libro. Al final, su amiga Gail prefirió regresar a San Francisco con su padre y la dejó sola. Anne escribió una carta y, al cabo de un rato, entró en la casa. Faye la había sorprendido una vez hablando por teléfono. Aquel viaje no era muy de su gusto porque se encontraba en esa edad en la que a uno no le apetece separarse de sus amigos. Sin embargo, aquellas vacaciones les iban a sentar a todos de maravilla. A comienzos de la segunda semana, todo el mundo estaba moreno y relajado. Ward y Jason se hicieron muy amigos, las gemelas llevaban muchos años sin divertirse tanto y Greg consiguió serenarse un poco. Hasta Anne se divertía; una mañana salió a dar un largo paseo con Vanessa mientras Jason acompañaba a Faye en su automóvil a la ciudad. Vanessa la miró, asombrándose de lo crecida que estaba Anne. Acababa de cumplir dieciséis años, pero las experiencias vividas le habían conferido una madurez impropia de su edad.

–Me gusta tu amigo –dijo Anne en voz baja.

A Van le sorprendió aquel comentario en boca de una muchacha tan retraída como su hermana.

–¿Jason? A mí también. Es muy buen chico.

–Creo que le gustas mucho. –La cosa resultaba evidente. Por si fuera poco, la familia también le gustaba. Al principio, Jason tenía muchos recelos e incluso llegó a decir que sería algo así como estar en una rueda de presos o sufrir un interrogatorio policial. En su lugar, descubrió que todos tenían sus puntos débiles y sus rarezas y les cobró simpatía, incluso a la pequeña y tímida Anne que ahora miró a su hermana mayor con curiosidad–. ¿Piensas casarte con él?

Vanessa sabía que todos se preguntaban lo mismo, pero ella tenía tan sólo diecinueve años y no quería pensar en ello hasta que transcurrieran varios más.

–Nunca hablamos de eso.

–¿Y por qué no? –preguntó Anne, sorprendida.

–Todavía tengo muchas cosas por hacer. Quiero terminar los estudios, hacer lo que me interese, intentar escribir…

–Eso puede llevarte muchos años.

–No tengo prisa.

–Pues apuesto a que Jason sí la tiene. Es mucho mayor que tú. ¿No te preocupa eso, Van?

Y se preguntó qué pensaría su hermana de los treinta y tres años que la separaban de Bill. En comparación, aquello no era nada.

–A veces. ¿Por qué me lo preguntas?

–Por simple curiosidad. –Se sentaron en una roca, con los pies colgando sobre las aguas de un torrente. Anne contemplaba el agua con expresión soñadora y Vanessa se preguntó qué pensamientos albergaría su cabeza. Sólo se llevaban tres años, pero a veces parecía que fueran diez y que la mayor fuera Anne; era casi como si hubiera vivido y sufrido demasiado. Anne miró a su hermana como si le leyera los pensamientos–. Yo que tú me casaría con él, Van.

–¿Por qué? –preguntó ésta, sonriendo.

–Porque puede que no vuelvas a encontrar otro igual. Un hombre bueno no tiene precio.

–¿Lo crees de veras? –preguntó Vanessa, contemplando la enigmática expresión de los ojos de Anne. De repente, intuyó que había un hombre en la vida de su hermana, probablemente muy importante. Era difícil saberlo porque Anne no hablaba casi nunca de sí misma... La muchacha apartó el rostro como para evitar que su hermana adivinara la verdad–. Y tú, ¿qué me dices? ¿Hay alguien en tu vida? –preguntó Van.

–No, nadie en particular –contestó Anne, encogiéndose de hombros con excesiva rapidez.

–¿Nadie? ¿Absolutamente nadie?

–No.

Van comprendió que su hermana mentía, pero no le dijo nada. Por fin, volvieron a calzarse las zapatillas y reanudaron el paseo.

Una noche, Van decidió comentárselo a Li, que era quien mejor conocía a Anne.

–Creo que nuestra hermanita sale con alguien.

–¿Por qué lo dices? –preguntó Lionel.

Había perdido un poco el contacto con ella tras pasarse seis meses en Vietnam. La chica ya no confiaba en él tanto como antes.

–Simple intuición, no sabría decirte por qué, pero la veo distinta.

Lionel se echó a reír y la miró a los ojos.

–¿Y tú qué, hermanita? ¿Son muy serias tus relaciones con este tipo?

Todos le preguntaban lo mismo, pensó Van, sonriendo para sus adentros.

–Tranquilízate. Anne me ha hecho la misma pregunta esta mañana. Y le he respondido que se trata de una unión provisional.

Quería ser sincera con Lionel. ¿Cómo podía saber ella lo que le depararía el futuro?

–Lástima. Me parece muy simpático.

Van miró a su hermano y se permitió tomarle el pelo por primera vez en muchos años.

–Pues no lo podrás tener porque es mío.

–Maldición –exclamó Lionel con fingido enojo.

En aquel momento, entró Greg y les preguntó:

–¿De qué estáis hablando?

Vanessa escurrió el bulto con disimulo y fue en busca de su admirado y simpático amigo. Lo encontró en compañía de Valerie que se burlaba implacablemente de él por lo serio que era. Ward y Faye descansaban en el porche con una copa de vino en la mano y Anne estaba hablando por teléfono con alguna amiga.

–Será Gail –le dijo Faye a su marido.

Ward se encogió de hombros. Todo iba bien. No había razón para vigilarla. Les tenían a todos constantemente controlados y se sentía muy satisfecho de ellos. Algunos seguían unos caminos que a él no le gustaban demasiado. Hubiera preferido que Lionel hiciera otra cosa y que Val siguiera estudiando en lugar de aprender a lanzar gritos, pero Anne estaba muy calmada, no tenía la menor queja de Vanessa y Greg era el astro de la clase. Sin embargo, mucho menos de lo que él imaginaba.

Sentado a la orilla del lago en compañía de su hermano, Greg contempló la puesta del sol y confesó finalmente toda la verdad.

—No sé qué decirle a papá, Li. Como me expulsen del equipo...

Cerró los ojos sin terminar la frase y Lionel le miró, preocupado. Sería una decepción terrible para Ward, pero es que, además, había algo mucho peor, tal como él sabía muy bien. Veía diariamente a cientos de chicos como Greg, destripados por las balas mientras su cámara captaba las escenas.

—¿Por qué cometiste semejante estupidez?

Aquella primavera le sorprendieron fumando droga y le mandaron al banquillo. Ward creyó que Greg se había lesionado el pie. Sin embargo, sus calificaciones eran tan malas que incluso podían impedirle el regreso al equipo.

—Hasta me podrían expulsar de la universidad, si quisieran —le confesó Greg con lágrimas en los ojos.

Llevaba muchas semanas angustiado y el hecho de poder desahogarse con su hermano fue un alivio para él.

—No puedes permitir que eso ocurra —dijo Lionel, agarrándole por un brazo y mirándole a los ojos—. Tienes que volver y ponerte a trabajar como un negro para mejorar las calificaciones. Búscate un profesor particular si hace falta, pásate las noches estudiando, haz lo que sea...

Lionel sabía muy bien lo que podía suceder. Greg no tenía ni idea, pero, a pesar de todo, estaba muy asustado.

—Quizá tenga que hacer alguna triquiñuela —dijo Greg, desesperado.

–No, ni se te ocurra –contestó Lionel. Parecían otra vez unos chiquillos y resultaba agradable volver a confiar el uno en el otro. Jamás estuvieron muy unidos, porque Lionel había empezado a sentir muy pronto que era distinto de los demás chicos. Cuando Greg se enteró de que su hermano era homosexual, se apartó todavía más de él, y sin embargo, en aquellos momentos de angustia, acudió a él. Desde hacía unos días, deseaba hablar con Lionel. No conocía lo bastante a Jason, a su padre no podía decirle nada y necesitaba desahogarse con alguien. Lionel le miró enfurecido–. Si haces alguna triquiñuela, te expulsarán de verdad. Tienes que hacerlo todo sin trampas, porque, como no lo hagas y te pesquen, te echarán y te mandarán a Vietnam con tanta rapidez que ni tendrás tiempo de enterarte. Eres exactamente lo que les hace falta: joven, sano, fuerte y tonto.

–Muchas gracias hombre.

–Lo digo en serio. Al decir tonto, me refiero a muchas cosas. Quiero decir que no eres lo suficientemente mayor como para andar por la selva preocupándote por tu mujer y tus hijos. Verás morir a tus compañeros y te entrarán unas ganas locas de ir a matar guerrilleros del Vietcong. Estás sano y eres fuerte –dio Lionel con los ojos llenos de lágrimas–. Yo veo morir allí a chicos como tú todos los días.

No le apetecía regresar, pero tendría que hacerlo al cabo de unas semanas. Greg le miró con renovado respeto: Lionel había conseguido sobrevivir al horror de la guerra, convirtiéndose, por así decirlo, en un hombre.

No sabía por qué motivo Lionel era homosexual, pero le hizo caso porque sabía que tenía razón y porque se moría de miedo.

–Tengo que volver al equipo.

–Procura conseguir buenas notas para que no te expulsen de la universidad.

–Lo intentaré, Li. Te lo juro.

—Muy bien —dijo Lionel, alborotándole el pelo como cuando eran pequeños.

Se miraron sonriendo bajo la luz del ocaso. Después Greg rodeó con su brazo los hombros de Lionel y ambos recordaron los tiempos del campamento.

—Yo entonces te odiaba —dijo Greg, echándose a reír—. Y odiaba con toda mi alma a Val y Van. Creo que odiaba a todo el mundo porque tenía celos de vosotros. Hubiera querido ser hijo único.

—En cierto modo, lo eras. Siempre estuviste muy unido a papá.

—Es cierto —dijo Greg, asintiendo con la cabeza—. Pero yo entonces no me daba cuenta —se asombraba de que Lionel se tomara las cosas con tanta filosofía. En los últimos tiempos, aquella intimidad con Ward le causaba cierto rubor. Decidió cambiar rápidamente de tema—. A Anne, por lo menos, nunca la odié.

—Nadie la odiaba —contestó Lionel sonriendo—. Era demasiado pequeña para eso.

Sin embargo, sin casi darse cuenta ya se había hecho mayor.

Anne acababa de hablar por teléfono con Bill. No podía soportar la separación y le llamaba tres o cuatro veces al día con cobro revertido. Todos se dieron cuenta, pero suponían que hablaba con Gail. Sólo Vanessa pensaba que había un hombre de por medio, pero no había forma de averiguarlo ni se lo podía decir a nadie.

En conjunto, todos se lo pasaron muy bien y, al llegar la última noche, Valerie se sentó en el suelo junto a la puerta de su dormitorio, acechando a Jason y a Van. Todas las noches oía a Vanessa recorriendo de puntillas el pasillo para dirigirse a la habitación de Jason. Aquella noche, cuando oyó las pisadas, esperó dos minutos y después llamó con los nudillos a la puerta de Jason. Oyó unas risitas apagadas y un jadeo y, a continuación, la voz de barítono de Jason:

—Adelante.

Valerie entró, se acercó amorosamente y, mientras el joven la miraba sorprendido, empezó a aporrear la cama; asustó tanto a su hermana que se puso a gritar como una loca. Al final, se dieron cuenta de que era una broma y se echaron a reír los tres. Tras pasarse un buen rato charlando, fueron en busca de Lionel y Greg y bajaron todos juntos a saquear la nevera y tomarse unas cervezas. Fue el perfecto final de unas vacaciones perfectas. A la mañana siguiente, cada cual se fue por su camino, llevándose consigo el recuerdo de aquellos días felices.

36

Para su gran asombro, Vanessa consiguió convencer a Jason de que pasara unos días en Los Ángeles. Éste, que ya conocía a la familia de su amiga y que no tenía nada que temer de ella, sentía curiosidad por conocer un poco el lugar del que tanto solía burlarse. Accedió a quedarse tan sólo dos días y Valerie se encargó de que lo pasara bien; lo llevó a todos los estudios, fiestas, restaurantes elegantes y platós. Vanessa jamás había visto tantas cosas de Hollywood como durante aquellos dos días.

Faye y Ward se incorporaron al trabajo y Anne volvió a encerrarse en sí misma. Lionel regresó al Vietnam vía Hawai y Guam y, al cabo de dos días, Jason y Vanessa volvieron a Nueva York. Todos reanudaron, pues, su existencia de cada día.

Vanessa empezó segundo curso en el Barnard y Greg hubiera tenido que empezar penúltimo en Alabama, pero no pudo ser. Al regresar, se enteró de que le habían expulsado del equipo y, para recuperarse del golpe, se pasó una semana borracho, saltándose dos importantes exámenes que le quedaban del semestre anterior. El 15 de octubre, el decano le llamó a su despacho y le «invitó a marcharse». Le dijo que lamentaban mucho que semejante cosa le hubiera ocurrido a un muchacho como él.

Le aconsejaban que regresara a casa y meditara un poco. Más adelante, si decidía sentar la cabeza, tendría mucho gusto en volverle a aceptar. Sin embargo, al cabo de seis semanas, y tras haber regresado a casa con el rabo entre las piernas, causándole a su padre un disgusto de muerte, el ejército le envió otra clase de invitación. Le llamaban a filas, lo cual constituía un pasaporte seguro para ir a Vietnam.

Se pasó toda una tarde sentado solo, en casa; y aún permanecía en el mismo sitio cuando Anne volvió de la escuela. La muchacha regresaba cada vez más tarde porque siempre se iba primero a hacer los deberes a casa de Gail y, después, Bill la acompañaba en su automóvil cuando volvía del trabajo. Era un pretexto para poder disfrutar de unos minutos a solas y Anne le esperaba cada día con ansia. De todos modos, cuando regresaba, casi sólo había la criada. Desde el regreso de Greg, las cosas habían cambiado un poco.

Anne entró utilizando su llave y vio a su hermano sentado allí con cara de funeral. Se detuvo en seco y se lo quedó mirando. Estaba muy guapa y crecida, pero él ni siquiera se dio cuenta de ello. La miró como si no la viera.

—¿Qué te ha pasado? —le preguntó Anne.

Nunca había estado muy unida a él, pero lamentaba que le hubieran echado de la universidad. Sabía cuánto significaba el equipo de fútbol para él y le veía muy deprimido desde su regreso; sin embargo, aquella tarde debía de haber ocurrido algo todavía peor.

—Acabo de recibir la orden de reclutamiento —contestó Greg, mirándola asustado.

—Oh, no…

Anne se sentó en el otro sillón y comprendió de inmediato lo que esto significaba; recordaba las angustias que ya sufrían por Li. Mientras conversaba con Greg, llegaron Ward y Faye. Era temprano y parecían estar de muy buen humor. Las cosas iban bien y el reparto del filme sería estupendo. Sin embargo, en cuanto entró en la estancia, Ward notó la tensión y temió que le hubiera ocurrido algo a Lionel.

–¿Alguna mala noticia? –preguntó rápidamente para que ellos pudieran contestarle con la misma rapidez.

–Sí –contestó Greg asintiendo mientras le entregaba en silencio la orden de reclutamiento.

Ward la leyó, se dejó caer en un sillón y se la pasó a Faye. Todos deseaban que Lionel regresara cuanto antes a casa y ahora tendrían que sufrir también por Greg. No era justo tener a dos hijos en la guerra.

–¿No existe ninguna ley que lo prohíba? –preguntó Faye.

Su marido sacudió la cabeza y miró a Greg. La orden decía que se tenía que presentar en el plazo de tres días. Desde luego, no perdían el tiempo, y eso que ya estaban a uno de diciembre. Ward volvió a pensar en la solución de enviar a su hijo al Canadá, pero no le pareció muy ético, teniendo al otro allí abajo. Era como si lo que estaba bien para el uno no lo estuviera para el otro. Era evidente que tenía que ir.

Greg se presentó en Fort Ord el 4 de diciembre tal como ordenaba la orden de reclutamiento y desde allí le mandaron a Fort Benning, Georgia, para someterle a adiestramiento básico durante seis semanas. Ni siquiera le concedieron permiso para pasar la Nochebuena en casa; aquel año las fiestas fueron muy tristes. Val se fue a México con unos amigos, Van acompañó finalmente a Jason a New Hampshire, Greg estaba en el campamento de adiestramiento, Lionel, en Vietnam, y Anne se pasaba el día fuera de casa. Había organizado con Bill el mismo arreglo que el año anterior y le faltaban pocas semanas para cumplir diecisiete años. Ya quedaba menos, se decían constantemente.

El 28 de enero, Greg fue enviado directamente a

Saigón y desde allí le trasladaron a la base aérea de Bien Hoa, situada al norte de la ciudad. Ni siquiera tuvo ocasión de ver a Lionel, al cual aún le faltaban cumplir tres semanas de servicio. Luego le enviarían a Alemania y ya estaba esperando con ansia el momento de la partida. Jamás olvidaría aquella asquerosa guerra… en caso de que sobreviviera. Sabía de muchos hombres que habían muerto, precisamente la víspera de su regreso a casa. No quería cantar victoria hasta que el avión aterrizara en Los Ángeles. Lionel sabía, no obstante, que Greg se encontraba asimismo en Vietnam y trató infructuosamente de ponerse en contacto con él varias veces. El comandante no perdió ni un minuto de tiempo y envió a los nuevos reclutas a las zonas de combate el mismo día de su llegada a Bien Hoa. Fue una bienvenida espantosa.

Greg estuvo allí dos semanas. El 13 de febrero, la primera unidad del ejército desarrolló diversas acciones y ataques de cohetes contra el vietcong, destruyó dos aldeas y tomó prisioneros durante varias noches seguidas, y Greg tuvo su primer bautizo de sangre, de muerte y de victoria. A su mejor amigo del campamento de adiestramiento le alcanzaron en el vientre, pero los médicos decían que se recuperaría. La única ventaja que tenía el muchacho era que le mandarían a casa. Docenas de jóvenes murieron, siete desaparecieron, circunstancia temida por todos, y el propio Greg tuvo ocasión de disparar contra dos ancianas y un perro, lo cual le pareció tan emocionante como cruzar la línea de meta con el balón en las manos. A las cinco de la tarde, cuando la selva estallaba de vida y los pájaros clamoreaban con sus estridentes chillidos, Greg fue enviado por delante con un grupo de hombres y pisó una mina. Ni siquiera quedó un cadáver que reclamar. Desapareció en medio de una nube de sangre ante los atónitos ojos de sus compañeros muchos de los cuales regresaron al campamento con restos de su cuerpo adheridos al uniforme. Llegaron tambaleándose, dos de ellos gravemente mutilados, y todos sometidos a una fuerte conmoción.

Lionel recibió la noticia aquel mismo día. Se quedó sentado, contemplando inexpresivamente las palabras del papel que alguien le había entregado. «Sentimos comunicar que Gregory Ward Thayer ha muerto en acción de guerra.» Y después, tan sólo el nombre del comandante. Lionel se estremeció de pies a cabeza como cuando contempló el rostro de John fuera de su apartamento incendiado mientras llegaban los vehículos de los bomberos. Nunca quiso a Greg tanto como a John. Jamás volvería a amar a nadie de aquella manera. Sin embargo, Greg era su hermano y acababa de perderle. Pensó en el dolor que experimentaría su padre cuando recibiera la noticia y una aguda punzada de angustia le atravesó el corazón.

—¡Hijo de perra! —gritó con todas sus fuerzas frente al hotel.

Después se apoyó contra la pared y lloró hasta que alguien se acercó y se lo llevó.

Todos comprendían lo que era, pero le tenían por buen chico. Sabían que su hermano había muerto aquel día. Alguien vio el telegrama enviado desde el frente. En Saigón, las noticias se difundían con gran rapidez. Todo el mundo lo sabía todo. Dos muchachos permanecieron sentados con él toda la noche, viéndole llorar y emborracharse. A la mañana siguiente, le acompañaron al avión. Sobrevivió a un año de horror en Vietnam y rodó más de cuatrocientos cortometrajes para que fueran exhibidos en Estados Unidos y en muchos noticiarios de todo el mundo, pero su hermano sólo vivió diecinueve días en aquel infierno. No era justo, como no lo era nada de lo que allí ocurría: las enfermedades, los niños heridos llorando por doquier. Y había ratas. Al llegar a Los Ángeles, Lionel descendió por la escalerilla del avión con expresión aturdida. Jamás volvería a ver a su hermano. Disponía de tres semanas de permiso antes de trasladarse a Alemania. Más tarde recordaría que alguien le acompañó a casa. Experimentaba los mismos sentimientos que cuando había fallecido John, de lo que apenas habían transcurrido unos dos años. Estaba tan anonadado como entonces.

Llamó al timbre porque ya no disponía de llave y, cuando le abrió la puerta su padre, ambos permanecieron inmóviles, mirándose fijamente el uno al otro. Habían recibido la noticia la víspera y estaban todos en casa, excepto Vanessa que regresaría por la tarde.

No habría entierro porque no iban a enviar el cadáver a casa. No había nada que enviar como no fueran los malditos telegramas. Ward emitió un gemido gutural y entrecortado y se fundió con su hijo en un abrazo, en parte de alivio, porque no había muerto, y en parte de dolor por la desaparición de Greg. Después, entraron en la casa y se pasaron largo rato llorando juntos. Lionel estrechaba a su padre en sus brazos como si fuera un chiquillo. Ward acababa de perder al hijo al que tanto amaba, a su astro del fútbol en el que tantas esperanzas había depositado. No les podían enviar nada a casa. Nada en absoluto. Sólo les quedaban los recuerdos. Durante unos días se movieron como autómatas. Lionel fue vagamente consciente de la presencia de Val, Van y Anne, pero no de la de Greg. Él ya nunca volvería a estar con ellos. Sólo quedaban cuatro hermanos.

En la iglesia presbiteriana de Hollywood se ofició un funeral por Greg, al que asistieron sus profesores de la escuela superior. Ward pensó con amargura que, si aquellos bastardos de Alabama no hubieran expulsado del equipo a su hijo o, por lo menos, le hubieran permitido seguir en la universidad, Greg aún estaría vivo. Pero odiarles no servía de nada. La culpa era de Greg por haber fallado. Pero ¿quién tenía la culpa de que le hubieran matado? Alguien debía ser el culpable, ¿no? La voz del oficiante tronó al pronunciar el nombre de Greg como en un sueño irreal. Al terminar, los familiares se situaron de pie a la entrada del templo para estrechar las manos de los asistentes. Les parecía increíble que Greg hubiera muerto. Ward miró muchísimas veces a Lionel como para cerciorarse de que estaba allí. Las chicas también estaban con él, pero la vida ya nunca volvería a ser como antes. Uno de ellos había desaparecido para siempre.

37

Pocos días después del entierro, Vanessa regresó a Nueva York y Val se fue a su apartamento. Lionel permanecía casi todo el rato solo en casa. Sus padres y Anne se pasaban el día fuera; los padres trabajando y la chica en la escuela. La habitación de Greg ejercía sobre él una atracción magnética. Recordaba los días en que él y John eran amigos. Ahora ambos se habían ido y debían de estar juntos en alguna parte. La muerte de ambos le parecía una injusticia tan grande que experimentaba deseos de ponerse a gritar.

Un par de veces salió a dar un paseo en automóvil para que le diera un poco el aire. Su viejo Mustang aún estaba en la casa. Lo dejó allí cuando se fue a Vietnam. En el garaje se encontraba asimismo el automóvil de Greg, pero no quiso utilizarlo. Era sagrado y el simple hecho de contemplarlo le destrozaba el corazón.

Una tarde cuando faltaba una semana para que se fuera a Alemania, salió con su Mustang rojo y decidió detenerse a comer una hamburguesa en algún sitio antes de regresar a casa. Era la primera vez que sentía apetito desde hacía varias semanas. Estacionó el automóvil y, en el momento de entrar, vio un Rolls-Royce en dos tonos de gris que le pareció haber visto ya en otra parte, aunque no podía precisar dónde, lo que, además, no le importaba en absoluto. Se sentó a la barra y pidió una hamburguesa y una coca-cola. Al mirar al espejo que tenía delante, se quedó boquiabierto de asombro. A sus espaldas, reflejada en el espejo, vio a su hermana menor en compañía de un hombre maduro. Mantenían las manos entrelazadas y acababan de darse un beso. Anne tenía sobre la mesa un batido de leche y el hombre le debió de decir algo muy divertido, porque, de repente, ambos se echaron a reír y volvieron a besarse. Lionel se quedó estupefacto. El hombre tendría la edad de Ward. Hubiera tenido que mirarle con más detenimiento para estar seguro, pero no quería volverse. De golpe recordó que era el padre de la amiga de Anne. ¿Cómo se llamaba? ¿Sally...? ¿Jane? ¡Gail, eso era!

Al cabo de un rato se marcharon y, una vez fuera, volvieron a besarse sin percatarse de la presencia de Lionel; después permanecieron largo rato sentados en el interior del automóvil donde volvieron a besarse varias veces antes de alejarse definitivamente.

Lionel se olvidó de la hamburguesa y perdió el apetito. Dejó el dinero sobre el mostrador y se fue corriendo a casa. Al llegar, Anne ya estaba arriba, encerrada como siempre en su habitación, y Faye y Ward acababan de regresar en aquel momento. Lionel tenía la cara desencajada, lo cual no era de extrañar porque todos ofrecían muy mal aspecto últimamente. Ward parecía y se sentía anciano. A sus cincuenta y dos años, había perdido su más esplendorosa esperanza. Faye, por su parte, estaba muy pálida y fatigada. Sin embargo, el que peor cara tenía era Lionel, y Faye se percató de ello nada más verle entrar. El chico no sabía si decírselo o no a sus padres. Aunque el dolor de éstos era muy hondo, no quería que su hermana volviera a meterse en algún lío.

–¿Ocurre algo, cariño? –le preguntó Faye cuando Lionel se sentó en uno de los sillones del estudio. Todo andaba trastornado aquellos días. Al ver la mirada de angustia de Ward, Lionel prefirió no decir nada. Primero hablaría con su madre. Pero, ¿y si Anne volvía a escaparse de casa? Esta vez no podría quedarse para ayudar a sus padres. No podría pasarse cinco meses buscándola en compañía de John. No había tiempo que perder.

Lanzó un profundo suspiro, se repantingó en el sillón, sin dejar de mirar a sus padres y luego se levantó y cerró la puerta. Cuando volvió a mirarles, ambos comprendieron que había sucedido algo.

–¿Qué pasa, Li? –preguntó Faye, aterrada.

¿Habría sufrido alguno de ellos algún daño? ¿Vanessa en Nueva York, Val en el plató, Anne?

–Se trata de Anne –contestó Lionel, decidiendo ir directamente al grano–. La he visto esta tarde con cierta compañía…

Se le revolvió el estómago al pensar en ello. Aquel hombre tenía más años que Ward y ya se imaginaba lo que habría estado haciendo con su hermana.

–¿Gail? –preguntó Faye, que se iba poniendo nerviosa por momentos.

No se habían inmiscuido en aquella amistad porque les parecía muy bien. Las dos chicas estudiaban en la misma escuela y el padre parecía una persona muy responsable. La respuesta de Lionel la dejó asombrada.

–No es Gail, mamá, sino su padre. Les vi besándose y haciendo manitas en la hamburguesería donde entré.

Ward le miró como si le hubieran pegado un puñetazo en el rostro. Su capacidad de resistencia se estaba agotando.

–Pero eso no puede ser. ¿Estás seguro de que era Anne? –preguntó Faye, incrédula. Lionel asintió con la cabeza–. Pero, ¿cómo es posible?

–Sería mejor que se lo preguntaras a ella.

Faye se asustó, pensando en las veces en que su hija

había estado en casa de su amiga sin que nadie le hiciera ninguna pregunta al respecto. ¿Y si Gail no estaba allí, o, peor todavía, si estaba y aquel hombre era un monstruo de depravación? Faye se echó a llorar. Ya no podía soportar más disgustos. Cualquiera sabía qué tipo de relaciones tenía Anne con aquel hombre.

–Voy a decirle ahora mismo que baje –dijo Faye levantándose con rapidez.

Ward extendió una mano y le rozó un brazo.

–Primero será mejor que nos calmemos un poco. Podría tratarse de un error. A lo mejor, Lionel lo ha interpretado mal.

Miró a su hijo como si le pidiera disculpas porque no deseaba que lo que había dicho fuera cierto. No hubiera podido soportar otra tragedia y no había manera de saber qué hacía su hija. Apenas tenía diecisiete años. Ahora sería mucho más difícil de controlar que cuando tenía catorce, y eso que entonces les había causado unos quebraderos de cabeza tremendos.

–Creo que tenemos que hablar con Anne –dijo Faye, mirando a su marido con firmeza.

–Muy bien. Habla con ella, pero no la acuses.

Faye no tenía otra intención cuando llamó a la puerta de la habitación de su hija. Sin embargo, en cuanto ésta le vio la cara, comprendió que había ocurrido algo. Al bajar al estudio, se sorprendió de ver allí a su hermano.

–Hola, Li.

Estaban todos muy serios, incluso Lionel. Ward tomó la palabra sin pérdida de tiempo.

–Anne, vamos a ir al grano y quede claro que nadie te acusa sino que deseamos saber qué ocurre. Por tu bien, naturalmente –Anne veía avecinarse una catástrofe, pero se mantuvo firme, escudriñando los rostros de sus familiares. No podía creer que, aunque la hubiera sorprendido en compañía de Bill, Lionel la hubiera traicionado; pero, por lo visto, se equivocaba. Jamás se lo perdonaría, se dijo más tarde–. Tu hermano cree haberte visto en un sitio esta tarde. Puede que no fueras tú, cariño. –Ward deseaba con toda su alma que no lo fuera. No quería tener que afrontar aquella situación y enfrentarse con un hombre de su edad para acusarle de violación, ya que se trataba de una chica de diecisiete años–. En una hamburguesería –añadió, dirigiéndose a Lionel–: ¿Dónde era, hijo? –Lionel facilitó la dirección y Anne se sintió morir–. Pero lo más grave es que cree haberte visto en compañía de un hombre.

–¿Y qué? El padre de Gail me invitó a tomar un batido de leche antes de acompañarme a casa. –Anne miró enfurecida a Lionel y éste se fijó en lo guapa que estaba su hermana. Ya no era una niña, sino todo lo contrario. Lo comprendió al verla aquella tarde. Eso explicaba por qué se había adaptado tan bien a la nueva escuela y sus ausencias de casa–. Tienes una mente sucia –dijo como si escupiera las palabras.

–Te vi besarle.

–Eso quiere decir que, por lo menos, no soy homosexual –replicó Anne mirando con rabia al muchacho que le había salvado la vida.

Fue una crueldad inaudita, pero al muchacho no le importó. Sin pronunciar ni una palabra, Lionel la agarró de un brazo mientras sus padres contemplaban la escena horrorizados.

–Te lleva treinta años, Anne.

–Treinta y tres para ser más exactos –puntualizó la chica. Que se fueran todos al infierno. Ya no podía hacer nada. Era demasiado tarde. Pertenecía a Bill y siempre le pertenecería–. Me importa un bledo lo que penséis –añadió, mirándoles a todos–. Ninguno de vosotros ha sido nunca amable conmigo –vaciló un instante, mirando a su hermano–. Excepto tú, pero de eso hace ya mucho tiempo. Vosotros, en cambio –dijo, mirando con odio a sus padres–, nunca me habéis tenido la menor consideración. Me ha tenido él más consideraciones en dos años que vosotros en toda vuestra vida, siempre enfrascados en vuestras películas, vuestros negocios, vuestro idilio y vuestros amigos. Nunca habéis sabido quién era yo... Ni yo misma lo supe. Desde que conocí a Bill y Gail, ya lo sé.

–¿Es acaso un *ménage a trois*? –preguntó Lionel, dispuesto a pagarle con la misma moneda.

–La verdad es que no. Gail ni siquiera lo sabe.

–Menos mal. Eres una insensata. Eres la pelandusca de un viejo. Es exactamente lo mismo que hiciste en el Haight, si exceptuamos los alucinógenos. Eres la fulana de un viejo.

Allí también había hombres mayores; Luna, por ejemplo. Aún se acordaba de él. Pero la situación no era la misma. Anne hizo ademán de pegar a su hermano. Se libró de su presa y levantó el brazo, pero Lionel paró el golpe antes de que le alcanzara el rostro. Ward y Faye se levantaron rápidamente para separarles.

–¡Basta! Eso es repugnante. ¡Basta de una vez, por el amor de Dios! –gritó Faye.

–¿Qué vas a hacer con ella, mamá?

Lionel estaba furioso. Su hermana había vuelto a las andadas.

–Os podéis ir todos a la mierda –dijo Anne sin inmutarse–. Dentro de diez meses cumpliré dieciocho años y entonces ya no podréis hacerme nada. Ahora podéis torturarme si queréis; podéis incluso impedir que vea a Bill. Pero, dentro de diez meses, me casaré con él.

–Estás loca si crees que él va a casarse contigo. Para él, no eres más que un juguete.

A Lionel le sentó bien desahogarse. Era como si con ello gritara contra el destino que había matado a Greg y a John. Por otra parte, su enojo con Anne estaba plenamente justificado.

–No conoces a Bill Stein –dijo Anne en tono pausado.

Faye la miró asustada y no pudo evitar preguntarle:

–¿No estarás otra vez embarazada, ¿verdad?

–No, no lo estoy –contestó Anne, mirándola con odio–. Ya aprendí la lección. Y fue muy dura, por cierto.

En eso estaban todos de acuerdo. Ward se acercó a su hija con el ceño fruncido.

–Sólo quiero anunciarte que no te vas a casar con este hombre ni dentro de diez meses ni dentro de diez años. Llamaré a mi abogado y a la policía esta misma noche y presentaré una denuncia.

–¿Por qué? ¿Por amarme? –replicó Anne, mirando a su padre con burlona expresión despectiva.

No les tenía el menor respeto porque jamás habían hecho nada por ella. Puede que estuvieran furiosos porque alguien la amaba, se dijo.

–Mantener relaciones sexuales con una chica de tu edad es violación de menor –le explicó fríamente su padre–. Le podrían meter en la cárcel por eso.

–Yo declararé contra vosotros –replicó Anne.

–No servirá de nada.

De repente Anne se asustó por él. ¿Y si fuera cierto? ¿Por qué Bill nunca le había dicho nada? Tenía que protegerle a toda costa.

–Haz conmigo lo que quieras, pero a él no le hagas daño –dijo, mirando a su padre, desesperada.

Las palabras cayeron sobre Faye y fue como si le dieran un golpe. Anne quería a aquel hombre hasta el punto de sacrificarse por él. Era terrible que le quisiera tanto, pero, ¿y si fuera un error? No era posible. Era evidente que el hombre se había aprovechado de ella.

–¿Por qué no hablamos primero con Bill, a ver qué dice? –le propuso Faye a su marido–. Si promete no volver a verla nunca más, sería todo más sencillo que emprender una acción legal.

Ward no estaba muy convencido de ello, pero, al fin, Faye se salió con la suya. Obligarían a Anne a que le llamara, pidiéndole que acudiera inmediatamente a su casa. Anne tuvo que explicarle a Bill el motivo y éste la oyó llorar a través del teléfono.

Al llegar a la casa de los Thayer, Bill encontró un tribunal improvisado que le aguardaba. Ward le abrió la puerta y tuvo que hacer un esfuerzo para no propinarle un puñetazo y dejarle tendido en el suelo. Bill vio a Lionel de pie y reconoció a todos los actores del drama, sobre todo a Faye. Vio que Anne lloraba como una histérica al otro lado de la estancia e inmediatamente se acercó a ella para acariciarle el cabello y enjugarle las lágrimas. De repente, se percató de que todos le miraban.

No tenía ninguna excusa, lo reconocía. Comprendía muy bien a Ward porque él tenía una hija de la misma edad de Anne, pero trató de explicarle también otras cosas: cuán sola se sentía Anne, la angustia que había padecido al tener que renunciar a su hijo y lo culpable que se sentía por su comportamiento en el Haight-Ashbury. Añadió que los primeros recuerdos que ella tenía de la indiferencia que sus padres siempre le demostraron, se remontaban a sus primeros años de vida, lo cual significaba que siempre se había sentido rechazada por todos. No justificó su propio comportamiento, pero les explicó quién era realmente Anne Thayer. Ward y Faye contemplaron a Anne y reconocieron que, en efecto, su hija había sido una extraña para ellos. Por fin, aquella hija desconocida que acabó odiándoles con todas sus fuerzas había encontrado a Bill Stein y buscó en él lo que nunca recibió de los demás; y él, en su soledad, trató de cuidarla y corresponderle. Su conducta no era correcta, reconoció Bill con lágrimas en los ojos, pero sí sincera. Repitió exactamente todo cuanto Anne les había dicho, pero en tono más amable y conciliador.

Antes de un año, se casaría con ella, con el consentimiento de sus padres o sin él, e incluso sin el de Gail cuando ésta se enterara. Hubiera sido preferible contar con el beneplácito de todos, pero la situación ya se había prolongado demasiado y gustosamente se hubiera casado antes con Anne de haber podido. Ésta podía seguir estudiando y hacer todo cuanto quisiera, pero, cuando cumpliera los dieciocho años, él la estaría aguardando tanto si ellos le permitían verla como si no.

Al oír esas palabras, Anne le miró sonriendo. Comprendió que no la había abandonado, estaba dispuesto a arriesgarlo todo por ella. Y eso era exactamente lo que ella había creído. Los tres miembros de su familia estaban asombrados, sobre todo Ward. Éste miró a aquel hombre anodino sin comprender qué habría visto su hija en él. No era guapo ni joven y no poseía una personalidad atractiva. En realidad, era más bien insignificante y vulgar. Sin embargo, le había ofrecido a su hija algo que ellos no le habían dado jamás. Y, tanto si lo comprendían como si no, Anne era feliz al lado de Bill. A ambos les traía sin cuidado lo que ocurriera en el transcurso de aquel año. Estaban dispuestos a esperar y a llevar a cabo sus planes. Ward y Faye comprendieron que no podían hacer nada. No podían luchar contra aquella pareja, por equivocados que estuvieran, por mucha que fuera la diferencia de edad o por muy insensata que fuera Anne.

Cuando Bill se marchó, le echaron un sermón a Anne y luego se fueron a su habitación. No sabían qué pensar de aquel hombre. Le dijeron que aún no tenían decidido si iban a denunciarle o no. Bill se fue a su casa para explicárselo todo a Gail y se manifestó dispuesto a hablar con los padres de Anne en cualquier momento. No pidió disculpas, porque, al cabo de dos años de amar a la chica, le parecía que no había ninguna razón para hacerlo. No la lastimó ni la abandonó, no se aprovechó de ella ni hizo nada incorrecto. Anne estaba a punto de cumplir dieciocho años y ambos consideraban que su conducta no era escandalosa. Imaginaba que Gail se sorprendería al principio, pero que después superaría la sorpresa. Él y Anne dejaron claramente sentado que querían vivir su vida.

–¿Tú qué piensas? –le preguntó Faye a su marido, sentándose en un sillón.

–Creo que Anne es una insensata –contestó Ward.

No acertaba a comprender qué habría visto su hija en aquel hombre. Además, tan sólo tenía diecisiete años. Era un verdadero disparate. Faye lanzó un suspiro. Aquello era mucho más complicado que el argumento de algunas de sus películas.

–Yo también lo creo, pero ésa es nuestra opinión, no la suya.

–Eso parece. –Ward se sentó frente a su mujer y le tomó una mano–. ¿Por qué se meterán en estos líos? Lionel, con estas malditas inclinaciones que yo no entiendo; Val, con su absurda carrera; Vanessa, viviendo con este chico en Nueva York y pensando que no lo sabemos –Faye sonrió, recordando que ya lo había comentado otras veces con su marido. Vanessa se creía exótica y original, pero era tan transparente que todos sabían lo que ocurría, aunque, en realidad, no les importaba. Ella tenía veinte años y él era un buen chico–. Y ahora Anne con este hombre… Dios mío, Faye, le lleva treinta y tres años.

–Lo sé. Y, encima ni siquiera es guapo –dijo Faye sonriendo–. Si, por lo menos, fuera alguien como tú, lo comprendería. –A los cincuenta y dos años, Ward seguía siendo tan apuesto como hacía veinte, aunque de un modo distinto. Era tan alto, delgado y elegante como su mujer. Aquel hombre, en cambio, no poseía ninguna de estas cualidades. Resultaba difícil comprender su atractivo, exceptuando la dulzura de sus ojos y el cariño que parecía sentir por Anne–. ¿Tenemos que aceptarlo, Ward? –preguntó, mirando a su marido.

No se refería a la cuestión legal, sino a la actitud que deberían adoptar en adelante.

–No veo por qué tendríamos que hacerlo.

–Quizá fuera mejor. No podemos enfrentarnos con la realidad.

Habían tenido que aprenderlo, una y otra vez, con Lionel, con Val, con Vanessa y, en aquellos momentos, con Anne. Todos acababan haciendo lo que querían…, excepto el pobre Greg.

–¿Te refieres a que aceptemos abiertamente sus relaciones con este hombre? –preguntó Ward, escandalizado–. Anne sólo tiene diecisiete años.

Sin embargo, ambos sabían que, en su fuero interno, la muchacha era mucho más madura y estaba curtida por sus experiencias.

–De todos modos, ya hace un año que se entienden.

–¿Cómo es posible que te hayas vuelto tan liberal de repente? –preguntó Ward, mirando a su mujer con los ojos entornados.

–A lo mejor, me estoy haciendo vieja –contestó ella con una sonrisa cansada.

–Y juiciosa –dijo Ward, besándola–. Te quiero.

–Y yo a ti, cariño.

Decidieron reflexionar con calma sobre el asunto y por la noche cenaron con Lionel. Anne se quedó en su habitación y nadie le pidió que bajara.

Por fin, cansados de la tensión, decidieron ceder. Le pidieron a Anne que fuera discreta y no se convirtiera en la comidilla de la ciudad. Bill Stein era bastante conocido en el mundo del espectáculo. Era un respetado abogado que tenía clientes famosos y seguramente no le interesaría el escándalo. Sería mejor que se comportaran con prudencia y se casaran después de pasado el primer año. Bill le regaló a Anne una enorme sortija de com-

481

promiso que ella sólo se ponía cuando salía con él. Era un solitario de diez quilates y medio en forma de pera que Anne llamaba su «huevo de Pascua». Se sintió un poco avergonzado cuando se lo mostró a Gail. Ésta se portó muy bien con ellos. Al principio, se llevó un disgusto, pero después aceptó la situación porque les quería mucho a los dos y les deseaba lo mejor. Ambas muchachas decidieron continuar estudiando en verano para poder graduarse antes de Navidad. De este modo, Anne no tendría que regresar a la escuela cuando se hubiera casado con Bill. Gail quería dejarles solos, por lo menos durante cierto tiempo. Además, al principio, le hubiera dado un poco de apuro vivir con ellos. Tenía la intención de trasladarse a la Escuela Parson de Diseño de Nueva York.

Lionel seguía enfadado con su hermana cuando se fue a Alemania. No aprobaba sus relaciones con aquel hombre y le daba igual lo que pensaran los demás.

–Te aconsejo que te andes con cuidado –le dijo a Anne el día de su partida.

Ella le miró con frialdad y le dijo que jamás le perdonaría que la hubiera traicionado.

–Mira quién habla.

–El hecho de ser homosexual no me ha dañado el cerebro, Anne.

–No, pero el corazón puede que sí.

Lionel se preguntó al marcharse si su hermana tendría razón. Desde su permanencia en Vietnam, sus opiniones ya no eran las mismas. Había visto morir a demasiada gente, había perdido a demasiadas personas a las que apreciaba y a dos a las que amaba con toda su alma: John y Greg. No creía que pudiera volver a amar y, en realidad, no lo deseaba. Se preguntó, en su fuero interno, si no sería ésta la razón de su enojo con Anne. No comprendía la felicidad de su hermana porque él había perdido para siempre la que tenía con

John. Anne, en cambio, tenía toda la vida por delante y un futuro cargado de promesas, emoción y un brillo tan grande como el de su impresionante sortija de compromiso.

38

El 18 de enero de 1970, Anne Thayer y Bill Stein se casaron en el Temple Israel de Hollywood Boulevard, rodeados por sus respectivas familias y por un puñado de amigos. Anne hubiera deseado una ceremonia más sencilla, pero Bill la convenció de lo contrario.

–Será más fácil para tus padres si les permites organizar alguna fiesta, cariño –le dijo.

Sin embargo, Anne no tenía el menor interés en hacerlo. Se sentía su esposa desde hacía casi dos años y no necesitaba ninguna fiesta. A diferencia de las chicas de su edad, no quiso traje de novia ni velo.

Qué deslucida resultaba la boda, pensó Faye, recordando el esplendor de la suya. Anne lucía un sencillo vestido blanco de lana con cuello cisne y manga larga, y unos zapatos de corte salón, se había recogido el rubio cabello en una sola trenza y no llevaba ningún ramo de flores. Se presentó en el templo sobriamente vestida y sin ninguna joya, exceptuando el solitario que Bill le había regalado. La alianza matrimonial era también un grueso aro de diamantes. A Anne, se la veía tan joven e inocente que la alianza matrimonial resultaba casi incongruente en su dedo. Sin embargo, la joven no se daba cuenta de ello. Sólo tenía ojos para Bill. Era lo único que deseaba desde el día en que le había conocido. Se acercó a él colgada del brazo de su padre y, cuando Ward retrocedió, comprendió cuán poco la habían conocido a lo largo de sus dieciocho años de existencia. Era como si hubiera pasado por sus vidas fugazmente, en silencio, desapareciendo siempre y dejando a su espalda una puerta cerrada. De súbito, le pareció que el único recuerdo que conservaba de su infancia era la pregunta «¿Dónde está Anne?».

Ésta sólo les permitió organizar un pequeño refrigerio en la casa. Había flores por doquier y el champán era excelente. Faye estaba muy guapa y elegante con un vestido de seda verde que realzaba el color de sus ojos, pero, en cierto modo, no se sentía la madre de la novia. Le parecía que todo aquello era una especie de juego y que, al final, Gail se iría a casa con su padre. Sin embargo, al llegar la noche, Anne se fue en el Rolls gris no sin antes despedirse de ellos con un beso. Faye ahogó el impulso de preguntarse si estaba segura de lo que hacía; cuando vio la mirada de sus ojos, no le cupo la menor duda al respecto. Se entregaba al hombre al que amaba, y ya era toda una mujer.

Gail estaba más callada que de costumbre, aunque se alegraba de la boda por ellos. Ella y Anne se habían graduado hacía algunas semanas y, ahora, los recién casados la acompañarían a Nueva York. Se había matriculado en la Escuela de Diseño Parsons y se alojaría en la residencia Barbizon, tal como lo había hecho Vanessa al principio. Desde Nueva York, Bill y Anne se trasladarían a San Juan y, desde allí, a St. Thomas y St. Martin para recalar por fin en St. Croix. El viaje se prolongaría varias semanas, porque no tenían ninguna prisa en regresar; pero, primero, Bill quería que Anne hiciera algunas compras en Nueva York. La quería acompañar a las joyerías de Harry Winston, David Webb y a algunas otras que también le gustaban, y después la quería llevar aún a otros establecimientos.

—Bergdorf's, Bendel's, Bloomingdale's —gritaron al unísono ambas muchachas aquella noche.

—¡Me mimas demasiado! —dijo ella, besando el cuello de su esposo.

Le bastaba con el amor de éste. No obstante, Bill deseaba comprarle asimismo algunas cosas bonitas a su hija.

—Bueno, señora Stein, ¿cómo te sientes ahora? —preguntó Bill, acostado legalmente con ella en la enorme cama de matrimonio por primera vez en dos años.

—Maravillosamente bien —contestó Anne, sonriendo como una chiquilla. No se había soltado la trenza y lucía un camisón de encaje, regalo de boda de Valerie, la cual, como todos los demás, tampoco aprobaba aquel matrimonio. En realidad, no lo entendían. Nadie la había entendido jamás, excepto Li... hacía ya mucho tiempo. Sin embargo, Lionel no asistió a la boda porque aún estaba cumpliendo el servicio en Alemania y todavía le faltaban unas semanas para que le licenciaran. Van se tuvo que quedar en Nueva York, porque no podía dejar las clases. A Anne eso no le importó demasiado. Sólo le importaba la presencia de Bill. Ahora le contempló, radiante de felicidad, y le pareció que el pasado ya no existía—. Tengo la impresión de llevar casada contigo toda la vida.

—A mí me ocurre lo mismo con respecto a ti.

Los amigos de Bill dijeron cosas un poco desagradables, pero, al final, fingieron comprenderle. Le dieron muchas palmadas en la espalda e hicieron muchos guiños maliciosos. «Te has buscado una jovencita, ¿eh, vejestorio?», le decían. Algunos hicieron comentarios ofensivos a sus espaldas, pero a Bill no le importó. Iba a cuidar de aquella joya durante el resto de su vida. Ella le miró confiada y comprendió que así iba a ser efectivamente.

Por la noche durmieron abrazados, alegrándose, por fin, de poder hacer lo que quisieran. A la mañana siguiente, desayunaron con Gail y, por la tarde, hicieron el equipaje para trasladarse a Nueva York aquella misma noche. Anne pensó en llamar a sus padres para despedirse, pero, al fin, no lo hizo. No tenía nada que decirles, le explicó a Bill mientras el aparato despegaba.

–Te muestras muy dura con ellos, cariño. Hicieron lo que pudieron, aunque jamás lograron entenderte muy bien.

A Anne le pareció un comentario excesivamente benévolo. Le arrebataron a su hijo, amenazaron con denunciar a Bill, nunca le hicieron el menor caso y hubieran destruido por completo su vida de no haber sido por él. Le miró agradecida, sentada a su lado en primera clase. Bill estaba orgulloso de «sus dos chicas», tal como él las llamaba. Anne ocupó la butaca de en medio y, mientras Bill echaba un sueñecito, se dedicó a charlar con Gail. Ambas muchachas aguardaban con ansia los dos días que iban a compartir en Nueva York antes de que Gail se instalara en la residencia Barbizon y los recién casados iniciaran su viaje de luna de miel. Entretanto, los tres se alojarían en una suite del hotel Pierre.

Se pasaron dos días comprando sin cesar. Anne jamás había visto tantas cosas bonitas, como no fuera en las películas de su madre. Bill le compró a su hija un precioso abrigo de visón de corte deportivo con sombrero a juego; le dijo que en Nueva York lo iba a necesitar; le regaló, también, una montaña de prendas de esquiar, dos pares nuevos de esquís, media docena de vestidos de Bendel's, seis pares de zapatos de Gucci y una pulsera de oro de Cartier con un pequeño destornillador para ponérsela, cosa que a las muchachas les hizo mucha gracia. A Anne le gustó tanto que Bill le dio una sorpresa, y le regaló otra igual, aparte otras muchas cosas, como, por ejemplo, un abrigo de visón largo para la noche, uno corto de día, vestidos y trajes, blusas y faldas y gran cantidad de zapatos y botas italianas, una sortija de esmeraldas, un broche de brillantes, unos enormes pendientes de perlas de Van Cleef y otras dos pulseras de oro. En el transcurso del último día, le compró una espléndida creación del joyero David Webb: un león abrazando a un cordero, todo en oro macizo de una sola pieza.

–¿Qué voy a hacer con todo eso? –dijo Anne, haciendo piruetas en su habitación del hotel.

Por todas partes había preciosos abrigos de pieles y vestidos, cajas de zapatos, bolsos, sombreros de piel y estuches de joyas. Bill, tan entusiasmado con los regalos como su esposa, se compró una gabardina forrada de piel y un nuevo reloj de oro, aunque, en realidad, sólo disfrutaba haciéndole regalos a su esposa. A Gail le parecía muy bien. A lo largo de los años había recibido tantos regalos de su padre que no le envidiaba nada a Anne, a quien consideraba casi como una hermana. Vanessa se quedó boquiabierta de asombro cuando, en compañía de Jason, se reunión con ellos para tomar unas copas en el Oak Room. Anne se presentó vestida con unos pantalones rojos de corte impecable y una blusa de seda color marfil. Llevaba un bolso de cocodrilo rojo de Hermès a juego y un abrigo de visón que tumbaba de espaldas, incluso en una ciudad tan sofisticada como Nueva York. Los brillantes centelleaban en sus manos y lucía, además, la pulsera de Webb y unos preciosos pendientes de rubíes.

Estaba tan encantadora y serena que Vanessa apenas la reconoció.

–¿Anne? –preguntó asombrada.

Su hermana llevaba el cabello recogido en una simple trenza e iba maquillada con mucha sencillez y buen gusto, aunque todo cuanto llevaba puesto, desde las joyas a las botas, parecía recién salido de *Vogue*. Jason también se impresionó mucho al verla.

–Hemos ido de compras por ahí –dijo Anne, mirando tímidamente a Bill mientras éste se reía–. Mi marido me mima demasiado.

–Ya se ve.

Anne pidió un Dubonnet, que era la única bebida que le gustaba, y Vanessa y Jason se tomaron un whisky. Bill pidió un martini con hielo y Gail una copa de vino blanco. Los jóvenes recordaron sus vacaciones de hacía dos años a orillas del lago Tahoe y Anne le preguntó a Jason por su trabajo. Éste lo había organizado todo perfectamente. Se doctoró a las seis semanas de haber cumplido los veintiséis años, logró evitar que le llamaran a filas durante más de ocho años, y en aquellos momentos daba clase de literatura en la Universidad de Nueva York. Llevaba un año en aquel puesto, pero no le entusiasmaba demasiado. Seguía trabajando en su inconclusa obra de teatro.

–Le he pedido a Vanessa que colabore conmigo, pero no quiere hacerlo.

–Los estudios no me dejan ni un solo minuto libre –le explicó Vanessa a Bill, a quien consideraba un hombre simpático y paternal.

A Vanessa aún le quedaba un año en el Barnard y, de momento, no podía pensar en otra cosa. Quería terminar los estudios y buscarse un trabajo. Le apetecía quedarse en Nueva York, y Anne sospechaba que eso debía de ser por causa de Jason. Hacía más de dos años que vivían juntos, pero no era muy seguro que llegaran a casarse. Aquella noche, después de cenar, Gail hizo un comentario al respecto, y Anne se encogió de hombros, mientras su cara adoptaba un aire pensativo. No entendía aquellas relaciones, parecía como si ambos siguieran caminos paralelos. No deseaban establecer ningún nexo permanente y, además, no les hacía falta. Tampoco les interesaba tener hijos. Sólo hablaban de los estudios, del trabajo, de sus aficiones literarias y de la obra de teatro.

—A mí todo eso me parece muy aburrido —dijo Gail—. Menos mal que Jason es guapito.

Lo era, pero a Anne no le gustaba. Para ella, el hombre más guapo del mundo era Bill. Aquella noche, mientras ambos regresaban en taxi a casa, Vanessa le comentó a Jason:

—No entiendo en absoluto a esta chiquilla. Es casi una niña, pero se ha casado con un viejo y anda por ahí cubierta de brillantes y con un abrigo de visón.

—Quizá estas cosas sean más importantes para ella que para cualquier otra persona.

Jason tampoco entendía a Anne, pero siempre había creído que era una muchacha simpática. Tal vez no fuera tan inteligente o interesante como Van, aunque tampoco era fácil decirlo porque Anne era muy joven y retraída.

—No lo creo —contestó Vanessa, denegando con la cabeza—. Todas estas cosas le importan un bledo. Bill se las quiere regalar y mi hermana se las pone para complacerle. —En eso tenía razón. Van conocía muy bien a Anne y sabía que al único miembro de la familia a quien hubieran encantado los brillantes y las pieles era Val. A Greg también le gustaba la buena vida, pero le habían matado. Los demás tenían gustos sencillos, incluso sus padres. Van sabía que, desde hacía muchos años, todos aquellos lujos ya no les interesaban—. No sé qué habrá visto en un hombre de esta edad.

—Es muy bueno con ella, Van, y no me refiero sólo a lo material. Se desvive por ella. Si la ve sedienta, le coloca un vaso de agua en la mano antes de que ella lo pida, si la ve cansada, la lleva a casa, si la ve aburrida, se la lleva a bailar, a ver unos amigos. Todo eso tiene un valor incalculable. —Jason sonrió mientras miraba a su amada y pensó que ojalá fuera más considerado con ella—. Un hombre de su edad piensa en todas estas cosas porque no tiene nada más que hacer —añadió en tono burlón.

—Eso no es ninguna excusa —contestó ella, riendo—.

¿Es por eso por lo que no me has regalado un brillante del tamaño de un huevo?

–¿Es eso lo que deseas tener algún día, Van? –preguntó Jason mirándola muy serio mientras entraba en el apartamento.

–No –contestó la joven muy segura. Le pedía otras cosas a la vida. Un hombre como Jason. Tal vez un par de hijos algún día, pero dentro de ocho o diez años por lo menos. Cosas por el estilo.

–¿Tú qué deseas?

Vanessa le miró con aire pensativo mientras dejaba el abrigo en el respaldo del sillón.

–Quizá publicar un libro, algún día... Tener buenas críticas...

No se le ocurría ninguna otra cosa y no quería decirle a Jason que le quería también a él con el complemento adicional de uno o dos hijos. Era demasiado temprano para pensar en ello.

–¿Nada más? –preguntó Jason, decepcionado.

–Bueno, puede que también te quiera a ti –dijo Van sonriendo con dulzura.

–A mí ya me tienes ahora.

Vanessa se sentó en el sofá y Jason encendió la chimenea. Estaban a gusto allí con los libros y los papeles esparcidos por doquiera, el *Sunday Times* todavía tirado por el suelo, entre las zapatillas de Jason y los zapatos de Vanessa.

–Creo de veras que no quiero otra cosa, Jason.

–Pues tienes unos gustos muy sencillos –dijo él abrazándola–. ¿Lo del libro lo dijiste en serio?

–Confío que sí. Cuando termine los estudios y haya conseguido un empleo.

–Es tan difícil escribir –dijo Jason, exhalando un suspiro. Nadie mejor que él lo sabía–. Sigo pensando que tendríamos que colaborar en una obra de teatro –añadió; y la miró esperanzado.

Estaba seguro de que siempre se entendería muy bien con Vanessa.

–Algún día, quizá –contestó la muchacha.

Después se besaron mientras Jason la tendía en el sofá. Esa escena no se parecía en nada a la que en aquellos instantes protagonizaban Anne y Bill en el hotel Pierre. Enfundada en un salto de cama ribeteado de plumas de marabú y con los brillantes centelleando en sus manos bajo la suave luz del dormitorio, Anne se hallaba tendida sobre la colcha de raso mientras Bill la acariciaba y la besaba con pasión. Por fin, Anne arqueó el cuerpo de placer y él le quitó el salto de cama y lo dejó caer lentamente al suelo. Sin embargo, los sentimientos eran los mismos: amor, deseo y compromiso mutuo. Todo era exactamente lo mismo, con zapatillas o con plumas de marabú.

39

En mayo, Bill y Anne se fueron a pasar unos días a Nueva York. La joven deseaba ver a Gail, y su marido tenía que resolver unos asuntos relacionados con sus negocios. Se alojaron, una vez más, en el hotel Pierre, y Bill acompañó a su mujer a las joyerías que más le gustaban e insistió en comprarle más cosas. Hacía un tiempo espléndido y Anne se compró un precioso conjunto de vestido y abrigo blanco de Bendel's y se lo puso cuando se reunió a almorzar con su marido en el restaurante Côte Basque. Al verla entrar, Bill se enorgulleció de que su esposa fuera tan guapa. Anne cruzó el local, moviéndose con la gracia de una paloma y sin percatarse de la admiración que suscitaba a su paso. Sólo tenía ojos para su esposo. Éste vio, sin embargo, algo más: una mirada nerviosa que no la abandonaba desde hacía meses. Sabía cuán importante era para ella el acontecimiento que se avecinaba y esperaba que ocurriera pronto. Él también quería tener un hijo, pero no con tanta desesperación como Anne.

—¿Qué tal estaba hoy Bendel's? —inquirió Bill con alegría en su voz.

—Bastante bien —contestó Anne, haciendo un mohín de chiquilla, aunque ya no lo pareciera. Llevaba el cabello suelto y, maquillada según el estilo que le había enseñado una maquilladora de Los Ángeles, no aparentaba los dieciocho años que tenía, sino más bien veinticinco. Gail lo percibió también y le pareció muy bien. Por su parte, ella tenía otro novio y se encontraba muy a gusto en Nueva York. Bill insistía en que siguiera en la residencia Barbizon, pero su hija amenazaba con buscarse un apartamento en otoño y le encargó a Anne la tarea de ablandar a su padre–. Me lo compré hoy –dijo Anne, señalando con una mano impecablemente cuidada el conjunto de abrigo y vestido que llevaba. Bill observó que lucía el collar de perlas que él le había comprado en Hong Kong. Eran tan grandes que casi parecían de imitación–. ¿Te gusta?

–Me encanta –contestó Bill. Y la besó suavemente en los labios.

El camarero tomó nota de los platos que querían comer. Pidieron un almuerzo ligero que Bill regó con vino y Anne con agua Perrier. Ésta se conformó con unas *quenelles* deliciosas y él comió una ensalada de espinacas y un bistec. No hicieron honor a la exquisita cocina del restaurante porque tenían prisa: Bill tenía que asistir a una reunión y Anne quería pasar por Bloomingdale's antes de reunirse con Gail cuando ésta saliera de clase.

Bill se preguntaba a veces si no sería conveniente que Anne estudiara algo, en lugar de pasarse el día pintándose las uñas, yendo de compras y aguardando su llegada a casa por las noches. Necesitaba hacer algo más aparte el hecho de controlarse cada mañana la temperatura. Convenía que Anne pensara en otras cosas y no sólo en tener un hijo, pensaba Bill sin atreverse a decírselo. Se limitaba a tranquilizarla, y le recordaba que ambos habían tenido descendencia, lo cual significaba que estaban capacitados para volver a ser padres. Tal como le había dicho el médico, sólo era cuestión de tiempo.

–¿Has llamado a tu hermana, cariño? –Anne sacudió la cabeza, y jugueteó con aire distraído con el pastelillo que había tomado de la bandeja–. ¿Por qué no?

La joven evitaba relacionarse demasiado con los miembros de la familia Thayer, incluido Lionel a quien tanto había querido en otros tiempos. Era como si quisiera excluirles de su vida. Le bastaba con tener a Bill. Aun así, a éste la conducta de su esposa no le parecía correcta. Hubiera sentido mucho que Gail se hubiera comportado con él de aquella manera, aunque le constaba que los Thayer nunca le habían prodigado a Anne las mismas atenciones que él le prodigaba a su hija.

–Mamá dijo que Vanessa tenía exámenes cuando hablé con ella la semana pasada.

Estaba claro que no tenía el menor interés en llamar a Van. Además, llevaba varios meses sin llamar a Valerie.

–Aún podrías hacerlo. Quizá tenga tiempo para salir a tomar algo contigo.

–La llamaré esta noche –prometió Anne, pero Bill sabía que no lo iba a hacer.

Se pasaría el día pensando, calculando y contando… Catorce días desde la última vez… Y, a la mañana siguiente, se despertaría al despuntar el alba y volvería a comprobar la temperatura. Bill quería que se tranquilizara un poco. Anne estaba tan nerviosa que incluso había adelgazado. Pensaba llevársela a Europa en julio para que se distrajera, y quería que Gail les acompañara, pero ésta había encontrado un trabajo de verano en la casa de alta costura de Pauline Trigère y rechazó la invitación.

–¿Qué te parece, cariño? –preguntó Bill mientras subían por la avenida Madison para dirigirse al lugar donde él tenía la reunión. Quería que su esposa se interesara en algo. Si el hijo no llegara o se hiciera esperar varios años, Anne no podía pasarse la vida pensando en él. No tenía otro tema de conversación; era como si con ello pretendiera reemplazar al hijo que había renunciado. Bill no se atrevió a decirle que eso sería tan imposible como que él pudiera reemplazar a su primera esposa con la segunda. Las amaba a las dos, pero eran unos amores distintos y, de vez en cuando, sentía una punzada de dolor y echaba de menos a su primera mujer, tal como Anne echaría siempre de menos a su primer hijo. Siempre habría en su interior un vacío que nadie podría llenar, ni un marido ni un nuevo hijo–. Sería muy divertido ir a Saint-Tropez –añadió mirándola con ternura–. Podríamos alquilar un yate.

–Me encantaría –dijo Anne, mirándole agradecida–. A veces, siento ponerme tan pesada. Ambos sabemos por qué.

–Sí, lo sabemos. –Bill se detuvo en plena avenida Madison y la abrazó–. Pero tienes que dejar que la naturaleza siga su curso. Además, no lo pasamos del todo mal intentándolo, ¿verdad?

–No –respondió Anne.

No obstante, Bill aún recordaba cómo lloró la última vez que había tenido la regla y la escena que armó, acusando a Faye de ser la culpable de todo. De no ser por su madre, dijo, ahora tendría un hijo de tres años. Bill la miró ofendido y le preguntó:

–¿Es eso todo cuanto quieres?

–¡Sí! –le contestó Anne a gritos.

Bill estaba tan apenado que incluso le sugirió la posibilidad de adoptar a un niño de tres años y medio, pero ella quería que fuera suyo. Quería «su propio hijo». Era inútil decirle que nunca podría sustituir al primero. Anne estaba decidida a tener cuanto antes un hijo de Bill. Faye lo intuyó un día en que almorzaron juntos. La mirada de su hija seguía acusándola. No la había perdonado y, probablemente, no lo haría jamás.

–¿Crees que ocurrirá alguna vez? –preguntó Anne, mirando tristemente a su marido.

Se lo preguntaba sin cesar desde el mes de enero y eso que sólo habían transcurrido cuatro meses de la boda. Antes habían utilizado ciertas precauciones y no precisamente porque ella quisiera, le recordó Bill. Anne era más bien negligente en este sentido porque deseaba desesperadamente tener un hijo, llenar el vacío y revivir el pasado, aunque de distinta manera. Nunca se perdonó haber renunciado a aquel hijo, ni perdonó a Faye por haberla obligado a hacerlo.

–Sí, creo que ocurrirá, amor mío. Dentro de seis meses, parecerás una ballena, me dirás que te sientes incómoda y me odiarás por haberte hecho esa faena.

Se echaron a reír al pensarlo. Después Bill se dirigió a la reunión y ella se fue a los almacenes Bloomingdale's. Se le partió el corazón cuando pasó por la sección infantil. Se detuvo un instante a examinar las prendas e incluso estuvo a punto de comprar algunas para que le trajera suerte; pero luego pensó que, a lo mejor, ocurriría lo contrario. La primera vez había comprado unos zapatitos de color rosa, convencida de que sería una niña, y Lionel y John le tomaron el pelo.

El recuerdo de este último la entristecía. Se preguntó cómo estaría Lionel. Ya casi no se hablaban. Cuando él la traicionó ante sus padres, ya no tenía nada que decirle. A Anne le dijeron que buscaba trabajo y que deseaba reanudar sus actividades cinematográficas. Lanzó un suspiro y se dirigió a la escalera mecánica para volver a bajar. Vio flores de seda, bolsos de charol y cinturones de mil colores, y no pudo resistir la tentación de comprarse una serie de cosas que, probablemente, no se pondría jamás, a diferencia de la pulsera de brillantes que Bill le regaló aquella noche para aliviar su pena. Sabía lo afligida que estaba, pero no le cabía la menor duda de que tendría otro hijo. Era joven y esta-

ba sana; lo único que le faltaba era un poco de tranqui-
lidad, tal como le había dicho el médico.

–Tranquilízate y no le des más vueltas –le repitió
cuando faltaba una semana para su viaje a Saint-Tropez.

Anne pensó que para Bill era muy fácil decirlo porque, a sus cincuenta y un años, tenía una visión más fi-
losófica de la vida.

Aunque en su fuero interno estaba muy disgustada,
las tres semanas que pasaron en las playas de Saint-Tropez fueron las más felices de su vida. Llevaba vaqueros
y alpargatas, biquinis y vistosas blusas de algodón que
realzaban el rubio de su cabello aclarado por el sol. Era
una muchacha muy hermosa y Bill se alegró de que
hubiera engordado un poco. En Cannes, cuando fue a
comprarse alguna prenda de ropa Anne tuvo que pedir
una talla más grande. Bill le tomó el pelo al ver que no
conseguía subirse la cremallera de los vaqueros. Le dijo
que estaba perdiendo la línea, pero, al fin, se le ocurrió
una posibilidad que no quiso ni siquiera comentarle. Al
llegar a París, ya no le cupo la menor duda. Anne se
sentía muy cansada y no quiso pasear por la orilla del
Sena, se quedó dormida en el automóvil mientras iban
a almorzar al Coq Hardi y se le puso la cara verde cuando él le sugirió que se tomara un Dubonnet. Bill no le
dijo ni una palabra, pero la protegió como una gallina
a su polluelo. Al regresar a Los Ángeles, le recordó que
hacía un mes que no tenía el período. Por primera vez
en seis meses, Anne lo había olvidado. Empezó a hacer
rápidos cálculos y después miró sonriendo a su marido.

–¿Crees que...?

No se atrevió siquiera a pronunciar las palabras. Seis
meses no eran demasiado tiempo, pensó Bill. Sin embargo, sí lo fueron para su esposa.

–Sí, amor mío. Lo creo desde hace unas semanas,
pero preferí no decir nada para que no te hicieras falsas
ilusiones. –Anne lanzó un grito y le echó los brazos al

cuello—. Tenemos que esperar. Cuando estemos seguros, lo celebraremos –añadió Bill, tratando de calmarla.

Anne fue a hacerse las pruebas al día siguiente y, cuando llamó por la tarde para conocer los resultados, le dijeron que eran positivos. Se quedó sentada, contemplando, aturdida, el teléfono. Aún no se había recuperado de la emoción cuando su marido regresó a casa aquella noche. Bill se llevó una alegría enorme. Al verla pasear en traje de baño junto a la piscina, observó que ya había cambiado de forma. No eran tan angulosas como de costumbre y todo el cuerpo parecía más suave y redondeado.

–Estoy embarazada, lo estoy, lo estoy… –gritó Anne, dando vueltas como una peonza.

Para celebrarlo, él la llevó al Beverly Hills Hotel, pero Anne se quedó inmediatamente dormida. Bill empezó a pensar asimismo en el hijo y decidió transformar la habitación de invitados en cuarto infantil. Podían construir una habitación encima del garaje para una de las criadas y dejar libre la de la criada para la niñera. Pasó parte de la noche dando vueltas a las distintas soluciones, mientras Anne dormía; y al día siguiente, acudió a almorzar a casa para ver cómo estaba su mujer y seguir celebrando la buena noticia. La nueva situación no afectó para nada a la vida sexual de la pareja, y Anne era más feliz que nunca. Hablaba constantemente de su «niñito» porque estaba segura de que sería un varón y ocuparía el lugar del que se fue. Bill sabía que el niño tendría en aquellos momentos casi cuatro años.

Pasaron tranquilamente el fin de semana del día del Trabajo en compañía de unos amigos. Éstos ya se habían acostumbrado un poco a ella y ya no le gastaban a Bill tantas bromas como antes. Además, Anne parecía más crecida que nueve meses antes y el embarazo le daba cierto aire de madurez. Estaba serena.

Querían irse a Nueva York para ver a Gail con permiso del médico, pero la víspera de la partida, Anne empezó a sangrar ligeramente y Bill le aconsejó que se acostara. Aunque el médico le dijo que el hecho carecía de importancia y que casi todas las mujeres sangraban un poco en el transcurso de los primeros meses, ella se asustó muchísimo. Al ver que, al cabo de tres días, la hemorragia no cesaba, Bill empezó a preocuparse y llamó a otro médico, el cual le dijo lo mismo. Sin embargo, Anne estaba insólitamente pálida a pesar del bronceado. Apenas se movía de la cama en todo el día como no fuera para ir al lavabo. Bill iba a almorzar a casa todos los días para ver cómo estaba su esposa y, por la tarde, salía de su despacho más temprano que de costumbre. Ambos médicos dijeron que había que esperar a ver cómo se desarrollaban los acontecimientos, aunque ninguno de ellos estaba preocupado. Una noche, cuando ya llevaba una semana de ininterrumpidas hemorragias, Anne empezó a sufrir terribles calambres. Se despertó sobresaltada y se agarró con fuerza a un brazo de Bill. El dolor era tan fuerte que apenas podía hablar. Parecía que le hubieran introducido un atizador candente por entre los muslos y que éste le hubiera reventado las entrañas. Bill llamó al médico, envolvió a su esposa en una manta y la llevó al hospital. En la sala de urgencias, Anne le oprimió una mano a su marido, le miró aterrorizada y le suplicó que no la dejara. Aunque el espectáculo no era agradable, el médico permitió que Bill se quedara. Anne sufría unos dolores espantosos y sangraba profusamente. Al cabo de dos horas, perdió al hijo que tanto deseaba y se echó a llorar en brazos de su esposo.

La anestesiaron y se la llevaron en camilla para practicarle un raspado. Cuando despertó en la sala de recuperación, Bill se encontraba a su lado, sosteniéndole una mano entre las suyas. Los médicos les dijeron que lo ocurrido no tenía ninguna explicación. Algunos fetos presentaban alguna anomalía y el cuerpo los eliminaba. Anne se pasó unas semanas en la cama. Los médicos le dijeron que podía levantarse, pero no le apetecía hacerlo. Perdió siete kilos, estaba muy desmejorada y no quería hablar con nadie ni salir a la calle. Al fin, Faye se enteró de todo lo ocurrido por vía indirecta. Lionel llamó a Anne para saludarla, Bill le explicó lo que había ocurrido y entonces Lionel llamó a su madre, la cual, a su vez, llamó a Anne para interesarse por su estado de salud. Bill le comunicó que su esposa no quería hablar con nadie y que se negaba en redondo a ver a su madre. Cuando Bill le comunicó que su madre había llamado, Anne se puso histérica y dijo que toda la culpa la tenía ella por haberla obligado a entregar en adopción a su primer hijo. Odiaba a todo el mundo y, a veces, incluso a Bill. En noviembre, éste consiguió que Anne volviera a viajar con él y Gail se disgustó al verla tan demacrada, cuando, por fin, se trasladó a Nueva York en compañía de Bill.

–Tiene muy mala cara –comentó.

–Lo sé –dijo Bill. Estaba muy preocupado por Anne, pero no podía hacer nada como no fuera dejarla nuevamente embarazada, lo cual podía llevar algún tiempo–. Ha tenido un disgusto espantoso.

Transcurrieron dos meses y, aunque Anne nunca hablaba de ello, el aborto dejó una huella indeleble en su espíritu. No la alegraban las joyas que su esposo le regalaba. Nada despertaba su interés. Ni siquiera un viaje a St. Moritz por Navidad.

Pero, en enero, empezó a reaccionar. Fue un período terrible para Anne y las seis semanas de depresión que había vaticinado el médico se convirtieron en tres meses. La joven volvió a su antigua vida de compras incesantes y de visitas a los amigos. A menudo, llamaba a Gail a Nueva York y empezó a tomarse de nuevo la temperatura cada mañana. Esta vez, los resultados se produjeron al cabo de dos meses. El día de San Valentín descubrió que estaba embarazada; pero el hijo sólo le duró dos semanas; lo perdió el uno de marzo, a las dos semanas de haber descubierto que estaba encinta. Bill pensaba que se iba a producir una tragedia. Pero en vez de ello, Anne se sumió en un silencio casi absoluto que, en cierto modo, era más preocupante que los gritos. Bill hubiera preferido verla llorar y desahogarse; pero los ojos de Anne estaban secos y apagados. Guardó los gráficos de la temperatura, arrojó el termómetro basal a la papelera y dijo que iba a pintar la habitación de invitados de verde o de azul. Su marido estaba destrozado por la pena, pero no podía hacer nada por ella. Una noche, Anne le confesó en la oscuridad que tal vez la culpa de todo la tenían las drogas que había tomado durante tanto tiempo. Bill le contestó que habían transcurrido cinco años de ello y que seguramente una cosa no tenía nada que ver con la otra. Sin embargo, ella seguía aferrada a sus remordimientos y al recuerdo del hijo abandonado. Estaba convencida de que nunca volvería a ser madre y su esposo no se atrevía a contradecirla. Cada vez que hacían el amor, Bill se moría de angustia. Por suerte, Anne no se controlaba la temperatura, lo cual ya era un alivio.

La joven seguía evitando a sus padres como si llevaran la peste, sobre todo a Faye, aunque Bill la mantenía informada sobre sus actividades. Le dijo que, en aquellos momentos, preparaban una superproducción y buscaban a una estrella.

—Puede que le den el papel a Valerie —le comentó Bill, un día, a su esposa mientras almorzaban al borde de la piscina.

Aunque no tenían hijos, le decía Anne, su vida era muy placentera y él la cuidaba como nadie lo había hecho. A veces, Anne pensaba que era ella quien fallaba por no poder darle un hijo a Bill. Sin embargo, no parecía que a éste le importara demasiado. En aquellos instantes, le hizo gracia su alusión a Val.

–Sólo en caso de que sea una película de terror y necesiten a una actriz que sepa pegar gritos desgarradores –dijo Anne, hablándole a su marido del famoso grito que profería Valerie, mientras él se reía de buena gana.

Sin embargo, la sugerencia que Bill le hizo a su mujer no era completamente descabellada. En sus despachos, Faye y Ward tenían cientos de expedientes y montones de nombres excluidos. Ninguna actriz les parecía adecuada para interpretar el papel. Querían una cara nueva y sugestiva, una mujer que tuviera naturalidad. Ward miró a Faye y se le ocurrió la misma idea que a Bill sólo que en serio.

–¿Val? –dijo Faye, exhalando un suspiro–. No me parece una buena idea. –No quería meter a sus hijos en sus películas. Había mantenido esos dos mundos separados durante dos décadas y no quería mezclarlos ahora. Además Val tenía un carácter difícil y no se llevaba muy bien con ella, sin contar con su falta de experiencia en películas de calidad. Y, sin embargo, qué gran regalo hubiera sido para la chica–. La verdad es que no sé qué hacer, Ward…

–Pues aquí ya no nos queda a nadie por probar. Como no empecemos a buscar en Europa o en Nueva York. ¿Por qué no pruebas a Valerie?

–¿Y si no da resultado?

–La rechazas y en paz.

–¿A mi propia hija? –exclamó Faye, escandalizada.

–Seguramente no habrá necesidad de hacerlo. –Ward estaba empeñado en la idea–. Toda su vida podría cambiar, Faye. Podría ser la oportunidad que necesita. Hay que reconocer que la chica tiene talento. Pero no ha tenido ocasión de demostrarlo.

–Hablas como si fueras su representante –dijo Faye,

esbozando una sonrisa–. No me hagas esta faena, Ward. El papel no le va.

No era cierto, pero ella hubiera preferido que lo fuera.

–¿Por qué lo dices? –Ward tomó una fotografía enmarcada que había sobre el escritorio y se la pasó a su mujer–. Tiene exactamente la cara que tú quieres, ¿o no?

–Muy bien, me rindo –dijo Faye, con aire resignado.

Sin embargo, en su fuero interno se alegraba. Ward la miró complacido. Aunque no iba a ser fácil, estaba convencido de que era la mejor solución y haría cuanto estuviera a su alcance por ayudarlas.

Resultó que Ward tenía razón: Val era exactamente lo que Faye buscaba, aunque el hecho de trabajar con su hija supusiera un reto para ella. Por otra parte, podía ser una gran oportunidad para Valerie.

–Eres extraordinaria, ¿lo sabías? –dijo Ward, acercándose a su esposa, sonriendo.

–No se te olvide decírselo a tu hija –le contestó Faye.

40

–¿Qué has dicho? –le gritó Val a su representante por teléfono.

Cuando éste la llamó, se estaba pintando las uñas y no sabía si salir a cenar fuera o no. Como de costumbre, no había nada en la nevera, pero tres de las chicas dijeron que, a la vuelta, pasarían por la Casa del Pollo. No le apetecía salir y estaba harta de los hombres que había conocido últimamente. Lo único que querían era acostarse con ella. Todos eran iguales. Había perdido la virginidad hacía seis años y ya ni se acordaba de los hombres con quienes se había acostado.

–Quiero que hagas una prueba para Faye Thayer –le repitió el representante.

–Pero, ¿te das cuenta de con quién estás hablando? –contestó ella, soltando una carcajada–. Soy *Val* Thayer.

«Tonto», quiso añadir, pero se abstuvo. Aquella semana tenía otra prueba para una película cuyo tema versaba sobre las drogas. No era un papel importante, pero le permitiría pagar el alquiler y, además, ella sabía algo del tema. Aún no quería reconocer que había fracasado. Llevaba cuatro años en la brecha y sabía que algún día se le presentaría la gran oportunidad, aunque no a través de su madre. Era lo más gracioso que le ocurría en muchos meses.

–Hablo en serio, Val. Acaban de llamar del despacho de tu madre.

–Estás loco –contestó la chica, dejando el frasco de laca sobre la mesita–. Es una broma, ¿verdad? Muy bien, pues. –Se echó a reír–. Y ahora dime por qué han llamado.

–Ya te lo he dicho –contestó el representante exasperado. No le llamaban a uno del despacho de Faye Thayer todos los días, y la cosa era para ponerse un poco nervioso. Era un pequeño agente de Sunset, especializado en actores, actrices y modelos para películas de terror y de porno blando y espectáculos de estriptís. Faye se llevó un disgusto cuando su hija firmó un contrato con él–. Hablo en serio, Val. Quieren que te presentes allí mañana por la mañana a las nueve.

–¿Para qué? –preguntó Valerie mientras empezaba a sudar.

¿Por qué habían llamado a su representante en lugar de llamarla a ella?

–Quieren que leas directamente.

El representante se ofreció a acudir a recoger el guión para que Val pudiera estudiarlo por la noche; pero en el estudio no quisieron, por lo menos, eso le dijo la secretaria; y añadió que la señora Thayer no podía ponerse al teléfono. Val tendría que presentarse a las nueve de la mañana. ¿Les interesaba o no les interesaba? El hombre agarró la oportunidad al vuelo, pero ahora tenía que convencer a Val.

–¿Qué tengo que leer?

–Sólo sé que es un papel en la nueva película que dirige tu madre.

Era lo más extraño que jamás le hubiera ocurrido, pensó Val. Le dijo a su representante que acudiría a la cita, pero aquella noche no pudo resistir la tentación de llamar a sus padres. Éstos no estaban y la criada debía de tener la noche libre, porque nadie contestó al teléfono. Val se ponía triste cuando llamaba a su casa, porque antes siempre había gente y ahora todos se habían ido. Lo mismo le ocurría a Faye cuando regresaba a casa por las noches. Val se pasó la noche sin pegar ojo, pensando en el misterioso papel. Se levantó a las seis de la mañana, se lavó y secó el cabello, se maquilló y se retocó las uñas. Decidió ponerse un sencillo vestido negro, por si la cosa fuera realmente en serio. Tal vez resultaba demasiado elegante para ponérselo a las nueve de la mañana y tenía un escote vertiginoso, pero le realzaba mucho el busto y las piernas. Era el tipo de prenda que se hubiera puesto para hacer una prueba ante cualquier otro director y decidió no hacer ninguna diferencia con Faye Thayer. Mientras se dirigía a los estudios, procuró convencerse de que era una prueba de tantas. Sin embargo, le temblaban las manos cuando empujó la puerta de entrada, y había dedicado tanto rato a peinarse y maquillarse que llegó con media hora de retraso. La secretaria la miró con aire de reproche y Faye echó un rápido vistazo al reloj y a su vestido, pero no dijo nada. Se la veía casi tan nerviosa como a Valerie. Ward y otros dos hombres se encontraban sentados en otro extremo de la estancia, hablando en voz baja rodeados por unas mesas sobre las que se hallaban esparcidas las fotografías de otras actrices. Ward miró a su hija y le guiñó el ojo. Sin embargo, Val tenía que concentrarse en su madre, la mujer a la que siempre había envidiado de la que en aquellos instantes dependía su futuro.

–Hola, Valerie –le dije Faye amablemente. Utilizaba un tono profesional que la chica no esperaba. Era como si quisiera infundirle ánimos en silencio. Mientras la miraba, Val empezó a calmarse. Procuró no pensar en los tres malditos premios de la Academia y concentrarse tan sólo en el guión. Comprendió, de repente, lo mucho que éste significaba para ella. Aún no había tenido su gran oportunidad, pero estaba convencida de sus dotes de actriz. En caso de que fracasara, sería el final para ella. Faye le estudió el rostro y la examinó de arriba abajo, deseándole lo mejor del mundo y casi rezando por ella–. Nos gustaría que nos leyeras un papel –añadió, mientras le entregaba el guión.

–Ya me lo comunicó mi representante. ¿De qué clase de papel se trata?

–De una chica que...

Faye se lo describió y Val se sorprendió de que la hubiera llamado. Hubiera querido preguntarle la razón, pero prefirió no hacerlo.

–¿Puedo estudiarlo un momento?

Val miró fijamente a su madre. Siempre había envidiado su belleza, su pasado y su éxito y la carrera de actriz que abandonó siendo muy joven. Y ahora, tenía que hacer una prueba para ella. Cuántas vueltas daba la vida. Faye asintió en respuesta a su pregunta.

De súbito, Val deseó aquel papel con toda su alma, lo deseó más que nada en el mundo. Quería demostrarle a aquella mujer que era una actriz. Le constaba que Faye no se lo creía y se preguntó a quién se le había ocurrido la idea de concederle una oportunidad. Probablemente, a su padre.

–Tómate diez minutos en el otro despacho y vuelve –le dijo cariñosamente su madre, mirándola con inquietud.

¿Y si no superaba la prueba? Val intuyó con toda claridad cuáles eran los temores de Faye. Era una faceta del carácter de aquella mujer que sus hijos desconocían: la de la profesional consumada, la directora exigente, la mujer entregada en cuerpo y alma a su trabajo. Val comprendió en aquel momento quién era su madre, qué hacía y cuán exigente era, pero no se asustó por ello. Tenía la certeza de que estaría a la altura de las circunstancias. Se sumió casi en un estado de hipnotismo mientras estudiaba las frases y trataba de identificarse con el papel. Cuando volvió a entrar en el despacho, parecía una chica distinta. Ward y los otros hombres levantaron los ojos y se dispusieron a escucharla. Pero Val no leyó. Habló, gritó y se enfureció sin mirar ni una sola vez el guión. Su padre se conmovió al ver su esfuerzo y comprendió lo mucho que necesitaba aquella oportunidad. Al terminar Faye lloró de alegría y orgullo. Val también rompió a llorar y ambas mujeres se abrazaron riendo y llorando a la vez, mientras Ward las observaba complacido. Por fin, Valerie los miró a los dos y preguntó:

—Bueno, ¿me vais a dar el papel?

—¡Pues claro! —contestó Faye entusiasmada, y se quedó de piedra cuando Val lanzó su célebre grito:

—¡Aleluya!

41

En mayo, Val empezó a trabajar en la película. En su vida había tenido que esforzarse tanto. Su madre y los demás componentes del equipo trabajan también con ahínco durante largas y agotadoras horas, exigiendo el máximo a todo el mundo. Así era ella y por eso sus películas eran tan buenas y le reportaron los premios que Val siempre despreció. A pesar de la dureza del esfuerzo, Val se mostraba encantada. Por la noche, cuando regresaba a casa apenas podía tenerse en pie y muchos días acababa llorando en el plató. Se hizo el propósito de no volver a trabajar con tanto tesón nunca más. Si alguna vez volvía a hacerlo, sería porque ella quisiera, no porque alguien se lo exigiera. Sabía, sin embargo, que todo aquello le permitiría adquirir una experiencia que le resultaría muy beneficiosa de cara al futuro.

Cuando ya hacía tres semanas que trabajaba en la película, George Waterson, su oponente en el reparto, se ofreció a acompañarla a casa. Val le conocía vagamente y sabía que, al principio, no le había hecho ninguna gracia trabajar con ella. Hubiera preferido que le diera la réplica alguna estrella famosa y a Faye le costó mucho convencerle. Acordó con él que, en caso de que el trabajo de su hija no resultara satisfactorio, la despediría sin contemplaciones. Val se enteró de todo ello a través de los rumores que circulaban por el plató y lo leyó en la mirada del actor. Se preguntó si era su amigo o su enemigo y, al fin, llegó a la conclusión de que le daba lo mismo. Estaba muerta de cansancio y le iría muy bien que alguien la acompañara a casa. Tenía el coche en el taller desde hacía varias semanas y utilizaba un taxi para trasladarse a los estudios.

–Oh, sí, muchas gracias –le contestó.

Ni siquiera tuvo ánimos para hablar durante el trayecto. Se durmió como un tronco y él tuvo que despertarla al llegar.

–¿Me he quedado dormida? –preguntó un poco avergonzada cuando George le rozó el brazo.

–Me parece que ya no debo ser tan interesante como antes –dijo él.

Tenía los ojos azules, el cabello castaño y un rostro de expresión algo ceñuda. Contaba treinta y cinco años y Val le admiraba desde hacía mucho tiempo. Su sueño dorado era trabajar algún día con aquel hombre. La gente murmuraba que le habían dado el papel por su madre, pero a Valerie le daba igual. Les demostraría que estaban todos equivocados. Les dejaría boquiabiertos con su interpretación de Jane Dare, la protagonista de la película.

–Lo siento, estoy tan cansada –dijo, mirando a su compañero de reparto.

–Cuando rodé la primera película con Faye, me ocurrió lo mismo. Un día me quedé dormido al volante del automóvil y me desperté cuando ya estaba a punto de estrellarme contra un árbol. Al fin, incluso me daba miedo conducir. Pero Faye te saca todo lo que tienes dentro: el alma, el corazón... Al terminar, ya no hace falta que te exprima más porque tú se lo has dado todo espontáneamente.

Val estaba empezando a experimentar lo mismo,

junto con una oleada de sentimientos desconocidos de amor y respeto hacia su madre.

–Lo sé. Aún no acierto a comprender por qué me ofreció el papel –dijo la joven con sinceridad–. Nunca le ha gustado nada de cuanto he hecho. He trabajado en muchas películas, pero nunca conseguí un papel tan importante como éste.

George lo sabía y, por primera vez en muchas semanas, se compadeció de Val. Al principio, la muchacha no le gustaba. Parecía una pequeña pelandusca y pensó que Faye la había escogido por favoritismo. Sin embargo, pronto pudo percatarse de su error. Debió de ser muy duro trabajar para Faye, teniéndole a él de oponente, pensó. Aquél era un mundo de profesionales y ella no era más que una chiquilla asustada.

–Antes, le tenía un miedo espantoso –dijo George, soltando una carcajada para que se tranquilizara un poco. Valerie ya no le parecía tan vulgar como al principio. Apenas iba maquillada y sólo vestía camisetas y vaqueros porque le era más cómodo para cambiarse de ropa cuando llegaba a los estudios. Acabó compenetrándose por completo con el papel de Jane Dare, tan distinta de como era ella en la vida real–. Tu madre es una mujer extraordinaria, Val.

Ésta le miró sonriendo. Era la primera vez que la llamaba por su nombre.

–¿Sabes una cosa? Cuando estoy en el plató, me olvido de que es mi madre. Se convierte en la mujer que me grita y a veces que me hace sentir deseos de matarla.

–Eso es bueno –dijo George que conocía muy bien a Faye–. Es precisamente lo que ella quiere.

Val exhaló un suspiro, sentada en el interior del bonito automóvil. Era un Cadillac blanco descapotable con los asientos tapizados en rojo. Se hallaba tan cansada que casi no tenía ni ánimos para abrir la portezuela.

–¿Te apetece subir a tomar una copa? –le preguntó a George, mirándole muy nerviosa.

–¿Qué te parecería si fuésemos a tomar una pizza por ahí? –George consultó su Rolex–. Podría devolverte aquí dentro de una hora. Esta noche quiero estudiarme bien la escena de mañana. –Entonces se le ocurrió una idea–. ¿Te gustaría estudiarla conmigo?

Val sonrió con incredulidad. Lo que le ocurría no podía ser cierto. ¿Ella estudiando un papel en compañía de George Waterson, con quien protagonizaba una película? Debía de ser un sueño. Se apresuró a contestar antes de que el sueño se desvaneciera.

–Me encantaría hacerlo, George. Eso, si no vuelvo a quedarme dormida.

Se tomaron una pizza por el camino, fueron a la casa de George situada en Beverly Hills y se pasaron dos horas estudiando los papeles y probando distintas entonaciones e inflexiones hasta que, al final, se dieron por satisfechos. Era como en escuela de arte dramático, sólo que de verdad. A las diez en punto, George la acompañó a casa. Ambos necesitaban descansar. La saludó con una mano mientras Valerie entraba en casa; le parecía que flotaba entre nubes. Era una delicia estar con un hombre que no la manoseara. Se preguntó por qué no habría conocido nunca a alguien como George. Después se echó a reír. La mitad de la población femenina del mundo hubiera deseado conocerle y ella tenía el privilegio de trabajar con él todos los días.

El rodaje se desarrolló sin contratiempos y Val acudió varias veces a casa de George para estudiar el guión con él. En su apartamento había demasiado barullo. Él le aconsejó que se mudara a otro sitio. Era como su hermano mayor, la presentaba a sus amigos y le enseñaba las reglas del juego de Hollywood.

–No es conveniente vivir en un lugar como éste, Val

–dijo. Cada noche estudiaban juntos dos o tres horas–. La gente va a pensar que eres una cualquiera.

Era lo que le ocurría desde hacía mucho tiempo, pensó Val.

–Nunca pude permitirme otra cosa –contestó la joven. George la miró extrañado. Los Thayer eran muy importantes en Hollywood y no era lógico que no la ayudaran. Se lo dijo así y Val le miró y sacudió la cabeza. No era su estilo–. Hace años que no recibo ni un céntimo de ellos. Exactamente desde el día que me fui a vivir por mi cuenta.

–Eres testaruda, ¿eh? –le dijo George sonriendo.

Val se daba cuenta de que las relaciones entre ambos eran cada vez más estrechas. Confiaba en él. Tal vez demasiado. La película era un mundo irreal y todo terminaría tarde o temprano. Sin embargo, ella se sentía muy a gusto al lado de George. Era amable y cordial y sabía muchas cosas. Ya tenía un hijo de catorce años que era muy simpático. Se había casado a los dieciocho años, se había divorciado a los veintiuno y su ex mujer estaba casada con la gran figura del béisbol Tom Grieves. George veía a su hijo los fines de semana y algún miércoles por la noche, y un par de veces le pidió a Val que se reuniera con ellos. La joven se llevaba bien con Dan, que es así como se llamaba el chico. George le contó que le hubiera gustado tener muchos hijos, pero que nunca se había vuelto a casar. No obstante, Val sabía que había convivido con célebres actrices. A principios de junio, aparecieron juntos en la prensa por primera vez.

Faye lo vio y le mostró el periódico a Ward antes de salir de casa.

–Espero que no sea nada serio –dijo.

–¿Por qué no? –objetó Ward.

George le gustaba mucho. Lo consideraba uno de los hombres más sensatos de la ciudad.

Sin embargo, Faye veía las cosas desde otro punto de vista. Cuando trabajaba en alguna película, no podía pensar en otra cosa.

—Porque la distraerá del trabajo.

—Tal vez no. Puede que incluso le enseñe algo.

Faye farfulló algo ininteligible. Estaba preocupada por su hija. Ward no se equivocó. Val estaba fabulosa en el papel, pero su madre aún no quería decírselo por temor a que se envaneciera. Casi lamentaba tener que asistir a la ceremonia de la graduación de Vanessa dentro de unas semanas. No le gustaba alternar en sociedad con sus actores durante el rodaje de una película, pero, en aquel caso, no podría evitarlo. Procuraría mantenerse lo más alejada posible de Val y esperaba que ésta lo comprendiera. Cada vez apreciaba más a la muchacha, pero, en aquellos momentos, ella era su directora. Y eso era lo más importante.

Cuando se enteró de que Val iba a Nueva York, George quiso acompañarla.

—Llevo un año sin dejarme caer por allí. Además, podría llevar a Dan —sus relaciones con Val eran de lo más extrañas. Iban juntos a todas partes, pero él jamás la tocaba. Valerie lo sentía un poco, pero prefería no estropear las cosas—. Podría llevar a Danny. Generalmente, me alojo en el Carlyle.

—Creo que mi madre se alojará en el Pierre con mi hermano, mi hermana y mi cuñado.

Bill se lo sugirió y a Faye le pareció bien. Poco a poco, se iban haciendo amigos y Ward había jugado incluso al tenis con él algunas veces.

—¿Por qué no te alojas en el Carlyle con nosotros? —le preguntó George—. De todos modos, Faye no querrá hablar demasiado contigo.

Val lo sabía porque su padre se lo explicó. Por consiguiente, la sugerencia de George le parecía muy bien.

—Nunca habla con sus actores. Dice que eso la desconcierta. No le gusta confundir las identidades. En estos instantes, tú eres Jane Dare. No quiere ver ni a Valerie Thayer ni a George Waterson.

En la película, George interpretaba el papel de un hombre que se llamaba Sam. Val aceptó. Le gustaba la idea de alojarse con ellos en el Carlyle.

—¿Estás seguro de que a Danny no le importará?
—No, mujer. Está loco por ti.

Así lo pareció, en efecto, cuando los tres volaron a Nueva York en primera clase. George tuvo que firmar unos autógrafos hasta que, por fin, Val y Danny le tomaron el pelo y le pidieron que también les firmara uno a ellos. Val jugó a las cartas con Dan mientras George dormía, y después contemplaron los tres juntos la película, dándose codazos el uno al otro porque era una de las últimas en que había intervenido George.

En el aeropuerto de Nueva York les aguardaba un automóvil que les condujo directamente al Carlyle, donde George tenía reservada una suite de tres dormitorios. Había una pequeña cocina, un piano y un espacioso salón con una vista sobre el parque. Danny estaba emocionadísimo. Pidieron inmediatamente servicio de habitación y por la noche se fueron a cenar al 21.

—Bueno, nena —le dijo él más tarde, en el bar, cuando Danny ya estaba acostado—, ahora empezarán a decir por ahí que tienes una aventura conmigo. ¿Crees que podrás soportarlo?

Val le respondió que sí entre risas, pero le pareció gracioso que sólo fueran amigos. Pasaron un rato disfrutando de las interpretaciones de Bobby Short al piano, en el salón del Carlyle, y luego subieron a sus habitaciones. Val sabía que todos los componentes de su familia se encontraban en Nueva York. A la mañana siguiente, la llamó Vanessa y le preguntó si podría almorzar con ella. Quería que le hablara de la película. La víspera había cenado con sus padres, pero Faye no quiso decirle ni una palabra.

—Por consiguiente, me lo tendrás que contar todo tú.

—Muy bien. ¿Puedo venir con George? —preguntó Valerie.

No le apetecía dejarle abandonado con el chico.

—¿Qué George? —preguntó Vanessa sin comprender.

—George Waterson —contestó Val como quien no quiere la cosa.

—¿Hablas en serio? —preguntó Vanessa, asombrada—. ¿Está ahí contigo?

—Sí. Vinimos con su hijo. Pensó que sería divertido pasar unos días aquí mientras yo asisto a la ceremonia de tu graduación. ¡Por cierto, enhorabuena! ¡Por lo menos, uno de nosotros tiene un título universitario!

Pero Vanessa se había olvidado por completo de su flamante título.

—¡George Waterson! —exclamó—. ¡Val, no puedo creerlo! —cubrió el teléfono con una mano y le comunicó la noticia a Jason. Después, le preguntó a Val—: ¿Sois novios?

—No, sólo somos amigos.

Sin embargo, Vanessa no se creyó ni una palabra y así se lo dijo a Jason tras colgar el teléfono. Para haberla acompañado a Nueva York, tenían que ser algo más que amigos.

—Cualquiera sabe. Vosotros, los del país del plástico, sois muy raros. Siempre lo he dicho. —Jason la miró sonriendo.

Acababan de encontrar un piso situado encima de un almacén de SoHo y se mudarían allí en el transcurso de la semana siguiente. Prometieron mostrárselo a Ward y Faye porque Van ya no ocultaba que vivía con Jason y pretendía seguir haciéndolo. La víspera, Faye le hizo algunas preguntas, confiando en que le anunciaran la boda, pero al parecer, la pareja no tenía la menor intención de casarse. Al volver a casa, Jason acusó a Van de torturar a su madre tras haber cenado todos juntos en el Pierre.

–Pobrecilla, se muere de ganas de que seas respetable. Podríamos decirle, por lo menos, que estamos comprometidos.

–Eso lo echaría todo a perder.

–Estás chiflada.

–No, en absoluto. No me hace falta tener un papel que me una a ti. Ambos tenemos un montón de cosas que hacer primero –dijo Vanessa, recordándole la obra de teatro de Jason, el libro que ella quería escribir y el trabajo que tenía que encontrar.

No obstante, el joven ya había finalizado los estudios y deseaba sentar la cabeza. Vanessa, por el contrario, no tenía prisa. Era los suficientemente joven como para pensar que le quedaba toda una vida por delante. En cambio, tenía una prisa enorme por conocer al amigo de Valerie.

Se citaron con ellos a almorzar en el PJ Clark's y, a la una en punto, Valerie, George Waterson y Dan llegaron al restaurante. El actor vestía vaqueros, camiseta, zapatos Gucci y no llevaba calcetines, mientras que Danny iba como cualquier otro niño de su edad, con una camiseta azul y unos pantalones color caqui. Le gustaba mucho acicalarse desde que habían empezado a interesarle las chicas y estaba enamoradísimo de Valerie, la cual lucía un vestido rojo de cuero estilo gitana. Sin embargo, Vanessa sólo tenía ojos para George. Valerie se dio cuenta y le hizo un comentario burlón durante el almuerzo. Jason y George hicieron buenas migas en el acto y Jason habló incesantemente de deportes con Dan, a quien prometió llevar a un partido de los Yanquis antes de que regresara a la costa Oeste. Formaban un grupo muy bien avenido y Vanessa no pudo por menos que observar el cambio que se había producido en su hermana. Valerie estaba más serena y tranquila que de costumbre y no parecía tan atolondrada. Se la veía feliz y satisfecha y era imposible creer que no estuviera enamorada de aquel hombre. Desde luego, él sí parecía enamorado de ella. Asimismo hablaron un poco de una película. Valerie aún estaba asombrada de que le hubieran confiado el papel. Le describió a Van la horrible entrevista que había tenido con su madre y cuán asustada estaba.

—Esta mujer siempre me ha inspirado miedo.

Era la primera vez en su vida que lo reconocía. Vanessa la miró sorprendida. Ya no le cabía la menor duda de que su hermana había cambiado. Parecía que hubiera madurado de golpe, pensó, mirándola con simpatía.

—Siempre creí que le tenías celos, no miedo.

—Supongo que ambas cosas —dijo Valerie, lanzando un suspiro mientras miraba a George—. Aún me sigue dando miedo durante el trabajo, pero ya no me lo tomo a mal. Veo lo mucho que trabaja y creo que se merece todo lo que le han dado. No he sabido reconocerlo hasta ahora.

—Qué curioso —dijo Vanessa en voz baja mientras ambos hombres intercambiaban una mirada.

Parecía increíble que las dos jóvenes fueran gemelas. Vanessa, tan reposada e intelectual, tan empeñada en triunfar en un campo totalmente distinto. Ya ni siquiera deseaba regresar a Los Ángeles. Su vida estaba en Nueva York con Jason, sus amigos y el ambiente literario en el que pretendía abrirse camino. Ya no le interesaba escribir guiones cinematográficos, sólo hablaba del libro. Valerie, en cambio, con su llamativa melena pelirroja y su belleza, formaba parte del mejor mundo cinematográfico de Hollywood, no de la basura en la que hasta entonces se había hallado inmersa. Sin que ella lo advirtiera, su aspecto había cambiado en dos meses. Los días en los que tenía que proferir alaridos y el fango verdoso habían quedado atrás para siempre y ya se advertía en ella el halo que nimba a una gran actriz. El mismo que tenía Faye. O casi.

Al día siguiente, durante la ceremonia de la graduación, Faye contempló con orgullo a sus hijos. Anne, impecablemente vestida con ropa carísima y unos pendientes de brillantes en las orejas, le daba el brazo a Bill; Vanessa, tan guapa y tan seria con la toga y el birrete; Valerie, tan icreíblemente hermosa sin saberlo, y Lionel más feliz que en el transcurso de los últimos dos años. Faye pensó que tal vez había un nuevo hombre en su vida, pero no se lo quiso preguntar. Ward tampoco lo hizo. A sus veinticinco años, Lionel gozaba de total independencia y todos le aceptaban y se aceptaban unos a otros, aunque Faye sabía, que en algunos casos, esa aceptación aún era unilateral. Anne todavía estaba enojada con su madre por el hijo al que había renunciado, Val seguía estando celosa de su éxito, Vanessa se había alejado un tanto de ella y Lionel vivía su vida, en cuanto al pobre Greg, ya no estaba con ellos. Faye lo echó de menos en aquellos momentos, recordó su cabello pelirrojo y su afición al deporte y a las chicas. Siempre había estado más unido a Ward que a ella, aunque también era su hijo. Le apretó un brazo a Ward, consciente de que estaría pensando en él y de que el recuerdo le sería muy doloroso.

Por la tarde, todos fueron a celebrar la graduación al Plaza entre risas y carcajadas. Faye dispuso que adornaran una mesa con flores blancas en el salón Eduardino, y Vanessa se llevó una sorpresa enorme cuando Ward le entregó el regalo de graduación. Lo discutieron mucho, y al final, decidieron incluir también a Jason. Era una forma de aprobar sus relaciones. Les regalaron dos pasajes para Europa y un sustancioso cheque para cubrir sus gastos y sus diversiones, y reservas en los mejores hoteles del viejo continente. Sería un viaje extraordinario. Faye se alegró de que Jason tuviera tiempo disponible: una vez instalados en su nueva vivienda de SoHo. Había dejado su trabajo para poder dedicarse por entero a la obra de teatro.

–Bueno, espero que eso contribuya a libraros de las preocupaciones durante algún tiempo –les dijo Ward sonriéndoles.

Deseaba que se casaran, pero, de momento, no parecía que estuvieran dispuestos a hacerlo. Se preguntaba, asimismo, qué clase de relaciones habría entre George y Val. El actor dedicó aquella tarde a su hijo, pero Ward sabía que Valerie se alojaba con ellos y tenía curiosidad por saber qué tal iban las cosas, aunque no pronunció palabra en todo el día. Bill y Anne, por su parte, se llevaban bien con el resto de la familia. Anne invitó a Gail y ésta se pasó el rato charlando animadamente con Lionel. Estaba entusiasmada con sus estudios de diseño y con el trabajo que había encontrado para el verano en la casa de Bill Blass. Lionel habló por los codos de su nueva película. Todos eran jóvenes y felices. Se le alegraba a uno el corazón de verlos, le dijo Ward a su mujer mientras regresaban al Pierre dando un lento paseo por las calles. De repente, él tomó del brazo a su esposa, habló con el cochero de un cabriolé estacionado junto a la acera y, en un abrir y cerrar de ojos, Faye se encontró paseando en coche por el Central Park, tomada de la mano de Ward. Éste la besó suavemente un par de veces. Al cabo de toda una vida, Faye aún seguía enamorada de su marido.

–Me veo obligado a reconocer que tenemos unos hijos estupendos –dijo Ward mientras recorrían el parque. Faye estaba de acuerdo con él. Apenas había hablado con Val, pero esperaba que George le explicara su actitud. Él conocía muy bien sus métodos de trabajo–. Aunque tú eres mucho más guapa que todos ellos, nena.

—Amor mío —le contestó ella, besándole—, ahora sé que estás tan loco como siempre lo había pensado.

—Loco sólo por ti —dijo él.

Volvió a besarla y permanecieron largo rato con las manos entrelazadas, satisfechos de sí mismos y de sus propias vidas. Habían recorrido un largo camino juntos.

42

–¿Te apetece salir a cenar fuera esta noche, cariño? –preguntó Bill.

Anne, que estaba tendida en la cama de su habitación del Pierre, sacudió la cabeza. Se alegraba de que todo hubiera ido bien, aunque a ella no le apetecía ir. Bill consideró, sin embargo, que debían hacerlo, diciéndole que, de paso, podría ver a Gail. Eso fue lo que por fin la convenció. Su marido le propuso hacer otro viaje a Europa con escala en Nueva York, pero ella se sentía muy cansada desde hacía varios meses, prácticamente desde su primera aborto.

–¿Por qué no pedimos servicio de habitación y cenamos aquí?

Sabía que Gail iba a salir con Lionel; le gustaba la compañía del joven y, además, tenía muchos amigos homosexuales. Anne prefirió no acompañarles. Pensaba que Bill se aburriría. Jason y Vanessa se irían a celebrar solos la graduación, Valerie ya tenía a su astro de la pantalla y ella no deseaba ver a sus padres. Una vez en un día ya era más que suficiente. Sin embargo, a Bill le parecía una lástima desperdiciar una noche en Nueva York.

–¿Estás segura?

–No me siento con ánimos para salir.

—¿Te encuentras mal?

Recordando la época en que la madre de Gail se sintió enferma por primera vez, Bill insistió en que Anne fuera al médico. Sin embargo, cuando regresaron a Los Ángeles a la semana siguiente, ella se negó.

—No quiero ir al médico. Me encuentro bien —dijo.

Aun así, Bill no quiso ceder. Ciertas cosas eran demasiado importantes para él, y Anne era una de ellas. No quería perderla.

—No te encuentras bien, te encuentras fatal. No quisiste salir conmigo en Nueva York —contestó Bill. Se limitó a pedir que le subieran algo y se quedó dormida, y en casa hacía casi lo mismo todas las noches. Bill tenía la impresión de que se pasaba el día durmiendo—. Si tú no pides hora, la pediré yo, Anne.

Y eso fue exactamente lo que hizo al fin. Pidió hora, simuló que la iba a llevar a almorzar, pero, en su lugar, la llevó a su médico que vivía en Beverly Hills.

—¡Me mentiste! —le gritó Anne.

Era la primera vez que se enojaba con su esposo. Bill la acompañó al consultorio como si fuera una chiquilla. El médico no encontró nada. Las glándulas funcionaban bien, no se observaba ninguna anomalía en el tórax, el recuento sanguíneo era normal. Sin decirles nada, al médico se le ocurrió una idea. Hizo la prueba con la sangre que le extrajo a Anne del brazo y, por la noche, llamó a Bill para comunicarle el resultado. Bill se emocionó y asustó a la vez. Anne volvía a estar embarazada y él temía que volviera a ocurrirle otro percance.

—Que siga haciendo la misma vida que hasta ahora. Su cuerpo sabe mejor lo que le conviene. Necesita mucho descanso, buena alimentación y la menor tensión posible. Conque descanse un par de meses todo irá bien. —Tras colgar el aparato, Bill se reunió con ella en la otra habitación. Mientras se distraía viendo la televisión, Anne le dijo que no sabía si llamar a Gail, para salir a cenar.

–Creo que debes hacerlo, cariño –le dijo Bill, dirigiéndole una sonrisa.

–¿Por qué?

–Para darle la noticia.

–¿Qué noticia? –preguntó Anne, perpleja.

–La noticia de que vuelves a estar embarazada –contestó Bill, besándola dulcemente en los labios.

–¿De veras? ¿Quién te lo ha dicho?

–El médico me lo acaba de comunicar ahora mismo. Acabo de hablar con él. No nos dijo siquiera que iba a hacer la prueba.

–¿Es cierto eso? –preguntó Anne, aturdida. Le echó los brazos al cuello a su marido pugnando por reprimir las lágrimas–. Oh, Bill…

No se atrevió a pronunciar las palabras, y no se lo quiso decir a nadie hasta que no transcurriera el fatídico período de los tres meses; pero esta vez no se presentó ningún contratiempo. En septiembre, el médico dijo que había pasado el peligro. El niño nacería en febrero, probablemente el día de San Valentín. Su primer hijo tendría para entonces unos cinco años, pero ninguno de ellos aludió a este hecho. Se limitaban a hablar de su futuro hijo. Bill la trataba con un cuidado exquisito. No hacían viajes ni iban a ninguna parte; Anne descansaba todo el día y Bill la mimaba más que nunca.

Faye la llamó varias veces para expresarle su deseo de que todo fuera bien, pero Anne se mostraba muy fría con ella por teléfono porque le hacía evocar un doloroso período de su pasado. Ni siquiera quería hablar con Lionel: le recordaba la época en que vivió con él y con John mientras aguardaba su primer hijo.

Gail la llamaba a menudo desde Nueva York, y le preguntaba si estaba muy gorda. Anne le contestaba entre risas que parecía un elefante; y, en efecto, cuando su hermana Val se tropezó un día con ella en Rodeo Drive, no tuvo más remedio que darle la razón. Estaban en noviembre y el rodaje de la película había terminado hacía un mes. El montaje se efectuaba a marchas forzadas porque Faye quería estrenar la película durante las fiestas de Navidad. Todos se daban prisa porque querían presentarla candidata a los premios de la Academia, lo cual exigía que se estrenara antes de fin de año. Cuando se encontró con su hermana, Anne vio a George Waterson aguardándola en su Cadillac, estacionado junto al bordillo de la acera. Se preguntó si seguirían siendo «sólo amigos», tal como ella aseguraba. Val estaba más guapa que nunca y quería comprarse un vestido en Giorgio's para una fiesta a la que debía asistir aquella noche. Anne acababa de comprarse allí también unas prendas para las fiestas de Navidad. Bill insistía en que saliera un poco, pero todo le estaba estrecho, incluso sus vestidos premamá de la otra vez.

–¿Cómo te encuentras? –le preguntó Val, sinceramente preocupada.

Todos sabían cuánto significaba aquel hijo para Anne, y por qué razón. Anne se rió. Estaba encantada con su embarazo, a pesar de las molestias que le producía.

–Muy gorda.

–Pero tienes muy buen aspecto.

–Gracias. Y a ti, ¿cómo te va la vida?

Raras veces se llamaban. Parecía increíble que hubieran crecido en la misma casa. Aunque, en realidad, no era así. Val había crecido en los últimos tiempos y Anne creció al lado de Bill.

–Me acaban de ofrecer otro papel.

–¿Supongo que no será otra vez con mamá?

Val se apresuró a denegar con la cabeza. Trabajar con su madre había sido una inolvidable experiencia y siempre le estaría agradecida, pero no deseaba repetirla tan pronto. Casi todos los actores que trabajaban con ella decían lo mismo, incluso Georges.

–Una vez cada tres años es suficiente –decía éste, y así lo creía también Val.

–No, con otro director –contestó, citándole el nombre y los de los restantes actores del reparto. Anne la miró asombrada–. Pero aún no lo he decidido. Tengo otras dos ofertas.

Su carrera había despegado como un cohete de la noche a la mañana, tras pasarse cinco años pegando gritos, por fin, le sonreía el éxito. Anne se alegró mucho por ella y aquella noche se lo contó a Bill.

–Algún día no lejano será la estrella más rutilante de Hollywood. Igual que tu madre.

No hubiera tenido nada de extraño porque era guapa e inteligente y había nacido para el éxito. Se notaba con sólo verla descender de un automóvil. Ya no lucía un ceñido vestido negro y zapatos de tacón con lentejuelas a las diez de la mañana. Había recorrido un largo camino y Anne atribuyó a George la felicidad que se reflejaba en los ojos de su hermana.

–Yo creo que deben de ser algo más que amigos, ¿no te parece? –le dijo a su marido.

No sabía cómo sentarse para estar cómoda en el sillón hasta que Bill le puso unos cojines en la espalda y ella se lo agradeció dándole un beso.

–Yo también lo creo, pero son listos y procuran que la gente no se entere de nada. George es un gran astro del cine y este tipo de publicidad resulta muy molesto.

En realidad, al principio se lo ocultaron a todo el mundo, incluso a Dan. Más tarde, no hubo más remedio que decírselo; y ahora Val vivía tranquilamente con ellos en las colinas de Hollywood, en una preciosa casa completamente cercada y rodeada de frondosos árboles. Los fotógrafos de prensa aún no les habían descubierto, a pesar de que ya hacía tres meses que vivían juntos.

Val más feliz que nunca. Cuando ella y George regresaron de Nueva York y reanudaron el trabajo en la película, se produjo un cambio muy visible en sus relaciones. Estaban tan compenetrados el uno con el otro que se comprendían a la perfección y cada día se producía en el plató una mágica relación entre ellos que a Faye le encantaba.

Ésta prefirió no decirles nada y dejar que las cosas siguieran su curso. En agosto, cuando Dan se fue a pasar las vacaciones con su madre, Val se instaló en la casa con George. A la vuelta, se lo explicaron todo a Danny. George quería incluso casarse con ella, aunque, en realidad, ninguno de los dos tenía prisa. Querían pensarlo con tiempo. Val sabía que la prensa acabaría por enterarse, pero ya estaban preparados para ello. Incluso lo esperaban.

–¿Crees que podrías soportar vivir aquí toda la vida con un anciano y un chiquillo? –le preguntó George, besándole el cuello la tarde en que Val se tropezó con Anne en Rodeo Drive.

–No me parecería del todo mal –contestó ella, mirándole con ojos soñadores–. Claro que eso no es tan bonito como el sitio donde yo vivía antes.

George soltó una sonora carcajada y le alborotó la preciosa melena pelirroja.

–¿Te refieres a aquella casa de putas llena de gallinas viejas? ¡Es un milagro que no te detuvieran por el solo hecho de vivir allí!

–Pero, George, por Dios, ¡qué cosas dices!

–¡Es la pura verdad!

Al final, Valerie les comunicó a sus padres que vivía con George y exhaló un suspiro de alivio al ver que se alegraban de ello. Aunque ya era una persona adulta, seguía importándole la opinión de sus padres, sobre todo, después de haber trabajado con Faye. La respetaba mucho por su forma de trabajar y tenía la impresión de que su madre también la respetaba a ella. Incluso la ayudó a buscarse otro representante; y un día, cuando la película ya estaba lista, mantuvieron una larga conversación.

—Eres una excelente actriz, Val. ¿Sabes una cosa? Tu padre siempre lo creyó y me lo dijo. Tengo que reconocer que yo tenía mis dudas, pero eres una de las mejores y te aseguro que vas a llegar muy lejos.

Aquellas palabras significaron mucho para Val. Le pareció increíble que se las dijera Faye Thayer.

—Pues yo, antes te aborrecía con toda mi alma —le dijo ella con los ojos anegados en lágrimas—. Estaba celosísima de ti y de aquellos malditos Oscars que tenías en el estudio.

—No significaban nada —dijo Faye en voz baja, mientras Valerie sacudía la cabeza—. Mis cinco mejores Oscars sois vosotros.

—Yo antes también decía que no significaban nada, pero es mentira. Significan que has trabajado con ahínco y que eres extraordinaria. Eres maravillosa, mamá… La mejor.

Se abrazaron llorando y ahora el recuerdo de aquellos instantes seguía reconfortando el corazón de Val. Al fin, hizo las paces con su madre. Tardó mucho tiempo en hacerlo, pero lo consiguió. Esperaba que Anne lo consiguiera también algún día y que sus ojos perdieran aquella especie de expresión fantasmagórica que a veces tenían, le dijo a George. Siempre se lo contaba todo. Más que un amante, él era su mejor amigo.

—¿Sabes una cosa? Envidio un poco a tu cuñado —le dijo George aquella noche sentado al lado de Valerie en el sofá, frente a la chimenea encendida.

—¿A Bill? ¿Por qué? —preguntó Val, asombrada—. Tenemos todo lo que él tiene y todavía más. Por si fuera poco —añadió con una sonrisa—, tú me tienes a mí, ¿qué más puedes querer?

–Claro –dijo George, mirándola con cariño. Sin embargo, se advertía en sus ojos un anhelo desconocido. Era un hombre reposado, con unos valores e ideales que a ella le gustaban mucho y un estilo de vida muy alejado del que solían llevar los ídolos de Hollywood–. Les envidio este hijo.

–¿De veras? –Valerie se sorprendió. Ella casi nunca pensaba en los hijos. Quería tenerlos algún día, pero su carrera era muy importante, se había esforzado mucho y acababa de iniciar el emocionante ascenso hacia la cumbre. Aún no estaba dispuesta a dejarlo, tal como hizo su madre casi a su misma edad. Faye tenía veinticinco años cuando abandonó su carrera de actriz y Val estaba a punto de cumplir los veintitrés–. ¿De verdad querrías tener un hijo ahora, George?

Éste también se hallaba en la cima de su carrera. Hubiera sido difícil para ambos, en aquellos momentos, aunque a Valerie le gustaba la idea para más adelante.

–Puede que no ahora, pero sí algún día muy cercano –respondió él.

–¿Cómo de cercano? –preguntó Val, mirándole preocupada.

–¿Qué tal la semana que viene? –le dijo George con tono burlón al ver la cara que ella ponía–. No sé, dentro de unos dos años. Pero es algo que quisiera repetir algún día.

Dan era un niño muy simpático y Val también le tenía cariño.

–No me parecería mal.

–Muy bien –dijo George, complacido.

Al cabo de un rato, empezó a quitarle lentamente la ropa frente a la chimenea, aduciendo que tenían que empezar a hacer prácticas.

43

–¿Cómo te encuentras, cariño? –le preguntó Bill.

–¿Cómo te encontrarías tú si tuvieras esta pinta? –le contestó Anne echándose a reír–. Fatal. No puedo moverme, no puedo ni respirar. Si me tiendo, el niño me ahoga. Si me siento, me dan calambres.

Estaban a nueve de febrero y faltaban cinco días para la fecha del parto, pero, a pesar de las incomodidades, Anne parecía muy contenta. Deseaba tanto tener aquel hijo que no le importaban las molestias. Ansiaba estrecharle en sus brazos y ver su carita. Seguía pensando que iba a ser un niño, pero Bill esperaba en secreto que fuera una niña, porque decía que estaba más acostumbrado a ellas.

–¿Te apetece salir a comer algo por ahí? –le preguntó su marido.

Anne negó con la cabeza. Todo le estaba estrecho, incluso los zapatos, y sólo se podía poner tres vestidos horrendos que tenía. Ya no iba a Giorgio's a comprarse vestidos para salir, porque casi nunca salía. Se sentía demasiado incómoda. Andaba por la casa descalza y enfundada en prendas holgadas, generalmente camisones. Por la noche, tras tomarse una sopa y un *soufflé*, que era lo único que le cabía en el estómago, salió a dar un paseo con Bill por los alrededores de la casa; pero hasta eso fue demasiado. Empezó a jadear y tuvo que sentarse sobre una enorme piedra a la entrada de una casa. Bill pensó que tendría que ir por el coche, pero Anne le aseguró que podría regresar a casa andando. Se la veía tan vulnerable y voluminosa que daba pena, pero ella lo aceptaba todo sin quejarse. A la mañana siguiente, incluso se levantó de la cama para prepararle el desayuno a su marido. Rebosaba de energía y dijo que iba a limpiar otra vez la habitación del niño, aunque, en realidad, no hacía falta. Bill trató de disuadirla de que lo hiciera, pero ella se empeñó y, cuando él se fue de casa, Anne ya estaba pasando la aspiradora por el suelo. Bill se marchó un poco preocupado y decidió regresar a casa antes de ir a almorzar. La encontró tendida en la cama con el cronómetro en la mano, contando las contracciones mientras respiraba según el método Lamaze que esta vez había decidido aprender. Le miró con aire distraído mientras él se acercaba presuroso.

–¿Ya ha llegado el momento?

–Quería estar segura de ello antes de sacarte del despacho o del Polo Lounge –contestó Anne, mirándole plácidamente.

–No hubieras tenido que pasar la aspiradora –le dijo Bill, tomando el cronómetro; estaba muy nervioso.

–Algún día tiene que nacer el niño, ¿no? –contestó Anne, riéndose.

Faltaban sólo cuatro días para la fecha prevista. Bill canceló el almuerzo y llamó al médico. Luego, llamó a su secretaria para comunicarle que no iría por la tarde. Sin embargo, no consiguió convencer a Anne para que fuera al hospital. El médico dijo que aún había tiempo, pero Bill temía esperar demasiado.

Anne recordaba muy bien la experiencia de su anterior parto en que el niño tardó varios días en nacer. No había ningún motivo para tener prisa y, además, el método de respiración la ayudaba a controlar el dolor.

Bill consiguió que tomara un poco de sopa y después se sentó en el dormitorio en compañía de su esposa. De vez en cuando, Anne se levantaba y paseaba un poco por la habitación. A las cuatro en punto, miró a su marido frunciendo el ceño. Ya no podía incorporarse y los dolores eran muy fuertes. Comprendió que había llegado la hora. Bill fue corriendo por su bolso al cuarto de vestir y regresó enseguida. Mientras se cambiaba de ropa, Anne rompió súbitamente aguas por todo el blanco suelo de mármol del cuarto de baño y empezó a experimentar intensísimos dolores; de nada le valió el método de la respiración. Bill estaba muerto de miedo y fue ella quien tuvo que tranquilizarle mientras la ayudaba a vestirse. Las contracciones eran ya muy rápidas.

–Te dije que no esperáramos tanto –dijo Bill, muy asustado.

¿Y si lo tuviera allí mismo?, pensó. ¿Y si el niño muriera…?

–Cálmate –contestó Anne. Bill le besó el cabello y, por fin, consiguió ponerle el vestido y la llevó en volandas al automóvil–. Necesito los zapatos –le dijo Anne echándose casi a reír a pesar de los dolores.

Bill entró corriendo por las sandalias que ella utilizaba últimamente y la llevó al hospital Cedros del Sinaí, pisando el acelerador y sin apenas detenerse en los semáforos. Era la primera vez que utilizaba el Rolls como si fuera una ambulancia. Anne emitía agudos gritos a cada contracción y decía que ya notaba la cabeza del niño. Bill dejó las portezuelas del vehículo abiertas mientras acompañaba a toda prisa a su mujer al interior del hospital. Le dio las llaves a una enfermera y ésta se las cerró. Anne jadeaba, apenas podía respirar. Avisaron inmediatamente al médico. Ya no había tiempo para trasladarla al departamento de maternidad. Tendida en una camilla de la sala de urgencias, Anne lloraba de dolor.

–Ya le noto la cabeza… Es tremendo, Bill…

La presión era insoportable. Parecía que la estuvieran desgarrando por dentro, pensó, mirando angustiada a su marido. Bill hacía una mueca cada vez que se producía una contracción. No vio nacer a su hijo porque entonces no se estilaba, pero no estaba seguro de poder soportar el espectáculo en aquellos momentos. No quería ver sufrir a Anne de aquella manera, pero la enfermera le comunicó que ya era demasiado tarde para administrarle un sedante. Sabía lo horrible que había sido la otra vez y él no quería que pasara de nuevo por aquel suplicio. Anne se incorporó y la enfermera le dijo a Bill que la sostuviera por los hombros.

—Ahora ya puedes empujar, Anne —dijo la enfermera como si la conociera de toda la vida—. Anda…, con todas tus fuerzas.

Anne tenía la cara congestionada y lloraba cada vez que se detenía.

—Me duele mucho… No puedo… Bill, qué dolores tan fuertes.

Volvió a empujar y, en aquel momento, apareció el médico con el gorro puesto, los guantes y la bata. Tomó rápidamente un instrumento y ayudó a Anne para que la cabeza pudiera emerger triunfalmente a la siguiente acometida. El niño nació en la sala de urgencias del hospital ante los maravillados ojos de sus padres. Al principio, se le veía ligeramente aturdido y a Bill le pareció que estaba un poco azul, pero, en cuestión de segundos, adquirió un saludable color sonrosado y empezó a berrear. Anne reía y lloraba a la vez, mientras Bill la cubría de besos y le decía que era estupenda.

—¡Es precioso… precioso! —repetía Anne, mirando a Bill. Al cabo de unos instantes, se lo entregaron envuelto en una manta de la sala de urgencias. Anne, que no había podido ver el rostro de su primer hijo, no se cansaba de contemplar el del segundo, el cual, en su opinión, se parecía mucho a Bill. Al cabo de un rato, se la llevaron en camilla a una habitación individual del departamento de maternidad.

–La próxima vez, le agradeceré que venga un poco antes para que no tenga que asistirla en la puerta –le dijo el médico con fingida severidad mientras todos se echaban a reír.

Bill lanzó un suspiro de alivio porque se había llevado un susto tremendo. Anne no cabía en sí de gozo y estrechaba al niño en sus brazos. No quería que se lo llevaran ni para bañarle. Por fin, la enfermera consiguió convencerla. Más tarde, ella y Bill llamaron a Gail y ésta, para complicar un poco más las cosas, se echó a llorar de emoción. Anne quería que su hijastra fuera la madrina. Necesitaba dormir un poco, pero se lo impedía la emoción; estaba realmente cansada. Pulsó un timbre para que la enfermera le trajera al niño y ésta apareció sonriente con el chiquillo en brazos, y se lo puso al pecho, indicándole lo que tenía que hacer mientras Bill contemplaba la escena con los ojos anegados en lágrimas. Era una imagen conmovedora que jamás podría olvidar.

Por la noche, Anne llamó a Valerie, a Jason y Van, a Lionel y, por fin, a sus padres no sin cierta vacilación. Todos se alegraron muchísimo. Le iban a bautizar con el nombre de Maximilian y le llamarían Max Stein. Faye estaba muy contenta por su hija. Cuando acudió a verla al día siguiente, le trajo un enorme oso de felpa para Max y una mañanita para ella, muy parecida a la que la misma Faye llevaba en el hospital cuando nació Lionel.

–Estás preciosa, cariño.

–Gracias, mamá.

Sin embargo, entre ambas había un abismo que nada podía cerrar. Era un vacío irremediable que hasta el propio Bill percibió cuando regresó al hospital tras haberse cerciorado de que en casa todo estaba al gusto de Anne. La iban a dar de alta al día siguiente.

Después trajeron a Max, y Faye convino en que,

efectivamente, se parecía a Bill. Cuando llegaron Val y George, poco faltó para que las enfermeras se desmayaran de la emoción. Esta vez, no sólo le pidieron autógrafos a George, sino también a Val. La película en la que ésta había intervenido era un gran éxito y había carteles de Val por toda la ciudad. Faye sonrió mientras contemplaba a sus dos hijas. Val escuchó la descripción de los pormenores del parto, y Bill y George miraban embobados al pequeño Max.

Al día siguiente, regresaron a casa e instalaron al niño en su cuarto. Se le veía feliz y contento y se alimentaba sin ningún problema. Bill se tomó unos días de descanso para estar en compañía de ellos.

–¿Sabes una cosa? –dijo Anne días después–. No me importaría nada repetirlo.

Bill soltó un gruñido porque aún estaba bajo los efectos de la escena y por nada del mundo hubiera querido verla pasar de nuevo por aquel trance.

–¿Lo dices en serio? –preguntó, asombrado.

–Sí –contestó Anne, mientras contemplaba sonriendo al niño al que estaba amamantando.

Bill comprendió que aquél era el precio de tener una esposa de veintitrés años y se inclinó para besarlos a los dos.

–Tú mandas.

En los ojos de Anne se advertía una nueva expresión. No había ocurrido lo que ella esperaba. El dolor del pasado no desapareció por completo y nunca desaparecería. Sin embargo, ahora tenía a alguien a quien amar. Nunca sabría dónde estaba y cómo era su primer hijo, ni quién sería cuando creciera a menos que la buscara. Se había ido para siempre de su vida, lo había perdido irremediablemente, pero, a partir de ahora, podría seguir adelante. El dolor que experimentaba ya no era tan intenso. Tenía a Max y a Bill y, aunque no volviera a parir otro hijo, le bastaba con tenerlos a ellos dos.

44

La noche de la entrega de los premios de la Academia, Anne le preguntó a su esposo, muy preocupada, si la veía muy gorda. Lucía un vestido azul pálido con adornos dorados y sortija y pendientes de brillantes y zafiros. Bill la encontraba preciosa. No estaba tan demacrada como antes y ofrecía un aspecto sereno y reposado.

–Estás más guapa que una estrella de cine –le contestó su marido, ayudándola a ponerse una estola de visón blanco antes de subir al automóvil. No querían llegar tarde. Prometieron pasar a recoger a Faye y Ward por el camino. Valerie iría por separado en compañía de George, y Lionel dijo que se reuniría con ellos en la misma sala del Music Center en la que iba a celebrarse la ceremonia. Estaban todos elegantísimos y deslumbrantes, los hombres de esmoquin y las mujeres enjoyadas y vestidas con vistosos trajes de noche. Valerie lucía un impresionante vestido verde esmeralda, llevaba el cabello recogido hacia arriba y se adornaba las orejas con unos preciosos pendientes de esmeraldas que le había prestado Anne. Faye estaba arrebatadora con un traje de noche bordado con lentejuelas grises de la colección Norell. Enfundada a unos vaqueros, Vanessa contemplaba la ceremonia por televisión en compañía de Jason, desde su casa de Nueva York.

–No puedes imaginarte qué emocionante resulta, Jase –dijo mientras contemplaba emocionada a la gente que conocía. Las cámaras enfocaban repetidamente el rostro de Val. Era la primera vez en su vida que Jason se interesaba por ese tema. Antes de conocer a Vanessa, los premios de la Academia le importaban un bledo. Aquella noche, en cambio, estaba dispuesto a verlo todo, incluso la parte más aburrida de la ceremonia: los efectos especiales, los premios humanitarios, las bandas sonoras, los guiones y las canciones.

La presentación de la primera parte estuvo a cargo de Clint Eastwood, ya que Charlton Heston llegó con retraso por culpa de un pinchazo en el automóvil. Aquel año el premio a la mejor dirección lo concedieron a un buen amigo de Faye. George era candidato al premio al mejor actor, pero no lo ganó. Tampoco la película fue distinguida con ningún premio. Después llamaron a Faye para entregar el siguiente premio.

–Premio a la mejor actriz –dijo ella, leyendo la lista de todas las que habían sido seleccionadas por la Academia. Van y Jason observaron la tensión en los rostros de las distintas actrices hasta que, finalmente, las cámaras enfocaron a Val, sentada e inmóvil como una piedra al lado de George.

–La ganadora es… Valerie Thayer por la película *El milagro* –anunció Faye, mirando emocionada a su hija.

Los gritos que profirió Vanessa en su casa de SoHo se hubieran podido oír en Los Ángeles. Jason se emocionó tanto que se le cayeron al suelo las palomitas de maíz que sostenía en un cuenco. En Hollywood, Valerie se acercó al escenario y se volvió para arrojarle un beso a George, mientras miles de cámaras captaban la imagen. Una vez arriba, su madre le entregó el Oscar y, acercándose al micrófono, mientras las lágrimas le rodaban por las mejillas, añadió:

–No saben ustedes cuánto se merece el premio esta

chica. Ha soportado a la directora más terrible de Hollywood.

Después, retrocedió entre las risas generales y Valerie dio las gracias a todo el mundo y pronunció unas emocionantes palabras en elogio a Faye.

—Hace tiempo me dio la vida —dijo— y ahora me ha dado mucho más. Me ha enseñado a trabajar con ahínco, a esforzarme, me ha dado la mayor oportunidad de mi vida. Por todo ello, gracias, mamá. —Todo el mundo sonrió conmovido mientras la joven sostenía en alto la codiciada estatuilla—. Y gracias a ti, papá, por creer en mí, y a Lionel, Vanessa y Anne por haberme soportado durante estos años... —Casi sin aliento, añadió—: Y también a ti Greg, todos te queremos mucho.

Luego abandonó triunfalmente el escenario y corrió a arrojarse en los brazos de George. Al finalizar la ceremonia, se fueron a celebrarlo todos juntos. En cuanto pudo, Valerie llamó a Vanessa y a Jason. Todos querían hablar con ella, besarla y abrazarla. Incluso Anne estaba que no cabía en sí de alegría. Más tarde, en el Chasen's, Lionel presentó a la familia a su nuevo amigo. Era un actor de aproximadamente la edad de George con quien éste había actuado en alguna ocasión. Al parecer, estaba muy compenetrado con Lionel y Faye comprendió que era el responsable de la nueva felicidad de su hijo. Era la primera vez que le veía tan contento desde la muerte de John, y se alegró por él. Se alegraba por todo: por Val, naturalmente, por Anne y su hijito, por Van. Ya estaban todos situados. Por la noche, sorprendió a Ward, sugiriéndole algo de lo que no hablaba desde hacía mucho tiempo.

—¿Qué te parece si lo dejamos todo uno de estos días?

—¿Vuelves con lo mismo? —le replicó él, riéndose—. Me parece que ya empiezo a comprenderlo. Cada vez que no te dan el premio de la Academia, te entran ganas de dejarlo. ¿No es cierto, amor mío?

Faye se echó a reír. Se alegraba mucho por Val y no la envidiaba porque se había ganado el premio a pulso.

–Ojalá fuera todo tan sencillo –dijo, sentándose en la cama mientras se quitaba el collar de perlas. Era el primer regalo que le había hecho Ward y la única joya que no vendió cuando perdieron la fortuna, por lo cual le tenía un especial cariño. Estaba decidida a cambiar de rumbo y llevaba mucho tiempo pensándolo–. Creo que ya hice todo cuanto quería hacer. Por lo menos, desde el punto de vista profesional.

–Me sorprende mucho –dijo Ward–. ¿Cómo puedes decir eso a tu edad?

Era tan extraordinariamente hermosa que a veces le parecía increíble.

–Tengo cincuenta y dos años, he filmado cincuenta y seis películas, he tenido cinco hijos y un nieto –contestó Faye. No quería contar al niño que había desaparecido de sus vidas hacía más de cinco años–. Por si fuera poco, tengo un marido al que adoro y muchos amigos. En fin, que quiero dejarlo todo para darme un poco de buena vida. Nuestros hijos están bien, parecen felices y siempre nos portamos con ellos lo mejor que supimos. Ahí es donde en la pantalla suele aparecer la palabra «Fin».

Miró sonriendo a su marido y, por primera vez en su vida, éste comprendió que su mujer hablaba en serio.

–Pero ¿qué harías si lo dejaras?

–Pues no lo sé... Pasar un año en el sur de Francia. Ir a jugar según a qué sitio. No hay nada que ya no hayamos hecho.

No le gustaban los trabajos que le ofrecían últimamente y el Oscar de Val le parecía una buena excusa para retirarse. Sería bonito terminar con la película que había lanzado a Val al estrellato. Se le antojaba como si le hubiera hecho un regalo especial a su hija.

–Podrías dedicarte a escribir mis memorias –le dijo Ward en tono burlón.

–Hazlo tú. Ni siquiera me apetece escribir las mías.

–Pues deberías hacerlo. –Desde luego, había sido una existencia muy ajetreada, pensó Ward. Acababan de vivir una noche inolvidable y, a lo mejor, Faye no hablaba en serio, aunque él sospechaba que sí–. ¿Por qué no esperamos un poco, a ver si piensas lo mismo dentro de unos meses? Yo haré lo que tú quieras –estaba a punto de cumplir cincuenta y seis años y no le parecía mala idea dedicarse a jugar en los casinos de la Costa Azul. En realidad, la idea le gustaba bastante. Sería un poco como en los viejos tiempos. Además, podían permitirse aquel lujo aunque no gastaran tanto como entonces–. Es mejor que lo pensemos despacio –añadió.

Por fin, decidieron marcharse en junio. Primero se tomarían un año de descanso para ver cómo les sentaba. Alquilaron una casa en la Costa Azul por cuatro meses y un apartamento en París por seis. Faye quiso ver a cada uno de sus hijos antes de marcharse. Sus sospechas con respecto a Lionel resultaron acertadas: el nuevo hombre que compartía su vida había logrado devolverle la felicidad. Ambos estaban muy compenetrados, vivían tranquilamente en Beverly Hills y no daban ningún escándalo.

Valerie estaba preparando su nuevo papel y pensaba casarse con George aquel año, en cuanto él terminara su nueva película. Faye le hizo prometer que les visitarían en Francia durante la luna de miel. Val dijo que se casarían en la intimidad, pero después pasarían la luna de miel en Francia y, probablemente, llevarían a Danny. La visita a Anne fue un poco más difícil ya que nunca conseguía establecer una auténtica comunicación con ella. Sin embargo, una tarde fue a verla y la encontró cuidando al pequeño Max. Le pareció que no tenía muy buena cara y Anne le confesó que volvía a estar embarazada.

—¿No es muy pronto? —le preguntó Faye.

Qué pronto se olvidaba una de las molestias.

—Li y Greg sólo se llevaban diez meses.

Era cierto. Una quería siempre que los hijos fueran distintos, mejores, más felices y prudentes, pero al final, acababan haciendo lo mismo que una: Val y su carrera de actriz, Anne y la pasión por los hijos… Los demás habían seguido otros caminos, pero conservando siempre algunas características de sus padres. Greg hubiera sido como Ward era en su juventud y Anne repetía la misma historia que su madre.

—Tienes razón. —Ambas mujeres se miraron de una forma distinta. Era como si Anne quisiera dejar resuelta la cuestión antes de que su madre se fuera. Tal vez nunca volvería a presentársele otra oportunidad—. Anne, yo… —Faye no sabía por dónde empezar. Nunca había conseguido llegar al corazón de aquella hija a la que tanto amaba y a la que no quería perder—. He cometido muchos errores contigo. Supongo que eso no es un secreto para ninguna de las dos, ¿verdad?

—Creo que yo tampoco te facilité las cosas —contestó Anne; y la miró sin experimentar el menor resentimiento—. Nunca te entendí muy bien.

—Ni yo a ti. Mi mayor error fue no disponer nunca de tiempo. Si hubieras nacido uno o dos años antes… —Sin embargo, aquello ya era agua pasada, como todo lo demás que le había ocurrido: el Haight, el embarazo, el niño al que se había visto obligada a renunciar. Faye decidió decir todo lo que pensaba. Extendió una mano y tomó la de su hija—. Siento mucho lo que te obligué a hacer con tu primer hijo, Anne. Me equivoqué. Creí sinceramente que era lo mejor que podía hacerse, pero me equivoqué —dijo con los ojos llenos de lágrimas.

—No lo creo —contestó Anne, mientras las lágrimas

le resbalaban por las mejillas–. En realidad, no podía hacer otra cosa. Sólo tenía catorce años.

–Pero nunca lo superaste –dijo Faye.

–Lo acepté. Era lo mejor que podía hacer en aquel momento. A veces, no hay más remedio que hacerlo.

Después Anne abrazó a su madre, estrechándola junto al hijo al que sostenía en brazos. Fue como si le dijera: «Te perdono lo que hiciste.» Con aquel gesto, quería perdonarse también a sí misma para poder seguir adelante sin experimentar el menor remordimiento. Mientras acompañaba a su madre al automóvil, le tomó una mano y le dijo:

–Te voy a echar mucho de menos, mamá.

–Y yo a ti.

Los iba a echar de menos a todos, pero esperaba que fueran a visitarla a Francia de vez en cuando. Además, tenía que dejarles que vivieran sus vidas. Ellos la aceptaban y ella, a su vez, los aceptaba a ellos sin ninguna reserva.

Antes de trasladarse a Francia, Faye y Ward pasaron por Nueva York para ver a Van y Jason. Éste seguía trabajando en su obra de teatro y Van trabajaba en una editorial y, por la noche, se dedicaba a escribir el libro. Aún no tenían previsto casarse, pero vivían en muy buen armonía.

–Son todos estupendos, ¿verdad? –le dijo Faye a su marido, ya sentada en el avión rumbo a Francia.

–Tú también lo eres –le contestó Ward.

Estaba muy orgulloso de ella desde hacía treinta años, desde el día en que se conocieron en Guadalcanal. Poco hubiera podido imaginar entonces la existencia que llevaría a su lado, le dijo. Faye le recordó que aún no habían terminado y él la besó mientras la azafata les servía el champán. Una mujer la miró y le dijo en voz baja al hombre que estaba sentado a su lado:

–Es igual a una estrella del cine a la que admiré mucho hace treinta años.

El hombre la miró sonriendo y pensó que siempre le encontraba parecidos a la gente.

El año que Ward y Faye habían proyectado quedarse en Francia acabó convirtiéndose en diez. El tiempo pasaba volando y los hijos les visitaban a menudo. Valerie se había casado por fin con George y tuvo una niña a la que bautizó con el nombre de Faye en homenaje a su madre. Anne tuvo otros cuatro hijos y la gente solía decirle en broma que procurara matar dos pájaros de un tiro y tenerlos de dos en dos, como Faye. Vanessa publicó tres libros y Jason seguía escribiendo obras de teatro y cada vez se iba acercando más a Broadway. Faye vio una vez una de sus obras en Nueva York y se quedó asombrada de la calidad que tenía. Valerie volvió a ganar un Oscar y George consiguió también el suyo.

Cuando ya estaban todos situados, una noche, mientras dormía, Faye murió apaciblemente a la edad de sesenta y cuatro años. Iban a pasar el otoño en una preciosa villa que se habían comprado en Cap Ferrat y que querían dejar en herencia a sus hijos algún día. Les pareció un lugar perfecto para ellos.

Ahora, Faye regresó al lado de sus hijos, acompañada por Ward que, a los sesenta y siete años, llevaba cuarenta y dos viviendo con ella. La llevó al lugar que amaba, al Hollywood que tantas veces había conquistado como actriz, directora y mujer y asimismo como esposa suya. Recordó aquellos años de angustia en que Faye consiguió sacarles de la miseria e iniciar una nueva carrera, encauzándole a él por el camino de una nueva profesión, y evocó los años en que rodaron una película tras otra para la Metro, la gran oportunidad que le ofreció a Val, y muchas cosas más. Lo que no podía imaginar era haber pasado todos esos años sin ella. Era imposible. No podía ser verdad, pero lo era. Faye se había ido y le había dejado solo. Anne y Bill acudieron a recibirle al aeropuerto sin los niños. Anne contempló cómo sacaban el féretro del avión mientras el viento le alborotaba el cabello. Tenía treinta y un años y, a la luz del crepúsculo, se parecía mucho a Faye. Miró a su padre y le tomó una mano en silencio. La víspera lo había estado hablando con su marido y era lo menos que podían ofrecerle a su padre. Tenían una casa para invitados en la parte posterior de su residencia de Beverly Hills y les encantaría que se instalara allí. Sus padres llevaban muchos años sin vivir en Hollywood e incluso habían vendido la casa.

–Anda, papá, vamos a casa –le dijo Anne.

Por primera vez, Ward se sintió un anciano. No podía creer que Faye ya no estuviera a su lado. Anne quería que su padre descansara un poco. Tenían muchas cosas que hacer y el funeral se celebraría dos días más tarde en la misma iglesia en que Ward y Faye se casaron. Luego la llevarían al cementerio y asistiría mucha gente, toda una serie de grandes personajes venidos de todo el mundo menos la propia Faye Thayer. Sin embargo, estaría presente toda la familia, encabezada por Ward. No acertaba a imaginarse un mundo sin ella, pensó con los ojos anegados en lágrimas, sentado en el interior del automóvil que seguía al coche fúnebre. Con sólo cerrar los ojos, la veía en todas partes, la sentía a su lado y sabía que seguiría estando junto a todos ellos hasta el fin de sus días. Sus películas perdurarían, así como los recuerdos y el amor. Y, por encima de todo, perduraría en cada uno de los miembros de la familia de cuyas vidas había formado parte, tal como ellos habían formado parte de la suya.

Jet

BIBLIOTECA DE AUTOR DE

DANIELLE STEEL